HET VERLOREN LABYRINT

KATE MOSSE

HET VERLOREN LABYRINT

H&W
Van Holkema & Warendorf
Unieboek BV, Houten/Antwerpen

ROMAN *je blijft lezen*

Eerste druk (in Licentie van uitgeverij Unieboek BV), januari 2006

Oorspronkelijke titel: *Labyrinth*
Oorspronkelijke uitgave: Orion Books, London

www.unieboek.nl
www.hetverlorenlabyrint.nl

Vertaling: Jan Smit
Omslagontwerp: Wil Immink
Omslagillustratie: Peter Whitehead
Opmaak: ZetSpiegel, Best

ISBN 90 269 8361 1 / NUR 340

Voor mijn vader, Richard Mosse, een integer man –
een *chevalier* van deze tijd

Voor Greg, als altijd, voor alles –
vroeger, nu, en wat nog komen gaat

Woord vooraf

Historische achtergrond

In maart 1208 predikte paus Innocentius III een kruistocht tegen een sekte van christenen in de Languedoc, die tegenwoordig bekendstaat als de Katharen. Zelf noemden ze zich *Bons Chrétiens*; Bernardus van Clairvaux sprak over Albigenzen en in de registers van de Inquisitie worden ze aangeduid als 'ketters'. Paus Innocentius wilde de Katharen uit de Midi verdrijven en het religieuze gezag van de katholieke Kerk herstellen. De noordelijke Franse edelen die zich bij deze kruistocht aansloten zagen een kans om gebied, rijkdom en handelsvoordelen te verwerven door de koppige, onafhankelijke zuidelijke adel te onderwerpen.

Hoewel het principe van de kruistochten een belangrijk element van het middeleeuwse christelijke leven was sinds het einde van de elfde eeuw – en kruisvaarders zich tijdens de Vierde Kruistocht bij het beleg van Zara in 1204 al tegen medechristenen hadden gekeerd – was dit de eerste keer dat er een heilige oorlog werd uitgeroepen tegen christenen op Europese bodem. De vervolging van de Katharen leidde rechtstreeks tot de vestiging van de Inquisitie in 1233, onder auspiciën van de dominicanen of predikheren.

Wat de religieuze motivatie van de katholieke Kerk en sommige wereldlijke leiders van de kruistocht, zoals Simon de Montfort, ook mag zijn geweest, de Albigenzenkruistocht was uiteindelijk een bezettingsoorlog en vormde een keerpunt in de geschiedenis van het huidige Frankrijk. Het betekende het einde van de zuidelijke onafhankelijkheid en de vernietiging van talloze tradities, idealen en gebruiken van dit gebied.

Evenals de term 'Katharen' was het woord 'kruistocht' in de middeleeuwse documenten onbekend. Het kruisleger werd aangeduid als 'de strijdmacht' (of *l'Ost*, in het Oc). Maar omdat beide begrippen tegenwoordig algemeen bekend zijn, heb ik ze soms geleend, ter wille van de duidelijkheid.

Taalkundige achtergrond

In de Middeleeuwen was de *langue d'Oc*, waarnaar het gebied van de Languedoc is genoemd, de taal van de Midi, vanaf de Provence tot aan Aquitaine. Het was ook de taal van het christelijke Jeruzalem en de streken die na 1099 door de kruisvaarders werden bezet. Bovendien werd het hier en daar gesproken in het noorden van Spanje en Italië. Het is nauw verwant aan het Provençaals en het Catalaans.

In de dertiende eeuw was de *langue d'oil* – de voorloper van het moderne Frans – de taal van het noorden van het huidige Frankrijk.

In de loop van de invasies van het zuiden door het noorden, die in 1209 begonnen, legden de Franse edelen hun taal op aan het gebied dat ze veroverden. Vanaf het midden van de twintigste eeuw heeft er een herleving van de Occitaanse taal plaatsgevonden, onder leiding van schrijvers, dichters en historici zoals René Nelli, Jean Duvernoy, Déodat Roché, Michel Roquebert, Anne Brenon, Claude Marti en anderen. Toen ik dit boek schreef bestond er al een tweetalige Oc/Franse school in La Cité, in het hart van de middeleeuwse citadel van Carcassonne. De Occitaanse spelling van plaats- en streeknamen staat naast de Franse spelling op de bewegwijzering.

Om onderscheid te maken tussen de bewoners van de Pays d'Oc en de Franse bezetters heb ik in dit boek zowel Occitaans als Frans gebruikt, waar van toepassing. Daarom komen sommige namen en plaatsen zowel in het Frans als in het Oc voor, zoals Carcassonne en Carcassona, Toulouse en Tolosa, Béziers en Besièrs.

Gezegden en fragmenten van poëzie zijn ontleend aan *Proverbes & Dictons de la langue d'Oc*, verzameld door Abbé Pierre Trinquier en aan *33 Chants Populaires du Languedoc.*

Onvermijdelijk bestaan er verschillen tussen de middeleeuwse Occitaanse spelling en het huidige gebruik. Ter wille van de consequentie heb ik me voornamelijk gebaseerd op *La Planqueta* van André Lagarde, een Occitaans-Frans woordenboek, als richtlijn. Achter in het boek is een korte verklarende woordenlijst opgenomen.

Inhoud

En gij zult de waarheid verstaan, en de waarheid zal u vrijmaken.

– Evangelie van Johannes, 8:32

L'histoire est un roman qui a été, le roman est une histoire qui aurait pu être.
De geschiedenis is een roman die is gebeurd, een roman is een geschiedenis die zo had kunnen gebeuren.

– E. & J. de Goncourt

Tên përdu, jhamâi së rëcôbro.
Verloren tijd kan nooit meer worden ingehaald.

– Middeleeuws Occitaans gezegde

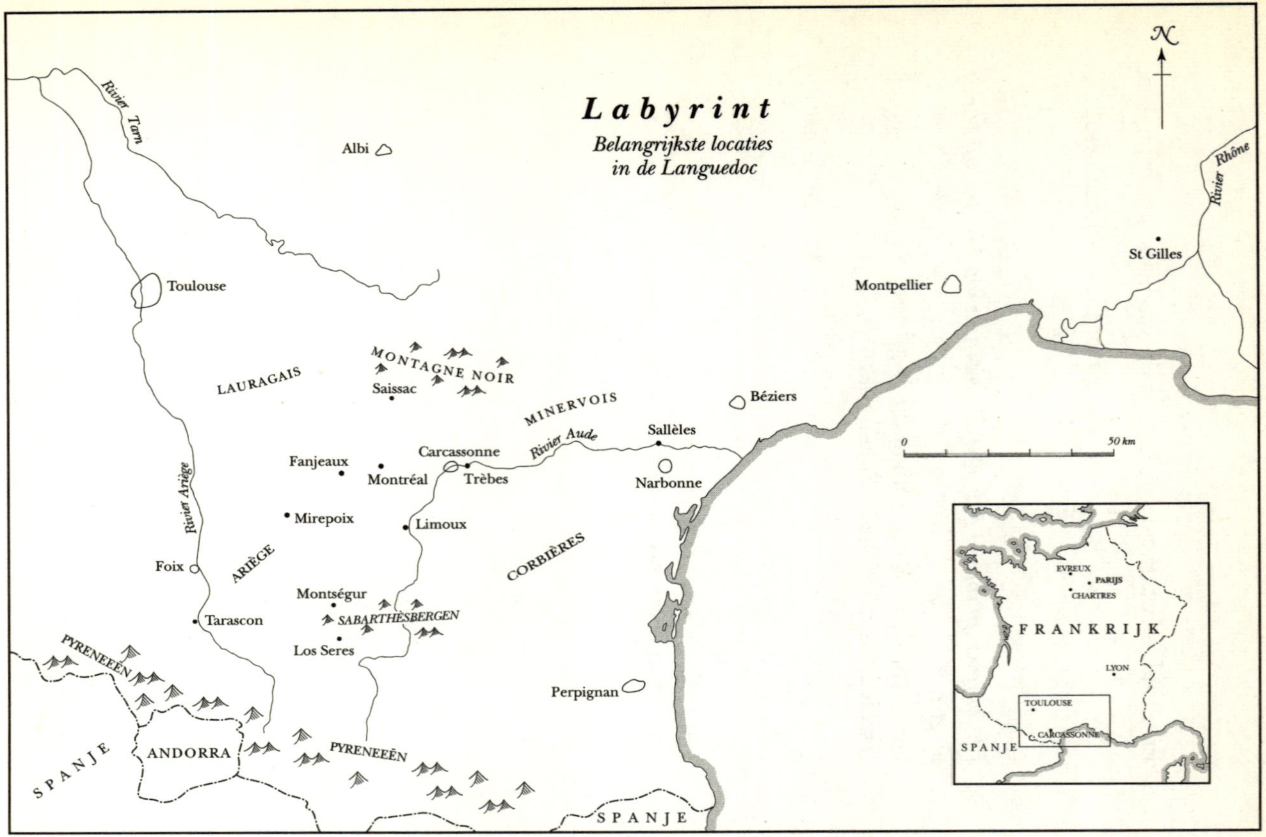

Labyrint
Belangrijkste locaties in de Languedoc
N
Rivier Tarn
Albi
Rivier Rhône
St Gilles
Toulouse
Montpellier
LAURAGAIS
MONTAGNE NOIR
Saissac
Béziers
MINERVOIS
Sallèles
Rivier Aude
Carcassonne
Fanjeaux
Montréal
Trèbes
Narbonne
0
50 km
Rivier Ariège
Mirepoix
Limoux
Foix
ARIÈGE
CORBIÈRES
Montségur
SABARTHÈSBERGEN
Tarascon
Los Seres
PYRENEEËN
Perpignan
ANDORRA
SPANJE
PYRENEEËN
SPANJE
EVREUX
PARIJS
CHARTRES
FRANKRIJK
LYON
TOULOUSE
CARCASSONNE
SPANJE

Proloog

I

Pic de Soularac
Sabarthèsbergen
Zuidwest-Frankrijk

MAANDAG, 4 JULI 2005

Een dun straaltje bloed druppelt langs de bleke onderkant van haar arm, als een rode naad in haar witte mouw.

Eerst denkt Alice nog dat ze door een vlieg gestoken is. Insecten zijn een beroepsrisico bij deze opgravingen en om de een of andere reden heb je hoger tegen de helling, waar zij nu werkt, meer last van vliegen dan bij de centrale vindplaats lager in het dal. Maar dan spat er een bloeddruppel op haar blote been, als een mini-explosie van vuurwerk op Guy Fawkes Night.

Nu kijkt ze wat beter en ziet dat de snee aan de binnenkant van haar elleboog weer is opengegaan. Het is een diepe wond, die maar niet wil genezen. Zuchtend drukt ze het verband wat steviger tegen haar huid. En omdat er toch niemand in de buurt is die het kan zien, likt ze de rode veeg van haar pols.

Plukjes opstandig haar, met de kleur van goudbruine basterdsuiker, springen onder haar pet vandaan. Ze strijkt ze achter haar oren en veegt haar voorhoofd af met haar zakdoek voordat ze haar paardenstaart weer strak in haar nek bindt.

Nu haar concentratie weg is, richt Alice zich op en strekt haar slanke benen, die al redelijk bruin zijn. In haar afgeknipte denim shorts, een strak wit mouwloos T-shirt en een pet lijkt ze nog maar een tiener. Vroeger vond ze dat vervelend. Nu ze wat ouder wordt beseft ze de voordelen om er wat jonger uit te zien. Haar enige opsmuk zijn twee mooie zilveren oorbellen, in de vorm van sterretjes, die glinsteren als glitters.

Alice schroeft de dop van haar waterfles. Het is warm, maar ze heeft zoveel dorst dat ze de fles met grote slokken leegdrinkt. Beneden haar hangt de hitte zinderend boven het asfalt van de weg, die vol kuilen zit. De hemel boven haar is eindeloos blauw. De krekels, verborgen in de schaduw van het droge gras, vormen een ononderbroken koor.

Het is haar eerste keer in de Pyreneeën, hoewel ze zich er al echt thuisvoelt. Volgens de verhalen zijn de grillige toppen van de Sabarthèsbergen 's winters bedekt met sneeuw. In het voorjaar steken tere roze, paarse en witte bloemen hun kopjes op vanuit hun schuilplaatsen tussen de grote rotsvelden. Vroeg in de zomer zijn de weiden stralend groen, met gele boterbloemen. Maar nu heeft de zon het land meedogenloos onderworpen en is al het groen tot bruin verkleurd. Het is een prachtig gebied, vindt Alice, maar ook heel onherbergzaam – een plek van geheimen, die al te veel heeft meegemaakt en te veel verdoezeld om vrede te kunnen hebben met zichzelf.

In het basiskamp tegen de lagere hellingen ziet Alice haar collega's onder de grote open tent staan. Ze kan nog net Shelagh onderscheiden, in haar karakteristieke zwarte kleren. Vreemd dat ze gestopt zijn. Het is te vroeg op de dag om nu al pauze te houden. Maar het hele team is een beetje gedemoraliseerd.

Het is vermoeiend en eentonig werk – graven en schrapen, beschrijven en registreren. En tot nu toe hebben ze maar weinig interessants ontdekt om al die inspanningen te rechtvaardigen. Ze hebben wat fragmenten gevonden van vroeg-middeleeuwse potten en pannen, een paar pijlpunten uit het einde van de twaalfde of het begin van de dertiende eeuw, maar zeker geen bewijzen voor het bestaan van de paleolithische nederzetting die het doel is van deze expeditie.

Alice komt in de verleiding om af te dalen naar haar vrienden en collega's om haar verband te laten verschonen. De wond in haar arm steekt gemeen. Bovendien heeft ze kramp in haar schouders en pijn in haar kuiten van het hurken. Maar als ze er nu mee stopt, is de dag eigenlijk verloren.

Hopelijk heeft ze eindelijk wat geluk. Eerder die ochtend heeft ze iets zien glinsteren onder een groot rotsblok dat keurig vlak tegen de helling ligt, bijna alsof het er door een reuzenhand is neergelegd. Hoewel ze het voorwerp niet goed kan zien en zelfs niet weet hoe groot het is, is ze de hele ochtend bezig geweest met graven en kan het niet lang meer duren voordat ze het te pakken heeft.

Ze weet dat ze hulp zou moeten halen of in elk geval Shelagh, haar beste vriendin en een van de leiders van deze opgraving, zou moeten waarschuwen. Alice is geen getrainde archeologe, maar een vrijwilligster die een deel van haar zomervakantie graag iets nuttigs wilde doen. Maar het is haar laatste volledige dag en ze wil zich bewijzen. Als ze nu teruggaat naar het basiskamp met de mededeling dat ze iets gevonden heeft, zal iedereen zich ermee bemoeien en is het haar ontdekking niet meer.

In de dagen en weken die volgen zal Alice nog vaak terugdenken aan dit moment. Het licht van de zon, het stof en de metaalachtige smaak van haar eigen bloed in haar mond – ze zal het niet vergeten. En steeds opnieuw zal ze zich afvragen hoe anders de dingen gelopen zouden zijn als ze had besloten om naar het kamp af te dalen, volgens de voorschriften, in plaats van op eigen houtje verder te zoeken.

Ze drinkt de fles leeg en gooit hem in haar rugzak. Ze werkt nog een uurtje door. De zon klimt hoger aan de hemel en de temperatuur loopt nog verder op. De enige geluiden zijn het krassen van metaal over de rots, het zoemen van de insecten en zo nu en dan het gebrom van lichte vliegtuigen in de verte. Alice voelt zweetdruppeltjes op haar bovenlip en tussen haar borsten, maar ze houdt vol, tot de spleet onder het rotsblok eindelijk groot genoeg is om haar hand erin te steken.

Alice knielt op de grond en leunt met haar wang en schouder tegen het rotsblok om steun te vinden. Dan, met een bonzend hart van opwinding, duwt ze haar vingers diep in de donkere, blinde aarde. Op hetzelfde moment weet ze dat haar instinct klopt en dat ze iets waardevols heeft ontdekt. Het voelt glad aan: geen steen, maar metaal. Ze pakt het stevig beet en vermaant zichzelf dat ze niet te veel moet verwachten. Heel, heel langzaam haalt ze het voorwerp naar boven, in het licht. De aarde lijkt te trillen, onwillig om zijn schatten prijs te geven.

De zware, doordringende lucht van de vochtige grond dringt in haar neus en keel, maar Alice merkt het nauwelijks. Ze is al verloren in het verleden, in de ban van het stukje historie dat ze in haar handpalm houdt. Het is een zware, ronde gesp, zwart en groen uitgeslagen na al die eeuwen in de natte aarde. Alice wrijft er met haar vingers overheen en glimlacht als de details van het zilver en koper zichtbaar worden onder het vuil. Op het eerste gezicht lijkt het een middeleeuws gebruiksvoorwerp, een gesp van een mantel of een cape. Ze heeft zoiets weleens eerder gezien.

Ze kent het gevaar van overhaaste conclusies en de verleiding om je te laten meeslepen door een eerste indruk, maar onwillekeurig stelt ze zich de eigenaar voor, al zo lang dood, die hier misschien ooit heeft rondgelopen – een vreemde, wiens verhaal ze nog moet leren kennen.

Het contact is zo sterk en Alice is zo verdiept in haar vondst dat ze niet merkt dat het rotsblok begint te schuiven. Opeens, als gewaarschuwd door een zesde zintuig, kijkt ze op. Heel even lijkt de wereld stil te staan, buiten ruimte en tijd. Gefascineerd staart ze naar de grote steen, die begint te kantelen en dan sierlijk naar haar toe rolt.

Op het allerlaatste moment breekt het zonlicht in duizend scherven en is de betovering verbroken. Alice duikt opzij, half glijdend, half tuimelend, nog net op tijd om niet te worden verpletterd. Het rotsblok slaat met een klap tegen de helling, in een wolk van lichtbruin stof, en rolt nog even verder in slowmotion totdat het verderop tot stilstand komt.

Alice grijpt zich wanhopig aan het struikgewas vast om zelf niet weg te glijden. Heel even ligt ze languit in het zand, duizelig en verward. Een koude rilling glijdt over haar rug als het tot haar doordringt hoe weinig het had gescheeld of ze zou door de zware steen zijn vermorzeld. *Dat was op het nippertje.* Ze haalt nog eens diep adem en wacht tot de wereld niet meer zo om haar heen draait.

Langzaam neemt het bonzen in haar hoofd wat af en verdwijnt haar misselijkheid. Alles lijkt weer normaal. Alice gaat rechtop zitten en neemt de schade op. Haar knieën zijn geschaafd en bloederig en ze heeft pijn in haar pols, waarop ze nogal ongelukkig is terechtgekomen. Maar verder is ze er met wat schrammen en blauwe plekken vanaf gekomen. *Niets gebroken.* En ze heeft nog steeds de gesp beschermend in haar hand geklemd.

Alice staat op, slaat het stof van haar kleren en schaamt zich dood. Hoe heeft ze zo'n beginnersfout kunnen maken door het rotsblok niet stevig te verankeren? Ze kijkt omlaag naar het basiskamp beneden. Tot haar verbazing en opluchting schijnt niemand in het kamp iets te hebben gezien of gehoord. Ze steekt een hand op en wil net iets roepen om de aandacht van haar collega's te trekken als ze een spleet in de helling ontdekt, op de plaats waar het rotsblok heeft gelegen – als een deuropening die in de steen is uitgehakt.

Volgens de verhalen wemelt het in deze bergen van de geheime grotten en gangen. Echt verbaasd is Alice dus niet. Maar toch heeft ze het gevoel dat ze al van tevoren wist dat er een opening moest zijn, hoewel daar aan de buitenkant niets van te zien was. Ze *wist* het. Nou ja, ze had een vermoeden, verbetert ze zichzelf.

Alice aarzelt. Ze weet dat ze iemand moet vragen om met haar mee te gaan. Het is heel dom en misschien zelfs gevaarlijk om in haar eentje aan zo'n expeditie te beginnen zonder hulp. Er kan van alles misgaan. Eigenlijk hoort ze hier helemaal niet te zijn. Shelagh weet het niet. En die opening oefent een magnetische aantrekkingskracht op haar uit, heel persoonlijk. Het is háár ontdekking.

Ach, het heeft geen zin om de anderen te storen en valse hoop te geven. Als hier echt iets te onderzoeken valt, kan ze dat straks wel melden. Eerst wil ze zelf een kijkje nemen, zonder iets te doen.

Een paar minuten maar.

Ze klimt weer terug. Bij de ingang van de grot heeft het rotsblok een diepe holte in de grond gemaakt. De vochtige aarde krioelt van de wormen en torren, die opeens aan het licht en de hitte zijn blootgesteld. Alices pet ligt nog op de grond, met haar troffel, die ze heeft laten vallen.

Alice tuurt in het donker. De opening is niet meer dan anderhalve meter hoog en ongeveer een meter breed. De randen zijn ruw en grillig. Het lijkt eerder een natuurlijke dan een kunstmatige toegang, maar als ze met haar vingers over de steen glijdt voelt ze merkwaardig gladde plekken waar het rotsblok heeft gelegen.

Langzaam wennen haar ogen aan het donker. De fluwelen duisternis maakt plaats voor houtskoolgrijs en ze kan nu een lange, smalle tunnel onderscheiden. Haar nekhaartjes komen overeind, als een waarschuwing dat er zich in het duister iets verborgen zou kunnen houden dat ze beter niet kan verstoren. Maar dat is kinderlijk bijgeloof, vermaant ze zichzelf. Alice gelooft niet in geesten of voorgevoelens.

Met de gesp als een talisman in haar hand geklemd haalt ze diep adem en doet een stap naar binnen, de tunnel in. De opgesloten, onderaardse lucht van eeuwen slaat haar tegemoet en dringt in haar mond, keel en longen – koel en vochtig, niet de droge, giftige gassen van een afgesloten grot waarvoor de anderen haar hebben gewaarschuwd. Er moet dus nog een andere opening naar buiten zijn. Voor alle zekerheid zoekt ze toch in de zakken van haar shorts naar haar aansteker. Ze knipt hem aan en houdt hem omhoog in het donker om te controleren of er voldoende zuurstof is. Het vlammetje flakkert in de bries, maar blijft wel branden.

Met een nerveus, schuldig gevoel wikkelt Alice de gesp in een zakdoek, bergt hem in haar zak en loopt voorzichtig verder. Het zwakke schijnsel van het vlammetje verlicht het pad voor haar voeten en werpt schaduwen tegen de ruwe grijze wanden.

Als ze wat verder komt lijkt de koude lucht als een kat langs haar blote armen en benen te strijken. De tunnel loopt omlaag. Alice voelt de grond onder haar voeten afdalen. De ruwe bodem is met fijn gruis bedekt en haar voetstappen knerpen luid door de kleine, stille ruimte. Het daglicht achter haar wordt steeds zwakker, hoe verder ze door de tunnel afdaalt.

Opeens bedenkt ze zich en blijft staan. Ze wil hier helemaal niet zijn. Maar toch is er iets onontkoombaars, iets wat haar steeds dieper naar het binnenste van de berg lijkt te lokken.

Na nog tien meter komt er een einde aan de tunnel en staat ze onverwachts op de drempel van een reusachtige spelonk, een natuurlijk stenen platform. Een paar brede, ondiepe treden recht voor haar uit leiden naar een centrale ruimte waar de bodem glad is afgevlakt. De grot is ongeveer tien meter lang en vijf meter breed en duidelijk door mensenhanden bewerkt. De lage, gewelfde zoldering doet aan het dak van een crypte denken.

Alice kijkt om zich heen. Ze houdt het flakkerende vlammetje wat hoger en is zich bewust van een merkwaardig, tintelend gevoel dat ze niet kan thuisbrengen. Op het moment dat ze de treden wil afdalen ontdekt ze een inscriptie in de bovenste steen. Ze bukt zich om te kunnen lezen wat er geschreven staat. Alleen de eerste drie woorden en de laatste letter – een N, of misschien een H – zijn te ontcijferen. De andere zijn te ernstig verweerd of afgesleten. Alice wrijft met haar vingers het stof weg en zegt de letters hardop. De echo van haar stem klinkt vijandig en dreigend in de stilte.

'*P-A-S A P-A-S... Pas a pas.*'

Stap voor stap? Waar slaat dat op? Een vage herinnering dringt tot haar bewustzijn door, als een flard van een lang vergeten lied. Maar meteen is het weer verdwenen.

'*Pas a pas,*' fluistert ze, wat zachter nu, maar het zegt haar nog altijd niets. Een gebed? Een waarschuwing? Zonder te weten wat er achteraan komt blijft het een raadsel.

Een beetje zenuwachtig richt ze zich op en daalt de treden af, één voor één. Nieuwsgierigheid en een angstig voorgevoel strijden om de overhand en ze heeft kippenvel op haar onderarmen, van de kou of van de zenuwen, dat weet ze zelf niet eens.

Alice houdt het vlammetje hoog boven haar hoofd en probeert niet te struikelen of iets te verstoren. Beneden gekomen blijft ze staan. Dan haalt ze diep adem en doet nog een stap, de diepe duisternis in. Vaag kan ze de achterwand van de spelonk onderscheiden.

Het is moeilijk te zeggen vanaf deze afstand – misschien is het een speling van het licht of een schaduw van het vlammetje – maar het lijkt of er in de rots een groot, cirkelvormig patroon van lijnen en halve cirkels is getekend of gekerfd. Op de bodem ervoor staat een stenen tafel, ruim een meter hoog, als een altaar.

Alice houdt haar ogen op het symbool op de achterwand gericht, als een baken. Voorzichtig loopt ze verder. Het patroon wordt duidelijker. Het lijkt een soort labyrint, hoewel haar geheugen haar zegt dat er iets vreemds mee is. Het is geen echt labyrint. De lijnen lopen niet naar het middelpunt toe, zoals je zou verwachten. De tekening klopt niet, Alice weet het zeker, hoewel ze niet kan uitleggen waarom.

Ze tuurt nog steeds naar het labyrint als ze weer een paar stappen doet. Haar voet raakt iets hards op de grond. Ze hoort een zacht, hol geluid, gevolgd door een geritsel, alsof er iets wegrolt.

Alice kijkt omlaag.

Opeens staat ze te trillen op haar benen. Het bleke vlammetje in haar hand begint nog heviger te flakkeren. Haar adem stokt. Ze staat aan de rand van een ondiep graf, een lichte holte in de grond, meer niet. In het graf liggen twee menselijke skeletten, waarvan de botten door de tijd zijn schoongepikt. De blinde oogkassen van een van de schedels staren haar aan. Het andere doodshoofd, dat ze met haar voet heeft weggeschopt, ligt van haar af gekeerd, alsof het haar niet wil aankijken.

De lichamen zijn naast elkaar gelegd, tegenover het altaar, als het reliëf van een graftombe, volkomen symmetrisch en strak uitgelijnd. Maar het graf heeft niets vredigs. Integendeel. De jukbeenderen van een van de schedels zijn verbrijzeld en naar binnen geknakt, als een masker van papier-maché. Enkele ribben van het andere skelet zijn gebroken en steken vreemd naar buiten, als de broze takken van een dode boom.

Ze kunnen je niets meer doen. Vastbesloten zich niet te laten meeslepen door haar angst dwingt Alice zichzelf op haar hurken te gaan zitten, heel voorzichtig, om niets te verstoren. Haar blik glijdt over het graf. Tussen de lichamen ziet ze een dolk, het lemmet dof van ouderdom, en wat lapjes stof. Daarnaast ligt een leren zak met een trekkoordje, groot genoeg om er een kistje of een boek in op te bergen. Alice fronst. Ze weet zeker dat ze zoiets al eerder heeft gezien, maar ze kan het zo snel niet plaatsen.

Het ronde, witte voorwerp tussen de knokige vingers van het kleinere skelet is zo klein dat Alice het bijna over het hoofd ziet. Zonder zich af te vragen of dat wel verstandig is pakt ze haastig haar pincet uit haar zak. Ze buigt zich naar voren, trekt het voorwerp voorzichtig tussen de vingers vandaan, houdt het bij het vlammetje en blaast zachtjes het stof weg om het beter te kunnen bekijken.

Het is een kleine stenen ring, simpel en onopvallend, met een rond, glad oppervlak. Ook die ring komt haar merkwaardig bekend voor. Alice kijkt wat scherper. Aan de binnenkant is een motief gekrast. Eerst denkt ze nog dat het een soort zegel is. Dan, met een schok, ziet ze het. Haar blik gaat omhoog naar de lijnen op de achterwand van de ruimte, en dan weer terug naar de ring.

De motieven zijn identiek.

Alice is niet godsdienstig. Ze gelooft niet in hemel of hel, in God of de duivel, of in de wezens die in deze bergen zouden rondspoken. Maar voor het eerst in haar leven heeft ze het beklemmende gevoel dat ze in het gezelschap is van iets bovennatuurlijks, iets onverklaarbaars, dat haar ervaring en begrip te boven gaat. De sfeer van boosaardigheid is zo sterk dat er een koude rilling door haar heen slaat, van haar kruin tot aan haar tenen.

Ze durft niet verder. Opeens is ze zich bewust van de kilte in de grot. De angst knijpt haar keel dicht en bevriest de adem in haar longen. Moeizaam krabbelt ze overeind. Ze had hier nooit mogen komen, op deze oude plek. Nu wil ze nog maar één ding: zo snel mogelijk hier vandaan, wég van deze sporen van gewelddadigheid, wég van die stank van de dood. Terug naar het veilige zonlicht, buiten.

Maar het is al te laat.

Boven of achter haar – dat kan ze niet bepalen – klinken voetstappen.

Het geluid kaatst door de gesloten ruimte, galmend tegen de rots. Er nadert iemand.

Alice draait zich geschrokken om en laat de aansteker vallen. Opeens is het pikkedonker in de grot. Ze probeert weg te rennen, maar kan in het donker de uitweg niet meer vinden. Ze struikelt en haar voeten glijden weg.

Alice valt. De ring vliegt uit haar hand en komt terecht op de stapel beenderen, waar hij thuishoort.

II

Los Seres
Zuidwest-Frankrijk

Een paar kilometer naar het oosten, hemelsbreed, in een half verlaten dorpje in de Sabarthèsbergen, zit een lange, magere man in een lichtgekleurd pak eenzaam achter een donkere, glanzend gepoetste tafel.

De kamer heeft een laag plafond en een vloer van grote, vierkante tegels in de plaatselijke roodbruine aardekleur. Ondanks de warmte buiten is het in de kamer aangenaam koel. Het luik voor het enige raam is gesloten en een kleine olielamp op de tafel werpt een poel van geel licht door het schemerdonker. Naast de lamp staat een groot glas, dat bijna tot de rand toe is gevuld met een rode drank.

Dikke vellen crèmekleurig papier liggen over de tafel verspreid, dicht bedekt met een keurig handschrift in zwarte inkt. Het is stil in de kamer, afgezien van het krassen van de pen en het gerinkel van de ijsblokjes tegen het glas als de man een slok neemt. Er hangt een subtiele geur van alcohol en bessen. Het tikken van de klok registreert het verstrijken van de tijd. Zo nu en dan kijkt de man even op, denkt na, en schrijft dan weer verder.

Wat wij achterlaten in dit leven is de herinnering aan wie we waren en wat we hebben gedaan. Een voetafdruk, meer niet. Ik heb veel geleerd. Ik ben wijs geworden. Maar heb ik enig verschil kunnen betekenen? Ik weet het niet? Pas a pas, se va luènh.

Ik heb het groen van de lente zien verkleuren tot het goud van de zomer; het roodkoper van de herfst zien plaatsmaken voor het wit van de winter, terwijl ik zat te wachten op het verbleken van het licht. En steeds opnieuw vroeg ik me af: Waarom? Als ik had geweten hoe het voelde om met die eenzaamheid te leven, als enige getuige van de eindeloze cyclus van geboorte, leven en dood, wat had ik dan gedaan? Alaïs, ik word terneergedrukt door een verlatenheid die nauwelijks te dragen is. Ik heb dit lange bestaan overleefd met een leegte in mijn hart, een leegte die in de loop van de jaren steeds groter is geworden, groter nog dan mijn hart zelf.

Ik heb geprobeerd mijn beloften aan jou na te komen. Een ervan is vervuld, de andere niet. Tot nu toe. Al enige tijd ben ik me bewust van je nabijheid. Het zal niet lang meer duren voordat onze tijd opnieuw is aange-

broken. Alles wijst erop. De grot zal spoedig geopend worden, dat voel ik. En het boek, dat zo lang veilig verborgen was, zal worden teruggevonden.

De man neemt een moment rust en pakt zijn glas. Zijn ogen staren in het verleden. Maar de krachtige, zoete Guignolet geeft hem nieuwe energie.

Ik heb haar gevonden. Eindelijk. Zal ze het boek herkennen als ik het in haar handen druk? Ligt die kennis nog verankerd in haar botten en haar bloed? Zal ze zich nog herinneren hoe het omslag glinstert en van kleur verandert? Als ze de koorden losmaakt en het openslaat – heel voorzichtig, om het droge, brosse perkament niet te beschadigen – zullen de woorden uit dat verre verleden haar dan nog vertrouwd in de oren klinken?

Nu het einde van mijn lange leven nadert, bid ik dat ik de kans zal krijgen om recht te zetten wat ik ooit heb misdaan, de kans om eindelijk de waarheid te vernemen. Want de waarheid zal me verlossen.

De man leunt naar achteren in zijn stoel en legt zijn handen, bruingevlekt van ouderdom, op de tafel voor hem.

De kans om, na al die tijd, te weten wat er aan het einde is gebeurd. Dat is alles wat hij vraagt.

III

Chartres
Noord-Frankrijk

Later diezelfde dag, zo'n duizend kilometer naar het noorden, staat een andere man in een vaag verlichte gang onder de straten van Chartres, wachtend tot de ceremonie gaat beginnen.

Zijn handen zweten, hij heeft een droge mond en hij is zich bewust van alle zenuwen en spieren in zijn lichaam, zelfs van de kloppende adertjes bij zijn slapen. Hij voelt zich onbehaaglijk en licht in het hoofd – door de zenuwen en de gespannen verwachting of door de wijn, dat weet hij niet. De vreemde witkatoenen mantel hangt zwaar om zijn schouders en het koord van gevlochten hennep ligt ongemakkelijk om zijn knokige heupen. Hij werpt een snelle blik naar de twee zwijgende gedaanten links en rechts van hem, maar hun gezichten gaan schuil onder hun kappen. Hij weet niet of ze net zo nerveus zijn als hij of dat ze dit ritueel al vaker hebben meegemaakt. Ze dragen allebei een gouden mantel en ze hebben schoenen aan. Zelf staat hij met blote voeten op de kille plavuizen.

Hoog boven het verborgen netwerk van tunnels beginnen de klokken van de grote gotische kathedraal te luiden. Hij voelt de mannen naast zich verstarren. Dit is het teken waarop ze hebben gewacht. Onmiddellijk buigt hij zijn hoofd en probeert zich te concentreren op het moment.

'*Je suis prêt*,' mompelt hij, meer tot zichzelf dan tegen de anderen. Geen van zijn metgezellen reageert.

Als de laatste klanken van de klokken zijn verstorven stapt de acoliet links van hem naar voren, en slaat vijf keer tegen de zware deur met een steen die hij half in zijn hand verborgen houdt. Van achter de deur komt antwoord: '*Dintrar*.' Binnen.

Eén moment meent de man de vrouwenstem te herkennen, maar hij heeft geen tijd om zich af te vragen van waar of wanneer, want eindelijk opent zich de deur van de kamer die hij al zo lang heeft willen zien.

De drie figuren stappen langzaam naar voren, in de maat. Hij heeft het ritueel geoefend, dus weet hij wat er gaat gebeuren en wat er van hem wordt verwacht. Toch voelt hij zijn knieën knikken. De kamer is donker en veel warmer dan de kille gang. Het enige licht komt van de kaarsen in de nissen en op het altaar zelf. Ze werpen dansende schaduwen over de vloer.

De adrenaline pompt door zijn lichaam, hoewel hij ook een vreemde afstand voelt tot de gebeurtenissen. Hij maakt bijna een sprong als de deur achter hen in het slot valt.

De vier hoogste assistenten staan aan de noord-, oost-, zuid- en westkant van de kamer. Hij zou graag opkijken om beter te kunnen zien wat er gebeurt, maar hij dwingt zich om zijn hoofd gebogen te houden en zijn gezicht verborgen, zoals hem is opgedragen. Toch is hij zich bewust van de twee rijen novicen tegen de lange zijden van de rechthoekige kamer, zes aan elke kant. Hij voelt de warmte van hun lichamen en hoort hun ademhaling, hoewel er niet gesproken wordt en niemand zich beweegt.

Hij heeft de plattegrond in zijn geheugen geprent uit de papieren die hij heeft gekregen, en als hij naar de graftombe in het midden van de kamer loopt voelt hij alle ogen in zijn rug prikken. Hij vraagt zich af of er iemand bij is die hij kent – collega's, de echtgenotes van vrienden, wie dan ook. Onwillekeurig krult zich een lachje om zijn lippen als hij even fantaseert over het verschil dat zijn toetreding tot het genootschap voor zijn leven zal betekenen.

Met een schok keert hij terug in de werkelijkheid als hij struikelt over de knielsteen aan de voet van de graftombe. Net op tijd herstelt hij zich. De kamer is kleiner dan hij zich had voorgesteld, een beetje drukkend en benauwd. De afstand tussen de deur en de knielsteen leek op de plattegrond veel groter.

Als hij op de steen knielt hoort hij dat iemand in zijn buurt opeens de adem inhoudt. Hij vraagt zich af waarom. Zijn hart slaat sneller en als hij omlaag kijkt ziet hij dat zijn knokkels wit zijn weggetrokken. Een beetje beschaamd vouwt hij zijn handen, maar laat ze dan snel weer langs zijn zij zakken, zoals het hoort.

Er zit een lichte holte in het midden van de steen, die hard en koud aanvoelt aan zijn knieën, onder de dunne stof van zijn mantel. Hij zoekt een wat prettiger houding. Het ongemak leidt zijn aandacht af en daar is hij dankbaar voor. Hij voelt zich nog steeds duizelig en heeft moeite zich te concentreren op de volgorde van de verschillende onderdelen, hoe vaak hij ze in gedachten ook heeft gerepeteerd.

Een klokje begint te luiden in de kamer, met een hoog en ijl geluid. Het wordt begeleid door een zacht gezang, dat langzaam aanzwelt als steeds meer stemmen zich in het koor mengen. Flarden van woorden en zinnen weergalmen door zijn hoofd: *montanhas*, bergen; *Noblesa*, adel; *libres*, boeken; *graal*, de Graal…

De priesteres stapt van het hoogaltaar en loopt de kamer door. Hij hoort het zachte geritsel van haar voetstappen en stelt zich voor hoe haar gouden mantel wappert en glinstert in het flakkerende licht van de kaarsen. Dit is het moment waarop hij heeft gewacht.

'*Je suis prêt,*' herhaalt hij binnensmonds. En deze keer meent hij het.

De priesteres blijft voor hem staan. Hij ruikt haar parfum, licht en subtiel onder het bedwelmende aroma van de wierook. Zijn adem stokt als ze zich naar voren buigt en zijn hand pakt. Haar vingers zijn koel en goedverzorgd. Een elektrische spanning, bijna sensueel, schiet door zijn arm als ze hem een klein rond voorwerp in zijn hand drukt en zijn vingers er omheen vouwt. Hij voelt een bijna ondraaglijk verlangen om zijn hoofd op te tillen, zodat hij haar gezicht kan zien, maar hij houdt zijn blik naar de grond gericht, zoals hem is bevolen.

De vier hoogste assistenten verlaten hun posities en sluiten zich aan bij de priesteres. Iemand trekt zijn hoofd naar achteren en giet een dikke, zoete drank tussen zijn lippen. Hij heeft erop gewacht en verzet zich niet. Terwijl de warmte door zijn lichaam trekt steekt hij zijn armen uit, zodat zijn metgezellen een gouden mantel over zijn schouders kunnen leggen. Het is een bekend ritueel voor de getuigen, maar toch voelt hij hun onbehagen.

Opeens lijkt het of er een ijzeren band om zijn hals wordt gesloten, die zijn luchtpijp samendrukt. Hij grijpt naar zijn keel en hapt naar adem. Hij probeert te schreeuwen, maar weet geen geluid voort te brengen. Weer hoort hij de hoge, ijle klank van de klok, indringend en aanhoudend, veel luider dan zijn gesmoorde kreet. Een golf van misselijkheid slaat door hem heen. Bang om bewusteloos te raken klemt hij het voorwerp in zijn hand, zo hard dat zijn nagels het zachte vlees van zijn handpalm openscheuren. De scherpe pijn houdt hem helder, zodat hij overeind blijft. Nu pas beseft hij dat de handen op zijn schouders niet als troost bedoeld zijn, maar hem juist omlaag drukken. Weer voelt hij zich misselijk worden. De gebedssteen lijkt onder zijn knieën heen en weer te schuiven.

De wereld draait om hem heen en zijn blik wordt vaag, maar toch ziet hij nog dat de priesteres een mes in haar hand heeft, hoewel hij niet weet waar ze die zilveren dolk zo snel vandaan heeft gehaald. Hij probeert op te staan, maar de drug is te sterk en berooft hem van al zijn kracht. Hij heeft geen macht meer over zijn armen en benen.

'*Non!*' wil hij roepen, maar het is al te laat.

Eerst denkt hij nog dat hij een klap tussen zijn schouderbladen heeft gekregen, verder niets. Maar dan verspreidt zich een doffe pijn door zijn lichaam. Iets warms en vochtigs glijdt langzaam over zijn rug.

Zonder enige waarschuwing laten de handen hem plotseling los, waardoor hij voorover valt als een lappenpop. De grond komt hem suizend tegemoet. Hij voelt geen pijn als hij met zijn hoofd tegen de vloer slaat, die vreemd genoeg koel en heilzaam aanvoelt tegen zijn huid. Het lawaai, de angst en de verwarring nemen af. Zijn ogen vallen langzaam dicht. Het enige wat hij nog hoort is haar stem, die van heel ver weg lijkt te komen.

'*Une leçon. Pour tous,*' verstaat hij, hoewel hij er niets van begrijpt.

In die laatste, verbrokkelde momenten van bewustzijn klemt de man die is beschuldigd van verraad, de man die heeft gesproken toen hij had moeten zwijgen, het felbegeerde voorwerp stijf in zijn hand, totdat zijn greep op het leven verslapt en het kleine grijze schijfje, niet groter dan een muntstuk, over de grond rolt.

Op de ene kant staan de letters *NV*, op de andere kant de afbeelding van een labyrint.

IV

Pic de Soularac
Sabarthèsbergen

Eén moment is alles stil.

Dan lijkt de duisternis zich op te lossen. Alice is niet langer in de grot. Ze zweeft door een witte, gewichtloze wereld; transparant, vredig en stil.

Ze is vrij. Veilig.

Alice heeft het gevoel dat ze loskomt van de tijd, alsof ze uit de ene dimensie naar een andere valt. De grens tussen heden en verleden vervaagt in een tijdloze ruimte zonder einde of begin.

Dan, met een onverwachte schok, als door een valluik onder een galg, tuimelt ze opeens in de buitenlucht, boven de beboste hellingen van de berg. De frisse lucht suist in haar oren als de grond steeds sneller op haar toe komt. Ze stort neer.

Maar de klap blijft uit. Geen versplinterde botten tegen de grijze leisteen en de harde rots. In plaats daarvan landt ze op haar voeten, struikelt even en rent dan halsoverkop een hobbelig, steil bospad af, tussen twee rijen hoge bomen door. Als een dichte, ondoordringbare wand torenen ze boven haar uit, zodat ze niet kan zien wat erachter ligt.

Niet zo snel!

Alice grijpt naar de takken, alsof die haar kunnen tegenhouden op deze wilde vlucht naar een onbekende bestemming, maar haar handen gaan er dwars doorheen, als van een spookgestalte of een geest. Het enige wat ze eraan overhoudt zijn wat losse, kleine blaadjes tussen haar vingers, als haren uit een borstel. Ze kan ze niet voelen, maar het sap kleurt haar vingertoppen groen. Ze drukt ze tegen haar gezicht om hun subtiele, zure lucht op te snuiven. Maar ze ruikt niets.

Alice voelt een steek in haar zij, maar ze kan geen vaart minderen omdat ze wordt achtervolgd door iets wat steeds dichterbij komt. Het pad lijkt nu nog steiler onder haar voeten. Ze voelt dat de zachte aarde, het mos en de takjes hebben plaatsgemaakt voor droge wortels en stenen, maar ze hoort nog altijd niets. Geen vogels die zingen, geen roepende stemmen. Niets anders dan haar eigen moeizame ademhaling. Het pad slingert alle kanten op, en Alice heeft moeite om op te been te blijven, totdat ze een bocht om komt en een geluidloze wand van vuur ziet die haar de doorgang verspert: een zuil van kronkelende vlammen, wit, goud en rood, die instort en weer oplaait, voortdurend wisselend van vorm.

Instinctief brengt Alice haar handen omhoog om haar gezicht te beschermen tegen de verzengende hitte, hoewel ze die niet kan voelen. Ze ziet gezichten gevangen in de dansende vlammen, met verwrongen monden van geluidloze pijn, terwijl het vuur streelt en brandt.

Alice probeert te stoppen. Ze moet blijven staan! Haar voeten zijn geschaafd en bloeden, maar haar achtervolger zit haar op de hielen en iets buiten haar macht drijft haar voort naar de dodelijke omhelzing van het vuur.

Ze heeft geen andere keus dan te springen. Het is haar enige kans om aan de vlammen te ontkomen. Met een grote boog zweeft ze de lucht in, als dwarrelende rook, hoog boven de geel-oranje gloed. De wind lijkt haar mee te nemen, weg van de aarde.

Iemand roept haar, een vrouwenstem, die haar naam merkwaardig uitspreekt.

Alaïs.

Ze is veilig. Vrij.

Het volgende moment voelt ze de vertrouwde greep van koude vingers die haar enkels pakken om haar naar de grond te trekken. Nee, geen vingers. Ketenen. Opeens beseft Alice dat ze iets in haar handen houdt, een boek, dat met leren koorden is dichtgebonden. Dat is wat ze zoeken, begrijpt ze nu. Daar zitten *zij* achteraan. Het verlies van dat boek maakt hen zo dolzinnig van woede.

Als ze kon spreken zou ze misschien kunnen onderhandelen. Maar de woorden ontbreken haar en haar lippen zwijgen. Ze schopt om zich heen en probeert te ontsnappen, maar tevergeefs. De ijzeren greep om haar enkels is te sterk. Ze wil schreeuwen als ze haar terugslepen naar het vuur, maar ze blijft stom.

Ze probeert het opnieuw en voelt de worsteling van haar stem, diep vanbinnen, vechtend om zich een uitweg te banen. En plotseling komt alle geluid weer terug en daalt ze neer in de werkelijkheid. Licht, geluid, reuk, tast, en de metaalachtige smaak van bloed in haar mond. Een fractie van een seconde is ze zich nog bewust van een doorschijnende kilte – niet de kou van de spelonk, maar iets heel anders, veel heftiger en feller. En in die heldere kou ziet ze de vluchtige omtrekken van een gezicht, mooi maar vaag. Dezelfde stem roept haar naam.

Alaïs.

En nog eens, voor de laatste keer. Het is de stem van een vriendin, niet iemand die haar kwaad wil doen. Alice probeert haar ogen te openen. Als ze haar kon zien, zou ze het wel begrijpen, dat weet ze zeker. Maar het lukt haar niet, of niet voldoende.

De droom begint te vervagen en laat haar los.

Tijd om wakker te worden. Open je ogen.

Opeens hoort ze een nieuwe stem in haar hoofd, een andere stem. Het gevoel in haar armen en benen keert terug – de pijn van haar geschaafde knieën, de blauwe plekken van haar val. Een harde hand grijpt haar bij de schouder en schudt haar door elkaar.

'Alice! Alice, wakker worden!'

De Cité op de heuvel

1

Carcassona

JULHET 1209

Alaïs schrok wakker. Ze schoot overeind in bed, met opengesperde ogen en een fladderende angst in haar borst, als een vogel die zich probeerde te bevrijden uit een vangnet. Ze drukte haar hand tegen haar ribben om haar bonzende hart wat te kalmeren.

Eén moment balanceerde ze tussen waken en slapen, alsof een deel van haar was achtergebleven in haar droom. Ze had het gevoel dat ze zweefde en op zichzelf neerkeek vanaf grote hoogte, als de stenen waterspuwers die naar de voorbijgangers grijnsden vanaf het dak van de kathedraal van Sant-Nasari.

Toen zag ze de omgeving weer scherp. Ze lag veilig in haar eigen bed in het Château Comtal. Langzaam wenden haar ogen aan het donker. Ze was ontsnapt aan die magere mensen met hun donkere ogen, die 's nachts jacht op haar maakten en hun scherpe vingers als klauwen naar haar uitstrekten. *Hier kunnen ze niet bij me komen.* De woorden die in de stenen waren uitgehouwen – meer beelden dan taal – zeiden haar nog altijd niets. Ze vervaagden als rookslierten in de herfstlucht. Ook het vuur was gedoofd tot een herinnering op de achtergrond.

Een voorgevoel? Of gewoon een nachtmerrie?

Ze wist het niet. En ze wilde het ook niet weten. Het maakte haar bang.

Alaïs stak een hand uit naar het nachtgordijn rond het bed, alsof ze zich door die aanraking wat steviger zou voelen, niet zo gewichtloos. Het stoffige, versleten doek, met de vertrouwde lucht van het kasteel, voelde geruststellend aan tussen haar vingers.

Hoe lang had ze deze droom nu al? Haar hele jeugd. Hoe vaak was ze 's nachts angstig wakker geworden, met een doodsbleek gezicht, nat van tranen? Dan had haar vader bij haar bed gezeten, wakend over haar alsof ze een zoon was. En terwijl de ene kaars na de andere opbrandde vertelde hij haar fluisterend over zijn avonturen in het Heilige Land. Hij beschreef de eindeloze zee van de woestijn, de vloeiende lijnen van de moskeeën en de oproep tot het gebed voor de Saraceense gelovigen. Hij sprak over geurige kruiden, levendige kleuren, de hete smaak van de gerechten en de schitterende, bloedrode zonsondergang boven Jeruzalem.

Jarenlang, in die holle uren tussen ochtendschemer en daglicht, terwijl haar zusje naast haar lag te slapen, had haar vader tegen haar gepraat om haar demonen te verdrijven. En niet één keer had hij de zwarte monniken of de katholieke priesters bij haar toegelaten met hun bijgeloof en hun valse symbolen.

Zijn woorden hadden haar gered.

'Guilhem?' fluisterde ze.

Haar man was nog diep in slaap en eiste met gespreide armen het grootste deel van het bed voor zich op. Zijn lange, donkere haar, dat naar rook, wijn en de stallen geurde, lag als een waaier op het kussen. Maanlicht viel door het open raam. Het luik stond open om de koele nachtlucht binnen te laten. In het eerste schemerlicht kon Alaïs de schaduw van de baard op zijn kin onderscheiden. De ketting die Guilhem om zijn hals droeg glinsterde en schitterde als hij zich bewoog.

Alaïs wilde hem wakker maken om hem te zeggen dat alles nu goed was – dat ze niet meer bang hoefde te zijn. Maar hij lag zo rustig dat ze hem niet durfde te wekken. Onbevreesd in andere zaken was ze nog onervaren in het huwelijk en heel behoedzaam tegenover hem. Dus beperkte ze zich ertoe om zijn gladde, gebruinde armen en schouders te strelen, breed en stevig door al die uren die hij oefende voor het toernooi, met zwaard en lans. Alaïs voelde hoe het leven bruiste onder zijn huid, zelfs als hij sliep. En toen ze terugdacht aan hun samenzijn aan het begin van de nacht moest ze weer blozen, al was er niemand die het kon zien.

Alaïs voelde zich overweldigd door de gevoelens die Guilhem bij haar opwekte. Ze genoot van de manier waarop haar hart een sprongetje maakte als ze hem onverwachts ergens zag, of hoe ze de grond onder haar voeten voelde bewegen als hij tegen haar glimlachte. Maar toch verzette ze zich tegen dat gevoel van machteloosheid. Ze was bang dat de liefde haar zwak en frivool maakte. Ze twijfelde geen moment aan haar liefde voor Guilhem, maar ze wist ook dat ze een zekere terughoudendheid in acht nam.

Alaïs zuchtte. Ze kon alleen maar hopen dat het in de loop van de tijd wat makkelijker zou worden.

De hoedanigheid van het licht, de verandering van zwart naar grijs, en de eerste voorzichtige vogelgeluiden in de bomen op de binnenplaats vertelden haar dat de ochtend niet ver weg was. Ze wist dat ze de slaap niet meer zou kunnen vatten.

Alaïs glipte tussen de gordijnen door en liep op haar tenen naar de kledingkist in de andere hoek van de kamer. De plavuizen waren koud aan haar voeten en de rieten matten prikten onder haar tenen. Ze opende het deksel, haalde het zakje lavendel weg en pakte een effen, donkergroene jurk. Een beetje huiverend stapte ze er in en stak haar armen in de smalle mouwen. Toen trok ze de enigszins vochtige stof over haar onderhemd en maakte de ceintuur vast.

Alaïs was nu zeventien en zes maanden getrouwd, maar ze had nog niet de zachte, volle rondingen van een volwassen vrouw. De jurk hing wat vormeloos om haar tengere gestalte, alsof hij van iemand anders was. Steunend met een hand op de tafel stak ze haar voeten in zachte leren slippers en pakte haar favoriete rode mantel van de rugleuning van de stoel. De randen en zomen waren geborduurd met een ingewikkeld blauwgroen patroon van vierkantjes en ruiten, onderbroken door kleine gele bloempjes. Ze had hem zelf ontworpen voor haar trouwdag en het had haar weken en weken gekost om hem te naaien. Heel november en december was ze ermee bezig geweest, met pijnlijke, koude vingers, om maar op tijd klaar te zijn.

Alaïs richtte haar aandacht op haar *panièr*, die op de grond naast de kledingkist stond. Ze keek of ze haar beurs en kruidenzakje had, met de repen stof om planten en wortels in te verpakken en haar tuingereedschap voor het graven en snijden. Ten slotte bond ze haar mantel bij de keel dicht met een lint, stak haar mes in een schede aan haar middel, trok de capuchon over haar lange, loshangende haar en sloop zachtjes de kamer uit naar de verlaten gang. De deur viel met een zachte bons achter haar dicht.

De tijd voor het ochtendgebed was nog niet aangebroken, dus kwam ze niemand tegen in de woonvertrekken. Snel liep ze de gang door, op weg naar de steile, smalle trap. Haar mantel ruiste zacht over de stenen vloer. Ze stapte over een huisbediende heen die tegen een muur zat te slapen voor de kamer van haar zus Oriane en haar man.

Toen ze de trap afdaalde zweefde het geluid van stemmen haar tegemoet uit de keukens in de kelder. Het personeel was al druk aan het werk. Alaïs hoorde een klap, gevolgd door een kreet, toen een ongelukkige koksmaat de dag begon met een hardhandige vermaning van de kok.

Een knecht wankelde haar tegemoet met een zware emmer, halfvol water dat hij uit de put had gehaald.

Alaïs glimlachte. '*Bonjorn.*'

'*Bonjorn,* Dame,' antwoordde hij voorzichtig.

'Hier,' zei ze, en ze liep voor hem uit de trap af om de deur voor hem open te houden.

'*Mercé,* Dame,' zei hij, wat minder verlegen nu. '*Grand mercé.*'

In de keuken was het een drukte van belang. Grote wolken stoom stegen al op uit de grote *payrola*, de ketel die aan een haak boven het open vuur hing. Een oudere bediende nam het water van de knecht over, goot het in de ketel en gaf hem zonder een woord de emmer weer terug. De jongen rolde met zijn ogen naar Alaïs toen hij de trap op verdween, terug naar de put.

Op de grote tafel in het midden van de keuken stonden kapoenen, linzen en kool in afgesloten kruiken al klaar om te worden gekookt, naast potten met zoute poon, aal en snoek. Aan één kant lagen *fogaça*-pasteitjes in linnen zakken, ganzenpaté en plakken gezout varkensvlees, tegenover schalen met rozijnen, kweeperen, vijgen en kersen. Een jongen van negen of tien stond met zijn ellebogen op de tafel geleund. Zijn norse gezicht maakte duidelijk hoe hij zich verheugde op weer een hete, zweterige dag achter het spit, wachtend tot het vlees geroosterd was. Naast de haard laaide het sprokkelhout fel op in de koepelvormige broodoven. De eerste partij *pan de blat*, tarwebrood, stond al op de tafel af te koelen. De geur maakte Alaïs hongerig.

'Mag ik er een?'

De kok keek op, woedend dat een vrouw het waagde haar mond te openen in zijn keuken. Maar toen zag hij wie het was en ontblootte hij zijn rotte tanden in een scheve grijns.

'Dame Alaïs,' zei hij verheugd, terwijl hij zijn handen afveegde aan zijn schort. '*Benvenguda*. Wat een eer! Het is te lang geleden. We hebben u gemist.'

'Jacques,' zei ze hartelijk. 'Ik wilde je niet voor de voeten lopen.'

'Voor de voeten? U?' lachte hij. 'Hoe zou u mij ooit in de weg kunnen lopen?' Als kind had Alaïs vaak in de keuken rondgehangen, om te kijken en te leren. Ze was het enige meisje dat Jacques had toegelaten in zijn mannelijke domein. 'Dame Alaïs, waar kan ik u een plezier mee doen?'

'Gewoon een snee brood, Jacques. En misschien wat wijn, als je het hebt?'

Een frons verscheen op zijn gezicht. 'Neem me niet kwalijk, maar u gaat toch niet naar de rivier? Op deze tijd van de dag, zonder escorte? Een dame van uw positie... het is nog niet eens licht. Ik hoor verhalen, dingen die...'

Alaïs legde een hand op zijn arm. 'Het is vriendelijk dat je zo bezorgd bent, Jacques, en ik weet dat je het goed bedoelt. Maar ik red me wel, dat beloof ik je. Het is al bijna ochtend. Ik weet precies waar ik naartoe ga. Ik ben alweer terug voordat iemand merkt dat ik vertrokken ben. Heus.'

'Weet uw vader ervan?'

Ze legde samenzweerderig een vinger tegen haar lippen. 'Jij weet meer dan hij, maar hou het alsjeblieft geheim. Ik zal echt voorzichtig zijn.'

Jacques leek niet overtuigd, maar hij vond dat hij al te veel gezegd had en sprak haar niet tegen. Langzaam liep hij naar de tafel, wikkelde een rond broodje in een witte linnen doek en gaf een knecht opdracht een kruik wijn te halen. Alaïs keek toe en voelde een steek in haar hart. Jacques bewoog zich steeds langzamer, de laatste tijd. Zijn linkerbeen was kreupel.

'Heb je nog steeds last van je been?'

'Dat valt wel mee,' loog hij.

'Ik kan het straks voor je verbinden, als je wilt. Volgens mij geneest die wond niet goed.'

'Ach, het is niet erg.'

'Heb je de zalf gebruikt die ik voor je had gemaakt?' vroeg ze, maar ze zag aan zijn gezicht dat hij het had verzuimd.

Jacques spreidde zijn mollige handen in een gebaar van overgave. 'Er is nog zoveel te doen, Dame. Al die extra gasten – honderden, als je de bedienden, *écuyers*, knechten en hofdames meetelt, nog afgezien van de consuls en hun families. En zoveel dingen zijn tegenwoordig zo moeilijk te krijgen. Gisteren nog heb ik...'

'Allemaal goed en wel, Jacques,' zei Alaïs, 'maar je been zal niet vanzelf genezen. Daarvoor is de wond te diep.'

Opeens besefte ze dat het stil was geworden om hen heen. Ze keek op en zag dat de hele keuken meeluisterde. De jongste knechten leunden met hun ellebogen op de tafel en keken met open mond toe hoe hun opvliegende heer en meester de wind van voren kreeg. Van een vrouw, nog wel!

Alaïs deed of ze niets merkte en vervolgde wat zachter: 'Zal ik straks terugkomen om je been te verzorgen, in ruil hiervoor?' Ze klopte op het brood. 'Dat is dan ons tweede geheim. Afgesproken?'

Even was ze bang dat ze te familiair was geweest en te veel als vanzelfsprekend had aangenomen. Maar na een moment van aarzeling grijnsde Jacques.

'*Ben*,' zei ze. 'Goed. Dan kom ik terug als de zon aan de hemel staat. *Dins d'abord.*' Snel.

En Alaïs vertrok. Toen ze vanuit de keuken de trap op liep hoorde ze Jacques bulderen dat iedereen weer aan het werk moest gaan in plaats van zo te staren. Alsof er niets gebeurd was. Alaïs glimlachte.

Alles was zoals het hoorde te zijn.

Alaïs opende de zware deur naar de binnenplaats en stapte de nieuwe dag in.

De blaadjes van de iep in het midden van de besloten ruimte, waaronder burggraaf Trencavel recht sprak, waren nog zwart afgetekend tegen de verblekende nacht. Verspreid over de takken lieten leeuweriken en winterkoninkjes hun heldere trillers horen in de ochtendstond.

De grootvader van Raymond-Roger Trencavel had het kasteel meer dan een eeuw geleden laten bouwen als hoofdzetel van zijn uitdijende bezittingen. Zijn landerijen strekten zich uit van Albi in het noorden tot Narbonne in het zuiden, Béziers in het oosten en Carcassonne in het westen.

Het Château was gebouwd rond een grote rechthoekige binnenplaats en omvatte aan de westkant de restanten van een ouder kasteel. Dit vormde nu een deel van de versterkingen van de westelijke sectie van de weermuren rond de Cité – een ring van massieve steen die hoog boven de rivier de Aude en de noordelijke moeraslanden uittorende.

De donjon, waar de consuls vergaderden en belangrijke documenten werden getekend, stond in de zuidwesthoek van de binnenplaats en werd zwaarbewaakt. In het schemerlicht zag Alaïs iets tegen de buitenmuur liggen. Toen ze wat scherper keek zag ze dat het een hond was, slapend op de grond. Een paar jongens, die als kraaien op het hek van het ganzenhok zaten, gooiden steentjes naar de hond om hem te laten schrikken. In de stilte hoorde Alaïs het doffe bonzen van hun hakken tegen het houten hek.

Het Château Comtal had twee ingangen. De brede, gewelfde Westpoort kwam rechtstreeks uit op de met gras begroeide hellingen aan de voet van de muren en was meestal gesloten. De kleinere, smalle Oostpoort was tussen twee hoge poorttorens ingeklemd en kwam uit in de straten van de *Ciutat*, de Cité zelf.

De onder- en bovenverdiepingen van de poorttorens waren met elkaar verbonden via houten ladders en een serie valluiken. Als kind had Alaïs vaak op en neer geklauterd tussen de verschillende verdiepingen, samen met de jongens uit de keuken, om aan de wachtposten te ontsnappen. Alaïs was bliksemsnel. Ze won altijd.

Nu trok ze haar mantel wat dichter om zich heen en stak haastig de binnenplaats over. Als de avondklok had geluid, de poorten waren gesloten en de wacht was ingesteld mocht niemand meer het kasteel in of uit zonder toestemming van haar vader. Hoewel hij geen consul was, bekleedde Bertrand Pelletier toch een unieke, bevoorrechte positie in het Château. Niet veel mensen durfden hem te trotseren.

Haar vader hield er niet van dat ze 's ochtends vroeg uit de Cité wegsloop, en de laatste tijd bond hij haar nog eens extra op het hart om 's nachts binnen de muren van het kasteel te blijven. Alaïs veronderstelde dat haar echtgenoot er net zo over dacht, hoewel Guilhem er nooit iets over gezegd had. Maar alleen in de stilte en anonimiteit van de vroege ochtend, vrij van de belemmeringen en beperkingen van de huishouding, voelde Alaïs zich echt zichzelf – niemands dochter, niemands zuster, niemands vrouw. Diep in haar hart had ze altijd geloofd dat haar vader dat begreep. Hoewel ze hem niet graag ongehoorzaam was, wilde ze ook die schaarse momenten van vrijheid niet opgeven.

De meeste soldaten van de nachtwacht knepen een oogje dicht. Vroeger, tenminste. Maar sinds er geruchten gingen over een dreigende oorlog was het garnizoen veel voorzichtiger geworden. Aan de oppervlakte ging het leven zijn gewone gang. Zo nu en dan kwamen er vluchtelingen naar de Cité, met verhalen over aanvallen of godsdienstige vervolgingen, maar daar was Alaïs wel aan gewend. Gewapende bendes die vanuit het niets een overval pleegden en dan weer verdwenen hoorden nu eenmaal bij het dagelijks bestaan voor iedereen die buiten de bescherming van een versterkte stad woonde. Die verhalen leken dus niets bijzonders.

Voorzover Alaïs wist maakte ook Guilhem zich niet druk over de geruchten over een conflict. Hij sprak nooit met haar over dat soort zaken. Maar Oriane beweerde dat een Frans leger van kruisridders en geestelijken klaarstond om de gebieden van de Pays d'Oc aan te vallen. Bovendien zou die campagne worden gesteund door de paus en de Franse koning. Alaïs wist uit ervaring dat Oriane het leuk vond om haar op stang te jagen. Maar toch leek haar zus vaak eerder van nieuwtjes op de hoogte dan de rest van de huishouding, en het viel niet te ontkennen dat er steeds meer boodschappers op en neer reisden naar het kasteel. De rimpels in het gezicht van haar vader waren de laatste weken veel dieper en donkerder, en zijn wangen leken nog holler.

De *sirjans d'arms* op wacht bij de Oostpoort waren nog klaarwakker, maar met rode oogjes na de lange nacht. Ze hadden hun vierkante zilveren helmen hoog op hun hoofd geschoven en hun maliënkolders glansden dof in het bleke ochtendlicht. Met hun schilden vermoeid over hun schouders geslingerd en hun zwaarden in de schede gestoken leken ze meer aan hun bed te denken dan aan de strijd.

Alaïs haalde opgelucht adem toen ze Bérenger herkende. Hij zag haar aankomen en boog grijnzend zijn hoofd.

'*Bonjorn,* Dame Alaïs. U bent al vroeg uit de veren.'

Ze glimlachte. 'Ik kon niet slapen.'

'Kan die man van u niets bedenken om uw nachten mee te vullen?' vroeg Bérenger met een dubbelzinnige knipoog. Hij had een pokdalig gezicht en afgekloven, bloedende nagels. Zijn adem rook naar oudbakken brood en bier.

Alaïs negeerde die opmerking. 'Hoe is het met je vrouw, Bérenger?'

'Heel goed, Dame. Ze is bijna weer de oude.'

'En je zoon?'

'Die groeit als kool. Straks eet hij ons nog de oren van het hoofd.'

'Dan lijkt hij op zijn vader!' zei ze, met een por tegen zijn dikke buik.

'Ja, dat zei mijn vrouw ook al.'

'Breng haar mijn groeten over, Bérenger. Zul je dat doen?'

'Ze zal het fijn vinden dat u aan haar denkt, Dame.' Hij zweeg een moment. 'En nu moet ik u zeker laten passeren?'

'Ik ga alleen even naar de *Ciutat*, en misschien naar de rivier. Ik ben zo weer terug.'

'We mogen niemand doorlaten,' gromde Bérengers metgezel. 'Orders van intendant Pelletier.'

'Niemand heeft jou iets gevraagd,' snauwde Bérenger. 'Dat is het punt niet, Dame,' zei hij, wat zachter nu. 'Maar u weet hoe de zaken staan. Stel dat u iets zou overkomen en ik de schuld kreeg omdat ik u had doorgelaten? Dan zou uw vader...'

Alaïs legde een hand op zijn arm. 'Ik weet het, ik weet het,' zei ze zacht. 'Maak je geen zorgen. Ik kan heel goed op mezelf passen. Bovendien...' – haar blik gleed even naar de andere wachtpost, die in zijn neus stond te peuteren en zijn vinger afveegde aan zijn mouw – 'heb jij hier grotere gevaren te duchten dan ik bij de rivier!'

Bérenger lachte. 'Beloof me dat u voorzichtig zult zijn, *è*?'

Alaïs knikte en sloeg haar mantel wat verder open om hem het mes op haar heup te laten zien. 'Ik geef je mijn woord.'

Er waren twee deuren. Bérenger ontgrendelde de eerste, trok toen de zware eikenhouten balk voor de poortdeur omhoog en opende hem op een kier, zodat Alaïs naar buiten kon glippen. Met een dankbaar lachje dook ze onder zijn arm door en stapte de wijde wereld in.

2

Alaïs voelde dat haar hart een sprongetje maakte toen ze het halfduister van de poorttorens achter zich kon laten. Ze was weer vrij. Nou ja, voorlopig.

Een beweegbaar houten looppad verbond het poortgebouw met de platte stenen brug tussen het Château Comtal en de straten van Carcassona. De dauw op het gras in de droge greppel onder de brug glinsterde in het schitterende purperen licht. De maan was nog niet onder, maar begon al te verbleken in de vroege ochtend.

Alaïs liep zo snel dat de zoom van haar mantel wervelende patronen naliet in het stof. Ze had geen zin in lastige vragen van de wachtposten aan de andere kant. En ze had geluk. Ze zaten half te slapen op hun post en zagen haar niet voorbijkomen. Haastig stak ze het open terrein over en verdween in het netwerk van smalle steegjes, op weg naar een poortje bij de Tour du Moulin d'Avar, het oudste deel van de muren. De poort gaf rechtstreeks toegang tot de moestuinen en *faratjals*, de weiden rond de Cité en de noordelijke buitenwijk van Sant-Vicens. Op dit uur van de dag was dat de snelste route naar de rivier zonder gezien te worden.

Alaïs hield haar rokken op en zocht voorzichtig haar weg door het afval van een wilde nacht in de *Taberna Sant Joan dels Evangèlis*. Beurse appels, half opgegeten peren, afgekloven botten en gebroken bierpullen lagen verspreid in het zand. Wat verderop lag een bedelaar te slapen in een portiek, met zijn arm over de rug van een grote, haveloze, oude hond. Drie mannen zaten onderuitgezakt tegen de put. Hun luide gesnurk overstemde zelfs het gezang van de vogels.

De wachtpost bij het poortje was er slecht aan toe. Hij stond te hoesten en te rochelen, zo diep weggedoken in zijn jas dat alleen zijn wenkbrauwen en het puntje van zijn neus nog zichtbaar waren. Hij wilde niet gestoord worden en deed alsof hij haar niet zag. Alaïs zocht in haar beurs en haalde een muntje tevoorschijn. Zonder haar aan te kijken griste hij het weg met een vuile hand, testte het tussen zijn tanden, schoof toen de grendels terug en opende het poortje op een kier om haar door te laten.

Het pad omlaag naar het hek was steil en rotsachtig. Het liep tussen twee hoge houten palissades door, en er was niet veel licht. Maar Alaïs had deze weg zo vaak genomen dat ze elke kuil en hobbel kende. Zonder probleem daalde ze de heuvel af, langs de voet van de plompe, ronde houten toren, en volgde de loop van het snelstromende water tot aan het punt waar het zich als een molenbeek door het hek stortte.

Scherpe bramen krasten langs haar benen en de doorns trokken aan haar jurk. Tegen de tijd dat ze beneden kwam was de zoom van haar mantel dieprood verkleurd en kletsnat van het hoge gras. De neuzen van haar leren slippers waren donker van het vocht.

Haar hart ging open toen ze uit de schaduw van de palissade de vrije natuur in stapte. In de verte dreef een witte zomernevel boven de Montagne Noire. De hemel aan de horizon lichtte op met roze en paarse strepen.

Toen ze uitkeek over die prachtige lappendeken van koren-, gerst- en tarwevelden, met daarachter de bossen die zich uitstrekten zo ver als het oog kon zien, was Alaïs zich sterk bewust van het verleden, overal om haar heen – als een mantel die haar omhulde. Goedwillende geesten staken hun handen naar haar uit, vertelden haar fluisterend over hun leven en deelden hun geheimen met haar. Allemaal waren ze met haar verbonden, iedereen die ooit op deze heuvel had gestaan en nóg zou staan, dromend van wat het leven te bieden had.

Alaïs was nooit verder geweest dan de landerijen van burggraaf Trencavel. Ze kon zich maar moeilijk een beeld vormen van de grijze steden in het noorden, zoals Parijs, Amiens of Chartres, waar haar moeder was geboren. Het waren slechts namen voor haar, woorden zonder kleur of warmte, net zo hard als de taal, de *langue d'oïl*, die ze daar spraken. Maar hoewel ze weinig vergelijkingsmateriaal had, kon ze niet geloven dat er ergens op de wereld zo'n mooi en tijdloos landschap kon bestaan als dat van Carcassona.

Ze daalde de heuvel af, zigzaggend door het kreupelhout en het ruige struikgewas, tot ze het drassige land aan de zuidoever van de rivier de Aude had bereikt. Haar natte rok wikkelde zich soms om haar enkels, zodat ze bijna struikelde. Ze voelde zich niet op haar gemak, merkte ze, en ze liep sneller dan gewoonlijk. Het kwam niet door de waarschuwingen van Jacques en Bérenger – die waren altijd bezorgd – maar toch voelde ze zich merkwaardig geïsoleerd en kwetsbaar.

Haar hand ging naar de dolk aan haar zij toen ze zich het verhaal herinnerde van de koopman die beweerde een wolf te hebben gezien op de andere oever, vorige week nog maar. Niemand geloofde hem. Het zou wel een vos of een wilde hond zijn geweest, in deze tijd van het jaar. Maar nu ze hier in haar eentje liep, leek het verhaal bijna geloofwaardig. Het koude heft voelde geruststellend onder haar hand.

Heel even kwam Alaïs in de verleiding om terug te gaan. *Nee. Dat zou laf zijn.* Dus liep ze verder. Eén of twee keer draaide ze zich haastig om, geschrokken van geluiden die niets anders bleken te zijn dan een opfladderende vogel of de zachte plons van een gele rivieraal in het ondiepe water.

Langzamerhand verdwenen haar zenuwen toen ze haar vertrouwde route volgde. De Aude was breed en ondiep, met verscheidene zijtakken, als de aderen op de rug van een hand. De ochtendnevel glinsterde doorschijnend boven het water. 's Winters was de rivier woest en snel, gezwollen door de aanvoer van de ijzige bergbeken. Maar het was een droge zomer geweest en het water stroomde laag en traag. De zoutpannen bewogen zich nauwelijks in de stroming. Met dikke touwen aan de oevers vastgebonden vormden ze een houten ruggengraat in het midden van de rivier.

Het was nog te vroeg voor de vliegen en muggen die in zwarte wolken boven de poelen zouden hangen zodra het warmer werd. Daarom nam Alaïs de kortste route over de moddervlakten. Het pad was gemarkeerd met kleine stapels witte stenen, om te voorkomen dat reizigers in het gevaarlijke drijfzand terechtkwamen. Alaïs volgde het pad zorgvuldig, tot aan de rand van de bossen die recht onder het westelijke deel van de vestingmuren lagen.

Ze was op weg naar een kleine, beschutte open plek, waar de beste planten groeiden in de halve schaduw van de ondiepten. Zodra ze onder de bomen kwam vertraagde Alaïs haar pas en kreeg ze er weer plezier in. Ze duwde de hangende ranken weg en zoog de rijke, aardse lucht van bladeren en mos diep in haar longen.

Hoewel er geen tekenen waren van menselijke aanwezigheid bruiste het bos van kleuren en geluiden. Overal was het gezang te horen van spreeuwen, winterkoninkjes en vinken. Takjes en bladeren knerpten en braken onder haar voeten. Konijnen schoten door het struikgewas. Hun witte staartjes dansten op en neer als ze wegdoken tussen de gele, paarse en blauwe zomerbloemen. Hoog in de brede takken van de coniferen kraakten rode eekhoorntjes de dennenappels en deden een fijne regen van geurige naalden neerdalen.

Alaïs had het warm tegen de tijd dat ze bij haar plekje kwam – een klein, open stukje land aan de rivier. Opgelucht zette ze haar *panièr* neer en wreef over de binnenkant van haar elleboog, waar het handvat een striem had nagelaten in haar vlees. Ze trok haar zware mantel uit en hing die over de lage tak van een witte wilg, voordat ze met een zakdoek haar gezicht en nek afveegde. De wijn zette ze in de holte van een boom om hem koel te houden.

Hoog boven haar verhieven zich de steile muren van het Château Comtal. Het karakteristieke slanke silhouet van de Tour Pinte stond duidelijk afgetekend tegen de bleke hemel. Alaïs vroeg zich af of haar vader al wakker was en met de burggraaf overlegde in zijn privé-vertrekken. Haar blik gleed naar de linkerkant van de wachttoren en zocht haar eigen raam. Zou Guilhem nog slapen? Of was hij wakker geworden en had hij haar gemist?

Zoals altijd wanneer ze door het groene bladerdak omhoogkeek verbaasde het haar dat de Cité zo dichtbij was. Twee totaal verschillende werelden, in een scherp reliëf. Daar, in de straten van Carcassona en de gangen van het Château Comtal, was het een drukte van belang. Geen moment rust. Hier beneden, in de wereld van de bosdieren en het waterland, heerste een diepe, tijdloze stilte.

Alleen hier voelde ze zich echt thuis.

Alaïs trok haar leren slippers uit. Het gras was heerlijk koel tussen haar tenen, nog nat van de ochtenddauw. Het kriebelde tegen haar voetzolen. Alaïs genoot. Heel even was ze de Cité en het kasteel vergeten.

Ze liep met haar gereedschap naar de rivier. In de ondiepte langs de oever groeide een bos engelkruid. De sterke, geribbelde stengels leken op een rij speelgoedsoldaatjes, keurig in het gelid op de modderige grond. De heldergroene bladen, sommige groter dan haar hand, wierpen een vage schaduw over het water.

Niets was zo goed als engelkruid tegen bloedvergiftiging en infecties. Haar vriendin en mentor Esclarmonde had haar ervan doordrongen dat ze elke kans moest aangrijpen om ingrediënten te verzamelen voor compressen, medicijnen en remedies. Ook al was de Cité nu vrij van besmettelijke infecties, morgen kon dat heel anders zijn. Gevaarlijke ziekten konden elk moment toeslaan. Het was een advies dat Alaïs in haar oren had geknoopt, zoals alles wat Esclarmonde zei.

Ze stroopte haar mouwen op en schoof de schede van het mes op haar rug, om er geen last van te hebben. Toen knoopte ze haar haar in een vlecht, zodat het niet in haar gezicht zou hangen als ze bezig was. Ten slotte stopte ze de zoom van haar jurk achter haar ceintuur, voordat ze de rivier in stapte. De plotselinge kou rond haar enkels bezorgde haar kippenvel. Ze hapte naar adem.

Eerst doopte ze de stroken stof in het water en legde ze op een rij langs de oever, voordat ze met haar troffel de wortels begon uit te graven. Even later schoot de eerste plant met een gorgelend geluid uit de bodem omhoog. Ze legde hem op de oever en hakte hem met haar kleine bijl in stukken. De wortels wikkelde ze in de repen stof, die ze plat op de bodem van haar *panièr* legde. Daarna borg ze de kleine, geelgroene blaadjes met hun karakteristieke pittige geur in een afzonderlijke doek in haar leren buidel. Ze gooide de bladeren en de rest van de stengels weg voordat ze weer in het water stapte om het hele proces te herhalen. Algauw zaten haar handen onder de groene vlekken en haar armen onder de modder.

Toen ze al het engelkruid had geoogst keek Alaïs om zich heen of ze nog iets bruikbaars kon ontdekken. Wat verder stroomopwaarts zag ze smeerwortel, met zijn vreemde, opvallend ingegroeide blaadjes en scheve trosjes klokvormige roze en paarse bloempjes. Smeerwortel, of heelwortel, zoals de meesten het noemden, hielp tegen kneuzingen en bevorderde de aangroei van huid en botten. Alaïs stelde haar ontbijt nog even uit, pakte haar gereedschap en ging weer aan het werk. Ze hield niet eerder op voordat haar *panièr* vol was en ze al haar doeken had gebruikt.

Ten slotte nam ze haar mand mee de oever op, ging onder de bomen zitten en strekte haar benen voor zich uit. Ze had kramp in haar rug, haar schouders en haar vingers, maar ze was voldaan over haar werk. Ze boog zich naar de holte en pakte de kruik wijn die Jacques haar had meegegeven. De stop schoot los met een ploppend geluid. Alaïs huiverde even toen het koele vocht over haar tong liep, haar keel in. Daarna pakte ze het versgebakken brood uit en nam er een flinke hap van. Het had een vreemde smaak van tarwe, zout, rivierwater en kruiden, maar ze rammelde van de honger. Nog nooit had ze zo heerlijk gegeten.

De hemel was nu bleekblauw, de kleur van vergeet-me-nietjes. Alaïs wist dat ze allang thuis had moeten zijn. Maar toen ze het gouden zonlicht op het water zag dansen en de wind op haar huid voelde had ze helemaal geen zin om terug te gaan naar de rumoerige straten van Carcassona en de drukte van het kasteel. Die paar minuutjes extra konden toch geen kwaad? Ze strekte zich uit op het gras en sloot haar ogen.

Het geluid van een krassende vogel wekte haar.

Alaïs schoot overeind en staarde omhoog door de lappendeken van bladeren. Eén moment wist ze niet meer waar ze was, maar toen herinnerde ze het zich weer.

In paniek krabbelde ze op de been. De zon stond hoog aan de wolkeloze hemel. Ze was hier veel te lang gebleven. In de Cité moesten ze haar nu wel hebben gemist.

Haastig graaide ze haar spullen bij elkaar, spoelde haar gereedschap provisorisch schoon in de rivier en sprenkelde water over de linnen pakjes om de planten vochtig te houden. Ze wilde zich net omdraaien toen haar aandacht werd getrokken door iets wat in het riet verstrikt lag. Het leek een boomstam of een stuk hout. Alaïs beschutte haar ogen tegen de zon en vroeg zich af waarom ze het niet eerder had gezien.

Het deinde te soepel, te beweeglijk, op het water om zo stijf te zijn als hout of boombast. Alaïs kwam wat dichterbij.

Nu zag ze dat het een donkere, zware stof was, opgezwollen door het water. Na een korte aarzeling werd de nieuwsgierigheid haar toch te machtig en waagde ze zich weer in het water. Ze waadde voorbij de ondiepten naar de snellere, donkere hoofdstroom in het midden van de rivier. Hoe verder

Alaïs kwam, des te kouder het water. Ze had moeite haar evenwicht te bewaren. Ze groef haar tenen in de modder, terwijl het water omhoogspatte tegen haar magere, bleke dijen en haar jurk.

Iets verder dan halverwege bleef ze abrupt staan. Haar hart bonsde in haar keel en ze voelde het angstzweet in haar handen nu ze beter kon zien.

'*Payre Sant.*' Heilige Vader. De woorden kwamen als vanzelf.

Het was het lichaam van een man, dat voorover in het water dreef, met zijn mantel om hem heen gespreid. Hij droeg een jas van bruin fluweel, met een hoge kraag, afgezet met zwarte zijde en gouddraad. Alaïs ving een glimp op van een gouden ketting of armband onder water. Hij was blootshoofds en had krullend zwart haar, met hier en daar wat grijs. En het leek of hij iets om zijn hals droeg, een rood lint of iets dergelijks.

Alaïs kwam nog een stap dichterbij. Haar eerste gedachte was dat hij in het donker in de rivier moest zijn gevallen en verdronken. Ze wilde net haar hand uitsteken toen ze zich bedacht. De manier waarop zijn hoofd heen en weer rolde in het water hield haar tegen. Ze haalde diep adem, gebiologeerd door het opgezwollen lijk. Ze had al eens eerder een verdronken man gezien, een zeeman. Zijn huid was blauw en paars gevlekt geweest, als kneuzingen die verbleekten. Maar dit zag er heel anders uit. Het klopte niet.

Deze man moest al dood zijn geweest voordat hij in het water terechtkwam. Zijn levenloze handen lagen naar voren gestrekt, alsof hij probeerde te zwemmen. Zijn linkerarm dreef naar Alaïs toe, deinend op de stroming. Haar blik viel op iets lichts en kleurigs, dicht onder de oppervlakte. Het was een plek op zijn huid, onregelmatig, als een moedervlek, die rood afstak tegen het gezwollen bleke vlees waar zijn duim had moeten zitten. Toen keek ze naar zijn hals.

Haar knieën knikten.

De wereld draaide om haar heen, langzaam maar heftig, golvend als het oppervlak van een ruwe zee. De onregelmatige rode lijn die ze voor een lint of een kraag had aangezien was een afzichtelijke, diepe snee vanaf het linkeroor tot onder de kin. Het hoofd van de man was bijna van zijn romp gehakt. Wat doorgesneden huidslierten, groengekleurd door het water, dreven rond de snee. Kleine zilvervisjes en bloedzuigers, zwart en volgevreten, deden zich tegoed aan de wond.

Alaïs dacht dat haar hart stilstond. Het volgende moment raakten de schok en de angst haar met volle hevigheid. Ze draaide zich op haar hielen om en rende terug door het water, glijdend en struikelend in de modder. Haar instinct zei haar dat ze zo ver mogelijk bij het lijk vandaan moest komen. Ze was doorweekt vanaf haar middel. Haar jurk, zwaar van het water, kleefde om haar benen en trok haar omlaag.

De rivier leek opeens twee keer zo breed, maar Alaïs hield vol en wist de oever te bereiken voordat de misselijkheid haar overweldigde en ze heftig begon te braken – wijn, onverteerd brood en rivierwater.

Half kruipend sleepte ze zich op handen en voeten wat verder de oever op, waar ze in de schaduw van de bomen in elkaar zakte. Haar hoofd tolde en haar mond was droog en zuur, maar ze moest hier weg. Ze probeerde op te staan, maar haar benen voelden hol en wilden haar niet dragen. Vechtend tegen haar tranen veegde ze haar mond af met de rug van haar trillende hand. Weer probeerde ze overeind te komen, leunend tegen een boom.

Deze keer lukte het. Wanhopig trok ze haar mantel van de tak en met veel moeite wrong ze haar vuile voeten in haar slippers. Toen, zonder zich om haar spullen te bekommeren, rende ze terug door het bos, alsof de duivel haar op de hielen zat.

De hitte sloeg Alaïs in het gezicht zodra ze uit het bos op de open vlakte kwam. De zon brandde ondraaglijk op haar wangen en in haar nek. Steekmuggen en andere bijtende insecten waren op de warmte afgekomen en hingen in zwermen boven de stilstaande poelen langs het pad. Moeizaam sleepte Alaïs zich door het vijandige landschap.

Haar uitgeputte benen protesteerden luid en haar adem brandde in haar longen en haar keel, maar ze bleef rennen, rennen, rennen. Het enige wat ze nog wist was dat ze het lijk achter zich moest laten en haar vader moest waarschuwen.

Ze nam een andere weg, omdat de poorten nu misschien gesloten waren. Instinctief koos ze voor Sant-Vicens en de Porte de Rodez, die de buitenwijk verbond met Carcassona.

Het was druk op straat en Alaïs moest zich door de menigte wringen. Het geroezemoes van het stadsleven klonk steeds luider naarmate ze dichter bij de Cité kwam. Ze probeerde niet te luisteren en concentreerde zich enkel op de poort. Biddend dat haar trillende benen niet zouden bezwijken rende ze verder.

Een vrouw tikte haar op de schouder.

'Uw hoofd, Dame,' zei ze zacht. Haar stem was vriendelijk maar leek van heel ver weg te komen.

Alaïs besefte dat haar haar was losgeraakt en in slierten om haar hoofd danste. Haastig gooide ze haar mantel om haar schouders en zette haar capuchon op. Haar handen trilden, van uitputting en schrik. Ze trok de jas dicht om zich heen, in de hoop dat de vlekken op haar jurk – modder, braaksel en groene waterplanten – niet te zien zouden zijn.

Overal om haar heen werd geroepen, getrokken en geduwd. Alaïs was bang dat ze flauw zou vallen. Ze stak een hand uit en zocht steun bij een muur. De wachtposten bij de Porte de Rodez lieten de meeste bewoners passeren zonder iets te vragen. Alleen zwervers, zigeuners, Saracenen en joden moesten vertellen wat ze in Carcassonne te zoeken hadden. Hun bezittingen werden onnodig ruw doorzocht, totdat er muntjes of kruiken met bier van eigenaar verwisselden en ze konden doorlopen, om plaats te maken voor het volgende slachtoffer.

Ze lieten Alaïs doorgaan, bijna zonder haar een blik waardig te keuren.

In de smalle straten van de Cité was het niet minder druk: marskramers, kooplui, koeien, soldaten, hoefsmeden, jongleurs en echtgenotes van de consuls, met hun bedienden en priesters. Alaïs hield haar hoofd gebogen, alsof ze tegen een grimmige noordenwind in liep. Ze wilde niet herkend worden.

Eindelijk zag ze het vertrouwde silhouet van de Tour du Major, toen de Tour des Casernes en ten slotte de dubbele toren van de Oostpoort, voordat het Château Comtal in zicht kwam.

Ze slaakte een zucht van opluchting en kreeg tranen in haar ogen. Woedend om haar eigen zwakte beet Alaïs tot bloedens toe op haar onderlip. Ze schaamde zich voor haar ontreddering en was vastbesloten zichzelf niet nog erger te vernederen door in huilen uit te barsten – hier, waar iedereen haar lafheid zou kunnen zien.

Ze wilde alleen haar vader!

3

Intendant Pelletier was in een van de voorraadkamers in de kelders naast de keuken, waar hij net zijn wekelijkse inventarisatie van de graan- en meelvoorraden had afgerond. Tot zijn opluchting was er niets beschimmeld.

Bertrand Pelletier was al meer dan achttien jaar in dienst van burggraaf Trencavel. Vroeg in de koude januarimaand van 1191 had hij bevel gekregen om naar zijn geboorteplaats Carcassonne terug te keren als *intendant* – rentmeester – van de negenjarige Raymond-Roger, de erfgenaam van Trencavel. Het was een bericht waar hij lang op had gewacht. Verheugd was hij teruggereisd met zijn zwangere Franse vrouw en zijn dochtertje van twee. De kou en de regen van Chartres waren niets voor hem. Wat hij bij zijn terugkeer aantrof was een kleine, vroegwijze jongen, die treurde om het verlies van zijn ouders en worstelde met de verantwoordelijkheden die nu op zijn jonge schouders rustten.

Bertrand week niet meer van Trencavels zijde, aanvankelijk binnen de huishouding van Raymond-Rogers voogd, Bertrand van Saissac, en later onder bescherming van de graaf van Foix. Toen Raymond-Roger meerderjarig werd en naar het Château Comtal terugkeerde om zijn rechtmatige positie als burggraaf van Carcassonne, Béziers en Albi in te nemen, was Pelletier met hem meegegaan.

Als rentmeester was Pelletier verantwoordelijk voor de organisatie van de huishouding. Bovendien hield hij zich bezig met de administratie, de rechtspraak en de belastingen, die uit naam van de burggraaf werden geïnd door de consuls, die het dagelijkse bestuur vormden van Carcassonne. Maar in de eerste plaats was Pelletier toch de belangrijkste vriend en vertrouwensman van de burggraaf. Hij had meer invloed dan wie ook.

Op dit moment stroomde het Château Comtal vol met vooraanstaande gasten: de *seigneurs* van de belangrijkste châteaux van Trencavel, met hun echtgenotes, en de dapperste, beroemdste *chevaliers* van de Midi. De beste minstrelen en troubadours waren uitgenodigd voor het traditionele zomertoernooi op de feestdag van Sant-Nasari, eind juli. Vanwege de schaduw van de oorlog die nu al meer dan een jaar over het gebied hing was de burggraaf vastbesloten om zijn gasten een plezierige tijd te bezorgen. Het moest het meest gedenkwaardige toernooi worden van zijn bewind.

Dus wilde Pelletier niets aan het toeval overlaten. Hij sloot de deur van de graankelder met een van de vele zware sleutels aan de metalen ring aan zijn middel en liep de gang door.

'De wijnkelder,' zei hij tegen zijn bediende, François. 'Het laatste vat was zuur.'

Onderweg wierp de intendant nog een blik in de andere ruimtes langs de gang. De linnenkamer rook naar lavendel en tijm en was verlaten – in afwachting van iemand die alles weer tot leven zou brengen.

'Zijn die tafelkleden gewassen en gereed?'

'*Oc, Messire.*'

In de ruimte tegenover de wijnkelder onder aan de trap waren mannen bezig om lappen vlees door de zoutkist te halen. Er hingen al een paar zijden aan de metalen haken in het plafond. De rest werd in tonnen geborgen, voor later. Iemand in de hoek reeg champignons, knoflook en uien aan draden en hing ze op om te drogen.

Iedereen stopte met zijn werk en zweeg toen Pelletier binnenkwam. Een paar jongere knechten kwamen verlegen overeind. De rentmeester zei niets, maar keek kritisch om zich heen voordat hij goedkeurend knikte en weer doorliep.

Hij maakte net de deur van de wijnkelder open toen hij wat geschreeuw hoorde, en het geluid van rennende voetstappen op de verdieping boven hem.

'Kijk eens wat er aan de hand is,' zei hij geïrriteerd. 'Zo kan ik niet werken, met al die herrie.'

'Messire.' François draaide zich om en rende de trap op om poolshoogte te nemen.

Pelletier duwde de zware deur open, stapte de koele, donkere kelder binnen en ademde de vertrouwde lucht in van vochtig hout, met het zurige aroma van gemorst bier en weggedruppelde wijn. Langzaam liep hij de gangen door totdat hij de vaten had gevonden die hij zocht. Hij pakte een stenen kopje van een blad dat op een tafel klaarstond en opende een vat, heel voorzichtig, om de wijn niet te verstoren.

Een geluid in de gang deed zijn nekharen overeind komen. Hij zette het kopje neer. Iemand riep zijn naam. Alaïs. Er was iets gebeurd.

Pelletier liep snel de kelder door en gooide de deur open.

Alaïs denderde de trap af alsof ze door een meute honden werd nagezeten, met François op haar hielen.

Ze slaakte een kreet van opluchting toen ze het grijze hoofd van haar vader ontdekte tussen de vaten met wijn en bier. Het volgende moment wierp ze zich in zijn armen en begroef haar betraande gezicht tegen zijn borst. Zijn vertrouwde, troostende geur maakte haar bijna weer aan het huilen.

'Wat is er aan de hand? Bij Sant Foy! Wat is er met je gebeurd? Ben je gewond? Zeg dan wat!'

Alaïs hoorde de schrik in zijn stem. Ze deed een stap terug en probeerde iets te zeggen, maar de woorden wilden niet komen. 'Vader, ik...'

Vragen blonken in zijn ogen toen hij zijn blik over haar verfomfaaide toestand en haar vuile kleren liet glijden. Over haar hoofd heen keek hij vragend naar François.

'Zo trof ik Dame Alaïs hier aan, Messire.'

'En ze heeft je niets verteld over de... reden voor deze paniek?'

'Nee, Messire. Alleen dat ze u meteen moest spreken.'

'Goed. Laat ons alleen. Ik roep je wel als ik je nodig heb.'

Alaïs hoorde de deur dichtvallen. Toen voelde ze haar vaders zware arm om haar schouder. Hij nam haar mee naar de bank die langs één muur van de kelder liep en zette haar daar neer.

'Kom, *filha*,' zei hij op zachtere toon. Hij stak een hand uit en streek een lok haar uit haar gezicht. 'Dit is niets voor jou. Vertel eens wat er is gebeurd.'

Alaïs deed nog een poging om zich te beheersen. Ze vond het vreselijk dat ze hem zo ongerust moest maken. Ten slotte wreef ze haar wangen schoon en bette haar ogen met de zakdoek die hij haar gaf.

'Drink maar even,' zei hij, terwijl hij haar een beker wijn in de hand drukte, voordat hij ging zitten. Het oude hout kraakte onder zijn gewicht. 'François is weg. Niemand kan ons horen. Kalm maar. Wat is er in vredesnaam met je gebeurd? Is het Guilhem? Heeft hij je slecht behandeld? Want geloof me, als dat zo is, zal ik...'

'Nee. Het heeft niets met Guilhem te maken, *Paire*,' zei Alaïs haastig. 'Of met wie dan ook...'

Ze keek naar hem op en sloeg toen verlegen haar ogen neer. Ze schaamde zich over haar eigen paniek.

'Wat dan?' drong hij aan. 'Hoe kan ik je nou helpen als je me niet vertelt wat er aan de hand is?'

Alaïs slikte even, angstig en met een schuldgevoel. Ze wist niet hoe ze moest beginnen.

Pelletier nam haar handen in de zijne. 'Je beeft, Alaïs.' Ze hoorde de bezorgdheid en liefde in zijn stem. Hij probeerde zijn eigen paniek te onderdrukken. 'En moet je je kleren zien!' zei hij, terwijl hij de zoom van haar jurk tussen zijn vingers nam. 'Helemaal nat, en onder de modder.'

Alaïs zag hoe vermoeid en ongerust hij was, totaal van streek door haar toestand, hoewel hij zijn best deed om flink te zijn. De rimpels in zijn voorhoofd waren diepe groeven. Hoe had het haar kunnen ontgaan dat hij al zo grijs werd bij zijn slapen?

'Ik heb nog nooit meegemaakt dat je met stomheid was geslagen,' zei hij, om haar uit haar tent te lokken. 'Vertel me nou maar wat er gebeurd is, *è*?'

Ze las zoveel liefde en vertrouwen op zijn gezicht dat haar hart bijna samenkneep. 'Maar ik ben bang dat u boos zult worden, *Paire*. En met reden.'

Er kwam een scherpere uitdrukking op zijn gezicht, maar hij glimlachte nog steeds. 'Ik beloof je dat ik niet kwaad zal worden, Alaïs. Maar zeg het me.'

'Ook als ik u vertel dat ik naar de rivier ben geweest?'

Hij aarzelde, maar zijn stem bleef vast. 'Zelfs dan niet.'

Het had geen zin om er omheen te draaien. Alaïs vouwde haar handen in haar schoot. 'Vanochtend, nog voordat het licht werd, ben ik naar de rivier gegaan – naar een plek waar ik vaak kom om planten te verzamelen.'

'Alleen?'

'Ja, alleen.' Ze keek hem nu recht aan. 'Ik weet dat ik u had beloofd om dat niet te doen, *Paire*, en ik vraag u vergiffenis voor mijn ongehoorzaamheid.'

'Te voet?' Alaïs knikte en wachtte tot hij haar een teken gaf om door te gaan.

'Ik was daar een tijdje. Helemaal alleen. Toen ik mijn spullen pakte om terug te gaan zag ik iets in het water liggen. Een bundel kleren, dacht ik, van goede kwaliteit. Maar...' Alaïs zweeg weer en voelde het bloed uit haar gezicht trekken. 'Het was een lijk. Het lichaam van een man, een oude man, met donkere krullen. Ik dacht dat hij was verdronken. Ik kon het niet goed zien. Maar toen ik beter keek, zag ik dat zijn keel was doorgesneden.'

Pelletiers schouders verstijfden. 'Je hebt het lichaam toch niet aangeraakt?'

Alaïs schudde haar hoofd. 'Nee, maar...' Verlegen sloeg ze haar ogen neer. 'Ik was zo geschrokken dat ik in paniek raakte en begon te rennen, zonder mijn spullen mee te nemen. Ik wilde zo snel mogelijk naar huis om u te vertellen wat er was gebeurd.'

Hij fronste weer. 'En je hebt geen mens gezien?'

'Nee, niemand. De rivier was verlaten. Maar toen ik dat lichaam vond werd ik bang dat de moordenaars misschien nog in de buurt waren.' Haar stem trilde. 'Ik voelde hun ogen op me gericht, alsof ze me in de gaten hielden. Dat dacht ik, tenminste.'

'Dus je mankeert niets,' zei hij voorzichtig. Hij koos met zorg zijn woorden. 'Niemand heeft je met een vinger aangeraakt of je iets misdaan?'

Ze begreep wat hij bedoelde en kleurde. 'Nee. Er is me niets overkomen, behalve dat mijn trots is geknakt en... dat ik u heb teleurgesteld.'

Ze zag de opluchting op het gezicht van haar vader. Hij glimlachte, en voor het eerst tijdens dit gesprek lachten zijn ogen ook mee.

'Nou ja,' zei hij, met een diepe zucht. 'Ik zal je roekeloosheid voorlopig door de vingers zien, Alaïs, en het feit dat je ongehoorzaam bent geweest... Het was heel verstandig om me dit te vertellen.' Hij sloot haar kleine, slanke vingers in zijn grote handen. Zijn huid voelde als gelooid leer.

Alaïs glimlachte, blij dat ze er zo gemakkelijk vanaf kwam. 'Het spijt me, *Paire*. Ik had mijn belofte echt wel willen houden, alleen...'

Hij wuifde haar spijtbetuiging weg. 'We praten er niet meer over. Voor die ongelukkige man is het nu toch te laat. De dieven zijn allang verdwenen. Ze zullen niet blijven rondhangen om ontdekking te riskeren.'

Alaïs fronste. De opmerking van haar vader bracht iets aan de oppervlakte dat al een tijdje in haar achterhoofd sluimerde. Ze sloot haar ogen en zag zichzelf weer in dat koude water staan, starend naar het lijk.

'Dat is het vreemde, vader,' zei ze langzaam. 'Ik denk niet dat het dieven zijn geweest. Ze hebben zijn mooie, dure jas niet meegenomen, en hij had zijn sieraden nog. Een gouden armband, ringen... Dieven zouden hem van die dingen hebben beroofd.'

'Je zei dat je het lichaam niet had aangeraakt,' zei hij scherp.

'Dat is ook zo. Maar ik kon zijn handen zien, onder water. Hij droeg veel ringen, vader. Een gouden schakelarmband en nog een halsketting. Waarom zouden ze die niet hebben meegenomen?'

Alaïs zweeg toen ze terugdacht aan de griezelige, opgezwollen handen die zich naar haar uitstrekten, het gat van de afgehakte duim, het bloed en de witte botresten. Ze voelde zich duizelig worden en leunde tegen de vochtige, koude muur, terwijl ze zich op het harde hout van de bank en de zure lucht van de vaten concentreerde, tot de duizeligheid verdween.

'Er was ook bloed,' ging ze verder. 'Een open wond, vuurrood, als een lap vlees.' Ze slikte moeizaam. 'Hij miste een duim. Die was...'

'Miste?' vroeg hij scherp. 'Hoe bedoel je, "miste"?'

Alaïs keek op, verbaasd door de plotselinge verandering in zijn toon. 'Zijn duim was afgesneden. Afgehakt.'

'Aan welke hand, Alaïs?' vroeg hij. De bezorgde klank in zijn stem was onmiskenbaar. 'Denk goed na. Het is belangrijk.'

'Ik weet niet...'

Hij scheen haar nauwelijks te horen. 'Welke hand?' drong hij aan.

'Zijn linkerhand. Ja, ik weet het zeker. Het was aan mijn kant, en hij lag met zijn gezicht stroomopwaarts.'

Pelletier beende de kelder door, brulde om François en gooide de deur open. Alaïs kwam haastig overeind, geschrokken van de paniek bij haar vader. Ze had geen idee wat er aan de hand was.

'Wat maakt het uit? Vertel het me, alstublieft. Wat maakt het uit of het zijn linker- of zijn rechterhand was?'

'Maak de paarden gereed, François. Mijn vos, de ruin. De grijze merrie van Dame Alaïs, en een paard voor jezelf.'

François bleef onverstoorbaar als altijd. 'Jawel, Messire. Gaan we ver?'

'Naar de rivier. Verder niet.' En hij stuurde zijn bediende weg. 'Opschieten, man! En haal mijn zwaard en een schone mantel voor Dame Alaïs. We zien je wel bij de put.'

Zodra François buiten gehoorsafstand was rende Alaïs naar haar vader toe. Hij ontweek haar blik, liep naar een van de vaten en schonk zichzelf met bevende hand een beker wijn in. Het dikke, rode vocht klotste over de rand van de stenen beker en kletterde tegen de tafel en maakte vlekken op het hout.

'*Paire*,' drong ze aan, 'wat is er aan de hand? Waarom moet u naar de rivier? Het is uw zaak toch niet? Laat François maar gaan. Ik kan hem de weg wijzen.'

'Je begrijpt het niet.'

'Leg het me dan uit. U kunt me vertrouwen.'

'Ik wil het lichaam zelf zien. Om vast te stellen of...'

'Wat?' vroeg Alaïs snel.

'Nee, nee,' zei hij, terwijl hij zijn grijze hoofd schudde. 'Dit is niets voor jou om...' Pelletier zweeg.

'Maar...'

Haar vader hief een hand op. Hij was zijn emoties weer de baas. 'Geen woord meer, Alaïs. Doe wat ik je zeg. Ik had je dit graag bespaard, maar het is niet anders. Ik heb geen keus.' Hij stak haar de beker toe. 'Drink wat. Het houdt je op de been en geeft je moed.'

'Ik ben niet bang,' protesteerde ze, beledigd omdat hij haar tegenzin als lafheid uitlegde. 'Ik ben niet bang om een dode te zien. Ik was gewoon geschrokken.' Ze aarzelde. 'Maar ik vraag u, Messire, om me te vertellen waarom...'

Pelletier draaide zich bruusk naar haar toe. 'Genoeg! Zwijg!' riep hij.

Alaïs deinsde terug alsof hij haar geslagen had.

'Neem me niet kwalijk,' zei hij meteen. 'Ik ben mezelf niet.' Hij stak een hand uit en streelde haar wang. 'Een man zou zich geen loyalere en flinkere dochter kunnen wensen.'

'Waarom hebt u dan geen vertrouwen in me?'

Hij aarzelde. Heel even dacht Alaïs dat hij zou toegeven. Maar toen gleed het masker weer voor zijn gezicht.

'Je hoeft me alleen maar de plaats te wijzen,' zei hij met een holle stem. 'De rest is aan mij.'

De klokken van de Sant-Nasari sloegen het derde uur toen ze uit de Westpoort van het Château Comtal vertrokken.

Haar vader reed voorop, gevolgd door Alaïs met François. Ze voelde zich ellendig: schuldig omdat ze deze merkwaardige verandering in haar vader had veroorzaakt, maar ook gefrustreerd omdat ze de reden niet wist.

Ze kozen hun weg over het smalle, droge zandpad dat met scherpe bochten en veel omwegen de helling afdaalde onder de muren van de Cité. Toen ze het vlakke terrein hadden bereikt gingen ze over in een korte galop.

Ze volgden de loop van de rivier stroomopwaarts. De zon scheen meedogenloos op hun rug toen ze in het moerasland kwamen. Zwermen muggen en zwarte moerasvliegen hingen boven de stroompjes en poelen met troebel water. De paarden stampten met hun hoeven en sloegen met hun staart in een vergeefse poging hun dunne zomervacht te beschermen tegen de duizenden stekende insecten.

Alaïs zag een groep vrouwen bezig met kleren wassen in de schaduwrijke ondiepten aan de andere oever van de Aude. Ze stonden half in het water terwijl ze de kleren tegen platte grijze stenen sloegen. Vanaf de enige houten brug die de moerassen en dorpen van het noorden met Carcassonne en de buitenwijken verbond klonk het monotone gedender van karrenwielen. Andere reizigers – een gestage stroom van boeren en kooplui – waadden op het laagste punt door de rivier. Ze hadden kinderen op hun schouders of dreven geiten of muilezels voor zich uit, allemaal op weg naar de markt op het grote plein.

Het groepje reed in stilte verder. Toen ze van het open terrein in de schaduw van de moeraswilgen kwamen merkte Alaïs dat haar gedachten afdwaalden. Gerustgesteld door de vertrouwde bewegingen van haar paard, het zingen van de vogels en het eindeloze getsjirp van de krekels in het riet, vergat Alaïs bijna het doel van hun expeditie.

Maar de angst sloeg haar weer om het hart toen ze de rand van het bos bereikten. Ze reden nu achter elkaar en zochten hun weg tussen de bomen door. Haar vader draaide zich even om en glimlachte tegen haar. Alaïs was hem dankbaar. Ze voelde zich nerveus en spitste haar oren, bedacht op het eerste teken van gevaar. De moeraswilgen leken boosaardig boven haar uit te torenen en ze meende spiedende ogen in de schaduwen te zien, die hen in de gaten hielden toen ze voorbijreden. Elk geritsel in het struikgewas, elke wiekslag van een vogel deed haar hart bonzen.

Alaïs wist niet precies wat ze moest verwachten, maar toen ze op haar eigen plekje kwamen was alles daar stil en vredig. Haar *panièr* stond nog onder de bomen waar ze hem had achtergelaten. De planten staken met hun puntjes uit de wikkeldoeken. Alaïs steeg af, gaf de teugels aan François en liep naar het water. Haar gereedschap lag onaangeroerd.

Ze schrok van haar vaders hand op haar elleboog.

'Wijs het me maar,' zei hij.

Zonder een woord nam ze hem mee langs de oever. Eerst zag ze niets, en één moment vroeg ze zich af of het allemaal een akelige droom was geweest. Maar daar, drijvend tussen het riet, wat verder stroomopwaarts, lag het lijk.

Ze wees. 'Daar. Bij de heelwortel.'

Alaïs had verwacht dat haar vader François zou roepen, maar tot haar verbazing trok hij zijn mantel uit en waadde de rivier in.

'Blijf daar,' riep hij over zijn schouder.

Alaïs ging op de oever zitten, trok haar knieën tegen haar kin en keek hoe haar vader door de ondiepten ploeterde, zonder zich erom te bekommeren dat het water in zijn laarzen sijpelde. Bij het lichaam gekomen bleef hij staan en trok zijn zwaard. Hij aarzelde een moment, alsof hij zich voorbereidde op het ergste, en tilde toen met de punt van zijn zwaard de linkerarm van de man uit het water. De verminkte hand, blauw en opgezwollen, balanceerde even op de zilverkleurige snede en gleed toen naar het heft toe, alsof er nog leven in zat. Het volgende moment viel hij met een doffe plons in de rivier terug.

Pelletier stak zijn zwaard weer weg, boog zich naar voren en draaide het lichaam om. Het lijk deinde heftig in het water en het hoofd rolde heen en weer alsof het zich van de nek wilde losmaken.

Alaïs wendde haastig haar blik af. Ze wilde het doodsmasker van de onbekende man niet zien.

Haar vader was in een heel andere stemming toen ze weer terugreden naar Carcassonne – duidelijk opgelucht, alsof er een grote last van zijn schouders was gevallen. Hij praatte luchtig met François en als Alaïs zijn blik zocht, glimlachte hij liefdevol.

Ondanks haar vermoeidheid en frustratie omdat ze niet wist wat dit alles te betekenen had, voelde Alaïs zich ook veel prettiger. Ze dacht terug aan vroeger, als ze met haar vader uit rijden ging en ze nog de tijd hadden gehad om van elkaars gezelschap te genieten.

Toen ze afbogen van de rivier en het pad naar het Château beklommen werd de nieuwsgierigheid haar te machtig en vatte ze moed om de vraag te stellen die haar op de lippen brandde.

'Hebt u ontdekt wat u wilde weten, *Paire*?'

'Jawel.'

Alaïs wachtte, totdat ze besefte dat ze het woord voor woord uit hem zou moeten trekken.

'Het was hem dus niet?'

Haar vader keek haar scherp aan.

'Uit mijn beschrijving dacht u dat u die man kende?' drong ze aan. 'En daarom wilde u het lichaam zelf gaan zien?' De blik in zijn ogen vertelde haar dat ze gelijk had.

'Ik dacht dat ik hem *misschien* zou kennen,' zei hij ten slotte. 'Uit mijn tijd in Chartres. Een goede bekende.'

'Maar hij was een jood.'

Pelletier trok zijn wenkbrauwen op. 'Inderdaad.'

'Een jood,' herhaalde ze. 'En toch een vriend?'

Stilte. Alaïs hield vol. 'Maar het was hem niet, uw vriend?'

Pelletier glimlachte nu. 'Nee.'

'Wie was het dan?'

'Dat weet ik niet.'

Alaïs zweeg een moment. Ze wist zeker dat haar vader nooit over zo'n vriend gesproken had. Hij was een goed mens, met tolerante opvattingen, maar Alaïs zou het zich zeker hebben herinnerd als hij ooit over een joodse vriend in Chartres had gesproken. Ze wist dat het geen zin had om verder aan te dringen, dus gooide ze het over een andere boeg.

'Maar ik had gelijk? Het was geen roofmoord?'

Met die vraag had haar vader geen probleem. 'Nee. Hij is doelbewust vermoord. De wond was te diep, te opzettelijk. Bovendien hebben ze bijna alles van waarde op zijn lichaam achtergelaten.'

'*Bijna* alles?' Maar Pelletier gaf geen antwoord. 'Zouden ze misschien zijn gestoord?' waagde Alaïs.

'Dat denk ik niet.'

'Of zochten ze iets bijzonders?'

'Hou op, Alaïs. Dit is niet de tijd, noch de plaats.'

Ze opende haar mond, niet van zins de zaak te laten rusten, maar bedacht zich toen. De discussie was voorbij. Hij wilde er niets meer over zeggen. Ze kon beter wachten tot hij in een meer spraakzame bui was. De rest van de rit verliep in stilte.

Toen de Westpoort in zicht kwam, reed François vooruit.

'Het is beter als je niemand iets vertelt over onze expeditie van vanochtend,' zei hij snel.

'Zelfs Guilhem niet?'

'Je man zou niet blij zijn als hij hoorde dat je in je eentje naar de rivier was geweest,' zei hij droog. 'Er wordt zo snel geroddeld. Je moet nu rusten. Probeer deze nare ervaring zo snel mogelijk te vergeten.'

Alaïs keek hem onschuldig aan. 'Natuurlijk. Zoals u wilt. Ik beloof het u, *Paire*. Ik zal er met niemand anders over spreken dan met u.'

Pelletier aarzelde, alsof hij vermoedde dat ze hem in de val liet lopen, maar toen glimlachte hij. 'Je bent een gehoorzame dochter, Alaïs. Ik weet dat ik je kan vertrouwen.'

Onwillekeurig bloosde ze.

4

Vanaf zijn uitkijkpost op het dak van de taveerne draaide de jongen met de amberkleurige ogen en het donkerblonde haar zich in de richting van het geluid.

Een boodschapper kwam door de Porte Narbonnaise en galoppeerde door de drukke straten van de Cité, zonder zich iets aan te trekken van het overige verkeer. Mannen schreeuwden naar hem dat hij moest afstappen. Vrouwen gristen hun kinderen voor de trappelende hoeven vandaan. Een paar onaangelijnde honden sprongen blaffend en grauwend naar het paard toe en hapten naar zijn achterbenen. De ruiter lette er niet op.

Het paard dampte van het zweet. Zelfs van die afstand zag Sajhë de draden wit schuim op zijn schoften en om zijn mond. Paard en ruiter beschreven een scherpe bocht naar de brug die toegang gaf tot het Château Comtal.

Sajhë kwam overeind om beter te kunnen zien, gevaarlijk balancerend op de scherpe rand van onregelmatige dakpannen. Nog net zag hij rentmeester Pelletier op een sterk grijs paard tussen de poorttorens opduiken, gevolgd door Alaïs, ook te paard. Ze leek van streek en Sajhë vroeg zich af wat er gebeurd was en waar ze naartoe gingen. Ze waren niet gekleed voor de jacht.

Sajhë was gesteld op Alaïs. Als ze op bezoek kwam bij zijn grootmoeder, Esclarmonde, praatte ze gewoon met hem, heel anders dan de meeste dames van het kasteel, die hem negeerden. Die waren alleen geïnteresseerd in de drankjes en medicijnen die ze van *Menina*, zijn grootmoeder, nodig hadden: middeltjes tegen koorts of zwellingen, om een bevalling op gang te brengen of hartszaken te bespoedigen.

Maar in al die jaren dat hij Alaïs nu kende had Sajhë haar nog nooit zo ontredderd gezien. De jongen liet zich langs de geelbruine pannen naar de rand van het dak zakken, sprong omlaag en landde met een zachte bons op de grond. Op het nippertje wist hij een geit te ontwijken die aan een scheve kar was gebonden.

'Hé! Kijk waar je loopt!' schreeuwde een vrouw.

'Ik raakte dat beest niet eens,' riep hij terug, terwijl hij wegdook voor haar bezem.

Het was druk in de Cité, met de bekende taferelen, geuren en geluiden van de marktdag. Houten luiken knalden tegen de muren in de straten en steegjes toen bedienden en burgers hun ramen openden voordat de zon te heet werd. Kuipers hielden toezicht terwijl hun leerjongens de vaten over de keitjes rolden, rammelend en bonkend, om sneller bij de taveernes te zijn dan hun concurrenten. Karren hobbelden met krakende wielen over de kuilen en kwamen hier en daar vast te zitten, op weg naar het grote plein.

Sajhë kende de kortste routes door de Cité. Hij dook tussen armen en benen door, tussen de hoeven van schapen en geiten, ezels en muildieren beladen met goederen en manden, slome varkens, sjokkend door de straten. Een oudere jongen hoedde nijdig een ongezeglijke groep gakkende ganzen, die naar elkaar en naar de blote benen van twee kleine meisjes pikten. Sajhë knipoogde tegen hen en probeerde hen aan het lachen te maken. Hij bleef achter de lelijkste vogel staan en klapwiekte met zijn armen.

'Hou daarmee op!' riep de jongen. 'Wegwezen!'

De meisjes lachten. Sajhë gakte luid. De oude, grijze gans draaide zich abrupt om, stak zijn hals naar voren en siste hem woedend in het gezicht.

'Je verdiende loon, *pèc*,' zei de jongen. 'Malloot.'

Sajhë deinsde haastig terug voor de pikkende oranje snavel. 'Je moet ze beter onder de duim houden.'

'Alleen kleine kinderen zijn bang voor ganzen,' snoof de jongen, die zich breed maakte tegenover Sajhë. 'Sta je te bibberen voor een gans, jochie? *Nenon.*'

'Ik ben helemaal niet bang,' snoefde Sajhë, wijzend naar de meisjes, die waren weggekropen achter de rokken van hun moeder. 'Maar zij wel. Je moet beter uitkijken.'

'Waar bemoei je je mee?'

'Ik zeg het alleen maar. Kijk uit, man.'

De jongen kwam dichterbij en zwaaide met zijn stok naar Sajhës gezicht. 'O ja? Voor wie dan wel?'

De knul was een kop groter dan Sajhë en hij zat onder de blauwe plekken en rode striemen. Sajhë deed een stap naar achteren en hief zijn handen op.

'Voor wie dan wel, vroeg ik!' herhaalde de jongen, klaar voor een knokpartij.

Het zou op vechten zijn uitgedraaid als een oude dronkelap, die tegen een muur zat geleund, niet wakker was geworden en tegen hen had gebruld dat ze moesten oplazeren. Sajhë greep zijn kans en ging ervandoor.

De zon kwam net boven de hoogste daken uit, wierp heldere strepen door de straat en weerkaatste in een hoefijzer voor de deur van de smidse. Sajhë bleef staan en keek naar binnen. Zelfs op straat voelde hij de hitte van het vuur.

Er stond een grote groep mannen te wachten rond de smidse, en wat jongere *écuyers* met helmen, schilden en maliënkolders van hun heren, die herstelwerk vereisten. De smid van het Château had het blijkbaar te druk.

Sajhës afkomst was te eenvoudig om schildknaap te mogen worden, maar toch droomde hij ervan om *chevalier* te zijn, met zijn eigen kleuren. Hij grijnsde tegen een paar jongens van zijn eigen leeftijd, maar ze keken dwars door hem heen, zoals altijd.

Sajhë draaide zich om en liep weer verder.

De meeste marktkooplui kwamen hier vaker en hadden hun vaste plek. De lucht van braadvet drong in Sajhës neus zodra hij het plein op kwam. Hij hing wat rond bij het kraampje van een man die pannenkoeken bakte, die hij behendig omkeerde op een hete bakplaat. De geur van dikke bonensoep en warm *mitadenc*-brood, half gerst en half tarwe, deed hem het water in de mond lopen. Hij liep langs stalletjes die gespen, kruiken, wollen stoffen, huiden en leer verkochten – plaatselijke producten, maar ook exotische riemen en beurzen uit Córdoba of nog verder weg – maar hij bleef er niet staan. Hij nam wel de tijd voor een kraampje met scharen en messen voor het schapen scheren, en kwam ten slotte op de hoek van het plein, waar de levende dieren werden verhandeld. Er waren houten hokken met kippen en kapoenen, leeuweriken en winterkoninkjes, die zongen en floten. Sajhë hield het meest van de konijnen, die allemaal bij elkaar zaten, als een berg bruin, zwart en wit bont.

Hij liep langs stalletjes met graan, zout, wit vlees, vaten bier en wijn, totdat hij een kraampje zag dat kruiden en exotische specerijen verkocht. Achter de tafel stond een koopman. Sajhë had nog nooit zo'n grote, zwarte man gezien. Hij droeg een lange, schitterende blauwe mantel, een glanzende zijden tulband en rood-gouden slippers met puntige neuzen. Zijn huid was nog donkerder dan die van de zigeuners uit Navarra en Aragon, voorbij de bergen. Sajhë vermoedde dat hij een Moor moest zijn, een Saraceen – hoewel hij er nog nooit een in levenden lijve had ontmoet.

De koopman had zijn waren uitgestald in de vorm van een wiel: groen, geel, oranje, bruin, rood en oker. Vooraan lagen rozemarijn, peterselie, knoflook, goudsbloem en lavendel, achteraan de duurdere kruiden, zoals kardemom, nootmuskaat en saffraan. De rest kende Sajhë niet, maar hij verheugde zich er al op om zijn grootmoeder te vertellen wat hij had gezien.

Hij wilde net naar voren stappen om wat beter te kijken toen de Saraceen een woeste kreet slaakte, met een stem als onweer. Zijn zware, donkere hand greep de pols van een jeugdige zakkenroller die had geprobeerd een muntje te stelen uit de geborduurde beurs aan een gevlochten rood koord om het middel van de Moor. Hij gaf de jongen een stevige draai om zijn oren. Het joch viel naar achteren, tegen een vrouw aan, die luid begon te schelden. Meteen ontstond er een opstootje.

Sajhë glipte weg. Hij wilde geen problemen.

Sajhë slenterde van het plein naar de *Taberna Sant Joan dels Evangèlis*. Omdat hij geen geld bij zich had, hoopte hij wat boodschappen te kunnen doen in ruil voor een kop *brout*. Toen hoorde hij iemand zijn naam roepen.

Sajhë draaide zich om en zag een vriendin van zijn grootmoeder, *Na* Marti, die met haar man achter een kraampje zat en naar hem zwaaide. Zij was weefster, haar man kaarder. De meeste weken waren ze op dezelfde plek te vinden, aan het werk achter hun weefgetouw.

Sajhë zwaaide terug. Net als Esclarmonde was *Na* Marti een aanhangster van de nieuwe kerk. Haar man, *Sénher* Marti, geloofde er niet in, hoewel hij met Pinksteren wel met zijn vrouw naar Esclarmondes huis was gekomen om de *Bons Homes* te horen preken.

Na Marti streek met een hand door zijn haar.

'Hoe gaat het, jongeman? Je wordt steeds langer. Ik ken je bijna niet meer terug.'

'Goed hoor, dank u,' antwoordde hij met een glimlach. Toen keek hij naar haar man, die bezig was de wol in zakken te bergen voor de verkoop. '*Bonjorn, Sénher*.'

'En Esclarmonde?' vervolgde *Na* Marti. 'Alles goed met haar? Houdt ze iedereen op het rechte pad, zoals gewoonlijk?'

Hij grinnikte. 'Ze verandert nooit.'

'*Ben, ben*.' Goed.

Sajhë ging met gekruiste benen aan haar voeten zitten en keek naar het draaiende spinnewiel.

'*Na* Marti,' vroeg hij na een tijdje, 'waarom komt u niet meer met ons bidden?'

Sénher Marti stopte met zijn werk en wisselde een bezorgde blik met zijn vrouw.

'Ach, je weet hoe dat gaat.' *Na* Marti keek hem niet aan. 'We hebben het de laatste tijd zo druk. Het valt niet mee om nog zo vaak naar Carcassona te komen als we zouden willen.'

Ze verplaatste de spoel en ging verder met haar werk. Het geluid van de trapplank vulde de stilte.

'*Menina* heeft u gemist.'

'Ik mis haar ook, maar vrienden kunnen niet altijd samen zijn.'

Sajhë fronste. 'Maar waarom...'

Sénher Marti tikte hem scherp op zijn schouder. 'Niet zo luid,' zei hij zacht. 'Dit soort zaken kunnen we beter voor onszelf houden.'

'Wat voor zaken?' vroeg Sajhë verbaasd. 'Ik wilde alleen...'

'We hebben je gehoord, Sajhë,' zei *Sénher* Marti, met een blik over zijn schouder. 'En de rest van de markt ook. Geen woord meer over bidden, *è*?'

Sajhë begreep niet waar *Sénher* Marti zo boos over was, maar hij krabbelde haastig overeind. *Na* Marti keek haar man verontwaardigd aan. Ze schenen hem al vergeten te zijn.

'Wees niet zo onaardig tegen die jongen, Rogier,' siste ze. 'Hij is nog maar een kind.'

'Eén verkeerd woord en we worden allemaal opgepakt, net als de anderen. We kunnen geen risico's nemen. Als mensen denken dat we met ketters omgaan...'

'Ketters, welja!' snauwde ze terug. 'Je hebt het over een kleine jongen!'

'Ik bedoel niet de jongen, maar Esclarmonde. Iedereen weet dat ze een van hen is. En als bekend wordt dat we bij haar komen om te bidden, zullen we voor volgelingen van de *Bons Homes* worden aangezien en vervolgd.'

'Dus daarom moeten we onze vrienden in de steek laten? Omdat jij die bangmakerij gelooft?'

Sénher Marti liet zijn stem dalen. 'Ik zeg alleen dat we voorzichtig moeten zijn. Je weet wat de mensen zeggen – dat er een leger hierheen komt om de ketters te verdrijven.'

'Dat roepen ze al jaren. Luister daar toch niet naar. Die gezanten, de "mannen van God", zwerven hier al jaren rond. Het enige wat ze doen is zich bezatten, tot de dood erop volgt. Allemaal onzin. Laat de bisschoppen het maar onderling uitvechten, dan kunnen wij weer verder met ons leven.'

Ze draaide haar man de rug toe en legde haar hand op Sajhës schouder. 'Let maar niet op hem,' zei ze. 'Je hebt niets verkeerds gedaan.'

Sajhë staarde naar zijn voeten. Ze mocht niet zien dat hij huilde.

'Nou,' vervolgde *Na* Marti op geforceerd opgewekte toon, 'zei je pas niet dat je een cadeautje wilde kopen voor Alaïs? Laat eens zien wat we kunnen vinden.'

Sajhë knikte. Hij wist dat ze probeerde hem gerust te stellen, maar hij voelde zich verward en beschaamd.

'Ik heb geen geld,' zei hij.

'Ach, dat geeft toch niet? Kijk hier maar eens rond.' *Na* Marti streek met haar vingers over de kleurige draden. 'Wat dacht je hiervan? Zou ze deze mooi vinden? Die kleurt prachtig bij haar ogen.'

Sajhë nam het mooie, koperbruine draad in zijn hand. 'Ik weet het niet.'

'Daar is ze vast heel blij mee. Zal ik hem voor je inpakken?' Ze draaide zich om en zocht een lap om de draad in te verpakken.

Sajhë wilde niet ondankbaar lijken en probeerde iets neutraals te zeggen. 'Ik heb haar vandaag nog gezien.'

'Alaïs? Hoe ging het met haar? Was ze met haar zus?'

Hij trok een gezicht. 'Nee. Maar toch leek ze niet erg blij.'

'Nou,' zei *Na* Marti, 'als ze zich somber voelde, is dit het moment om haar een cadeautje te geven. Dan vrolijkt ze wel op. Alaïs komt toch meestal 's ochtends naar de markt? Als je je ogen en je oren goed gebruikt, zul je haar wel vinden.'

Blij dat hij aan het ruziënde echtpaar kon ontsnappen stak Sajhë het pakje onder zijn tuniek en nam afscheid. Na een paar stappen draaide hij zich om en zwaaide. De Marti's stonden hem naast elkaar na te kijken, maar zeiden niets.

De zon stond nu hoog aan de hemel. Sajhë slenterde rond en vroeg naar Alaïs, maar niemand had haar gezien.

Hij had honger en besloot al om naar huis te gaan toen hij Alaïs opeens ontdekte bij een kraampje waar geitenkaas werd verkocht. Hij begon te rennen, sloop van achteren naar haar toe en sloeg zijn armen om haar middel.

'*Bonjorn.*'

Alaïs draaide zich haastig om en lachte breed toen ze zag wie het was. 'Sajhë!' zei ze, terwijl ze met een hand door zijn haar kroelde. 'Dat is een verrassing!'

'Ik heb u overal gezocht,' zei hij grijnzend. 'Gaat het goed met u? Ik zag u eerder vandaag. Toen keek u zo somber.'

'Eerder?'

'U reed terug naar het Château, met uw vader. Vlak na die boodschapper.'

'Ah, *oc*,' zei ze. 'Ja hoor, het gaat heel goed met me. Het was een vermoeiende ochtend, dat is alles. Maar ik ben blij om jouw vrolijke gezicht te zien.' Ze gaf hem een kus op zijn kruin. Sajhë werd vuurrood en staarde weer naar zijn voeten, om niet te laten zien hoe hij bloosde.

'Nu je er toch bent,' zei Alaïs, 'kun je me helpen een lekkere kaas uit te zoeken.'

De gladde ronde geitenkazen lagen mooi uitgestald op een bed van stro, in houten bakken. Sommige leken heel droog en hadden een gele korst. Ze waren pittiger dan de rest, zo'n veertien dagen oud. Andere, jongere kazen glinsterden nog nat en zacht. Alaïs vroeg naar de prijzen, wees een paar stukken aan en vroeg Sajhë nog eens om raad. Ten slotte waren ze het eens. Ze gaf hem een muntje uit haar beurs voor de kaashandelaar en haalde een klein gepolijst plankje tevoorschijn om de kaas op te vervoeren.

Sajhë sperde zijn ogen open toen hij het patroon op de achterkant van het kaasplankje zag. Hoe kwam Alaïs daaraan? En wat moest ze ermee? Geschrokken liet hij het geld op de grond vallen. Verlegen dook hij onder de kraam, om tijd te winnen. Toen hij weer overeind kwam zag hij tot zijn opluchting dat Alaïs niets had gemerkt. Dus zette Sajhë het maar uit zijn hoofd. Alaïs kocht de kaas en Sajhë raapte zijn moed bijeen om haar het cadeautje te geven.

'Ik heb iets voor u,' zei hij schuchter, en hij stak haar abrupt het pakje toe.

'Wat leuk,' zei ze. 'Van Esclarmonde?'

'Nee, het is van mij.'

'Echt? Wat lief van je. Mag ik het openmaken?'

Hij knikte ernstig en zijn ogen glinsterden vol verwachting toen Alaïs voorzichtig het pakje opende.

'O, Sajhë, wat mooi!' zei ze, toen ze het glanzende bruine draad omhooghield. 'Het is echt prachtig.'

'Ik heb het niet gestolen,' zei hij snel. 'Het komt van *Na* Marti. Ze gaf het me om iets goed te maken, denk ik.'

Zodra hij het zei had Sajhë al spijt van zijn woorden.

'Iets goed te maken? Wat dan?' vroeg Alaïs meteen.

Op dat moment klonk er een kreet. Een man wees naar de lucht. Een vlucht grote, zwarte vogels dook laag over de Cité, van west naar oost, in een pijlvormige formatie. De zon leek van hun gladde, donkere veren te ketsen als vonken van een aambeeld. Iemand vlak bij hen zei dat het een voorteken moest zijn, hoewel niemand wist of het gunstig of ongunstig was.

Sajhë was niet bijgelovig, maar nu huiverde hij toch. Alaïs leek ook iets te voelen, want ze sloeg haar arm om hem heen en trok hem tegen zich aan.

'Wat is er?' vroeg hij.

'*Res,*' zei ze, een beetje te snel. Niets.

Hoog boven hun hoofd, zonder zich iets aan te trekken van de mensen, vlogen de vogels verder, totdat ze nog slechts een paar stipjes waren aan de horizon.

5

Tegen de tijd dat Alaïs haar trouwe schaduw had afgeschud en weer terug was in het Château Comtal, luidden de middagklokken van de Sant-Nasari.

Ze was doodmoe en struikelde een paar keer toen ze de trappen beklom, die steiler leken dan anders. Ze wilde nog maar één ding: de rust van haar eigen kamer en haar eigen bed.

Tot haar verbazing vond ze de deur gesloten. De bedienden hadden al klaar moeten zijn met hun werk, maar de gordijnen rond het bed waren nog dicht. In het schemerlicht zag ze dat François haar *panièr* op het lage tafeltje naast de haard had gezet, zoals ze hem had gevraagd.

Ze zette de kaasplank op het nachtkastje en liep naar het raam om het luik open te gooien. Dat had allang gebeurd moeten zijn, om de kamer te luchten. Het zonlicht stroomde naar binnen, over de stoffige meubels en de kale plekken van de gordijnen rond het bed.

Alaïs liep naar het bed en trok ze open.

Tot haar verbazing lag Guilhem nog steeds te slapen, zoals ze hem 's ochtends in alle vroegte had achtergelaten. Ze staarde naar haar echtgenoot. Hij lag daar zo mooi en sereen. Zelfs Oriane, die op iedereen kritiek had, moest toegeven dat Guilhem de knapste was van alle *chevaliers* van burggraaf Trencavel.

Alaïs ging naast hem op het bed zitten en streek met haar hand over zijn gebronsde huid. Toen schraapte ze haar moed bijeen, doopte een vinger in de zachte schapenkaas en streek wat over de lippen van haar man. Guilhem mompelde en bewoog zich onder de lakens. Hij hield zijn ogen gesloten, maar glimlachte loom en stak een hand naar haar uit.

Alaïs hield haar adem in. De atmosfeer leek te trillen van belofte en verwachting toen hij haar naar zich toe trok.

De intimiteit van het moment werd verstoord door het geluid van zware voetstappen op de gang. Een bekende stem brulde woedend Guilhems naam. Alaïs sprong haastig op, blozend bij de gedachte dat haar vader bijna getuige was geweest van een privé-moment. Guilhem sperde zijn ogen open, net toen de deur werd opengegooid en Pelletier binnenkwam, met François op zijn hielen.

'Je bent laat, Du Mas!' riep hij, terwijl hij een mantel van de dichtstbijzijnde stoel griste en die zijn schoonzoon naar het hoofd gooide. 'Opstaan! Iedereen zit al te wachten in de Grote Hal.'

Guilhem schoot overeind. 'De Hal?'

'Burggraaf Trencavel heeft zijn *chevaliers* ontboden, maar jij ligt nog in je bed. Denk je alleen maar aan jezelf?' Hij boog zich over Guilhem heen. 'Nou? Wat heb je daarop te zeggen?'

Nu pas ontdekte Pelletier zijn dochter, die aan de andere kant van het bed stond. Er kwam een mildere uitdrukking op zijn gezicht. 'Neem me niet kwalijk, *filha*. Ik zag je niet. Voel je je al wat beter?'

Ze boog haar hoofd. 'Heel goed, Messire, met uw welnemen.'

'Beter?' herhaalde Guilhem niet-begrijpend. 'Was je ziek dan? Wat is er aan de hand?'

'Opstaan!' brulde Pelletier, die zijn aandacht weer naar het bed verlegde. 'Je hebt precies zoveel tijd als het mij kost om de trap af te lopen en de binnenplaats over te steken, Du Mas. Als ik je dan nog niet in de Grote Hal zie, zul je ervan lusten!' Zonder nog een woord draaide Pelletier zich op zijn hakken om en stormde de kamer uit.

Er viel een pijnlijke stilte. Alaïs stond als aan de grond genageld. Ze geneerde zich hevig – voor zichzelf of voor haar man, dat wist ze niet.

'Hoe durft hij hier binnen te vallen alsof ik zijn knechtje ben!' viel Guilhem uit. 'Wie denkt hij wel dat hij is?' Hij schopte met een woeste trap de lakens van zich af en sprong uit bed. 'Mijn plicht roept,' zei hij sarcastisch. 'Ik mag de grote Pelletier vooral niet laten wachten.'

Alaïs hield wijselijk haar mond. Ze wilde Guilhem niet nog kwader maken. Ze zou hem graag hebben verteld wat er bij de rivier was gebeurd, al was het maar om zijn aandacht af te leiden van zijn eigen woede, maar ze had haar vader beloofd er met niemand over te spreken.

Guilhem was de kamer al doorgelopen en kleedde zich aan, met zijn rug naar haar toe. Met gespannen schouders trok hij zijn riddertuniek aan en gespte zijn riem vast.

'Misschien is er nieuws...' waagde Alaïs.

'Dat is geen excuus,' snauwde hij. 'Ik heb niets gehoord.'

'Ik...' Alaïs zweeg. Wat moest ze zeggen?

Ze pakte zijn mantel van het bed en reikte hem aan. 'Blijf je lang weg?' vroeg ze zacht.

'Geen idee, want ik weet niet waar het over gaat,' zei hij, nog altijd kwaad.

Opeens leek zijn woede te zakken. Zijn schouders ontspanden zich en hij draaide zich naar haar toe, niet langer boos. 'Neem me niet kwalijk, Alaïs. Het is jouw schuld niet hoe je vader zich gedraagt.' Met zijn vinger streelde hij de lijn van haar kin. 'Kom, help me hier even mee.'

Guilhem boog zich naar voren, zodat Alaïs wat beter bij de sluiting kon. Toch moest ze nog op haar tenen staan om de ronde zilveren en koperen broche op zijn schouder te bevestigen.

'*Mercé, mon còr,*' zei hij toen ze klaar was. 'Goed. Ik zal eens gaan horen wat er aan de hand is. Het zal wel niet belangrijk zijn.'

'Toen we vanochtend terugreden naar de Cité kwam er net een boodschapper aan,' zei ze gedachteloos.

Meteen had ze spijt. Natuurlijk zou Guilhem willen weten waar ze zo vroeg naartoe was geweest, met haar vader, maar hij haalde net zijn zwaard onder het bed vandaan en luisterde niet.

Alaïs deinsde terug voor de harde, metaalachtige klap waarmee hij het zwaard in de schede stak. Het was een geluid dat, meer dan wat ook, symboliseerde dat hij haar wereld verruilde voor zijn eigen mannenwereld.

Toen hij zich omdraaide raakte zijn mantel de kaasplank die nog steeds op de rand van het tafeltje stond. Het plankje kletterde tegen de stenen vloer.

'Het geeft niet,' zei Alaïs snel. Ze wilde niet haar vaders woede riskeren door Guilhem nog langer op te houden. 'De bedienden ruimen het wel op. Ga nu. En kom zo gauw mogelijk terug.'

Guilhem glimlachte en verdween.

Toen zijn voetstappen waren verstorven wierp Alaïs een blik op de troep. Stukken natte, witte kaas kleefden tegen de stromatten op de vloer. Zuchtend bukte ze zich om het plankje op te rapen.

Het was op zijn kant terechtgekomen, tegen de zijkant van het bed. Toen ze het oppakte gleden haar vingers over het reliëf aan de onderkant. Alaïs draaide het om.

In het gladde, donkere hout was een labyrint gekerfd.

'*Meravelhós.* Wat mooi!' mompelde ze.

Geboeid door de volmaakte lijnen van de uitdijende cirkels volgde Alaïs het patroon met haar vingertoppen. Het was een foutloos ontwerp, uitgevoerd met liefde en precisie.

Er kwam een vage herinnering bij haar op. Alaïs hield het plankje omhoog. Ze wist zeker dat ze zoiets al eerder had gezien, maar het wilde haar niet te binnen schieten. Ze kon zich niet eens herinneren waar ze de kaasplank vandaan had. Ten slotte gaf ze het maar op.

Ze riep haar meisje, Severine, om de kamer op te ruimen. Daarna, om haar gedachten af te leiden van de gebeurtenissen in de Grote Hal, bekeek ze de planten die ze 's ochtends bij de rivier had geplukt.

Ze hadden al te lang gelegen. De linnen lappen waren opgedroogd, de wortels waren broos en de blaadjes hadden het meeste vocht verloren. Toch viel er nog wel iets te redden. Alaïs sprenkelde voldoende water over haar *panièr* en ging aan het werk.

Maar terwijl ze de wortels vermaalde, de bloemen in zakjes naaide als luchtverfrissers en het zalfje voor Jacques' been bereidde, gingen haar gedachten steeds weer naar het houten plankje, dat zwijgend voor haar op tafel lag en weigerde zijn geheimen prijs te geven.

Guilhem rende de binnenplaats over, bijna struikelend over zijn wapperende mantel. Hij vervloekte de pech dat Pelletier hem juist vandaag betrapt had.

Het kwam maar zelden voor dat de *chevaliers* voor de Raad werden uitgenodigd. En het feit dat ze naar de Grote Hal waren ontboden, niet naar de donjon, betekende dat het een ernstige zaak moest zijn.

Sprak Pelletier de waarheid toen hij zei dat hij al eerder een persoonlijke boodschapper naar Guilhems kamer had gestuurd? Hij aarzelde. Stel dat François inderdaad was langsgekomen en hem niet had aangetroffen? Wat zou Pelletier daarvan denken?

Hoe dan ook, hij had problemen, dat was duidelijk.

De zware deur van de Grote Hal stond open. Guilhem stormde met twee treden tegelijk de trappen op.

Toen zijn ogen gewend waren aan het schemerdonker van de gang ontdekte hij het karakteristieke silhouet van zijn schoonvader bij de ingang van de zaal. Guilhem haalde diep adem en liep verder, met gebogen hoofd. Maar Pelletier stak een arm uit en hield hem tegen.

'Waar was je zo laat?' vroeg hij.

'Neem me niet kwalijk, Messire. Ik had de oproep niet gekregen, en...'

Pelletier liep rood aan. 'Hoe durf je te laat te komen?' vroeg hij met een stem van staal. 'Of dacht je dat die orders voor jou niet golden? Dat je zo'n beroemde ridder bent dat je kunt komen en gaan wanneer je wilt, zonder je iets van je *Seigneur* aan te trekken?'

'Messire, ik geef u mijn woord van eer. Als ik had geweten...'

Pelletier lachte bitter. 'Eer?' herhaalde hij smalend, terwijl hij Guilhem met een vinger tegen zijn borst priemde. 'Ik ben niet achterlijk, Du Mas. Ik had mijn eigen bediende naar je kamers gestuurd om je persoonlijk te waarschuwen. Je had meer dan genoeg tijd om je gereed te maken. Maar ten slotte moest ik je zelf komen halen en vond ik je in bed!'

Guilhem opende zijn mond, maar zweeg. Hij zag speeksel in Pelletiers mondhoeken en het grijze haar van zijn baard.

'Nu heb je opeens geen praatjes meer? Nu weet je niets te zeggen? Ik waarschuw je, Du Mas. Dat je met mijn dochter bent getrouwd zal me er niet van weerhouden je een lesje te leren als dat nodig is.'

'Heer, ik heb...'

Onverwachts voelde hij Pelletiers vuist tegen zijn maag. Het was geen harde klap, maar voldoende om hem uit zijn evenwicht te brengen.

Verbaasd wankelde Guilhem achteruit, tegen de muur.

Het volgende moment greep Pelletiers zware hand hem bij de keel en drukte zijn hoofd tegen de steen. Uit zijn ooghoek zag Guilhem de *sirjan* bij de deur zich naar voren buigen om beter te kunnen zien wat er gebeurde.

'Heb je me goed begrepen?' snauwde Pelletier, met zijn gezicht vlak bij dat van Guilhem. Hij kneep hem bijna de keel dicht, zodat Guilhem geen woord kon uitbrengen. 'Ik hoor je niet, *gojat*,' zei Pelletier. 'Heb je me begrepen?'

'*Oc*, Messire,' antwoordde de ridder met moeite. Hij voelde dat hij paars aanliep. Het bloed bonsde in zijn hoofd.

'Ik waarschuw je, Du Mas. Ik hou je in de gaten. Ik wacht af. En als je maar één stap verkeerd zet, zul je daar spijt van krijgen. Begrijpen we elkaar?'

Guilhem hapte naar adem en knikte. Zijn wang schraapte langs de ruwe muur. Pelletier drukte zijn ribben bijna plat tegen de harde steen, maar liet hem toen los.

In plaats van terug te gaan naar de Grote Hal draaide Pelletier zich om en stormde de andere kant op, naar de binnenplaats.

Zodra hij was verdwenen klapte Guilhem dubbel. Rochelend masseerde hij zijn keel, hijgend als een drenkeling. Hij wreef met zijn hand over zijn nek en veegde het bloed van zijn lip.

Ten slotte klopte hij zijn kleren af en kwam langzaam weer op adem. In gedachten zon hij al op manieren om Pelletier deze vernedering betaald te zetten. Twee keer, op één dag! Die belediging kon hij niet over zijn kant laten gaan.

Opeens werd hij zich bewust van het geroezemoes uit de Grote Hal. Hij moest zich bij zijn kameraden aansluiten voordat Pelletier terugkwam en hem nog op de gang zou aantreffen.

De wachtpost deed geen moeite zijn leedvermaak te verbergen.

'Kijk voor je!' gromde Guilhem. 'En geen woord hierover, anders zul je er spijt van krijgen!'

Het was geen loos dreigement. De man sloeg onmiddellijk zijn ogen neer en stapte opzij om Guilhem door te laten.

'Zo is het beter.'

Met Pelletiers dreigementen nog in zijn oren glipte Guilhem zo onopvallend mogelijk de zaal binnen. Alleen zijn hoogrode kleur en het bonzen van zijn hart verrieden nog wat er gebeurd was.

6

Burggraaf Raymond-Roger Trencavel stond op een podium aan het einde van de Grote Hal. Hij zag Guilhem du Mas binnenkomen, veel te laat, maar hij wachtte eigenlijk op Pelletier.

Trencavel was gekleed voor de diplomatie, niet voor de oorlog. Zijn rode tuniek met lange mouwen, afgezet met gouddraad bij de kraag en de manchetten, reikte tot aan zijn knieën. Zijn blauwe mantel werd bij de hals bijeengehouden door een grote, ronde gouden gesp, die glinsterde in het zonlicht dat naar binnen viel door de hoge ramen in de zuidwand van de zaal. Boven zijn hoofd hing een groot schild met het wapen van Trencavel en twee zware metalen pieken die een kruis vormden aan de achterkant. Het wapen kwam ook terug op de vaandels, de ceremoniële kleding en de wapenrusting van de ridders. Het was afgebeeld boven het valhek over de slotgracht van de Porte Narbonnaise, als een welkom aan vrienden en als bewijs van de historische band tussen het huis Trencavel en zijn onderdanen. Links van het schild hing al generaties lang een wandkleed met een voorstelling van een dansende eenhoorn.

Opzij van het podium, diep in de muur, bevond zich een kleine deur die toegang gaf tot de privé-vertrekken van de burggraaf in de Tour Pinte, de wachttoren en het oudste deel van het Château Comtal. De deur ging schuil achter een lang, blauw gordijn, geborduurd met de drie stroken hermelijn die het wapen van de Trencavels vormden. Het gordijn bood enige beschutting tegen de koude wind die 's winters door de Grote Hal floot. Vandaag was het teruggebonden met een zwaar koord van gouddraad.

Raymond-Roger Trencavel had zijn vroegste jeugd binnen deze muren doorgebracht en was later hier teruggekeerd met zijn vrouw, Agnès de Montpellier, en zijn tweejarig zoontje en erfgenaam. Hij knielde in dezelfde kapel waar zijn ouders hadden gebeden en hij sliep in hun eikenhouten bed, waar hij was geboren. Op zomerdagen, zoals nu, keek hij bij het vallen van de avond door dezelfde boogramen over de Pays d'Oc, als de ondergaande zon de hemel rood kleurde.

Van een afstand leek Trencavel heel rustig en beheerst. Zijn bruine haar rustte licht op zijn schouders en hij had zijn handen op zijn rug gevouwen. Maar zijn gezicht stond gespannen en zijn ogen gingen voortdurend naar de deur.

Pelletier zweette hevig. Zijn kleren zaten stijf en ongemakkelijk onder zijn oksels en plakten tegen zijn rug. Hij voelde zich oud en niet opgewassen tegen de taak die voor hem lag.

Hij had gehoopt dat hij zich wat beter zou voelen in de frisse buitenlucht, maar het hielp niet veel. Hij was boos op zichzelf omdat hij zijn geduld had verloren en zich had laten meeslepen door zijn drift tegenover zijn schoonzoon. Hij kon het zich niet veroorloven zich door zulke problemen te laten afleiden. Later zou hij zich wel om Du Mas bekommeren, als het nodig was. Nu moest hij de burggraaf terzijde staan.

Ook de gedachte aan Simeon drong zich voortdurend aan hem op. Pelletier voelde nog de kille angst in zijn hart toen hij het lichaam had omgekeerd in het water – en de opluchting toen het gezicht van een vreemde hem met dode ogen had aangestaard.

Het was warm en benauwd in de Grote Hal. Meer dan honderd mannen, vertegenwoordigers van kerk en staat, waren samengepakt in de hete, ongeventileerde ruimte, waar het rook naar zweet, spanning en wijn. Het gonsde er van gesprekken, rusteloos en nerveus.

De bedienden bij de deur bogen toen Pelletier binnenkwam en brachten hem haastig een beker wijn. Tegenover hem, aan de andere kant van de zaal, stond een rij hoge, glimmende houten stoelen, in de stijl van de kerkbanken in de kathedraal van Sant-Nasari. Hier zaten de edelen van de Midi, de *seigneurs* van Mirepoix en Fanjeaux, Coursan en Termenès, Albi en Mazamet. Ze waren in Carcassonne uitgenodigd voor het feest van Sant-Nasari, maar op het laatste moment ontboden voor een vergadering van de Raad. Pelletier las de ongerustheid op hun gezichten.

Hij zocht zijn weg door de groepjes mannen, de consuls van Carcassonne en vooraanstaande burgers uit de marktstadjes Sant-Vicens en Sant-Miquel. Zijn geoefende blik gleed onopvallend door de zaal. Geestelijken en enkele monniken dromden bijeen in de schaduw van de noordelijke muur, half weggedoken in hun zwarte pijen, met hun handen in de wijde mouwen gestoken.

De *chevaliers* van Carcassonne, onder wie Guilhem du Mas, stonden voor de grote stenen haard die zich van de vloer tot aan de zoldering verhief aan de tegenoverliggende muur. De *escrivan* Jehan Congost, Trencavels schrijver – en de echtgenoot van Pelletiers oudste dochter Oriane – zat aan zijn hoge tafel voor in de zaal.

Pelletier bleef voor het podium staan en boog. Burggraaf Trencavel keek opgelucht.

'Neem me niet kwalijk, Messire.'

'Het geeft niet, Bertrand,' zei Trencavel, en hij gaf zijn rentmeester een teken om op het podium te klimmen. 'Je bent er nu.'

Ze wisselden enkele woorden, naar elkaar toe gebogen, zodat niemand hen kon afluisteren. Toen knikte Trencavel en stapte Pelletier naar voren.

'Heren,' riep hij met luide stem. 'Heren, ik vraag u om stilte voor uw *Seigneur*, Raymond-Roger Trencavel, burggraaf van Carcassona, Besièrs en Albi.'

Trencavel verscheen in de cirkel van zonlicht, met zijn armen gespreid als begroeting. Het werd stil in de zaal. Niemand bewoog zich en niemand sprak.

'Heren, trouwe vrienden, *benvenguda*. Wees welkom.' Zijn stem klonk helder en diep als een klok, met een opmerkelijk gezag voor zijn jeugdige leeftijd. '*Benvenguda a Carcassona.* Dank u voor uw komst en voor uw geduld. Ik ben u zeer erkentelijk.'

Pelletier wierp een blik over de zee van gezichten en probeerde de stemming onder de menigte te peilen. Hij zag nieuwsgierigheid, opwinding, eigenbelang, aarzeling, en hij begreep elk van die emoties. Totdat ze wisten waarvoor ze waren ontboden en – belangrijker nog – wat Trencavel van hen wilde, wist niemand precies hoe hij moest reageren.

'Het is mijn vurige hoop,' vervolgde Trencavel, 'dat het toernooi en het feest aan het eind van de maand gewoon zullen doorgaan, zoals altijd. Maar vandaag hebben wij zulk ernstig nieuws ontvangen, met zulke zwaarwegende consequenties, dat ik het onmiddellijk met u wilde bespreken, omdat het ons allen aangaat.

Voor degenen die niet bij de vorige vergadering van de Raad aanwezig waren zal ik de situatie nog even samenvatten. Uit frustratie over de mislukte missie van zijn gezanten en priesters om de vrije mensen van dit land te bewegen tot gehoorzaamheid aan de Kerk van Rome heeft Zijne Heiligheid paus Innocentius III vorig jaar Pasen opgeroepen tot een kruistocht om het christendom te bevrijden van – en ik citeer – de "ketterij die als een gezwel voortwoekert door het gebied van de Pays d'Oc".

Die zogenaamde ketters, de *Bons Homes*, vormen volgens hem een nog groter gevaar dan de Saracenen. Maar ondanks alle passie en retoriek vonden zijn woorden maar weinig weerklank. De Franse koning was niet onder de indruk en de paus kreeg nauwelijks steun.

Zijn woede richtte zich vooral op mijn oom, Raymond VI, graaf van Toulouse. Het was vooral het onbesuisde optreden van Raymonds mannen, betrokken bij de moord op de pauselijke gezant Peter de Castelnau, dat de aandacht van Zijne Heiligheid op de Pays d'Oc vestigde. Mijn oom werd veroordeeld op de beschuldiging dat hij de verbreiding van ketterij in zijn gebieden – en dus ook de onze – tolereerde.' Trencavel aarzelde en verbeterde zichzelf: 'Beter gezegd, hij tolereerde geen ketterij, maar *moedigde de Bons Homes aan* om een toevlucht te zoeken binnen zijn gebied.'

Een strenge, ascetische monnik vlak bij het podium stak zijn hand op om toestemming te vragen iets te zeggen.

'Vrome broeder,' zei Trencavel snel, 'mag ik uw geduld nog even op de proef stellen? Als ik uitgesproken ben, is er ruimte voor discussie en krijgt iedereen een kans.'

Ontstemd liet de monnik zijn hand weer zakken.

'De grens tussen tolerantie en aanmoediging, vrienden, is moeilijk te trekken,' vervolgde hij zacht. Pelletier knikte bij zichzelf en applaudisseerde in stilte voor Trencavels behendige aanpak van de situatie. 'Hoewel ik de eerste ben om toe te geven dat de godsdienstige reputatie van mijn oom misschien niet boven alle twijfel verheven is...' Trencavel zweeg, zodat iedereen zich achter die impliciete kritiek kon scharen, 'en dat zijn gedrag niet de schoonheidsprijs verdient, is het niet aan ons om een oordeel uit te spreken over de merites van deze zaak.' Hij glimlachte. 'Laat de theologie maar aan de priesters over, dan kunnen wij weer overgaan tot de orde van de dag.'

Hij wachtte even. Een schaduw gleed over zijn gezicht. Alle luchtigheid verdween nu uit zijn stem.

'Dit was niet de eerste keer dat de onafhankelijkheid en het soevereine gezag van onze gebieden werd bedreigd door een invasieleger uit het noorden. Ik dacht niet dat het zo ver zou komen. Ik kon niet geloven dat er christelijk bloed zou vloeien op christelijke bodem, met de zegen van de Katholieke Kerk.

Mijn oom Toulouse deelde mijn optimisme niet. Vanaf het eerste begin nam hij de dreiging van een invasie serieus. Om zijn landen en zijn onafhankelijkheid te beschermen bood hij ons een overeenkomst aan. U zult zich herinneren wat mijn antwoord was. Wij, bewoners van de Pays d'Oc, leven in vrede met onze buren – *Bons Homes*, joden, of zelfs Saracenen. Zolang zij onze wetten, gebruiken en tradities respecteren, zijn zij welkom. Dat was mijn antwoord toen.' Hij zweeg. 'En het zou nog steeds mijn antwoord zijn.'

Pelletier knikte goedkeurend bij die woorden. In de zaal steeg een instemmend gemompel op, zelfs onder de bisschoppen en priesters. Alleen die ene monnik – een dominicaan, aan zijn pij te zien – was niet overtuigd. 'Wij hebben verschillende ideeën over tolerantie,' mompelde hij met een sterk Spaans accent.

Van achter uit de zaal klonk een stem: 'Messire, neem me niet kwalijk, maar dit wisten we al. Het is oud nieuws. Waarom hebt u deze Raad bijeengeroepen?'

Pelletier herkende de arrogante, verveelde toon van de lastigste van Bérenger de Massabracs vijf zonen. Hij zou tussenbeide zijn gekomen als de burggraaf niet een hand op zijn arm had gelegd.

'Thierry de Massabrac,' zei Trencavel, bedrieglijk vriendelijk, 'ik ben blij met uw vraag. Maar sommigen van ons zijn minder vertrouwd met de ingewikkelde wegen van de diplomatie dan u.'

Hier en daar werd gelachen. Thierry kleurde.

'Maar het is goed dat u het vraagt. Ik heb u allen hier bijeengeroepen omdat de situatie niet langer dezelfde is.'

Niemand zei iets, maar de sfeer in de zaal veranderde subtiel. Als de burggraaf zich bewust was van de toegenomen spanning liet hij daar niets van blijken, constateerde Pelletier voldaan. Hij ging verder met hetzelfde vanzelfsprekende vertrouwen en gezag.

'Vanochtend hebben wij bericht gekregen dat het noordelijke leger een groter en onmiddellijker gevaar vormt dan wij dachten. *L'Ost*, zoals dit verderfelijke leger zich noemt, heeft zich op de feestdag van Johannes de Doper samengetrokken in Lyon. Volgens onze schattingen hebben minstens 20.000 *chevaliers* zich in de stad verzameld, aangevuld met duizenden sappeurs, priesters, paardenknechten, timmerlui, geestelijken en hoefsmeden. Het leger is vervolgens uit Lyon vertrokken onder bevel van die witte wolf, Arnald-Amalric, de abt van Cîteaux.' Hij zweeg en keek de zaal rond. 'Die naam zal bij velen van u hard aankomen.' Pelletier zag oudere diplomaten knikken. 'In zijn gezelschap zijn de katholieke aartsbisschoppen van Reims, Sens en Rouen, en de bisschoppen van Autun, Clermont, Nevers, Bayeux, Chartres en Lisieux. Wat het wereldlijk gezag betreft: koning Filips van Frankrijk heeft weliswaar geen gehoor gegeven aan de oproep tot de strijd of zijn zoon toestemming verleend om deel te nemen, maar een groot aantal belangrijke edelen uit het noorden is wel van de partij. Congost, als u zo vriendelijk wilt zijn?'

Bij het horen van zijn naam legde de *escrivan* met een dramatisch gebaar zijn ganzenpen neer. Zijn sluike haar viel over zijn gezicht. Zijn pafferige huid had de doorschijnende bleekheid van iemand die altijd binnen zat. Theatraal stak hij zijn hand in zijn grote leren tas en haalde een rol perkament tevoorschijn. Het leek een eigen leven te leiden in zijn zwetende handen.

'Maak voort, man,' mompelde Pelletier.

Congost blies zich op en schraapte een paar keer zijn keel voordat hij eindelijk begon te lezen:

'Eudes, hertog van Bourgondië; Hervé, graaf van Nevers; de graaf van Saint-Pol; de graaf van Auvergne; Pierre d'Auxerre; Hervé de Genève; Guy d'Evreux; Gaucher de Châtillon; Simon de Montfort...'

Congosts stem klonk schel en uitdrukkingsloos, maar elke naam galmde door de zaal als een steen die in een droge put viel. Dit waren machtige vijanden, invloedrijke heren uit het noorden en oosten, met geld, middelen en manschappen – geduchte tegenstanders om rekening mee te houden.

Stap voor stap ontvouwde zich de omvang en aard van het leger dat tegen het Zuiden opmarcheerde. Zelfs Pelletier, die de lijst al had gelezen, voelde een huivering over zijn rug glijden.

Er ontstond enig gemompel in de zaal, een mengeling van verbazing, ongeloof en woede. Pelletier keek naar de Kathaarse bisschop van Carcassonne, die aandachtig luisterde, met een uitdrukkingsloos gezicht. Hij werd omringd door enkele hoge Kathaarse priesters of *parfaits*. Vervolgens gleed Pelletiers scherpe blik naar het magere, half bedekte gezicht van Bérenger de Rochefort, de katholieke bisschop van Carcassonne, die aan de andere kant van de Grote Hal stond, met zijn armen over elkaar, geflankeerd door priesters van de kathedraal van Sant-Nasari en anderen van Sant-Cernin.

Pelletier was ervan overtuigd dat De Rochefort voorlopig wel de kant van burggraaf Trencavel zou kiezen tegen de paus. Maar voor hoe lang? Een man met een dubbele loyaliteit was niet te vertrouwen. Hij kon van partij wisselen zoals de zon opkwam in het oosten en onderging in het westen. Niet voor het eerst vroeg Pelletier zich af of het niet verstandiger was om de geestelijken nu weg te sturen, zodat ze niets konden horen wat ze misschien aan het kerkgezag zouden overbrieven.

'We kunnen ze wel aan! Hoeveel het er ook zijn,' riep iemand van achteruit. 'Carcassona is onneembaar!' Anderen sloten zich daarbij aan. 'Net als Lastours!' Algauw klonken er stemmen uit alle hoeken van de Grote Hal, weerkaatsend tegen de muren als onweer tegen de hellingen van de Montagne Noire. 'Laat ze maar naar de heuvels komen,' riep een ander. 'Dan zullen we ze leren wat vechten is.'

Raymond-Roger hief een hand op en glimlachte als dank voor alle steun.

'Heren, beste vrienden.' Hij moest bijna schreeuwen om zich verstaanbaar te maken. 'Bedankt voor jullie moed en jullie onwrikbare trouw.' Hij wachtte even tot het wat stiller werd. 'Deze mannen uit het noorden zijn ons niets verplicht, evenmin als wij hun iets verschuldigd zijn, behalve dat wat alle mensen op deze aarde verbindt onder God. Toch verwachtte ik niet te worden verraden door iemand die wel degelijk familieverplichtingen heeft om ons land en volk te beschermen. Ik doel op mijn oom en landheer, Raymond, graaf van Toulouse.'

Opeens werd het stil in de zaal.

'Enkele weken geleden kreeg ik bericht dat mijn oom zich had onderworpen aan een vernederend ritueel waarvoor ik mij diep schaam. Ik heb geprobeerd die geruchten te verifiëren en ze bleken waar te zijn. In de grote kathedraal van Sant-Gilles is de graaf van Toulouse, in het bijzijn van de pauselijke gezant, weer in de schoot van de Katholieke Kerk ontvangen. Geheel ontkleed, met het boetekoord om zijn nek, heeft hij zich door priesters laten afranselen terwijl hij op zijn knieën om vergiffenis vroeg.'

Trencavel zweeg een moment om zijn woorden te laten bezinken.

'Na deze diepe vernedering was de Heilige Moederkerk bereid hem weer op te nemen.' Een minachtend gemompel ging door de Raad. 'Maar, vrienden, er is nog meer. Ik twijfel er niet aan dat deze onwaardige vertoning bedoeld was de kracht van zijn geloof en zijn verzet tegen de ketterij aan te tonen. Maar blijkbaar was dat nog niet voldoende om het gevaar af te wenden dat hij op zich af zag komen. Vervolgens heeft hij het bestuur over zijn bezittingen volledig overgedragen aan de gezanten van Zijne Heiligheid de paus. Vandaag...' Hij wachtte even. 'Vandaag kreeg ik te horen dat Raymond, graaf van Toulouse, zich in Valence bevindt, nog geen week rijden hier vandaan, met enkele honderden van zijn mannen. Hij wacht nog slechts op een teken om het noordelijke invasieleger bij Beaucaire over de rivier te leiden, naar ons gebied.' Trencavel zweeg. 'Hij draagt nu het kruisvaarderskruis. Heren, hij staat op het punt ons aan te vallen.'

Een woedend geloei steeg op uit de zaal. '*Silenci!*' brulde Pelletier. Hij moest het herhalen totdat hij er schor van werd, maar het tumult hield aan. 'Stilte! Stil, zeg ik u!'

Het was een ongelijke strijd, één stem tegenover zo'n menigte.

De burggraaf liep naar de rand van het podium, totdat hij recht onder het wapen van de Trencavels stond. Zijn gezicht was rood aangelopen, maar in zijn ogen blonken een geweldige woede, moed en strijdlust. Hij spreidde zijn armen, alsof hij de Grote Zaal en alle aanwezigen wilde omvatten. Dat gebaar was voldoende om de rust te herstellen.

'Dus sta ik nu voor u, vrienden en bondgenoten, in de oude traditie van eer en saamhorigheid die ieder van ons met onze broeders verbindt. Ik vraag u om raad. Wij, de mannen van de Midi, hebben nog maar twee mogelijkheden, en heel weinig tijd om een keuze te maken. De vraag is deze. *Per Carcassona!* Voor Carcassonne. *Per lo Mièjorn.* Voor de landen van de Midi. Moeten wij ons onderwerpen? Of moeten we vechten?'

Toen Trencavel zich weer in zijn stoel liet zakken, moe van zijn inspanningen, zwol het geluid in de zaal tot orkaankracht aan.

Onwillekeurig glimlachte Pelletier. Hij boog zich naar voren en legde zijn hand op de schouder van de jongeman.

'Goed gesproken, Messire,' zei hij zacht. 'Heel indrukwekkend, heer.'

7

De discussie ging nog urenlang door.

Bedienden liepen af en aan met manden met brood en druiven, schalen met vlees en witte kaas, en vulden voortdurend de grote kruiken met wijn weer bij. Er werd niet veel gegeten, maar des te meer gedronken. De drank wakkerde hun woede aan, maar vertroebelde hun oordeel.

In de wereld buiten het Château Comtal ging het leven gewoon door. De kerkklokken luidden de gebedstijden van de dag. De monniken zongen en de nonnen baden in de afzondering van de Sant-Nasari. In de straten van Carcassonne hadden de bewoners het druk met hun eigen zaken. Kinderen speelden, vrouwen werkten, en kooplui, boeren en ambachtslieden zaten te eten, te praten of te dobbelen, niet alleen in de stad, maar ook in de omliggende dorpen en nederzettingen buiten de verdedigingsmuren.

In de Grote Hal maakten redelijke argumenten langzamerhand plaats voor beledigingen en verwijten. De ene fractie wilde weerstand bieden, de andere zag meer in een verbond met de graaf van Toulouse. Als het leger uit Lyon werkelijk zo sterk was, zou zelfs zo'n verbond niet in staat zijn de vijand te verslaan.

Iedere man hoorde het geluid van de oorlogstrom in zijn hoofd. Sommigen dachten aan eer en roem op het slagveld, het gekletter van staal op staal. Anderen zagen een zee van bloed die de heuvels en dalen overspoelde, en een eindeloze stroom vluchtelingen en gewonden die verslagen over de verschroeide aarde trok.

Pelletier liep onvermoeibaar heen en weer door de zaal, op zoek naar tekenen van oppositie en verzet tegen het gezag van de burggraaf, maar hij vond geen reden tot bezorgdheid. Hij was er vast van overtuigd dat zijn *Seigneur* genoeg had gedaan om iedereen aan zich te binden. Los van alle persoonlijke belangen zouden de heren van de Pays d'Oc zich verenigen achter burggraaf Trencavel, wat hij ook zou besluiten.

De verschillen waren eerder geografisch dan ideologisch bepaald. Degenen met land op de kwetsbare vlakten zagen meer in diplomatie. Heren met bezittingen in de hooglanden van de Montagne Noire in het noorden of de bergen van de Sabarthès en de Pyreneeën in het zuiden en westen waren vastbesloten om strijd te leveren tegen het kruisleger.

Bij die laatste groep lag Trencavels hart, wist Pelletier. Hij was uit hetzelfde hout gesneden als de bergridders, net zo onverzettelijk en onafhankelijk als zij. Maar Trencavel besefte ook dat hij zijn gebieden alleen kon behouden en zijn volk beschermen als hij zijn trots inslikte en bereid was tot onderhandelen.

Laat in de middag walmde de Grote Hal van de frustraties. Al tientallen keren waren dezelfde argumenten gewisseld en Pelletier was doodmoe. Hij had genoeg van de haarkloverijen en eindeloze formuleringen die nergens toe leidden. Hij had hoofdpijn en hij voelde zich stram – veel te oud voor dit gedoe, dacht hij, terwijl hij de ring ronddraaide die hij altijd om zijn duim droeg. De eeltige huid eronder kleurde rood.

Het werd tijd om knopen door te hakken.

Hij wenkte een bediende om water te brengen, doopte een linnen doek in de kan en gaf die aan de burggraaf. 'Hier, Messire,' zei hij.

Trencavel pakte de natte doek dankbaar aan en veegde zijn voorhoofd en zijn nek af. 'Hebben we ze nu genoeg tijd gegeven?'

'Ik denk het wel, Messire,' antwoordde Pelletier.

Trencavel knikte. Hij zat met zijn handen stevig om de bewerkte leuningen van zijn stoel geklemd, ogenschijnlijk nog net zo kalm als toen hij de Raad voor het eerst had toegesproken. Oudere, meer ervaren leiders zouden nog moeite hebben gehad om zo'n vergadering in de hand te houden, dacht Pelletier. Trencavels sterke karakter gaf hem de moed om door te gaan.

'We blijven bij onze conclusie, Messire?'

'Ja,' bevestigde Trencavel. 'Niet iedereen is het ermee eens, maar de minderheid zal zich wel bij de rest aansluiten...' Hij zweeg, en voor het eerst klonk er enige twijfel en spijt in zijn woorden door. 'Toch had ik het graag anders gezien, Bertrand.'

'Ik weet het, Messire,' zei de rentmeester zacht. 'Zo denk ik er ook over. Maar hoe het ons ook tegen de borst stuit, we hebben geen keus. U kunt de mensen alleen beschermen door een bestand overeen te komen met uw oom.'

'Misschien wil hij me niet ontvangen, Bertrand,' zei de burggraaf zacht. 'De laatste keer heb ik dingen gezegd die ik beter voor me had kunnen houden. Het afscheid was niet vriendelijk.'

Pelletier legde een hand op Trencavels arm. 'Dat risico moeten we maar nemen,' zei hij, hoewel hij er ook niet gerust op was. 'Er is alweer wat tijd overheen gegaan. De feiten liggen duidelijk genoeg. Als het kruisleger inderdaad zo groot is als ze zeggen, of zelfs maar half zo groot, hebben we geen andere mogelijkheid. Binnen de Cité zijn we wel veilig, maar uw mensen buiten de muren... wie zal hen beschermen? Door het besluit van de graaf om het kruis te dragen zijn wij... nee, *u*, Messire... het enig overgebleven doelwit. Dat leger zal heus niet ontbonden worden. Het zoekt een vijand om tegen te vechten.'

Pelletier keek naar Raymond-Rogers bezorgde gezicht en zag de spijt en het verdriet van zijn heer. Hij wilde hem troosten, iets bemoedigends zeggen, maar hij wist niets te bedenken. Besluiteloosheid op dit moment zou fataal zijn. Ze mochten geen zwakte tonen, geen twijfel. Er hing meer van de beslissing van de jonge burggraaf af dan hij zelf wel wist.

'U hebt alles gedaan wat u kon doen, Messire. Nu moet u voet bij stuk houden en doorzetten. De mannen raken onrustig.'

Trencavel wierp een blik naar het wapen boven zijn hoofd en draaide zich om naar Pelletier. Ze keken elkaar strak aan.

'Waarschuw Congost,' zei Trencavel ten slotte.

Met een diepe zucht van opluchting liep Pelletier haastig naar de *escrivan*, die zijn stijve vingers masseerde achter zijn schrijftafel. Congost keek scherp op, maar zei niets toen hij zijn ganzenpen pakte en gereedhield om het definitieve besluit van de Raad te noteren.

Voor de laatste keer kwam Raymond-Roger Trencavel overeind.

'Voordat ik mijn besluit bekendmaak, wil ik u allemaal danken. Heren van Carcassès, Razès, Albigeois en de gebieden verder weg, ik heb bewondering voor uw kracht, uw moed en uw trouw. We hebben urenlang gesproken en u hebt veel geduld en geestkracht getoond. We hoeven onszelf niets te verwijten. Wij zijn de onschuldige slachtoffers van een oorlog die wij zelf niet zijn begonnen. Sommigen van u zullen teleurgesteld zijn over wat ik ga zeggen, anderen voldaan. Ik bid dat wij allen de moed zullen vinden, met Gods hulp en genade, om één front te blijven vormen.'

Hij verhief zich tot zijn volle lengte. 'Voor ons aller heil en de veiligheid van ons volk zal ik audiëntie vragen bij mijn oom en heer, Raymond, graaf van Toulouse. We weten niet wat de uitkomst zal zijn, zelfs niet of mijn oom mij zal ontvangen. En de tijd dringt. Daarom moeten we onze bedoelingen verborgen houden. Geruchten gaan snel en als mijn oom iets te horen krijgt over ons besluit, kan dat onze onderhandelingspositie verzwakken. Daarom gaan de voorbereidingen voor het toernooi gewoon door. Ik zal proberen ruim voor de feestdag terug te zijn, hopelijk met goed nieuws.' Hij zweeg een moment. 'Met uw goedvinden vertrek ik morgenochtend in alle vroegte, met slechts een kleine groep *chevaliers* en gezanten van de grote huizen van Cabaret, Minerve, Foix, Quillan…'

'U hebt mijn zwaard, Messire!' riep een van de ridders. 'En het mijne!' riep een ander. Eén voor één knielden de mannen in de zaal.

Trencavel hief glimlachend een hand op.

'Uw moed en eergevoel sieren ons allemaal,' zei hij. 'Mijn rentmeester zal de deelnemers aan de delegatie benaderen. Voorlopig, vrienden, vraag ik uw toestemming om op weg te gaan. Ga nu terug naar uw vertrekken. We zien elkaar bij het avondmaal.'

In de commotie rond Trencavels vertrek uit de Grote Hal lette niemand op een gedaante in een lange blauwe mantel met capuchon, die ongemerkt in het halfduister de deur uit glipte.

8

De klok voor de vespers had allang geklonken tegen de tijd dat Pelletier eindelijk uit de Tour Pinte naar buiten kwam.

Hij voelde de last van zijn eenenvijftig jaren toen hij het gordijn terugschoof en terugliep naar de Grote Hal. Vermoeid masseerde hij zijn slapen om zijn bonzende hoofdpijn te verjagen.

Na afloop van de vergadering had burggraaf Trencavel nog urenlang overlegd met zijn sterkste bondgenoten om een strategie uit te stippelen voor de onderhandelingen met de graaf van Toulouse. Ten slotte waren er knopen doorgehakt en boodschappers uit het Château Comtal op weg gestuurd met brieven aan Raymond VI, de pauselijke gezanten, de abt van Cîteaux en Trencavels neven en *viguiers* in Béziers. De ridders die hem zouden vergezellen waren ingelicht. In de stallen en de smidse werd al druk gewerkt. De voorbereidingen zouden bijna de hele nacht duren.

Er hing een verwachtingsvolle stilte in de zaal. Vanwege het aanstaande vertrek was het geplande banket vervangen door een informele maaltijd. Er stonden lange schraagtafels, zonder kleden, in rijen van noord naar zuid. Kaarsen flakkerden en toortsen brandden langs de muren. Schaduwen dansten door de ruimte.

Aan de andere kant van de zaal kwamen de bedienden binnen met volgeladen schalen: een eenvoudige, maar voedzame maaltijd van hert, wildbraad, kippenpoten met paprika's, stenen kommen met bonen, worst en versgebakken brood, paarse pruimen in honing, rosé uit de wijngaarden van de Corbières en kannen bier voor mensen die hun drankgebruik liever bescheiden hielden.

Pelletier knikte goedkeurend. Hij was tevreden. François had de zaken goed waargenomen in zijn afwezigheid. De maaltijd beantwoordde aan de hoffelijkheid en gastvrijheid waar Trencavels gasten recht op hadden.

François was een goede bediende, ondanks zijn ongelukkige start in het leven. Zijn moeder was in dienst geweest van Pelletiers Franse vrouw, Marguerite, maar als dievegge opgehangen toen François nog maar een jongen was. Zijn vader was onbekend. Toen zijn vrouw negen jaar geleden was gestorven had Pelletier François in dienst genomen, opgeleid en een positie gegeven. Soms veroorloofde hij zich enige voldoening over de manier waarop François zich had ontwikkeld.

Pelletier stapte de Court d'Honneur op. Het was er koel en hij bleef even in de deuropening staan. Kinderen speelden rond de put en kregen zo nu en dan een tik op hun knieën van hun kinderjuf als ze te wild tekeergingen. Oudere meisjes slenterden arm in arm door de avondschemer en vertrouwden elkaar fluisterend hun geheimen toe.

Het duurde even voordat hij de kleine jongen met het donkere haar opmerkte die met gekruiste benen op de muur bij de kapel zat.

'Messire! Messire!' riep de jongen, terwijl hij overeind krabbelde. 'Ik heb iets voor u.'

Pelletier lette niet op hem. 'Messire!' hield de jongen vol. Hij trok Pelletier nu aan zijn mouw om zijn aandacht te trekken. 'Intendant Pelletier, alstublieft? Het is belangrijk.'

Pelletier kreeg iets in zijn hand gedrukt. Hij keek omlaag en zag dat het een brief was, geschreven op zwaar, crèmekleurig perkament. Zijn hart maakte een sprong. Op de buitenkant stond zijn eigen naam, in een bekend handschrift waarvan Pelletier niet had gedacht dat hij het ooit weer zou zien.

Hij greep de jongen bij zijn nek. 'Hoe kom je hieraan?' vroeg hij, terwijl hij hem door elkaar rammelde. 'Vertel!' De jongen spartelde als een vis aan een lijn en probeerde weg te komen. 'Schiet op!'

'Van een man bij de poort,' jammerde de jongen. 'Doe me geen pijn. Ik heb niets verkeerds gedaan.'

Pelletier schudde hem nog harder door elkaar. 'Wat voor man?'

'Gewoon, een man.'

'Dat is niet genoeg,' zei Pelletier scherp en met stemverheffing. 'Je kunt een *sol* verdienen als je me vertelt wat ik wil weten. Was het een jonge man? Oud? Een soldaat, misschien?' Hij wachtte even. 'Een jood?'

Pelletier vuurde nog meer vragen op de jongen af, totdat hij alle feiten wist. Veel was het niet. Pons vertelde hem dat hij met wat vriendjes in de slotgracht van het Château Comtal aan het spelen was en probeerde van de ene kant van de brug naar de andere te komen zonder dat de wachtposten hen te pakken kregen. In de avondschemer was er opeens een man naar hen toe gekomen die vroeg of iemand intendant Pelletier van gezicht kende. Toen Pons zich meldde, had de man hem een *sol* gegeven om de brief te overhandigen. Het was heel belangrijk, had hij gezegd, en dringend.

Het was een onopvallende man van middelbare leeftijd, niet jong of oud. Niet donker of blond. Een gewoon gezicht, niet geschonden door de pokken of door vechtpartijen. Pons had niet gezien of de man een ring droeg, omdat hij zijn handen verborgen had gehouden in zijn mantel.

Toen hij de jongen uitvoerig had ondervraagd tastte Pelletier in zijn beurs en gaf hem een muntje.

'Hier. Voor je moeite. En nou wegwezen.'

Dat liet Pons zich geen twee keer zeggen. Hij worstelde zich uit Pelletiers greep en ging ervandoor, zo snel als zijn benen hem wilden dragen.

Pelletier verdween weer naar binnen, met de brief tegen zijn borst geklemd. Er was niemand te zien toen hij door de gang naar zijn kamer liep.

De deur zat op slot. Zijn eigen voorzichtigheid vervloekend zocht Pelletier naar zijn sleutels, onhandig door de haast. François had de *calèlhs*, de olielampen, al aangestoken. Op de tafel in het midden van de kamer stond een blad met een kan wijn en twee stenen bekers, zoals elke avond. Het blinkend gepoetste koper van het blad glom in het flakkerende, gouden licht.

Pelletier schonk zich een glas in om zijn zenuwen te kalmeren. Allerlei stoffige beelden gingen hem door het hoofd, herinneringen aan het Heilige Land en de lange, rode schaduwen van de woestijn – maar ook de drie boeken en het oude geheim dat ze bevatten.

De eenvoudige wijn smaakte zuur op zijn tong en brandde in zijn keel. Hij dronk de beker in één teug leeg en schonk zich nog eens in. Hoe vaak had hij zich niet afgevraagd hoe hij zich op dit moment zou voelen? Nu het zo ver was, voelde hij zich verdoofd.

Pelletier ging zitten en legde de brief op de tafel, tussen zijn gespreide handen. Hij wist wat er in stond: het bericht dat hij al zo lang had verwacht en gevreesd, sinds zijn aankomst in Carcassonne. In die tijd had het welvarende, tolerante gebied van de Midi nog een veilige schuilplaats geleken.

Naarmate de seizoenen verstreken had Pelletier steeds minder op een oproep gerekend. Het dagelijkse leven had zijn plaats opgeëist. De gedachte aan de boeken was naar de achtergrond verdwenen. Ten slotte was hij bijna vergeten dat hij ergens op wachtte.

Meer dan twintig jaar waren nu verstreken sinds hij de schrijver van deze brief voor het laatst had gezien. Tot dit moment, besefte hij, had hij niet eens geweten of zijn leraar en mentor nog wel leefde. Het was Harif die hem lezen had geleerd in de schaduw van de olijfbosjes op de heuvels buiten Jeruzalem. Het was Harif die zijn ogen had geopend voor een schitterende wereld, mooier dan Pelletier ooit had gekend. Het was Harif die hem had geleerd dat Saracenen, joden en christenen verschillende wegen volgden naar een en dezelfde God. En het was Harif die hem had onderwezen dat er achter alle kennis een waarheid lag die veel ouder en absoluter was dan wat de moderne wereld te bieden had.

De avond van Pelletiers inwijding in de *Noublesso de los Seres* stond nog net zo helder in zijn geheugen gegrift alsof het gisteren was. De glinsterende gouden mantels, het smetteloos witte altaarkleed, net zo oogverblindend als de vestingen hoog op de heuvels boven Aleppo, tussen de cipressen en de sinaasappelbosjes. De geur van wierook, de fluisterende stemmen in het donker. De lichten…

Die nacht – een leven geleden, scheen het nu – had hij een blik geworpen in het hart van het labyrint en een eed gezworen om dat geheim met zijn leven te beschermen.

Hij trok de kaars wat dichter naar zich toe. Ook zonder de legitimatie van het zegel zou hij geen moment hebben getwijfeld dat de brief afkomstig was van Harif. Dat handschrift, die sierlijke letters en nauwgezette verhoudingen, zou hij overal hebben herkend.

Pelletier schudde zijn hoofd en probeerde de herinneringen te verjagen die hem dreigden te overstelpen. Hij haalde diep adem en stak toen zijn mes onder het zegel. De was brak, met een zacht gekraak. Pelletier streek het perkament glad.

De brief was kort. Boven aan het vel stonden de symbolen die Pelletier zich herinnerde van de gele muren van de labyrintgrot in de heuvels buiten de Heilige Stad. Ze waren geschreven in de oude taal van Harifs voorouders en hadden alleen betekenis voor ingewijden in de *Noublesso*.

In de oudste tijden

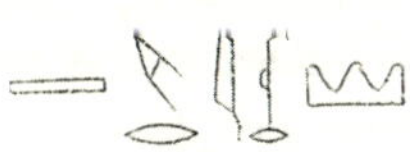

In het land van Egypte

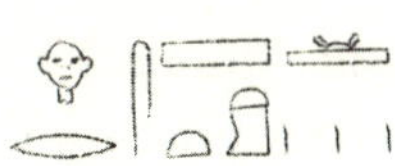

Onthulde de meester der geheimen

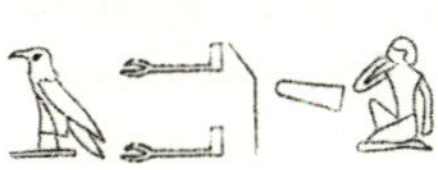

De woorden en het schrift

Pelletier las de woorden hardop. De vertrouwde klanken klonken hem geruststellend in de oren. Toen pas boog hij zich over de rest van Harifs brief.

Fraire,

Het is tijd. Duisternis dreigt boven dit land. Er hangt een boosaardigheid in de lucht die al het goede zal verminken en vernietigen. De teksten zijn niet langer veilig op de vlakten van de Pays d'Oc. De tijd is gekomen om de Trilogie te herenigen. Uw broer verwacht u in Besièrs, uw zuster in Carcas-

sona. Op uw schouders rust de taak om de boeken naar een veiliger plaats te brengen.

Talm niet te lang. De zomerpassen naar Navarra zullen onbegaanbaar zijn omstreeks Allerheiligen, of mogelijk al eerder, als de sneeuw vroeger komt. Ik verwacht u tegen de feestdag van Sant-Miquel.

Pas a pas, se va luènh.

De stoel kraakte toen Pelletier abrupt naar achteren leunde. Het was niet meer dan hij had verwacht. Harifs instructies waren duidelijk. Hij vroeg niets anders dan wat Pelletier ooit had beloofd. Maar toch had hij het gevoel dat zijn ziel uit zijn lichaam was gezogen en een grote leegte achterliet.

De eed die hij had gezworen om de boeken te beschermen was een vrijwillige belofte geweest, maar in jeugdige naïviteit. Nu, als man van middelbare leeftijd, lag alles veel gecompliceerder. Hij had een nieuw leven opgebouwd in Carcassonne, met andere verplichtingen, andere mensen die hij diende en liefhad.

Nu pas besefte hij hoe gemakkelijk hij had verondersteld dat het moment niet meer zou aanbreken in zijn leven – dat hij nooit zou hoeven te kiezen tussen zijn loyaliteit en verantwoordelijkheden tegenover burggraaf Trencavel en zijn plicht tegenover de *Noublesso*.

Pelletier las de brief opnieuw, biddend dat zich een oplossing zou aandienen. Deze keer vielen hem bepaalde woorden en zinnen op: '*Uw broer verwacht u in Besièrs.*'

Harif kon niemand anders bedoelen dan Simeon. Maar in Béziers? Pelletier pakte de kroes en dronk, zonder iets van de wijn te proeven. Vreemd dat hij vandaag juist aan Simeon had gedacht, na al die jaren.

Een speling van het lot? Zuiver toeval? Pelletier geloofde in geen van beide. Maar hoe moest hij de angst verklaren die hem had bevangen toen Alaïs hem had verteld over het lijk van de man in het water van de Aude? Hij had geen enkele reden gehad om aan Simeon te denken, maar toch was hij er zo zeker van geweest.

En dan: '*Uw zuster in Carcassona.*'

Peinzend trok Pelletier met zijn vingertop een patroon in het dunne laagje stof op de tafel. Een labyrint.

Had Harif een vrouw kunnen aanwijzen als beschermer? En had zij al die tijd hier in Carcassonne gewoond, vlak bij hem? Hij schudde zijn hoofd. Dat was onmogelijk.

9

Alaïs stond achter haar raam te wachten tot Guilhem terugkwam. De hemel boven Carcassonne lag als een diepblauwe fluwelen mantel over het land. Een lichte, droge avondbries uit de bergen in het noorden, de *Cers*, ruiste door de bomen en het riet op de oever van de Aude, als een voorbode van kouder weer.

In Sant-Miquel en Sant-Vicens waren hier en daar wat lichtjes te zien. In de klinkerstraatjes van de Cité zelf was het nog druk genoeg: mensen die zaten te eten en te drinken, elkaar verhalen vertelden of liederen zongen over liefde, dapperheid en verlies. Om de hoek van het grote plein brandde het vuur nog in de smidse.

Wachten. Altijd maar wachten.

Alaïs had haar tanden gepoetst met kruiden om ze witter te maken en een klein zakje met vergeet-me-nietjes in de hals van haar jurk genaaid als parfum. In de kamer hing de zoete geur van brandende lavendel.

De vergadering van de Raad was al een tijdje afgelopen en Alaïs had Guilhem nu toch verwacht – of in elk geval een berichtje van hem. Flarden van gesprekken zweefden vanaf de binnenplaats omhoog als dunne slierten rook. Ze ving een glimp op van Jehan Congost, de man van haar zuster Oriane, die haastig de binnenplaats overstak. Ze telde zeven of acht *chevaliers* van het kasteel met hun *écuyers*, vastberaden op weg naar de smidse. Al eerder had ze gezien hoe haar vader een kleine jongen die bij de kapel rondhing een uitbrander gaf.

Maar van Guilhem geen spoor.

Alaïs zuchtte, gefrustreerd dat ze hier zo nutteloos op haar kamer zat. Ze draaide zich om en slenterde doelloos van de tafel naar de stoel en terug. Haar rusteloze vingers zochten iets te doen. Ze bleef voor haar weefgetouw staan en staarde naar het kleine kleed waaraan ze werkte voor Dame Agnès, een ingewikkeld bestiarium van wilde dieren en vogels met grote staarten, die tegen een kasteelmuur omhoogglibberden en -klauwden. Meestal, als het weer of haar taken haar binnenshuis hielden, vond ze wel troost in dat fijne werk.

Maar vanavond kon ze zich nergens toe zetten. Haar naalden lagen onaangeroerd bij het weefgetouw, naast het ongeopende pakje met het draad dat ze van Sajhë had gekregen. De zalfjes die ze had bereid uit engelkruid en smeerwortel waren van etiketten voorzien en lagen keurig op een houten plank in de koelste en donkerste hoek van de kamer. Ze pakte het kaasplankje nog eens op en volgde met haar vingers het patroon van het labyrint tot ze er pijn van deden en ze het ding niet meer kon zien. Wachten, wachten...

'*Es totjorn lo meteis,*' mompelde ze. Altijd hetzelfde liedje.

Alaïs liep naar het glas en bekeek haar spiegelbeeld. Een klein, hartvormig gezichtje met intelligente bruine ogen en bleke wangen keek terug, niet lelijk en niet mooi. Alaïs verschikte de hals van haar jurk, zoals ze andere meisjes had zien doen, volgens de laatste mode. Als ze een strook kant zou kunnen bewaren...

Ze schrok toen er luid op de deur werd geklopt.

Perfin. Eindelijk. 'Ja, ik ben er,' riep ze.

De deur ging open. De glimlach verdween van haar gezicht.

'François. Wat is er?'

'Intendant Pelletier wil u spreken, Dame.'

'Zo laat nog?'

François schuifelde verlegen met zijn voeten. 'Hij wacht op u in zijn kamer. Ik geloof dat er haast bij is, Alaïs.'

Ze keek hem aan, verbaasd dat hij haar voornaam gebruikte. Zo'n fout had hij nooit eerder gemaakt. 'Is er iets aan de hand?' vroeg ze snel. 'Is mijn vader ziek?'

François aarzelde. 'Hij heeft... grote zorgen, Dame. Hij zou prijs stellen op uw gezelschap.'

Ze zuchtte. 'Ik loop al de hele dag achter de feiten aan.'

Hij keek verbaasd. 'Dame?'

'Laat maar, François. Het is mijn avond niet. Natuurlijk zal ik komen, als mijn vader dat vraagt. Ga je mee?'

In haar kamer aan de andere kant van de woonvleugel zat Oriane midden op haar bed, met haar lange, fraai gevormde benen onder zich getrokken.

Haar groene ogen waren halfgesloten, als van een kat. Met een zelfvoldane glimlach genoot ze van de kam die door haar volle, zwarte krullen gleed. Zo nu en dan voelde ze heel even de benen tanden op haar huid, licht en suggestief.

'Dit is erg... rustgevend,' zei ze.

Een man stond achter haar. Hij was naakt tot aan zijn middel en er glom een dun laagje zweet tussen zijn brede, sterke schouders. 'Rustgevend, Dame?' zei hij luchtig. 'Dat was niet helemaal mijn bedoeling.'

Ze voelde zijn warme adem in haar nek toen hij zich naar voren boog om het haar uit haar gezicht te strijken. Hij legde het in een vlecht tegen haar rug.

'Je bent heel mooi,' fluisterde hij.

Hij begon haar schouders en nek te masseren, eerst zachtjes, toen steviger. Oriane boog haar hoofd toen zijn vakkundige handen de lijnen van haar jukbeenderen, haar neus en haar kin volgden, alsof hij haar trekken in zijn geheugen wilde prenten. Zo nu en dan gleden ze lager, naar de zachte, blanke huid van haar hals.

Oriane bracht een van zijn handen naar haar lippen en likte zijn vingertoppen met haar tong. Hij trok haar naar achteren, tegen zich aan. Ze voelde de warmte en het gewicht van zijn lichaam, en het bewijs van zijn verlangen tegen haar rug. Hij draaide haar om, naar zich toe, opende haar lippen met zijn vingers en begon haar langzaam te kussen.

Ze lette niet op het geluid van voetstappen in de gang totdat iemand op de deur bonsde.

'Oriane!' riep een schelle, verongelijkte stem. 'Ben je daar?'

'Het is Jehan!' mompelde ze, eerder geërgerd dan geschrokken door de interruptie. Ze opende haar ogen. 'Je zei toch dat hij voorlopig niet terug zou zijn?'

Hij keek naar de deur. 'Ik had hem nog niet verwacht. Toen ik wegging leken ze nog wel even bezig met de burggraaf. Zit de deur op slot?'

'Natuurlijk,' zei ze.

'Zal hij dat niet verdacht vinden?'

Oriane haalde haar schouders op. 'Hij weet wel beter dan ongevraagd binnen te komen. Maar misschien moet je je toch maar verstoppen.' Ze wees naar een nis achter een gordijn aan de andere kant van het bed. 'Maak je geen zorgen,' glimlachte ze, toen ze de uitdrukking op zijn gezicht zag. 'Ik zal hem zo snel mogelijk wegwerken.'

'Hoe wil je dat doen?'

Ze legde haar handen om zijn nek en trok hem naar zich toe, zo dichtbij dat hij haar wimpers tegen zijn huid voelde. Hij bewoog zich tegen haar aan.

'Oriane?' zeurde Congost. Elke keer als hij sprak sloeg zijn stem over. 'Maak die deur open. Nu meteen!'

'Wacht maar af,' mompelde ze, terwijl ze de borst van de man kuste, daarna zijn stevige buik, en nog lager. 'Kom, verberg je. Zelfs híj zal niet eeuwig blijven wachten.'

Toen ze zeker wist dat haar minnaar zich veilig had verstopt, liep Oriane op haar tenen naar de deur, draaide geruisloos de sleutel om, rende terug naar het bed en trok de gordijnen er omheen. Dit kon grappig worden.

'Oriane!'

'Echtgenoot,' antwoordde ze pruilend, 'maak toch niet zo'n herrie. De deur is open.'

Oriane hoorde hem stommelen. De deur ging open en viel weer dicht. Haar man kwam haastig de kamer binnen. Ze hoorde het geluid van metaal op hout toen hij zijn kaars op de tafel zette.

'Waar ben je?' vroeg hij geïrriteerd. 'En waarom is het zo donker hier? Ik ben niet in de stemming voor spelletjes.'

Oriane glimlachte. Ze lag languit tegen de kussens, met haar benen enigszins gespreid en haar gladde, blote armen boven haar hoofd. Ze wilde niets aan zijn fantasie overlaten.

'Ik ben hier, mijn echtgenoot.'

'Die deur was niet open toen ik hem probeerde,' zei hij geërgerd, terwijl hij het gordijn van het bed opzij trok. Toen stond hij sprakeloos.

'Dan heb je zeker niet... hard genoeg... geduwd,' zei ze.

Oriane zag dat hij wit wegtrok en toen rood aanliep. Zijn ogen puilden uit hun kassen. Met open mond staarde hij naar haar hoge, volle borsten, haar donkere tepels en haar loshangende haar, dat in een waaier op het kussen lag, als een nest kronkelende slangen. Ten slotte gleed zijn blik naar de welving van haar buik en de driehoek van stug zwart haar tussen haar dijen.

'Wat stelt dit voor?' gilde hij. 'Bedek jezelf! Nu meteen!'

'Ik lag te slapen, echtgenoot,' antwoordde ze. 'Je hebt me wakker gemaakt.'

'Wakker gemaakt? Ik heb je *wakker* gemaakt?' sputterde hij. 'Lag je dan... zo... te slapen?'

'Het is een warme nacht, Jehan. Mag ik niet slapen zoals ik wil, in de beslotenheid van mijn eigen kamer?'

'Iedereen die binnenkwam had je zo kunnen zien. Je zus, of je meid, Guirande. Iedereen!'

Oriane kwam langzaam overeind. Ze keek hem uitdagend aan en wond een haarlok om haar vinger. 'Iedereen?' vroeg ze sarcastisch. 'Ik had Guirande al weggestuurd,' vervolgde ze ijzig. 'Háár diensten had ik niet meer nodig.'

Ze zag dat hij zich het liefst zou omdraaien, maar dat kon hij niet. Begeerte en afkeer streden met elkaar in zijn verdroogde bloed.

'Iedereen had binnen kunnen komen,' herhaalde hij nog eens, maar op minder besliste toon.

'Dat kan zo zijn, maar er is niemand geweest. Behalve jij, mijn echtgenoot.' Ze glimlachte, maar als een roofdier dat op het punt stond toe te slaan. 'En nu je hier bent, kun je me misschien vertellen waar je vandaan komt?'

'Dat weet je heel goed,' snauwde hij. 'Ik kom van de vergadering van de Raad.'

Ze glimlachte. 'De Raad? Al die tijd? Die vergadering was al afgelopen voordat het donker werd.'

Congost werd rood. 'Het is niet jouw plaats om mij ter verantwoording te roepen.'

Oriane kneep haar ogen tot spleetjes. 'Bij Sant Foy, wat ben je ook een verwaande kwast, Jehan. "Het is niet jouw plaats om..."' bauwde ze hem na, zo perfect dat beide mannen ineenkrompen door de wreedheid ervan. 'Vooruit, Jehan, waar heb je gezeten? Moest je nog staatszaken regelen, bepaalde *affaires*? Of was je bij je minnares, *è*, Jehan? Heb je ergens een minnares verstopt in het Château?'

'Hoe durf je zo tegen me te spreken? Ik...'

'Andere mannen vertellen hun vrouw gewoon waar ze zijn geweest. Waarom jij dan niet? Tenzij je een goede reden hebt, zoals ik al zei.'

'Andere mannen zouden niet zoveel moeten kletsen!' schreeuwde Congost. 'Dat zijn geen vrouwenzaken.'

Oriane kroop langzaam over het bed naar hem toe.

'Geen vrouwenzaken?' herhaalde ze. 'Is dat zo?'

Haar stem klonk zacht en hatelijk. Congost wist dat ze een spelletje met hem speelde, maar hij kende de regels niet. Die had hij nog nooit begrepen.

Oriane stak bliksemsnel een hand uit en legde die tegen de veelzeggende bobbel onder zijn tuniek. Met voldoening zag ze de paniek en verrassing in zijn ogen toen ze haar hand op en neer bewoog.

'Goed dan, echtgenoot,' zei ze verachtelijk. 'Wat vind jij wél vrouwenzaken? De liefde?' Ze duwde nog harder. 'Dit? Hoe zou je dat noemen? Lust?'

Congost vermoedde een valstrik, maar was zo in haar ban dat hij niet meer wist wat hij moest zeggen of doen. Onwillekeurig leunde hij naar haar toe. Zijn vochtige lippen gingen open en dicht als van een vis, en hij kneep zijn ogen dicht. Misschien verachtte hij haar, maar ze kon hem nog altijd verleiden, zoals iedere andere man. Ondanks al zijn boeken en geschriften werd hij toch geregeerd door wat er tussen zijn benen hing. Ze voelde slechts minachting voor hem.

Abrupt trok ze haar hand terug, nu ze de gewenste reactie had bereikt. 'Goed, Jehan,' zei ze kil. 'Als je me niets te vertellen hebt, ga dan maar weer. Ik heb verder niets aan je.'

Oriane zag dat er iets in hem brak, alsof alle teleurstellingen en frustraties uit zijn leven in een flits door zijn hoofd gingen. Voordat ze wist wat er gebeurde had hij haar geslagen, hard genoeg om haar naar achteren te werpen op het bed.

Ze slaakte een kreet van verrassing.

Congost staarde roerloos naar zijn eigen hand, alsof die niets met hem te maken had. 'Oriane, ik...'

'Je bent zielig!' gilde ze tegen hem. Ze proefde bloed in haar mond. 'Ik zei dat je kon gaan. Ga dan! Verdwijn uit mijn ogen!'

Heel even dacht Oriane dat hij zijn spijt zou betuigen. Maar toen hij opkeek zag ze haat in zijn ogen, geen schaamte. Ze slaakte een zucht van verlichting. Dit zou precies gaan zoals ze had gewild.

'Ik walg van je,' riep hij, terwijl hij bij het bed vandaan stapte. 'Je bent niet beter dan een beest. Nee, erger nog, want jij weet heel goed wat je doet.' Hij griste haar blauwe jurk van de vloer, waar ze hem achteloos had neergegooid, en smeet die haar in het gezicht. 'En bedek jezelf. Als ik terugkom wil ik je niet meer zo aantreffen, als een liederlijke slet.'

Toen ze zeker wist dat hij verdwenen was, liet Oriane zich terugzakken op het bed en trok haar jurk over zich heen, een beetje geschrokken maar ook uitgelaten. Voor het eerst in vier jaar huwelijk had die stomme, zwakke, suffe oude man aan wie haar vader haar had uitgehuwelijkt haar werkelijk verbaasd. Ze had hem willen provoceren, maar ze had nooit verwacht dat hij haar zou slaan. En zo hard! Ze liet haar vingers over de pijnlijke kneuzing glijden. Het was hem ernst geweest. Misschien zou ze er een blauwe plek aan overhouden? Dat kwam haar goed uit. Dan kon ze haar vader laten zien wat de gevolgen van zijn beslissing waren.

Oriane lachte bitter. Ze was niet Alaïs. Haar vader was alleen geïnteresseerd in Alaïs, hoe hij dat ook trachtte te verbergen. Oriane leek te veel op haar moeder, zowel uiterlijk als in karakter. Het zou hem een zorg zijn of Jehan haar halfdood sloeg. Hij zou wel denken dat ze het verdiende.

Heel even liet ze haar jaloezie – die ze voor iedereen, behalve Alaïs, verborgen hield – de vrije loop en kwam de haat tevoorschijn van achter dat mooie, perfecte, ondoorgrondelijke masker van haar gezicht. Haat om haar machteloosheid, haar gebrek aan invloed, haar teleurstelling. Wat had je aan jeugd en schoonheid als je geketend zat aan een man zonder ambities of vooruitzichten, een man die zelfs nooit een zwaard had gehanteerd? Het was niet eerlijk dat Alaïs, haar jongere zus, alles kreeg wat haar onthouden werd. Alles wat haar, Oriane, rechtmatig toekwam.

Ze kneep het laken tussen haar vingers, alsof het Alaïs' bleke, magere arm was. Die doodgewone, maar o zo verwende Alaïs. Ze kneep nog harder en zag in gedachten een paarse vlek die zich over haar huid verspreidde.

'Je moet hem niet zo treiteren.'

De stem van haar minnaar sneed door de stilte. Ze was hem al bijna vergeten.

'Waarom niet?' vroeg ze. 'Het is het enige plezier dat ik aan hem beleef.'

Hij glipte door het gordijn en streelde haar wang met zijn vingers. 'Heeft hij je pijn gedaan? Ik zie de afdruk van zijn hand.'

Ze glimlachte om de bezorgdheid in zijn stem. Wat kende hij haar slecht. Hij zag alleen wat hij wílde zien, het beeld van de vrouw voor wie hij haar hield.

'Het is niets,' antwoordde ze.

Het zilveren kettinkje om zijn hals raakte haar huid toen hij zich voorover boog om haar te kussen. Ze rook zijn behoefte om haar te bezitten. Oriane veranderde van houding, waardoor de blauwe jurk als water van haar af gleed. Ze streek met haar handen over zijn dijen, zo bleek en zacht vergeleken bij zijn gebronsde rug, borst en armen. Toen klom haar blik wat hoger. Ze glimlachte. Hij had lang genoeg gewacht.

Oriane bukte zich om hem in haar mond te nemen, maar hij duwde haar achterover op het bed en knielde naast haar.

'Wat voor plezier wilt u dan van mij, vrouwe?' vroeg hij, terwijl hij teder haar dijen spreidde. 'Dit?'

Ze mompelde zacht toen hij zich naar voren boog en haar kuste. 'Of dit?'

Zijn mond gleed lager, naar haar verborgen, intieme plek. Oriane hield haar adem in toen zijn tong over haar huid danste, bijtend, likkend en plagend.

'Of dit, misschien?' Ze voelde zijn handen, sterk en strak om haar middel, toen hij haar naar zich toe trok. Oriane sloeg haar benen om zijn rug.

'Of is dit soms wat je werkelijk wilt?' zei hij, met ingehouden begeerte in zijn stem toen hij diep in haar stootte. Ze kreunde van voldoening, groef haar nagels in zijn rug en eiste hem voor zich op.

'Dus je man vindt je een slet,' zei hij. 'Laten we proberen hem gelijk te geven.'

10

Pelletier ijsbeerde door zijn kamer, wachtend op Alaïs.

Het was koeler nu, maar toch parelde er zweet op zijn brede voorhoofd en was zijn gezicht rood aangelopen. Hij moest eigenlijk naar de keukens beneden, om toezicht te houden op de bedienden en te zorgen dat alles goed verliep. Maar de betekenis van dit moment overweldigde hem. Hij had het gevoel dat hij op een kruispunt stond, met wegen naar alle kanten. En elk van die wegen betekende een onzekere toekomst. Zijn hele leven, alles wat er was gebeurd en nog ging gebeuren, hing af van wat hij nu besloot.

Waar bleef ze zo lang?

Pelletier klemde de brief in zijn vuist. Hij kende de tekst al uit zijn hoofd.

Toen hij zich van het raam afwendde viel zijn blik op iets helders en glinsterends, in het stof en de schaduw achter de deur. Pelletier bukte zich en raapte het op. Het was een zware zilveren gesp met koperen details, groot genoeg om een mantel mee te sluiten.

Hij fronste. De gesp was niet van hem.

Hij hield hem bij een kaars om beter te kunnen zien. Het was geen bijzondere gesp. Zo had hij er honderden op de markt gezien. Hij draaide hem om in zijn handen. Het was een goede kwaliteit, passend bij iemand die niet rijk maar wel bemiddeld was.

De gesp kon hier niet lang hebben gelegen. François maakte elke ochtend de kamer schoon en zou hem hebben gevonden. Andere bedienden mochten hier niet komen en de deur was de hele dag op slot geweest.

Pelletier keek om zich heen, op zoek naar andere sporen van een mogelijke indringer. Hij voelde zich niet op zijn gemak. Verbeeldde hij het zich of lagen de voorwerpen op zijn bureau anders dan hij ze had achtergelaten? Was zijn beddengoed verstoord? Alles boezemde hem wantrouwen in, vanavond.

'*Paire?*'

Alaïs sprak zacht, maar toch schrok hij van haar stem. Haastig borg hij de gesp in zijn beurs. 'Vader,' herhaalde ze. 'U had me laten roepen?'

Pelletier vermande zich. 'Ja, ja, dat is zo. Kom binnen.'

'Is er verder nog iets van uw dienst, Messire?' vroeg François vanuit de deuropening.

'Nee. Maar blijf in de buurt, voor het geval ik je nodig heb.'

Hij wachtte tot de deur dichtviel en wees Alaïs een stoel aan de tafel. Hij schonk haar een beker wijn in en vulde zichzelf nog eens bij, maar ging niet zitten.

'Je ziet er moe uit.'

'Dat ben ik ook. Een beetje.'

'Wat zeggen de mensen over de Raad, Alaïs?'

'Ze weten niet wat ze ervan moeten denken, Messire. Er gaan zoveel verhalen. Iedereen bidt dat we er niet zo slecht voor staan als het lijkt. Het is bekend dat de burggraaf morgen naar Montpelhièr rijdt, met een klein gevolg, om een audiëntie aan te vragen bij zijn oom, de graaf van Toulouse.' Ze keek op. 'Is dat waar?'

Hij knikte.

'Maar er wordt ook gezegd dat het toernooi gewoon doorgaat.'

'Ook dat is waar. De burggraaf wil binnen twee weken weer thuis zijn van zijn missie. In elk geval voor het einde van juli.'

'Zal de burggraaf slagen, denkt u?'

Pelletier gaf geen antwoord, maar bleef ijsberen. Zijn nervositeit sloeg op haar over.

Ze nam een slok wijn om moed te scheppen. 'Hoort Guilhem ook bij het gevolg?'

'Heeft hij je dat zelf niet verteld?' vroeg Pelletier scherp.

'Ik heb hem nog niet gezien sinds het einde van de vergadering,' moest ze toegeven.

'Waar hangt hij dan uit, bij Sant Foy?' wilde haar vader weten.

'Zeg me alleen maar ja of nee.'

'Guilhem du Mas is uitgekozen, maar tegen mijn wil, dat zeg ik erbij. De burggraaf heeft een voorkeur voor hem.'

'En terecht, *Paire*,' zei ze zacht. 'Hij is een goede ridder.'

Pelletier boog zich naar voren en schonk haar nog wat wijn in. 'Vertel me eens, Alaïs, vertrouw je hem?'

Die vraag overviel haar, maar ze antwoordde zonder aarzelen. 'Moet niet elke vrouw haar man vertrouwen?'

'Ja, ja. Ik verwacht ook geen ander antwoord van je,' zei hij bruusk, met een kort handgebaar. 'Maar heeft hij je gevraagd wat er vanochtend bij de rivier is gebeurd?'

'U had me verboden er met iemand over te spreken,' zei ze. 'Daar heb ik me aan gehouden.'

'Ik wist dat ik op je kon rekenen,' zei hij. 'Maar dat is nog geen antwoord op mijn vraag. Heeft Guilhem je gevraagd waar je was geweest?'

'Daar was geen gelegenheid voor,' zei ze uitdagend. 'Ik heb hem nog niet gezien, zoals ik u al zei.'

Pelletier liep naar het raam. 'Ben je bang dat het toch oorlog wordt?' vroeg hij, met zijn rug naar haar toe.

Alaïs had moeite met die onverwachte wending, maar ze antwoordde zonder zich te bedenken: 'Ja. Die gedachte maakt me bang, Messire,' zei ze voorzichtig. 'Maar zo ver zal het toch niet komen?'

'Nee, misschien niet.'

Hij legde zijn handen op de vensterbank, ogenschijnlijk verdiept in zijn eigen gedachten, zonder op haar te letten. 'Ik weet dat je het een onbeschaamde vraag vindt, maar ik heb er een reden voor. Kijk diep in je hart, denk goed over je antwoord na en zeg me dan de waarheid. Vertrouw je je man? Denk je dat hij je zal beschermen en je goed zal behandelen?'

Alaïs begreep de suggestie die verborgen lag onder de oppervlakte, maar ze was bang voor het antwoord. Ze wilde loyaal zijn aan Guilhem. Aan de andere kant kon ze niet liegen tegen haar vader.

'Ik weet dat u bezwaren tegen hem hebt, Messire,' zei ze vastberaden, 'hoewel ik niet begrijp wat hij u misdaan heeft...'

'Dat weet je heel goed,' zei Pelletier ongeduldig. 'Ik heb het je vaak genoeg gezegd. Maar mijn persoonlijke mening over Du Mas, gunstig of ongunstig, doet nu niet terzake. Je kunt iemand onsympathiek vinden en hem toch respecteren. Geef antwoord, alsjeblieft, Alaïs. Er hangt veel vanaf.'

Beelden van een slapende Guilhem. Zijn ogen, donker als zwarte stenen, de welving van zijn lippen als hij de intieme binnenkant van haar pols kuste – herinneringen die zo krachtig waren dat ze haar duizelig maakten.

'Ik kan u geen antwoord geven,' zei ze ten slotte.

'Juist,' zei hij zuchtend. 'Goed. Ik begrijp het.'

'Met alle respect, *Paire*, maar u begrijpt het niet!' vloog Alaïs op. 'Ik heb helemaal niets gezegd.'

Hij draaide zich om. 'Heb je Guilhem verteld dat ik je bij me had laten komen?'

'Ik heb hem nog niet gezien, dat zei ik al, en... en u hebt het recht niet me op deze manier te ondervragen. U kunt me niet dwingen te kiezen tussen u en hem.' Alaïs wilde opstaan. 'Dus als er geen andere reden is voor mijn aanwezigheid op dit late uur, Messire, dan vraag ik u toestemming om me terug te trekken.'

Pelletier maakte een verzoenend gebaar. 'Blijf zitten, blijf zitten. Ik zie dat ik je gekwetst heb. Dat spijt me. Het was niet mijn bedoeling.'

Hij stak een hand uit. Alaïs aarzelde even, maar pakte hem toen.

'Ik wil niet in raadsels spreken. Het gaat erom dat ik... bepaalde dingen voor mezelf duidelijk wil maken. Vanavond heb ik een heel belangrijk bericht gekregen, Alaïs. De afgelopen uren heb ik geprobeerd te besluiten wat ik moet doen, na afweging van alle alternatieven. Hoewel ik dacht dat ik mijn beslissing genomen had en jou daarom had laten komen, was ik toch niet zeker van mijn zaak.'

Alaïs keek hem aan. 'En nu?'

'De weg die ik moet volgen is duidelijk. Ja, ik denk dat ik weet wat ik moet doen.'

Alle kleur verdween uit haar gezicht. 'Dus er komt oorlog,' zei ze, opeens heel zacht.

'Dat lijkt me onvermijdelijk. De voortekenen zijn niet goed.' Hij ging zitten. 'We zijn betrokken geraakt bij gebeurtenissen waarover we geen macht hebben, ondanks al onze pogingen om onszelf van het tegendeel te overtuigen.' Hij aarzelde. 'Maar er is nog iets belangrijkers, Alaïs. En als het fout gaat in Montpelhièr, krijg ik misschien nooit meer de kans om je... de waarheid te vertellen.'

'Wat kan er belangrijker zijn dan de dreiging van een oorlog?'

'Voordat ik verderga moet je me beloven dat alles wat ik je vanavond vertel tussen ons zal blijven.'

'Vroeg je daarom naar Guilhem?'

'Ja, gedeeltelijk,' gaf hij toe, 'hoewel dat niet de hele reden is. Maar beloof me eerst dat je ons gesprek geheim zult houden.'

'Dat beloof ik,' zei ze, zonder zich te bedenken.

Weer zuchtte Pelletier, maar deze keer van opluchting, niet van spanning. De teerling was geworpen. Hij had zijn keus gemaakt. Nu zou hij zijn beslissing vastberaden moeten uitvoeren, ongeacht de gevolgen.

Ze kwam wat dichterbij. Het licht van de kaarsen danste en flikkerde in haar bruine ogen.

'Dit is een verhaal,' zei hij, 'dat begint in het oude Egypte, een paar duizend jaar geleden. Dit is het ware verhaal van de Graal.'

Pelletier vertelde totdat de olie in de lampen was opgebrand.

Op de binnenplaats beneden was het stil. De feestvierders sliepen. Alaïs was doodmoe. Haar vingers waren wit en ze had paarse wallen onder haar ogen, als blauwe plekken.

Ook Pelletier leek oud en vermoeid geworden tijdens zijn verhaal.

'Als antwoord op je vraag: je hoeft nog niets te doen. Nu niet, en misschien nooit. Als wij morgen succes hebben met ons verzoek, krijg ik misschien de kans en de tijd om de boeken zelf in veiligheid te brengen, zoals ik heb gezworen.'

'Maar zo niet, Messire? Stel dat er iets met u gebeurt?' Alaïs zweeg. Angst kneep haar keel dicht.

'Misschien komt alles nog goed,' zei hij, maar met een toonloze stem.

'Maar als dat niet zo is?' drong ze aan. Ze liet zich niet afschepen. 'Als u niet terugkomt? Hoe weet ik dan wanneer ik iets moet doen?'

Hij keek haar even aan. Toen zocht hij in zijn beurs en haalde een zakje van crèmekleurig doek tevoorschijn.

'Als mij iets overkomt, zul je een teken ontvangen. Zoiets als dit.' Hij legde het zakje op tafel en schoof het naar haar toe. 'Maak het maar open.'

Alaïs deed het. Ze vouwde het doek voorzichtig open, totdat ze een lichtgekleurd stenen schijfje vond, waarop twee letters waren gegraveerd. Ze hield het bij het kaarslicht en las de letters op.

'*NS?*'

'Van *Noublesso de los Seres*.'

'Wat is dat?'

'Een *merel*, een geheim teken, van duim naar wijsvinger. En het heeft nog een ander, belangrijker doel, hoewel je dat nu nog niet hoeft te weten. Het geeft aan of de drager te vertrouwen is.' Alaïs knikte. 'Draai het eens om.'

Op de andere kant was een labyrint afgebeeld, identiek aan het motief op het houten plankje.

Alaïs hield haar adem in. 'Dat heb ik al eens gezien.'

Pelletier trok de ring van zijn duim en stak haar die toe. 'Het staat ook op de binnenkant gegraveerd,' zei hij. 'Alle bewaarders dragen zo'n ring.'

'Nee, ik bedoel hier in het Château. Ik heb vandaag kaas gekocht op de markt en ik had een plankje uit mijn kamer meegenomen om de kaas op te leggen. Dit motief stond op de onderkant.'

'Dat is onmogelijk. Het kan nooit hetzelfde zijn.'

'Ik zweer het u.'

'Waar komt dat plankje dan vandaan?' vroeg hij. 'Denk goed na, Alaïs. Heb je het van iemand gekregen? Was het een geschenk?'

Alaïs schudde haar hoofd. 'Ik weet het niet. Echt niet,' zei ze wanhopig. 'Ik denk er al de hele dag over na, maar ik kan het me niet herinneren. Het vreemdste was nog dat ik zeker wist dat ik dat motief al eens ergens anders had gezien, hoewel ik het plankje zelf niet kende.'

'Waar is het nu?'

'Op het tafeltje in mijn kamer,' zei ze. 'Hoezo? Denkt u dat het belangrijk is?'

'Dus iedereen kan het hebben gezien?' vroeg hij wanhopig.

'Dat zal wel,' antwoordde ze zenuwachtig. 'Guilhem, de bedienden, ik weet het niet.'

Alaïs keek naar de ring in haar hand, en opeens vielen de stukjes van de puzzel op hun plaats. 'U dacht dat het Simeon was, die man in de rivier?' vroeg ze langzaam. 'Is hij ook een bewaarder?'

Pelletier knikte. 'Er was geen enkele reden om dat te denken, maar toch was ik ervan overtuigd.'

'En de andere bewaarders? Weet u waar ze zijn?'

Hij boog zich naar voren en klemde zijn vingers om de *merel*. 'Genoeg vragen, Alaïs. Pas goed op deze ring. Bewaar hem veilig. En verberg dat plankje met het labyrint, ergens waar niemand het kan zien. Ik zal er wel over nadenken als ik terug ben.'

Alaïs stond op. 'Wat zou het kunnen zijn?'

Pelletier glimlachte om haar vasthoudendheid. 'Zoals ik al zei, *filha*, ik zal erover nadenken.'

'Maar betekent dat plankje dat iemand hier in het Château iets van het bestaan van de boeken weet?'

'Daar kan niemand iets van weten,' verklaarde hij ferm. 'Als ik dat geloofde, zou ik het je wel zeggen. Maar ik geef je mijn woord.'

Het waren dappere, strijdlustige woorden, maar de uitdrukking op zijn gezicht vertelde een ander verhaal.

'Maar als...'

'*Basta*,' zei hij zacht, en hij hief zijn handen op. 'Genoeg.'

Alaïs liet zich stevig door hem omhelzen. Zijn vertrouwde geur bracht tranen in haar ogen.

'Het komt allemaal wel goed,' zei hij vastbesloten. Hij kuste haar op haar hoofd. 'Kom morgen vroeg maar afscheid van ons nemen.' Alaïs knikte. Ze vertrouwde haar eigen stem niet.

'*Ben, ben.* Ga nu maar. God zegene je.'

Alaïs rende de donkere gang door en stak de binnenplaats over zonder adem te halen. In elke hoek, elke schaduw, meende ze geesten en demonen te zien. Het duizelde haar. Die oude, vertrouwde wereld leek opeens een verwrongen spiegel van zichzelf, herkenbaar maar ook heel anders. Het pakje dat ze onder haar jurk verborgen hield scheen een gat te branden in haar huid.

Buiten was het koel. De meeste mensen waren al naar bed, hoewel er nog wat lichtjes brandden in de kamers boven de Cour d'Honneur. Ze schrok toen er opeens gelach klonk van de wachtposten bij de poort. Heel even dacht ze een silhouet te zien in een van de bovenkamers. Maar er scheerde een vleermuis voor haar langs, die haar aandacht afleidde. Toen ze nog eens keek, was het raam weer donker.

Ze liep steeds sneller. De woorden van haar vader galmden door haar hoofd, met alle vragen die ze hem nog had willen stellen.

Na nog een paar stappen voelde ze haar nekharen overeind komen. Ze keek over haar schouder.

'Wie is daar?'

Geen antwoord. Ze riep het opnieuw. Er loerde iets boosaardigs in de duisternis, dat voelde ze – dat róók ze. Ze rende verder, ervan overtuigd dat ze werd gevolgd. Ze hoorde het zachte geschuifel van voeten en het geluid van een hijgende ademhaling.

'Wie is daar?' riep ze nog eens.

Zonder enige waarschuwing klemde zich een eeltige hand over haar mond. Ze rook de lucht van verschaald bier. Toen kreeg ze een harde klap tegen haar achterhoofd. Ze slaakte een kreet en viel.

Het leek een hele tijd te duren voordat ze de grond raakte. Het volgende moment gleden er ruwe handen over haar lichaam, als ratten in een kelder, totdat ze gevonden hadden wat ze zochten.

'*Aqui es.*' Hier is het.

Het was het laatste wat Alaïs hoorde voordat alles zwart werd voor haar ogen.

11

Pic de Soularac
Sabarthèsbergen
Zuidwest-Frankrijk

MAANDAG, 4 JULI 2005

'Alice! Alice! Kun je me horen?'

Ze knipperde met haar ogen.

De lucht was kil en vochtig, als in een onverwarmde kerk. Ze zweefde niet, maar ze lag op de koude, harde grond.

Waar ben ik in vredesnaam? Ze voelde de vochtige, ruwe aarde onder haar armen en benen. Alice verschoof wat. Scherpe steentjes en gruis schuurden langs haar huid.

Nee, geen kerk. Langzaam kwam de herinnering weer boven. Ze was door een lange, donkere tunnel gelopen, naar een grot – een stenen kamer. En toen? Alles was vaag, als een onscherpe foto. Alice probeerde haar hoofd op te tillen. Dat was een vergissing. Een felle pijn explodeerde in haar achterhoofd. Misselijkheid klotste door haar maag als lenswater op de bodem van een rottende boot.

'Alice? Kun je me horen?'

Iemand praatte tegen haar, een bezorgde stem die ze goed kende.

'Alice? Wakker worden.' Weer tilde ze haar hoofd op. Nu was de pijn wat minder. Langzaam en voorzichtig kwam ze half overeind.

'Jezus,' mompelde Shelagh, duidelijk opgelucht.

Alice voelde handen die haar in zithouding trokken. Alles was donker en somber, afgezien van de dansende lichtbundels van de zaklantaarns. Twee lantaarns. Alice kneep haar ogen tot spleetjes en herkende Stephen, een van de oudere leden van het team, die achter Shelagh opdook. Zijn bril met draadmontuur glinsterde in het licht.

'Alice, zeg eens iets! Kun je me horen?' vroeg Shelagh.

Ik weet het niet. Misschien.

Alice wilde iets zeggen, maar haar mond voelde scheef en er kwam geen geluid uit. Ze probeerde te knikken, maar die inspanning maakte haar zo duizelig dat ze haar hoofd tussen haar knieën moest drukken om niet flauw te vallen.

Met Shelagh aan één kant en Stephen aan de andere schoof ze naar achteren totdat ze boven op de stenen treden zat, met haar handen op haar knieën. De grot bewoog voor haar ogen heen en weer, als een film met wisselende scherpte.

Shelagh knielde voor haar neer en zei iets, maar Alice verstond het niet. Het geluid klonk vervormd, als een grammofoonplaat op de verkeerde snelheid. Weer sloeg er een golf van misselijkheid door haar heen toen er steeds meer losse herinneringen bij haar boven kwamen: het geluid van de schedel die wegrolde in het donker; haar hand die zich uitstrekte naar de ring; en de wetenschap dat ze iets had verstoord, iets boosaardigs, dat diep in het binnenste van de berg sluimerde.

Toen niets meer.

Ze had het vreselijk koud en kreeg kippenvel op haar blote armen en benen. Alice wist dat ze niet erg lang bewusteloos kon zijn geweest, hooguit een paar minuten. Maar tijd was rekbaar. Het leek lang genoeg om van de ene wereld naar de andere te komen.

Ze huiverde. Opeens herinnerde ze zich nog iets anders: dat diezelfde, bekende droom was teruggekomen. Eerst de sensatie van vrede en licht, in een witte, heldere omgeving. Daarna de diepe val tegen een verlaten hemel, en de grond die bliksemsnel op haar toe kwam. De klap die uitbleef. Dan het bos van hoge, groene bomen. En ten slotte de brand, die bulderende muur van rode, gouden en gele vlammen.

Alice sloeg haar blote armen stijf om zich heen. Waarom had ze die droom weer gekregen? Haar hele jeugd had die nachtmerrie haar gekweld, altijd hetzelfde, zonder dat het ergens toe leidde. Terwijl haar ouders aan de andere kant van het gangetje lagen te slapen, zich nergens van bewust. Nachten achtereen was Alice wakker geschrokken in het donker, met haar handen om de dekens geklemd, vastbesloten haar demonen in haar eentje te overwinnen.

Jarenlang was ze van de droom verlost geweest.

'Zullen we proberen je overeind te krijgen?' hoorde ze Shelagh zeggen.

Het betekent niets, deze ene keer. Dat wil niet zeggen dat de droom weer terug is.

'Alice,' zei Shelagh, wat scherper nu. Ongeduldig. 'Denk je dat je kunt staan? Je moet terug naar het kamp, dan kan er iemand naar je kijken.'

'Ik denk het wel,' zei ze eindelijk. Het leek haar eigen stem niet. 'Ik voel me een beetje vreemd in mijn hoofd.'

'Het lukt wel, Alice. Vooruit, probeer het maar.'

Alice keek omlaag naar haar rode, gezwollen pols. *Shit.* Ze kon het zich niet goed herinneren en wilde dat ook niet. 'Ik weet niet precies wat er is gebeurd. Dit...' Ze hield haar hand omhoog. 'Dit heb ik buiten opgelopen.'

Shelagh sloeg haar armen om Alice heen om haar gewicht te dragen. 'Oké?'

Alice zette zich schrap en gaf Shelagh de kans om haar overeind te trekken. Stephen pakte haar andere arm. Ze wankelde een beetje en probeerde haar evenwicht te bewaren. Na een paar seconden verdween de duizeligheid en kreeg ze weer wat gevoel in haar verdoofde armen en benen. Voorzichtig boog en strekte ze haar vingers en voelde hoe de ruwe huid zich over haar knokkels spande.

'Het gaat wel. Geef me een minuutje.'

'Waarom ben je in godsnaam in je eentje naar binnen gegaan?'

'Ik was...' Alice zweeg. Ze wist niet wat ze moest antwoorden. Ze was nu eenmaal iemand die altijd de regels aan haar laars lapte en in moeilijkheden kwam. 'Er is iets wat jullie moeten zien. Daar beneden. Dieper in de grot.'

Met haar zaklantaarn volgde Shelagh de richting waarin Alice keek. Schaduwen gleden over de wanden en het dak van de grot.

'Nee, niet daar,' zei Alice. 'Beneden.'

Shelagh richtte de bundel omlaag.

'Voor het altaar.'

'Altaar?'

Het krachtige witte licht doorboorde de inktzwarte duisternis van de spelonk. Heel even was het silhouet van het altaar tegen de achterwand van de ruimte te zien, als de Griekse letter *psi*, over het reliëf van het labyrint geprojecteerd. Toen bewoog Shelagh haar hand. Het beeld verdween en de lichtbundel vond het graf. De bleke botten glinsterden in het donker.

Onmiddellijk veranderde de sfeer. Shelaghs adem stokte. Als een robot daalde ze één, twee, drie treden af. Ze leek Alices aanwezigheid totaal vergeten.

Stephen maakte aanstalten om haar te volgen.

'Nee,' snauwde ze. 'Blijf daar.'

'Ik wilde alleen...'

'Ga terug om dr. Brayling te halen. Zeg hem wat we gevonden hebben. Nu!' riep ze, toen hij zich niet bewoog. Stephen drukte zijn zaklantaarn in Alices hand en verdween zonder een woord door de tunnel. Ze hoorde zijn schoenen over de steentjes knerpen. Het geluid werd zwakker en verstierf toen in de duisternis.

'Je hoefde niet zo tegen hem te schreeuwen,' begon Alice, maar Shelagh viel haar in de rede.

'Heb je iets aangeraakt?'

'Niet echt. Maar...'

'Maar wat?' Weer die agressie in haar stem.

'Er lagen een paar dingen in het graf,' zei Alice. 'Ik zal ze je laten zien.'

'Nee!' riep Shelagh. Toen, wat kalmer: 'Nee. We mogen hier niet rondstappen.'

Alice wilde opmerken dat het daar al te laat voor was, maar zweeg. Ze had geen behoefte om weer in de buurt van de skeletten te komen. Die blinde oogkassen en ingezakte beenderen lagen haar nog te vers in het geheugen.

Shelagh boog zich over het ondiepe graf. Er was iets uitdagends in de manier waarop ze de lichtbundel over de lichamen bewoog, heen en weer, alsof ze ze onderzocht. Bijna oneerbiedig. Het licht viel op het doffe metaal van het mes toen Shelagh bij de geraamten knielde, met haar rug naar Alice toe.

'Je had niets aangeraakt, zei je?' vroeg ze kortaf, met een blik over haar schouder. 'Waarom ligt je pincet hier dan?'

Alice kleurde. 'Je viel me in de rede voordat ik mijn zin kon afmaken. Ik wilde zeggen dat ik een ring had opgeraapt – *met* mijn pincet, dus. Maar ik liet hem vallen toen ik jullie hoorde aankomen door de tunnel.'

'Een ring?' herhaalde Shelagh.

'Misschien is hij ergens onder gerold?'

'Nou, ik zie hem niet,' zei ze. Abrupt kwam ze weer overeind en liep op Alice toe. 'Kom, we gaan weg. Je verwondingen moeten worden behandeld.'

'Maar wil je dan niet...?'

'Allemensen, Alice!' zei Shelagh, terwijl ze haar bij de arm greep. 'Heb je al niet genoeg gedaan? We moeten weg!'

Na de fluwelen duisternis van de spelonk was het licht fel aan haar ogen toen ze in de schaduw van het rotsblok naar buiten stapte. De zon explodeerde in haar gezicht als vuurwerk tegen een zwarte novemberhemel.

Ze beschutte haar ogen met haar hand en voelde zich gedesoriënteerd, alsof ze geen vast punt kon vinden in tijd en ruimte. Het leek of de wereld tot stilstand was gekomen terwijl zij in de grot was. Het landschap kwam haar bekend voor, maar toch ook heel anders.

Of kijk ik met andere ogen?

De glinsterende toppen van de Pyreneeën in de verte hadden hun scherpe omtrekken verloren. De bomen, de hemel, ook de berg zelf, leken minder concreet, minder echt. Alice had het gevoel dat alles in elkaar zou storten zodra ze het aanraakte, als het decor van een filmset, zodat de werkelijkheid erachter zichtbaar zou worden.

Shelagh zei niets. Ze liep al de helling af, met haar mobieltje tegen haar oor gedrukt, zonder te kijken of Alice het wel redde. Alice haastte zich om haar in te halen.

'Shelagh, niet zo snel! Wacht!' Ze legde een hand op Shelaghs arm. 'Hoor eens, het spijt me echt. Ik weet dat ik niet in mijn eentje naar binnen had moeten gaan. Ik dacht er niet bij na.'

Shelagh reageerde niet. Ze keek niet eens opzij, hoewel ze haar telefoontje weer had dichtgeklapt.

'Rustig nou! Ik kan je niet bijhouden.'

'Oké,' zei Shelagh, en ze draaide zich op haar hakken om. 'Ik sta stil.'

'Wat is er aan de hand?'

'Zeg jij het maar. Ik bedoel, wat moet ik daar nou op antwoorden? Dat alles oké is? Moet ik je troosten omdat jij zo'n stomme fout hebt gemaakt?'

'Nee, ik...'

'Want het is duidelijk *niet* oké. Het was echt achterlijk van je om alleen die grot in te gaan. Je hebt de vindplaats besmet, en god weet wat nog meer. Wat bezielde je?'

Alice spreidde haar handen. 'Ik weet het, ik weet het. En het spijt me. Heus,' herhaalde ze. Het klonk nogal zwak, vond ze zelf.

'Heb je enig idee hoeveel problemen je me hebt bezorgd? *Ik* heb voor jou ingestaan, *ik* heb Brayling overgehaald om je mee te nemen. En omdat jij voor Indiana Jones moest spelen zal de politie waarschijnlijk de hele opgraving stilleggen. Brayling geeft mij de schuld. Alle moeite die ik heb gedaan om hier te komen, om een plaatsje te krijgen bij deze expeditie... Alle tijd die het me heeft gekost...' Shelagh zweeg en streek met haar vingers door haar kortgeknipte, gebleekte haar.

Dat is niet eerlijk.

'Wacht nou eens even.' Alice wist dat Shelagh alle recht had om kwaad te zijn, maar nu ging ze toch te ver. 'Je bent niet eerlijk. Ik geef toe dat het dom was om naar binnen te gaan. Daar heb ik niet bij nagedacht, dat is waar. Maar vind je zelf niet dat je overdrijft? Shit, het was toch geen opzet? Brayling zal heus niet de politie bellen. Ik heb eigenlijk niets aangeraakt en er zijn geen gewonden gevallen.'

Shelagh trok haar arm uit Alices greep vandaan, zo heftig dat Alice bijna haar evenwicht verloor.

'Natuurlijk zal Brayling de autoriteiten bellen,' snauwde Shelagh. 'Als je de moeite had genomen om naar me te luisteren, zou je weten dat we alleen toestemming voor deze opgraving hebben gekregen – tegen het advies van de politie in – op voorwaarde dat we onmiddellijk de Police Judiciaire zouden waarschuwen als we menselijke resten vonden.'

Alices hart sloeg een slag over. 'Dat was gewoon ambtenarij, dacht ik. Niemand leek het serieus te nemen. Iedereen maakte er grappen over.'

'Nee, *jij* nam het niet serieus!' riep Shelagh. 'De rest van ons wel! Wij zijn professionals. Wij hebben respect voor ons werk!'

Dit slaat nergens op.

'Maar waarom zou de politie geïnteresseerd zijn in een archeologische opgraving?'

Shelagh explodeerde zowat. 'Begrijp je het nou nog niet? Het maakt niet uit waaróm! Zo is het nu eenmaal. Het is niet jouw beslissing welke regels wel of niet van toepassing zijn.'

'Ik heb nooit gezegd...'

'Waarom ga je altijd overal tegenin? Je weet het altijd beter, je houdt je nooit aan de afspraken. Alles moet op jóúw manier.'

Alice begon nu ook te schreeuwen. 'Dat is helemaal niet waar! Zo ben ik niet, dat weet jij ook wel. Ik heb er gewoon niet bij stilgestaan...'

'Dat is juist het probleem. Je staat nooit ergens bij stil. Je denkt alleen aan jezelf. Aan je eigen belangen.'

'Dat is onzin, Shelagh. Waarom zou ik jou opzettelijk in moeilijkheden brengen? Moet je jezelf nou horen!' Alice haalde diep adem en probeerde zich te beheersen. 'Hoor eens, ik zal Brayling wel zeggen dat het allemaal mijn schuld was, maar... Normaal gesproken zou ik nooit in mijn eentje naar binnen zijn gegaan, alleen...'

Ze zweeg weer.

'Alleen wat?'

'Het zal wel onzinnig klinken, maar het leek alsof die grot me naar binnen trok. Ik wíst dat die kamer er zou zijn. Ik kan het niet uitleggen, maar ik wist het. Een gevoel. *Déjà vu.* Alsof ik er ooit eerder was geweest.'

'En dat moet een excuus voorstellen?' vroeg Shelagh sarcastisch. 'Je had een "gevoel". Doe niet zo zielig.'

Alice schudde haar hoofd. 'Het was meer dan dat...'

'Trouwens, waarom was je daar aan het graven? In je eentje? Dat is het punt. Jij vindt het gewoon leuk om de regels aan je laars te lappen.'

'Nee!' zei Alice. 'Zo was het niet. Ik had mijn partner niet bij me, ik zag iets onder dat rotsblok, en omdat het mijn laatste dag was wilde ik wat extra's doen.' Ze zweeg. Te laat besefte ze haar vergissing. 'Ik wilde alleen weten of het de moeite van een onderzoek waard was,' vervolgde ze. 'Het was niet mijn bedoeling om...'

'Wat wil je nou zeggen? Dat je, naast alle ellende die je ons al hebt bezorgd, daadwerkelijk iets hebt gevonden? Zonder die informatie met iemand te delen, verdomme?'

'Ik...'

Shelagh stak een hand uit. 'Geef hier.'

Alice keek haar een moment strak aan, zocht toen in de zak van haar afgeknipte denim shorts en gaf Shelagh de opgerolde zakdoek. Ze durfde niets te zeggen.

Ze keek toe terwijl Shelagh de witte zakdoek openvouwde en de broche vond. Onwillekeurig stak Alice weer haar hand uit.

'Mooi, hè? Vind je niet? Zoals dat koper langs de rand het licht vangt.' Ze aarzelde. 'Ik denk dat hij misschien van een van die mensen in de grot was.'

Shelagh keek op. Haar stemming was totaal omgeslagen. Al haar woede leek verdwenen.

'Je hebt geen idee wat je hebt gedaan, Alice. Geen idee.' Ze vouwde de zakdoek weer dicht. 'Ik neem het mee naar beneden.'

'Ik zal...'

'Laat maar, Alice. Ik wil niet meer met je praten. Alles wat je zegt maakt het nog erger.'

Wat was er in godsnaam aan de hand?

Alice bleef verbijsterd staan en keek Shelagh na. De ruzie had haar totaal overvallen. Dit was extreem, zelfs voor Shelagh, die kon opvliegen om de kleinste dingen, maar het ook meteen weer vergeten was.

Alice liet zich op de dichtstbijzijnde steen zakken en legde haar bonzende pols op haar knie. Ze had overal pijn en ze voelde zich doodmoe en verdrietig. Ze wist dat de opgraving met privé-geld werd gefinancierd, niet door een universiteit of instelling, en daarom niet gebonden was aan de beperkingen van veel andere expedities. Daarom was er zo'n zware concurrentie geweest om bij het team te komen. Shelagh werkte bij Mas d'Azil, een paar kilometer ten noordwesten van Foix, toen ze hoorde over de opgravingen in de Sabarthèsbergen. Volgens haar eigen verhaal had ze de expeditieleider, dr. Brayling, bedolven onder brieven, mailtjes en getuigschriften, totdat hij eindelijk, achttien maanden geleden, door de knieën was gegaan. Zelfs toen al had Alice zich afgevraagd waarom Shelagh zo fanatiek was.

Ze keek langs de berg omlaag. Shelagh liep nu zo ver voor haar uit dat ze bijna niet meer te zien was. Haar lange, magere gestalte ging schuil achter het struikgewas en het bezemkruid onder aan de helling. Alice kon haar niet meer inhalen, zelfs als ze dat zou willen.

Alice zuchtte. Ze zat er doorheen. *Zoals altijd.* In haar eentje. *Zo is het beter.* Ze weigerde om op andere mensen te leunen. Maar op dit moment betwijfelde ze zelfs of ze op eigen kracht het kamp zou kunnen bereiken. De zon was te heet en haar benen voelden te slap. Ze keek naar de snee in haar arm, die weer was gaan bloeden, nog erger nu.

Alice tuurde over het dorre zomerlandschap van de Sabarthèsbergen, verstild in een tijdloze rust. Heel even voelde ze zich uitstekend. Het volgende moment was ze zich bewust van een andere sensatie, een huivering in haar onderrug – een gevoel van verwachting, of herkenning.

Hier zal alles eindigen.

Alices adem stokte. Haar hart begon te bonzen.

Hier zal het eindigen, waar het begonnen is.

Opeens hoorde ze een gefluister in haar hoofd, vage geluiden, als echo's in de tijd. Ze herinnerde zich de woorden van de inscriptie boven aan de treden. *Pas a pas.* Ze gonsden door haar hoofd als een halfvergeten kinderversje.

Dat is onmogelijk. Doe niet zo stom.

Ontdaan steunde Alice met haar handen op haar knieën en probeerde overeind te komen. Ze moest terug naar het kamp. Een zonnesteek, uitdroging… ze moest hier weg. Ze had water nodig.

Heel langzaam begon ze aan de afdaling. Elke kuil en hobbel voelde ze in haar benen. Ze moest ontsnappen aan die weergalmende spelonk, aan de geesten die daar huisden. Ze wist niet wat er met haar gebeurde, alleen dat ze moest vluchten.

Steeds sneller liep ze, totdat ze bijna rende, half struikelend over de stenen en scherpe punten die uit de droge grond omhoogstaken. Maar de woorden lagen verankerd in haar gedachten, en leken zichzelf te herhalen, als een mantra.

Stap voor stap vinden we onze weg. Stap voor stap.

12

Volgens de thermometer was het bijna drieëndertig graden in de schaduw. Het liep tegen drie uur. Alice zat onder de canvasluifel en dronk gehoorzaam een Orangina die iemand in haar handen had gedrukt. De warme belletjes prikten in haar keel en de suiker verspreidde zich door haar bloedbaan. Het rook hier naar gabardine, tenten en ontsmettingsmiddel.

De snee aan de binnenkant van haar elleboog was ontsmet en opnieuw verbonden. Ze had een schoon wit verband om haar pols, die was opgezwollen tot de omvang van een tennisbal. Haar knieën en schenen zaten onder de schrammen, die met ontsmettingsmiddel waren bewerkt.

Je hebt het aan jezelf te wijten.

Ze bekeek zichzelf in het spiegeltje dat aan de tentstok hing. Een klein, hartvormig gezichtje met intelligente bruine ogen staarde terug. Onder de sproeten en de zonnebrand was ze bleek. Ze zag er niet uit. Haar haar zat vol met stof en ze had geronnen bloed op de voorkant van haar topje.

Ze wilde nog maar één ding: terug naar haar hotel in Foix, om haar vuile kleren in de was te gooien en een lange, koele douche te nemen. Daarna zou ze naar een terrasje op het plein lopen om een fles wijn te bestellen en de hele dag niet meer van haar plaats te komen.

En vooral niet denken aan wat er was gebeurd.

Die kans leek klein.

Een halfuur geleden was de politie gearriveerd. Op de parkeerplaats beneden stond een hele rij blauwwitte officiële wagens, naast de aftandse Citroëns en Renaults van de archeologen. Het leek wel een invasie.

Alice had verwacht dat ze haar het eerst zouden ondervragen, maar afgezien van de vaststelling dat zij de skeletten had gevonden en dat ze haar later nog nodig hadden, had de politie haar met rust gelaten. Verder was er ook niemand naar haar toe gekomen. Dat kon Alice wel begrijpen. Deze hele toestand was haar schuld. Wat moesten ze tegen haar zeggen? Shelagh had ze niet meer gezien.

De komst van de politie had het karakter van het kamp veranderd. Er leken tientallen agenten op de been, allemaal in lichtblauwe hemden en zwarte laarzen, met pistolen op hun heup. Ze zwermden over de helling als wespen, schopten stofwolken op en schreeuwden instructies naar elkaar in een Frans dialect, te snel voor Alice om te kunnen volgen.

Ze hadden onmiddellijk de grot afgezet met een plastic lint, en de geluiden van hun onderzoek drongen ver door in de stille berglucht. Alice hoorde het zoemen van motorcamera's, die probeerden de krekels te overstemmen.

Stemmen op de wind zweefden vanaf de parkeerplaats omhoog. Alice draaide zich om en zag dr. Brayling de treden op komen, in het gezelschap van Shelagh en de zwaargebouwde politieman die de leiding scheen te hebben.

'Het is duidelijk dat deze skeletten onmogelijk de twee mensen kunnen zijn die u zoekt,' zei dr. Brayling met klem. 'Die botten zijn honderden jaren oud. Toen ik de autoriteiten waarschuwde heb ik geen moment rekening gehouden met deze gevolgen.' Hij gebaarde om zich heen. 'Hebt u enig idee van de schade die uw mensen hier aanrichten? Ik ben hier niet blij mee, dat kan ik u verzekeren.'

Alice bekeek de inspecteur, een kleine, donkere, veel te zware man van middelbare leeftijd, met een dikke buik en weinig haar. Hij liep te hijgen en had zichtbaar last van de hitte. In zijn hand hield hij een slappe zakdoek, waarmee hij voortdurend zijn gezicht en nek afveegde, zonder veel resultaat. Zelfs van deze afstand zag Alice de donkere zweetplekken onder zijn armen en rond zijn manchetten.

'Ik betreur het ongemak, *Monsieur le Directeur*,' zei hij in langzaam, hoffelijk Engels, 'maar dit is een particuliere opgraving en ik weet zeker dat u de situatie wel aan uw geldschieters kunt uitleggen.'

'Het feit dat wij geld krijgen uit een particuliere bron en niet van een instituut heeft hier weinig mee te maken. Het gaat om de vertraging, die ons bijzonder slecht uitkomt. Ons werk is van groot belang.'

'Dr. Brayling,' zei Noubel, op een toon alsof deze discussie al een tijdje aan de gang was, 'mijn handen zijn gebonden. We zitten midden in het onderzoek naar een moordzaak. U hebt de affiches gezien van de twee vermiste personen, *oui?* Of het u nu slecht uitkomt of niet, zolang wij niet met zekerheid hebben vastgesteld dat de botten die u hebt gevonden niet van de vermiste personen zijn, zullen wij uw werk moeten stilleggen.'

'Dat is onzinnig, inspecteur. Die skeletten zijn al eeuwen oud. Geen twijfel mogelijk.'

'Hebt u ze onderzocht?'

'Eh, nee,' hakkelde Brayling. 'Niet uitvoerig, natuurlijk. Maar het is wel duidelijk. Uw technische recherche zal dat kunnen bevestigen.'

'Dat zal wel, dr. Brayling, maar tot die tijd...' Noubel haalde zijn schouders op. 'Meer kan ik er niet over zeggen.'

Shelagh mengde zich in het gesprek. 'Wij hebben begrip voor uw positie, inspecteur, maar kunt u ons een indicatie geven hoe lang dit gaat duren?'

'*Bientôt.* Binnenkort. Ik maak de regels niet.'

Dr. Brayling spreidde zijn handen in een gebaar van frustratie. 'In dat geval ben ik wel gedwongen om het hogerop te zoeken! Dit is volslagen belachelijk.'

'Zoals u wilt,' antwoordde Noubel. 'Ondertussen heb ik een lijst nodig van iedereen die in de grot is geweest, na de dame die de beenderen heeft ontdekt. Zodra we ons voorlopig onderzoek hebben afgerond zullen we de lichamen uit de grot halen en zijn uw medewerkers weer vrij om te gaan.'

Alice volgde het toneelstukje van een afstand.

Brayling liep nijdig weg, Shelagh legde een hand op de arm van de inspecteur maar trok hem meteen weer terug. Ze schenen te overleggen. Op een gegeven moment draaiden ze zich om en keken naar de parkeerplaats. Alice volgde hun blik maar kon niets interessants ontdekken.

Een halfuur verstreek zonder dat er iemand naar haar toe kwam.

Alice zocht in haar rugzak – door Stephen of Shelagh meegenomen, veronderstelde ze – en haalde een potlood en haar schetsblok tevoorschijn. Ze bladerde naar de eerste lege pagina.

Stel jezelf voor zoals je bij de ingang stond en de tunnel in staarde.

Alice sloot haar ogen en zag zichzelf staan, met haar vingers tegen de zijkanten van de smalle doorgang. Glad. De rots was opvallend glad geweest, alsof hij was afgesleten of gepolijst. Een stap naar voren, in het donker…

De tunnel liep omlaag.

Alice begon te tekenen. Ze werkte snel, nu ze de dimensies van de ruimte in haar hoofd had. De tunnel, de opening, de kamer. Op een volgend vel tekende ze het lagere deel, vanaf de altaartreden en de skeletten, halverwege. Ze maakte niet alleen een schets van het graf, maar noteerde ook alle voorwerpen: het mes, het leren zakje, het lapje stof en de ring. De ring was helemaal vlak en glad geweest, verrassend dik, met een dunne groef door het midden. Vreemd dat de inscriptie aan de onderkant zat, waar niemand hem kon zien. Alleen de drager wist het – een replica in miniatuur van het labyrint dat in de muur achter het altaar was gekerfd.

Alice leunde naar achteren in haar stoel. Iets weerhield haar om die tekening op papier te zetten. Wat was de doorsnee van het labyrint? Een meter of twee? Nog meer? En hoeveel cirkels?

Ze tekende een cirkel die bijna de hele pagina besloeg en stopte toen. Hoeveel lijnen? Alice wist dat ze het patroon zou herkennen als ze het terugzag, maar omdat ze de ring maar een paar seconden in haar hand had gehouden en het reliëf op de wand alleen in het donker en van een afstand had gezien kon ze het zich niet precies herinneren.

Ergens op de rommelzolder van haar herinnering lag de informatie die ze nodig had. Geschiedenis en Latijn op school, of gezellig op de bank met haar ouders, kijkend naar documentaires op de BBC. In haar slaapkamer had een houten boekenkastje gestaan met haar lievelingsboek op de onderste plank: een geïllustreerde encyclopedie van oude mythen. De felgekleurde pagina's hadden ezelsoren gehad omdat ze er zo vaak in bladerde.

Er had ook een afbeelding in gestaan van een labyrint.

In gedachten ging Alice terug naar de juiste bladzij.

Nee, het was toch anders. Ze legde haar herinneringen aan de motieven naast elkaar, als twee plaatjes in een krant, waartussen je de verschillen moest ontdekken.

Ze pakte haar potlood en probeerde het opnieuw, vastbesloten om verder te komen. Ze trok nog een cirkel binnen de eerste en probeerde ze te verbinden. Dat lukte niet. Haar tweede poging was ook geen succes, evenmin als de volgende. De vraag was niet alleen hoeveel ringen er naar het middelpunt liepen, maar er klopte iets niet aan haar ontwerp.

Alice hield vol, hoewel haar aanvankelijke enthousiasme plaatsmaakte voor doffe frustratie. De verzameling proppen aan haar voeten werd steeds groter.

'*Madame Tanner?*'

Alice schrok. Het potlood vloog uit haar hand en gleed over het papier.

'*Docteur,*' verbeterde ze hem werktuiglijk, terwijl ze overeind kwam.

'*Je vous demande pardon, Docteur. Je m'appelle Noubel. Police Judiciaire, Département de l'Ariège.*'

Noubel liet haar zijn legitimatie zien. Alice deed of ze die las, terwijl ze tegelijkertijd haar spullen in haar rugzak propte. De inspecteur mocht haar mislukte schetsen niet zien.

'*Vous préférez parler en anglais?*'

'Dat lijkt me verstandiger, ja. Dank u wel.'

Inspecteur Noubel was in het gezelschap van een agent in uniform, met snelle, scherpe ogen. Hij leek nauwelijks oud genoeg om zijn eindexamen te hebben gehaald. Noubel stelde hem niet voor.

De inspecteur wrong zich in een van de andere wankele kampeerstoeltjes. Het ging maar net. Zijn dijen puilden over de canvaszitting.

'*Et alors, Madame.* Uw volledige naam, alstublieft.'

'Alice Grace Tanner.'

'Geboortedatum?'

'7 januari 1976.'

'Bent u getrouwd?'

'Doet dat er iets toe?' snauwde ze.

‘Persoonlijke gegevens, dr. Tanner,’ zei hij vriendelijk.

‘Nee,’ zei ze. ‘Niet getrouwd.’

‘Uw adres?’

Alice gaf hem de details van het hotel in Foix waar ze logeerde en haar thuisadres. Ze moest de Engelse namen voor hem spellen.

‘Is het niet erg ver om iedere dag vanuit Foix te komen?’

‘Er was geen plaats in het huis van de groep, dus...’

‘*Bien.* U bent vrijwilligster, heb ik begrepen?’

‘Dat klopt. Shelagh... dr. O’Donnell... is een van mijn oudste vriendinnen. We zaten samen op de universiteit, voordat...’

Gewoon antwoord geven. Hij vraagt niet naar je levensverhaal.

‘Ik ben maar op bezoek. Dr. O’Donnell kent dit deel van Frankrijk heel goed. Toen ik iets moest regelen in Carcassonne stelde Shelagh voor dat ik een omweg van een paar dagen zou maken zodat we elkaar konden zien. Een werkvakantie.’

Noubel noteerde iets in zijn opschrijfboekje. ‘U bent geen archeologe?’

Alice schudde haar hoofd. ‘Maar het is heel gebruikelijk om met vrijwilligers te werken – belangstellende amateurs, of archeologiestudenten die het eenvoudige werk doen.’

‘Hoeveel andere vrijwilligers zijn er nog?’

Ze bloosde, alsof ze op een leugen was betrapt. ‘Eigenlijk niemand, op dit moment. Het zijn allemaal archeologen of studenten.’

Noubel keek haar aan. ‘En u blijft hier tot...?’

‘Dit is mijn laatste dag. Dat zou het ook zijn geweest voor... deze toestand.’

‘En Carcassonne?’

‘Ik heb daar een afspraak voor woensdagmorgen, en dan een paar dagen om rond te kijken. Op zondag vlieg ik terug naar Engeland.’

‘Een mooie stad, Carcassonne,’ zei Noubel.

‘Ik ben er nooit geweest.’

Noubel zuchtte en bette zijn rode voorhoofd weer met zijn zakdoek. ‘Wat voor afspraak?’

‘Dat weet ik eigenlijk niet. Een familielid dat in Frankrijk woonde heeft me iets nagelaten in haar testament.’ Alice zweeg. Ze had geen zin erop in te gaan. ‘Woensdag zal ik wel wat meer te horen krijgen van de notaris.’

Noubel maakte nog een aantekening. Alice probeerde te lezen wat hij schreef, maar ze kon zijn handschrift ondersteboven niet ontcijferen. Tot haar opluchting begon hij over iets anders.

‘Dus u bent dokter...?’ Noubel liet de vraag in de lucht hangen.

‘Geen arts,’ antwoordde ze, opgelucht dat ze zich op veiliger terrein bevonden. 'Ik geef les. Ik ben afgestudeerd in Middel-Engelse letterkunde.' Noubel keek vaag. '*Pas médecin. Pas généraliste,*' zei ze. '*Je suis universitaire.*'

Noubel zuchtte en maakte nog een notitie.

'*Bien. Aux affaires.*' Hij sloeg een zakelijke toon aan. 'U werkte daar in uw eentje, op de berg. Is dat gebruikelijk?'

Alice werd meteen defensief. 'Nee,' zei ze langzaam, 'maar omdat het mijn laatste dag was wilde ik doorgaan, ook al was mijn partner er niet bij. Ik wist zeker dat we iets hadden ontdekt.'

'Onder dat rotsblok voor de ingang? Voor alle duidelijkheid: hoe wordt bepaald wie waar gaat graven?'

'Dr. Brayling en Shelagh... dr. O'Donnell... hebben een plan voor wat ze willen doen binnen de beschikbare tijd. Zo verdelen ze het terrein.'

'Dus dr. Brayling had u daarheen gestuurd? Of dr. O'Donnell?'

Instinct. Ik wist gewoon dat daar iets was.

'Eh, nee. Ik ben wat hoger langs de helling geklommen omdat ik zeker wist dat er iets moest zijn...' Ze aarzelde. 'Ik kon dr. O'Donnell niet vinden om haar toestemming te vragen, dus heb ik zelf maar een beslissing genomen.'

Noubel fronste. 'Juist. U ging aan het werk. Dat rotsblok kwam vrij, en het viel. En toen?'

Er zaten echte gaten in haar herinnering, maar Alice deed haar best. Noubels Engels was een beetje stijf maar zeker niet slecht, en hij stelde haar duidelijke vragen.

'Toen hoorde ik iets in de tunnel achter me, en...'

Opeens verstomden de woorden in haar keel. Iets wat ze steeds had onderdrukt kwam nu in alle hevigheid naar boven – een scherp gevoel in haar borst, alsof...

Alsof wát?

Alice gaf zelf antwoord. *Alsof ik werd neergestoken.* Zo had het gevoeld. Als een mes dat zuiver en goed gericht in haar borst werd gestoken. Geen pijn, maar de sensatie van een koude luchtstroom en doodsangst.

En toen?

Dat heldere licht, kil en ijl. En verborgen in dat licht een gezicht. Het gezicht van een vrouw.

Noubels stem brak door haar herinneringen, waardoor ze alle kanten op vluchtten.

'Dr. Tanner?'

Was ik aan het hallucineren?

'Dr. Tanner? Zal ik iemand halen?'

Alice staarde hem een moment uitdrukkingsloos aan. 'Nee. Nee, dank u. Het gaat wel weer. Het is gewoon de warmte.'

'U zei dat u schrok van een geluid...'

Ze probeerde zich te concentreren. 'Ja. De duisternis werkte heel verwarrend. Ik wist niet waar het geluid vandaan kwam, en dat maakte me bang. Achteraf besef ik dat het gewoon Shelagh en Stephen waren...'

'Stephen?'

'Stephen Kirkland. K-i-r-k-l-a-n-d.'

Noubel draaide zijn notitieboekje naar haar toe om de spelling te verifiëren.

Alice knikte. 'Shelagh zag dat rotsblok en kwam kijken wat er aan de hand was. Stephen is waarschijnlijk met haar meegegaan.' Ze aarzelde weer. 'Ik weet niet zeker wat er daarna is gebeurd.' De leugen ging haar nu gemakkelijker af. 'Ik moet zijn gestruikeld over de treden, of zoiets. Het volgende dat ik me herinner is dat Shelagh mijn naam riep.'

'Dr. O'Donnell zegt dat u bewusteloos was toen ze u vonden.'

'Heel even maar. Ik geloof niet dat ik langer dan een minuut of twee buiten westen ben geweest. Het leek tenminste niet lang.'

'Hebt u wel vaker een black-out, dr. Tanner?'

Alice schrok toen ze terugdacht aan de eerste keer dat het haar overkwam. 'Nee,' loog ze.

Noubel zag niet hoe bleek ze werd. 'U zegt dat het donker was,' zei hij, 'en dat u daarom viel. Maar voor die tijd was er wel licht?'

'Ik had een aansteker, maar die liet ik vallen toen ik het geluid hoorde. Samen met de ring.'

Hij reageerde meteen. 'Een ring?' vroeg hij scherp. 'U hebt niets gezegd over een ring.'

'Er lag een kleine stenen ring tussen de skeletten,' zei ze, geschrokken van de uitdrukking op zijn gezicht. 'Die had ik opgeraapt met mijn pincet, om hem beter te kunnen bekijken, maar voordat...'

'Wat voor ring?' viel hij haar in de rede. 'Van welk materiaal?'

'Dat weet ik niet. Een soort steen, geen zilver of goud, of zoiets. Ik heb het niet goed kunnen zien.'

'Stond er iets in gegraveerd? Letters, een zegel, een motief?'

Alice opende haar mond om te antwoorden, maar bedacht zich toen. Opeens wilde ze hem niets meer vertellen.

'Het spijt me. Het ging allemaal te snel.'

Noubel keek haar even nijdig aan en knipte toen met zijn vingers naar de jonge agent die achter hem stond. De jongen maakte ook een opgewonden indruk, vond Alice.

'*Biau. On a trouvé quelque-chose comme ça?*'

'*Je ne sais pas, Monsieur l'Inspecteur.*'

'Dépechez-vous, alors. Il faut le chercher... Et informez-en Monsieur Authié. Allez! Vite!'

Alice voelde een hardnekkige band van pijn achter haar ogen nu de pijnstillers bijna waren uitgewerkt.

'Hebt u verder nog iets aangeraakt, dr. Tanner?'

Ze masseerde haar slapen met haar vingers. 'Ik heb per ongeluk een van de schedels weggeschopt met mijn voet. Maar afgezien daarvan, en van de ring, ben ik nergens aan geweest. Zoals ik al heb gezegd.'

'En het sieraad dat u onder het rotsblok had gevonden?'

'De broche? Die heb ik aan dr. O'Donnell gegeven toen we uit de grot kwamen.' Ze schoof onrustig heen en weer bij de herinnering. 'Ik heb geen idee wat ze ermee heeft gedaan.'

Noubel luisterde al niet meer. Hij keek voortdurend over zijn schouder. Ten slotte liet hij alle schijn varen en sloeg zijn opschrijfboekje dicht.

'Als u zo vriendelijk wilt zijn om hier te wachten, dr. Tanner? Ik heb misschien nog meer vragen voor u.'

'Maar ik kan u niets meer vertellen...' protesteerde ze. 'Mag ik niet naar de anderen toe?'

'Straks. Voorlopig blijft u hier, als u wilt.'

Alice liet zich geërgerd en uitgeput onderuitzakken op haar stoel toen Noubel uit de tent verdween en de helling beklom naar een groepje agenten in uniform die het rotsblok bestudeerden.

Toen Noubel naar hen toe kwam, brak de cirkel, lang genoeg voor Alice om een glimp op te vangen van een lange man in burger, die in het midden stond.

Haar adem stokte.

De man, gekleed in een goed gesneden lichtgroen zomerpak met een fris wit overhemd, had duidelijk de leiding. Hij straalde het gezag uit van iemand die gewend was orders te geven en te worden gehoorzaamd. Bij hem vergeleken maakte Noubel een verfomfaaide en onverzorgde indruk. Alice kreeg een akelig gevoel.

Het waren niet alleen de kleren en de houding van de man waardoor hij zich onderscheidde. Zelfs van een afstand voelde Alice de kracht van zijn persoonlijkheid en charisma. Zijn gezicht was bleek en ingevallen, nog geaccentueerd door de manier waarop zijn donkere haar van zijn hoge voorhoofd was teruggekamd. Hij had iets van een monnik. Iets bekends.

Doe niet zo achterlijk. Hoe zou je hem moeten kennen?

Alice stond op, liep naar de ingang van de tent en keek gespannen hoe de twee mannen zich losmaakten uit de groep. Ze overlegden. Of beter gezegd,

Noubel praatte en de andere man luisterde. Na een paar seconden draaide hij zich om en klom naar de ingang van de grot. De dienstdoende agent hield het lint omhoog. De man dook er onderdoor en verdween uit het zicht.

Alice wist niet waarom, maar opeens had ze het zweet in haar handen staan. Haar nekharen kwamen overeind, net als toen ze dat geluid had gehoord in de grot. Ze kreeg bijna geen adem meer.

Dit is allemaal jouw schuld. Jij hebt hem hier naartoe gebracht.

Alice vermande zich. *Waar heb je het over?* Maar de stem in haar hoofd liet zich niet tot zwijgen brengen.

Jij hebt hem hier naartoe gebracht.

Haar blik werd als een magneet naar de ingang van de grot getrokken. Ze kon er niets aan doen. De gedachte dat hij daar nu binnen was, na alle moeite om het labyrint verborgen te houden…

Hij zal het vinden.

'Wát zal hij vinden?' mompelde ze bij zichzelf. Ze wist het niet.

Maar ze had spijt dat ze de ring niet had meegenomen toen ze de kans nog had.

13

Noubel ging niet mee de grot in. Hij bleef buiten staan wachten, met een rood gezicht, in de grijze schaduw van de overhangende rotsen.

Hij weet dat er iets niet klopt, dacht Alice. Zo nu en dan zei hij iets tegen de dienstdoende agent en hij rookte als een schoorsteen. Hij stak de ene sigaret aan met de peuk van de vorige. Alice luisterde naar muziek om de tijd te doden. Nickelback dreunde door haar hoofd en overstemde alle andere geluiden.

Na een kwartier kwam de man in het pak weer naar buiten. Noubel en de agent leken een paar centimeter groter te worden. Alice deed de koptelefoontjes uit haar oren, zette de stoel terug en nam haar positie in de tentopening weer in.

Ze zag de twee mannen samen van de grot naar beneden komen.

'Ik begon al te denken dat u me vergeten was, inspecteur,' zei ze toen ze binnen gehoorsafstand waren.

Noubel mompelde een verontschuldiging, maar ontweek haar blik. 'Dr. Tanner, *je vous présente Monsieur Authié.*'

Van dichtbij werd Alices eerste indruk van de persoonlijkheid en het charisma van de man nog versterkt. Maar zijn grijze ogen waren koud en klinisch. Ze voelde zich meteen op haar hoede. Vechtend tegen haar antipathie stak ze haar hand uit. Na een korte aarzeling schudde Authié haar de hand. Zijn vingers waren koel en zijn greep was licht. Alice rilde.

Zo snel mogelijk liet ze zijn hand weer los.

'Zullen we naar binnen gaan?' vroeg hij.

'Bent u ook van de Police Judiciaire, Monsieur Authié?'

Een schim van een reactie flakkerde in zijn ogen, maar hij zei niets. Alice wachtte. Misschien had hij haar niet verstaan. Noubel schuifelde zenuwachtig met zijn voeten. 'Monsieur Authié is van de *mairie*, het gemeentehuis. In Carcassonne.'

'O ja?' Vreemd dat Carcassonne onder dezelfde jurisdictie viel als Foix.

Authié nam Alices stoel, zodat ze geen andere keus had dan met haar rug naar de ingang te gaan zitten. Ze was voorzichtig. Ze vertrouwde hem niet.

Hij had de geoefende glimlach van een politicus – opportunistisch, behoedzaam en nietszeggend. Zijn ogen lachten niet mee.

'Ik heb één of twee vragen, dr. Tanner.'

'Ik weet niet wat ik u verder nog kan vertellen. Alles wat ik me kan herinneren heb ik al besproken met de inspecteur.'

'Inspecteur Noubel heeft me een uitvoerige samenvatting van uw verklaring gegeven, maar toch wil ik die nog eens met u doornemen. Vanwege tegenstrijdigheden, bepaalde punten in uw verhaal die om opheldering vragen. Er zijn misschien details die u in eerste instantie was vergeten, dingen die toen niet belangrijk leken.'

Alice beet op haar tong. 'Ik heb de inspecteur alles verteld,' herhaalde ze koppig.

Authié legde zijn vingertoppen tegen elkaar en negeerde haar tegenwerpingen. Zijn glimlach was verdwenen. 'Laten we beginnen vanaf het moment dat u de grot binnenkwam, dr. Tanner. Stap voor stap.'

Alice schrok van zijn woordkeus. *Stap voor stap?* Was dat een test? Op zijn gezicht viel niets te lezen. Haar blik gleed naar het gouden crucifix dat hij om zijn hals droeg, en weer terug naar zijn grijze ogen, die haar nog steeds aanstaarden.

Ze had geen keus, besefte ze, dus begon ze maar weer opnieuw. Aanvankelijk luisterde Authié in een geconcentreerd, diep stilzwijgen. Daarna begon het verhoor. *Hij probeert me op een leugen te betrappen.*

'Waren de woorden van de inscriptie boven aan de treden leesbaar, dr. Tanner? Hebt u de tijd genomen ze te lezen?'

'De meeste letters waren weggesleten,' zei ze uitdagend, om te zien of hij haar zou tegenspreken. Tot haar voldoening deed hij dat niet. 'Ik daalde de treden af naar het lagere gedeelte en liep naar het altaar. Toen zag ik de lichamen.'

'Hebt u ze aangeraakt?'

'Nee.'

Hij maakte een geluidje, alsof hij haar niet geloofde, en zocht in zijn jasje. 'Is deze van u?' vroeg hij. In zijn hand lag haar blauwe plastic aansteker.

Alice wilde hem aanpakken, maar Authié trok zijn hand weg.

'Krijg ik hem terug?'

'Is hij van u, dr. Tanner?'

'Ja.'

Hij knikte en liet de aansteker weer in zijn zak glijden. 'U zegt dat u de lichamen niet hebt aangeraakt, maar eerder verklaarde u tegenover inspecteur Noubel dat dat wel zo was.'

Alice kleurde. 'Het was een ongelukje. Ik raakte een van de schedels met mijn voet, maar ik heb ze niet echt aangeraakt.'

'Dr. Tanner, dit gaat allemaal veel gemakkelijker als u mijn vragen beantwoordt.' Dezelfde kille, harde toon.

'Ik zie niet in wat...'

'Hoe zagen ze eruit?' vroeg hij scherp.

Alice voelde Noubel ineenkrimpen bij die onbeschofte toon, maar hij greep niet in. Alice voelde de zenuwen in haar maag, maar ze deed haar best.

'En wat zag u tussen die lichamen?'

'Een dolk. Een soort mes. En een klein zakje. Van leer, of zoiets.' *Laat je niet intimideren.* 'Maar dat weet ik niet zeker, omdat ik het niet heb aangeraakt.'

Authié kneep zijn ogen tot spleetjes. 'Hebt u niet in dat zakje gekeken?'

'Dat zei ik u al. Ik heb niets aangeraakt...'

'Behalve de ring, dus.' Opeens boog hij zich naar voren, als een slang op het punt om toe te slaan. 'En dat vind ik heel merkwaardig, dr. Tanner. Ik vraag me af waarom u zo geïnteresseerd was in die ring dat u hem opraapte, terwijl u de rest ongemoeid liet. Begrijpt u mijn twijfel?'

Alice keek hem aan. 'Hij viel me toevallig op. Dat is alles.'

Hij lachte ironisch. 'In de duisternis van de grot viel alleen dit kleine dingetje u op? Hoe groot zal het zijn? Zo groot als een euromuntje? Iets kleiner of iets groter?'

Vertel hem niets.

'De afmetingen kunt u zelf wel bepalen,' zei ze kil.

Hij glimlachte. Met een wanhopig gevoel besefte Alice dat ze hem op de een of andere manier in de kaart had gespeeld.

'Kon ik dat maar, dr. Tanner,' zei hij zacht. 'Maar nu komen we bij de kern van de zaak. Er is geen ring.'

Alice huiverde. 'Wat bedoelt u?'

'Precies wat ik zeg. Die ring is er niet. De rest klopt min of meer met uw beschrijving, maar er is geen ring.'

Alice deinsde terug toen Authié zijn handen op haar stoel legde en zijn bleke gezicht vlak bij het hare bracht. 'Wat heb je ermee gedaan, Alice?' fluisterde hij.

Laat je niet intimideren. Je hebt niets verkeerds gedaan.

'Ik heb u *precies* verteld wat er is gebeurd,' zei ze, terwijl ze de angst uit haar stem probeerde te houden. 'De ring glipte uit mijn hand toen ik de aansteker liet vallen. Als hij er niet meer is, moet iemand anders hem hebben meegenomen. Niet ik.' Ze keek snel naar Noubel. 'Als ik hem wel had meegenomen, waarom zou ik er dan over begonnen zijn?'

'Niemand anders dan u heeft die mysterieuze ring gezien,' zei hij, zonder acht te slaan op haar commentaar. 'Dus blijven er maar twee mogelijkheden over. U hebt zich vergist, of u hebt die ring meegenomen.'

Inspecteur Noubel kwam eindelijk tussenbeide. 'Monsieur Authié, ik denk niet dat...'

'U wordt niet betaald om te denken,' snauwde Authié, zonder de inspecteur een blik waardig te keuren. Noubel kleurde. Authié keek Alice nog steeds doordringend aan. 'Ik noem slechts de feiten.'

Alice had het gevoel dat ze in een gevecht terechtgekomen was waarvan ze de regels niet kende. Ze sprak de waarheid, maar kon de man niet overtuigen.

'Een heleboel mensen zijn na mij die grot binnengegaan,' vervolgde ze koppig. 'De technische recherche, de politie, inspecteur Noubel, uzelf.' Ze keek hem uitdagend aan. 'U bent heel lang binnen geweest.' Noubel hield zijn adem in. 'Shelagh O'Donnell kan mijn verhaal over de ring bevestigen. Waarom vraagt u het haar niet?'

Weer dat halve lachje. 'Dat heb ik al gedaan. Zij verklaart dat ze niets weet over een ring.'

'Maar ik heb haar alles verteld,' riep Alice uit. 'En ze heeft nog gezocht.'

'Bedoelt u dat dr. O'Donnell de grot heeft doorzocht?' vroeg hij scherp.

Angst belette haar om helder te denken. Haar hersens werkten niet meer. Ze kon zich niet herinneren wat ze precies tegen Noubel had gezegd en wat ze had verzwegen.

'Was het dr. O'Donnell die u toestemming had gegeven om daar te werken?'

'Zo gaan die dingen niet.' Haar paniek nam toe.

'Heeft ze dan iets gedaan om u te *beletten* om op dat deel van de berg te gaan graven?'

'Zo simpel is het niet.'

Hij leunde naar achteren in zijn stoel. 'Dan heb ik helaas geen keus.'

'Geen keus?'

Zijn blik ging naar haar rugzak. Alice nam een duik, maar ze was niet snel genoeg. Authié was haar voor. Hij gooide de tas naar inspecteur Noubel.

'Daar hebt u helemaal het recht niet toe!' riep Alice. Ze wendde zich tot de politieman. 'Dat kan hij toch niet doen? Waarom zegt u niets?'

'Waarom maakt u bezwaar als u niets te verbergen hebt?' vroeg Authié.

'Het gaat om het principe! U kunt niet zomaar mijn spullen doorzoeken.'

'*Monsieur Authié, je ne suis pas certain...*'

'Doe wat je gezegd wordt, Noubel.'

Alice probeerde de tas te grijpen. Authiés arm schoot omhoog en greep haar pols. Ze schrok zo van het fysieke contact dat ze verstijfde. Haar benen trilden, van angst of woede, dat wist ze niet.

Ze rukte haar arm los en liet zich zwaar hijgend naar achteren zakken, terwijl Noubel de vakken van de rugzak doorzocht.

'*Continuez. Dépêchez-vous.*'

Alice zag zijn handen door de tas gaan. Over een paar seconden zou hij haar schetsblok hebben gevonden. De inspecteur ving haar blik. *Hij vindt dit ook niet juist.* Helaas had ook Authié de lichte aarzeling van de politieman opgemerkt.

'Wat is er, inspecteur?'

'*Pas de bague.*'

'Wat hebt u gevonden?' vroeg Authié, en hij stak zijn hand uit. Met tegenzin gaf Noubel hem het schetsblok. Authié bladerde het door met een neerbuigende uitdrukking op zijn gezicht. Toen vernauwden zijn ogen zich. Heel even zag Alice oprechte verbazing in zijn blik, voordat alle uitdrukking weer verdween.

Hij klapte het boekje dicht.

'*Merci de votre... collaboration,* dr. Tanner,' zei hij.

Alice stond ook op. 'Mijn tekeningen, alstublieft,' zei ze, zo zakelijk mogelijk.

'Die krijgt u na verloop van tijd weer terug,' zei hij, terwijl hij het schetsblok in zijn zak liet glijden. 'Evenals de rugzak. Inspecteur Noubel zal u een reçu geven en uw verklaring laten uittypen; dan kunt u die ondertekenen.'

Alice werd totaal overdonderd door het plotselinge einde van het verhoor. Tegen de tijd dat ze zich had hersteld was Authié al uit de tent vertrokken, met haar spullen.

'Waarom houdt u hem niet tegen?' vroeg ze nijdig aan Noubel. 'Dit pik ik echt niet.'

Er kwam een hardere trek om zijn mond. 'Ik zal uw rugzak terughalen, dr. Tanner. Mijn advies is om gewoon door te gaan met uw vakantie en deze hele zaak te vergeten.'

'Ik vergeet helemaal niets!' riep ze, maar Noubel was al verdwenen en Alice bleef eenzaam achter in de tent, terwijl ze zich afvroeg wat er precies gebeurd was.

Eén moment aarzelde wat ze moest doen. Ze was woedend, niet alleen op Authié maar ook op zichzelf, omdat ze zich zo gemakkelijk had laten intimideren. *Maar hij is anders.* Ze had nog nooit in haar leven zo heftig op iemand gereageerd.

Geleidelijk verdween de schok. Ze kwam in de verleiding om Authié onmiddellijk bij dr. Brayling of zelfs bij Shelagh te rapporteren. Ze wilde iets dóén. Maar ten slotte zette ze dat idee uit haar hoofd. Als *persona non grata* hoefde ze niet op veel sympathie te rekenen.

Alice had voorlopig geen andere keus dan in haar hoofd een woedende brief op te stellen, terwijl ze nog eens probeerde de gebeurtenissen te analyseren. Een tijdje later bracht een andere politieman haar uitgetypte verklaring om te ondertekenen. Alice las de tekst grondig door, maar het klopte allemaal. Zonder aarzelen zette ze een krabbel onder aan het papier.

De Pyreneeën baadden in een zacht rood licht tegen de tijd dat de beenderen eindelijk uit de grot werden weggehaald.

Iedereen zweeg toen de sombere stoet de helling afdaalde naar de parkeerplaats, waar de rij blauwwitte politiewagens stond te wachten. Een vrouw sloeg een kruisje toen de processie voorbijkwam.

Alice sloot zich aan bij de anderen op de heuvel en keek hoe de stoffelijke resten in het busje van het mortuarium werden geladen. Niemand zei iets. De deuren werden gesloten en de auto reed weg in een wolk van stof en grind. De meesten van haar collega's gingen meteen terug om hun bezittingen op te halen, onder toezicht van twee agenten, die het terrein moesten afgrendelen zodra iedereen klaar was om te vertrekken. Alice hing nog wat rond. Ze wilde de anderen niet onder ogen komen. Hun begrip zou nog moeilijker te verdragen zijn dan hun vijandigheid.

Vanaf haar positie op de heuvel zag Alice het plechtige konvooi zigzaggend de vallei verlaten. De wagens werden steeds kleiner, totdat ze niet meer waren dan vlekjes aan de horizon.

Om haar heen heerste stilte in het kamp. Ze wist dat ze niet langer kon wachten en stond op het punt om weer naar boven te gaan toen ze zag dat Authié nog niet vertrokken was. Ze kwam wat dichterbij en keek scherp hoe hij zijn jasje zorgvuldig op de achterbank van zijn dure, zilvergrijze auto legde. Hij sloeg het portier dicht en haalde een telefoontje uit zijn zak. Alice hoorde zijn vingers op het dak van de auto trommelen terwijl hij op de verbinding wachtte.

Toen hij sprak, beperkte hij zich tot een korte, zakelijke mededeling.

'*Ce n'est plus là,*' zei hij. Het is verdwenen.

14

Chartres

De grote gotische kathedraal van de Notre Dame de Chartres verhief zich hoog boven de pannendaken en gevels van de vakwerk- en kalksteenhuizen – de lappendeken die het historische stadscentrum vormt. De rivier de Eure, die zich door het drukke labyrint van smalle, bochtige straatjes in de schaduw van de gebouwen slingert, baadde nog in het gevlekte licht van de late middagzon.

Toeristen verdrongen zich bij de Westdeur van de kathedraal. Mannen richtten hun videocamera's als wapens, zo druk bezig met het vastleggen van de schitterende kleurenpracht van de drie lancetvensters boven het Koninklijk Portaal dat ze niet eens de tijd hadden om ervan te genieten.

Tot aan de achttiende eeuw konden de negen ingangen van het kerkterrein nog worden afgesloten in tijden van gevaar. Die poorten waren allang verdwenen, maar de gesloten mentaliteit bestond nog wel. Chartres was nog altijd een stad met twee helften, oud en nieuw. De meest exclusieve straten lagen ten noorden van het klooster, waar zich het bisschoppelijk paleis bevond. De bleke stenen gebouwen hadden een koninklijk uitzicht op de kathedraal en straalden een eeuwenoude sfeer van katholieke macht en invloed uit.

Het huis van de familie De l'Oradore beheerste de Rue du Cheval Blanc. Het had de Franse revolutie en de bezetting overleefd en vormde nog altijd een levend bewijs van oud geld. De koperen klopper en brievenbus glommen en de planten in de bloembakken aan weerskanten van de treden naar de dubbele deur waren perfect onderhouden.

De voordeur kwam uit in een indrukwekkende hal. De vloer was van donker, glanzend hout en op een ovale tafel in het midden stond een zware glazen vaas met verse witte lelies. Vitrines langs de muren – allemaal van een discreet alarm voorzien – bevatten een kostbare collectie Egyptische voorwerpen die de familie De l'Oradore had meegenomen van Napoleons triomfantelijke veldtochten door Noord-Afrika in het begin van de negentiende eeuw. Het was een van de grootste Egyptische collecties in particuliere handen.

Het huidige hoofd van de familie, Marie-Cécile de l'Oradore, handelde in antiek uit alle perioden, hoewel ze net als haar grootvader een voorkeur had voor de Middeleeuwen. Twee grote Franse wandkleden hingen tegen de houten wand tegenover de voordeur, allebei aangeschaft sinds Marie-Cécile vijf jaar geleden haar erfenis had gekregen. De kostbaarste stukken van de familie – schilderijen, juwelen en handschriften – lagen veilig in de kluis, uit het zicht.

In de grote slaapkamer op de eerste verdieping van het huis, die uitkeek over de Rue de Cheval Blanc, lag Will Franklin, Marie-Céciles huidige minnaar, op zijn rug in het hemelbed, met het laken tot aan zijn middel getrokken.

Hij had zijn gebruinde armen onder zijn hoofd gevouwen. Zijn lichtbruine haar, met bleke strepen van de zomers die hij in zijn jeugd op Martha's Vineyard had doorgebracht, omlijstte een aantrekkelijk gezicht met een onschuldige, jongensachtige grijns.

Marie-Cécile zelf zat in een rijkversierde Louis XIV-stoel bij de haard. Ze had haar lange, gladde benen over elkaar geslagen en de ivoren glans van haar zijden hemdje contrasteerde met de diepblauwe fluwelen bekleding.

Ze had het karakteristieke profiel van de De L'Oradores: een bleke, wat hoekige schoonheid, maar met volle lippen, groene kattenogen en weelderige donkere wimpers. Haar perfect gekapte donkere krullen raakten net haar fraai gevormde schouders.

'Dit is zo'n geweldige kamer,' zei Will. 'De ideale omgeving voor jou. Koel, duur en subtiel.'

De kleine diamanten knopjes in haar oren glinsterden toen ze zich naar voren boog om haar sigaret uit te drukken.

'Het was oorspronkelijk de kamer van mijn grootvader.'

Haar Engels was onberispelijk, met slechts een zweem van een Frans accent, dat hij nog altijd opwindend vond. Ze stond op en liep door de kamer naar hem toe. Haar voeten maakten geen enkel geluid op het dikke, lichtblauwe kleed.

Will glimlachte verwachtingsvol toen hij haar unieke geur inademde: seks, Chanel en een vleugje Gauloises.

'Draai je om,' zei ze, met een cirkelend gebaar van haar vinger. 'Op je buik.'

Will gehoorzaamde. Marie-Cécile begon zijn nek en zijn brede schouders te masseren. Will rekte zich uit en ontspande zich onder haar vingers. Geen van beiden letten ze op het geluid van de voordeur beneden, die open- en dichtging. Will hoorde niet eens de stemmen in de hal en de voetstappen die met twee treden tegelijk de trap op stormden en de gang door renden.

Er werd twee keer luid op de deur geklopt. '*Maman!*'

Will verstijfde.

'Het is mijn zoon maar,' zei ze. '*Oui? Qu'est-ce que c'est?*'

'*Maman! Je veux te parler!*'

Will tilde zijn hoofd op. 'Ik dacht dat hij morgen pas terug zou komen.'

'Nee.'

'*Maman!*' herhaalde François-Baptiste. '*C'est important.*'

'Als ik in de weg lig...' zei Will wat ongemakkelijk.

Marie-Cécile ging door met zijn schouders masseren. 'Hij weet dat hij me niet moet storen. Ik spreek hem straks nog wel.' Ze verhief haar stem. '*Pas maintenant,* François-Baptiste.' En voor Will voegde ze er in het Engels aan toe. 'Het komt nu niet goed uit.' Ze streek met haar handen over zijn rug.

Will draaide zich om en kwam overeind, een beetje verlegen. In de drie maanden die hij Marie-Cécile nu kende had hij haar zoon nog nooit ontmoet. Eerst had François-Baptiste nog op de universiteit gezeten, later was hij op vakantie gegaan met vrienden. Nu pas vroeg hij zich af of Marie-Cécile dat misschien zelf zo had geregeld.

'Moet je niet met hem praten?'

'Als je dat liever hebt,' zei ze, terwijl ze zich van het bed liet glijden. Ze opende de deur op een kier. Er volgde een gedempt gesprek, dat Will niet kon verstaan, en even later stampte François-Baptiste de gang weer uit. Marie-Cécile deed de deur op slot en draaide zich om naar Will.

'Zo goed?' vroeg ze zacht.

Langzaam liep ze weer naar hem toe en keek hem aan door het gordijn van haar lange, donkere wimpers. Haar bewegingen hadden iets opzettelijks, alsof ze acteerde, maar toch voelde Will zijn lichaam reageren.

Ze duwde hem achterover op het bed, ging schrijlings op hem zitten en legde haar elegante armen over zijn schouders. Haar scherpe nagels lieten vage krassen na op zijn huid. Hij voelde haar knieën tegen zijn lendenen drukken. Will stak een arm uit, streelde haar gladde, gespierde armen met zijn vingertoppen en liefkoosde haar borsten onder de zijde met de rug van zijn handen. De dunne zijden bandjes gleden als vanzelf van haar gebeeldhouwde schouders.

De mobiele telefoon op het nachtkastje kwam tot leven. Will lette er niet op. Voorzichtig trok hij het dunne hemdje tot aan haar middel omlaag.

'Als het belangrijk is bellen ze wel terug.'

Marie-Cécile keek naar het nummer op de display. Meteen veranderde haar stemming.

'Ik moet opnemen,' zei ze.

Will probeerde haar tegen te houden, maar ze duwde hem ongeduldig weg. 'Niet nu.'

Ze trok haar hemdje omhoog en liep naar het raam. '*Oui. J'écoute.*'

Hij hoorde het kraken van een slechte verbinding. '*Trouve-le, alors!*' zei ze, en ze hing weer op. Rood van woede pakte Marie-Cécile een sigaret en stak hem op. Haar handen trilden.

'Problemen?'

Eerst dacht Will dat ze hem niet had gehoord. Het leek alsof ze zijn hele aanwezigheid was vergeten. Maar toen keek ze hem aan.

'Er is iets gebeurd,' zei ze.

Will wachtte, totdat hij begreep dat er geen toelichting zou volgen en dat ze van hem verwachtte dat hij zou verdwijnen.

'Het spijt me,' zei ze op verzoenende toon. 'Ik zou liever bij jou gebleven zijn, *mais*...'

Geïrriteerd kwam Will uit bed en trok zijn jeans aan.

'Zie ik je nog voor het eten?'

Ze maakte een grimas. 'Ik heb een afspraak. Zakelijk, weet je nog?' Ze haalde haar schouders op. 'Later, *oui*?'

'Hoe laat is later? Tien uur? Middernacht?'

Ze kwam naar hem toe en strengelde haar vingers in de zijne. 'Het spijt me echt.'

Will probeerde zich los te maken, maar ze gaf hem de kans niet. 'Dat doe je altijd,' zei hij. 'Ik weet nooit wat er aan de hand is.'

Ze kwam nog dichterbij, zodat haar borsten tegen hem aan drukten door de dunne zijde. Ondanks zijn ergernis voelde hij zijn reactie.

'Het is maar zakelijk,' mompelde ze. 'Niets om jaloers om te zijn.'

'Ik bén niet jaloers.' Hij wist niet hoe vaak ze dit gesprek al hadden gehad. 'Alleen...'

'*Ce soir*,' zei ze, terwijl ze hem losliet. 'En nu moet ik me aankleden.'

Voordat hij kon protesteren was ze naar de badkamer verdwenen en viel de deur achter haar dicht.

Toen Marie-Cécile uit de douche kwam zag ze tot haar opluchting dat Will was vertrokken. Het zou haar niet hebben verbaasd als hij nog op het bed had gelegen met die jongensachtige verwondering op zijn gezicht.

Zijn eisen begonnen op haar zenuwen te werken. Hij wilde meer tijd en aandacht van haar dan ze bereid was hem te geven. Hij scheen een verkeerd beeld te hebben van hun relatie. Daar moest ze iets aan doen.

Marie-Cécile zette Will uit haar gedachten en keek om zich heen. Haar meisje was gekomen en had de kamer opgeruimd. Haar kleren lagen klaar op het bed. Op de grond stonden haar gouden, handgemaakte slippers.

Ze stak nog een sigaret op uit haar koker. Ze rookte te veel, maar ze was vanavond erg nerveus. Ze tikte met het filter tegen het deksel voordat ze opstak. Het was een gewoonte die ze van haar grootvader had overgenomen, zoals zoveel dingen.

Marie-Cécile liep naar de spiegel en liet de witte zijden badmantel van haar schouders glijden. Hij bleef om haar voeten liggen, op de grond. Ze hield haar hoofd schuin en bekeek zichzelf kritisch: haar lange, magere lichaam, blanker dan de mode was; haar volle, hoge borsten; haar smetteloze huid. Ze streek met haar hand over haar donkere tepels en lager, langs de omtrekken van haar heupen en haar platte buik. Ze had misschien wat meer rimpels rond haar ogen en haar mond, maar verder had de tijd nog niet veel sporen nagelaten.

De ormolu-klok op de schoorsteenmantel boven de haard begon te slaan en herinnerde haar eraan dat ze moest voortmaken. Ze stak een hand uit en pakte de lange, doorschijnende jurk van de hanger. Hij was hoog uitgesneden aan de achterkant, met een scherpe V-hals van voren, speciaal voor haar gemaakt.

Marie-Cécile haakte de smalle goudkleurige bandjes over haar hoekige schouders en ging aan de toilettafel zitten. Ze borstelde haar haar en wikkelde de krullen om haar vingers, totdat het glinsterde als gepolijst git. Ze hield van dit moment van metamorfose, als ze veranderde van zichzelf in de *Navigatairé*. Het was een tijdloos proces, een traditie die haar verbond met iedereen die vóór haar deze rol had vervuld.

Marie-Cécile glimlachte. Alleen haar grootvader zou begrijpen hoe ze zich nu voelde: euforisch, uitgelaten, onoverwinnelijk. Vanavond nog niet, maar de volgende keer zou ze de plaats innemen waar ooit haar voorouders hadden gestaan. Maar hij niet. Heel pijnlijk dat de grot zo dicht bij de plek lag waar haar grootvader vijftig jaar geleden met zijn opgravingen was begonnen. Hij had dus toch gelijk gehad. Een paar kilometer naar het oosten en *hij* zou het zijn geweest, niet zij, die daar had gestaan om de loop van de geschiedenis te veranderen.

Vijf jaar geleden, na zijn dood, had ze het familiebedrijf van De l'Oradore geërfd. Het was een functie waarop hij haar jarenlang had voorbereid, zo lang als ze zich kon herinneren. Haar vader, zijn enige zoon, was een teleurstelling voor hem geweest. Marie-Cécile had dat al heel jong beseft. Als meisje van zes had haar grootvader haar opvoeding in de hand genomen – op sociaal, academisch en filosofisch gebied. Hij had een passie voor de mooie dingen in het leven en een ongelooflijk goed oog voor kleur en vakmanschap. Meubels, kleden, couture, schilderijen, boeken... zijn smaak was onberispelijk. Alles wat ze in zichzelf bewonderde had ze aan hem te danken.

Bovendien had hij haar alles geleerd over macht: hoe je die moest gebruiken en behouden. Toen ze achttien was en hij zijn taak volbracht vond, had hij officieel zijn eigen zoon onterfd en haar in zijn plaats tot erfgenaam benoemd.

Eén keer slechts had hun relatie onder druk gestaan, toen ze onverwachts en ongewenst zwanger was geworden. Ondanks zijn toewijding aan de zoektocht naar het oude geheim van de Graal was haar grootvader een overtuigde en orthodoxe katholiek, die buitenechtelijke kinderen niet kon verenigen met zijn geloof. Abortus was uitgesloten. Pas toen hij constateerde dat het moederschap geen verschil maakte voor haar vastberadenheid – haar meedogenloze ambitie misschien zelfs versterkte – liet hij haar weer in zijn leven toe.

Ze nam een diepe haal van haar sigaret en genoot van de hete rook die door haar keel naar haar longen kringelde. Het was geen prettige herinnering. Zelfs nu nog, meer dan twintig jaar later, maakte een kille wanhoop zich van haar meester als ze terugdacht aan haar ballingschap. Haar *excommunicatie*, zoals hij het had genoemd.

Dat was een goede omschrijving. Ze had het gevoel gehad dat ze dood was.

Marie-Cécile schudde haar hoofd om die ziekelijke gedachten te verjagen. Niets mocht haar stemming vanavond beïnvloeden. Elke schaduw moest worden verdreven. Fouten waren niet toegestaan.

Ze keek weer in de spiegel. Eerst bracht ze een bleke foundation op en een gouden gezichtspoeder dat het licht reflecteerde. Daarna tekende ze haar ogen bij met een zwaar kohlpotlood dat haar donkere wimpers en zwarte pupillen accentueerde, gevolgd door een groene oogschaduw, schitterend als een pauwenstaart. Voor haar lippen koos ze een metallieke kopergloss met gouden vlekjes. Ze drukte een tissue tegen haar mond om de kleur te bestendigen. Ten slotte spoot ze een fijn parfum in de lucht en liet het als een dunne nevel op haar huid neerdalen.

Er stonden drie kistjes op de toilettafel, met glimmend gepoetste roodleren en koperen gespen. De ceremoniële sieraden waren al eeuwenoud en zelf gemodelleerd naar voorbeelden van duizenden jaren geleden. In het eerste kistje lag een gouden haarband, als een tiara, met een punt in het midden. Het tweede kistje bevatte twee gouden amuletten, in de vorm van slangen, met glinsterende ogen van geslepen smaragd. Uit het derde kistje ten slotte haalde ze een massief gouden band met het symbool als hanger in het midden. Het glanzende oppervlak suggereerde de herinnering aan het stof en de hitte van het oude Egypte.

Toen ze klaar was liep Marie-Cécile naar het raam. Beneden haar lagen de straten van Chartres, als een ansichtkaart, met winkels, auto's en restaurants in de schaduw van de grote gotische kathedraal. Uit diezelfde huizen zouden straks de mannen en vrouwen komen die waren uitverkoren om deel te nemen aan het ritueel van deze avond.

Ze sloot haar ogen voor het vertrouwde silhouet en de schemerige horizon. Op haar netvlies maakten de toren en de grijze kloostermuren plaats voor een beeld van de hele wereld, als een schitterende landkaart, die zich uitstrekte naar de verte.

Eindelijk binnen haar bereik.

15
Foix

Alice schrok wakker van een doordringend gerinkel naast haar oor.

Waar ben ik, in godsnaam? De beige telefoon op het plankje boven het bed ging weer over.

Natuurlijk. Haar hotelkamer in Foix. Ze was teruggekomen van de opgravingen, had haar koffers gepakt en toen een douche genomen. Het laatste wat ze zich herinnerde was dat ze even op bed was gaan liggen. Vijf minuutjes maar.

Alice graaide naar de hoorn. '*Oui. 'Allo?*'

De eigenaar van het hotel, Monsieur Annaud, had een sterk plaatselijk accent met veel vlakke klinkers en nasale medeklinkers. Alice had al moeite om hem te verstaan als ze oog in oog met hem stond. Via de telefoon, zonder de hulp van zijn wenkbrauwen en handgebaren, was dat een onmogelijke opgave. Hij klonk als een figuur uit een tekenfilm.

'*Plus lentement, s'il vous plaît,*' zei ze om hem af te remmen. '*Vous parlez trop vite. Je ne comprends pas.*'

Het bleef even stil. Op de achtergrond hoorde ze iemand rap mompelen. Toen kwam Madame Annaud aan de lijn en zei dat er iemand op Alice wachtte bij de receptie.

'*Une femme?*' vroeg ze hoopvol.

Alice had een briefje voor Shelagh achtergelaten in het huis van de groep en een paar keer een bericht op haar voicemail ingesproken, maar ze had nog niets gehoord.

'*Non, c'est un homme,*' antwoordde Madame Annaud.

'Oké,' zuchtte ze teleurgesteld. '*J'arrive. Deux minutes.*'

Ze trok een kam door haar haar, dat nog vochtig was, trok een rok en een T-shirt aan, stak haar voeten in een paar espadrilles en liep de trap af. Wie zou het kunnen zijn?

Het team logeerde in een kleine auberge vlak bij het archeologische terrein, en Alice had al afscheid genomen van iedereen die daar behoefte aan had. Verder wist niemand waar ze zat. En omdat ze met Oliver had gebroken had ze ook geen adres achtergelaten.

Geen mens bij de receptie. Ze tuurde door het halfdonker, in de verwachting dat Madame Annaud achter haar hoge houten balie zou zitten, maar ze zag niemand. Alice keek even om de hoek van de lounge. De oude rieten stoelen, stoffig aan de onderkant, waren verlaten, evenals de twee grote leren banken, die haaks op de haard stonden, onder de paardenschildjes en dankbetuigingen van tevreden gasten. De scheve kaartenmolen met beduimelde ansichten van alles wat Foix en de Ariège te bieden hadden stond onaangeroerd.

Alice liep terug naar de balie en sloeg op de bel. Het kralengordijn rammelde toen Monsieur Annaud uit zijn eigen kamer kwam.

'*Il y a quelqu'un pour moi?*'

'*Là,*' zei hij, leunend over de balie om te wijzen.

Alice schudde haar hoofd. '*Personne.*'

Hij kwam zelf ook eens kijken en haalde verbaasd zijn schouders op toen hij zag dat de lounge verlaten was. '*Dehors?* Buiten?' Hij deed iemand na die een sigaretje rookte.

Het hotel stond in een kleine zijstraat tussen de hoofdstraat – met een hele rij kantoren, fastfoodrestaurants en het opvallende art-decopostkantoor uit de jaren dertig – en het wat schilderachtiger middeleeuwse centrum van Foix, met zijn cafés en antiekzaakjes.

Alice keek naar links en rechts, maar zag niemand staan wachten. De winkels waren al dicht om deze tijd van de dag en de straat was zo goed als verlaten.

Verbaasd wilde ze weer naar binnen gaan toen er een man uit een portiek stapte. Hij was begin twintig en droeg een lichtgekleurd zomerpak dat hem wat te groot was. Zijn dikke zwarte haar was keurig kortgeknipt en zijn ogen gingen schuil achter een zonnebril. Hij had een sigaret in zijn hand.

'Dr. Tanner?'

'*Oui,*' zei ze voorzichtig. '*Vous me cherchez?*'

Hij stak een hand in zijn borstzakje. '*Pour vous. Tenez,*' zei hij, terwijl hij haar een envelop toestak. Hij keek voortdurend om zich heen, duidelijk beducht dat iemand hen samen zou zien. Opeens herkende Alice hem als de jonge agent die in het gezelschap was geweest van inspecteur Noubel.

'*Je vous ai déjà rencontré, non? Au Pic de Soularac.*'

Hij ging op Engels over. 'Alstublieft,' zei hij dringend. 'Dit is voor u.'

'*Vous étiez avec Inspecteur Noubel?*' drong ze aan.

Zweetdruppeltjes parelden op zijn voorhoofd. Tot Alices verrassing greep hij opeens haar arm en drukte de envelop in haar hand.

'Hé!' protesteerde ze. 'Wat stelt dit voor?'

Maar hij was al verdwenen, opgeslokt door een van de vele steegjes naar het kasteel.

Alice staarde even naar de lege plek op straat en overwoog half om hem achterna te gaan, maar toen bedacht ze zich. Eigenlijk was ze nogal van hem geschrokken. Ze keek naar de brief in haar hand alsof het een bom was die elk moment kon afgaan, haalde toen diep adem en stak haar vinger onder de flap. Er zat een velletje goedkoop schrijfpapier in, met maar één woord, in kinderlijke hoofdletters: APPELEZ. Daaronder stond een telefoonnummer: 02 68 72 31 26.

Alice fronste. Dat was geen plaatselijk nummer. Het kengetal van de Ariège was 05.

Ze draaide het velletje om, voor het geval er nog iets op de achterkant stond, maar die was blanco. Ze wilde het briefje al in een afvalemmer gooien, maar bedacht zich. *Laat ik het nog even houden.* Alice stak het telefoonnummer in haar zak, gooide de envelop tussen de ijscowikkels in de bak en ging weer naar binnen. Heel mysterieus, allemaal.

De man die uit de deuropening van het café aan de overkant stapte zag ze niet. Tegen de tijd dat hij de afvalemmer had bereikt en de envelop eruit haalde, was Alice al terug op haar kamer.

De adrenaline pompte nog door zijn aderen toen Yves Biau eindelijk stopte met rennen. Hij boog zich voorover, met zijn handen op zijn knieën, en hapte naar adem.

Hoog boven hem keek het grote kasteel van Foix over de stad uit zoals het al meer dan duizend jaar had gedaan. Het was het symbool van de onafhankelijkheid van het gebied, de enige belangrijke vesting die nooit was veroverd in de kruistocht tegen de Languedoc – een toevluchtsoord voor Katharen en vrijheidsstrijders die uit de steden en van de vlakte waren verdreven.

Biau wist dat hij werd geschaduwd. Zij... wie ze ook waren... deden geen moeite zich te verbergen. Zijn hand ging naar zijn pistool onder zijn jasje. In elk geval had hij gedaan wat Shelagh hem had gevraagd. Als hij nu over de grens met Andorra kon komen voordat ze beseften dat hij verdwenen was, zou hij zijn huid nog kunnen redden. Biau wist dat het al te laat was om de gebeurtenissen tegen te houden die hij zelf mede in gang had gezet. Hij had alles gedaan wat ze hem hadden opgedragen, maar ze kwam steeds terug. Het was nooit genoeg.

Het pakje was met de laatste post naar zijn grootmoeder verstuurd. Zij zou wel weten wat ze ermee moest doen. Het was het enige dat hij had kunnen bedenken om het goed te maken.

Biau keek de straat door. Niemand.

Hij liep weer verder, terug naar huis via een ingewikkelde en onlogische route, voor het geval ze daar op hem wachtten. Vanuit deze richting had hij een redelijke kans om hen te ontdekken voordat ze hem in de gaten kregen.

Toen hij de overdekte markt overstak registreerde zijn onderbewustzijn de zilvergrijze Mercedes op de Place Saint-Volusien, maar hij lette er niet op. Hij hoorde ook niet het zachte zoemen van de motor of het inschakelen van de versnelling toen de auto naar voren gleed, licht hobbelend over de keitjes van de middeleeuwse oude stad.

Toen Biau van de stoep stapte om over te steken maakte de auto plotseling snelheid en schoot naar voren, als een vliegtuig op een startbaan. Biau draaide zich geschrokken om. Een doffe bons toen zijn benen onder hem vandaan werden geslagen en zijn lichaam bijna gewichtloos tegen en over de voorruit werd gesmeten. Biau leek een halve seconde door de lucht te zweven voordat hij met een zware klap tegen een van de gietijzeren staanders onder het schuine dak van de overdekte markt sloeg.

Daar bleef hij even hangen, hoog in de lucht, als een kind in het stoeltje van de zweefmolen op de kermis. Toen kreeg de zwaartekracht hem te pakken en stortte hij recht omlaag. Een spoor van bloed bleef achter op de zwarte ijzeren zuil.

De Mercedes stopte niet.

Mensen stormden uit de cafés naar buiten, op het geluid af. Een paar vrouwen keken uit ramen met uitzicht op het plein. De eigenaar van Café PMU wierp één blik op het tafereel en rende toen terug om de politie te waarschuwen. Een vrouw begon te gillen, maar werd meteen de mond gesnoerd toen er zich een menigte verzamelde rond het lichaam.

Aanvankelijk drong het tumult niet eens tot Alice door. Maar toen het geluid van de sirenes dichterbij kwam liep ze naar het raam van haar hotelkamer, zoals iedereen, en keek naar buiten.

Het heeft niets met jou te maken.

Er was geen enkele reden om te gaan kijken, en toch – waarom, wist ze niet – stapte Alice het hotel uit en liep naar het plein.

Een politiewagen met geluidloze zwaailichten versperde het straatje vanaf de hoek van het plein. Aan de andere kant had zich een halve cirkel mensen gevormd rond iemand of iets dat op de grond lag.

'Je bent ook nergens veilig,' hoorde ze een Amerikaanse vrouw tegen haar man mompelen. 'Zelfs niet in Europa.'

Naarmate ze dichterbij kwam werd Alices onheilspellende voorgevoel steeds sterker. Ze durfde niet te denken aan wat ze te zien zou krijgen, maar ze kon zichzelf niet weerhouden. Uit een zijstraat kwam nog een politiewagen, die met piepende remmen naast de eerste stopte. Hoofden draaiden zich om en er viel wat licht door het woud van armen en benen – voldoende voor Alice om het lichaam op de grond te kunnen zien. Een lichtgekleurd pak, zwart haar, en wat verderop een zonnebril met bruine glazen en goudkleurige poten.

Het kan hem niet zijn!

Alice wrong zich naar voren en duwde wat mensen opzij totdat ze vooraan stond. De jongen lag bewegingloos op de grond. Haar hand ging als vanzelf naar het papiertje in haar zak. *Dit kan geen toeval zijn.*

Verbijsterd en geschokt wankelde Alice achteruit. Een autoportier sloeg dicht. Ze draaide zich om haar as en zag nog net inspecteur Noubel achter het stuur vandaan komen. Haastig dook Alice onder in de menigte. *Hij mag je niet zien.* Instinctief stak ze het plein over, naar de andere kant, met gebogen hoofd, weg van Noubel.

Zodra ze de hoek om was zette ze het op een lopen.

'*S'il vous plaît,*' riep Noubel, terwijl hij zich een weg baande door de mensenmassa. '*Police. S'il vous plaît.*'

Yves Biau lag voorover op de harde grond, met zijn armen gespreid. Een van zijn benen lag dubbelgeklapt onder zijn lichaam, duidelijk gebroken. Een wit enkelbot stak onder zijn broekspijp uit. Het andere been lag onnatuurlijk plat, naar opzij gestrekt. Een van zijn bruine instappers was van zijn voet gegleden.

Noubel knielde bij hem neer en voelde zijn pols. De jongen ademde nog, ondiep en oppervlakkig, maar zijn huid voelde klam aan en zijn ogen waren gesloten. In de verte hoorde Noubel het welkome geloei van een ambulance.

'*S'il vous plaît,*' riep hij nog eens, terwijl hij zich overeind hees. '*Poussez vous.*' Achteruit.

Er arriveerden nog twee politiewagens. Via de politieradio was het bericht verspreid dat er een collega was aangereden, dus waren er nog meer politiemensen dan omstanders. Ze zetten de straat af en scheidden de getuigen van de nieuwsgierigen. Het ging allemaal heel efficiënt, maar de spanning stond op hun gezichten te lezen.

'Het was geen ongeluk, inspecteur,' zei de Amerikaanse vrouw. 'Die auto reed recht op hem af, heel snel. Hij had geen kans.'

Noubel keek haar doordringend aan. 'U hebt het incident gezien, Madame?'

'Jazeker.'

'Weet u ook wat voor een auto het was? Welk merk?'

Ze schudde haar hoofd. 'Zilvergrijs, meer weet ik niet.' Ze keek naar haar man.

'Een Mercedes,' zei hij meteen. 'Ik heb het zelf niet goed gezien. Ik draaide me pas om toen ik de klap hoorde.'

'En het kenteken?'

'Het eindigde op elf, geloof ik. Maar het ging zo snel.'

'De straat was totaal verlaten, inspecteur,' zei de vrouw nog eens, alsof ze bang was dat hij haar niet serieus nam.

'Kon u ook zien hoeveel mensen er in die auto zaten?'

'Eén voorin, dat zeker. Ik kan u niet zeggen of er nog iemand achterin zat.'

Noubel droeg haar over aan een agent om de bijzonderheden te noteren en liep naar de achterkant van de ziekenwagen, waar Biau op een brancard naar binnen werd geschoven. Zijn nek en hoofd werden ondersteund door een manchet, maar onder het verband om de wond stroomde nog veel bloed vandaan, dat zijn overhemd rood kleurde.

Zijn huid was onnatuurlijk wit, als kaarsvet. Hij had een slangetje in zijn mondhoek en een mobiel infuus aan zijn arm.

'*Il pourra s'en tirer?*' Redt hij het?

De ziekenbroeder maakte een grimas. 'Als ik u was,' zei hij, terwijl hij de deur dichtgooide, 'zou ik de naaste familie waarschuwen.'

Noubel sloeg met zijn vuist tegen de zijkant van de ambulance toen hij wegreed, constateerde dat zijn mensen hun werk deden en liep weer terug naar zijn eigen auto, zichzelf vervloekend. Vermoeid liet hij zich achter het stuur zakken, zich bewust van de last van zijn vijftig jaren. In gedachten ging hij nog eens alle verkeerde beslissingen na die hij vandaag genomen had – met uiteindelijk dit gevolg. Hij stak een vinger achter het boordje van zijn overhemd en trok zijn das los.

Hij wist dat hij eerder met de jongen had moeten praten. Biau had zich al vreemd gedragen vanaf het moment dat hij op de Pic de Soularac aankwam. Normaal was hij heel enthousiast en stond hij altijd klaar als vrijwilliger. Vandaag was hij zenuwachtig en gespannen geweest. En daarna was hij de halve middag verdwenen.

Noubel tikte nerveus met zijn vingers op het stuur. Authié beweerde dat Biau hem nooit had verteld over de ring. En waarom zou hij daarover liegen?

Bij de gedachte aan Paul Authié kreeg Noubel spontaan pijn in zijn maag. Haastig nam hij een pepermuntje tegen het maagzuur. Dat was ook zo'n fout. Hij had Authié nooit bij dr. Tanner mogen toelaten – hoewel hij niet wist hoe hij dat had kunnen voorkomen, nu hij erover nadacht. Toen het bericht over de skeletten bij Soularac binnenkwamen had hij meteen orders gekregen om Paul Authié door te laten en hem alle hulp te geven. Noubel wist nog steeds niet hoe Authié zo snel op de hoogte was geweest, laat staan hoe hij zich bij het onderzoek had ingedrongen.

Noubel had Authié nog nooit eerder ontmoet, maar zoals de meeste politiemensen kende hij zijn reputatie. Authié, een advocaat die bekendstond om zijn orthodoxe religieuze standpunten, zou volgens de verhalen de halve Judiciaire en gendarmerie van de Midi in zijn zak hebben. Een collega van Noubel was ooit als getuige opgeroepen in een zaak waarin Authié als verdediger optrad. Twee leden van een uiterst rechtse groepering werden beschuldigd van de moord op een Algerijnse taxichauffeur in Carcassonne. Er gingen geruchten over intimidatie. Ten slotte waren beide verdachten vrijgesproken en werden enkele politiemensen met vervroegd pensioen gestuurd.

Noubel keek naar Biaus zonnebril, die hij had opgeraapt. Hij was al niet in een goed humeur geweest, en deze situatie beviel hem nog minder.

De radio kraakte en gaf hem de informatie over Biaus naaste familie, waarom Noubel had gevraagd. Hij bleef nog even zitten, om het onvermijdelijke uit te stellen. Toen pakte hij de telefoon en begon te bellen.

16

Het was elf uur toen Alice de buitenwijken van Toulouse bereikte. Ze was te moe om door te rijden naar Carcassonne, dus besloot ze ergens in het centrum een hotelletje te zoeken.

De rit was in een flits voorbijgegaan. Allerlei beelden spookten door haar hoofd: de skeletten met het mes ernaast; het witte gezicht dat haar aanstaarde in het dode, grijze licht; het lichaam voor de kerk van Foix. Was hij dood geweest?

En het labyrint. Altijd kwam ze weer uit bij het labyrint. Alice verweet zichzelf dat ze paranoïde was, dat het allemaal niets met haar te maken had. *Je was gewoon op het verkeerde moment op de verkeerde plaats.* Maar hoe vaak ze dat ook bij zichzelf herhaalde, ze geloofde het niet echt.

Op haar hotelkamer schopte ze haar schoenen uit en strekte zich aangekleed op het bed uit. Alles aan de kamer was goedkoop: smakeloos plastic en hardboard, grijze tegeltjes en namaakhout. De lakens waren te hard gesteven en schuurden als papier tegen haar huid.

Ze haalde de Bushmills single malt uit haar rugzak. Er zat nog een paar vingers whisky in de fles. Onverwachts kreeg ze een brok in haar keel. Ze had die laatste paar glazen bewaard voor haar laatste avond in het kamp van de archeologen. Ze probeerde Shelaghs mobieltje nog eens, maar tevergeefs. Ondanks haar irritatie sprak ze toch een boodschap in. Het werd tijd dat Shelagh ophield met die spelletjes.

Alice spoelde een paar pijnstillers weg met de whisky, ging naar bed en deed het licht uit. Ze was doodmoe, maar ze kon haar draai niet vinden. Haar hoofd bonsde, haar pols voelde heet en opgezwollen en de snee in haar arm deed gemeen pijn. Erger nog dan 's middags.

De kamer was warm en benauwd. Ze lag maar te draaien en hoorde de kerkklokken middernacht slaan, toen één uur. Ten slotte kwam ze uit bed en zette het raam open om wat frisse lucht binnen te laten. Het hielp niet echt. Haar gedachten wilden niet tot rust komen. Ze probeerde aan wit zand en een heldere blauwe zee te denken, een Caribisch strand en een zonsondergang op Hawaii, maar steeds weer zag ze die grijze rotsen en voelde ze de kille onderaardse lucht van de berg.

Ze was bang om te gaan slapen. Stel dat de droom weer terugkwam?

De uren kropen voorbij. Ze had een droge mond en haar hart sloeg onregelmatig, door de whisky. Pas toen de bleke ochtend onder de versleten zoom van de gordijnen sijpelde kon ze zich niet langer verzetten.

Deze keer was het een andere droom.

Ze reed op een kastanjebruin paard door de sneeuw. De wintervacht van het dier was dik en glanzend, en zijn witte manen en staart waren met rode linten gevlochten. Alice zelf was gekleed voor de jacht, in haar mooiste mantel, met de *pelisse* en capuchon van eekhoornbont en lange leren handschoenen met marterbont tot aan haar ellebogen.

Een man reed naast haar op een grijze ruin, een groter en sterker dier, met zwarte manen en een zwarte staart. Hij rukte regelmatig aan de teugels om het paard in toom te houden. Zijn bruine haar was lang voor een man; het hing bijna tot op zijn schouders. Zijn blauwe fluwelen mantel wapperde achter hem aan tijdens het rijden. Alice zag dat er een dolk aan zijn middel hing. Om zijn hals droeg hij een zilveren kettinkje met een groene steen als hanger, die tegen zijn borst danste in het ritme van het paard.

Hij keek voortdurend naar haar, met een mengeling van trots en bezitterigheid. Ze hadden een sterke, innige band. In haar slaap schoof Alice wat heen en weer in bed en glimlachte.

Een eindje verder klonk het scherpe, schrille geluid van een hoorn in de frisse winterlucht, als teken dat de honden het spoor van een wolf hadden gevonden. Ze wist dat het december was, een bijzondere maand. En ze was gelukkig.

Opeens veranderde het licht.

Nu was ze alleen in een deel van het bos dat ze niet herkende. De bomen waren hoger en stonden dichter bij elkaar, met zwarte, kale takken, die grillig afstaken tegen de witte sneeuwlucht, als de vingers van een dode. Ergens achter haar, onzichtbaar maar dreigend, kwamen de honden. Langzaam haalden ze haar in, opgewonden door de belofte van bloed.

Ze was niet langer de jager, maar de prooi.

Het bos weerklonk met duizend donderende paardenhoeven, die steeds dichterbij kwamen. Ze hoorde het geschreeuw van de jagers. Ze riepen naar elkaar in een taal die ze niet kende, maar ze wist dat ze op zoek waren naar haar.

Haar paard struikelde. Alice werd uit het zadel geworpen, dook voorover en kwam op de harde wintergrond terecht. Ze hoorde haar sleutelbeen breken en voelde een scherpe pijn. Angstig keek ze omlaag. Een stuk dood hout, stijfbevroren als een pijlpunt, had zich door haar mouw in haar arm geboord.

Met verdoofde, wanhopige vingers trok Alice aan het hout totdat het uit haar vlees schoot. Ze sloot haar ogen tegen de verzengende pijn. Bloed spoot uit de wond, maar dat kon haar niet tegenhouden.

Ze stelpte de bloeding met de zoom van haar mantel, hees zich overeind en dwong zichzelf om verder te rennen tussen de kale takken en het bevroren struikgewas door. De broze twijgen braken onder haar voeten en de ijskoude lucht sneed in haar gezicht en deed haar ogen tranen.

Het suizen in haar oren werd steeds luider en indringender. Alice voelde zich duizelig worden – licht en zwak als een geest.

Opeens was het bos verdwenen en stond ze op de rand van een rots. Ze kon nergens meer heen. Beneden haar gaapte een afgrond, een beboste helling. Voor haar uit lagen de bergen, met besneeuwde toppen, zo ver als het oog kon zien. Ze leken zo dichtbij dat ze ze kon aanraken.

In haar slaap begon Alice te woelen.

Laat me wakker worden. Alsjeblieft!

Ze probeerde te ontsnappen, maar dat ging niet. De droom hield haar gevangen in een ijzeren greep.

Achter haar stormden de honden uit het bos tevoorschijn, blaffend en grommend. Hun adem vormde wolkjes in de lucht toen ze naar haar hapten, met klodders kwijl om hun tanden. De speerpunten van de jagers glinsterden in de vallende schemering. In hun ogen brandden opwinding en haat. Alice hoorde hoe ze haar fluisterend tartten en bespotten.

'*Hérétique, hérétique.*'

In die fractie van een seconde nam Alice een beslissing. Als het haar tijd was om te sterven, dan niet door toedoen van zulke mannen. Ze spreidde haar armen, gaf zich over aan de leegte en sprong.

Meteen was het stil om haar heen.

Tijd had geen betekenis meer toen ze viel, langzaam en rustig, met haar groene rokken golvend om haar heen. Nu pas merkte ze dat er iets op haar rug gespeld zat, een stukje materiaal in de vorm van een ster. Nee, geen ster, maar een kruis. Een geel kruis. *Rouelle.* Terwijl het onbekende woord bij haar opkwam en weer vervaagde, liet het kruis los en zweefde bij haar vandaan, als een blad dat van een boom viel in de herfst.

De grond kwam niet dichterbij, en Alice was niet bang. Want op het moment dat de droombeelden versplinterden en in stukken uiteenvielen, begreep haar onderbewuste wat haar bewustzijn nooit had kunnen doorgronden. Dat zíj het niet was, Alice, die neerstortte, maar een ander.

En dat dit geen droom was, maar een herinnering, een fragment uit een leven van heel, heel lang geleden.

17

Carcassona

JULHET 1209

Takjes en bladeren kraakten toen Alaïs zich bewoog.

Een rijke geur van mos, korstmossen en aarde drong in haar neus en haar mond. Iets scherps stak in de rug van haar hand, een klein prikje maar, dat meteen begon te jeuken. Een mug of een mier. Ze voelde het gif in haar bloed dringen. Alaïs probeerde het insect weg te slaan. Die beweging deed haar kokhalzen.

Waar ben ik?

Het antwoord kwam als een echo. *Defora.* Buiten.

Ze lag op haar buik op de grond. Haar huid was klam en een beetje kil van de dauw. Ochtend- of avondschemer? Haar kleren waren verfomfaaid en vochtig. Heel langzaam wist Alaïs in zithouding overeind te komen, leunend tegen de stam van een beuk om rechtop te blijven.

Doçament. Rustig aan, voorzichtig.

Door de bomen boven aan de helling zag ze dat de hemel wit was, met de eerste sporen van roze aan de horizon. Platte wolken dreven voorbij als schepen, wachtend op wind in de zeilen. Ze herkende de zwarte omtrekken van de treurwilgen. Achter haar stonden peren en kersen, kleurloos en naakt zo laat in het seizoen.

Ochtend, dus. Alaïs probeerde zich te concentreren op haar omgeving. Alles leek heel licht, verblindend zelfs, ook al was er geen zon. Ze hoorde het geluid van water, niet ver weg, een ondiep beekje dat loom over een paar stenen klaterde. In de verte klonk de karakteristieke roep van een oehoe, die terugkeerde van zijn nachtelijke jacht.

Alaïs keek naar haar armen, die onder de kleine, rode beten zaten. Ze inspecteerde de schrammen en wondjes op haar benen. Behalve de insectenbeten ontdekte ze ook korstjes van geronnen bloed op haar enkels. Ze hield haar handen vlak bij haar gezicht. Haar knokkels waren gekneusd en pijnlijk. Tussen haar vingers zaten bruinrode strepen.

Een herinnering. Ze was ergens doorheen gesleurd, met haar armen slepend over de grond.

Nee, eerder nog.

Toen ze de binnenplaats overstak en het licht in de bovenkamer zag.

Angst deed haar nekharen overeind komen. Voetstappen in het donker. Een eeltige hand over haar mond. Toen de klap.

Perilhòs. Gevaar.

Ze betastte haar hoofd en maakte een grimas toen ze kleverig bloed in haar haren voelde plakken, achter haar oor. Ze kneep haar ogen dicht om de herinnering te verdrijven aan die handen die als ratten over haar lichaam kropen. Twee mannen. Een alledaagse lucht: paarden, bier en stro.

Hadden ze de merel gevonden?

Moeizaam probeerde Alaïs op te staan. Ze moest haar vader vertellen wat er was gebeurd. Hij zou naar Montpellier gaan, dat wist ze nog wel. Ze moest hem spreken voordat hij vertrok. Weer hees ze zich omhoog, maar haar benen wilden haar niet dragen. Ze voelde zich weer duizelig worden en viel... viel... viel in een gewichtloze slaap. Ze verzette zich, vechtend om bij bewustzijn te blijven, maar het had geen zin. Verleden, heden en toekomst vervloeiden tot één eindeloze tijd, die zich als een witte vlakte voor haar uitstrekte. Kleur, geluid en licht hadden geen betekenis meer.

18

Met een laatste, bezorgde blik over zijn schouder reed Bertrand Pelletier de Oostpoort uit, aan de zijde van burggraaf Trencavel. Hij begreep niet waarom Alaïs geen afscheid was komen nemen.

Pelletier reed in stilte, diep in gedachten. Hij hoorde maar weinig van de oppervlakkige gesprekken om hem heen. Hij maakte zich zorgen over haar afwezigheid op de Cour d'Honneur om de expeditie uit te zwaaien en succes te wensen. Hij was verbaasd – en teleurgesteld, moest hij bekennen. Nu had hij spijt dat hij François niet had gestuurd om haar te wekken.

Ondanks het vroege uur was de bevolking uitgelopen om te zwaaien en te juichen. Alleen de beste paarden waren geselecteerd voor de reis: telgangers met veerkracht en uithoudingsvermogen, maar ook de sterkste ruinen en merries uit de stallen van het Château Comtal, gekozen om hun snelheid en volharding. Raymond-Roger Trencavel reed op zijn favoriete vos, een hengst die hij als veulen al onder zijn hoede had genomen en getraind. De vacht van het dier had de kleur van een vos in de winter, met een opvallende witte bles op zijn neus, precies in de vorm van Trencavels landerijen – zo werd beweerd.

Alle schilden droegen het blazoen van de Trencavels. Het wapen was geborduurd op alle vaandels en op de vesten die de *chevaliers* over hun wapenrusting droegen. De opkomende zon glinsterde in de glanzende helmen, zwaarden en paardentuigen. Zelfs de zadeltassen van de pakpaarden waren gepoetst totdat de stalknechten hun eigen gezicht in het leer konden zien.

Het had enige tijd gekost om te bepalen hoe groot de delegatie zou moeten zijn. Te klein, en Trencavel zou een nutteloze bondgenoot lijken. Bovendien waren ze onderweg dan een gemakkelijke prooi. Te groot, en het zou de suggestie wekken van een oorlogsverklaring.

Ten slotte was gekozen voor zestien *chevaliers*, onder wie Guilhem du Mas, ondanks de bezwaren van Pelletier. Met hun *écuyers*, een handvol bedienden en geestelijken, Jehan Congost en een hoefsmid voor de paarden onderweg, telde de groep nu zo'n dertig leden.

Hun reisdoel was Montpellier, de belangrijkste stad binnen het gebied van de burggraaf van Nîmes en de geboorteplaats van Raymond-Rogers echtgenote, Dame Agnès. Net als Trencavel was Nîmes een vazal van de koning van Aragon, Pedro II. Hoewel Montpellier een katholieke stad was en Pedro de ketterij vurig en energiek vervolgde, hadden ze dus een redelijke kans op een veilige doortocht.

Ze hadden drie dagen uitgetrokken voor de rit vanaf Carcassonne. Niemand wist wie van hen, Trencavel of de graaf van Toulouse, het eerst in de stad zou aankomen.

Eerst reden ze naar het oosten en volgden de loop van de Aude in de richting van de opkomende zon. Bij Trèbes sloegen ze af naar het noordwesten, het gebied van de Minervois, over de oude Romeinse weg door La Redorte, de versterkte heuvelstad Azille, en vandaar naar Olonzac.

Het beste land werd gebruikt voor de *canabières*, de hennepvelden, die zich uitstrekten zo ver als het oog reikte. Rechts waren wijngaarden, deels geteeld, deels wild en woekerend langs het pad, achter de stevige heggen. Links lag een zee van smaragdgroene stengels – gerst, die tegen oogsttijd goudgekleurd zou zijn. Boeren met breedgerande hoeden die hun gezicht overschaduwden waren al druk aan het werk om het laatste koren van het seizoen binnen te halen. Zo nu en dan weerkaatste de zon in het ijzer van hun kromme sikkels.

Voorbij de oever van eiken en moeraswilgen lagen de diepe, stille bossen waar de wilde adelaars vlogen. Er leefden ook herten, lynxen en beren. 's Winters vond je er wolven en vossen. Boven de bossen van het laagland verhieven zich de duistere wouden van de Montagne Noire, waar het wilde zwijn regeerde.

Burggraaf Trencavel was in een goed humeur, met de veerkracht en het optimisme van zijn jeugd. Hij wisselde luchtige anekdotes uit en luisterde naar verhalen over recente avonturen. Hij discussieerde met zijn mannen over de beste jachthonden – windhonden of mastiffs – en over de prijs van een goede fokteef in deze tijd. En ze roddelden over wie er hoeveel geld had verspeeld bij dobbelen of darts.

Niemand had het over het doel van de expeditie, of wat er zou gebeuren als de burggraaf niet tot overeenstemming zou komen met zijn oom.

Een ruwe kreet, ergens achter in de stoet, trok Pelletiers aandacht. Hij keek over zijn schouder. Guilhem du Mas reed op één rij met Alzeu de Preixan en Thierry Cazanon, *chevaliers* die ook waren opgeleid in Carcassonne en in dezelfde passietijd tot ridder waren geslagen.

Zich bewust van de kritische blik van de oudere man keek Guilhem brutaal terug. Heel even staarden ze elkaar aan. Toen boog de jongere man zijn hoofd met gespeelde hoffelijkheid, voordat hij zich weer afwendde. Pelletier voelde zijn bloed koken – vooral omdat hij wist dat hij er niets aan kon doen.

Urenlang reden ze over de vlakten. De gesprekken stokten en verstomden toen de opwinding van het vertrek uit Carcassonne plaatsmaakte voor ongerustheid.

De zon klom nog hoger aan de hemel. De geestelijken hadden het meest te lijden in hun zwarte kamgaren soutanes. Straaltjes zweet dropen over het voorhoofd van de bisschop, en het pafferige gezicht van Jehan Congost vertoonde onaangename paarse vlekken met de kleur van vingerhoedskruid. Bijen, krekels en cicaden zoemden en tsjirpten in het bruine gras. Muggen staken in hun polsen en handen. De paarden sloegen geïrriteerd met hun manen en staarten naar de vliegen waar ze last van hadden.

Pas toen de zon op zijn hoogste punt stond hield burggraaf Trencavel halt om even uit te rusten. Ze vonden een open plek bij een rustig beekje en stelden vast dat de paarden er veilig konden grazen. De *écuyers* ontdeden ze van hun zadels en koelden hun vacht met wilgenbladeren die ze in het water hadden gedoopt. Wondjes en beten werden behandeld met compressen van staartwortel of mosterd.

De *chevaliers* trokken hun wapenrusting en hun laarzen uit en wasten het stof en het zweet van hun handen en hun nek. Een groepje bedienden werd naar de dichtstbijzijnde boerderij gestuurd en kwam even later terug met brood, worst, witte geitenkaas, olijven en koppige, plaatselijke wijn.

Toen het nieuws de ronde deed dat burggraaf Trencavel in de buurt zijn bivak had opgeslagen maakte een gestage stroom van boeren, oude mannen en jonge vrouwen, wevers en brouwers hun opwachting bij het eenvoudige kamp onder de bomen, met geschenken voor hun *Seigneur*: manden met kersen en pasgevallen pruimen, een gans, zout en vis.

Pelletier voelde zich niet op zijn gemak. Dit betekende kostbaar tijdverlies. Ze hadden nog een hele weg te gaan voordat de avondschaduwen langer werden en ze hun kamp moesten opslaan voor de nacht. Maar net als zijn vader en moeder hield Raymond-Roger graag contact met zijn onderdanen en stuurde hij niemand weg.

'Juist hiervoor zijn we bereid onze trots in te slikken en vrede te sluiten met mijn oom,' zei hij rustig. 'Om alles wat goed en onschuldig is te beschermen en trouw te blijven aan onze manier van leven, *è*? Desnoods zullen we er zelfs voor vechten.'

Als een oude krijgsvorst hield burggraaf Trencavel audiëntie in de schaduw van de steeneiken. Vriendelijk, waardig en charmant nam hij alle geschenken in ontvangst. Hij wist dat deze dag ooit een kostbare herinnering zou worden, verweven met de geschiedenis van het dorp.

Een van de laatsten die zich meldden was een knap, donker meisje van vijf of zes, met heldere ogen in de kleur van bramen. Ze maakte een kleine revérence en bood Trencavel een ruikertje van wilde orchideeën, wilde bertram en veldkamperfoelie aan. Haar handen trilden.

Trencavel boog zich helemaal naar haar toe, haalde een linnen zakdoek achter zijn riem vandaan en gaf die haar. Zelfs Pelletier glimlachte toen ze heel verlegen het schone, witte doekje aanpakte met haar kleine vingertjes.

'En hoe heet jij, *Madomaisèla*?' vroeg hij.

'Ernestine, Messire,' fluisterde ze.

Trencavel knikte. 'Nou, Madomaisèla Ernestine,' zei hij, terwijl hij een roze bloem uit het boeket plukte en op zijn tuniek stak, 'deze zal ik dragen als geluksbloem. En om me te herinneren aan de gulheid van de mensen van Puicheric.'

Pas toen de laatste bezoekers het kamp hadden verlaten gespte Roger Trencavel zijn zwaard af en ging zitten om te eten. Daarna strekte iedereen, mannen en jongens, zich voldaan op het zachte gras uit of leunde tegen een boom om een tukje te doen – hun buiken vol met wijn en hun hoofden wazig van de middaghitte.

Alleen Pelletier kon geen rust vinden. Toen hij zich ervan had overtuigd dat burggraaf Trencavel hem voorlopig niet nodig had liep hij een eindje langs de beek. Hij had er behoefte aan om alleen te zijn.

Bootsmannetjes schaatsten over het water en kleurige waterjuffers dansten en schoten heen en weer in de zware atmosfeer vlak boven het oppervlak.

Zodra hij buiten het zicht van het kamp was ging Pelletier zitten op de zwartverkleurde stam van een omgevallen boom en haalde de brief van Harif nog eens uit zijn zak. Hij las hem niet en vouwde hem zelfs niet open. Hij hield hem alleen maar tussen zijn duim en wijsvinger, als een talisman.

Hij dacht steeds aan Alaïs. Hij kon maar niet beslissen. Het ene moment had hij spijt dat hij haar in vertrouwen had genomen, maar wie had hij verder nog? Niemand die hij kon vertrouwen. Het andere moment was hij bang dat hij haar niet genoeg had verteld.

Als God het wilde, zou het allemaal wel goed komen. Als hun petitie aan de graaf van Toulouse goed werd ontvangen, nog voor het einde van de maand, zouden ze in triomf naar Carcassonne kunnen terugkeren zonder dat er een druppel bloed was gevloeid. Dan kon Pelletier op zoek gaan naar Simeon in Béziers en de identiteit vernemen van de 'zuster' over wie Harif had geschreven.

Als het lot het wilde.

Pelletier zuchtte. Hij keek uit over de vredige omgeving en vreesde in zijn fantasie juist het tegenovergestelde. In plaats van de oude wereld, onveranderd en onveranderlijk, zag hij chaos en verwoestingen. Het einde van alles.

Hij boog zijn hoofd. Hij had niets anders kunnen doen dan hij had gedaan. Als hij niet naar Carcassonne terugkeerde, zou hij in elk geval sterven in de wetenschap dat hij alles in het werk had gesteld om de Trilogie te beschermen. Alaïs zou zijn verplichtingen vervullen. Zijn eed zou háár eed worden. Het geheim zou niet verloren gaan in het pandemonium van de oorlog, of wegrotten in een Franse cel.

De geluiden van het kamp brachten Pelletier weer terug in de werkelijkheid. Het werd tijd om op te stappen. Ze hadden nog uren te gaan tot aan zonsondergang.

Pelletier borg Harifs brief weer in zijn tas en liep haastig terug naar het kamp, zich ervan bewust dat deze momenten van rust en bezinning weldra heel schaars zouden zijn.

19

Toen Alaïs weer wakker werd lag ze niet meer in het gras maar tussen linnen lakens. Ze hoorde een zacht, dof gefluit in haar oren, als de echo van een najaarswind in de bomen. Haar lichaam voelde merkwaardig zwaar en loom, alsof het aan een ander toebehoorde. Ze had gedroomd dat Esclarmonde bij haar was en een koele hand op haar voorhoofd had gelegd om de koorts te verdrijven.

Ze knipperde met haar ogen. Boven haar hoofd zag ze de vertrouwde hemel van haar eigen bed. De donkerblauwe nachtgordijnen waren teruggeschoven en een zacht, gouden schemerlicht viel door de kamer. De atmosfeer, nog warm en zwaar, droeg al de belofte van de avondschemer. Alaïs rook de vage lucht van vers gebrande kruiden: rozemarijn en lavendel.

Ze hoorde zachte vrouwenstemmen, met een volks accent, ergens in de kamer. Ze fluisterden, als om haar niet te storen. De woorden sisten als vet dat van een spit in het vuur druppelde. Langzaam draaide Alaïs haar hoofd op het kussen, in de richting van het geluid. Alziette, de impopulaire vrouw van de eerste stalknecht, en Ranier, een sluwe, verbitterde roddeltante met een lomperik van een echtgenoot – twee onruststokers – zaten als twee oude kraaien bij de gedoofde haard. Haar zus Oriane stuurde hen vaak om een boodschap, maar Alaïs vertrouwde hen niet en begreep ook niet wat ze in haar kamer deden. Haar vader zou dat nooit goed hebben gevonden.

Opeens herinnerde ze het zich. Haar vader was er niet. Hij was vertrokken naar Saint-Gilles of Montpellier, dat wist ze niet meer. Met Guilhem.

'Nou? Waar waren ze?' siste Ranier gretig, nieuwsgierig naar een schandaaltje.

'In de boomgaard, langs de beek bij de wilgen,' antwoordde Alziette. 'Mazelles oudste dochter zag ze gaan. Het kreng rende meteen naar haar moeder. Daarop kwam Mazelle naar de binnenplaats, handenwringend, omdat ze me zogenaamd wilde sparen voor de schande.'

'Ze is altijd jaloers geweest op jouw dochter, *è*. Omdat ze zelf van die lelijke meiden heeft, vette zwijnen met een pokdalige huid.' Ranier boog zich naar haar toe. 'En wat deed jij?'

'Wat kon ik anders doen dan zelf gaan kijken? Ik zag ze meteen, toen ik daar kwam. Ze hadden niet veel moeite gedaan om zich te verstoppen. Ik greep Raoul bij zijn haar – stug, bruin haar, helemaal niet mooi – en gaf hem een draai om zijn oren. Met één hand probeerde hij zijn riem dicht te krijgen, rood van schaamte omdat ik hem had betrapt. Toen ik me omdraaide naar Jeanette wrong hij zich los en rende weg zonder nog maar één keer achterom te kijken.'

Ranier klakte met haar tong.

'Jeanette bleef maar jammeren en huilen. Ze riep dat Raoul van haar hield en dat hij met haar wilde trouwen. Als je haar zo hoorde was er nog nooit een meisje geweest dat zich had laten ompraten door mooie beloften.'

'Misschien heeft hij wel eerlijke bedoelingen.'

Alziette snoof. 'Die jongen kán helemaal niet trouwen,' schamperde ze. 'Hij heeft vijf oudere broers, van wie er maar twee getrouwd zijn. Zijn vader zit dag en nacht in de taveerne. Elke *sol* die ze bezitten verdwijnt in de zakken van Gaston.'

Alaïs probeerde haar oren te sluiten voor de platte roddels van de vrouwen. Ze leken wel aasgieren die een karkas kaalpikten.

'Toch was het een geluk bij een ongeluk,' zei Ranier sluw. 'Als je daar niet toevallig had gelopen zou je háár niet hebben ontdekt.'

Alaïs spande haar spieren. Ze voelde dat de twee hoofden zich naar het bed draaiden.

'Dat is waar,' beaamde Alziette. 'En daar zal haar vader me vorstelijk voor belonen zodra hij terug is.'

Alaïs luisterde, maar kwam niets meer te weten. De schaduwen werden langer. Ze viel half in slaap.

Na een tijdje werden Alziette en Ranier vervangen door een nachtzuster, ook een bediende van haar zus Oriane. Alaïs werd wakker van het geluid toen de vrouw het gebarsten houten veldbed onder het bed vandaan trok. Even later hoorde ze een zachte bons toen de zuster zich op de droge, bultige stromatras liet zakken en de lucht eruit perste. Het duurde niet lang voordat er een zwaar gesnurk klonk vanaf het voeteneinde van het bed. De vrouw sliep.

Maar Alaïs was klaarwakker. Ze herinnerde zich de laatste instructie van haar vader, om het plankje met de tekening van het labyrint veilig op te bergen. Voorzichtig kwam ze overeind en zocht tussen de kaarsen en haar andere spullen.

Het plankje was verdwenen.

Zachtjes, om de zuster niet wakker te maken, opende Alaïs het nachtkastje. Het scharnier was stroef door te weinig gebruik en kraakte toen ze het deurtje voorzichtig opentrok. Ze gleed met haar vingers langs de rand van het bed, voor het geval het plankje tussen de matras en de houten ombouw was gevallen, maar ook daar lag het niet.

Res. Niets.

Ze dacht liever niet aan de mogelijke conclusies. Haar vader had niet willen geloven dat zijn identiteit was ontdekt, maar was dat wel zo? *De merel en het plankje waren allebei verdwenen.*

Alaïs zwaaide haar benen uit bed en liep op haar tenen naar haar handwerkstoel. Ze moest het zeker weten. Haar mantel hing over de rugleuning. Iemand had geprobeerd hem schoon te maken, maar de rode, geborduurde zoom zat nog vol met aangekoekte modder. Hier en daar waren de steekjes niet eens meer te zien. Hij rook naar het erf en de stallen, onaangenaam zuur. En Alaïs vond niets in de zakken, zoals ze al had gevreesd. Haar beurs was verdwenen, met de *merel.*

Het ging haar allemaal te snel. Opeens hadden zelfs de vertrouwde schaduwen iets onheilspellends. Alaïs voelde zich overal bespied en bedreigd, zelfs door het gesnurk vanaf het voeteneind van het bed.

Stel dat mijn overvallers nog in het Château zijn? En dat ze me komen halen?

Haastig kleedde ze zich aan, pakte de *calèlh* en stelde het vlammetje bij. De gedachte om in haar eentje de donkere binnenplaats over te steken benauwde haar, maar ze kon niet werkeloos op haar kamer blijven zitten totdat er iets gebeurde.

Coratge. Moed.

Alaïs rende de Cour d'Honneur over naar de Tour Pinte, terwijl ze het sputterende vlammetje met haar hand beschutte. Ze moest François vinden.

Ze opende de deur op een kier en riep zijn naam in het donker. Er kwam geen antwoord. Ze glipte naar binnen.

'François,' fluisterde ze weer.

De lamp wierp een bleek geel schijnsel door de kamer, voldoende om te kunnen zien dat er iemand op het veldbed lag, aan het voeteneind van haar vaders bed.

Alaïs zette de lamp op de grond, bukte zich en tikte hem zachtjes op zijn schouder. Meteen trok ze haar hand terug, alsof ze haar vingers had gebrand. Dit voelde niet goed.

'François?'

Nog steeds geen reactie. Alaïs pakte de grove rand van de deken, telde tot drie en trok hem weg.

Eronder lag een stapel oude kleren en pelzen, zorgvuldig gearrangeerd, alsof er iemand lag te slapen. Alaïs voelde zich duizelig van opluchting, hoewel ze er niets van begreep.

Opeens hoorde ze een geluid buiten, op de gang. Haastig pakte ze haar lamp, doofde de vlam en verborg zich in de duisternis achter het bed.

De deur ging krakend op. De indringer aarzelde, misschien omdat hij de olie van de lamp rook of de verstoorde dekens zag. Hij haalde een mes uit zijn schede.

'Wie is daar?' vroeg hij. 'Laat je zien.'

'François,' zei Alaïs opgelucht, en ze stapte achter de gordijnen vandaan. 'Ik ben het. Doe je wapen maar weg.'

Hij leek nog meer verrast dan zij. 'Neem me niet kwalijk, Dame. Ik zag u niet.'

Ze nam hem onderzoekend op. Hij stond te hijgen, alsof hij hardgelopen had. 'Het is mijn eigen schuld. Maar waar was jij, zo laat nog?' vroeg ze.

'Ik...'

Waarschijnlijk was er een vrouw in het spel, maar dan begreep ze niet waarom hij zo verlegen reageerde. Ze had met hem te doen.

'Ach, het doet er niet toe, François. Ik was naar je kamer gekomen omdat jij de enige bent die ik vertrouw – de enige die me kan vertellen wat er met me is gebeurd.'

Alle kleur week uit zijn gezicht. 'Ik weet helemaal niets, Dame,' zei hij snel, met een verstikte stem.

'Toe nou. Je hebt toch wel geruchten gehoord? Verhalen in de keuken?'

'Weinig.'

'Laten we dan samen proberen een verklaring te vinden,' zei ze, verbaasd over zijn houding. 'Ik weet nog dat ik uit de kamer van mijn vader kwam, nadat jij me had gezegd dat hij me wilde spreken. Op de terugweg werd ik overvallen door twee mannen. Ik kwam weer bij in de boomgaard, bij een beekje. Vroeg in de ochtend. Toen ik later wakker werd, lag ik in mijn eigen bed.'

'Zou u die mannen herkennen, Dame?'

Alaïs keek hem scherp aan. 'Nee. Het was donker en het ging te snel.'

'Hebben ze iets gestolen?'

Alaïs aarzelde. 'Niets van waarde,' loog ze ongemakkelijk. 'Daarna heeft Alziette Baichère alarm geslagen, begrijp ik. Ze was heel tevreden over zichzelf. Ik hoorde het haar zeggen, hoewel ik niet weet wat ze in mijn kamer deed. Waarom niet Rixende, of een van mijn andere meisjes?'

'Orders van Dame Oriane. Zij heeft zich meteen om u bekommerd, Dame.'

'Viel dat niet op?' vroeg Alaïs. Dat was niets voor Oriane. 'Mijn zuster staat niet bekend om haar... zorgzaamheid.'

François knikte. 'Ze stond erop, Dame.'

Alaïs schudde haar hoofd. Er kwam een vage herinnering bij haar boven, het gevoel om opgesloten te zitten in een kleine ruimte, met stenen wanden in plaats van hout, en de zure stank van urine, beesten en verwaarlozing. Maar toen ze zich op die herinnering probeerde te concentreren, ontglipte hij haar juist.

Ze bepaalde haar aandacht weer tot het probleem.

'Ik neem aan dat mijn vader naar Montpelhièr is vertrokken, François.'

Hij knikte. 'Twee dagen geleden, Dame.'

'Het is nu dus woensdag,' mompelde ze ontzet. Ze was twee dagen kwijtgeraakt. Ze fronste. 'Maar, François, heeft mijn vader bij zijn vertrek niet gevraagd waarom ik er niet was om afscheid te nemen?'

'Jazeker, Dame, maar… ik mocht u niet wakker maken.'

Dit slaat nergens op. 'En mijn echtgenoot dan? Heeft Guilhem hem niet verteld dat ik die hele nacht niet op mijn kamer was geweest?'

'Ik meen dat *chevalier* Du Mas aan het begin van de nacht in de smidse was, Dame, en toen samen met burggraaf Trencavel de mis heeft bijgewoond in de kapel. Hij leek net zo verbaasd over uw afwezigheid als intendant Pelletier, en bovendien…'

Hij zweeg.

'Ga door. Zeg maar wat je denkt, François, ik zal het je niet kwalijk nemen.'

'Met uw permissie, Dame, maar ik denk dat *chevalier* Du Mas uw vader liever niet zou laten merken dat hij niet wist waar u was.'

Zodra hij het zei wist Alaïs dat hij gelijk had. De verhouding tussen haar man en haar vader was nog nooit zo slecht geweest. Alaïs klemde haar lippen op elkaar om François' suggestie niet onmiddellijk te beamen.

'Maar ze namen zo'n groot risico,' keerde ze terug tot het onderwerp van de overval. 'Mij overvallen in het hartje van het Château Comtal! Dat is waanzin. En het nog erger maken door me te ontvoeren… Hoe dachten ze daarmee weg te komen?'

Alaïs zweeg toen ze haar eigen woorden hoorde.

'Iedereen had het druk, Dame. En er was geen avondklok ingesteld. De Westpoort was gesloten, maar de Oostpoort heeft de hele nacht opengestaan. Het zou geen probleem zijn geweest voor twee mannen om u mee te nemen, zolang ze uw gezicht en uw kleren maar verborgen hielden. Er waren veel meer dames… nou ja, vrouwen, u weet wel…'

Alaïs onderdrukte een grijns. 'Dank je, François. Ik begrijp wat je bedoelt.'

De glimlach verdween van haar gezicht. Ze moest nadenken, besluiten wat haar nu te doen stond. Ze begreep er helemaal niets meer van, en dat maakte haar nog angstiger. *Het is moeilijk vechten tegen een anonieme vijand.*

'Het is misschien beter om het gerucht te verspreiden dat ik me niets meer van de overval kan herinneren, François,' zei ze na een tijdje. 'Als de daders zich nog in het Château bevinden hoeven ze zich niet bedreigd te voelen.'

De gedachte om weer de binnenplaats over te steken, langs dezelfde route als twee nachten geleden, bezorgde haar een huivering. En ze had ook geen zin om te gaan slapen onder toezicht van Orianes nachtzuster, die ongetwijfeld als spionne was gestuurd.

'Ik blijf de rest van de nacht wel hier,' zei ze.

Tot haar verbazing staarde François haar ontzet aan. 'Maar, Dame, het past toch niet dat u...'

'Het spijt me dat ik je uit je bed verjaag,' zei ze, met een glimlach om haar woorden te verzachten, 'maar mijn metgezel op mijn eigen kamer bevalt me niet erg.' Opeens gleed er een ondoorgrondelijk masker voor zijn gezicht. 'Ik zou je dankbaar zijn als je in de buurt bleef, François. Misschien heb ik je nog nodig.'

Hij glimlachte niet terug. 'Zoals u wenst, Dame.'

Alaïs keek hem nog eens aan, maar besloot toen dat ze te veel achter zijn houding zocht. Ze vroeg hem de lamp aan te steken en stuurde hem weg.

Zodra François was vertrokken rolde Alaïs zich op in een hoekje van haar vaders bed. In haar eenzaamheid miste ze Guilhem, met een gevoel als een doffe pijn. Ze probeerde zich zijn gezicht voor de geest te halen – zijn ogen, de lijn van zijn kaak – maar zijn trekken bleven vaag en het lukte haar niet. Alaïs wist waardoor het kwam. Het was haar eigen woede. Steeds opnieuw moest ze zichzelf eraan herinneren dat Guilhem alleen maar zijn plicht had gedaan als *chevalier*. Dat kon ze hem niet verwijten. Hij gedroeg zich heel correct. Aan de vooravond van zo'n belangrijke missie moest hij zijn heer en meester en zijn reisgenoten bijstaan, niet zijn vrouw. Maar de stemmetjes in Alaïs' achterhoofd lieten zich niet tot zwijgen brengen, hoe ze ook redeneerde. Haar gevoel veranderde niet. Op het moment dat ze Guilhems bescherming nodig had gehad, was hij er niet geweest. Het zou wel oneerlijk van haar zijn, maar ze gaf Guilhem de schuld.

Als haar afwezigheid bij het eerste ochtendlicht was ontdekt, hadden ze de daders misschien nog kunnen grijpen.

En dan was mijn vader niet in me teleurgesteld geweest.

20

In een verlaten boerderij bij Aniane, op de vruchtbare vlakten ten westen van Montpellier, hurkten een bejaarde Kathaarse *parfait* en zijn acht *credentes* of gelovigen in de hoek van een schuur, achter een verzameling oude tuigen voor ossen en muilezels.

Een van de mannen was ernstig gewond. Grijs en roze vlees puilde rond de witte, versplinterde botten die ooit zijn gezicht hadden gevormd. Zijn oog was uit de kas gerukt door een schop die ook zijn jukbeen had verbrijzeld. Het gapende gat zat vol geronnen bloed. Zijn vrienden hadden hem niet in de steek willen laten toen het huis waarin ze bijeen waren gekomen om te bidden was aangevallen door een kleine bende rondtrekkende soldaten die zich van het Franse leger had losgemaakt.

Maar door een gewonde mee te nemen waren ze nu veel trager en verloren ze het voordeel van hun terreinkennis. De hele dag werden ze al achtervolgd. De nacht had hen niet kunnen redden, en nu zaten ze in de val. De Katharen hoorden de soldaten roepen op het erf, gevolgd door het geluid van droog hout dat vlam vatte. Ze waren bezig een brandstapel op te richten.

De *parfait* wist dat het einde naderde. Ze hoefden geen genade te verwachten van dit soort mensen, die werden gedreven door haat, onwetendheid en godsdienstwaan. Er was nog nooit een dergelijk leger op de been gebracht op christelijke bodem. De *parfait* zou het niet hebben geloofd als hij het niet met eigen ogen had gezien. Hij was op weg naar het zuiden geweest, langs een route die parallel liep aan die van het kruisleger. Hij had de grote, logge boten op de rivier de Rhône gezien, die voorraden en materiaal vervoerden, waaronder houten kisten met stalen banden die heilige relikwieën bevatten om de expeditie te zegenen. De hoeven van de duizenden last- en rijdieren wierpen een enorme stofwolk op boven het leger.

Vanaf het eerste moment hadden steden en dorpen hun poorten gesloten. De inwoners trokken zich achter hun wallen terug en baden vurig dat het leger voorbij zou trekken. Er gingen geruchten over toenemend geweld en afschuwelijke wreedheden. Boerderijen werden in brand gestoken als straf voor boeren die hun land niet wilden laten plunderen door de soldaten. In Puylaroque waren Kathaarse gelovigen, beschuldigd van ketterij, op de brandstapel ter dood gebracht. De hele joodse gemeenschap van Montélimar, mannen, vrouwen en kinderen, was afgeslacht. Hun bloedende hoofden waren op palen buiten de stadswallen gestoken, als voer voor de kraaien.

In Saint-Paul de Trois Châteaux was een *parfait* gekruisigd door een kleine bende Gascoonse *routiers*. Ze hadden hem aan een provisorisch kruis van twee stukken hout gebonden en spijkers door zijn handen geslagen. Het gewicht van zijn lichaam had hem omlaag getrokken, maar toch had hij zijn geloof niet willen herroepen. Ten slotte, toen het de soldaten te lang ging duren en ze zich verveelden, hadden ze hem zijn darmen uit het lijf gesneden en hem zo achtergelaten.

Deze en andere barbaarse praktijken werden door de abt van Cîteaux en de Franse edelen ontkend of afgedaan als het werk van een paar gekken. Maar terwijl hij daar in het donker zat gehurkt wist de *parfait* dat de woorden van heren, priesters en pauselijke gezanten helemaal niets betekenden hier op het platteland. Hij had de bloeddorst geroken in de adem van de mannen die hen hadden opgejaagd naar deze kleine uithoek van een duivelse aarde.

Hij herkende het Kwaad.

Het enige wat hij nog kon doen was proberen de ziel van zijn gelovigen te redden, zodat ze God konden ontmoeten. Hun overgang van deze wereld naar de volgende zou niet gemakkelijk zijn.

De gewonde man was nog steeds bij bewustzijn. Hij jammerde zacht, maar er was een zekere rust over hem neergedaald en zijn huid begon al grijs te verkleuren door de naderende dood. De *parfait* legde zijn handen op het hoofd van de man toen hij hem de sacramenten van hun religie toediende en de woorden van het *consolament* uitsprak.

De andere gelovigen gaven elkaar een hand, vormden een cirkel en begonnen te bidden.

'Heilige Vader, rechtvaardige God van de goede geest. Gij, die zich nooit laat bedriegen, die nooit onwaarheid spreekt of twijfelt, geef ons de kennis...'

De soldaten schopten al tegen de deur, lachend en joelend. Het zou niet lang meer duren voordat ze hen hadden gevonden. De jongste van de vrouwen, een meisje van hooguit veertien, begon geluidloos te huilen. Tranen van wanhoop drupten over haar wangen.

'... geef ons de kennis van wat U weet, om lief te hebben wat U liefhebt. Want wij zijn niet van deze wereld, en deze wereld is niet van ons. Wij vrezen de dood te vinden in dit rijk van een vreemde god.'

De *parfait* verhief zijn stem toen de balk voor de deur in tweeën brak. Houtsplinters, scherp als pijlpunten, spatten door de schuur toen de mannen naar binnen stormden. In de oranje gloed van de brandstapel op het erf zag hij het onmenselijke waas over hun ogen. Hij telde tien van hen, ieder met een zwaard in de hand.

Zijn blik gleed naar de commandant, die als laatste binnenkwam. Hij was een lange man, met een mager, bleek gezicht en uitdrukkingsloze ogen. Zijn kalmte en zelfbeheersing staken schril af bij de ongedisciplineerde razernij van zijn mannen. Hij straalde een gezag uit – een man die gewend was te worden gehoorzaamd.

Op zijn bevel werden de vluchtelingen uit hun schuilplaats gesleurd. Hij bracht zijn arm omhoog en ramde zijn zwaard in de borst van de *parfait*. Heel even keken ze elkaar aan. Er blonk minachting in de harde, grijze ogen van de Fransman. Weer hief hij zijn hand op en stak toen zijn zwaard dwars door de schedel van de oude man. Rode pulp en grijze hersenresten spatten in het stro.

Nu hun priester was vermoord brak er paniek uit onder de gelovigen. Ze probeerden weg te rennen, maar de grond was al glibberig van het bloed. Een soldaat greep de vrouw bij haar haren en boorde zijn zwaard in haar rug. Haar vader probeerde hem van haar af te trekken, maar de soldaat draaide zich om en stak hem in zijn buik. De vader sperde zijn ogen open van angst en pijn toen de soldaat het lemmet ronddraaide en het doorboorde lichaam met zijn voet van zijn wapen af duwde.

De jongste soldaat wendde zich af en kotste in het stro.

Binnen een paar minuten waren alle mannen dood. Hun lichamen lagen verspreid door de schuur. De commandant gaf zijn mannen bevel om de twee oudere vrouwen naar buiten te brengen. Alleen het meisje hield hij achter. En de kotsende jongen. Hij moest wat harder worden.

Het meisje deinsde terug voor de man, met angst in haar ogen. Hij glimlachte, omdat hij geen haast had en zij nergens naartoe kon. Hij cirkelde om haar heen als een wolf om zijn prooi. Zonder waarschuwing sloeg hij toe. Met één beweging greep hij haar bij de hals, ramde haar hoofd tegen de muur en scheurde haar jurk open. Ze gilde nu luid en probeerde hem te schoppen en te slaan. Hij sloeg haar met zijn vuist in het gezicht en genoot van het geluid van het splinterende bot onder zijn hand.

Ze zakte door haar knieën en liet een spoor van bloed na op het hout. De man bukte zich en rukte in één keer haar hemdje doormidden. Ze jammerde toen hij haar rokken omhoogtrok tot aan haar middel.

'Ze mogen niet de kans krijgen om te fokken en anderen zoals zij in deze wereld te brengen,' zei hij met een koude stem, terwijl hij zijn mes uit de schede trok.

De man was niet van plan zijn eigen vlees te bezoedelen door een ketter aan te raken. Hij klemde het mes in zijn vuist en stak het diep in de buik van het meisje. Met al zijn haat – voor haar en voor haar hele soort – stak hij nog een keer toe, en opnieuw, en nog eens, totdat ze roerloos voor hem lag. Als laatste vernedering draaide hij haar met zijn voet op haar buik en kerfde met twee diepe sneden het teken van het kruis in haar naakte rug. Parels bloed welden uit haar blanke huid omhoog, als robijnen.

'Laat dat een les zijn voor anderen die hier voorbijkomen,' zei hij rustig. 'Ruim de rommel maar op.'

Hij veegde zijn mes af aan haar gescheurde jurk en richtte zich op.

De jongen stond te huilen. Zijn kleren waren besmeurd met bloed en braaksel. Hij probeerde zijn commandant te gehoorzamen, maar was niet snel genoeg.

De man greep de jongen bij zijn keel. 'Opruimen, zei ik! Snel. Anders vergaat het jou net zo als hen!' Hij schopte de jongen tegen zijn onderrug en liet een modderige, bloederige voetafdruk na op zijn tuniek. Soldaten met een zwakke maag kon hij niet gebruiken.

De provisorische brandstapel op het erf stond te loeien, aangewakkerd door de hete avondwind vanaf de Middellandse Zee.

De soldaten bleven op veilige afstand, met hun handen voor hun gezicht geslagen tegen de hitte. Hun paarden, aan het hek gelijnd, stampten nerveus met hun hoeven. De stank van de dood in hun neusgaten maakte ze onrustig.

De vrouwen waren van hun kleren beroofd en gedwongen om op de grond te knielen, met hun voeten geboeid en hun handen strak op hun rug gebonden. Hun gezichten, hun geschaafde borsten en hun blote schouders vertoonden de sporen van geweld, maar ze zeiden niets. Iemand onderdrukte een kreet toen het lijk van het meisje voor hen werd neergesmeten.

De commandant liep naar het vuur. Het verveelde hem nu. Hij wilde weer verder. Ketters doden was niet de reden waarom hij het kruis had aanvaard. Deze wrede expeditie was een tegemoetkoming aan zijn mannen. Hij moest hun iets te doen geven, om hen scherp te houden en te voorkomen dat ze elkaar naar de strot zouden vliegen.

De nachthemel was bezaaid met witte sterren rond een volle maan. Het moest al na middernacht zijn, of nog later. Hij had al veel eerder terug willen zijn, voor het geval er bericht was.

'Moeten we ze aan het vuur uitleveren, heer?'

Met één snelle beweging trok hij zijn zwaard en hakte het hoofd van de dichtstbijzijnde vrouw af. Bloed pompte uit een ader in haar hals en spoot over zijn benen en voeten. De schedel viel met een zachte bons op de grond. Hij schopte haar stuiptrekkende lichaam totdat het voorover viel in het zand.

'Dood de rest van die ketterse teven en verbrand dan de lijken en de schuur. Dit heeft al lang genoeg geduurd.'

21

Alaïs werd wakker toen de ochtendschemer de kamer binnensloop.

Eén moment kon ze zich niet meer herinneren hoe ze in de kamer van haar vader was terechtgekomen. Ze ging rechtop zitten en rekte zich uit om de slaap uit haar botten te verjagen. Even later kwamen de herinneringen aan de gebeurtenissen van de vorige dag weer sterk en levendig terug.

Ergens in de lange uren tussen middernacht en de vroege ochtend had ze een besluit genomen. Ondanks het gebrek aan slaap waren haar gedachten zo helder als een bergbeek. Ze kon hier niet passief blijven wachten op de terugkeer van haar vader. Elke dag uitstel was er één, en ze kon de gevolgen niet overzien. Toen hij haar had verteld over zijn heilige plicht tegenover de *Noublesso de los Seres* en het geheim dat ze bewaarden had hij er geen twijfel aan laten bestaan dat zijn eer en zijn trots afhingen van de vervulling van zijn belofte. Dus was het nu haar plicht om hem te gaan zoeken, hem te vertellen wat er was gebeurd en de zaak in zijn handen te leggen.

Beter in actie te komen dan niets te doen.

Alaïs liep naar het raam en opende de luiken om de ochtendlucht binnen te laten. In de verte glinsterde de Montagne Noire met een paarse gloed in de ochtendschemer, onaantastbaar en tijdloos. De aanblik van de bergen sterkte haar in haar voornemen. De wereld riep haar op om mee te doen.

Het was niet zonder gevaar voor een vrouw om in haar eentje te reizen. Eigenwijs, zou haar vader hebben gezegd. Maar ze was een uitstekende ruiter, snel en instinctief, en ze had er alle vertrouwen in dat ze elke willekeurige groep *routiers* of bandieten zou kunnen afschudden. Bovendien had ze nog niets gehoord over aanvallen op het gebied van burggraaf Trencavel.

Alaïs bracht haar hand naar de blauwe plek op haar achterhoofd, het duidelijke bewijs dat iemand het slecht met haar voor had. Maar als het haar tijd was om te sterven, dan liever met het zwaard in haar hand dan wachtend tot haar vijanden weer zouden toeslaan.

Alaïs pakte de koude lamp van de tafel en zag haar spiegelbeeld in het zwartberoete glas: bleek als karnemelk, met ogen die schitterden van vermoeidheid. Maar in die ogen las ze ook een vastberadenheid die er eerder niet was geweest.

Alaïs zou liever niet naar haar kamer zijn teruggegaan, maar ze had geen keus. Ze stapte voorzichtig over François heen en stak de binnenplaats over naar de woonvleugel. Er was niemand te zien.

Orianes sluwe schaduw, Guirande, lag te slapen voor de kamer van haar zuster toen Alaïs op haar tenen voorbijsloop. Haar knappe, pruilende gezichtje leek slap en uitdrukkingsloos in haar slaap.

De stilte toen ze haar eigen kamer binnenkwam vertelde haar dat de nachtzuster verdwenen was. Waarschijnlijk was ze wakker geworden, had Alaïs nergens kunnen vinden en was toen zelf maar weggegaan.

Zonder tijd te verspillen ging Alaïs aan het werk. Het welslagen van haar plan hing af van haar talent om iedereen te laten geloven dat ze veel te zwak was om ver van huis op avontuur te gaan. Niemand in het kasteel kon weten dat ze naar Montpellier wilde.

Ze haalde haar lichtste jachtkleed uit de kast, afgezet met roodbruin eekhoornbont en ingezette mouwen in een lichte steenkleur, voldoende wijd onder de armen en taps toelopend in een ruitvormige punt. Ze deed een dunne leren ceintuur om haar middel, waaraan ze haar jachtmes en haar *bursa* – haar winter-jachttas – hing.

Toen trok ze haar jagerslaarzen aan, die bijna tot de knie kwamen, reeg de veters aan de bovenkant dicht, waarachter een tweede mes verdween, sloot de gespen en gooide een effen bruine mantel over haar schouders, met capuchon en zonder ceintuur.

Zodra ze zich had aangekleed haalde ze een paar kostbare edelstenen en juwelen uit haar kistje, waaronder haar halssnoer van zonnesteen, haar ring met turkoois en haar halsboord. Die konden haar nog van pas komen als ruilmiddel of om een veilige doortocht of onderdak te kopen, vooral als ze het gebied van Trencavel achter zich had gelaten.

Toen ze zeker wist dat ze niets vergeten was haalde ze haar zwaard uit zijn bergplaats achter het bed, waar het sinds haar huwelijk onaangeroerd had gelegen. Alaïs nam het wapen stevig in haar rechterhand, bracht het omhoog voor haar gezicht en testte het blad tegen haar vlakke hand. Hoewel het al die tijd niet was gebruikt was het nog altijd recht en strak. Met een zwiepend geluid beschreef ze een snelle acht door de lucht, om weer vertrouwd te raken met het gewicht en het karakter. Ze glimlachte. Het voelde goed.

Alaïs sloop de keuken binnen en wist Jacques wat gerstebrood, vijgen, gezoute vis, een stuk kaas en een kruik wijn af te troggelen. Zoals altijd gaf hij haar veel meer dan ze nodig had, en deze keer was ze blij met zijn gulheid.

Ze maakte haar kamermeisje Rixende wakker en fluisterde haar een bericht in het oor voor Dame Agnès: dat Alaïs zich al wat beter voelde en zich na de terts bij de dames van het kasteel zou voegen in de *solar*. Rixende keek verbaasd, maar zei verder niets. Alaïs hield helemaal niet van zulke verplichtingen en probeerde er meestal onderuit te komen. Ze voelde zich opgesloten in het gezelschap van vrouwen, en al dat geklets over wandkleden verveelde haar. Maar vandaag was het een ideale smoes – de suggestie dat ze van plan was om terug te komen naar het Château.

Hopelijk zou het nog een tijdje duren voordat ze haar misten, dacht Alaïs. Als ze geluk had zouden ze pas bij de vespers ontdekken dat ze weg was en alarm slaan.

En tegen die tijd ben ik allang verdwenen.

'Ga pas naar Dame Agnès toe na het ontbijt, Rixende,' voegde ze er nog aan toe. 'Niet eerder dan dat de eerste zonnestralen op de westmuur van de binnenplaats vallen, begrepen? *Oc?* Als iemand me voor die tijd komt zoeken, zelfs de bediende van mijn vader, zeg dan dat ik naar Sant-Miquel ben voor een ritje door de velden.'

De stallen lagen in de noordoosthoek van de binnenplaats, tussen de Tour des Casernes en de Tour du Major. Paarden stampten met hun hoeven en staken hun oren omhoog toen ze haar hoorden aankomen. Ze hinnikten zacht, in de hoop op voer. Alaïs bleef bij de eerste box staan en streelde de brede neus van haar oude grijze merrie. Ze had ruwe witte haartjes op haar hoofd en haar schoften.

'Vandaag niet, meid,' zei ze. 'Dat kan ik je niet aandoen.'

Haar andere paard stond in de volgende box. De zesjarige Arabische merrie, Tatou, was een huwelijkscadeau van haar vader geweest. Een echte verrassing. Tatou had de kleur van winterkastanjes, met een witte staart en witte manen, blonde vetlokken en witte vlekken op alle vier haar benen. Ze stond net zo hoog als Alaïs schouders en had het karakteristieke platte hoofd van haar ras, met stevige botten, een sterke rug en een gemoedelijk karakter. Bovendien was ze snel en onvermoeibaar.

Tot haar opluchting was er niemand in de stallen behalve Amiel, de oudste zoon van de hoefsmid, die in een hoek in het hooi lag te dutten. Hij krabbelde overeind toen hij haar zag, beschaamd dat ze hem slapend had aangetroffen.

Hij wilde zich verontschuldigen, maar Alaïs viel hem in de rede.

Amiel controleerde de hoeven en ijzers van haar paard, pakte toen een sjabrak, een zadel – geen jachtzadel, maar een rijzadel – en een bit. Alaïs voelde de spanning in haar borst. Ze schrok bij elk geluidje op de binnenplaats en draaide zich schielijk om toen ze een stem meende te horen.

Pas toen hij klaar was haalde Alaïs het zwaard onder haar mantel vandaan.

'Het is bot,' zei ze.

Ze keken elkaar aan. Zonder een woord pakte Amiel het zwaard aan en liep ermee naar het aambeeld in de smidse. Het vuur brandde nog. Het werd de hele nacht verzorgd door een opeenvolging van jochies die nauwelijks groot genoeg waren om de zware takkenbossen van de ene kant van de smidse naar de andere te zeulen.

Alaïs keek hoe de vonken van de steen spatten en zag de spanning in Amiels schouders toen hij de hamer op het blad liet neerkomen om het te scherpen en weer in balans te brengen.

'Het is een goed zwaard, Dame Alaïs,' zei hij neutraal. 'U zult er plezier van hebben... hoewel ik God bid dat u het nooit zult hoeven gebruiken.'

Ze glimlachte. '*Ieu tanben.*' Ik ook.

Hij hielp haar opstijgen en leidde het paard de binnenplaats over. Alaïs voelde haar hart in haar keel bonzen, bang dat iemand haar op het laatste moment zou zien en haar plan in de war zou schoppen.

Maar er was niemand en algauw kwamen ze bij de Oostpoort.

'Ga met God, Dame Alaïs,' fluisterde Amiel toen Alaïs hem een *sol* in zijn hand drukte. De wachtposten openden de poort. Alaïs reed met Tatou de brug over en verdween door de straten van Carcassonne, de vroege ochtend in. De eerste hindernis was genomen.

Zodra ze de Porte Narbonnaise achter zich had gelaten gaf Alaïs haar paard de vrije teugel.

Libertat. Vrijheid.

Toen ze naar de opkomende zon in het oosten reed voelde Alaïs zich één met de wereld. De wind blies het haar uit haar gezicht en bracht kleur op haar wangen. Tatou galoppeerde over de vlakte en Alaïs vroeg zich af of de ziel zich zo zou voelen als hij het lichaam verliet voor zijn vierdaagse reis naar de hemel. Dit besef van Gods gratie, die de werkelijkheid van de alledaagse schepping ontsteeg en al het lichamelijke achter zich liet totdat nog slechts de geest resteerde?

Alaïs glimlachte. De *parfaits* predikten dat ooit de tijd zou komen dat alle zielen zouden worden verlost en alle vragen zouden worden beantwoord in de hemel. Maar voorlopig was Alaïs bereid te wachten. Ze had op aarde nog te veel te doen om nu al te vertrekken.

Met haar schaduw achter zich aan voelde ze zich vrij, verlost van alle gedachten aan Oriane en het kasteel, verlost van al haar angsten. Achter haar werden de zandkleurige muren en torens van de Cité steeds kleiner en verdwenen ten slotte helemaal.

22

Toulouse

DINSDAG 5 JULI 2005

Op het vliegveld Blagnac bij Toulouse lette de beveiligingsman meer op de benen van Marie-Cécile de l'Oradore dan op de paspoorten van de andere passagiers.

Ze trok de aandacht toen ze de vlakte van strenge grijze en witte tegels overstak: haar symmetrische zwarte krullen, haar perfect gesneden jasje en rok, en haar frisse witte blouse. Aan alles was te zien dat ze een belangrijke persoon moest zijn, iemand die niet gewend was om in een rij te staan wachten.

Haar vaste chauffeur stond al klaar bij het hek, opvallend in zijn donkere pak tussen de menigte van familieleden en vakantiegangers in T-shirts en shorts. Marie-Cécile glimlachte en informeerde naar zijn vrouw en kinderen toen ze naar de auto liepen, hoewel ze in gedachten bij andere dingen was. Toen ze haar mobieltje aanzette vond ze een sms'je van Will, dat ze negeerde.

De auto sloot zich soepel aan bij het verkeer op de *rocade* rond Toulouse. Marie-Cécile durfde wat te ontspannen. De ceremonie van de vorige avond had haar meer gestimuleerd dan ooit. Gewapend met de wetenschap dat de grot nu was ontdekt had ze zich een ander mens gevoeld, vervuld door het ritueel en verleid door de macht die ze van haar grootvader had geërfd. Toen ze haar handen ophief en de bezwering uitsprak had ze zuivere energie door haar aderen voelen stromen.

Zelfs de eliminatie van Tavernier, een ingewijde die onbetrouwbaar was gebleken, had geen problemen opgeleverd. Zolang iedereen zijn mond hield – en daar kon ze nu wel van uitgaan – hoefde ze zich geen zorgen te maken. Marie-Cécile had hem niet eens de kans gegeven zich te verdedigen. De transcripties van de interviews met die journaliste waren voldoende bewijs, wat haar betrof.

En toch... Marie-Cécile opende haar ogen.

Bepaalde aspecten van de zaak bevielen haar niet. De manier waarop Taverniers loslippigheid aan het licht gekomen was; het feit dat de aantekeningen van de journaliste zo verrassend beknopt en accuraat waren geweest; en het feit dat de journaliste nu zelf werd vermist.

Maar wat haar vooral dwarszat was de toevalligheid van het moment. Er was geen enkele reden om de ontdekking van de grot op de Pic de Soularac in verband te brengen met een al voorgenomen – en inmiddels uitgevoerde – executie in Chartres, maar in haar gedachten bestond dat verband wel degelijk.

De auto remde af. Ze opende haar ogen en zag dat de chauffeur was gestopt om een ticket te kopen voor de Autoroute. Ze tikte op het glas. '*Pour la péage*,' zei ze, terwijl ze hem een briefje van vijftig euro gaf, opgerold tussen haar gemanicuurde vingers. Ze wilde geen papieren spoor nalaten.

Marie-Cécile had zaken te regelen in Avignonet, ongeveer dertig kilometer ten zuidoosten van Toulouse. Daar vandaan zou ze doorreizen naar Carcassonne. Haar afspraak stond gepland voor negen uur, maar ze wilde er vroeger zijn. Hoe lang ze in Carcassonne zou blijven hing af van de man die ze ging ontmoeten.

Ze sloeg haar lange benen over elkaar en glimlachte. Ze was benieuwd of hij zijn reputatie waar zou maken.

23

Carcassonne

Een paar minuten over tien stapte de man die zich Audric Baillard noemde het station in Carcassonne uit en liep de stad in. Hij was tenger gebouwd en maakte een gedistingeerde maar wat ouderwetse indruk in zijn lichte pak. Hij liep snel, met een lange wandelstok als een staf tussen zijn dunne vingers geklemd. Zijn grote, slappe hoed beschutte zijn ogen tegen de zon.

Baillard stak het Canal du Midi over, langs het magnifieke Hotel du Terminus met zijn weelderige art-decospiegels en decoratieve ijzeren deuren. Carcassonne was sterk veranderd. Dat bleek uit alles, toen hij door het voetgangersgebied in het centrum van de Basse Ville liep. Nieuwe kledingzaken, *pâtisseries*, boekwinkels en juweliers. De stad ademde welvaart. Carcassonne was weer een reisdoel geworden, een echt centrum.

De witte tegels van de Place Carnot glinsterden in de zon. Dat was nieuw. De prachtige negentiende-eeuwse fontein was gerestaureerd. Het water bruiste nu glashelder. Overal op het plein stonden vrolijk gekleurde cafétafeltjes met stoelen. Baillard zag de Bar Félix en glimlachte om de vertrouwde, armoedige zonneschermen onder de linden. Sommige dingen veranderden gelukkig nooit.

Hij sloeg een drukke, smalle zijstraat in die uitkwam bij de Pont Vieux. De bruine, historische bordjes voor de versterkte middeleeuwse Cité waren ook al een bewijs dat de stad zich had ontwikkeld van een '*vaut le détour*' uit de Michelin-gids tot een internationale toeristische bestemming die op de werelderfgoedlijst van de UNESCO stond.

Het volgende moment bereikte hij het open gedeelte, en daar zag hij het: *Lo Ciutat*. Zoals altijd had Baillard het schrijnende gevoel dat hij eindelijk thuiskwam, hoewel het niet langer de plek was die hij had gekend.

Er was een sierhek voor de toegang tot de Pont Vieux geplaatst om het verkeer tegen te houden. Ooit had je je daar tegen de muur moeten drukken om de stroom van campers, caravans, vrachtwagens en motoren op de smalle brug te ontwijken. De stenen hadden toen nog de littekens gedragen van tientallen jaren vervuiling. Nu was de borstwering fris en schoon – té schoon, misschien. Maar de verweerde stenen Jezus hing nog altijd als een lappenpop aan zijn kruis, halverwege de brug, als markering van de grens tussen de Bastide Sant-Louis en de versterkte oude stad.

Hij haalde een gele zakdoek uit zijn borstzakje en veegde zorgvuldig zijn gezicht en zijn voorhoofd af, onder de rand van zijn hoed. De groene oevers van de rivier, ver beneden hem, werden goed onderhouden. Zandkleurige paden slingerden zich tussen de bomen en struiken door. Aan de noordkant, tussen glooiende grasvelden, lagen verzorgde bloemperken met grote exotische bloemen. Keurig geklede dames zaten op de metalen bankjes in de schaduw van de bomen. Ze keken over het water en praatten met elkaar, terwijl hun schoothondjes geduldig naast hen zaten te hijgen of naar de hielen van de schaarse joggers hapten.

De Pont Vieux kwam rechtstreeks uit in het Quartier de la Trivalle, dat van een troosteloze buitenwijk was getransformeerd tot de poort naar de middeleeuwse Cité. Op regelmatige afstanden langs de stoep stonden zwarte smeedijzeren leuningen om te voorkomen dat auto's daar parkeerden. Felgekleurde oranje, paarse en rode viooltjes hingen uit hun bloembakken als het haar dat over de rug van een jong meisje viel. De caféterrassen hadden chroomkleurige tafels en stoeltjes, en de oude, alledaagse straatlantaarns hadden plaatsgemaakt voor gevlochten koperlampen. Zelfs de oude ijzeren en plastic goten, die lekten en kraakten in de zware regens en de hitte, waren vervangen door slanke regenpijpen van geruwd metaal, met openingen als de bek van een agressieve vis.

De *boulangerie* en de *alimentation générale* hadden het overleefd, evenals het Hôtel du Pont Vieux, maar de *boucherie* verkocht nu antiek en de *mercerie* was een new-age winkel met kristallen, tarotkaarten en boeken over spirituele verlichting.

Hoe lang was het geleden dat hij hier voor het laatst was geweest? Hij wist het niet meer.

Baillard sloeg rechtsaf naar de Rue de la Gaffe en zag daar ook al tekenen van de oprukkende opwaardering. De Rue was net breed genoeg voor één auto, eigenlijk meer een steeg dan een straat. Op de hoek was een kunstgalerie, *La Maison du Chevalier*, met twee grote boogramen achter ijzeren tralies, als een middeleeuws valhek uit een Hollywoodfilm. Aan de muur hingen zes geschilderde houten schilden en naast de deur zat een ring waaraan mensen hun hondje konden vastbinden, zoals ze ooit hun paarden hadden aangelijnd.

Sommige deuren waren pas geverfd. Hij zag huisnummers van wit keramiek, met blauwe en gele randen en kleine bloempjes. Zo nu en dan bleef er een rugzaktourist staan met een plattegrond en een fles water, om in hakkelend Frans de weg naar de Cité te vragen, maar verder was het betrekkelijk stil.

Jeanne Giraud woonde in een klein huis dat aan de achterkant uitkwam op de met gras begroeide hellingen die steil omhoogliepen naar de middeleeuwse vesting. Aan haar kant van de straat waren nog niet zoveel huizen opgeknapt. Sommige waren vervallen of dichtgespijkerd. Een oude vrouw en een man zaten buiten, op keukenstoelen. Baillard tilde zijn hoed op en zei hen gedag toen hij passeerde. Na al die jaren kende hij enkele van Jeannes buren van gezicht, en ze groetten elkaar.

Jeanne zat voor haar voordeur, in de schaduw, wachtend op zijn komst. Zoals altijd maakte ze een verzorgde en efficiënte indruk, in een eenvoudige blouse met lange mouwen en een donkere rechte rok. Ze had haar haar in een knotje gebonden. Ze zag eruit als een schooljuffrouw, en dat was ze ook geweest, tot ze twintig jaar geleden met pensioen was gegaan. In de jaren dat ze elkaar nu kenden had hij haar nooit anders gezien dan onberispelijk en formeel.

Audric glimlachte en herinnerde zich hoe nieuwsgierig ze was geweest in het begin, altijd vol vragen. Waar hij woonde? Wat hij deed in de lange maanden dat ze elkaar niet zagen? Waar hij naartoe ging?

Hij reisde veel, had hij haar verteld. Om onderzoek te doen voor zijn boeken, en om vrienden te bezoeken. Wie dan? had ze gevraagd.

Oude kennissen, mensen met wie hij had gestudeerd en ervaringen gedeeld. Hij vertelde haar over zijn vriendschap met Grace.

Wat later had hij toegegeven dat hij in een dorpje in de Pyreneeën woonde, niet ver van Montségur. Maar verder was hij erg gesloten. Tientallen jaren gingen voorbij en ten slotte waren Jeannes vragen opgedroogd.

Ze was een intuïtieve en systematische onderzoekster, ijverig, gewetensvol en zakelijk – belangrijke eigenschappen. De afgelopen dertig jaar had ze met hem samengewerkt aan al zijn boeken, met name zijn laatste, nog onvoltooide project, een biografie van een Kathaarse familie in het dertiende-eeuwse Carcassonne.

Voor Jeanne was het een soort detectivewerk geweest, voor Audric een passie.

Jeanne stak haar hand op toen ze hem zag aankomen. 'Audric,' glimlachte ze. 'Dat is lang geleden.'

Hij nam haar handen in de zijne. '*Bonjorn.*'

Ze stond op om hem te bekijken. 'Je ziet er goed uit.'

'*Tè tanben,*' antwoordde hij. Jij ook.

'En je bent vroeg.'

Hij knikte. 'De trein was op tijd.'

Ze keek geschokt. 'Je bent toch niet komen lopen vanaf het station?'

'Het is niet zo ver,' glimlachte hij. 'Ik geef toe, ik wilde zien hoe Carcassonne was veranderd sinds mijn laatste bezoek.'

Baillard stapte achter haar aan het koele kleine huis binnen. De bruine en beige tegels van de vloer en de wanden riepen een sombere, ouderwetse sfeer op. In het midden van de kamer stond een kleine ovale tafel. De versleten poten staken onder een geelblauw tafelzeiltje uit. Jeannes bureau met haar ouderwetse schrijfmachine was in de hoek geschoven, naast de glazen deuren, die toegang gaven tot een klein terras.

Ze kwam de keuken uit met een blad met een kan water, een bakje ijsblokjes, een schaal verse suikerkoekjes, een kom zure groene olijven en een schoteltje voor de pitten. Ze zette het blad voorzichtig op de tafel en stak toen een hand uit naar de smalle houten richel die op schouderhoogte langs alle muren liep. Ze vond de fles Guignolet, een bittere kersenlikeur waarvan hij wist dat ze die speciaal voor zijn schaarse bezoeken bewaarde.

De ijsblokjes rinkelden in de glazen toen ze de helderrode drank er overheen schonk. Ze zaten een tijdje in kameraadschappelijke stilte, zoals ze dat al zo vaak hadden gedaan. Zo nu en dan drongen er flarden door van de uitleg van de gidsen die de toeristen rondleidden langs de muren.

Audric zette zorgvuldig zijn glas weer neer. 'Zo,' zei hij. 'Vertel me eens wat er is gebeurd.'

Jeanne trok haar stoel wat dichter bij de tafel. 'Mijn kleinzoon Yves zit bij de Police Judiciaire, zoals je weet. Het departement van l'Ariège, het bureau in Foix. Gisteren werd hij ontboden naar een archeologische opgraving in de Sabarthèsbergen, vlak bij de Pic de Soularac, waar twee skeletten waren gevonden. Tot zijn verbazing leken zijn superieuren de vondst te behandelen als een potentiële moord, ook al twijfelde niemand eraan dat de skeletten daar al heel lang moesten hebben gelegen.' Ze zweeg een moment. 'Natuurlijk heeft Yves niet zelf de vrouw verhoord die de lichamen had gevonden, maar hij was er wel bij. Yves weet iets van het werk dat ik voor jou doe, genoeg om te beseffen dat de ontdekking van die grot van belang zou kunnen zijn.'

Audric haalde diep adem. Zoveel jaren had hij zich al afgevraagd hoe hij zich zou voelen op dit moment. Hij had nooit het vertrouwen verloren dat hij ooit de waarheid zou ontdekken over die laatste uren.

De jaren regen zich aaneen. Hij zag de seizoenen in elkaar overvloeien, in een eindeloze cyclus: het groen van de lente, het goud van de zomer, het roodbruine palet van de herfst, de witte grimmigheid van de winter en de eerste dooi van de bergbeken in het voorjaar.

Al die tijd had hij vergeefs op het bericht gewacht. *E ara?* En nu?

'Is Yves zelf in de grot geweest?' vroeg hij.

Jeanne knikte.

'En wat zag hij daar?'

'Er was een altaar, met daarachter, in de rots gekerfd, het symbool van het labyrint.'

'En de lichamen? Waar lagen die?'

'In een graf, niet meer dan een ondiepe holte in de bodem, voor het altaar. Er lagen ook voorwerpen tussen de skeletten, maar er liepen te veel mensen rond, zodat Yves het niet goed kon zien.'

'Hoeveel lichamen?'

'Twee. Twee skeletten.'

'Maar dat...' Hij zweeg. 'Nee, laat maar, Jeanne. Ga door, alsjeblieft.'

'Hij heeft nog iets weggehaald onder de... onder de lichamen.' Jeanne schoof een klein voorwerp over de tafel.

Audric bewoog zich niet. Na al die tijd was hij bang om het aan te raken.

'Yves belde me uit het postkantoor van Foix, gistermiddag laat. Het was een slechte lijn en ik kon hem niet goed verstaan, maar hij zei dat hij de ring had meegenomen omdat hij de mensen die ernaar zochten niet vertrouwde. Hij klonk ongerust.' Jeanne wachtte even. 'Of beter gezegd, hij klonk bang. Er gebeurden vreemde dingen, Audric. De gebruikelijke procedures werden niet gevolgd en er liepen allerlei mensen rond die daar helemaal niet thuishoorden. Hij fluisterde over de telefoon, alsof hij bang was dat hij werd afgeluisterd.'

'Wie weten allemaal dat hij in die grot is geweest?'

'Geen idee. De dienstdoende agenten? Zijn chef? En nog anderen, neem ik aan.'

Baillard keek naar de ring op de tafel en stak eindelijk zijn hand uit. Hij nam hem tussen duim en wijsvinger en hield hem tegen het licht. Het subtiele reliëf van het labyrint was duidelijk zichtbaar aan de onderkant.

'Is dit zijn ring?' vroeg Jeanne.

Audric vertrouwde zijn eigen stem niet. Hij verwonderde zich nog over het toeval dat de ring juist in zíjn handen was gekomen. Of was dat wel toeval?

'Zei Yves ook waar de lichamen naartoe waren gebracht?'

Jeanne schudde haar hoofd.

'Kun je hem dat vragen? En ik zou ook graag een lijst hebben van iedereen die gisteren op het terrein was toen de grot werd geopend.'

'Ik zal het hem vragen. Hij zal je zeker helpen als hij kan.'

Baillard schoof de ring om zijn duim. 'Wil je Yves van mij bedanken? Het moet een moeilijke beslissing voor hem zijn geweest om dit te doen. Hij heeft geen idee hoe belangrijk zijn snelle optreden zou kunnen zijn.' Hij glimlachte. 'Zei hij ook wat er verder nog bij de lichamen is gevonden?'

'Een dolk, een kleine leren zak. Leeg. Een lamp op...'

'*Vuèg?*' herhaalde hij verbaasd. Leeg? 'Maar dat kan niet.'

'Inspecteur Noubel, de leider van het onderzoek, heeft de vrouw daar blijkbaar over ondervraagd. Volgens Yves was ze heel zeker van haar zaak. Ze beweerde dat ze niets anders had aangeraakt dan de ring.'

'En geloofde je kleinzoon haar?'

'Dat zei hij niet.'

'Als... Iemand anders moet het hebben weggehaald,' mompelde hij fronsend, diep in gedachten. 'Wat heeft Yves je over die vrouw verteld?'

'Heel weinig. Ze is Engels, ergens in de twintig. Een vrijwilligster, geen archeologe. Ze logeerde in Foix op uitnodiging van een vriendin, het plaatsvervangende hoofd van de opgravingen.'

'Heeft hij ook haar naam genoemd?'

'Taylor, geloof ik.' Jeanne fronste. 'Nee, niet Taylor. Misschien Tanner. Ja, dat was het: Alice Tanner.'

De tijd leek stil te staan. '*Es vertat?*' Kan dat waar zijn? De naam galmde door zijn hoofd. '*Es vertat?*' herhaalde hij fluisterend.

Had zij het boek weggehaald? Had ze het herkend? Nee, nee. Hij vermande zich. Dat was niet logisch. Als ze het boek had meegenomen, waarom de ring dan niet?

Baillard legde zijn handen plat op de tafel om te verbergen dat ze trilden. Toen keek hij Jeanne weer aan.

'Zou je Yves ook kunnen vragen naar haar adres? Als hij weet waar ze logeert, de *Madomaisèla*...?' Hij zweeg, niet in staat om verder te gaan.

'Ik zal het hem vragen,' antwoordde ze. 'Gaat het wel, Audric?'

'Ik ben een beetje moe.' Hij probeerde te glimlachen. 'Dat is alles.'

'Ik had gedacht dat je... blijer zou zijn. Het is de kroon op je werk, na al die jaren. Of dat zou het kúnnen zijn.'

'Het is zoveel om in één keer te bevatten.'

'Je lijkt eerder geschrokken van het nieuws dan verheugd.'

Baillard vroeg zich af hoe hij er bij zat: te heldere ogen, een te bleek gezicht, trillende handen...

'Ik ben er wel blij mee,' zei hij. 'En ik ben Yves heel dankbaar – en jou natuurlijk ook. Maar...' Hij haalde diep adem. 'Zou je Yves nu meteen kunnen bellen? Dan kan ik hem misschien zelf spreken, of een afspraak maken.'

Jeanne stond op van de tafel en liep naar de gang, waar de telefoon stond, op een klein tafeltje onder aan de trap.

Baillard keek uit het raam naar de hellingen die omhoogliepen naar de muren van de Cité. In gedachten zag hij haar zingen onder het werk, terwijl de zon in heldere strepen tussen de takken van de bomen viel en lichte plekken vormde op het water. Om haar heen zweefden de geuren en geluiden van de lente: kleuraccenten in het struikgewas, blauw, roze en geel; de rijke, volle aarde; en de bedwelmende geur van de buxus aan weerszijden van het rotspad. De belofte van de warme zomerdagen die zouden komen.

Hij schrok op toen Jeannes stem hem terugriep uit de pastelkleuren van het verleden.

'Hij neemt niet op,' zei ze.

24
Chartres

In de keuken van het huis in de Rue du Cheval Blanc in Chartres dronk Will Franklin de melk zo uit de plastic fles, om de lucht van muffe cognac in zijn adem te neutraliseren.

De huishoudster had 's ochtends vroeg de ontbijttafel al gedekt voordat ze naar huis ging. De Italiaanse koffiepercolator stond op het fornuis. Will veronderstelde dat die zorg voor François-Baptiste was bedoeld, omdat de huishoudster voor hem meestal niet de moeite nam als Marie-Cécile er niet was. Verder nam hij aan dat François-Baptiste nog sliep, omdat alles – de lepels en de messen – onaangeroerd leek. Twee kommetjes, twee borden, twee kopen-schotels. Naast een grote schaal stonden verschillende soorten jam en een pot honing. Will tilde de witte linnen doek op. Eronder lagen perziken, nectarines, een meloen en appels.

Hij had geen honger. Om de tijd te doden tot Marie-Cécile weer terugkwam had hij de vorige avond maar een borrel genomen. Toen een tweede, en een derde. Tegen de tijd dat ze thuiskwam, ver na middernacht, was Will al redelijk beneveld geweest. Marie-Cécile was in een wilde bui en had haar irritatie van die middag willen goedmaken. Pas tegen de ochtend waren ze eindelijk in slaap gevallen.

Wills vingers sloten zich om het papiertje in zijn hand. Marie-Cécile had niet eens de moeite genomen om het zelf te schrijven. Ze had het aan de huishoudster overgelaten om hem te melden dat ze voor zaken de stad uit was maar hoopte voor het weekend weer terug te zijn.

Will en Marie-Cécile hadden elkaar ontmoet op een feestje bij de opening van een nieuwe galerie in Chartres, ergens in het voorjaar, via vrienden van vrienden van zijn ouders. Will was net begonnen aan een sabbatical van een halfjaar, een rondreis door Europa. Marie-Cécile was een van de financiers van de galerie. Zij had hem versierd, niet andersom. Gevoelig voor haar charme en gevleid door haar aandacht had Will haar zijn hele levensverhaal verteld bij een fles champagne. Daarna waren ze samen uit de galerie vertrokken. Vanaf dat moment waren ze een stel geweest.

Nou ja, een stel... dacht Will zuur. Hij zette de kraan aan en plensde koud water over zijn gezicht. Hij had haar vanochtend al gebeld, hoewel hij niet wist wat hij moest zeggen, maar haar telefoontje was niet ingeschakeld.

Will begon genoeg te krijgen van die onzekerheid. Hij wilde weten waar hij stond.

Hij tuurde door het raam naar de kleine binnenplaats achter het huis. Net als de rest was ook het plaatsje met zorg ontworpen. De natuur kreeg er geen kans: lichtgrijs grind, hoge terracotta plantenbakken met sinaasappel- en citroenboompjes aan de achterkant, de zuidmuur. Op de vensterbank stonden rijen rode geraniums. Ze waren al flink gegroeid, met gezwollen blaadjes door de zon. Het kleine smeedijzeren hek in de muur werd overwoekerd door eeuwenoude klimop. Alles ademde een sfeer van onvergankelijkheid. Het zou er allemaal nog staan als Will er allang niet meer was.

Hij voelde zich als iemand die wakker werd uit een droom om te ontdekken dat de echte wereld er heel anders uitzag. Hij kon maar beter de knoop doorhakken en vertrekken. Even goede vrienden. Hoe teleurgesteld hij ook was in hun relatie, Marie-Cécile was gul en hartelijk geweest. Ze had haar best gedaan, dat moest hij toegeven. Hij kon moeilijk verwachten dat ze aan zijn irreële verwachtingen zou beantwoorden. Het was haar schuld niet. Ze had hem niets beloofd.

Nu pas besefte Will hoe ironisch het was dat hij de afgelopen drie maanden had doorgebracht in hetzelfde soort huis als waar hij was opgegroeid en waaraan hij juist had willen ontsnappen door naar Europa te gaan. Afgezien van de culturele verschillen deed de sfeer hem sterk denken aan zijn ouderlijk huis: heel verzorgd en stijlvol, ontworpen voor uiterlijk vertoon en de ontvangst van gasten, maar geen echt thuis. Net als vroeger bracht Will de meeste tijd in zijn eentje door, slenterend van de ene onberispelijke kamer naar de andere.

De reis naar Europa was bedoeld geweest om erachter te komen wat hij wilde met zijn leven. Hij had een route uitgezet door Frankrijk en Spanje, om inspiratie te vinden als schrijver. Maar sinds hij hier in Chartres zat had hij nauwelijks één zin op papier gekregen. Zijn thema's waren verzet, woede en onzekerheid, de heilige drieëenheid van de Amerikaanse maatschappij. Thuis was er genoeg geweest om zich tegen te verzetten. Hier had hij weinig te zeggen. Het enige thema dat hem bezighield was Marie-Cécile, maar over haar kon hij niet schrijven.

Hij dronk de laatste melk op en gooide de plastic fles in de afvalemmer. Toen wierp hij nog een blik op de tafel en besloot een wandeling te maken voor het ontbijt. Het vooruitzicht van een beleefd gesprekje met François-Baptiste was niet echt aanlokkelijk.

Will liep de gang door. Het was stil in de hoge hal, afgezien van het afgemeten tikken van de rijk bewerkte grootvadersklok.

Rechts van de trap was de deur naar de uitgestrekte wijnkelders onder het huis. Will pakte zijn denim jack van de trapleuning en wilde het halletje oversteken toen hij zag dat een van de wandkleden scheef hing – niet storend, maar toch viel het op, omdat de rest van de betimmerde hal zo symmetrisch was.

Hij stak een hand uit om het recht te hangen, maar aarzelde toen. Achter het glimmende hout zag hij een streep licht. Hij keek omhoog naar het raam boven de deur en de trap, hoewel hij wist dat er om deze tijd van de dag geen zon doorheen viel.

Het licht leek van achter de donkere houten wand te komen. Verbaasd tilde hij het kleed van de muur. Diep in het patroon van het hout verborgen zat een deurtje, bijna onzichtbaar in de wand weggewerkt. Plat tegen het paneel vond hij een kleine koperen grendel met een ring, heel discreet.

Will probeerde de grendel, die goed geolied was en soepel wegschoof. Een zacht gekraak, en de deur sprong open. De subtiele geur van onderaardse ruimten en verborgen kelders kwam hem tegemoet. Met zijn handen tegen de deurpost geleund tuurde hij naar binnen en zag meteen de bron van het licht: een matglazen gloeilamp boven aan de steile trap die in de duisternis verdween.

Hij vond twee schakelaars achter de deur. De ene was voor de lamp boven de deur, de andere bediende een rij zwakke gele kaarslampjes aan spijkers in de stenen muur langs de linkerkant van de trap. Aan beide kanten zaten zwarte metalen ringen, waar een blauw koord doorheen was getrokken bij wijze van leuning.

Will stapte op de eerste tree. Het lage plafond bestond uit een combinatie van oude baksteen en natuursteen. Hij had maar een paar centimeter hoofdruimte. Toch rook het er schoon en fris. Het maakte zeker niet de indruk van een plek waar nooit iemand kwam.

Hoe dieper hij de trap afdaalde, des te kouder het werd. Twintig treden, en nog steeds was hij niet beneden. Het was er niet vochtig. Will kon geen ventilatoren of luchtkokers ontdekken, maar toch kwam er ergens een frisse wind vandaan.

Hij daalde nog verder af en kwam in een kleine hal met kale muren, zonder enige aanwijzing. Alleen de trap achter hem en een deur voor hem uit, zo hoog en zo breed als het halletje zelf. Het elektrische licht wierp een akelig geel schijnsel over de steen.

Will voelde de adrenaline door zijn aderen stromen toen hij naar de deur liep.

De grote, ouderwetse sleutel in het slot liet zich gemakkelijk omdraaien. Toen hij de deur door stapte veranderde de hele atmosfeer. Weg was de betonnen vloer. Er lag een dik, wijnrood tapijt dat zijn voetstappen dempte. De kale lampen maakten plaats voor fraaie metalen luchters. De wanden waren opgetrokken uit dezelfde combinatie van baksteen en natuursteen als de trap, alleen waren ze hier behangen met kleden: voorstellingen van middeleeuwse ridders, vrouwen met een porseleinen huid en priesters in witte mantels met kappen, hun hoofden gebogen en hun armen gespreid.

Er hing ook een andere geur. Wierook, een zware lucht, die hem herinnerde aan de lang vergeten kerst- en paasfeesten uit zijn jeugd.

Will keek over zijn schouder. De aanblik van de trap achter de open deur, terug naar het huis, stelde hem gerust. De korte gang eindigde bij een blinde muur met een zwaar fluwelen gordijn aan een zwarte ijzeren rail. Het was in gouddraad geborduurd met allerlei symbolen, een mengeling van Egyptische hiërogliefen, astrologische elementen en tekens van de dierenriem.

Hij stak een arm uit en trok het gordijn weg.

Erachter was weer een deur, veel ouder dan de eerste. Hij was gemaakt van hetzelfde donkere hout als de betimmering in het halletje boven, met houten schriftrollen en andere motieven langs de randen. De middelste panelen waren leeg, afgezien van houtwormgaatjes, niet groter dan speldenprikken. Hij zag geen deurknop, geen slot, geen manier om de deur te openen.

Ook de stenen latei was rijk versierd met reliëfs. Will gleed met zijn vingers over de bovenkant, op zoek naar een grendel. Er moest een manier zijn. Hij inspecteerde de hele deur, van links naar rechts en van boven naar beneden, totdat hij het eindelijk gevonden had: een kleine holte, vlak boven de grond.

Will hurkte en drukte stevig tegen het hout. Hij hoorde een scherpe, holle klik, als van een knikker die over een tegelvloer stuiterde. Het slot schoot los en de deur ging open.

Will richtte zich op, een beetje hijgend en met natte handen. De haartjes in zijn nek en op zijn armen kwamen overeind. Een paar minuten maar, dacht hij, dan zou hij weer naar boven gaan. Hij wilde alleen maar even kijken. Geen punt. Vastberaden legde hij zijn hand op de deur en duwde hem nog verder open.

Binnen was het aardedonker, hoewel hij meteen voelde dat het een grotere ruimte moest zijn, misschien een kelder. De lucht van gebrande wierook was nog sterker hier.

Hij tastte langs de muur naar een lichtknopje, maar kon er geen ontdekken. Als hij het gordijn wegtrok, zou er wat licht uit de gang naar binnen vallen, bedacht hij. Dus knoopte hij het zware fluweel in een grote acht en draaide zich toen weer om naar de kamer.

Het eerste wat Will zag was zijn eigen schaduw, lang en slungelig, die over de drempel viel. Maar toen zijn ogen wat aan de bruinzwarte schemering gewend waren kon hij eindelijk wat meer onderscheiden.

Hij stond aan het eind van een lange, rechthoekige ruimte met een laag, gewelfd plafond. Houten banken, zoals je wel rond een kloostertafel zag, stonden tegen de twee lange muren, verder nog dan hij kon zien. Bovenaan, waar de muren in de zoldering overgingen, was een kroonlijst met een steeds terugkerend patroon van woorden en symbolen. Ze leken op de Egyptische tekens die hij buiten op het gordijn had gezien.

Will veegde zijn handen droog aan zijn jeans. Recht voor hem uit, midden in de kamer, stond een indrukwekkende stenen kist, als een graftombe. Hij liep er helemaal omheen en liet zijn hand over het oppervlak glijden. Het leek glad, afgezien van een groot cirkelvormig motief in het midden. Hij boog zich naar voren om beter te kunnen zien en volgde de lijnen met zijn vingers. Het was een patroon van steeds kleinere cirkels, als de ringen rond Saturnus.

Toen zijn ogen nog meer aan het halfdonker waren gewend constateerde hij dat er op elk van de vier zijden een letter in de steen was gegraveerd: een *E* aan het hoofdeinde, een *N* en een *S* aan de twee lange kanten en een *O* aan de voet. De windrichtingen?

Aan de voet van de kist ontdekte hij een klein stenen blok, ongeveer dertig centimeter hoog, onder de letter *E*. In het midden zat een ondiepe holte, als het hakblok van een beul.

De bodem er omheen was donkerder dan de rest van de vloer. Het leek een vochtige plek, alsof iemand hem nog pas had schoongeschrobd. Will bukte en wreef met zijn vingers over de vlek. Een ontsmettingsmiddel, maar ook een andere, zure lucht, als van roest. En er zat iets onder de hoek van de steen geklemd. Will schraapte het weg met zijn nagel.

Het was een stukje stof, katoen of linnen, met rafels aan de rand, alsof het achter een spijker was blijven haken. En op het puntje zaten kleine bruine vlekjes, als opgedroogd bloed.

Hij liet het lapje vallen, sprong overeind en ging ervandoor. Hij had de deur al dichtgeslagen en het gordijn losgemaakt voordat hij wist wat hij deed. Hijgend rende hij het gangetje uit, de twee deuren door en de smalle, steile trap op, met twee treden tegelijk, totdat hij terug was in de hal.

Daar bleef hij voorovergebogen staan, met zijn handen op zijn knieën, happend naar adem. Opeens drong er iets tot hem door. Wat er ook gebeurde, er mocht nu niemand binnenkomen die zou beseffen dat hij daar beneden was geweest. Haastig stak hij een hand uit en doofde de lampen. Met trillende vingers schoof hij de grendel voor de deur en hing het wandkleed terug, totdat er niets meer te zien was.

Heel even bleef hij daar staan. De grootvadersklok vertelde hem dat er maar twintig minuten waren verstreken.

Will staarde naar zijn handen en keerde ze om, alsof ze aan iemand anders toebehoorden. Ten slotte wreef hij zijn duim en wijsvinger over elkaar en snoof. Ze roken naar bloed.

25
Toulouse

Alice werd wakker met een barstende koppijn. Even wist ze niet meer waar ze was. Uit een ooghoek zag ze de lege fles die op haar nachtkastje stond. *Je verdiende loon.*

Ze draaide zich op haar zij en tastte naar haar horloge.

Kwart voor elf.

Alice kreunde en liet zich terugvallen op het kussen. Haar mond smaakte naar een leeggegooide asbak uit de kroeg en op haar tong kleefden de zure resten van de whisky.

Ik moet aspirines hebben. En water.

Ze wankelde naar de badkamer en bekeek zichzelf in de spiegel. Ze zag er net zo belazerd uit als ze zich voelde. Haar voorhoofd was een gevlekte kaleidoscoop van groene, paarse en gele vlekken. Ze had donkere wallen onder haar ogen. Vaag herinnerde ze zich een droom over bossen en wintertakken, broos van rijp en vorst. En het labyrint, op een stukje gele stof? Ze wist het niet meer.

Ook haar rit vanuit Foix, de vorige avond, kon ze zich nauwelijks meer herinneren. Waarom was ze eigenlijk naar Toulouse gegaan, en niet naar Carcassonne, wat veel meer voor de hand lag? Alice kreunde. Foix, Carcassonne, Toulouse. Voorlopig ging ze helemaal nérgens naartoe voordat ze zich wat beter voelde. Ze strekte zich uit op bed en wachtte tot de pijnstillers effect kregen.

Twintig minuten later had ze nog steeds hoofdpijn, maar het doffe bonzen achter haar ogen was wat minder geworden. Ze bleef onder de hete douche staan totdat het water koud werd. Haar gedachten gingen naar Shelagh en de rest van het team. Ze vroeg zich af wat zij nu deden. Meestal gingen ze 's ochtends om acht uur naar het terrein en bleven daar tot het donker. Alles was ondergeschikt aan de opgravingen. Alice kon zich niet voorstellen wat ze moesten beginnen zonder hun project.

Met de kleine, versleten handdoek van het hotel om zich heen geslagen pakte Alice haar mobieltje en keek of ze nog berichten had. Niets. De vorige avond was ze teleurgesteld geweest, nu werd ze echt kwaad. In de loop van hun vriendschap had Shelagh zich wel vaker boos in zichzelf teruggetrokken, soms wekenlang. En elke keer had Alice het moeten oplossen. Daar kreeg ze zwaar genoeg van.

Laat Shelagh maar eens de eerste stap zetten.

Alice zocht in haar toilettas tot ze een oude tube camouflagecrème had gevonden, zelden gebruikt. Daarmee werkte ze de lelijkste kneuzingen weg. Toen bracht ze wat eyeliner en lipstick op. Ze streek met haar vingers door haar haar om het te drogen. Ten slotte koos ze haar makkelijkste rok en haar nieuwe blauwe haltertop, pakte haar tas in en daalde af naar de receptie om af te rekenen, voordat ze vertrok om Toulouse te verkennen.

Ze voelde zich nog steeds beroerd, maar wat frisse lucht en cafeïne zouden daar wel verandering in brengen.

Nadat ze haar bagage in de auto had geladen besloot Alice een eindje te gaan lopen. Ze zag wel waar ze uitkwam. De airco van de huurauto was niet geweldig en ze wilde eerst wachten tot het wat koeler werd voordat ze verder reed naar Carcassonne.

Toen ze door de gevlekte schaduw van de platanen liep en de kleren en parfums in de etalages bekeek knapte ze weer wat op. Ze schaamde zich voor haar gedrag van de vorige avond. Totaal paranoïde. Zwaar overdreven. Bij het ochtendlicht had het een absurde gedachte geleken dat er iemand achter haar aan zat.

Haar vingers gingen naar het telefoonnummer in haar zak. *Maar dat lichaam op straat was geen verbeelding geweest.* Alice zette die gedachte uit haar hoofd. Ze wilde positief blijven en vooruitkijken. Genieten van haar dagje in Toulouse.

Ze slenterde door de stegen en straatjes van de oude stad, zonder doel of plan. De huizen hadden mooie, discrete geveltjes van rode steen en baksteen. Uit de namen van de straten, fonteinen en monumenten bleek de lange, roemrijke historie van de stad. Militaire leiders, middeleeuwse heiligen, achttiende-eeuwse dichters, twintigste-eeuwse verzetsstrijders... het nobele verleden van Toulouse, vanaf de Romeinen tot vandaag.

Alice stapte de kathedraal van Saint-Étienne binnen, deels om uit de zon vandaan te komen. Ze genoot van de rust van kerken en kathedralen, een erfenis van de uitstapjes met haar ouders toen ze nog een kind was. Ze bracht een prettig halfuurtje door terwijl ze de kerk bekeek, met een half oog de borden aan de muren las en de gebrandschilderde ramen bewonderde.

Na een tijdje kreeg ze honger, dus nam ze afscheid van de kloostergangen om een cafeetje te zoeken voor de lunch. Ze had nog maar een paar stappen gedaan toen ze een kind hoorde huilen. Ze draaide zich om, maar zag niemand. Met een vaag gevoel van onrust liep ze verder. Het gesnik leek luider te worden. Nu hoorde ze ook iemand fluisteren – een mannenstem, dichtbij, die in haar oor siste.

'*Hérétique, hérétique...*'

Alice draaide zich bliksemsnel om. 'Hallo? *'Allo? Il y a quelqu'un?*'

Maar er was niemand. Toch hoorde ze weer dat kwaadaardige gefluister in haar hoofd: '*Hérétique, hérétique...*'

Ze sloeg haar handen over haar oren. Er leken gezichten te verschijnen op de pilaren en de grijze stenen muren – verwrongen handen en verkrampte monden die om hulp riepen. Gruwelijke beelden die uit alle verborgen hoeken kropen.

Opeens ving Alice een glimp op van iemand die voor haar uit liep, bijna uit het zicht. Een vrouw in een lange groene jurk met een rode mantel bewoog zich door de schaduwen, nu eens zichtbaar, dan weer niet. Ze had een rieten mand in haar hand. Alice riep, om haar aandacht te trekken, net toen drie mannen – monniken – van achter een pilaar tevoorschijn kwamen. De vrouw slaakte een kreet en verzette zich toen ze haar vastgrepen en meesleurden.

Alice riep opnieuw, maar er kwam geen geluid uit haar mond. Alleen de vrouw scheen haar te horen, want ze draaide zich om en keek Alice recht aan. De monniken hadden haar ingesloten en strekten hun armen boven haar uit als zwarte vleugels.

'Laat haar met rust!' schreeuwde Alice en ze rende naar hen toe. Maar hoe verder ze liep, des te groter de afstand tot de figuren, totdat ze volledig verdwenen waren. Het leek of ze met de kerkmuren waren versmolten.

Verbijsterd gleed Alice met haar handen over de steen. Ze draaide zich naar links en rechts, zoekend naar een verklaring, maar de omgeving was verlaten. In paniek rende ze naar de uitgang aan de straatkant, bang dat de zwartgeklede monniken haar zouden achtervolgen en overvallen.

Buiten was alles heel normaal.

Het is in orde. Niets aan de hand. Zwaar hijgend liet Alice zich tegen de muur zakken. Toen ze zich weer een beetje had hersteld besefte ze dat ze niet bang meer was, maar verdrietig. Ze had geen geschiedenisboek nodig om haar te vertellen dat er iets verschrikkelijks was gebeurd op deze plek. Er hing een sfeer van menselijk leed, littekens die niet konden worden bedekt met cement of steen. De geesten vertelden hun eigen verhaal. Toen ze een hand naar haar gezicht bracht, merkte ze dat ze huilde.

Zodra haar benen weer sterk genoeg waren om haar te dragen liep ze terug naar het centrum van de stad, zo ver mogelijk bij de Saint-Étienne vandaan. Ze had geen verklaring voor wat er was gebeurd, maar zo gemakkelijk gaf ze het niet op.

Gerustgesteld door het alledaagse leven om haar heen bereikte ze een voetgangerspleintje. In de rechterhoek was een brasserie met een cyclaamkleurig zonnescherm en een terras met zilveren stoeltjes en ronde tafeltjes.

Alice vond het enige lege tafeltje, bestelde wat en probeerde zich te ontspannen. Ze dronk een paar glazen water, leunde naar achteren in haar stoel en deed haar best om te genieten van de zon op haar gezicht. Ze schonk zichzelf een glas rosé in, met een paar ijsblokjes, en nam een slok. Het was niets voor haar om zich zo snel van streek te laten brengen.

Maar je bent er ook niet zo best aan toe, emotioneel gesproken.

Het was een hectisch jaar geweest. Ze had gebroken met haar vriend, met wie ze lang had samengewoond. De relatie stond al jaren op een laag pitje en het was een opluchting om weer alleen te zijn, maar daarom niet minder pijnlijk. Haar trots was gekwetst en haar hart gekneusd. Om hem te vergeten had ze te hard gewerkt en te veel gefeest – alles beter dan zich af te vragen waar het fout was gegaan. Deze twee weken in Zuid-Frankrijk hadden haar rust en nieuwe energie moeten geven.

Alice trok een gezicht. *Lekkere vakantie.*

De komst van de ober maakte een eind aan haar zelfanalyse. De omelet was heerlijk, geel en zacht vanbinnen, met stevige champignons en genoeg peterselie. Alice at met een fanatieke concentratie. Pas tegen de tijd dat ze de laatste olijfolie met haar brood opdepte vroeg ze zich af wat ze de rest van de middag moest doen.

Toen de koffie kwam, wist ze het.

De Bibliothèque de Toulouse was een groot, vierkant stenen gebouw. Alice toonde haar Readers' Room-pasje van de British Library aan een verveelde en ongeïnteresseerde baliemedewerker, die haar doorliet. Nadat ze een paar keer verdwaald was op de trappen wist ze de grote historische afdeling te vinden. Aan weerskanten van het middenpad stonden lange, glimmende houten tafels met een hele rij leeslampen boven het midden. Op deze warme julimiddag waren maar enkele stoelen bezet.

Aan het einde van de zaal, over de hele breedte, vond Alice wat ze zocht: een batterij computerterminals. Alice registreerde zich bij de balie, waar ze een wachtwoord en een werkstation kreeg toegewezen.

Zodra ze had ingelogd typte Alice het woord 'labyrint' op de zoekmachine in. De groene loading-bar onder aan het scherm liep snel vol. In plaats van op haar eigen geheugen te vertrouwen probeerde ze een overeenkomstig labyrint te vinden op een van die honderden sites. Dat was zo simpel dat ze niet begreep waarom ze er niet eerder aan had gedacht.

Onmiddellijk bleken de verschillen tussen een traditioneel labyrint en het reliëf op de rotswand en de ring. Een klassiek labyrint bestond uit ingewikkeld verbonden concentrische cirkels die in steeds nauwere lussen naar het middelpunt leidden, terwijl Alice er bijna zeker van was dat het labyrint van de Pic de Soularac een combinatie was van doodlopende gangen en rechte lijnen die nergens uitkwamen. Meer een doolhof.

De werkelijke herkomst van het labyrintsymbool en de daarmee verbonden mythen was niet zo gemakkelijk te achterhalen. De eerste ontwerpen zouden meer dan drieduizend jaar oud zijn. Labyrintsymbolen waren ontdekt als inscripties in hout, rotsen, tegels en stenen, maar ook in geweven stoffen of geconstrueerd in de natuur, op grasvelden en in tuinen.

De eerste labyrinten in Europa dateerden uit de late Bronstijd en vroege IJzertijd, van 1200 tot 500 voor Christus, en werden ontdekt rond de oude handelscentra in het Middellandse-Zeegebied. Afbeeldingen tussen 900 en 500 voor Christus waren teruggevonden bij Val Camonica in Noord-Italië, Pontevreda in Galicië en in de uiterste noordwesthoek van Spanje, bij Cabo Fisterra Finisterre. Alice verdiepte zich in de illustratie. Dit kwam meer overeen met het reliëf in de grot dan alles wat ze tot nog toe had gezien. Ze hield haar hoofd schuin. Het leek erop, maar het was het nét niet.

Het lag voor de hand dat het symbool vanuit het Oosten was meegebracht door kooplui en handelaren uit Egypte en de uithoeken van het Romeinse rijk, en later was aangepast aan andere culturen. Het leek ook logisch dat het labyrint, duidelijk een voorchristelijk symbool, door de christelijke Kerk was geannexeerd. Zowel de byzantijnse als de roomse Kerk had zich schuldig gemaakt aan het absorberen van veel oudere symbolen en mythen in haar orthodoxe geloof.

Enkele websites waren gewijd aan het beroemdste van alle labyrinten: dat van Knossos op het eiland Kreta, waar volgens de legende de mythische Minotaurus – half mens, half stier – gevangen had gezeten. Alice sloeg ze over, omdat haar instinct haar zei dat dit de verkeerde richting was. Het enige interessante punt was dat er ook Minoïsche labyrintontwerpen waren teruggevonden bij de oude Egyptische stad Avaris, daterend uit 1550 voor Christus, in tempels bij Kom Ombo in Egypte en bij Sevilla.

Alice sloeg de informatie in haar achterhoofd op.

Vanaf de twaalfde en de dertiende eeuw verscheen het labyrintsymbool regelmatig in middeleeuwse handschriften die circuleerden langs de kloosters en hoven van Europa, van schrijvers die de illuminatiekunst ontwikkelden en hun eigen ontwerpen creëerden.

Aan het begin van de Middeleeuwen was een mathematisch perfect labyrint met elf kringen, twaalf muren en vier assen de populairste variant. Alice bekeek een reproductie van een reliëf van een labyrint op de muur van de dertiende-eeuwse kerk van St. Pantaleon in Arcera in het noorden van Spanje, en een iets eerder voorbeeld uit de kathedraal van Lucca in Toscane. Ze klikte op een kaart waarop de verspreiding van labyrinten over Europese kerken, kapellen en kathedralen te zien was.

Dat is vreemd.

Alice kon haar ogen haast niet geloven. In Frankrijk kwamen meer labyrinten voor dan in Italië, België, Duitsland, Spanje, Engeland en Ierland samen: Amiens, St. Quentin, Arras, St. Omer, Caen en Bayeux in het noorden van Frankrijk; Poitiers, Orléans, Sens en Auxerre in het midden; Toulouse en Mirepoix in het zuidwesten; en zo ging de lijst maar door.

Het beroemdste vloerlabyrint van allemaal bevond zich in Noord-Frankrijk, in het midden van het schip van de eerste – en indrukwekkendste – van de middeleeuwse gotische kathedralen: Chartres.

Alice sloeg met haar vlakke hand op tafel, waardoor een paar mensen bestraffend opkeken. Natuurlijk! Hoe had ze zo stom kunnen zijn? Chartres was de tweelingstad van Chichester aan de Engelse zuidkust, waar ze zelf vandaan kwam. Haar eerste buitenlandse reis, als meisje van elf, was een schoolreisje naar Chartres geweest. Ze herinnerde zich vaag dat het steeds had geregend en dat ze koud en nat, diep weggedoken in haar regenjas, onder de imposante stenen pilaren en gewelven had gestaan. Maar van het labyrint kon ze zich niets herinneren.

De kathedraal van Chichester had geen labyrint, maar de stad had ook banden met Ravenna in Italië. Alice gleed met haar vinger over de kaart op het scherm. Jawel. In de marmeren vloer van de kerk van San Vitale in Ravenna lag ook een labyrint. Volgens het bijschrift was het maar een kwart van de afmetingen van het labyrint van Chartres en dateerde het uit een veel vroegere periode, misschien wel de vijfde eeuw na Christus. Maar het wás er wel.

Met knippen en plakken sloeg Alice de tekst in een Word-bestand op en drukte op PRINT. Zodra ze de printer hoorde typte ze 'Kathedraal, Chartres, Frankrijk' op de zoekmachine in.

Hoewel er al in de achtste eeuw een gebouw moest hebben gestaan, dateerde de huidige kathedraal van Chartres uit de dertiende eeuw, las Alice. Al vanaf het eerste begin was de kathedraal in verband gebracht met esoterische geloofsopvattingen en theorieën. Er gingen geruchten dat er in het hoge dak en de rijk bewerkte stenen zuilen een geheim van grote betekenis verborgen zou liggen. Ondanks de inspanningen van de katholieke Kerk om zulke mythen en legenden te ontzenuwen deden ze nog altijd de ronde.

Niemand wist wie opdracht had gegeven tot de aanleg van het labyrint of met welk doel.

Alice selecteerde fragmenten die ze nodig had en logde uit.

De laatste pagina werd afgedrukt en de printer zweeg. Om haar heen begonnen mensen hun spullen in te pakken. De receptioniste met het zure gezicht keek haar kant op en tikte op haar horloge.

Alice knikte, pakte haar papieren en sloot zich aan bij de rij voor de balie, om te betalen. Het ging maar langzaam. De late middagzon viel in jakobsladders door de hoge ramen. Stofjes dansten in het licht.

De vrouw voor Alice in de rij had een armvol boeken om mee te nemen en scheen over elke titel een vraag te hebben. Alices gedachten dwaalden af naar het probleem dat haar de hele middag had beziggehouden. Was het mogelijk dat er bij al die honderden afbeeldingen die ze had gezien, tussen al die honderdduizenden woorden, geen enkele exacte overeenkomst te vinden was met het rotslabyrint van de Pic de Soularac?

Mogelijk, maar niet waarschijnlijk.

De man achter haar stond te dichtbij, als iemand in de metro die over haar schouder de krant probeerde mee te lezen. Alice draaide zich om en keek hem nijdig aan. Hij deed een stap terug. Zijn gezicht kwam haar vaag bekend voor.

'*Oui, merci,*' zei ze, toen ze aan de beurt was en haar prints had betaald. Bijna dertig velletjes in totaal.

Toen ze weer buiten stond, op de trappen van de bibliotheek, sloeg de klok van de Saint-Étienne net zeven uur. Ze was langer binnen geweest dan ze dacht.

Opeens kreeg ze haast. Snel liep ze terug naar de overkant van de rivier, waar ze haar auto had geparkeerd. Ze was zo in gedachten dat ze niet merkte dat de man uit de bibliotheek haar op veilige afstand volgde, over het pad langs de rivier. Dus zag ze ook niet dat hij een mobieltje uit zijn zak haalde en een nummer belde toen ze haar auto de straat in draaide en zich aansloot bij het trage verkeer.

De Bewaarders van de Boeken

26

Bésiers

JULHET 1209

Het begon al te schemeren toen Alaïs de vlakte bij het stadje Coursan bereikte. Ze had een flink eind gereden over de oude Romeinse weg door de Minervois naar Capestang, langs wuivende hennepvelden, de *canabières*, en zeeën van smaragdgroene gerst.

Sinds haar vertrek uit Carcassonne had Alaïs elke dag gereden totdat de zon te heet werd. Dan zocht ze met Tatou een beschutte plek om uit te rusten voordat ze weer verderging tot aan de avond, als de stekende insecten tevoorschijn kwamen en de nachtzwaluwen, de uilen en de vleermuizen hun stem lieten horen.

De eerste nacht had ze onderdak gevonden in de versterkte stad Azille, bij vrienden van Esclarmonde. Hoe verder ze naar het oosten kwam, des te stiller het werd in de velden en de dorpen. En de schaarse mensen die ze tegenkwam namen haar met hun donkere ogen achterdochtig en behoedzaam op. Ze hoorde geruchten over wreedheden van rondtrekkende bendes Franse soldaten en *routiers* – huurlingen, bandieten. Elk verhaal was nog bloediger en gruwelijker dan het vorige.

Alaïs hield Tatou in tot draf, aarzelend of ze moest doorrijden naar Coursan of een onderkomen moest zoeken dichterbij. Wolken pakten zich samen tegen een onheilspellend grijze lucht en het was griezelig windstil. In de verte hoorde ze het onweer al, een soort gegrom als van een beer die uit zijn winterslaap ontwaakte. Alaïs wilde niet in het open veld worden verrast als het noodweer losbrak.

Tatou was nerveus. Alaïs voelde haar gespannen pezen onder haar mantel en twee keer schrok de merrie van een haas of een vos in de heggen langs de weg.

Een eindje verderop zag Alaïs een klein bos van eiken en essen. Het was niet dicht genoeg om als natuurlijke omgeving te dienen voor grotere dieren, zoals lynxen of wilde zwijnen, maar de bomen waren hoog en weelderig, en de punten van de takken leken met elkaar verstrengeld als vingers.

Het was een geschikte schuilplaats. Het feit dat er een duidelijk pad naartoe liep, een slingerend lint van droge aarde, uitgesleten door ontelbare voeten, deed vermoeden dat het veel werd gebruikt als kortere route naar de stad.

Tatou bewoog onrustig toen een bliksemflits de donkere hemel verlichtte. Alaïs nam een besluit. Ze zou hier wachten tot het noodweer voorbij was.

Ze fluisterde de merrie een paar bemoedigende woorden toe en stuurde haar naar de donkergroene omhelzing van het bosje.

De mannen waren hun prooi al een tijdje kwijt. Alleen de dreiging van het noodweer weerhield hen ervan om naar het kamp terug te rijden.

Na een paar weken te paard was hun bleke Franse huid al flink gebruind door de felle zuidelijke zon. Ze hadden hun maliënkolders en hun mantels, met het wapen van hun heer, verborgen in het bosje, in de hoop toch nog iets te redden van deze mislukte expeditie.

Een geluid. Het breken van een droge tak, de hoefslag van een paard dat met zijn ijzers over een steen schraapte.

Een man met zwarte, rotte tanden kroop naar voren om te kijken. Even verderop zag hij een ruiter naderen op een kleine, kastanjebruine Arabier. Hij likte zijn lippen. Misschien zou hun *sortie* toch niet helemaal vergeefs zijn. De ruiter droeg eenvoudige kleren, die niet veel zouden opbrengen, maar een paard van dat kaliber kon voor goed geld worden verkocht.

Hij gooide een steen naar zijn metgezel, die zich aan de overkant van het pad had verstopt.

'*Lève-toi!*' fluisterde hij luid. Hij knikte in de richting van Alaïs. '*Regarde.*'

'Kijk nou eens,' mompelde hij even later. '*Une femme. Et seule.*'

'Weet je zeker dat ze alleen is?'

'Ik hoor geen andere paarden.'

De twee mannen grepen de uiteinden van het touw dat over het pad lag, verborgen onder de bladeren, en wachtten tot ze hen passeerde.

Alaïs moed verdween toen ze dieper het bos in reed.

De bodem was vochtig, maar met een harde ondergrond. De bladeren ritselden onder Tatous voeten. Alaïs probeerde zich te concentreren op de geruststellende geluiden van de vogels in de bomen, maar de haartjes in haar nek en op haar armen kwamen overeind. De stilte was eerder dreigend dan geruststellend.

Het is je verbeelding maar.

Tatou voelde het ook. Zonder enige waarschuwing vloog er iets van het pad omhoog, met het zoevende geluid van een pijl die door een boog werd afgeschoten.

Een houtsnip? Een slang?

Tatou steigerde, sloeg wild met haar hoeven door de lucht en hinnikte van angst. Alaïs had geen tijd om te reageren. Haar capuchon vloog van haar hoofd en de teugels schoten uit haar handen toen ze achterwaarts uit het zadel werd gesmeten. Ze voelde een scherpe pijn in haar schouder toen ze met een klap op de grond terechtkwam, happend naar adem. Hijgend rolde ze zich op haar zij en probeerde op te staan. Ze moest Tatou grijpen voordat hij op hol sloeg.

'Tatou, *doçament,*' riep ze, terwijl ze overeind krabbelde. 'Tatou!'

Ze wankelde naar voren, maar bleef toen abrupt staan. Een man versperde haar de weg. Hij grijnsde tegen haar met rotte tanden. In zijn hand had hij een mes, waarvan het doffe lemmet bruin verkleurd was aan de punt.

Een beweging rechts van haar. Alaïs keek snel opzij en zag nog een man, met een gezicht dat werd ontsierd door een litteken van zijn linkeroog tot aan zijn mondhoek. Hij had Tatous bit gegrepen en zwaaide met een stok.

'Nee!' hoorde ze zichzelf roepen. 'Laat haar met rust.'

Ondanks de pijn in haar schouder vond haar hand het heft van haar zwaard. *Geef ze wat ze willen, en misschien zullen ze je ongemoeid laten.* De man deed een stap naar haar toe. Alaïs trok haar zwaard en zwaaide het door de lucht. Zonder hem uit het oog te verliezen tastte ze in haar beurs en gooide een handvol munten op het pad.

'Neem ze maar. Ik heb verder niets van waarde.'

Hij keek naar het zilvergeld op de grond en spuwde verachtelijk. Met de rug van zijn hand veegde hij zijn mond af toen hij nog een stap dichterbij kwam.

Alaïs hief haar zwaard. 'Ik waarschuw je. Niet verder!' riep ze, terwijl ze een snelle acht beschreef met haar wapen, om hem op afstand te houden.

'*Ligote-la,*' beval hij zijn makker.

Alaïs huiverde. Eén moment voelde ze de moed in haar schoenen zinken. Het waren Franse soldaten, geen struikrovers. Meteen dacht ze aan alle verhalen die ze had gehoord.

Toen vermande ze zich en zwaaide weer met haar zwaard. 'Geen stap dichterbij!' riep ze, met een half verstikte stem van angst. 'Ik hak je kop eraf als je niet...'

Alaïs draaide zich om haar as en stortte zich op de tweede man, die haar van achteren wilde besluipen. Schreeuwend sloeg Alaïs hem de stok uit zijn hand. Hij trok een mes achter zijn riem vandaan en dook brullend op haar af. Alaïs greep haar zwaard in twee vuisten en sloeg ermee als naar een beer bij een berengevecht. Bloed spoot uit zijn arm.

Ze hief haar wapen voor nog een klap toen ze opeens sterretjes zag, paars en wit. Ze wankelde naar voren door de kracht van de klap. De pijn bracht tranen in haar ogen. Het volgende moment werd ze aan haar haren overeind gesleurd en voelde ze de koude punt van een mes tegen haar keel.

'*Putain,*' siste hij, terwijl hij haar met zijn bloedende hand in haar gezicht sloeg.

'*Laissez-tomber.*' Laat vallen.

Alaïs kon geen kant meer op. Ze liet het zwaard uit haar hand glijden. De andere man schopte het weg. Toen haalde hij een grove linnen kap van zijn riem en trok die over haar hoofd. Alaïs probeerde zich los te rukken, maar de zure stank van de stoffige kap bleef in haar keel steken en maakte haar aan het hoesten. Toch bleef ze zich verzetten, totdat ze een vuist in haar maag kreeg en dubbelklapte op het pad.

Ze had geen kracht meer om terug te vechten toen ze haar armen op haar rug trokken en haar polsen vastbonden.

'*Reste-là.*'

Ze verdwenen. Alaïs hoorde dat ze haar zadeltassen doorzochten, de leren kleppen optilden en dingen op de grond smeten. Ze praatten tegen elkaar. Het klonk als ruzie, maar ze kon hun platte taaltje niet verstaan.

Waarom hebben ze me niet gedood?

Meteen kwam er een andere gedachte bij haar op, en haar adem stokte. *Misschien willen ze zich eerst nog amuseren.*

Alaïs worstelde wanhopig om het touw los te krijgen. Maar zelfs als dat lukte, zou ze niet ver komen. Ze zouden haar weer te pakken krijgen. Alaïs hoorde hen lachen. Ze zaten te drinken nu. Ze hadden geen haast.

Tranen van wanhoop sprongen in haar ogen. Doodmoe liet ze haar hoofd met een klap op de harde grond vallen.

Eerst kon Alaïs niet bepalen waar het geroffel vandaan kwam. Toen begreep ze het. Paardenhoeven. Het geluid van beslagen paardenhoeven over de vlakte. Ze drukte haar oor nog steviger tegen de grond. Vijf, misschien zes, paarden, die naar het bos toe kwamen.

In de verte rolde de donder. Het noodweer naderde nu ook. Eindelijk kon ze nu iets doen. Als ze ver genoeg bij hen vandaan wist te komen had ze misschien nog een kans.

Langzaam, zo geruisloos mogelijk, kroop ze van het pad af, totdat ze de scherpe bramen tegen haar benen voelde. Ze hees zich op haar knieën en bewoog haar hoofd om de kap eraf te krijgen. *Kijken ze?*

Ze hoorde niemand schreeuwen. Alaïs boog haar nek en schudde met haar hoofd, eerst zachtjes, toen harder, totdat ze van de kap verlost was. Ze haalde diep adem en probeerde zich te oriënteren.

Ze zat net buiten hun gezichtsveld, maar als ze zich omdraaiden en zagen dat ze was verdwenen zouden ze haar zo weer hebben gevonden. Alaïs drukte nog eens haar oor tegen de grond. De ruiters kwamen uit de richting van Coursan. Jagers? Verkenners?

Een donderklap galmde door het bos. Vogels fladderden op uit de hoogste nesten, klapwiekten in paniek en vielen weer terug in de beschutting van de takken. Tatou hinnikte en schraapte met haar hoeven.

Biddend dat het aanstormende noodweer het geluid van de ruiters zou maskeren totdat ze voldoende dichtbij waren kroop Alaïs het struikgewas in, over stenen en takken.

'*Ohé!*'

Alaïs verstijfde. Ze hadden het ontdekt. Ze onderdrukte een kreet toen haar overvallers naar de plek renden waar ze had gelegen. Weer een donderslag. De mannen bleven staan en keken angstig omhoog. *Ze zijn niet gewend aan de kracht van ons zuidelijke onweer.* Zelfs van die afstand rook ze het angstzweet uit hun poriën.

Alaïs maakte gebruik van het moment door overeind te komen. Ze begon te rennen.

Maar ze was niet snel genoeg. De man met het litteken sprong haar achterna en sloeg haar tegen de zijkant van haar hoofd. Alaïs ging neer.

'*Hérétique!*' brulde hij, terwijl hij zich boven op haar liet vallen en haar tegen de grond drukte. Alaïs probeerde hem af te schudden, maar hij was te zwaar en haar rokken bleven haken in de doorns van de struiken. Ze rook het bloed van zijn gewonde hand toen hij haar gezicht tegen de takken en bladeren op de grond duwde.

'Stil, zei ik, *putain!*'

Hij maakte zijn riem los, zwaar hijgend toen hij hem opzij gooide. *God, laten ze die ruiters niet horen!* Weer probeerde Alaïs zich onder hem vandaan te worstelen, maar hij was te zwaar. Ze begon te schreeuwen om het geluid van de naderende paarden te overstemmen.

Hij sloeg haar nog eens en spleet haar lip. Ze proefde het bloed.

'*Putain.*'

Toen, opeens, andere stemmen. '*Ara, ara!*' Nu.

Alaïs hoorde het geluid van een boog en één enkele pijl die door de lucht zoefde, gevolgd door een heel salvo uit de schaduw van de struiken. Splinters en bast spatten van de bomen waar de pijlen insloegen.

'*Avança! Ara, avança!*'

De Fransman sprong op, maar werd in zijn borst geraakt door een zware pijl, die hem om zijn as deed tollen. Heel even leek hij roerloos in de lucht te hangen, toen begon hij te wankelen en bevroren zijn ogen, als van een standbeeld. Een druppeltje bloed verscheen in zijn mondhoek en rolde over zijn kin.

Langzaam zakte hij in elkaar en viel op zijn knieën, alsof hij wilde bidden, totdat hij voorover stortte als een omgehakte boom. Alaïs kwam nog net op tijd bij zinnen en dook weg toen het lichaam met een klap op de grond terechtkwam.

'*Aval!* Vooruit!'

De ruiters stormden achter de andere Fransman aan. Hij was het bos in gerend om dekking te zoeken, maar een storm van pijlen achtervolgde hem. Een ervan raakte zijn schouder en hij struikelde. De volgende trof hem achter in zijn dijbeen. De derde, in zijn onderrug, werd hem fataal. Hij viel voorover, verkrampte, en lag toen stil.

Dezelfde stem gaf het sein om te stoppen. '*Arèst.* Halt.' Eindelijk verlieten de ruiters hun dekking en kwamen tevoorschijn. 'Laat de wapens zakken.'

Alaïs kwam overeind. *Vrienden? Of andere vijanden?* De aanvoerder droeg een kobaltblauw jachttuniek onder zijn mantel, allebei van goede kwaliteit. Zijn leren laarzen, zijn riem en zijn pijlkoker waren vervaardigd van lichtgekleurd leer, in de plaatselijke stijl, en zijn laarzen waren zwaar en onversierd. Hij leek iemand van bescheiden middelen en aanzien, een man van de Midi.

Alaïs' armen waren nog steeds op haar rug gebonden. Ze wist dat ze er niet op haar voordeligst uitzag. Ze had een dikke, bloedende lip en haar kleren waren besmeurd.

'*Seigneur*, ik ben u dankbaar voor uw optreden,' zei ze, zo zelfverzekerd mogelijk. 'Breng uw vizier omhoog en maak u bekend, zodat ik het gezicht van mijn redder kan zien.'

'Is dat alle dankbaarheid die ik krijg, Dame?' zei hij, maar hij deed wat ze vroeg. Tot haar opluchting zag Alaïs dat hij glimlachte.

Hij sprong van zijn paard en trok een mes. Alaïs deinsde terug. 'Om uw boeien los te snijden,' zei hij luchtig.

Alaïs bloosde en stak hem haar polsen toe. 'Natuurlijk. *Mercé*.'

Hij maakte een kleine buiging. 'Amiel de Coursan. Dit zijn de bossen van mijn vader.'

Alaïs slaakte een zucht van verlichting. 'Vergeef me mijn botte gedrag, maar ik wilde zeker weten dat u niet...'

'Uw voorzichtigheid lijkt me heel verstandig en begrijpelijk in deze omstandigheden. En u bent, Dame?'

'Alaïs van Carcassona, dochter van intendant Pelletier, de rentmeester van burggraaf Trencavel, en echtgenote van Guilhem du Mas.'

'Het is me een eer met u kennis te maken, Dame Alaïs.' Hij kuste haar hand. 'Bent u gewond?'

'Een paar schrammen en sneetjes, hoewel mijn schouder nogal pijnlijk is waar ik ben gevallen.'

'Waar is uw escorte?'

Alaïs aarzelde even. 'Ik reis alleen.'

Hij keek haar verbaasd aan. 'Dit zijn vreemde tijden om zonder bescherming rond te rijden, Dame. Het wemelt op deze vlakten van de Franse soldaten.'

'Ik wilde ook niet zo laat nog onderweg zijn. Ik zocht beschutting tegen het noodweer.'

Alaïs keek op. Nu pas drong het tot haar door dat het nog steeds niet regende.

'Het is maar de hemel, die zich beklaagt,' zei hij, toen hij haar blik zag. 'Een loze storm, meer niet.'

Terwijl Alaïs haar paard kalmeerde gaf De Coursan zijn mannen bevel om de lijken van hun wapens en kleren te ontdoen. Ze vonden hun maliënkolders en hun blazoen wat dieper in het bos, waar ze hun paarden hadden aangelijnd. De Coursan tilde met de punt van zijn zwaard een hoekje van de stof op. Onder een laag modder zag hij een zilveren schicht tegen een groene achtergrond.

'Chartres,' zei De Coursan verachtelijk. 'Dat zijn de ergsten. Jakhalzen, allemaal. We hebben al meer berichten ontvangen over...'

Hij zweeg abrupt.

Alaïs keek hem aan. 'Berichten waarover?'

'Het doet er niet toe,' zei hij snel. 'Zullen we teruggaan naar de stad?'

Ze reden in een enkele colonne het bos door, de vlakte op.

'Hebt u een reisdoel in dit gebied, Dame Alaïs?'

'Ik ben op zoek naar mijn vader, die naar Montpelhièr is vertrokken met burggraaf Trencavel. Ik heb belangrijk nieuws voor hem, dat niet kan wachten tot zijn terugkeer naar Carcassona.'

De Coursan fronste.

'Wat is er? Wat hebt u gehoord?'

'U bent vannacht onze gast, Dame Alaïs. Als uw verwondingen zijn behandeld zal mijn vader u vertellen wat voor nieuws wij hebben gehoord. En morgenochtend vroeg zal ik u persoonlijk naar Besièrs escorteren.'

Alaïs keek hem aan. 'Naar Besièrs, Messire?'

'Als de geruchten waar zijn, zult u uw vader en burggraaf Trencavel daar aantreffen.'

27

Zweet droop langs de vacht van zijn hengst toen burggraaf Trencavel zijn mannen aanvoerde naar Béziers, met het noodweer op hun hielen.

Zweet schuimde op het bit van de paarden en speeksel vloog uit hun mondhoeken. Hun flanken en schoften vertoonden bloederige striemen waar de sporen en de zweep ze meedogenloos voortdreven door de nacht. De zilveren maan kwam op achter de verscheurde, zwarte wolken die laag langs de horizon joegen en deed de witte bles op de neus van zijn paard oplichten.

Pelletier reed naast zijn heer, met zijn lippen stijf op elkaar geklemd. Het was slecht gegaan in Montpellier. Gezien de animositeit tussen de burggraaf en zijn oom had hij niet verwacht dat de graaf zich gemakkelijk tot een akkoord zou laten bewegen, ondanks de familiebanden en de adellijke verplichting die de twee mannen verbond. Toch had hij gehoopt dat de graaf tussenbeide zou willen komen ter wille van zijn neef.

Maar hij had hem zelfs niet willen ontvangen – een opzettelijke en onherroepelijke belediging. Trencavel was verplicht geweest om buiten het Franse kamp te blijven wachten totdat hij bericht kreeg dat hij op audiëntie kon komen.

Hij had alleen Pelletier en twee van zijn *chevaliers* mogen meenemen. Zo waren ze naar de tent van de abt van Cîteaux gebracht, waar ze hun wapens moesten afleggen. Dat hadden ze gedaan. Eenmaal binnen werd de burggraaf niet ontvangen door de abt maar door twee pauselijke gezanten.

Raymond-Roger had nauwelijks de kans gekregen een woord te zeggen, terwijl de gezanten hem de les lazen omdat hij had toegestaan dat de ketterij zich ongehinderd door zijn gebieden verbreidde. Ze leverden kritiek op zijn politiek om joden hoge functies te geven in zijn belangrijke steden. Ze noemden verscheidene gevallen waarin hij het perfide, verderfelijke gedrag van Kathaarse bisschoppen binnen zijn gebied door de vingers had gezien.

Ten slotte, toen ze hun zegje hadden gedaan, hadden de legaten Trencavel weggestuurd alsof hij een onbeduidende landeigenaar was, in plaats van de heer van een van de machtigste dynastieën van de Midi. Pelletier voelde zijn bloed weer koken toen hij eraan terugdacht.

De spionnen van de abt hadden de gezanten goed geïnformeerd. Alle aanklachten waren weliswaar onzorgvuldig en verkeerd uitgelegd naar hun intentie, maar werden wel ondersteund door feiten en getuigenverklaringen. Dat, meer nog dan de opzettelijke aantasting van zijn eer, had Pelletier ervan overtuigd dat burggraaf Trencavel de nieuwe vijand was. Het kruisleger had een tegenstander nodig om tegen te vechten. Na de capitulatie van de graaf van Toulouse was er geen andere kandidaat meer over.

Onmiddellijk waren ze vertrokken uit het kruisridderskamp bij Montpellier. Pelletier keek eens naar de maan en schatte dat ze tegen de ochtend in Béziers konden zijn als ze dit tempo volhielden. Burggraaf Trencavel wilde de Biterois persoonlijk waarschuwen dat het Franse leger niet meer dan zeventig kilometer bij hen vandaan was en oorlog wilde. De Romeinse weg van Montpellier naar Béziers lag wijdopen en kon onmogelijk worden geblokkeerd.

Hij zou het stadsbestuur vragen zich voor te bereiden op een beleg, terwijl hij tegelijkertijd versterkingen zocht voor het garnizoen in Carcassonne. Hoe langer het kruisleger bij Béziers kon worden tegengehouden, des te meer tijd hij had om zijn verdediging te versterken. Bovendien wilde hij Carcassonne tot een toevluchtsoord maken voor degenen die het meeste gevaar te duchten hadden van de Fransen: de joden, de paar Saraceense handelaren uit Spanje, en de *Bons Homes*. Het was niet alleen zijn plicht als landheer die hem daartoe aanzette. Een groot deel van het bestuur en de organisatie van Béziers lag in handen van joodse diplomaten en kooplui. Oorlog of niet, hij liet zich niet de diensten van zoveel waardevolle en bekwame medewerkers ontnemen.

Trencavels besluit maakte Pelletiers taak eenvoudiger. Zijn hand ging weer naar de brief van Harif, verborgen in zijn tas. Eenmaal in Béziers hoefde hij zich alleen maar lang genoeg te excuseren om Simeon te vinden.

Een bleke zon kwam op boven de rivier de Orb toen de uitgeputte mannen de grote, gewelfde stenen brug overstaken.

Béziers verhief zich trots en hoog boven hen, een indrukwekkende en ogenschijnlijk onneembare stad achter oude stenen wallen. De torens van de kathedraal en de grote kerken gewijd aan Santa-Magdalena, Sant Jude en Santa-Maria glinsterden in het vroege ochtendlicht.

Ondanks zijn vermoeidheid had Raymond-Roger Trencavel niets van zijn natuurlijke gezag en uitstraling verloren toen hij zijn paard door het netwerk van steegjes en steile, bochtige straten naar de hoofdpoort leidde. De hoefslag van de paarden op de klinkers wekte de bewoners die nog sliepen in de rustige buitengebieden rond de versterkte muren.

Pelletier steeg af en riep tegen de wacht dat ze de poorten moesten openen om hen binnen te laten. Ze schoten niet erg op, omdat het nieuws zich had verspreid dat burggraaf Trencavel in de stad was, maar ten slotte bereikten ze toch de woning van de suzerein.

Raymond-Roger begroette de suzerein oprecht hartelijk. Hij was een oude vriend en bondgenoot, een begaafd diplomaat en bestuurder, en volledig loyaal aan de Trencavel-dynastie. Pelletier wachtte terwijl de twee mannen beleefdheden en tekenen van respect uitwisselden in de traditie van de Midi. Toen hij die formaliteit met ongebruikelijke haast had afgewikkeld kwam Trencavel meteen terzake. De suzerein luisterde met toenemende bezorgdheid. Zodra de burggraaf uitgesproken was stuurde hij boodschappers om de consuls van de stad bijeen te roepen voor overleg.

Terwijl ze spraken was er in het midden van de zaal een tafel gedekt met brood, vlees, kaas, fruit en wijn.

'Messire,' zei de suzerein, 'ik zou me vereerd voelen als u van mijn gastvrijheid gebruik wilt maken terwijl we wachten.'

Pelletier zag zijn kans. Hij stapte naar voren en boog zich naar Trencavels oor.

'Messire, kunt u mij missen? Ik wil nog even onze mannen inspecteren om te zien of ze alles hebben – zodat ze rustig blijven, en in een goede stemming.'

Trencavel keek hem verbaasd aan. 'Nu, Bertrand?'

'Als het u belieft, Messire.'

'Ik twijfel er niet aan dat onze mannen goed worden verzorgd,' zei hij, met een lachje naar zijn gastheer. 'Je zou zelf moeten eten en wat rust nemen.'

'In alle nederigheid vraag ik toch of u me wilt excuseren.'

Raymond-Roger keek Pelletier onderzoekend aan, maar las geen verklaring op zijn gezicht.

'Goed dan,' zei hij ten slotte, nog altijd verbaasd. 'Je hebt een uur.'

Op straat was het rumoerig, en de drukte nam nog toe toen de geruchten de ronde deden. Een grote groep mensen had zich verzameld op het plein voor de kathedraal.

Pelletier kende Béziers goed. Hij was er talloze malen geweest met burggraaf Trencavel, maar hij liep nu tegen de stroom in en alleen zijn postuur en zijn gezag voorkwamen dat hij onder de voet gelopen werd in het gedrang. Met de brief van Harif stevig in zijn hand zocht hij zijn weg naar de joodse wijk en vroeg daar aan voorbijgangers of ze Simeon kenden. Even later werd hij aan zijn mouw getrokken. Hij keek omlaag en zag een knap meisje met zwart haar en donkere ogen.

'Ik weet waar hij woont,' zei ze. 'Komt u maar mee.'

Het kind nam hem mee door de koopmanswijk, waar de geldschieters hun zaken deden, en een doolhof van ogenschijnlijk identieke zijstraatjes met winkels en huizen, totdat ze bleef staan voor een onopvallende deur.

Hij keek om zich heen en vond wat hij zocht: het teken van een boekbinder, boven Simeons initialen. Pelletier glimlachte opgelucht. Het was het juiste adres. Hij bedankte het meisje, drukte haar een muntstuk in de hand en stuurde haar weer weg. Toen liet hij de zware koperen deurklopper neerkomen, drie keer.

Het was langgeleden, meer dan vijftien jaar. Zou die goede band tussen hen nog steeds bestaan?

De deur opende op een kier en Pelletier zag een vrouw die hem achterdochtig aanstaarde, met een vijandige blik in haar zwarte ogen. Ze droeg een groene sluier die haar haar en het onderste deel van haar gezicht bedekte, en ze was gekleed in de traditionele wijde, lichtgekleurde broek, dichtgeknoopt bij de enkels, zoals die ook werd gedragen door de joodse vrouwen in het Heilige Land. Haar lange, gele jak viel tot op haar knieën.

'Ik wil Simeon spreken,' zei hij.

Ze schudde haar hoofd en wilde de deur weer dichtdoen, maar hij hield zijn voet ertussen.

'Geef hem dit,' zei hij, terwijl hij de ring van zijn duim haalde en die de vrouw in haar hand drukte. 'Zeg maar dat Bertrand Pelletier er is.'

Hij hoorde dat haar adem stokte. Meteen stapte ze terug om hem binnen te laten. Pelletier volgde haar langs een zwaar rood gordijn, versierd met gouden muntjes die aan de boven- en onderkant waren genaaid.

'*Attendez,*' zei ze, met een teken dat hij moest wachten.

De banden om haar enkels en polsen rinkelden toen ze de lange gang door liep en verdween.

Van buiten leek het huis hoog en smal, maar die indruk was bedrieglijk. Er lagen kamers links en rechts van de centrale gang. Ondanks zijn dringende missie keek Pelletier met plezier om zich heen. Op de vloer lagen blauwe en witte tegels in plaats van hout, en aan de wanden hingen prachtige kleden. Het deed hem denken aan de stijlvolle, exotische huizen van Jeruzalem. Het was al jaren geleden, maar de kleuren, materialen en geuren van dat vreemde land spraken nog altijd tot zijn verbeelding.

'Bertrand Pelletier! Bij alles wat heilig is in deze vermoeide oude wereld!'

Pelletier draaide zich om naar de stem en zag een kleine gestalte in een lange paarse overjas op hem toe komen, met uitgestrekte armen. Zijn hart maakte een sprongetje toen hij zijn oude vriend weer zag. Simeons zwarte ogen glinsterden nog als vanouds en Pelletier werd bijna omvergelopen door zijn krachtige omhelzing, hoewel hij minstens een hoofd groter was.

'Bertrand, Bertrand,' riep Simeon hartelijk. Zijn zware stem galmde door de stille gang. 'Waarom heeft het zo lang geduurd?'

'Simeon, oude vriend,' lachte Pelletier en hij sloeg hem op zijn schouder terwijl hij weer op adem kwam. 'Het doet me goed je weer te zien – en in zo'n blakende gezondheid! Kijk nou toch,' zei hij, met een rukje aan de lange zwarte baard van zijn vriend, die altijd Simeons grootste trots was geweest. 'Hier en daar wat grijs, maar nog altijd een sieraad! Is het leven goed voor je geweest?'

Simeon haalde zijn schouders op en deed een stap terug. 'Ja en nee,' zei hij. 'En jij, Bertrand? Wat meer rimpels misschien, maar nog dezelfde felle ogen en brede schouders.' Hij sloeg hem met zijn vlakke hand tegen de borst. 'Nog altijd zo sterk als een os.'

Met zijn arm om Simeons schouder volgde Pelletier hem naar een kleine kamer achter in het huis, die uitkeek op een kleine binnenplaats. Er stonden twee grote divans, met kussens van rode, paarse en blauwe zijde. Op een paar ebbenhouten tafeltjes, verspreid door de kamer, waren mooie vazen neergezet, en grote platte schalen met zoete amandelkoekjes.

'Kom, doe je laarzen uit. Esther zal ons thee brengen.' Hij deed weer een stap terug om Pelletier nog eens te bekijken. 'Bertrand Pelletier,' zei hij hoofdschuddend. 'Kan ik mijn oude ogen wel vertrouwen? Ben je het echt, na al die jaren? Of is het een geest, de zinsbegoocheling van een oude man?'

Pelletier keek ernstig. 'Ik zou hier graag in plezieriger omstandigheden zijn gekomen, Simeon.'

De ander knikte. 'Natuurlijk. Kom, Bertrand, ga zitten.'

'Ik ben hier in het gezelschap van onze heer Trencavel, Simeon, om Besièrs te waarschuwen voor het leger dat nadert uit het noorden. Luister maar naar de klokken die de burgervaders voor de Raad bijeenroepen.'

'Ja, jullie christelijke klokken vallen moeilijk te negeren,' antwoordde Simeon met opgetrokken wenkbrauwen, 'hoewel ze ons maar zelden goed nieuws brengen!'

'Dit gaat de joden net zozeer aan – of misschien nog meer – dan degenen die zij ketters noemen. Dat weet je.'

'Zoals altijd,' zei hij vriendelijk. 'Is dat kruisleger werkelijk zo groot als ze zeggen?'

'Twintigduizend man of meer. We zijn niet tegen hen opgewassen in een open strijd, Simeon. Daarvoor is hun overmacht te groot. Maar als Besièrs de belegeraars enige tijd kan tegenhouden hebben we in elk geval de kans een eigen leger in het westen op de been te brengen en de verdediging van Carcassona voor te bereiden. Iedereen die dat wil kan bij ons een toevlucht vinden.'

'Ik voel me hier gelukkig. De stad heeft mij – *ons* – goed behandeld.'

'Besièrs is niet langer veilig. Niet voor jou, en niet voor de boeken.'

'Ik weet het. Maar toch...' Hij zuchtte. 'Het zal me spijten om weg te gaan.'

'Hopelijk niet voor lang, als God het wil.' Pelletier zweeg een moment, verward door de berusting waarmee zijn vriend de situatie accepteerde. 'Dit is een onrechtvaardige oorlog, Simeon, aangehitst door leugens en valse preken. Hoe kun je dat zo gemakkelijk aanvaarden?'

Simeon spreidde zijn handen. 'Aanvaarden, Bertrand? Wat moet ik anders? Wat kan ik zeggen? Een van jullie christelijke heiligen, Franciscus, bad ooit dat God hem de kracht zou geven om dingen te accepteren die hij niet kon veranderen. Het zal toch wel gebeuren, of ik het wil of niet. Daarom aanvaard ik het. Dat wil niet zeggen dat ik er blij mee ben of dat ik het niet liever anders had gezien.'

Pelletier schudde zijn hoofd.

'Woede heeft geen zin. Je moet vertrouwen hebben. Maar dat vertrouwen in een groter doel, dat zich veel verder dan ons leven en onze kennis uitstrekt, vraagt een grote sprong in geloof. De grote godsdiensten hebben allemaal hun eigen verhalen, de Heilige Schrift, de qur'an, de thora, die betekenis geven aan dat onbeduidende leven van ons.' Hij wachtte even. Er kwam een ondeugende glinstering in zijn ogen. 'De *Bons Homes* echter doen geen poging om het kwaad van de mens te verklaren. Hun geloof leert hun dat dit niet Gods aarde is, een volmaakte schepping, maar een onvolmaakte en corrupte wereld. Zij gaan er niet vanuit dat liefde en goedheid alle tegenslag zullen overwinnen. Zij weten dat dit in ons tijdelijke leven nooit zal gebeuren.' Hij glimlachte. 'Maar toch ben jij nog verbaasd, Bertrand, als het Kwaad je in het gezicht staart. Is dat niet vreemd?'

Pelletier keek scherp op, alsof hij zich betrapt voelde. Wist Simeon het? Maar hoe kón hij dat weten?

Simeon zag zijn blik, maar zei er niets over. 'Míjn geloof vertelt me dat de wereld is geschapen door God en tot in de kleinste details volmaakt is. Maar als mensen zich afkeren van het woord van de profeten, wordt het evenwicht tussen God en de mens verstoord en zal de vergelding volgen, net zo zeker als de nacht volgt op de dag.'

Pelletier opende zijn mond om iets te zeggen, maar bedacht zich.

'Deze oorlog is niet onze zaak, Bertrand, ondanks jouw verplichtingen tegenover burggraaf Trencavel. Jij en ik hebben een groter doel. Wij zijn verbonden door onze geloften. En daardoor moeten we onze beslissingen nu laten leiden.' Hij sloeg Pelletier op zijn schouder. 'Dus bewaar je woede en je zwaard voor veldslagen die we wél kunnen winnen, mijn vriend.'

'Hoe wist je het?' vroeg Pelletier. 'Heb je iets gehoord?'

Simeon grinnikte. 'Dat je een volgeling was van de nieuwe kerk? Nee, daar heb ik niets over gehoord. En daar praten we in de toekomst nog weleens over, als God het wil. Niet nu. Hoe graag ik ook over theologische kwesties met je zou discussiëren, Bertrand, we hebben nu dringender zaken aan ons hoofd.'

Ze zwegen toen de bediende binnenkwam met een blad met hete muntthee en zoete koekjes. Ze zette het op het tafeltje voor hen neer voordat ze zich terugtrok naar een bank in de hoek van de kamer.

'Geen zorg,' zei Simeon toen hij zag dat Pelletier bang was dat hun gesprek zou worden afgeluisterd. 'Esther is met me meegekomen uit Chartres. Ze spreekt Hebreeuws en een paar woorden Frans. Jouw taal verstaat ze niet.'

'Goed.' Pelletier haalde Harifs brief tevoorschijn en gaf hem aan Simeon.

'Ik heb er ook zo een ontvangen met Shauvot, een maand geleden,' zei Simeon toen hij hem gelezen had. 'Om me te waarschuwen dat jij zou komen. Eerlijk gezegd had ik je al eerder verwacht.'

Pelletier vouwde de brief op en stak hem weer in zijn tas.

'Dus de boeken zijn nog altijd in jouw bezit, Simeon? Hier in huis? We moeten ze...'

Een luid gebons op de deur verscheurde de rust in de kamer. Meteen sprong Esther overeind, met een behoedzame blik in haar amandelvormige ogen. Op een teken van Simeon verdween ze haastig naar de gang.

'Heb je de boeken nog?' herhaalde Pelletier dringend. De uitdrukking op Simeons gezicht maakte hem ongerust. 'Ze zijn niet verloren?'

'Nee, niet verloren, mijn vriend,' zei Simeon, maar op dat moment kwam Esther weer terug.

'Heer, er is een dame die toegang vraagt,' meldde ze in het Hebreeuws, te snel voor Pelletiers roestige talenkennis om het te kunnen volgen.

'Wat voor een dame?'

Esther schudde haar hoofd. 'Dat weet ik niet, heer. Ze zegt dat ze uw gast, intendant Pelletier, onmiddellijk moet spreken.'

Ze draaiden zich alledrie om toen ze voetstappen hoorden in de gang achter hen.

'Heb je haar alleen gelaten?' vroeg Simeon bezorgd. Moeizaam kwam hij overeind.

Ook Pelletier stond op toen de vrouw de kamer binnenstormde. Hij knipperde ongelovig met zijn ogen. Opeens was zijn missie vergeten toen hij Alaïs zag, die in de deuropening bleef staan. Haar gezicht was rood en haar alerte bruine ogen stonden verontschuldigend maar ook vastberaden.

Ze keek van haar vader naar Simeon, en terug. 'Vergeef me dat ik stoor,' zei ze, 'maar ik dacht niet dat uw bediende me zou binnenlaten.' Met twee stappen was Pelletier de kamer door. Hij nam zijn dochter in zijn armen.

'Wees niet boos dat ik ongehoorzaam ben geweest,' zei ze, een beetje schuchter nu. 'Maar ik moest hier naartoe.'

'En deze charmante dame is...' vroeg Simeon.

Pelletier nam Alaïs bij de hand en trok haar mee naar het midden van de kamer. 'Ach, ik vergeet mijn manieren. Simeon, mag ik je voorstellen aan mijn dochter Alaïs? Hoewel ik je werkelijk niet kan vertellen hoe ze hier in Besièrs is gekomen!' Alaïs boog haar hoofd. 'En dit is mijn oudste en beste vriend, Simeon van Chartres, ooit uit de Heilige Stad Jeruzalem.'

Simeons gezicht plooide zich in een warme glimlach. 'Bertrands dochter, Alaïs.' Hij pakte haar handen. 'Je bent van harte welkom.'

28

‘Wilt u me over uw vriendschap vertellen?’ vroeg Alaïs zodra ze op de bank naast haar vader zat. Ze wendde zich tot Simeon: ‘Ik heb het hem al eens gevraagd, maar toen wilde hij er niets over zeggen.’

Simeon was ouder dan ze had gedacht. Zijn schouders waren krom en zijn gezicht gegroefd – een kaart van het leven, met verdriet en verlies, maar ook groot geluk en vreugde. Hij had dikke, borstelige wenkbrauwen en heldere ogen, waarin een sprankelende intelligentie fonkelde. Zijn krullende haar was grotendeels grijs, maar zijn lange baard, geparfumeerd en geolied, was nog zo zwart als een ravenvleugel. Ze begreep nu waarom haar vader de man in de rivier voor zijn vriend had aangezien.

Discreet gleed haar blik naar zijn handen. Met voldoening zag ze dat ze gelijk had gehad. Aan zijn linkerduim droeg hij dezelfde ring als haar vader.

‘Kom, Bertrand,’ zei Simeon, ‘ze heeft haar verhaal verdiend. Per slot van rekening heeft ze ver genoeg gereden om het te kunnen horen!’

Alaïs voelde dat haar vader verstrakte naast haar. Ze keek snel opzij. Zijn mond stond grimmig.

Hij is kwaad nu hij beseft wat ik heb gedaan.

‘Je bent toch niet uit Carcassona gekomen zonder escorte?’ vroeg hij. ‘Je bent toch niet zo dom geweest om zo’n reis in je eentje te wagen? Dat risico heb je toch niet genomen?’

‘Ik...’

‘Geef antwoord.’

‘Het leek me verstandig...’

‘Verstandig?’ vloog hij op. ‘Van alle...’

Simeon grinnikte. ‘Nog altijd zo driftig, Bertrand?’

Alaïs onderdrukte een glimlach en legde een hand op haar vaders arm. ‘*Paire,*’ zei ze geduldig. ‘Je ziet toch dat ik veilig ben? Er is me niets gebeurd.’

Hij keek naar haar geschaafde handen. Alaïs trok ze haastig onder haar mantel terug. ‘Dat stelt niets voor. Een paar schrammen.’

‘Was je gewapend?’

Ze knikte. ‘Natuurlijk.’

‘Maar waar...’

‘Het leek me niet verstandig om met een zwaard door de straten van Besièrs te lopen.’ Alaïs keek hem onschuldig aan.

‘Juist,’ mompelde hij. ‘En er is je niets overkomen? Je bent niet gewond?’

Alaïs dacht aan haar pijnlijke schouder, maar keek hem recht aan. 'Nee,' loog ze.

Hij fronste, maar leek enigszins verzoend. 'Hoe wist je dat we hier waren?'

'Dat hoorde ik van Amiel de Courson, de zoon van de *seigneur*, die zo vriendelijk was me te escorteren.'

Simeon knikte. 'Hij staat goed aangeschreven hier.'

'Je hebt geluk gehad,' zei Pelletier, nog steeds niet bereid de zaak te laten rusten. 'Hoe dom het ook was. Je had wel dood kunnen zijn. Ik kan nog steeds niet geloven...'

'Je zou haar vertellen hoe wij elkaar hebben ontmoet, Bertrand,' zei Simeon luchtig. 'De klokken luiden niet meer, dus de Raad moet begonnen zijn. We hebben nog wat tijd.'

Haar vader keek nog even boos, maar toen ontspanden zijn schouders zich en leek hij zich erbij neer te leggen.

'Goed dan, omdat jullie allebei aandringen.'

Alaïs wisselde een blik met Simeon. 'Hij draagt net zo'n ring als u, *Paire*.'

Pelletier glimlachte. 'Simeon was gerekruteerd door Harif, in het Heilige Land, net als ik, maar wat eerder al. En onze wegen kruisten elkaar daar niet. Toen de dreiging van Saladin en zijn troepen toenam, werd Simeon door Harif teruggestuurd naar Chartres, zijn geboortestad. Ik volgde een paar maanden later en nam de drie perkamenten met me mee. De reis duurde meer dan een jaar, maar toen ik eindelijk in Chartres aankwam wachtte Simeon daar, zoals Harif had beloofd.' Hij glimlachte bij de herinnering. 'Wat haatte ik de kou en de regen na de warmte en het licht van Jeruzalem. Het was zo troosteloos, zo somber. Maar Simeon en ik begrepen elkaar meteen. Het was zijn taak om de perkamenten tot drie afzonderlijke delen te binden. Terwijl hij met de boeken bezig was kreeg ik steeds meer respect voor zijn kennis, wijsheid en humor.'

'Ach, Bertrand...' mompelde Simeon, hoewel Alaïs zag dat hij blij was met de complimenten.

'Wat Simeon betreft,' vervolgde Pelletier, 'je moet hem zelf maar vragen wat hij zag in die onbeschaafde, ongeletterde soldaat. Dat kan ik je niet vertellen.'

'Je was bereid om te leren, mijn vriend, bereid om te luisteren,' zei Simeon zacht. 'Dat onderscheidde jou van de meesten van jouw geloof.'

'Ik had altijd geweten dat de boeken gescheiden moesten worden,' hernam Pelletier. 'Zodra Simeon klaar was met zijn werk kreeg ik bericht van Harif dat ik terug moest gaan naar mijn geboorteplaats, waar me een positie wachtte als *intendant* van de nieuwe burggraaf Trencavel. Nu ik erop terugkijk met wat ik nu weet, is het vreemd dat ik me nooit heb afgevraagd wat er met de andere twee boeken moest gebeuren. Ik veronderstelde dat Simeon er een zou houden, hoewel ik dat niet zeker wist. En het derde? Ik vroeg het niet eens. Nu schaam ik me over dat gebrek aan nieuwsgierigheid. Maar ik heb gewoon het boek meegenomen dat aan mij werd toevertrouwd en ben daarmee naar het zuiden vertrokken.'

'Je hoeft je niet te schamen,' zei Simeon zacht. 'Je hebt gedaan wat er van je gevraagd werd, in goed vertrouwen en met een sterk hart.'

'Voordat mijn aandacht volledig werd afgeleid door jouw onverwachte komst zaten we net over die boeken te praten, Alaïs.'

Simeon schraapte zijn keel. 'Boek,' zei hij. 'Ik heb er maar één.'

'Wát?' vroeg Pelletier scherp. 'Maar in Harifs brief... Ik nam aan dat ze allebei nog in jouw bezit waren. Of dat je in elk geval wist waar ze waren.'

Simeon schudde zijn hoofd. 'Ooit wel, maar dat is al jaren geleden. Het *Boek der Getallen* heb ik nog. Maar ik hoopte juist vurig dat jíj me iets over het andere zou kunnen vertellen.'

'Als jij het niet hebt, wie dan wel?' vroeg Pelletier met klem. 'Ik ging ervan uit dat je ze allebei had meegenomen toen je uit Chartres vertrok.

'Dat is ook zo.'

'Maar...'

Alaïs legde een hand op haar vaders arm. 'Geef Simeon de kans om het uit te leggen.'

Heel even leek Pelletier zijn geduld te verliezen, maar toen knikte hij. 'Goed,' zei hij kortaf. 'Vertel het maar.'

'Ze lijkt op je, mijn vriend,' grinnikte Simeon. 'Kort na jouw vertrek uit Chartres kreeg ik bericht van de *Navigatairé* dat er een bewaarder zou komen om het tweede boek, het *Boek der Geneeskruiden*, mee te nemen, hoewel ik geen enkele aanwijzing had wie die persoon zou kunnen zijn. Ik hield mezelf gereed en wachtte af. De tijd verstreek. Ik werd ouder, maar niemand kwam. Toen, in het jaar uws Heren 1194, kort voor de verschrikkelijke brand die de kathedraal en een groot deel van de stad Chartres verwoestte, meldde zich een man, een christelijke ridder, die zich bekendmaakte als Philippe de Saint-Mauré.'

'Zijn naam klinkt bekend. Hij was in het Heilige Land toen ik daar ook was, hoewel we elkaar nooit hebben ontmoet.' Pelletier fronste. 'Waarom had hij zo lang gewacht?'

'Dat vroeg ik me ook af, mijn vriend. Saint-Mauré gaf me een *merel*, op de afgesproken wijze. Hij droeg dezelfde ring die jij en ik ook de eer hebben te dragen. Ik had geen reden om aan hem te twijfelen. En toch...' Simeon haalde zijn schouders op. 'Hij had iets gluiperigs. Scherpe ogen, als een vos. Ik vertrouwde hem niet. Hij leek me niet het soort man dat Harif zou hebben gekozen. Hij straalde geen fatsoen uit. Daarom besloot ik, ondanks de bewijzen van goed vertrouwen die hij me gaf, om hem op de proef te stellen.'

'Hoe?' Het woord ontglipte haar voordat ze er iets aan kon doen.

'Alaïs,' waarschuwde haar vader.

'Het geeft niet, Bertrand. Ik deed alsof ik hem niet begreep. Ik wrong nederig mijn handen en vroeg hem vergiffenis. Hij moest me met iemand anders hebben verwisseld, zei ik tegen hem. Toen trok hij zijn zwaard.'

'Wat jouw verdenking bevestigde dat hij niet was wie of wat hij beweerde te zijn.'

'Hij bedreigde me en ging tegen me tekeer, maar mijn bedienden snelden toe, zodat hij in de minderheid was en de aftocht moest blazen.' Simeon boog zich naar voren en liet zijn stem dalen tot een gefluister. 'Zodra ik zeker wist dat hij was verdwenen bond ik de twee boeken in een bundel oude kleren en dook onder bij een christelijke familie in de buurt, die ik kon vertrouwen. Ik aarzelde wat ik moest doen. Wat wist ik nu helemaal? Was hij een bedrieger, of een bewaarder die zich had laten verleiden door hebzucht of de belofte van rijkdom en macht? Had hij ons verraden? In het eerste geval was er altijd nog een kans dat de echte bewaarder naar Chartres zou komen en mij daar niet zou aantreffen. In het laatste geval vond ik het mijn plicht om zoveel mogelijk te ontdekken. Ik weet nog altijd niet of ik de goede beslissing heb genomen.'

'U deed wat u juist vond,' zei Alaïs, zonder acht te slaan op de waarschuwende blik van haar vader, die vond dat ze haar mond moest houden. 'Meer kan een mens niet doen.'

'Goed of fout, in elk geval bleef ik nog twee dagen op mijn onderduikadres. Daarna werd het verminkte lijk van een man gevonden, drijvend in de rivier de Eure. Zijn ogen en zijn tong waren uitgesneden. Het gerucht ging dat hij een ridder was, in dienst van de oudste zoon van Charles d'Evreux, die gebieden bezat in de buurt van Chartres.'

'Philippe de Saint-Mauré.'

Simeon knikte. 'De joden kregen de schuld van de moord, en meteen begonnen de represailles. Ik was een geschikte zondebok. Ik hoorde dat ze me zouden komen halen. Er zouden getuigen zijn die Saint-Mauré bij mij aan de deur hadden gezien en bereid waren te zweren dat we ruzie hadden gekregen en dat er klappen waren gevallen. Dat gaf de doorslag. Wellicht was die Saint-Mauré wie hij zei dat hij was. Misschien was hij oprecht geweest, misschien ook niet. Het deed er niet meer toe. Hij was vermoord – meende ik – om wat hij had ontdekt over de Labyrint Trilogie. Zijn dood en de manier waarop overtuigden mij ervan dat er anderen bij betrokken waren en dat het geheim van de Graal moest zijn verraden.'

'Hoe ontsnapte u?' vroeg Alaïs.

'Mijn bedienden waren al vertrokken, en hopelijk in veiligheid. Ik verstopte me tot de volgende morgen en schoor mijn baard af. Zodra de stadspoorten opengingen glipte ik naar buiten, vermomd als vrouw. Esther ging met me mee.'

'Dus je was er niet meer toen ze het stenen labyrint in de nieuwe kathedraal aanlegden?' vroeg Pelletier. Tot Alaïs' verbazing glimlachte hij, alsof hij een binnenpretje had. 'Je hebt het nooit gezien.'

'Wat is dat?' vroeg ze.

Simeon grinnikte en richtte zich uitsluitend tot Pelletier: 'Nee. Hoewel het zijn doel heeft gediend, naar ik hoor. Die ring van steen trekt heel veel mensen. Ze kijken en zoeken, zonder te beseffen dat er slechts een vals geheim onder hun voeten ligt.'

'Wat is dat voor een labyrint?' herhaalde Alaïs.

Maar weer negeerden ze haar.

'Ik had je kunnen verbergen in Carcassona. Een dak boven je hoofd, en bescherming. Waarom ben je niet naar mij toe gekomen?'

'Geloof me, Bertrand, ik had niets liever gewild. Maar je vergeet hoe anders het noorden was dan deze veel tolerantere gebieden van de Pays d'Oc. Ik kon niet vrij reizen, mijn vriend. Het leven was zwaar voor joden in die tijd. Er was een avondklok en onze zaken werden regelmatig overvallen en geplunderd.' Hij haalde even adem. 'Bovendien zou ik het mezelf nooit hebben vergeven als ik hen… wie ze ook waren… op jouw spoor zou hebben gezet. Toen ik die ochtend uit Chartres vluchtte had ik geen idee waar ik naartoe moest. Het veiligst leek me om te verdwijnen totdat het stof was neergedaald. Daarna kwam de brand en had ik wel wat anders aan mijn hoofd.'

'Hoe kwam u in Besièrs terecht?' vroeg Alaïs, vastbesloten om weer aan het gesprek deel te nemen. 'Had Harif u hierheen gestuurd?'

Simeon schudde zijn hoofd. 'Dat was toeval. Zuiver geluk, Alaïs, geen plan. Ik reisde eerst naar Champagne, waar ik de winter doorbracht. Het volgende voorjaar, zodra de sneeuw gesmolten was, trok ik naar het zuiden. Ik had het geluk om me aan te sluiten bij een groep Engelse joden die vluchtten voor de vervolgingen in eigen land. Zij waren op weg naar Besièrs. Het leek me wel een goed idee. De stad had een tolerante reputatie. Joden bekleedden daar posities van vertrouwen en gezag, en onze kennis en vakmanschap werden daar gewaardeerd. Het lag ook dicht bij Carcassonne, zodat ik in de buurt zou zijn als Harif me nodig had.' Hij richtte zich tot Bertrand. 'God in zijn wijsheid weet hoe moeilijk het was om te weten dat jij maar op enkele dagen rijden bij me vandaan was. Maar behoedzaamheid en gezond verstand schreven voor dat het zo moest zijn.'

Hij boog zich weer naar voren, met een glinstering in zijn ogen. 'Zelfs toen waren er verzen en ballades die de ronde deden langs de hoven van het noorden. In Champagne zongen de troubadours en minstrelen over een magische beker, een levenbrengend elixer – te dicht bij de waarheid om er geen aandacht aan te besteden.' Pelletier knikte. Hij had die liederen ook gehoord. 'Alles bij elkaar genomen was het dus veiliger om niet op te vallen. Ik zou het mezelf nooit hebben vergeven als ik hen naar jouw deur zou hebben geleid, mijn vriend.'

Pelletier zuchtte diep. 'Ik vrees, Simeon, dat we – ondanks al onze inspanningen – toch zijn verraden, hoewel ik daar geen harde bewijzen voor heb. Er moeten mensen op de hoogte zijn van onze relatie, daar ben ik van overtuigd. Of ze weten wat die relatie precies inhoudt, is een andere zaak.'

'Is er iets gebeurd waarom je dat denkt?'

'Een week of langer geleden vond Alaïs een lijk in de rivier de Aude. Een jood. Zijn keel was doorgesneden en zijn linkerduim van zijn hand gehakt. Verder was er niets gestolen. Ik dacht meteen aan jou, hoewel daar geen reden voor was. Ik dacht dat iemand hem voor jou had aangezien.' Hij zweeg een moment. 'En voor die tijd waren er ook al aanwijzingen. Ik heb Alaïs iets over mijn verplichtingen verteld, voor het geval mij iets zou overkomen en ik niet naar Carcassona terugkeerde.'

Dit is het moment om hem de reden te vertellen voor je komst.

'Vader, sinds u '

Hij hief een hand op om haar het zwijgen op te leggen. 'Heb jij zelf ook aanwijzingen dat je verblijfplaats is ontdekt, Simeon? Door degenen die je in Chartres achternazaten, of door anderen?'

Simeon schudde zijn hoofd. 'De laatste tijd niet. Het is nu vijftien jaar geleden dat ik naar het zuiden kwam en in al die tijd is er niet één dag voorbijgegaan waarop ik niet verwachtte een mes in mijn keel te krijgen. Maar iets bijzonders? Nee.'

Alaïs kon niet langer zwijgen. 'Vader, wat ik te zeggen heb is van belang voor deze zaak. Ik moet u vertellen wat er is gebeurd na uw vertrek uit Carcassona. Alstublieft.'

Tegen het einde van Alaïs' verhaal was haar vader rood aangelopen. Ze was bang dat hij zou exploderen. Noch zijzelf, noch Simeon, was in staat hem te kalmeren.

'De Trilogie is ontdekt!' raasde hij. 'Geen twijfel mogelijk.'

'Stil, Bertrand,' zei Simeon ferm. 'Woede belemmert je om helder te denken.'

Alaïs draaide zich om naar het raam, zich bewust van het toenemende tumult op straat. Ook Pelletier keek op, na een korte aarzeling.

'De klokken luiden weer,' zei hij. 'Ik moet terug naar het huis van de suzerein. Burggraaf Trencavel verwacht me.' Hij stond op. 'Ik moet nog eens diep nadenken over wat je me hebt verteld, Alaïs, om te bepalen wat ons te doen staat. Maar eerst hebben we ons vertrek te regelen.' Hij draaide zich om naar zijn vriend. 'Jij gaat met ons mee, Simeon.'

Terwijl Pelletier sprak had Simeon een fraai bewerkte houten kist geopend die aan de andere kant van de kamer stond. Alaïs kwam wat dichterbij. Het deksel was gevoerd met dieprood fluweel in dikke plooien, als de gordijnen rond een bed.

Simeon schudde zijn hoofd. 'Ik rij niet met jullie mee. Ik kom achter jullie aan met mijn eigen mensen. Maar het lijkt me veiliger dat jij dit meeneemt.'

Alaïs zag dat hij met zijn hand op de bodem van de kist drukte. Er klonk een klik en een klein laatje sprong open aan de onderkant. Toen hij zich oprichtte had hij iets in zijn hand, verpakt in een hoes van schapenleer.

De twee mannen wisselden een blik voordat Pelletier het boek uit Simeons uitgestrekte hand nam en het onder zijn mantel verborg.

'In zijn brief noemt Harif ook een zuster in Carcassona,' zei Simeon.

Pelletier knikte. 'Een vriendin van de *Noublesso*, als ik het goed begrijp. Ik neem niet aan dat er meer achter steekt.'

'Het was een vrouw die het tweede boek bij me kwam halen, Bertrand,' zei Simeon zacht. 'Net als jij veronderstelde ik op dat moment dat ze niet meer was dan een koerierster, maar in het licht van jouw brief...'

Pelletier wuifde die suggestie weg. 'Ik kan niet geloven dat Harif een vrouwelijke bewaarder zou hebben aangewezen, in welke omstandigheden dan ook. Dat risico zou hij niet hebben genomen.'

Alaïs moest zich beheersen om niets te zeggen.

Simeon haalde zijn schouders op. 'We kunnen het overwegen.'

'Maar wat voor een vrouw was ze dan?' vroeg Pelletier ongeduldig. 'Iemand van wie je redelijk kon verwachten dat ze zo'n kostbaar voorwerp veilig zou kunnen bewaren?'

Simeon schudde zijn hoofd. 'Nee, zo iemand leek ze me niet. Ze was niet van hoge komaf, maar ook niet arm. Ze was de vruchtbare leeftijd al voorbij, hoewel ze een kind bij zich had. Ze reisde naar Carcassona via Servian, haar geboortestad.'

Alaïs schoot overeind.

'Veel informatie is het niet,' klaagde Pelletier. 'Heeft ze je haar naam niet genoemd?'

'Nee. Ik heb er ook niet naar gevraagd, omdat ze een brief van Harif bij zich had. Ik heb haar brood, kaas en fruit meegegeven voor onderweg, en daarna is ze weer vertrokken.'

Ze stonden bij de voordeur.

'Ik laat u hier niet graag achter,' zei Alaïs abrupt. Opeens maakte ze zich ongerust om hem.

Simeon glimlachte. 'Ik red me wel, kind. Esther zal alles inpakken wat ik wil meenemen naar Carcassona. In de menigte val ik niet op. Dat is veiliger voor ons allemaal.'

Pelletier knikte. 'De joodse wijk ligt aan de rivier, ten oosten van Carcassona, niet ver van de buitenwijk Sant-Vicens. Laat het me weten als je aangekomen bent.'

'Dat zal ik doen.'

De twee mannen omhelsden elkaar en Pelletier stapte naar buiten. Alaïs wilde hem volgen, maar Simeon legde een hand op haar arm.

'Je bent heel moedig, Alaïs. En heel trouw in je plichten tegenover je vader en de *Noublesso*. Maar pas goed op hem. Zijn opvliegendheid kan hem in problemen brengen en er liggen zware tijden en moeilijke keuzes in het verschiet.'

Alaïs wierp een blik over haar schouder en liet haar stem dalen, zodat haar vader het niet kon horen. 'Wat was dat tweede boek, dat door die vrouw is meegenomen naar Carcassona? Het boek dat nu zoek is?'

'Het *Boek der Geneeskruiden*,' antwoordde hij. 'Een lijst van kruiden en planten. Jouw vader had het *Boek der Woorden* gekregen en ik het *Boek der Getallen*.'

Ieder naar zijn eigen talent.

'Weet je nu wat je wilde weten?' vroeg Simeon, met een veelbetekenende blik van onder zijn borstelige wenkbrauwen. 'De bevestiging van een vermoeden, misschien?'

Ze glimlachte. '*Benlèu*.' Wellicht.

Alaïs kuste hem en rende achter haar vader aan.

Eten voor onderweg. Met een kaasplank erbij?

Alaïs besloot haar gedachten voorlopig voor zichzelf te houden, totdat ze het zeker wist, hoewel ze nu een sterk vermoeden had waar het boek te vinden was. Al die duizenden verbanden die als de draden van een spinnenweb door hun leven liepen waren haar plotseling duidelijk. Al die kleine vingerwijzingen die over het hoofd werden gezien omdat niemand ernaar zocht.

29

Toen ze zich terughaastten door de stad was duidelijk dat de uittocht al was begonnen.

Joden en Saracenen waren op weg naar de poorten, sommigen te voet, anderen met karren, volgeladen met hun bezittingen – boeken, kaarten, meubels. Er waren geldschieters bij, met gezadelde paarden, manden, kisten, weegschalen en rollen perkament, en Alaïs zag ook een paar christelijke families onder de menigte.

De binnenplaats van het paleis van de suzerein lag witgebleekt in de ochtendzon. Toen ze door het hek kwamen zag Alaïs de opluchting op het gezicht van haar vader toen de Raad nog in vergadering bleek.

'Weet er verder nog iemand dat je hier bent?'

Alaïs bleef abrupt staan toen ze besefte dat ze zich niet eens bij Guilhem had gemeld. 'Nee. Ik ben meteen naar u op zoek gegaan.'

De verheugde blik in de ogen van haar vader irriteerde haar.

Hij knikte. 'Wacht hier even. Ik zal burggraaf Trencavel vertellen dat je hier bent en zijn toestemming vragen om je met ons mee te nemen. Je man moet het natuurlijk ook weten.'

Alaïs keek hem na toen hij verdween in het halfdonkere huis. Ze wierp een blik om zich heen. Dieren lagen in de schaduw, met hun pels tegen de koele, bleke muren, niet geïnteresseerd in mensenzaken. Ondanks haar ervaringen en de verhalen die Amiel de Coursan haar had verteld kon Alaïs zich hier, in de rust van het paleis, moeilijk voorstellen dat de dreiging zo groot was als iedereen beweerde.

Achter haar werden de deuren opengegooid en stroomden de mannen naar buiten, de binnenplaats op. Alaïs drukte zich tegen een pilaar om niet onder de voet te worden gelopen.

Opeens was het een geweldige herrie om haar heen: mannen die schreeuwden, bevelen riepen en gehoorzaamden, *écuyers* die haastig de paarden van hun heren haalden. Binnen een mum van tijd was het paleis veranderd van een bestuurszetel in het hart van het garnizoen.

In alle commotie hoorde Alaïs iemand haar naam roepen. Guilhem. Haar hart bonsde in haar keel. Ze draaide zich om en probeerde te zien waar zijn stem vandaan kwam.

'Alaïs!' riep hij ongelovig. 'Hoe kan dat? Wat doe je hier?'

Eindelijk zag ze hem. Hij baande zich een weg door de menigte totdat hij haar in zijn armen kon nemen en haar zo hard tegen zich aan drukte dat ze naar adem hapte. Nu ze hem weer zag, en zijn geur rook, was de rest van de wereld opeens niet belangrijk meer. Alles was vergeven en vergeten. Ze voelde zich bijna verlegen, overrompeld door zijn duidelijke vreugde om haar te zien. Alaïs sloot haar ogen en stelde zich voor dat ze weer alleen waren, door een wonder getransporteerd naar het Château Comtal, alsof alle problemen van de afgelopen dagen een nare droom waren geweest.

'Wat heb ik je gemist!' zei Guilhem. Hij kuste haar nek, haar hals, haar handen. Alaïs kromp ineen.

'*Mon còr*, wat is er?'

'Niets,' zei ze snel.

Guilhem trok haar mantel weg en zag de gemene kneuzing op haar schouder. 'Niets? Bij Sant-Foy! Hoe heb je...?'

'Ik ben gevallen,' zei ze. 'Ik kwam grotendeels op mijn schouder terecht. Het is minder erg dan het lijkt. Maak je geen zorgen.'

Guilhem keek opeens onzeker, heen en weer geslingerd tussen zorgzaamheid en twijfel. 'Breng je zo je tijd door als ik er niet ben?' vroeg hij achterdochtig, terwijl hij een stap terug deed. 'Waarom ben je hier, Alaïs?'

'Om... om een bericht te brengen aan mijn vader,' hakkelde ze.

Het verkeerde antwoord, wist ze meteen. Zijn vreugde sloeg om in argwaan. Hij keek haar fronsend aan. 'Wat voor bericht?'

Alaïs wist niets meer. Wat zou haar vader hebben gezegd? Wat voor excuus kon ze bedenken?

'Ik...'

'Wat voor bericht, Alaïs?'

Ze haalde diep adem. Ze wilde niets liever dan dat ze elkaar konden vertrouwen, maar ze had haar vader haar woord gegeven.

'Messire, vergeef me, maar dat kan ik niet zeggen. Het was alleen voor zijn oren bedoeld.'

'Kún je het niet zeggen of wíl je het niet?'

'Ik kan het niet, Guilhem,' zei ze spijtig. 'Ik wilde dat het anders was.'

'Heeft hij je hier laten komen?' vroeg haar man kwaad. 'Zonder mijn toestemming te vragen?'

'Nee, nee! Niemand heeft me laten komen,' riep ze uit. 'Het was mijn eigen idee.'

'Maar je wilt me niet vertellen waarom.'

'Ik smeek het je, Guilhem, vraag me niet mijn woord te breken tegenover mijn vader. Alsjeblieft. Probeer het te begrijpen.'

Hij greep haar bij haar armen en schudde haar door elkaar. 'Dus je zegt het niet? Nee?' Hij lachte scherp en bitter. 'En ik dacht nog wel dat ik de eerste aanspraken op je had. Wat ben ik ook een dwaas!'

Alaïs probeerde hem tegen te houden, maar hij stampte al weg door de mensenmassa. 'Guilhem! Wacht.'

'Wat is er?'

Alaïs draaide zich om. Haar vader stond achter haar.

'Mijn man is beledigd omdat ik hem niet in vertrouwen neem.'

'Heb je hem gezegd dat ik het verboden had?'

'Dat heb ik geprobeerd, maar hij luisterde niet.'

Pelletier keek nijdig. 'Hij mag je niet vragen je woord te breken. Daar heeft hij het recht niet toe.'

Alaïs werd kwaad en groef haar hakken in het zand.

'Met alle respect, *Paire*, maar daar heeft hij wél het recht toe. Hij is mijn man. Hij verdient mijn gehoorzaamheid en loyaliteit.'

'Je bent toch loyaal?' zei Pelletier ongeduldig. 'Hij trekt wel weer bij. Dit is niet de plaats of het moment voor driftbuien.'

'Dit raakt hem heel diep. Hij is heel gevoelig voor beledigingen.'

'Wie niet?' antwoordde Pelletier. 'Ieder mens is gevoelig. Maar de meesten gebruiken toch liever hun gezonde verstand. Kom, Alaïs. Vergeet het nou maar. Guilhem is hier om zijn *seigneur* te dienen, niet om zich zorgen te maken over zijn vrouw. Zodra we terug zijn in Carcassona zal het wel snel opgelost zijn tussen jullie tweeën.' Hij plantte een kus op haar kruin. 'Zet het maar uit je hoofd. En ga Tatou halen. We vertrekken zo meteen.'

Langzaam draaide ze zich om en volgde hem naar de stallen. 'Praat eens met Oriane over haar aandeel hierin. Ik weet zeker dat zij meer weet van die overval op mij.'

Pelletier maakte een handgebaar. 'Je beoordeelt je zuster verkeerd. Die onenigheid tussen jullie duurt al veel te lang. Ik had eerder moeten ingrijpen, maar ik dacht dat het vanzelf over zou gaan.'

'Neem me niet kwalijk, *Paire*, maar u ziet haar niet zoals ze werkelijk is.'

Pelletier negeerde die opmerking. 'Jij staat te snel klaar met je kritiek op Oriane. Ik weet zeker dat ze oprecht heeft geprobeerd om goed voor je te zorgen, Alaïs. Heb je haar zelf naar haar motieven gevraagd?' Alaïs kleurde. 'Nee, zie je wel? Ik zie het aan je gezicht.' Hij zweeg weer even. 'Ze is je zus, Alaïs. Ze verdient beter.'

Dat onterechte verwijt bracht haar sluimerende woede weer boven.

'Het ligt niet aan mij...'

'Goed, ik zal met Oriane praten, áls ik de kans krijg,' zei hij ferm, om een streep te zetten onder de zaak.

Alaïs kleurde, maar hield haar mond. Ze had altijd geweten dat ze haar vaders lieveling was. En ze begreep ook iets anders. Juist door zijn gebrek aan affectie voor Oriane voelde hij zich schuldig en daarom zag hij haar fouten niet. Van Alaïs had hij hogere verwachtingen.

Gefrustreerd liep Alaïs met hem mee. 'Gaat u op zoek naar de daders die de *merel* hebben gestolen? Hebt u…'

'Genoeg, Alaïs. We kunnen niets meer doen voordat we terug zijn in Carcassona. Hopelijk zal God ons de kracht en het geluk geven om snel weer thuis te zijn.' Pelletier bleef staan en keek om zich heen. 'En laten we bidden dat Besièrs de kracht heeft om ze hier tegen te houden.'

30

Carcassonne

DINSDAG 5 JULI 2005

Alice voelde zich in een veel betere stemming toen ze uit Toulouse wegreed.

De autoweg sneed dwars door een vruchtbaar landschap van groene en bruine gewassen. Zo nu en dan zag ze hele velden met zonnebloemen, die hun gezichten naar de late middagzon hadden gekeerd. Een groot deel van de route liep het traject van de hogesnelheidstrein parallel aan de weg. Na de bergen en glooiende valleien van de Ariège, haar eerste kennismaking met dit deel van Frankrijk, leek dit landschap veel tammer.

Op de heuvels lagen verspreide dorpjes – losse huizen met luiken voor de ramen en een *cloche-mur*, waarvan de klokjes afstaken tegen de stoffige roze hemel. Ze las de namen van de stadjes waar ze voorbijkwam: Avignonet, Castelnaudary, Saint-Papoul, Bram, Mirepoix. De klanken rolden over haar tong als wijn, met de belofte van geheime klinkerstraatjes en een interessante historie achter hun muren van lichtgekleurde steen.

Toen ze de grens met het departement Aude overstak las ze een bruin toeristenbordje met de tekst: *Vous êtes en Pays Cathare*. Ze glimlachte bij zichzelf. Het gebied van de Katharen. Ze had algauw ontdekt dat deze streek haar identiteit net zozeer ontleende aan het verleden als aan het heden. Niet alleen Foix, maar ook Toulouse, Béziers en Carcassonne zelf, alle grote steden van het zuidwesten, leefden nog in de schaduw van gebeurtenissen die bijna achthonderd jaar geleden hadden plaatsgevonden. Boeken, souvenirs, ansichtkaarten, video's – een hele toeristenindustrie was erop gebaseerd. Zoals de avondschaduwen zich naar het westen uitstrekten, zo leken ook de bordjes haar naar Carcassonne te lokken.

Tegen negen uur had Alice de *péage* achter zich gelaten en volgde ze de bordjes naar het centrum van de stad. Ze was nerveus en opgewonden, merkwaardig ongerust, toen ze haar weg zocht door de grijze industriële buitenwijken en langs de grote winkelcentra. Ze was er nu heel dichtbij, ze kon het voelen.

De verkeerslichten sprongen op groen en Alice gaf gas. Ze werd meegezogen door het verkeer, over rotondes en bruggen, tot ze opeens weer op het platteland uitkwam, met ruig struikgewas langs de *rocade*, wilde grassen en knoestige bomen die horizontaal waren gegroeid in de straffe wind.

Alice kwam over de top van een heuvel, en daar lag het.

De middeleeuwse Cité domineerde het landschap, zoveel indrukwekkender dan Alice zich had voorgesteld: veel concreter, veel completer. Van deze afstand, tegen het scherpe reliëf van de purperen bergen op de achtergrond, leek het een magisch koninkrijk, zwevend in de lucht.

Ze was meteen verliefd.

Alice zette haar auto aan de kant en stapte uit. Er waren twee verdedigingswerken, een binnen- en een buitenring. Ze herkende de kathedraal en het kasteel. Eén rechthoekige toren, symmetrisch en slank, stak boven alles uit.

De Cité lag op een met gras begroeide heuvel. De hellingen liepen omlaag naar straten met huizen met rode pannendaken. Op de vlakte beneden zag ze wijngaarden, vijgen- en olijvenbosjes en rijen met wigwams van zware, rijpe tomaten.

Bijna met tegenzin om dichterbij te komen en de betovering te verbreken keek Alice naar de zonsondergang, die langzaam alle kleur uit het landschap zoog. Ze huiverde. De avondlucht was plotseling kil aan haar blote armen.

Uit haar herinnering kwamen de woorden boven die ze zocht: *Aankomen waar we begonnen waren en de plek voor het eerst leren kennen.*

Nu pas begreep Alice precies wat Eliot had bedoeld.

31

Paul Authié had zijn advocatenpraktijk in het hartje van de Basse Ville van Carcassonne.

Zijn kantoor had de afgelopen twee jaar goede zaken gedaan en zijn adres weerspiegelde dat succes. Het was een gebouw van glas en staal, ontworpen door een vooraanstaande architect, met een fraaie, ommuurde binnenplaats en een atriumtuin die de kantoren en gangen scheidde. Discreet en stijlvol.

Authié zat in zijn eigen kamer op de vierde verdieping. Het grote raam op het westen keek uit over de kathedraal van Saint-Michel en de kazernes van het pararegiment. Het kantoor typeerde de man zelf: keurig en ordelijk, met een doordachte ambiance van luxe en een klassieke goede smaak.

De hele buitenwand van de kamer bestond uit glas. Op dit uur van de dag was de zonwering neergelaten tegen de late middagzon. De andere drie wanden werden in beslag genomen door ingelijste foto's, getuigschriften en diploma's. Er hingen een paar oude kaarten – originelen, geen reproducties – van de routes van de kruisvaarders en de veranderende historische grenzen van de Languedoc. Het papier was vergeeld en de rode en groene inkt was hier en daar verbleekt, waardoor de kleuren vlekkerig en onevenwichtig leken verdeeld.

Voor het raam stond een lang en breed bureau, speciaal ontworpen voor deze ruimte. Het was bijna leeg, afgezien van een groot leren vloeiblad en een paar fotolijstjes, waaronder een geposeerd portret van zijn ex-vrouw en hun twee kinderen. Cliënten zagen zo'n kiekje als een bewijs van stabiliteit en familiewaarden, dus liet hij het maar staan.

Er stonden nog drie andere foto's. De eerste was een officieel portret van Authié zelf op zijn eenentwintigste, vlak nadat hij was afgestudeerd aan de Ecole Nationale d'Administration in Parijs, terwijl hij de hand drukte van Jean-Marie Le Pen, de leider van het Front Nationale. De tweede was genomen in Compostella. Op de derde, een jaar geleden gemaakt, was hij te zien met onder anderen de abt van Cîteaux, ter gelegenheid van Authiés meest recente en meest genereuze donatie aan de jezuïeten.

Elk van de foto's herinnerde hem eraan hoe ver hij was gekomen.

De telefoon op zijn bureau ging. '*Oui?*' Zijn secretaresse meldde dat zijn bezoekers waren gearriveerd. 'Stuur ze maar naar boven.'

Javier Domingo en Cyrille Braissart waren ex-politiemannen. Braissart was in 1999 ontslagen wegens gebruik van buitensporig geweld bij het verhoor van een verdachte, Domingo een jaar later op beschuldiging van intimidatie en het aannemen van smeergeld. Dat ze geen van beiden de gevangenis in waren gedraaid was te danken aan Authiés vakmanschap. Sindsdien werkten ze voor hem.

'Nou?' vroeg hij. 'Als jullie een verklaring hebben, is dit het moment om ermee te komen.' Ze sloten de deur en bleven zwijgend voor zijn bureau staan. 'Nee? Niets te zeggen?' Hij priemde met een vinger door de lucht. 'Begin maar te bidden dat Biau niet wakker wordt en zich herinnert wie er achter het stuur van die auto zat.'

'Dat zal niet gebeuren.'

'O, ben je opeens dokter geworden, Braissart?'

'Zijn toestand is in de loop van de dag verslechterd.'

Authié draaide hen zijn rug toe, zette zijn handen in zijn zij en staarde uit het raam naar de kathedraal. 'Wat hebben jullie te vertellen?'

'Biau heeft haar een briefje gegeven,' zei Domingo.

'Maar dat is verdwenen,' zei Authié sarcastisch. 'Samen met de dame zelf. Wat doe je hier eigenlijk, Domingo, als je niets nieuws te melden hebt? Waarom kom je mijn tijd verdoen?'

Domingo werd vuurrood. 'We weten waar ze is. Santini heeft haar eerder vandaag in Toulouse opgepikt.'

'En?'

'Ze is ongeveer een uur geleden uit Toulouse vertrokken,' zei Braissart. 'Ze had de hele middag in de Bibliothèque Nationale gezeten. Santini faxt een lijst door van de sites die ze heeft bezocht.'

'Wordt die auto nog gevolgd? Of is dat te veel gevraagd?'

'Dat is geregeld. Ze rijdt nu naar Carcassonne.'

Authié ging zitten en staarde hen aan over het grote bureaublad. 'Dus jij vertrekt straks om haar op te wachten bij haar hotel, Domingo?'

'Ja. Welk ho...'

'Tegenover de Porte Narbonnaise,' snauwde hij. 'En ze mag niet merken dat ze in de gaten gehouden wordt. Doorzoek haar kamer en haar auto, probeer zoveel mogelijk te weten te komen, als ze maar niets merkt.'

'Zoeken we nog naar iets anders dan de ring en het briefje, meneer?'

'Een boek,' zei hij. 'Ongeveer zo groot, met een harde kaft, dichtgebonden met leren banden. Het is heel kostbaar en kwetsbaar.' Hij zocht in een dossier op zijn bureau en schoof een foto naar hen toe. 'Zo ziet het eruit.' Hij gaf Domingo een paar seconden de tijd om hem te bekijken en borg de foto toen weer op. 'Als dat alles is...'

'We hebben ook dit nog, van een verpleegster in het ziekenhuis,' zei Braissart snel, en hij hield een velletje papier omhoog. 'Biau had het in zijn zak.'

Authié pakte het aan. Het was een verzendbevestiging van een pakje dat was verstuurd vanuit het hoofdpostkantoor in Foix, maandagmiddag laat, naar een adres in Carcassonne.

'Wie is Jeanne Giraud?' vroeg hij.

'Biaus grootmoeder van moederskant.'

'O ja?' zei hij zacht. Hij stak een hand uit en drukte op een knop van de intercom. 'Aurélie, ik heb de gegevens nodig van ene Jeanne Giraud, G-i-r-a-u-d, in de Rue de la Gaffe. Er is haast bij.' Authié liet zich weer terugzakken in zijn stoel. 'Weet ze al wat er met haar kleinzoon is gebeurd?'

Braissarts stilzwijgen was duidelijk genoeg. 'Zoek het uit,' zei hij scherp. 'Hoewel... terwijl Domingo bij dr. Tanner langsgaat, kun jij beter een kijkje nemen bij het huis van Madame Giraud. Discreet. Ik tref jullie op het parkeerterrein tegenover de Porte Narbonnaise over...' – hij keek op zijn horloge – 'een halfuur.'

De intercom zoemde.

'Waar wachten jullie op?' zei hij, en hij wuifde hen weg. Hij wachtte tot de deur achter hen was dichtgevallen voordat hij antwoord gaf.

'*Oui,* Aurélie?'

Zijn hand ging naar het gouden crucifix om zijn hals terwijl hij luisterde.

'Zei ze ook waarom ze de bespreking een uur wilde vervroegen? Natuurlijk komt me dat niet uit,' zei hij, toen de secretaresse zich verontschuldigde. Hij haalde zijn mobieltje uit de zak van zijn jasje. Geen berichten. In het verleden had ze altijd rechtstreeks en persoonlijk contact opgenomen.

'Ik moet even weg, Aurélie,' zei hij. 'Geef het rapport over Giraud maar bij mijn appartement af, als je naar huis gaat. Voor acht uur.'

Daarna griste Authié zijn jasje van de rug van zijn stoel, haalde een paar handschoenen uit zijn la en vertrok.

Audric Baillard zat aan een klein bureau in de slaapkamer aan de voorkant van Jeanne Girauds huis. De luiken waren halfgesloten en het gefilterde licht van de late zon viel vlekkerig door de kamer. Achter hem stond een ouderwets eenpersoonsbed met schone witte katoenen lakens. Het hoofd- en voeteneinde waren met houtsnijwerk versierd.

Jeanne had hem deze kamer al jaren geleden aangeboden om er gebruik van te maken wanneer hij wilde. In een gebaar dat hem bijzonder ontroerde had ze exemplaren van al zijn boeken op een houten plankje boven het bed neergezet.

Baillard had niet veel bezittingen. Het enige wat hij in de kamer bewaarde was een verschoning en zijn schrijfmateriaal. In het begin van hun lange samenwerking had Jeanne hem geplaagd met zijn voorliefde voor pen en inkt, en papier zo dik als perkament. Glimlachend had hij geantwoord dat hij te oud was om nog te veranderen.

Nu vroeg hij zich af of dat zo was. Een verandering was onvermijdelijk.

Hij leunde naar achteren in zijn stoel en dacht aan Jeanne en hoeveel haar vriendschap voor hem betekende. In elke fase van zijn leven had hij goede mannen en vrouwen gevonden om hem te helpen, maar Jeanne was bijzonder. Via haar had hij Grace Tanner gevonden, hoewel de twee vrouwen elkaar nooit hadden ontmoet.

Het geluid van pannen in de keuken bracht hem weer terug in het heden. Baillard pakte zijn pen en het leek of de jaren van hem afgleden, alsof hij opeens leeftijdsloos was, zonder ervaringen. Hij voelde zich weer jong.

Plotseling kwamen de woorden als vanzelf, en hij begon te schrijven. De brief was kort en zakelijk. Toen hij klaar was, vloeide Audric de glinsterende inkt af en vouwde het vel keurig in drieën, tot een envelop. Zodra hij haar adres had, kon hij hem versturen.

Daarna lag het in haar handen. Alleen zij kon de beslissing nemen.

'*Si es atal es atal.*' Het komt zoals het komt.

De telefoon ging. Baillard opende zijn ogen. Hij hoorde dat Jeanne opnam, en toen een schrille kreet. Eerst dacht hij nog dat het van buiten kwam, maar toen kletterde de telefoon tegen de tegelvloer.

Zonder te weten waarom sprong hij overeind. Er was iets veranderd in de atmosfeer. Hij draaide zich om toen hij Jeannes voetstappen de trap op hoorde komen.

'*Qu'es?*' vroeg hij meteen. Wat is er? 'Jeanne,' zei hij dringend. 'Wat is er gebeurd? Wie was dat aan de telefoon?'

Ze staarde hem aan. 'Het gaat om Yves. Hij is gewond.'

Audric keek ontzet. '*Quora?*' Wanneer?

'Gisteravond. Een ongeluk. De bestuurder is doorgereden. Ze hebben Claudette nu pas weten te bereiken. Zij was het die me belde.'

'Hoe ernstig is hij gewond?'

Jeanne scheen hem niet te horen. 'Ze sturen iemand om me naar het ziekenhuis in Foix te brengen.'

'Wie? Claudette?'

Jeanne schudde haar hoofd. 'De politie.'

'Wil je dat ik meega?'

'Ja,' zei ze na een korte aarzeling, voordat ze als een slaapwandelaar de kamer uit liep naar de overloop. Even later hoorde Baillard haar slaapkamerdeur dichtvallen.

Machteloos, en geschrokken van het nieuws, draaide hij zich weer naar de kamer om. Hij wist dat het tijdstip geen toeval kon zijn. Zijn blik viel op de brief die hij had geschreven. Hij deed er een halve stap naartoe, in de hoop dat hij de onvermijdelijke keten van gebeurtenissen zou kunnen stoppen nu er nog tijd was.

Toen liet hij zijn hand weer langs zijn zij zakken. Als hij de brief verbrandde zou alles waarvoor hij had gevochten en alles wat hij had doorstaan zinloos zijn.

Hij moest de weg volgen tot het eind.

Baillard liet zich op zijn knieën vallen en begon te bidden. Eerst kwamen de oude woorden nog wat haperend over zijn lippen, maar algauw ging het beter. Ze vormden een band met iedereen die deze teksten ooit vóór hem had uitgesproken.

Het geluid van een claxon op straat bracht hem terug in het heden. Stram en vermoeid kwam hij overeind. Hij stak de brief in zijn borstzak, pakte zijn jasje van de achterkant van de deur en liep naar Jeannes kamer om haar te zeggen dat het tijd was om te gaan.

Authié zette zijn auto op een van de grote, anonieme gemeentelijke parkeerterreinen tegenover de Porte Narbonnaise. Horden buitenlanders zwermden rond, gewapend met gidsjes en camera's. Hij had er een gruwelijke hekel aan, die exploitatie van de geschiedenis en die onverschillige vercommercialisering van zijn verleden voor het genoegen van Japanners, Amerikanen en Engelsen. Hij haatte de gerestaureerde muren en de leistenen neptorens – de verpakking van een fictief verleden voor onnozele, ongelovige toeristen.

Braissart stond al te wachten en bracht haastig verslag uit. Er was niemand thuis en ze konden gemakkelijk binnenkomen via de tuinen aan de achterkant. Volgens de buren was Madame Giraud een kwartier geleden door een politiewagen opgehaald. Er was een oudere man bij haar.

'Wie?'

'Ze hadden hem wel vaker gezien, maar niemand wist hoe hij heette.'

Authié stuurde Braissart weg en liep de heuvel af. Het huis lag op ongeveer driekwart, aan de linkerkant. De deur was op slot en de luiken zaten dicht, maar zo te zien waren de bewoners nog maar net vertrokken.

Hij liep door naar het einde van de straat, linksaf naar de Rue Barbarcane en vandaar naar de Place Saint-Gimer. Er zaten een paar mensen voor hun huizen met uitzicht op de geparkeerde auto's op het plein. Een groepje fietsers, met ontbloot bovenlijf en bruingebrand door de zon, hing rond op de trappen van de kerk. Authié lette niet op hen. Hij liep energiek naar de asfaltweg achter de eerste paar huizen en tuinen van de Rue de la Gaffe. Daar sloeg hij rechtsaf en beklom een smal zandpad dat zich door het gras van de helling onder de muren van de Cité slingerde.

Even later keek hij uit op de achterkant van Girauds huis. De muren waren in dezelfde poedergele kleur geschilderd als de voorgevel. Een klein, houten hekje gaf toegang tot een betegelde tuin. Het zat niet op slot. Er stond een weelderige boom met dikke vijgen, bijna zwart van zoetigheid, die het grootste deel van het plaatsje aan het zicht van de buren onttrokken. De terracottategels waren paarsgevlekt waar overrijpe vijgen waren gevallen en opengebarsten.

De glazen serredeuren werden beschut door een houten pergola die met wijnranken was begroeid. Authié tuurde naar binnen. De sleutel zat in het slot, maar de deuren waren aan de onder- en bovenkant vergrendeld. Hij wilde geen sporen van braak achterlaten, dus moest hij een andere manier vinden om binnen te komen.

Naast de serredeuren was een klein keukenraam, waarvan de bovenste helft op een kier stond. Authié trok zijn latexhandschoenen aan, stak zijn vingers door de opening van het klapraampje en wist de ouderwetse spanjolet open te wrikken. Het ging stroef en de scharnieren protesteerden krakend. Toen de opening groot genoeg was, stak hij zijn arm er doorheen en maakte het raam eronder open.

Een geur van olijven en zuur brood sloeg hem tegemoet toen hij de koele keuken binnenklom. De kaasplank werd beschermd door een hor. In de kasten zag hij flessen en potten met zoetzuur, jam en mosterd. Op de tafel lag een houten snijplank met een witte theedoek en wat kruimels van een oud stokbrood. In de gootsteen stond een vergiet met abrikozen die nog gewassen moesten worden. Twee omgekeerde glazen stonden uit te lekken op het aanrecht.

Authié liep door naar de kamer. In de hoek was een bureau met een oude elektrische schrijfmachine. Hij zette hem aan en het ding kwam zoemend tot leven. Authié draaide er een vel papier in en typte een paar letters. Ze verschenen in een scherp zwart rijtje op de pagina.

Hij schoof de machine weg en doorzocht de kastjes erachter. Jeanne Giraud was een systematische vrouw, die haar administratie keurig had gearchiveerd, met duidelijke etiketten: rekeningen in het eerste vakje, persoonlijke brieven in het tweede, pensioen- en verzekeringspapieren in het derde, circulaires en folders in het vierde.

Niets van belang. Authié richtte zijn aandacht op de laden. De eerste twee leverden de gebruikelijke kantoorspulletjes op: pennen, paperclips, enveloppen, postzegels en een voorraad wit A4-papier. De onderste la zat op slot. Voorzichtig en behendig stak Authié een briefopener achter de rand en het slot sprong open.

De la bevatte niets anders dan een kleine jiffybag, groot genoeg voor een ring, maar niet voor een boek. Het poststempel luidde: Ariège: 18:20, 4 juli 2005.

Authié stak zijn vingers erin. De envelop was leeg, afgezien van het bewijsje dat Madame Giraud om tien voor halfnegen voor ontvangst had getekend. Het hoorde bij het verzendbewijs dat hij van Domingo had gekregen.

Authié stak het in de zak van zijn jasje.

Het was geen onomstotelijk bewijs dat Biau de ring had meegenomen en aan zijn grootmoeder had gestuurd, maar alles wees erop. Authié zocht verder naar de ring. Toen hij klaar was met de benedenverdieping liep hij de trap op. Recht voor hem uit was de deur van de slaapkamer aan de achterkant. Dit was duidelijk Girauds kamer: schoon, licht en vrouwelijk. Hij doorzocht de kleerkast en de ladekast. Zijn deskundige vingers werkten de stapeltjes kleren en ondergoed door. Veel was het niet, maar van goede kwaliteit. Alles was keurig opgevouwen en rook vaag naar rozenwater.

Voor de spiegel van de toilettafel stond een sieradenkistje met een paar broches, een vergeeld parelsnoer, een gouden armband, een zilveren crucifix en wat oorbellen. Haar trouw- en verlovingsringen lagen stijf in het versleten rode vilt gedrukt, alsof ze maar zelden tevoorschijn werden gehaald.

De slaapkamer aan de voorkant vormde een scherp contrast: helemaal leeg, afgezien van een eenpersoonsbed en een bureau onder het raam, met een lamp erop. Authié kon dat wel waarderen. Het deed hem denken aan de kale cellen van de abdij.

Er waren tekenen van recent gebruik. Op het nachtkastje stond een halfleeg glas water, naast een boek met Occitaanse poëzie van René Nelli, een beduimeld exemplaar. Authié liep naar het bureau. Aan de rand stond een flesje inkt naast een ouderwetse pen en wat dikke vellen papier. Eronder lag een vloeiblad, dat nauwelijks was gebruikt.

Hij kon zijn ogen niet geloven. Iemand had aan dit bureau gezeten en een brief geschreven aan Alice Tanner. De naam was duidelijk leesbaar.

Authié draaide het vloeiblad om en probeerde de handtekening te ontcijferen, half zichtbaar onderaan. Het was een ouderwets handschrift en sommige letters vloeiden in elkaar over, maar hij concentreerde zich totdat hij een beeld had van de naam.

Hij vouwde het dikke papier op en stak het in zijn borstzakje. Toen hij wilde vertrekken viel zijn blik op een stukje papier op de grond, dat klem zat in de kier tussen de deur en de deurpost. Authié raapte het op. Het was een snipper van een treinkaartje, enkele reis, van diezelfde dag. De bestemming, Carcassonne, was duidelijk leesbaar, maar het vertrekpunt ontbrak.

Het geluid van de klokken van de Saint-Gimer die het hele uur sloegen herinnerde hem eraan dat hij niet veel tijd meer had. Met een laatste blik of hij alles in dezelfde staat had achtergelaten draaide hij zich om en vertrok zoals hij gekomen was.

Twintig minuten later zat hij op het balkon van zijn appartement aan de Quai de Paicherou, met uitzicht over de rivier naar de Cité. Op het tafeltje voor hem stonden een fles Château de Villerambert Moureau en twee glazen. Op zijn schoot had hij een envelop met de gegevens die zijn secretaresse het afgelopen uur had verzameld over Jeanne Giraud. Het andere dossier was een voorlopig verslag van de forensisch antropoloog over de lichamen die in de grot waren ontdekt.

Authié dacht even na en haalde toen een paar vellen uit Girauds dossier. Toen plakte hij de envelop weer dicht, schonk zichzelf een glas wijn in en wachtte op zijn bezoekster.

32

Langs de hoge kade van de Quai de Paicherou zaten mannen en vrouwen op metalen bankjes die uitkeken over de Aude. De uitgestrekte, glooiende grasvelden van de parken waren onderverdeeld door fleurige bloemperken en goed onderhouden paden. Het felle rood, geel en oranje van de kinderspeeltuin paste bij de wilde kleuren van de bloemen: vuurrode karmozijnbes, grote lelies, ridderspoor en geraniums.

Marie-Cécile wierp een waarderende blik op het gebouw van Paul Authié. Het kwam overeen met haar verwachtingen, een discreet en smaakvol *quartier* dat niet opviel tussen de mengeling van woonhuizen en appartementen. Ze zag een vrouw met een donkerrode zijden sjaal en een helderrood shirt over het pad langs de rivier fietsen.

Algauw voelde ze dat iemand haar in de gaten hield. Zonder haar hoofd om te draaien keek ze op en zag een man op het balkon van de bovenste verdieping staan, met zijn handen op de smeedijzeren leuning. Hij keek omlaag naar haar auto. Marie-Cécile glimlachte. Ze herkende Paul Authié van zijn foto's. Vanaf deze afstand leek het alsof die hem geen recht deden.

Haar chauffeur belde aan. Ze zag dat Authié zich omdraaide en door de balkondeuren verdween. Tegen de tijd dat haar chauffeur het portier opende stond Authié al in de deuropening om haar te begroeten.

Ze had haar kleren zorgvuldig gekozen: een lichtbruine mouwloze jurk en bijpassend jasje – netjes, maar niet te officieel. Eenvoudig en stijlvol.

Van dichtbij werden haar eerste indrukken bevestigd. Authié was lang en gespierd. Hij droeg een goedgesneden vrijetijdspak met een wit overhemd. Zijn haar was achterovergekamd en accentueerde de fijne botten van zijn bleke gezicht. Hij had een verontrustend scherpe blik. Onder dat geciviliseerde uiterlijk voelde Marie-Cécile de onverzettelijkheid van een straatvechter.

Tien minuten later zat ze achter een glas wijn en had ze een redelijk beeld van de man met wie ze te maken had. Ze glimlachte toen ze zich naar voren boog en haar sigaret uitdrukte in de zware glazen asbak.

'*Bon, aux affaires.* Binnenshuis lijkt me verstandiger.'

Authié stapte opzij om haar binnen te laten door de glazen deuren, die toegang gaven tot een onberispelijke maar onpersoonlijke woonkamer. Lichtgekleurde kleden en lampenkappen, stoelen met hoge rugleuningen rond een glazen tafel.

'Nog wat wijn? Of iets anders?'

'Pastis, als je hebt.'

'IJs? Water?'

'IJs.'

Marie-Cécile ging in een van de crèmekleurige fauteuils zitten die schuin aan weerskanten van het glazen koffietafeltje stonden en keek hoe hij de drankjes mixte. De subtiele geur van anijs zweefde door de kamer.

Authié gaf haar het glas en ging tegenover haar zitten.

'Dank je,' zei ze met een glimlach. 'Goed, Paul. Eerst wil ik de juiste volgorde van gebeurtenissen met je doornemen, als je geen bezwaar hebt.'

Als hij geïrriteerd was, liet hij dat niet merken. Terwijl hij aan het woord was observeerde ze hem scherp, maar zijn verslag was helder en gedetailleerd, en kwam volstrekt overeen met wat hij haar al eerder had verteld.

'En de skeletten zelf? Zijn ze naar Toulouse gebracht?'

'Ja. Naar de afdeling forensische antropologie van de universiteit.'

'Wanneer verwacht je iets te horen?'

Als antwoord gaf hij haar een witte A4-envelop van het tafeltje. Hij hield van dramatische gebaren, dacht ze.

'Nu al? Dat is snel.'

'Iemand was me iets schuldig.'

Marie-Cécile legde de envelop op haar schoot. 'Dank je. Ik lees het later wel,' zei ze onverstoorbaar. 'Geef me maar een samenvatting. Jij hebt het al gelezen, neem ik aan?'

'Het is nog maar een voorlopig verslag. Er worden nog uitvoeriger tests gedaan,' waarschuwde hij haar.

'Dat begrijp ik,' zei ze, terwijl ze naar achteren leunde in haar stoel.

'De beenderen behoren toe aan een man en een vrouw en zijn zeven- tot negenhonderd jaar oud. Het mannelijke skelet vertoont sporen van ongenezen verwondingen bij het bekken en boven aan het dijbeen, mogelijk toegebracht vlak voor zijn dood. Er zijn ook sporen van oudere, geheelde breuken van zijn rechterarm en sleutelbeen.'

'Leeftijd?'

'Volwassen. Niet erg jong of erg oud. Ergens tussen de twintig en de zestig. De proeven moeten meer zekerheid geven. De vrouw valt in dezelfde leeftijdscategorie. Haar schedel is aan één kant ingedeukt – door een klap op haar hoofd of door een val. Ze heeft minstens één kind gehad. Er zijn ook bewijzen van een geheelde breuk in haar rechtervoet en een ongenezen breuk in haar linkerellepijp, tussen de elleboog en de pols.'

'Doodsoorzaak?'

'Daar wil hij zich in dit stadium nog niet op vastleggen, maar vermoedelijk is daar geen eenduidig antwoord op te geven. Gezien de periode waar het om gaat zijn ze waarschijnlijk allebei overleden aan een combinatie van hun verwondingen, bloedverlies en mogelijk ook honger.'

'Denkt hij dat ze nog leefden toen ze in de grot werden begraven?'

Authié haalde zijn schouders op, hoewel ze een vonkje van interesse in zijn grijze ogen zag. Marie-Cécile nam een sigaret uit haar koker en rolde die even tussen haar vingers terwijl ze nadacht.

'En de voorwerpen die tussen de lichamen zijn aangetroffen?' vroeg ze. Hij gaf haar vuur en ze boog zich naar voren.

'Hetzelfde voorbehoud, maar ze dateren waarschijnlijk uit eind twaalfde eeuw tot midden dertiende eeuw. De lamp op het altaar zou wat ouder kunnen zijn en heeft een Arabisch ontwerp, mogelijk afkomstig uit Spanje, maar waarschijnlijk van verder weg. Het mes is een gewoon etensmes voor vlees en fruit. Er zitten bloedsporen op het lemmet. Tests moeten nog uitwijzen of het mensen- of dierenbloed was. De leren zak is vervaardigd van plaatselijk materiaal en karakteristiek voor de Languedoc uit die tijd. Geen aanwijzingen of er iets in gezeten heeft, of wát, hoewel er metaaldeeltjes zijn aangetroffen in de voering en sporen van schapenvacht in het stiksel.'

'Verder nog iets?' vroeg Marie-Cécile zo neutraal mogelijk.

'Dr. Tanner, de vrouw die de grot heeft ontdekt, heeft een grote koperen en zilveren gesp gevonden, die klem zat onder het rotsblok dat de ingang afsloot. De gesp dateert uit dezelfde periode en is van plaatselijke herkomst, of misschien uit Aragon. In de envelop zit een foto.'

Marie-Cécile maakte een handgebaar. 'Ik ben niet geïnteresseerd in een gesp, Paul,' zei ze, en ze blies een rookkring omhoog. 'Maar ik wil wel weten waarom je het boek niet hebt gevonden.'

Ze zag dat zijn lange vingers zich om de armleuningen van zijn stoel klemden.

'We hebben geen bewijzen dat het boek daar gelegen heeft,' zei hij kalm. 'Hoewel de leren zak groot genoeg was voor een boek van het formaat dat u zoekt.'

'En de ring? Lag die er wel, of twijfel je daar ook aan?'

Nog steeds liet hij zich niet uit zijn tent lokken. 'Integendeel. Ik ben ervan overtuigd dat die ring daar was.'

'En?'

'Hij was er wel, maar iemand heeft hem meegenomen – ergens tussen het tijdstip van de ontdekking van de grot en het moment waarop ik daar arriveerde met de politie.'

'Maar daar is ook geen bewijs voor,' zei ze, op scherpe toon nu. 'En jij hebt die ring niet, of wel?'

Marie-Cécile zag dat Authié een vel papier uit zijn zak haalde. 'Dr. Tanner was er heilig van overtuigd. Ze heeft er zelfs een tekening van gemaakt,' zei hij, en hij gaf haar de schets. 'Heel primitief, dat geef ik toe, maar het klopt aardig met de beschrijving die u mij gegeven hebt. Vindt u ook niet?'

Ze pakte het papier aan. De afmetingen, vorm en verhoudingen waren niet helemaal juist, maar toch leek de tekening sterk op de tekening van de labyrintring die Marie-Cécile in haar kluis in Chartres had. Niemand buiten de familie De l'Oradore had die in achthonderd jaar gezien, dus het moest wel waar zijn.

'Een hele kunstenares,' mompelde ze. 'Was dit haar enige tekening?'

Zijn grijze ogen keken haar strak aan en hij aarzelde niet. 'Er waren nog andere, maar dit was de enige die ertoe deed.'

'Dat kun je beter aan mij overlaten,' zei ze rustig.

'Helaas heb ik alleen deze schets meegenomen, Madame De l'Oradore. De rest leek me niet relevant.' Authié haalde verontschuldigend zijn schouders op. 'Bovendien begon inspecteur Noubel, die de leiding had, zich af te vragen waarom ik zo geïnteresseerd was.'

'De volgende keer...' zei ze, maar bedacht zich toen. Ze drukte haar sigaret uit, zo heftig dat de tabak in een waaier werd geplet. 'Je hebt de bezittingen van dr. Tanner doorzocht, neem ik aan?'

Hij knikte. 'De ring was er niet bij.'

'Hij is maar klein. Ze had hem gemakkelijk kunnen verbergen.'

'Theoretisch wel,' beaamde hij, 'maar ik geloof er niet in. Als ze hem had gestolen, waarom is ze er dan zelf over begonnen? Bovendien...' – hij boog zich naar voren en tikte op het papier – 'had het weinig zin om er een tekening van te maken als ze de ring zelf nog in haar bezit had.'

Marie Cécile keek nog eens naar de schets. 'Heel nauwkeurig, voor iets wat uit het geheugen is getekend.'

'Dat is waar.'

'Waar is ze nu?'

'Hier, in Carcassonne. Blijkbaar heeft ze morgen een bespreking met een notaris.'

'Waarover?'

Hij haalde zijn schouders op. 'Een erfenis, schijnt het. Zondag vliegt ze weer naar huis.'

De twijfel die Marie-Cécile had bevangen vanaf het moment dat ze gisteren over de vondst had gehoord werd sterker met elk woord dat hij zei. Het klopte gewoon niet.

'Hoe kwam dr. Tanner eigenlijk bij het team terecht?' vroeg ze. 'Op voorspraak?'

Authié keek verbaasd. 'Dr. Tanner hoorde niet bij het team,' zei hij luchtig. 'Dat had ik toch gezegd?'

Haar mond verstrakte. 'Nee, dat had je niet.'

'Het spijt me,' zei hij onverstoorbaar. 'Ik dacht van wel. Dr. Tanner was vrijwilligster. De meeste opgravingen kunnen niet zonder onbetaalde arbeid. Toen er een verzoek kwam of ze deze week met het team mocht meewerken was er geen reden om dat af te wijzen.'

'Van wie kwam dat verzoek?'

'Van Shelagh O'Donnell, geloof ik,' zei hij onverschillig. 'De plaatsvervangend leider van de opgravingen.'

'Dus ze is een vriendin van dr. O'Donnell?' concludeerde Marie-Cécile, die moeite had haar verbazing te verbergen.

'Daarom kwam ik op het idee dat dr. Tanner de ring misschien aan háár had gegeven. Helaas had ik maandag niet meer de kans om haar te verhoren, en nu lijkt ze spoorloos verdwenen.'

'Wát?' vroeg Marie-Cécile. 'Wanneer? En wie weet daar meer van?'

'O'Donnell was gisteravond nog in het huis van het team. Ze kreeg een telefoontje en kort daarna ging ze weg. Niemand heeft haar sindsdien nog gezien.'

Marie-Cécile stak nog een sigaret op om haar zenuwen te kalmeren. 'Waarom heb ik daar niets over gehoord?'

'Ik wist niet dat het u interesseerde. Het leek me bijzaak. Neem me niet kwalijk.'

'Is de politie gewaarschuwd?'

'Nog niet. Dr. Brayling, de leider van de opgravingen, heeft iedereen een paar dagen vrijaf gegeven. Hij gaat ervan uit dat O'Donnell gewoon in haar eentje is vertrokken zonder iemand iets te zeggen.'

'Ik wil de politie er niet bij hebben,' zei ze beslist. 'Dat komt ons helemaal niet uit.'

'Dat ben ik met u eens, Madame De l'Oradore. Dr. Brayling is niet gek. Als hij denkt dat O'Donnell iets van het terrein heeft gestolen is het bepaald niet in zijn belang om de autoriteiten te waarschuwen.'

'Denk je dat O'Donnell die ring gestolen heeft?'

Authié ontweek de vraag. 'We moeten proberen haar te vinden.'

'Dat vroeg ik je niet. En het boek? Zou ze dat ook hebben?'

Authié keek haar recht aan. 'Zoals ik al zei, ik weet niet of het boek daar ooit geweest is.' Hij wachtte even. 'Maar áls dat zo was, ben ik er nog niet van overtuigd dat ze het ongezien van het terrein had kunnen meenemen. De ring is een andere zaak.'

'Toch heeft *iemand* dat gedaan,' snauwde ze gefrustreerd.

'Ja, áls het er was. Zoals ik al zei.'

Hij keek verrast op toen Marie-Cécile overeind sprong en om het tafeltje heen liep tot ze recht voor hem stond. Voor het eerst zag ze iets van schrik in zijn grijze ogen. Ze boog zich naar voren en legde haar hand plat tegen zijn borst.

'Ik voel je hart bonzen,' zei ze zacht. 'Het gaat behoorlijk tekeer. Waarom is dat, Paul?' Ze keek hem strak aan en duwde hem naar achteren in zijn stoel. 'Ik accepteer geen fouten. En ik hou er niet van als iemand informatie achterhoudt.' Haar ogen boorden zich in de zijne. 'Heb je me goed begrepen?'

Authié gaf geen antwoord. Dat was ook haar bedoeling niet.

'Het enige wat je hoefde te doen was mij de voorwerpen leveren die je me had beloofd. Daar betaal ik je voor. Zoek dat Engelse meisje, regel iets met Noubel als dat nodig is, en zoek het verder zelf maar uit. Ik wil het niet weten.'

'Als ik iets heb gedaan om u de indruk te geven...'

Ze legde haar vingers tegen zijn lippen en voelde dat hij terugdeinsde voor het fysieke contact. 'Ik wil het niet weten.'

Marie-Cécile richtte zich op en stapte bij hem vandaan, het balkon op. De avond had de stad van alle kleur beroofd. De gebouwen en bruggen waren nog slechts silhouetten in de schemering.

Even later stond Authié op en kwam naast haar staan.

'Ik twijfel er niet aan dat je je best doet, Paul,' zei ze zacht. Hij legde zijn handen naast de hare op de leuning en heel even raakten hun vingers elkaar. 'Er zijn natuurlijk andere leden van de *Noublesso Véritables* in Carcassonne die ik net zo goed zou kunnen inschakelen. Maar omdat je er toch al bij betrokken bent...'

Ze maakte haar zin niet af. Zijn schouders en zijn rug verstrakten. Marie-Cécile wist dat haar waarschuwing begrepen was. Ze stak een hand op naar haar chauffeur, die beneden wachtte.

'Ik wil zelf naar de Pic de Soularac.'

'Logeert u in Carcassonne?'

Ze onderdrukte een glimlach. 'Een paar dagen, ja.'

'Ik had de indruk dat u de ruimte niet wilde betreden tot de avond van de ceremonie...'

'Ik ben van gedachten veranderd.' Ze draaide zich naar hem om. 'Ik ben hier nu toch.' Ze glimlachte. 'Ik heb nog dingen te regelen. Als je me om één uur kunt oppikken, dan heb ik nog tijd om je rapport te lezen. Ik zit in het Hôtel de la Cité.'

Marie-Cécile liep weer naar binnen, pakte de envelop en borg die in haar handtas.

'*Bien. A demain,* Paul. Welterusten.'

Zich bewust van zijn ogen in haar rug toen ze de trap afliep had Marie-Cécile toch bewondering voor zijn zelfbeheersing. Maar toen ze in de auto stapte hoorde ze tot haar voldoening een glas tegen de muur vliegen en breken in Authiés appartement, twee verdiepingen boven haar hoofd.

In de lounge van het hotel stond het blauw van de sigarenrook. Mannen en vrouwen in zomerpakken en avondjurk kwamen na het eten nog even iets drinken. Ze zaten diep weggezakt in de leren fauteuils of in de discrete schaduwen van de mahoniehouten zitbanken met hun hoge rugleuningen.

Marie-Cécile liep langzaam de brede trap op. Zwartwitfoto's keken op haar neer – herinneringen aan het vermaarde verleden van het hotel van rond de eeuwwisseling.

Op haar kamer gekomen kleedde ze zich uit en sloeg een badjas om zich heen. Zoals altijd aan het einde van de dag bekeek ze zichzelf in de spiegel, heel objectief, alsof ze een kunstwerk analyseerde. Een doorschijnende huid, hoge jukbeenderen en het karakteristieke profiel van de De L'Oradores.

Marie-Cécile streek met haar vingers over haar gezicht en haar hals. Ze zou haar schoonheid niet laten verbleken met het verstrijken van de jaren. Als alles goed ging, zou zij de droom van haar grootvader kunnen waarmaken: de ouderdom en de dood verslaan.

Ze fronste. Als ze het boek en de ring maar kon vinden. Ze pakte haar telefoontje en toetste een nummer. Met nieuwe vastberadenheid stak Marie-Cécile een sigaret op, liep naar het raam en keek uit over de tuinen terwijl ze wachtte tot er opgenomen werd. Flarden van late avondgesprekken zweefden zachtjes omhoog vanaf het terras. Achter de muren van de Cité, voorbij de rivier, glinsterden de lichtjes van de Basse Ville als goedkope oranje en witte kerstlampjes.

'François-Baptiste? *C'est moi.* Heeft er iemand nog mijn privé-nummer gebeld, de afgelopen vierentwintig uur?' Ze luisterde. 'Nee? Heeft zij jou gebeld?' Ze wachtte. 'Ik kreeg hier net een probleem te horen.' Ze trommelde met haar vingers op haar arm terwijl ze praatte. 'En zijn er nog ontwikkelingen in die andere zaak?'

Het antwoord beviel haar niet. 'Landelijk, of alleen lokaal?' Stilte. 'Hou me op de hoogte. Bel me als je iets hoort, en anders ben ik donderdagavond terug.'

Toen ze had opgehangen gunde Marie-Cécile zich een moment om na te denken over de andere man in haar huis. Will was een lieverd en deed erg zijn best, maar de relatie had zijn beste tijd gehad. De jongen begon eisen te stellen en zijn puberale jaloezie werkte op haar zenuwen. Hij vroeg te veel, en ze had geen behoefte aan complicaties op dit moment.

Bovendien hadden ze het huis voor zich alleen nodig.

Ze deed het leeslampje aan en pakte het rapport over de skeletten dat ze van Authié had gekregen, plus een dossier over Authié zelf, dat ze had laten opstellen toen hij twee jaar geleden was voorgedragen als kandidaat voor de *Noublesso Véritable*.

Ze las het vluchtig door, hoewel ze het al kende. Als student was hij een paar keer beschuldigd van een poging tot aanranding. De twee vrouwen waren afgekocht, veronderstelde Marie-Cécile, want hij was nooit officieel in staat van beschuldiging gesteld. Er was een aanklacht wegens grof geweld tegen een Algerijnse vrouw bij een pro-islamitische demonstratie, maar ook die zaak was nooit voor de rechter gekomen. Hij zou betrokken zijn geweest bij een antisemitische publicatie aan de universiteit, en zijn ex-vrouw had hem beschuldigd van seksueel misbruik en geweldpleging, maar ook dat was gesust.

Belangrijker waren zijn regelmatige en steeds ruimere donaties aan de Societas Jesu, de jezuïeten. De afgelopen twee jaar was hij ook nauwer betrokken geraakt bij fundamentalistische groeperingen die zich verzetten tegen het Tweede Vaticaanse Concilie en de modernisering van de katholieke Kerk.

Marie-Cécile vond die bewijzen van religieus fanatisme moeilijk te verenigen met het lidmaatschap van de *Noublesso*. Authié had zijn diensten aan de organisatie aangeboden en zich nuttig gemaakt. Hij had de opgravingen op de Pic de Soularac efficiënt georganiseerd, en alles leek gereed voor een snelle afwikkeling. Het veiligheidslek in Chartres was ontdekt dankzij een van zijn contacten. Zijn inlichtingen waren altijd helder en betrouwbaar.

Toch vertrouwde Marie-Cécile hem niet. Hij was te ambitieus. Tegenover zijn successen stonden de mislukkingen van de afgelopen achtenveertig uur. Ze geloofde niet dat hij zo dom zou zijn om zelf de ring of het boek te stelen, maar Authié leek haar niet iemand die dingen onder zijn neus liet wegkapen.

Ze aarzelde en belde toen nog een nummer.

'Ik heb een klus voor je. Ik zoek een boek, ongeveer twintig centimeter hoog en tien centimeter breed, met een band van hout en leer, bijeengebonden met leren koorden. Plus een stenen mannenring, met een platte bovenkant, een dunne lijn door het midden en een reliëf aan de onderkant. Misschien is er ook een kleine penning bij, ter grootte van een euromuntje.' Ze wachtte even. 'Carcassonne. Een flat aan de Quai de Paicherou en een kantoor in de Rue de Verdun. Allebei van Paul Authié.'

33

Het hotel van Alice lag recht tegenover de hoofdpoort van de middeleeuwse Cité, in een mooie tuin, een beetje verzonken, uit het zicht van de straat.

Ze werd naar een comfortabele kamer op de eerste verdieping gebracht. Daar gooide ze de ramen open om de wereld binnen te laten. Etensgeuren – gebraden vlees, knoflook, vanille – en sigarenrook zweefden de kamer binnen.

Haastig pakte ze haar koffers uit en nam een douche. Toen belde ze Shelagh nog eens, meer uit gewoonte dan met veel hoop. Nog altijd geen reactie. Ze haalde haar schouders op. Niemand kon zeggen dat ze haar best niet had gedaan.

Gewapend met de gids die ze onderweg vanuit Toulouse bij een tankstation had gekocht stapte Alice het hotel uit en stak de weg over naar de Cité. Een steile betonnen trap kwam uit in een klein park, omzoomd door struiken, winterharde planten en platanen. Een helder verlichte negentiende-eeuwse draaimolen domineerde de andere hoek van de tuinen, met felgekleurde fin de siècle-versieringen die totaal niet pasten in de schaduw van de zandstenen middeleeuwse versterkingen. Het ding had een bruinwit gestreepte hemel, met een lijst waarop ridders, dames en witte paarden waren geschilderd. Alles was wit en goud: de steigerende paarden, de ronddraaiende theekopjes, de sprookjeskoetsen. Zelfs de kaartjeskiosk leek op een ticketbox op de kermis. Er luidde een bel en kinderen joelden toen de caroussel in beweging kwam, traag begeleid door een antiek, mechanisch muziekje.

Voorbij de carrousel zag Alice de grijze koppen en schouders van graven en grafstenen achter de muren van het kerkhof. Een taxushaag met een rij cipressen beschutte de slapers tegen toevallige blikken. Rechts van het hek was een groepje mannen bezig met een spelletje *pétanque*.

Alice bleef staan, tegenover de poort van de Cité, om zich voor te bereiden. Rechts zag ze een stenen zuil, voorzien van een lelijke stenen waterspuwer met een platte, harde, botte kop. Pas gerestaureerd, zo te zien.

SUM CARCAS. Ik ben Carcas.

Dame Carcas was de moorse koningin en echtgenote van koning Balaack, naar wie Carcassonne zou zijn genoemd nadat ze vijf jaar lang een belegering door Karel de Grote had getrotseerd.

Alice stak de overdekte ophaalbrug over, een gedrongen, vierkante constructie van steen, kettingen en hout. De planken kraakten en kreunden onder haar voeten. Ze zag geen water in de slotgracht, alleen gras, met hier en daar wat wilde bloemen.

Zo kwam ze bij de *Lices*, een stoffige, brede strook tussen de buitenste en binnenste ring van de wallen. Links en rechts klommen kinderen over de muren en hielden riddergevechten met plastic zwaarden. Recht vooruit was de Porte Narbonnaise. Alice keek omhoog toen ze onder de hoge, smalle boog door liep. Een stenen beeld van de Maagd Maria keek welwillend op haar neer.

Zodra ze binnen de poorten was leek alle suggestie van ruimte verdwenen. De smalle Rue Cros-Mayrevieille, de met klinkers geplaveide hoofdstraat, liep omhoog, tussen huizen door die zo dicht op elkaar stonden dat twee mensen op de bovenverdiepingen elkaar over de straat heen een hand hadden kunnen geven.

De hoge gebouwen hielden het geluid vast. Verschillende talen, veel geroep en gelach, drukke aanwijzingen toen er een auto voorbijkroop met nauwelijks een handbreedte ruimte aan weerskanten. Winkeltjes met ansichtkaaren en gidsen drongen zich aan haar op. Een pop in een schandpaal maakte reclame voor een museum van martelinstrumenten uit de tijd van de Inquisitie. Er werden kussens, borden, bestek en zeep verkocht. Overal hingen replica's van zwaarden en schilden. Smeedijzeren haken met veel krullen staken uit de muren, met houten bordjes eronder. *L'Éperon Médievale*, de Middeleeuwse Spoor, verkocht nepzwaarden en porseleinen poppen. Bij *A Saint Louis* waren souvenirs, serviezen en zeep te krijgen.

Alice kwam vanzelf op de Place Marcou, het kleine centrale plein, met een hele rij restaurants en gesnoeide platanen. Hun uitgespreide takken, die als beschermende handen in elkaar grepen boven de tafeltjes en stoelen, wedijverden met de vrolijk gekleurde zonneschermen, bedrukt met de namen van de afzonderlijke cafés: Le Marcou, Le Trouvère, Le Menèstrel.

Alice slenterde over de keitjes naar de andere kant en kwam weer uit bij de kruising van de Rue Cros-Mayrevieille en de Place du Château, waar winkeltjes, *crêperies* en eettentjes een driehoek vormden rond een stenen obelisk van zo'n tweeëneenhalve meter hoog, bekroond door een buste van de negentiende-eeuwse historicus Jean-Pierre Cros-Mayrevieille. Langs de onderkant was een bronzen fries van de verdedigingswerken aangebracht.

Ze liep door tot ze voor de grote, halfcirkelvormige muur stond die het Château Comtal beschermde. Achter de imposante, gesloten poort zag ze de torentjes en weermuren van de burcht. *Een vesting binnen een vesting.*

Alice bleef staan. Dit was het doel van haar reis, besefte ze: het Château Comtal, de woning van de familie Trencavel.

Ze tuurde door de hoge houten poort. Het had allemaal iets vertrouwds, alsof ze terugkeerde naar een plaats die ze ooit had gekend, langgeleden, maar was vergeten. Aan weerskanten van de ingang stonden glazen ticketboxen, met gesloten luxaflex en bordjes waarop de openingstijden stonden aangegeven. Daarachter lag een grijze vlakte van grind en zand – geen gras – die uitkwam bij een platte, smalle brug van nog geen twee meter breed.

Alice stapte bij de poort vandaan, maar nam zich voor om de volgende ochtend vroeg weer terug te zijn. Ze sloeg rechtsaf en volgde de bordjes naar de Porte de Rodez. De poort werd ingesloten door twee opvallende, hoefijzervormige torens. Ze daalde de brede trap af, die in het midden was afgesleten door de voetstappen van al die eeuwen.

Het verschil in ouderdom tussen de binnenste en buitenste muren was hier het duidelijkst te zien. De buitenste wallen, die volgens haar gidsje tegen het einde van de dertiende eeuw waren gebouwd en in de negentiende eeuw waren gerestaureerd, waren opgetrokken uit grijze blokken steen van ongeveer gelijke grootte. Critici vonden het een schoolvoorbeeld van een gebrekkige restauratie. Maar dat maakte Alice niets uit. Het ging haar vooral om de sfeer, die haar raakte. De binnenste wal, waartoe ook de westelijke muur van het Château Comtal behoorde, bestond uit een mengeling van rode stenen – restanten uit de Gallo-Romeinse tijd – en het brokkelige zandsteen van de twaalfde eeuw.

Alice kwam tot rust na de drukte van de Cité. Ze voelde zich hier thuis, tussen de bergen en de luchten. Leunend op de verdedigingswerken keek ze omlaag naar de rivier, en stelde zich het gevoel van het koude water tussen haar tenen voor.

Pas toen de dag definitief overging in de avondschemer draaide Alice zich om en liep terug naar de Cité.

34

Carcassona

JULHET 1209

In een lang lint naderden ze Carcassonne, Raymond-Roger Trencavel aan het hoofd, met Bertrand Pelletier dicht op zijn hielen. De *chevalier* Guilhem du Mas sloot de rij.

Alaïs reed ergens achterin, met de geestelijken.

Er was nog geen week verstreken sinds haar vertrek, maar het leek veel langer. De stemming was gedrukt. Hoewel de vaandels van Trencavel nog fier wapperden in de wind en de groep voltallig naar huis terugkeerde, weerspiegelde de uitdrukking op het gezicht van de burggraaf de mislukking van hun expeditie.

De paarden vertraagden hun tempo toen de poorten in zicht kwamen. Alaïs boog zich naar voren en klopte Tatou op haar hals. De merrie was moe en ze had een ijzer verloren, maar ze had zich kranig gehouden.

De mensen stonden drie of vier rijen dik toen de stoet onder het wapen van de Trencavels tussen de twee torens van de Porte Narbonnaise door reed. Kinderen renden met de paarden mee, gooiden bloemen op hun pad en juichten. Vrouwen zwaaiden met provisorische vlaggen en halsdoeken uit de bovenste ramen, terwijl Trencavel hen door de straten naar het Château Comtal bracht.

Alaïs voelde een geweldige opluchting toen ze de smalle brug overstaken en door de Oostpoort reden. Er steeg een gejuich op vanaf de Cour d'Honneur. Iedereen zwaaide en riep. *Écuyers* sprongen naar voren om de paarden van hun heren over te nemen, bedienden maakten het badhuis gereed, koksmaats sleepten emmers water naar de keuken om een grote maaltijd voor te bereiden.

In het gekrioel van zwaaiende armen en lachende gezichten ontdekte Alaïs haar zus Oriane. François, de bediende van haar vader, stond vlak achter haar. Ze bloosde bij de gedachte hoe ze hem had beetgenomen en onder zijn neus was weggeglipt.

Ze zag Orianes blik over de menigte glijden. Heel even bleven haar ogen rusten op haar echtgenoot, Jehan Congost. Er gleed een minachtende uitdrukking over haar gezicht voordat ze opkeek en Alaïs aanstaarde, die daar nerveus van werd. Ze deed alsof ze niets merkte, maar ze voelde Orianes blik strak op zich gericht over de zee van hoofden. Maar toen ze nog eens keek, was haar zus verdwenen.

Alaïs steeg af, heel behoedzaam, om haar geblesseerde schouder te ontzien, en gaf Tatous teugels aan Amiel, om haar naar de stallen te brengen. Haar opluchting om thuis te zijn was alweer verdwenen. Een melancholieke stemming daalde over haar neer, als een winterse nevel. Iedereen leek in iemands armen te liggen: vrouw, moeder, tante of zuster. Ze zocht naar Guilhem, maar kon hem nergens ontdekken. *Hij is al naar het badhuis.* Zelfs haar vader was verdwenen.

Alaïs slenterde naar de kleinere binnenplaats. Ze wilde alleen zijn. Steeds weer kwam er een vers van Raymond de Mirval bij haar op, hoewel het haar niet in een betere stemming bracht: '*Res contr' Amor non es guirens, lai on sos poders s'atura.*' Er is geen bescherming tegen de liefde, als die eenmaal zijn macht doet gelden.

Toen Alaïs voor het eerst dat gedicht hoorde waren zulke emoties haar nog onbekend. Toch had ze op de Cour d'Honneur gezeten, met haar magere armen om haar kinderknieën geslagen, luisterend naar de *trouvère* die zong over een gebroken hart. En ze had het gevoel achter die woorden maar al te goed begrepen.

Tranen sprongen in haar ogen. Boos veegde ze ze weg met de rug van haar hand. Alaïs wilde niet toegeven aan zelfmedelijden. Ze ging op een beschut bankje in de schaduw zitten.

In de tijd voor hun huwelijk had ze dikwijls met Guilhem door de Cour du Midi gewandeld. Toen waren de bomen nog goudbruin en had er een tapijt van herfstbladeren gelegen, met de kleur van gebrand koper en oker. Met de punt van haar schoen trok Alaïs een patroon in het zand, terwijl ze zich afvroeg hoe ze zich met Guilhem zou kunnen verzoenen. Zij had het talent niet, en hij niet de behoefte.

Oriane praatte soms dagenlang niet tegen haar man. Maar net zo snel als het onweer was opgestoken dreef het over en was Oriane weer lief en attent voor Jehan, tot de volgende keer. Alaïs' schaarse herinneringen aan het huwelijk van haar ouders volgden hetzelfde patroon van licht en donker.

Alaïs had niet verwacht dat het haar net zo zou vergaan. Ze had voor de priester in de kapel gestaan, met haar rode sluier, en haar huwelijksgelofte afgelegd terwijl de flakkerende rode Sint-Michielskaarsen dansende schaduwen over het altaar wierpen, dat was bedekt met bloeiende winterdoorn. Op dat moment had ze geloofd in een liefde die eeuwig zou duren, en diep in haar hart geloofde ze dat nog steeds.

Haar vriendin en mentor Esclarmonde werd altijd bezocht door geliefden die haar om middeltjes en ruikers vroegen om affectie op te roepen of terug te winnen. Wijn met muntblaadjes en pastinaken, vergeet-me-nietjes voor de vruchtbaarheid van een partner, boeketjes gele sleutelbloemen. Ondanks haar grote respect voor Esclarmondes kennis had Alaïs dat soort dingen altijd afgedaan als bijgelovige onzin. Ze wilde niet geloven dat de liefde zo gemakkelijk kon worden gemanipuleerd en gekocht.

Er waren ook anderen, wist ze, die een veel gevaarlijker magie aanboden: zwarte bezweringen om ontrouwe echtgenoten te beheksen of schade te doen. Esclarmonde waarschuwde tegen zulke duistere machten – een zichtbare manifestatie van de heerschappij van de duivel over de wereld. Daar kon niets goeds van komen.

Maar vandaag, voor het eerst in haar leven, kon Alaïs begrijpen wat vrouwen tot zulke wanhopige maatregelen bracht.

'*Filha.*'

Alaïs schrok.

'Waar heb je gezeten?' vroeg Pelletier buiten adem. 'Ik heb je overal gezocht.'

'Ik hoorde u niet, *Paire.*'

'Het werk om de *Ciutat* gereed te maken zal beginnen zodra burggraaf Trencavel weer bij zijn vrouw en zijn zoon is. De komende dagen zullen we nauwelijks tijd hebben om adem te halen.'

'Wanneer verwacht u Simeon hier?'

'Over een dag of twee.' Hij fronste. 'Ik had hem liever overtuigd om met ons mee te reizen, maar hij denkt dat hij minder zal opvallen onder zijn eigen volk. Misschien heeft hij gelijk.'

'En als hij hier is,' drong ze aan, 'neemt u dan een beslissing wat er gebeuren moet? Ik heb een idee over...'

Alaïs zweeg, omdat ze haar theorie liever eerst wilde testen voordat ze voor schut zou staan tegenover haar vader. *En hém voor schut zou zetten.*

'Een idee?' vroeg hij.

'Het is niets,' zei ze snel. 'Ik wilde alleen vragen om ik erbij mocht zijn als u met Simeon gaat praten.'

Er gleed een zorgelijke uitdrukking over zijn gegroefde gezicht. Ze zag dat de beslissing hem moeite kostte.

'Je hebt al zoveel voor de zaak gedaan,' zei hij ten slotte, 'dat je verdient te horen wat we zeggen. Maar...' – hij stak een waarschuwende vinger op – 'alleen op voorwaarde dat je je als toeschouwer zult gedragen. Jouw actieve rol is uitgespeeld. Ik wil niet dat je opnieuw gevaar loopt.'

Een gevoel van opwinding maakte zich van haar meester. *Als het zo ver is, zal ik hem wel tot andere gedachten brengen.*

Ze sloeg haar ogen neer en vouwde gedwee haar handen in haar schoot. 'Natuurlijk, *Paire*. Ik zal doen wat u zegt.'

Pelletier keek haar vorsend aan, maar ging er niet op door. 'Er is nog één ding dat ik je wil vragen, Alaïs. Burggraaf Trencavel zal een dankfeest houden voor zijn behouden terugkeer naar Carcassona, nu het nog niet algemeen bekend is dat onze onderhandelingen met Toulouse zijn mislukt. Dame Agnès zal vanavond de vespers bidden in de kathedraal van Sant-Nasari, in plaats van in de kapel.' Hij zweeg even. 'Ik wil graag dat jij erbij bent. En je zuster ook.'

Alaïs was stomverbaasd. Hoewel ze zo nu en dan de mis bijwoonde in de kapel van het Château Comtal, had haar vader nooit iets gezegd over haar besluit om af te zien van de diensten in de kathedraal.

'Ik weet dat je moe bent, maar burggraaf Trencavel vindt het belangrijk dat er op dit moment geen kritiek mogelijk is op zijn gedrag – en dat van zijn naasten. Als er spionnen zijn binnen de *Ciutat*... en daar ben ik van overtuigd... willen we niet dat onze godsdienstige tekortkomingen, zoals ze misschien worden uitgelegd, aan onze vijanden worden overgebriefd.'

'Het is geen kwestie van vermoeidheid,' zei ze kwaad, 'maar bisschop De Rochefort en zijn priesters zijn een stelletje huichelaars. Ze preken het een, maar ze doen het andere.' Pelletier liep rood aan, van woede of schaamte, dat wist ze niet. 'Daaruit leid ik af dat u er zelf ook zult zijn?' zei ze.

Pelletier ontweek haar blik. 'Je begrijpt dat ik niet van de zijde van burggraaf Trencavel zal wijken.'

Alaïs keek hem nijdig aan. 'Goed dan,' zei ze ten slotte. 'Ik zal u gehoorzamen, *Paire*. Als u maar niet van me verwacht dat ik zal knielen en bidden voor het beeld van een gebroken man aan een kruis van hout.'

Even was ze bang dat ze te ver was gegaan. Maar tot haar verbazing begon haar vader opeens te lachen.

'Heel goed,' zei hij. 'Ik had niets anders van je verwacht. Maar wees voorzichtig, Alaïs. Praat niet te veel over zulke opvattingen. Misschien luisteren zij mee.'

De volgende uren bracht Alaïs op haar kamer door. Ze maakte een compres van verse wilde marjolein voor haar stijve nek en schouder, terwijl ze naar het vrolijke gekwek van haar kamermeisje luisterde.

Volgens Rixende waren de meningen verdeeld over de manier waarop Alaïs ongemerkt in alle vroegte uit het Château was vertrokken. Sommige mensen bewonderden haar doortastendheid en moed. Anderen, zoals Oriane, hadden kritiek. Ze had haar man in verlegenheid gebracht door haar onbesuisde optreden. Erger nog, ze had het succes van de missie in de waagschaal gesteld. Alaïs hoopte dat Guilhem er anders over dacht, maar ze vreesde het ergste. Zijn mening was meestal nogal voorspelbaar. Bovendien voelde hij zich snel aangetast in zijn eer. Alaïs wist uit ervaring hoe graag hij werd bewonderd op het kasteel, waardoor hij soms dingen zei en deed die tegen zijn ware aard indruisten. Als hij zich vernederd voelde, was hij tot alles in staat.

'Maar dat kunnen ze niet volhouden, Dame Alaïs,' zei Rixende, terwijl ze de resten van het compres opruimde. 'Iedereen is veilig teruggekomen. Als dat niet bewijst dat God aan onze kant staat, wat dan wél?'

Alaïs lachte bleek. Ze vermoedde dat Rixende er heel anders over zou denken zodra de waarheid in de Cité bekend werd.

De klokken luidden en de hemel was roze en wit gevlekt toen ze van het Château Comtal naar de Sant-Nasari liepen. Aan het hoofd van de processie ging een priester, in het wit gekleed en met een gouden kruis hoog in de lucht geheven. De andere priesters, nonnen en monniken volgden.

Achter hen kwam Dame Agnès. De echtgenotes van de consuls, haar hofdames, sloten de rij. Alaïs was verplicht om naast haar zuster te lopen.

Oriane zei geen woord tegen haar, vriendelijk of onvriendelijk. Zoals altijd trok ze de bewonderende aandacht van het publiek. Ze droeg een dieprode jurk met een mooie zwartgouden ceintuur, die strak was aangetrokken om haar hoge middel en haar ronde heupen te benadrukken. Haar zwarte haar was gewassen en geolied, en ze hield haar handen vroom voor zich uit gevouwen, zodat de aalmoezenbeurs aan haar pols goed te zien was.

Alaïs veronderstelde dat die beurs een geschenk was van een bewonderaar – een rijk man, te oordelen aan de pareltjes rond de opening en het met gouddraad geborduurde motto.

Ondanks alle ceremonie en vertoon was Alaïs zich bewust van een onderstroom van angst en achterdocht.

Ze zag François pas toen hij haar zachtjes op haar arm tikte.

'Esclarmonde is terug,' fluisterde hij in haar oor. 'Ik kom rechtstreeks bij haar vandaan.'

Alaïs draaide zich naar hem toe. 'Heb je met haar gesproken?'

Hij aarzelde. 'Niet echt, Dame.'

Meteen stapte ze uit de rij. 'Ik ga wel naar haar toe.'

'Mag ik voorstellen, Dame, dat u wacht tot na afloop van de dienst?' opperde hij, met een blik naar de deur. Alaïs zag wat hij bedoelde. Er stonden drie monniken met zwarte kappen op wacht, die duidelijk registreerden wie aanwezig was en wie niet. 'Het zou niet goed zijn als uw afwezigheid ongunstig zou afstralen op Dame Agnès of uw vader. Dat kan worden uitgelegd als een bewijs van uw steun aan de nieuwe kerk.'

'Natuurlijk. Je hebt gelijk.' Ze dacht even na. 'Zeg maar tegen Esclarmonde dat ik zo gauw mogelijk naar haar toe kom.'

Alaïs doopte haar vingers in de *bénitier* en sloeg een kruisje met wijwater, voor het geval er iemand keek.

Ze vond een plekje in de volgepakte noordelijke zijbeuk, zo ver mogelijk bij Oriane vandaan zonder dat het opviel. Kaarsen flakkerden hoog boven het schip in kroonluchters aan het dak. Ze deden denken aan grote stalen wielen die elk moment konden neerstorten op de zondaars beneden.

De bisschop was zichtbaar verbaasd over de grote opkomst in een kerk die zo lang leeg was gebleven. Zijn stem klonk ijl en zwak, nauwelijks verstaanbaar in het geroezemoes van al die mensen, die met hun voeten schuifelden en zwaar ademden in de hitte. Hoe anders was het hier dan in de eenvoud van Esclarmondes kerk.

De kerk van haar vader.

De *Bons Homes* sloegen innerlijk geloof hoger aan dan uiterlijk vertoon. Ze hadden geen gewijde gebouwen nodig, geen bijgelovige rituelen, geen vernederende gehoorzaamheid die de gewone mens van God gescheiden hield. Ze vereerden geen afbeeldingen en wierpen zich niet in het stof voor beelden of martelwerktuigen. Voor de *Bon Chrétiens* lag Gods kracht in het woord. Ze hadden alleen behoefte aan boeken en gebeden, woorden die hardop werden uitgesproken. Verlossing had niets te maken met aalmoezen, relikwieën of de gebeden van de sabbat, in een taal die alleen de priesters verstonden.

In hun ogen was iedereen gelijk in de Genade van de Heilige Vader: jood of Saraceen, man of vrouw, maar ook de dieren des velds en de vogelen des hemels. Er was geen hel en er kwam geen Dag des Oordeels, omdat iedereen door Gods genade zou worden gered, ook al zouden veel mensen een groot aantal levens moeten leiden voordat ze Gods koninkrijk verwierven.

Hoewel Alaïs nooit daadwerkelijk een dienst had bijgewoond kende ze via Esclarmonde de woorden, gebeden en rituelen van de nieuwe kerk. Het belangrijkste in deze donkere tijden was dat de *Bons Chrétiens* goede, tolerante en vreedzame mensen waren, die in een God van het Licht geloofden, in plaats van te sidderen voor de toorn van die wrede katholieke God.

Eindelijk hoorde Alaïs de woorden van het *Benedictus*. Dit was haar kans om weg te glippen. Met gebogen hoofd en gevouwen handen schoof ze naar de deur, heel langzaam, om niet op te vallen.

Even later was ze vrij.

35

Esclarmondes huis lag in de schaduw van de Tour du Balthazar.

Alaïs aarzelde even voordat ze op het luik klopte. Achter het grote raam aan de straatkant zag ze haar vriendin in de weer. Ze droeg een eenvoudige groene jurk en had haar haar, dat hier en daar al grijs werd, in haar nek gebonden.

Ik heb gelijk, ik weet het zeker.

Een golf van affectie sloeg door Alaïs heen. Ze was ervan overtuigd dat haar vermoeden bevestigd zou worden. Esclarmonde keek op. Meteen begon ze te stralen, en ze zwaaide.

'Alaïs. Wat fijn. We hebben je gemist, Sajhë en ik.'

De vertrouwde geur van kruiden en specerijen zweefde Alaïs tegemoet zodra ze binnenkwam. Er was maar één kamer, beneden. Een pan met water hing te koken boven de kleine haard in het midden. Tegen de muur stonden een tafel, een bank en twee stoelen.

Een zwaar gordijn scheidde de voorkant van de kamer van de achterkant. Daar gaf Esclarmonde haar adviezen. Omdat ze geen bezoek had, was het gordijn nu open, zodat Alaïs de rijen stenen potten op de planken kon zien. Bossen kruiden en gedroogde bloemen hingen aan het plafond. Op de tafel stonden een lantaarn en een vijzel – dezelfde die Alaïs ook bezat. Het was haar huwelijkscadeau geweest van Esclarmonde.

Een ladder leidde naar een klein plateau boven de spreekkamer, waar Esclarmonde en Sajhë sliepen. Hij was daar nog en slaakte een kreet toen hij zag wie er binnengekomen was. Haastig liet hij zich langs de ladder zakken en sloeg zijn armen om haar middel. Bijna struikelend over zijn woorden vertelde hij haar alles wat hij had gedaan, gezien en gehoord sinds ze elkaar voor het laatst hadden gesproken.

Sajhë was een goede verteller, met aandacht voor sfeer en detail. Zijn amberkleurige ogen glinsterden toen hij aan het woord was.

'Je moet nog een paar boodschappen voor me doen, *manhac*,' zei Esclarmonde, nadat ze hem een paar minuten zijn gang had laten gaan. 'Dame Alaïs zal je wel excuseren.' Sajhë wilde protesteren, maar bedacht zich toen hij de blik van zijn grootmoeder zag. 'Je bent zo weer terug.'

Alaïs woelde met een hand door zijn haar. 'Je hebt een oplettende blik, Sajhë, en een groot taalgevoel. Misschien word je wel dichter als je groot bent.'

Hij schudde zijn hoofd. 'Ik wil *chevalier* worden, Dame. Ik wil vechten.'

'Sajhë,' zei Esclarmonde streng. 'Luister naar me.'

Ze noemde de namen van de mensen bij wie hij langs moest gaan en gaf hem het bericht dat twee *parfaits* uit Albi over drie dagen 's avonds in het bos ten oosten van de buitenwijk Sant-Miquel zouden zijn. 'Zul je het goed onthouden?' Hij knikte. 'Mooi zo,' glimlachte ze, en ze gaf hem een kus op zijn kruin. Toen legde ze een vinger tegen haar lippen. 'Vertel het aan niemand anders. Alleen aan de mensen die ik je heb genoemd. Ga nu. Hoe eerder je gaat, des te sneller ben je weer terug om nog een verhaal aan Dame Alaïs te vertellen.'

'Ben je niet bang dat iemand hem zal horen?' vroeg Alaïs toen Esclarmonde de deur achter hem sloot.

'Sajhë is een verstandige jongen. Hij weet dat het bericht niet voor vreemde oren is bestemd.' Ze boog zich uit het raam en trok de luiken dicht. 'Weet iemand dat je hier bent?'

'Alleen François. Hij vertelde me dat je terug was.'

Er kwam een vreemde blik in Esclarmondes ogen, maar ze zei niets. 'Laten we dat dan zo houden, *è?*'

Ze ging aan de tafel zitten en wees Alaïs de andere stoel.

'En, Alaïs, heeft je reis naar Besièrs succes gehad?'

Alaïs bloosde. 'Dus dat heb je gehoord?'

'Heel Carcassona weet ervan. De mensen praten nergens anders over.' Toen keek ze weer ernstig. 'Ik maakte me echt ongerust toen ik het hoorde. Vooral omdat je nog kortgeleden was overvallen.'

'Dus dat weet je ook? Ik had niets van je gehoord, daarom dacht ik dat je misschien de stad uit was.'

'Integendeel. Ik ben nog naar het Château gekomen op de dag dat ze je hadden gevonden, maar diezelfde François liet me niet binnen. Je zuster had orders gegeven dat niemand je mocht zien zonder haar toestemming.'

'Daar heeft hij me niets over gezegd,' zei ze, verbaasd over die nalatigheid. 'Oriane ook niet, maar dat verbaast me minder.'

'Hoezo?'

'Ze hield me voortdurend in de gaten, niet uit bezorgdheid, maar om andere redenen. Die indruk had ik, tenminste.' Alaïs wachtte even. 'Neem me niet kwalijk dat ik jou niets over mijn plannen heb gezegd, Esclarmonde, maar daar was te weinig tijd voor.'

Esclarmonde wuifde haar excuus weg. 'Ik zal je vertellen wat er hier is gebeurd toen je weg was. Een paar dagen na je vertrek uit het kasteel kwam er een man die naar Raoul informeerde.'

'Raoul?'

'De jongen die jou ontdekt had in de boomgaard.' Esclarmonde glimlachte bitter. 'Hij heeft zich nogal op de borst geslagen omdat hij je gevonden had. Als je hem mag geloven heeft hij in zijn eentje het hele leger van Saladin verslagen om jou het leven te redden.'

'Ik kan me hem helemaal niet herinneren,' zei Alaïs hoofdschuddend. 'Zou hij iets hebben gezien, denk je?'

Esclarmonde haalde haar schouders op. 'Dat betwijfel ik. Je werd al meer dan een dag vermist toen er alarm werd geslagen. Ik denk niet dat Raoul de overval heeft gezien, anders had hij wel eerder iets gezegd. Hoe dan ook, die vreemdeling is naar Raoul toegegaan en heeft hem meegenomen naar de Taberna Sant Joan dels Evangèlis. Daar heeft hij zijn eergevoel gestreeld en hem dronken gevoerd. Ondanks zijn grote verhalen is Raoul nog maar een kind, en niet erg slim. Tegen de tijd dat Gaston de deuren sloot kon Raoul niet meer op zijn benen staan. Zijn metgezel bood aan om hem naar huis te brengen.'

'Ja?'

'Daar is hij nooit aangekomen. Niemand heeft meer iets van Raoul gehoord.'

'En die vreemdeling?'

'Ook verdwenen. Alsof hij nooit bestaan had. In de taveerne beweerde hij dat hij uit Alzonne kwam. Terwijl jij in Besièrs was, ben ik naar Alzonne gegaan. Niemand had ooit van hem gehoord.'

'Dus dat maakt ons niets wijzer.'

Esclarmonde schudde haar hoofd. 'Waarom was je eigenlijk op de binnenplaats, om die tijd van de nacht?' vroeg ze, heel rustig, maar met een duidelijke ondertoon.

Alaïs vertelde het haar. Toen ze uitgesproken was, zweeg Esclarmonde een moment.

'Dan zijn er twee vragen,' zei ze ten slotte. 'Wie wist dat je vader jou naar zijn kamer had laten komen? Want ik denk niet dat die overvallers bij toeval op de loer lagen. En de tweede vraag: Als het niet hun eigen idee was, wie zat er dan achter?'

'Ik heb het niemand verteld. Dat had mijn vader me gevraagd.'

'François is je komen halen.'

'Ja,' gaf Alaïs toe, 'maar ik kan niet geloven dat François...'

'Andere bedienden hebben misschien gezien dat hij naar je kamer kwam en gehoord wat hij zei.' Ze keek Alaïs met haar intelligente ogen strak aan. 'Waarom ben je je vader achternagegaan naar Besièrs?'

Die verandering van onderwerp was zo onverwacht en abrupt dat Alaïs erdoor werd overvallen.

'Ik was...' begon ze, somber maar voorzichtig. Ze was naar Esclarmonde gekomen om antwoord te krijgen op haar vragen. In plaats daarvan werd ze nu zelf aan de tand gevoeld. 'Hij had me een penning gegeven,' zei ze, terwijl ze Esclarmondes blik doorstond. 'Een penning met een reliëf van een labyrint. Die hebben de overvallers van me gestolen. Na wat mijn vader me had verteld, had ik het gevoel dat ik hem meteen moest waarschuwen. Elke dag die verstreek zou het gevaar groter kunnen maken...' Ze zweeg, omdat ze niet wist hoe ze verder moest gaan.

In plaats van te schrikken glimlachte Esclarmonde. 'Heb je hem ook verteld over het plankje, Alaïs?' vroeg ze zacht.

'Ja. Op de avond voor zijn vertrek, voordat... voordat ik werd overvallen. Hij schrok ervan, vooral omdat ik niet meer wist waar dat plankje vandaan kwam.' Ze zweeg weer even. 'Maar hoe weet jij dat ik...'

'Sajhë zag het toen hij je hielp bij het kopen van kaas op de markt. Later vertelde hij het aan mij. Hij heeft een oplettende blik, zoals je al zei.'

'Vreemd dat een jongen van elf zoiets opvalt.'

'Hij wist dat het belangrijk voor me was,' antwoordde Esclarmonde.

'Net als de *merel.*'

Ze keken elkaar weer aan.

Esclarmonde aarzelde. 'Nee,' zei ze, zorgvuldig haar woorden kiezend. 'Niet helemaal.'

'Heb jij het nu?' vroeg Alaïs langzaam.

Esclarmonde knikte.

'Maar waarom heb je me er niet gewoon om gevraagd? Ik had het je zo gegeven.'

'Sajhë was naar je toe gekomen in de nacht van je verdwijning, om je dat te vragen. Hij wachtte tevergeefs. Toen je niet terugkwam naar je kamer heeft hij het plankje meegenomen. Achteraf is dat maar gelukkig.'

'Heb je het nog?'

Esclarmonde knikte.

Alaïs kreeg een gevoel van triomf en trots dat ze de juiste conclusie had getrokken over haar vriendin, de laatste bewaarder.

Ik heb het patroon gezien. Het sprak tot me.

'Geef me eerlijk antwoord, Esclarmonde,' zei ze, haastig en opgewonden. 'Als dat plankje van jou is, waarom wist mijn vader daar dan niets van?'

Esclarmonde glimlachte. 'Om dezelfde reden waarom hij niet weet dat ik het bezit. Omdat Harif dat zo wilde. Voor de veiligheid van de Trilogie.'

Alaïs vertrouwde haar eigen stem niet.

'Goed. Nu we elkaar begrijpen moet je me alles vertellen wat je weet.'

Esclarmonde luisterde aandachtig, tot Alaïs klaar was met haar verhaal.

'En Simeon is nu onderweg naar Carcassona?'

'Ja. Hoewel hij het boek aan mijn vader heeft gegeven om te bewaren.'

'Heel verstandig.' Ze knikte. 'Ik verheug me erop om eindelijk met hem kennis te maken. Uit de verhalen leek hij me een goed mens.'

'Ik mocht hem meteen,' bevestigde Alaïs. 'Het was wel een teleurstelling voor mijn vader in Besièrs dat Simeon nog maar één van de boeken had. Hij had ze allebei verwacht.'

Esclarmonde wilde net antwoorden toen er plotseling op de luiken en de deur werd gebonsd.

De twee vrouwen sprongen overeind.

'*Atencion! Atencion!*'

'Wat is er? Wat gebeurt er?' riep Alaïs.

'Soldaten!' fluisterde Esclarmonde. In de afwezigheid van je vader hebben ze huiszoeking gedaan.'

'Wat zochten ze dan?'

'Criminelen, zeggen ze. Maar in werkelijkheid waren ze op zoek naar *Bons Homes*.'

'Maar wie heeft daar opdracht toe gegeven? De consuls?'

Esclarmonde schudde haar hoofd. 'Bérenger de Rochefort, onze fijne bisschop; die Spaanse monnik Domingo de Guzman en zijn kloosterbroeders; de pauselijke gezanten wie zal het zeggen? Ze stellen zich niet voor.'

'Het is tegen onze wet om...'

Esclarmonde legde haar vinger tegen haar lippen. 'Ssst! Misschien lopen ze weer door.'

Op dat moment werd de deur ingetrapt. Splinters vlogen door de kamer. De grendel schoot los en de deur sloeg met een holle klap tegen de muur. Twee soldaten, met gesloten vizier, zodat hun gezichten niet te zien waren, stormden de kamer binnen.

'Ik ben Alaïs du Mas, de dochter van intendant Pelletier. Wie geeft u het recht om hier binnen te vallen?'

Ze lieten hun wapens niet zakken en trokken hun vizier niet omhoog.

'Ik eis dat u...'

Buiten glinsterde iets roods en tot Alaïs' ontzetting zag ze haar zuster in de deuropening verschijnen. 'Oriane! Wat doe jij hier?'

'Vader heeft me gevraagd je terug te brengen naar het Château Comtal. Hij had gehoord hoe haastig je bij de vespers was weggeslopen. Hij was bang dat je iets overkomen was, daarom heeft hij mij gestuurd om je te zoeken.'

Dat lieg je.

'Dat zou hij nooit hebben gedacht als jij het hem niet had ingefluisterd,' zei Alaïs meteen. Ze wierp een blik naar de soldaten. 'En was het ook zijn idee om een gewapend escorte mee te nemen?'

'We zijn alleen maar bezorgd om jou,' zei ze met een lachje. 'Misschien waren de mannen wat overijverig, dat geef ik toe.'

'Maak je niet druk. Ik kom straks wel naar het kasteel, als ik hier klaar ben.'

Maar Alaïs zag dat Oriane niet naar haar luisterde. Ze keek de kamer rond. Opeens voelde Alaïs een ijsklomp in haar maag. Had Oriane hun gesprek afgeluisterd?

Meteen veranderde ze van tactiek. 'Aan de andere kant... laat ik maar met je meegaan. Ik heb mijn zaken al geregeld.'

'Zaken, zus?'

Oriane slenterde de kamer door en streek met haar hand over de stoelen en het tafelblad. Ze opende het deksel van de kist in de hoek en liet het met een klap weer terugvallen. Alaïs keek gespannen toe.

Op de drempel van Esclarmondes spreekkamer bleef ze staan. 'Wat heb je hier allemaal, *sorcière*?' vroeg Oriane verachtelijk. Het was voor het eerst dat ze zich tot Esclarmonde richtte. 'Middeltjes, toverkunsten voor de goedgelovigen?' Ze keek naar binnen, met een minachtende uitdrukking op haar gezicht. 'Mensen beweren dat je een heks bent, Esclarmonde de Servian, een *faitilhièr*, zoals het gewone volk dat noemt.'

'Hoe dúrf je zo tegen haar te spreken!' viel Alaïs uit.

'U mag wel even rondkijken, Dame Oriane, als u wilt,' zei Esclarmonde vriendelijk.

Oriane greep Alaïs plotseling bij haar arm. 'Zo is het genoeg,' zei ze. Haar scherpe nagels boorden zich in Alaïs huid. 'Je zei dat je klaar was om terug te gaan naar het kasteel. Kom mee dan.'

Voordat ze het wist stond Alaïs op straat, met de soldaten zo dicht achter haar dat ze hun adem in haar nek kon voelen. Er kwam een vluchtige herinnering bij haar op aan de lucht van verschaald bier en een eeltige hand over haar mond.

'Snel!' zei Oriane, en ze porde haar in de rug.

Alaïs gehoorzaamde, ter wille van Esclarmonde. Ze had geen keus. Op de hoek van de straat draaide ze nog even haar hoofd om. Esclarmonde stond in de deuropening en keek hen na. Haastig legde ze een vinger tegen haar lippen; een duidelijke waarschuwing om niets te zeggen.

36

In de donjon wreef Pelletier zich in zijn ogen en strekte zijn armen om de stijfheid uit zijn botten te verdrijven.

De afgelopen uren was er een heel leger boodschappers vanuit het Château Comtal vertrokken met brieven naar alle zestig vazallen van Trencavel die nog niet op weg waren naar Carcassona. De sterkste van die vazallen waren alleen in naam van hem afhankelijk, dus had Pelletier er bij Raymond-Roger op aangedrongen dat hij hen vriendelijk moest verzoeken en vooral niet bevelen. In elke brief was het gevaar in heldere termen uiteengezet. De Fransen trokken zich samen aan hun grens, als voorbereiding op een invasie met een omvang die de Midi nog nooit had meegemaakt. Het garnizoen van Carcassona moest worden versterkt. Dus werd de vazallen gevraagd hun verplichtingen na te komen en zoveel soldaten te sturen als ze konden missen.

'*A la perfin,*' zei Trencavel, terwijl hij de was boven een vlammetje verhitte en zijn zegel erin drukte. Eindelijk.

Pelletier liep terug naar zijn heer en knikte naar Jehan Congost. Hij mocht Orianes echtgenoot niet erg, maar nu moest hij toegeven dat Congost en zijn groepje schrijvers onvermoeibaar en efficiënt hadden gewerkt. Een bediende bracht de laatste brief naar de laatste wachtende boodschapper en Pelletier gaf de *escrivans* toestemming om te gaan. Op een teken van Congost kwamen ze één voor één overeind, lieten hun stijve vingers kraken, wreven zich in hun vermoeide ogen en verzamelden hun rollen perkament, hun ganzenpennen en hun inkt. Pelletier wachtte totdat hij alleen was met burggraaf Trencavel.

'U moet rusten, Messire,' zei hij. 'U zult uw krachten nog hard nodig hebben.'

Trencavel lachte. '*Força e vertu,*' zei hij, zoals hij ook in Béziers had gezegd. Kracht en moed. 'Maak je geen zorgen, Bertrand, ik voel me uitstekend. Beter dan ooit.' De edelman legde een hand op Pelletiers schouder. 'Maar jij, mijn oude vriend, zou een paar uurtjes moeten slapen.'

'Het is een aanlokkelijke gedachte, Messire,' gaf hij toe. Na twee weken van onrustige, korte nachten voelde hij de last van zijn tweeënvijftig jaren.

'Vannacht slapen we allemaal in ons eigen bed, Bertrand, hoewel het nog even kan duren voordat het zo ver is, ben ik bang. Zeker voor ons.' Zijn knappe gezicht stond weer ernstig. 'Ik moet zo snel mogelijk met de consuls overleggen – zoveel als we er op zo'n korte termijn bijeen kunnen brengen.'

Pelletier knikte. 'Hebt u een speciaal verzoek?'

'Zelfs als al onze vazallen hier naartoe komen met een redelijk contingent, hebben we nog te weinig mannen.' Hij spreidde zijn handen.

'Dus de consuls moeten een krijgskas openen?'

'We hebben geld nodig om gedisciplineerde, ervaren huurlingen in dienst te nemen, Aragonezen of Catalanen – hoe dichter uit de buurt, des te beter.'

'Hebt u gedacht aan een belastingverhoging? Op zout, misschien, of op tarwe?'

'Daar is het nog te vroeg voor. Voorlopig zou ik het geld liever binnenkrijgen via giften dan door dwang.' Hij wachtte even. 'Als dat niet lukt, zal ik hardere maatregelen overwegen. Hoe gaat het met de verdedigingswerken?'

'Alle steenhouwers en timmerlui uit de *Ciutat*, Sant-Vincens en Sant-Miquel zijn opgetrommeld, en ook mensen uit de dorpen in het noorden. Ze zijn al bezig de koorstoelen uit de kathedraal en de refter van het klooster te ontmantelen.'

Trencavel grijnsde. 'Dat zal Bérenger de Rochefort niet bevallen!'

'De bisschop moet het maar accepteren,' gromde Pelletier. 'We hebben al het hout nodig dat we kunnen krijgen, en zo snel mogelijk, om de *ambans* en *cadefalcs* aan te leggen. Zijn paleis en het klooster zijn de dichtstbijzijnde bron van hout.'

Raymond-Roger spreidde spottend zijn handen, alsof hij zich overgaf. 'Ik val je beslissing niet aan,' lachte hij. 'De steigers en de borstweringen zijn belangrijker dan het comfort van de bisschop. En Bertrand, is Pierre-Roger de Cabaret al aangekomen?'

'Nog niet, Messire, maar hij wordt ieder moment verwacht.'

'Stuur hem meteen naar me toe, Bertrand. Ik wil de bespreking met de consuls liever uitstellen totdat hij er is. Ze hebben veel respect voor hem. Is er al bericht van Termenès of Foix?'

'Nog niet, Messire.'

Even later tuurde Pelletier over de Cour d'Honneur, met zijn handen in zijn zij, tevreden over de voortgang van het werk. Hij hoorde de geluiden van het zagen en hameren, het geratel van de karren die hout, spijkers en teer kwamen brengen, en het gebulder van het vuur in de smidse.

Uit zijn ooghoek zag hij Alaïs, die over de binnenplaats naar hem toe rende. Pelletier fronste

'Waarom hebt u Oriane gestuurd om me te halen?' vroeg ze toen ze hem had bereikt.

Hij keek haar verbaasd aan. 'Oriane? Om je te halen? Waar vandaan?'

'Ik was op bezoek bij een vriendin, Esclarmonde de Servian, in het zuidelijke quartier van de *Ciutat*, toen Oriane binnenviel met twee soldaten. Ze beweerde dat u haar had gestuurd om me terug te brengen naar het kasteel.' Ze keek haar vader onderzoekend aan, maar hij leek stomverbaasd. 'Is dat zo?'

'Ik heb Oriane helemaal niet gezien.'

'En hebt u met haar gesproken over haar gedrag in uw afwezigheid, zoals u me had beloofd?'

'Ik heb nog geen gelegenheid gehad.'

'Onderschat haar niet, ik smeek het u. Ze weet iets – iets wat schadelijk voor u kan zijn, daar ben ik van overtuigd.'

Pelletier liep rood aan. 'Ik verbied je om je zuster zo te beschuldigen! Dit moet...'

'Het plankje met het labyrint was van Esclarmonde,' viel Alaïs hem in de rede.

Hij zweeg, alsof ze hem geslagen had. 'Wát? Wat bedoel je?'

'Simeon had het toch aan de vrouw gegeven die het tweede boek kwam halen?'

'Dat kan niet,' zei hij, zo heftig dat Alaïs een stap terug deed.

'Esclarmonde is de andere bewaarder,' hield Alaïs vol. Voordat hij haar kon onderbreken vervolgde ze haastig: 'De zuster in Carcassona die Harif noemde in zijn brief. Ze was ook op de hoogte van de *merel*.'

'En Esclarmonde heeft jou verteld dat ze een bewaarder is?' vroeg hij. 'Want in dat geval...'

'Ik heb het haar niet rechtstreeks gevraagd,' antwoordde Alaïs ferm, en ze voegde eraan toe: 'Het ligt voor de hand, *Paire*. Ze is precies het type dat Harif zou hebben gekozen.'

Ze wachtte even. 'Wat weet u van Esclarmonde?'

'Ik ken haar reputatie als wijze vrouw. En ik ben haar dankbaar voor de liefde en aandacht die ze jou toont. Ze heeft een kleinzoon, zei je?'

'Ja, Sajhë. Hij is elf. Esclarmonde komt uit Servian, Messire. Ze is naar Carcassona gekomen toen Sajhë nog een baby was. De data kloppen precies met het verhaal van Simeon.'

'Intendant Pelletier?'

Ze draaiden zich allebei om toen een van de bedienden naar hen toe kwam rennen.

'Messire, heer Trencavel vraagt of u onmiddellijk naar zijn kamers komt. Pierre-Roger, heer van Cabaret, is gearriveerd.'

'Waar is François?'

'Dat weet ik niet, Messire.'

Pelletier staarde hem geërgerd aan. 'Zeg mijn heer dat ik eraan kom,' zei hij bruusk. 'En ga dan François zoeken en stuur hem naar me toe. Die man is nooit waar hij hoort te zijn.'

Alaïs legde een hand op zijn arm. 'Spreek in elk geval met Esclarmonde, om te horen wat ze te zeggen heeft. Ik zal haar waarschuwen.'

Hij aarzelde, maar gaf toe. 'Als Simeon komt, zal ik naar jouw wijze vrouw gaan luisteren.'

Pelletier stormde de trap op. Boven bleef hij staan.

'Nog één ding, Alaïs. Hoe wist Oriane waar ze je kon vinden?'

'Ze moet me zijn gevolgd vanuit de Sant-Nasari, hoewel...' Ze zweeg toen ze besefte dat Oriane niet de tijd had gehad om die soldaten te gaan halen en zo snel weer terug te zijn. 'Ik weet het niet,' moest ze bekennen. 'Maar ik ben ervan overtuigd dat...'

Pelletier was al verdwenen. Toen ze de binnenplaats overstak zag Alaïs tot haar opluchting dat Oriane nergens meer te bekennen was. Opeens bleef ze staan.

Stel dat ze terug was gegaan?

Alaïs tilde haar rokken op en begon te rennen.

Zodra ze om de hoek van Esclarmondes straat kwam zag Alaïs dat haar angst terecht was geweest. De luiken hingen nog maar aan een spijker en de deur was compleet uit de deurpost geschopt.

'Esclarmonde?' riep ze. 'Ben je daar?'

Alaïs ging naar binnen. Meubels lagen op hun kop en de armleuningen van een van de stoelen waren geknakt als gebroken botten. De inhoud van de kist was onverschillig over de grond gesmeten en zelfs de resten van het vuur waren uiteen getrapt. Wolken zachte, grijze as hadden grote vlekken gemaakt op de vloer.

Ze klom een paar sporten de ladder op. Stro, beddengoed en veren lagen verspreid over de latten van de slaapverdieping. Alles was kapotgescheurd en doorzocht. De lansen en zwaarden hadden duidelijke sporen nagelaten in de kussens.

De ravage in Esclarmondes spreekkamer was nog groter. Het gordijn was van het plafond gerukt. Kapotgeslagen stenen potten en schalen lagen in de plassen van gemorste drankjes en compressen – bruin, wit en dieprood. Bossen kruiden, bloemen en blaadjes waren in de aarden vloer getrapt.

Was Esclarmonde thuis geweest toen de soldaten terugkwamen? Alaïs rende weer naar buiten, in de hoop iemand te vinden die haar zou kunnen vertellen wat er was gebeurd. Alle deuren in de omgeving waren gesloten en de luiken zaten voor de ramen.

'Dame Alaïs.'

Eerst dacht ze nog dat ze het zich verbeeldde. 'Dame Alaïs.'

'Sajhë?' fluisterde ze. 'Sajhë? Waar zit je?'

'Hierboven.'

Alaïs stapte uit de schaduw van het huis en keek omhoog. In de vallende schemering kon ze nog net een lichtbruine krullenbol ontdekken, en twee amberkleurige ogen die haar aankeken vanuit een hoek tussen de schuine hanenbalken van de huizen.

'Sajhë! Straks val je nog dood!'

'Nee hoor,' grinnikte hij. 'Ik zit hier zo vaak. Zo kan ik ook in het Château Comtal komen, en weer terug. Over het dak.'

'Ik word al duizelig als ik naar je kijk. Kom naar beneden.'

Alaïs hield haar adem in toen Sajhë zich over de rand slingerde en voor haar voeten landde.

'Wat is er gebeurd? Waar is Esclarmonde?'

'*Menina* is veilig. Ze zei tegen me dat ik moest wachten tot u kwam. Ze wist dat u zou komen.'

Alaïs wierp een blik over haar schouder en trok hem mee naar de beschutting van een portiek. 'Wat is er gebeurd?' herhaalde ze dringend.

Sajhë staarde somber naar zijn voeten. 'De soldaten kwamen terug. Het meeste heb ik vanuit de kelder gehoord. *Menina* was al bang dat ze weer zouden opduiken zodra u met uw zus naar het kasteel was vertrokken. Daarom hebben we meteen alle kostbare dingen verzameld en in de kelder verborgen.' Hij haalde diep adem. 'Ze waren heel snel. We hoorden ze van deur tot deur gaan. Ze wilden weten waar ze ons konden vinden en ze ondervroegen de buren. Ik hoorde ze heen en weer stampen boven ons hoofd. De hele vloer trilde. Maar ze hebben het luik niet gevonden. Ik was doodsbang.' Hij zweeg. Opeens was hij geen ondeugende kleine jongen meer. 'Ze gooiden alle kruiken en potten van *Menina* kapot. Al haar medicijnen weg.'

'Ik weet het,' zei ze zacht. 'Ik heb het gezien.'

'Ze liepen maar te schreeuwen. Ze waren op zoek naar ketters, riepen ze. Maar dat was een leugen. Ze stelden heel andere vragen.'

Alaïs legde haar vingers onder zijn kin en dwong hem haar aan te kijken. 'Dit is heel belangrijk, Sajhë. Waren het dezelfde soldaten die hier al eerder waren? Heb je ze gezien?'

'Nee.'

'Het geeft niet,' zei ze snel, toen ze zag dat hij bijna in tranen was. 'Je bent heel dapper geweest. Je moet een grote troost zijn voor Esclarmonde.' Ze aarzelde. 'Was er nog iemand bij hen?'

'Ik geloof het niet,' zei hij triest. 'Ik heb ze niet kunnen tegenhouden.'

Alaïs sloeg haar arm om hem heen toen de eerste traan over zijn wang rolde.

'Kalm maar. Het komt wel goed. Wees maar niet verdrietig. Jij hebt je best gedaan, Sajhë. Meer kan een mens niet doen.'

Hij knikte.

'Waar is Esclarmonde nu?'

'Er is een huis in Sant-Miquel,' snotterde hij. 'Ze zei dat we daar moesten wachten totdat we van u hoorden wanneer intendant Pelletier zou komen.'

Alaïs verstijfde. 'Zei Esclarmonde dat, Sajhë?' vroeg ze snel. 'Dat ze wacht op een bericht van mijn vader?'

Sajhë keek verbaasd. 'Is dat dan niet zo?'

'Jawel, jawel. Alleen weet ik niet hoe...' Alaïs zweeg. 'Laat maar. Het doet er niet toe.' Ze veegde zijn gezicht af met haar zakdoek. 'Zo, dat is beter. Mijn vader wil met Esclarmonde praten, maar hij wacht zelf nog op een andere... vriend, die uit Besièrs moet komen.'

Sajhë knikte. 'Simeon.'

Alaïs keek hem stomverbaasd aan. 'Ja,' zei ze nu, met een lachje. 'Simeon. Is er ook iets wat je níét weet, Sajhë?'

Hij grijnsde moeizaam. 'Niet veel.'

'Zeg maar tegen Esclarmonde dat ik mijn vader zal vertellen wat er is gebeurd, maar dat zij... jullie allebei... voorlopig in Sant-Miquel moeten blijven.'

Tot haar verrassing pakte hij haar hand. 'Zeg het haar zelf maar,' zei hij. 'Ze wil u graag zien. Dan kunnen jullie wat langer praten. *Menina* zei dat u weg moest voordat jullie uitgesproken waren.'

Alaïs keek in zijn amberkleurige ogen, die glinsterden van enthousiasme. 'Komt u?'

Ze lachte. 'Voor jou, Sajhë? Natuurlijk. Maar niet nu. Dat is te gevaarlijk. Misschien houden ze het huis in de gaten. Ik stuur wel bericht.'

Sajhë knikte, en verdween toen net zo snel als hij gekomen was.

'*Deman al vèspre,*' riep hij nog.

37

Jehan Congost had zijn vrouw nauwelijks meer gezien sinds zijn terugkeer uit Montpellier. Oriane had hem niet eens fatsoenlijk verwelkomd of enig respect getoond voor de ontberingen en vernederingen die hij had moeten doorstaan. En ook was hij haar wellustige gedrag in de slaapkamer niet vergeten, vlak voor zijn vertrek.

Hij liep snel over de binnenplaats, mompelend in zichzelf, op weg naar de woonvleugel. Pelletiers bediende, François, kwam hem tegemoet. Congost vond hem een onbetrouwbaar type, iemand die een te hoge dunk had van zichzelf en altijd op de loer lag om alles aan zijn heer en meester over te brieven. Hij had niets in de woonvleugel te zoeken op deze tijd van de dag.

François boog zijn hoofd. '*Escrivan.*'

Congost negeerde hem.

Tegen de tijd dat hij bij zijn kamers kwam liep Congost te briesen van verontwaardiging. Het moment was gekomen om Oriane eens een lesje te leren. Die provocerende en ongehoorzame houding van haar kon niet ongestraft blijven. Zonder te kloppen gooide hij de deur open.

'Oriane! Waar zit je? Kom hier.'

Er was niemand. In zijn frustratie veegde Congost alles van de tafel. Kommetjes vielen kapot en de kandelaar sloeg tegen de vloer. Congost beende naar de kleerkast, rukte alles eruit en trok het beddengoed – bezoedeld met de geur van haar wellust – van het bed.

Woedend liet Congost zich op een stoel vallen en bekeek het resultaat van zijn driftbui. Gescheurde lakens, gebroken vaatwerk, geknakte kaarsen. Het was Orianes schuld. Haar verwerpelijke gedrag was de oorzaak.

Hij ging op zoek naar Guirande om de ravage op te ruimen, terwijl hij nadacht over manieren om zijn ongezeglijke vrouw tot de orde te roepen.

De lucht was vochtig en zwaar toen Guilhem uit het badhuis kwam en Guirande op hem zag wachten met een lachje om haar brede mond.

Zijn gezicht betrok. 'Wat is er?'

Ze giechelde en keek hem van onder haar donkere wimpers aan. 'Nou?' zei hij scherp. 'Als je iets te zeggen hebt, doe het dan, of laat me met rust.'

Guirande boog zich naar voren en fluisterde iets in zijn oor.

Hij richtte zich op. 'Wat wil ze van me?'

'Dat weet ik niet, Messire. Ze neemt mij niet in vertrouwen.'

'Je kunt slecht liegen, Guirande.'

'Hebt u een bericht?'

Hij aarzelde. 'Zeg maar dat ik straks naar haar toe kom.' Hij drukte haar een muntje in haar hand. 'En geen woord hierover.'

Hij keek haar na, liep naar het midden van de binnenplaats en ging onder de iep zitten. Hij hoefde niet naar haar toe te gaan. Waarom zou hij zichzelf in de verleiding brengen? Het was veel te gevaarlijk. *Zij* was te gevaarlijk.

Het had nooit zo ver mogen komen. Een winteravond, blote huid in bont verpakt, zijn bloed verhit door de warme wijn en de opwinding van de jacht. Er was een soort gekte over hem gekomen. Ze had hem behekst.

Toen hij de volgende morgen wakker was geworden had hij spijt gehad en zich voorgenomen dat het nooit meer zou gebeuren. De eerste paar maanden na zijn huwelijk had hij zich daar ook aan gehouden. Maar toen was er weer zo'n nacht geweest, en nog een, en een volgende. Ze overdonderde hem, ze nam bezit van zijn zinnen.

In de huidige omstandigheden was het belangrijker dan ooit dat hier niets van uitlekte. Hij kon nu geen schandaal gebruiken. Maar hij moest voorzichtig zijn en de affaire zorgvuldig afronden. Hij zou naar haar toe gaan, maar alleen om haar te zeggen dat ze elkaar niet meer in het geheim konden ontmoeten.

Hij stond op en liep naar de boomgaard, maar opeens zonk de moed hem in de schoenen. Hij bleef staan met zijn hand op het hek, aarzelend om verder te gaan. Toen zag hij haar staan onder de wilg – een schimmige gestalte in het schemerlicht. Hij voelde zijn hart bonzen. Ze leek een donkere engel, met haar glanzende haar, zwart als git, dat in losse krullen over haar schouders golfde.

Guilhem haalde diep adem. Hij kon beter teruggaan. Maar op dat moment, alsof ze zich bewust was van zijn aarzeling, draaide Oriane zich om. Hij voelde de kracht van haar blik, die hem naar haar toe trok. Hij gaf zijn *écuyer* bevel om de wacht te houden bij het hek, stak het zachte gras over en liep naar haar toe.

'Ik was al bang dat je niet zou komen,' zei ze toen hij haar bereikte.

'Ik kan niet blijven.'

'Neem me dan niet kwalijk dat ik je heb gestoord,' mompelde ze, terwijl ze zich tegen hem aan drukte.

Guilhem probeerde zich los te rukken. 'Straks ziet iemand ons nog,' siste hij.

Oriane draaide haar gezicht omhoog en hij ving een vleugje op van haar parfum. Hij probeerde zijn opkomende verlangen te onderdrukken. 'Waarom doe je zo onaangenaam tegen me?' pruilde ze. 'Er is hier niemand die ons kan zien. Ik heb een uitkijkpost bij het hek gezet. Bovendien heeft iedereen het vanavond toch veel te druk.'

'Niet zo druk dat wij niet opvallen,' zei hij. 'Ze loeren en luisteren allemaal, op zoek naar iets waarmee ze hun voordeel kunnen doen.'

'Wat denk je toch slecht over de mensen,' mompelde ze, terwijl ze zijn haar streelde. 'Vergeet de anderen nou maar. Denk alleen aan mij.' Oriane stond zo dicht tegen hem aan dat hij haar hart voelde kloppen door haar dunne jurk heen. 'Waarom bent u zo kil, Messire? Heb ik iets verkeerds gezegd?'

Hij voelde zijn verzet afbrokkelen. Zijn bloed gonsde. 'Oriane, dit is verkeerd, dat weet jij ook. Wij zondigen tegen jouw echtgenoot en mijn vrouw door deze verdorven...'

'Liefde?' vulde ze aan. Toen lachte ze, een charmant en sprankelend lachje dat hem een steek in zijn hart bezorgde. '"Liefde is geen zonde maar een deugd, die al het kwaad goed maakt, en het goede nog beter." Je hebt de troubadours toch gehoord?'

Hij merkte dat hij haar knappe gezichtje tussen zijn handen hield.

'Dat is maar een lied. De werkelijkheid van onze huwelijksgelofte is een andere zaak. Of begrijp je nog steeds niet wat ik bedoel?' Hij haalde diep adem. 'We mogen elkaar niet meer ontmoeten.'

Hij voelde dat ze verstijfde in zijn armen. 'Wilt u mij niet meer, Messire?' fluisterde ze. Haar dikke, losse haar was voor haar gezicht gevallen, zodat hij haar haar ogen niet kon zien.

'Niet doen...' zei hij, maar minder overtuigd nu.

'Hoe moet ik dan mijn liefde voor u bewijzen?' zei ze, zo verdrietig en zacht dat hij haar nauwelijks verstond. 'Als ik u niet heb behaagd, Messire, zeg het me dan.'

Hij strengelde zijn vingers in de hare. 'Je hebt niets verkeerds gedaan. Je bent heel mooi, Oriane, je bent...' Hij zweeg, omdat hij de juiste woorden niet kon vinden. Oriane maakte haar gesp los, en haar mantel gleed omlaag. De schitterende blauwe stof viel als een plas water om haar voeten. Ze leek zo kwetsbaar, zo hulpeloos, dat hij zich moest beheersen om haar niet in zijn armen te nemen.

'Nee,' mompelde hij. 'Ik kan niet...'

Guilhem probeerde zich Alaïs' gezicht voor de geest te halen, haar ogen als ze hem aankeek, haar glimlach, zo vol vertrouwen. Hij nam zijn huwelijksgelofte serieus, heel ongebruikelijk voor een man van zijn rang en positie. Hij wilde haar niet ontrouw zijn. Toen ze pas getrouwd waren had hij 's nachts dikwijls naar haar gekeken als ze lag te slapen in de rust van hun eigen kamer en begrepen dat hij een beter mens was – of zou kúnnen zijn – omdat zij van hem hield.

Hij probeerde zich van Oriane te bevrijden, maar het enige wat hij nog hoorde was haar stem terwijl ze de gemene roddels van het kasteel herhaalde: dat Alaïs hem voor schut had gezet door hem achterna te rijden naar Béziers. Het gonzen in zijn hoofd werd luider en overstemde Alaïs' lichte stem. Haar beeld verbleekte toen ze bij hem vandaan zweefde en het aan hemzelf overliet om deze verleiding te weerstaan.

'Ik aanbid je,' fluisterde Oriane, en ze liet haar hand tussen zijn benen glijden. Ondanks zijn vaste voornemen sloot hij toch zijn ogen, niet in staat zich te verzetten tegen haar gefluister, als de wind die door de bomen ruiste. 'Ik heb je nauwelijks gezien sinds je uit Besièrs terug bent.' Guilhem wilde iets antwoorden, maar zijn keel was droog. 'Ze zeggen dat jij van alle *chevaliers* het meest in de gunst staat bij burggraaf Trencavel,' vervolgde ze.

Guilhem kon het ene woord niet eens meer van het andere onderscheiden. Zijn bloed pompte te luid door zijn hoofd en overspoelde alle andere geluiden en gevoelens.

Hij duwde haar tegen de grond.

'Vertel me hoe het is gegaan tussen de burggraaf en zijn oom,' zei ze zachtjes in zijn oor. 'Vertel me wat er in Besièrs is gebeurd.' Guilhems adem stokte toen ze haar benen om hem heen sloeg en hem tegen zich aan trok. 'Vertel me hoe de kansen zijn gekeerd.'

'Daar kan ik niets over zeggen,' hijgde hij, zich alleen nog maar bewust van de bewegingen van haar lichaam onder het zijne.

Oriane beet hem in zijn lip. 'Tegen mij toch wel?'

Hij schreeuwde haar naam, zonder zich erom te bekommeren wie het kon horen of zien. Hij zag niet eens de voldoening in haar groene ogen en het bloed – zijn bloed – op haar lippen.

Pelletier keek om zich heen. Tot zijn ongenoegen kon hij Oriane of Alaïs nergens ontdekken aan de eettafel.

Ondanks alle voorbereidingen voor de strijd hing er een feestelijke sfeer in de Grote Hal, omdat burggraaf Trencavel en zijn gevolg veilig waren teruggekeerd.

De bespreking met de consuls was goed verlopen. Pelletier twijfelde er niet aan dat ze het benodigde geld bijeen konden brengen. Ieder uur verschenen er weer nieuwe boodschappers van de dichtstbijzijnde *châteaux* rond Carcassonne. Tot nu toe had geen enkele vazal zijn verplichtingen verzaakt. Allemaal boden ze geld of manschappen aan.

Zodra burggraaf Trencavel en Dame Agnès zich hadden teruggetrokken excuseerde Pelletier zich en stapte naar buiten voor wat frisse lucht. Opnieuw drukte zijn besluiteloosheid als een zware last op zijn schouders.

Uw broer verwacht u in Besièrs, uw zuster in Carcassona.

Het toeval had hem sneller naar Simeon en het tweede boek gebracht dan hij voor mogelijk had gehouden. Als Alaïs gelijk had, was het derde boek misschien ook onder handbereik.

Pelletiers hand ging naar zijn borst, waar hij Simeons boek bewaarde, vlak bij zijn hart.

Alaïs schrok wakker van een luide klap toen het luik tegen de muur sloeg. Met bonzend hart schoot ze overeind. In haar droom was ze terug geweest in de bossen bij Coursan, met gebonden handen, worstelend om zich te bevrijden van de ruwe kap over haar hoofd.

Ze pakte een van de kussens, nog warm van de slaap, en drukte het tegen haar borst. Het bed rook nog vaag naar Guilhem, hoewel het al meer dan een week geleden was sinds hij naast haar had gelegen.

Weer dreunde het luik tegen de muur. De storm loeide rond de torens en over het dak. Het laatste wat ze zich kon herinneren was dat ze Rixende had gevraagd haar iets te eten te brengen.

Rixende klopte op de deur en kwam verlegen binnen.

'Neem me niet kwalijk, Dame. Ik wilde u niet wakker maken, maar hij stond erop.'

'Guilhem?' zei ze snel.

Rixende schudde haar hoofd. 'Uw vader. Hij vraagt of u naar hem toe komt bij het oostelijke poortgebouw.'

'Nu? Het is toch al na twaalven?'

'Het heeft nog geen middernacht geslagen, Dame.'

'Waarom stuurt hij jou, in plaats van François?'

'Dat weet ik niet, Dame.'

Ze liet Rixende achter om haar kamer te bewaken, gooide een mantel over haar schouders en liep haastig de trap af. Het onweerde nog boven de bergen toen ze de binnenplaats overstak, waar haar vader al stond te wachten.

'Waar gaan we heen?' riep ze boven de wind uit, toen ze zich door de Oostpoort haastten.

'Naar de Sant-Nasari,' antwoordde hij. 'Waar het *Boek der Woorden* is verborgen.'

Oriane lag languit op bed, loom als een kat, luisterend naar de wind. Ze was tevreden over Guirande. Niet alleen had het meisje de kamer keurig opgeruimd, maar haar ook uitvoerig verteld wat voor een ravage haar echtgenoot had aangericht. Oriane had geen idee waarom hij zo kwaad was, en het kon haar niet schelen.

Alle mannen – koeriers, schrijvers, *chevaliers*, priesters – waren hetzelfde onder hun buitenkant. Ondanks hun grote verhalen over trots en eer was hun vastberadenheid zo broos als een dorre boomtak in de winter. Het eerste verraad was het moeilijkst. Daarna bleef het haar verbazen hoe snel ze hun geheimen prijsgaven en al hun mooie principes verloochenden.

Ze was zelfs meer te weten gekomen dan ze had verwacht. Ironisch genoeg besefte Guilhem niet eens het belang van wat hij haar vanavond had verteld. Oriane had al vermoed dat Alaïs hun vader naar Béziers was gevolgd. Nu wist ze het zeker. En ze had ook enig idee van wat zich tussen hen had afgespeeld op de avond van zijn vertrek.

Na de overval had Oriane zich alleen om haar zus bekommerd in de hoop dat Alaïs hun vader zou verraden, maar dat had ze niet gedaan. Het enige wat Oriane was opgevallen was Alaïs' vertwijfeling over de verdwijning van een houten plankje uit haar kamer. Ze had er in haar slaap over gepraat, terwijl ze lag te draaien en te woelen. Maar ondanks haar inspanningen had ze dat plankje nog altijd niet gevonden.

Oriane strekte haar armen boven haar hoofd. Zelfs in haar stoutste dromen had ze niet kunnen vermoeden dat haar vader zo'n machtig voorwerp bezat – iets waar mensen een fortuin voor over hadden. Ze hoefde alleen maar geduld te oefenen.

Maar na wat ze vanavond van Guilhem had gehoord vermoedde ze dat het plankje toch minder belangrijk was dan ze dacht. Als ze wat meer tijd had gehad, zou ze hem wel de naam hebben ontfutseld van de man met wie haar vader had gesproken in Béziers. Aangenomen dat Guilhem dat wist.

Oriane kwam overeind. François zou het wel weten. Ze klapte in haar handen.

'Breng dit naar François,' zei ze tegen Guirande. 'En zorg dat niemand je ziet.'

38

De nacht was gevallen over het kruislegerkamp.

Guy d'Evreux veegde zijn vette handen af aan de doek die een zenuwachtige bediende hem toestak. Hij dronk zijn beker leeg en keek naar de abt van Cîteaux aan het hoofd van de tafel, om te zien of hij ging vertrekken.

Blijkbaar niet.

Zelfvoldaan in zijn witte soutane had de abt een plaatsje gekozen tussen de hertog van Bourgondië en de graaf van Nevers. De voortdurende rivaliteit tussen dat tweetal en hun volgelingen was al begonnen nog voordat het kruisleger uit Lyon vertrokken was.

Aan hun glazige gezichten te oordelen werden ze weer eens stevig onderhanden genomen door Arnald-Amalric. Ketterij, hellevuur, de gevaren van de bijbel in de volkstaal, alles passeerde de revue. Zo kon hij zijn gehoor urenlang de les lezen.

Evreux had geen enkel respect voor de twee heren. Hun ambities waren pathetisch: een handvol gouden munten, een kruik wijn, een paar hoertjes, een veldslag en na veertig dagen weer naar huis, met roem overladen. Alleen De Montfort, die wat verderop aan de tafel zat, scheen nog te luisteren. In zijn ogen brandde een onaangenaam fanatisme, minstens zo fel als dat van de abt.

Evreux kende De Montfort alleen van reputatie, hoewel ze praktisch buren waren. Evreux had een goed jachtgebied ten noorden van Chartres geërfd. Door de combinatie van strategische huwelijksbanden en forse belastingheffingen had hij ervoor gezorgd dat de rijkdom van de familie de afgelopen vijftig jaar flink was toegenomen. Hij had geen broers die zijn titel zouden kunnen betwisten, en geen grote schulden.

De landerijen van De Montfort lagen in de buurt van Parijs, nog geen twee dagen rijden van de bezittingen van Evreux. De Montfort had zich bij de kruistocht aangesloten op persoonlijk verzoek van de hertog van Bourgondië, maar hij stond bekend om zijn ambities, zijn vroomheid en zijn moed. Hij was een veteraan van de oostelijke kruistochten naar Syrië en Palestina, een van de weinige kruisvaarders die hadden geweigerd deel te nemen aan de belegering van de christelijke stad Zara tijdens de Vierde Kruistocht naar het Heilige Land.

De Montfort was inmiddels boven de veertig, maar nog altijd zo sterk als een os. Somber en beschouwend van aard dwong hij een grote loyaliteit af bij zijn mannen, hoewel hij werd gewantrouwd door een groot deel van de edelen, die hem te sluw en ambitieus vonden voor zijn status. Evreux minachtte hem, zoals hij iedereen minachtte die zijn gedrag rechtvaardigde als het werk van God.

Evreux nam maar om één reden aan de kruistocht deel. Zodra hij zijn doel had bereikt zou hij naar Chartres terugkeren met de boeken waar hij al zijn halve leven jacht op maakte. Hij was niet van plan om te sterven op het altaar van andermans geloof.

'Wat is er?' gromde hij tegen de bediende die achter hem opdook.

'Er is een boodschapper voor u, heer.'

Evreux keek op. 'Waar dan?' vroeg hij scherp.

'Hij wacht vlak buiten het kamp, heer. Hij wilde zijn naam niet noemen.'

'Uit Carcassonne?'

'Dat wilde hij niet zeggen, heer.'

Met een korte buiging naar het hoofd van de tafel excuseerde Evreux zich en verdween. Zijn bleke gezicht was rood aangelopen. Haastig liep hij tussen de tenten en dieren door naar de bosrand aan de oostelijke rand van het kamp.

Aanvankelijk kon hij niet veel meer dan een vage schim onderscheiden in het donker tussen de bomen. Maar toen hij dichterbij kwam herkende hij de man als een bediende van een informant uit Béziers.

'Nou?' vroeg hij, korzelig en teleurgesteld.

De boodschapper liet zich op zijn knieën vallen. 'We hebben hun lichamen gevonden in de bossen bij Coursan.'

Evreux kneep zijn grijze ogen tot spleetjes. 'Coursan? Ze moesten Trencavel en zijn mannen volgen. Wat hadden ze dan te zoeken in Coursan?'

'Dat weet ik niet, heer,' stamelde de koerier.

Hij keek om. Twee mannen doken op van achter de bomen, met hun handen losjes op het heft van hun zwaard.

'Wat hebben ze op die plek gevonden?'

'Niets, heer. Jassen, wapens, paarden, zelfs de pijlen waarmee ze waren gedood... alles was verdwenen. De lichamen waren van hun kleren beroofd. Alles is meegenomen.'

'Maar we weten wie ze waren?'

De bediende stond op en deed een stap terug. 'Binnen het *castellum* wordt vooral gesproken over de moed van Amiel de Coursan – niet over de identiteit van de mannen. Er was wel een meisje bij, de dochter van de rentmeester van burggraaf Trencavel. Alaïs.'

'Reisde ze alleen?'

'Dat weet ik niet, heer, maar De Coursan heeft haar persoonlijk naar Besiërs geëscorteerd. Daar heeft ze haar vader getroffen in de joodse wijk, waar ze een tijdje zijn gebleven. In een particulier huis.'

Evreux dacht even na. 'Is dat zo?' mompelde hij toen, en er gleed een lachje om zijn dunne lippen. 'En de naam van die jood?'

'Zijn naam is me niet verteld, heer.'

'Heeft hij zich ook aangesloten bij de uittocht naar Carcassonne?'

'Jawel.'

Evreux was opgelucht, hoewel hij dat niet liet blijken. Zijn hand ging naar de dolk aan zijn riem. 'Wie weet hier verder nog van?'

'Niemand, heer, dat zweer ik u. Ik heb het aan geen mens verteld.'

Evreux sloeg onverwachts toe. De punt van het mes boorde zich diep in de keel van de man. Met uitpuilende ogen van schrik en doodsangst maakte hij verstikte geluiden toen zijn laatste adem sissend uit de wond ontsnapte. Bloed gutste naar buiten en kleurde de aarde rood. De boodschapper zakte door zijn knieën, terwijl hij koortsachtig naar zijn hals klauwde om de dolk eruit te trekken, waarbij hij zijn handen openhaalde. Toen stortte hij voorover.

Er gingen een paar heftige stuiptrekkingen door hem heen, hij kronkelde nog één keer over de besmeurde grond en lag toen stil.

Evreux' gezicht stond uitdrukkingsloos. Hij stak een arm uit, met de handpalm omhoog, wachtend tot een van de soldaten hem zijn mes zou teruggeven. Hij veegde het schoon aan het tuniek van de dode en stak het weer in zijn schede.

'Ruim het lichaam op,' zei Evreux. Hij gaf het een zet met de neus van zijn laars. 'En zoek die jood. Ik wil weten of hij nog hier is, of al in Carcassonne. Weet je hoe hij eruitziet?'

De soldaat knikte.

'Goed. Als er verder geen nieuws is, stoor me vannacht dan niet meer.'

39

Carcassonne

WOENSDAG 6 JULI 2005

Alice trok twintig baantjes in het zwembad en ontbeet op het terras, terwijl de zon boven de bomen uit kroop. Om halftien stond ze in de rij voor het loket van het Château Comtal. Ze kocht een kaartje en kreeg een folder in merkwaardig Engels over de geschiedenis van het kasteel.

Er waren houten vlonders over twee secties van de verdedigingsmuren gelegd, rechts van de poort en rond de bovenkant van de hoefijzervormige Tour de Casernes, als een kraaiennest in de mast van een schip.

Ze werd er stil van toen ze door de indrukwekkende houten en ijzeren dubbele deuren van de Oostpoort liep, de binnenplaats op.

De Cour d'Honneur lag grotendeels in de schaduw. Er waren al heel wat bezoekers, die net als zij rondslenterden en hun gidsjes lazen. In de tijd van de Trencavels had er blijkbaar een iep in het midden van de binnenplaats gestaan, waaronder drie generaties burggraven recht hadden gesproken. Er was nu geen spoor meer van te zien. In plaats daarvan stonden er twee symmetrische platanen, die hun schaduw over de westelijke muur van de binnenplaats wierpen toen de zon net over de weermuren aan de overkant uit keek.

De uiterste noordhoek van de Cour d'Honneur lag al in de volle zon. Een paar duiven nestelden in de lege portieken, de spleten van de muren en de kale bogen van de Tour du Major en de Tour du Degré. Een flard van een herinnering kwam bij Alice boven: een klein meisje dat behendig langs een ruwhouten ladder klom, waarvan de sporten met touwen waren vastgesnoerd.

Alice keek omhoog en probeerde onderscheid te maken tussen wat ze werkelijk zag en wat ze in gedachten onder haar vingertoppen voelde.

Er was niet veel te zien.

Opeens werd ze overweldigd door een groot gevoel van verlies. Verdriet klemde zich als een vuist om haar hart.

Hier lag hij. Hier heeft ze om hem gehuild.

Alice keek omlaag. Twee bronzen richels op de grond gaven aan waar ooit een gebouw gestaan had. Daarnaast was een rij letters. Alice hurkte en las dat dit de plek was van de kapel van het Château Comtal, gewijd aan Sainte-Marie. *Sant-Maria.*

Niets was eeuwig.

Alice schudde haar hoofd, geschokt door de heftigheid van haar emoties. De wereld die achthonderd jaar geleden had bestaan onder deze weidse zuidelijke hemel lag er nog steeds, maar onder de oppervlakte. Ze had het sterke gevoel dat er iemand achter haar stond, alsof de grens tussen haar heden en het verleden van die ander langzaam vervaagde.

Alice sloot haar ogen voor de hedendaagse kleuren, vormen en geluiden, concentreerde zich op de mensen die hier ooit hadden geleefd en luisterde naar hun stemmen.

Dit was ooit een goede plek geweest om te wonen. Rode kaarsen die flakkerden op een altaar, bloeiende meidoorn, handen die werden verbonden in de echt.

De stemmen van de andere bezoekers brachten Alice weer terug in het heden. Het verleden trok zich terug toen ze verder liep. Ze kwam het Château binnen en zag dat de steigers langs de weermuren aan de achterkant open waren. Diep in de muren waren nog meer van die kleine, vierkante gaten aangebracht die ze de vorige avond al had gezien op haar wandeling door de *Lices*. Volgens haar folder waren het de bevestigingspunten van de bovenverdiepingen.

Alice keek op haar horloge en zag tot haar vreugde dat ze nog genoeg tijd had voor een bezoek aan het museum voordat ze naar haar afspraak moest vertrekken. In de twaalfde- en dertiende-eeuwse kamers, de enige restanten van de oorspronkelijke gebouwen, was een verzameling stenen koorbanken, zuilen, kraagstenen, fonteinen en graftombes te zien, vanaf de Romeinse tijd tot aan de vijftiende eeuw.

Ze keek rond, maar het kon haar niet echt boeien. De heftige emoties van de binnenplaats waren verdwenen. Ze lieten een rusteloze leegte achter. Alice volgde de pijlen door de kamers totdat ze in de Ronde Kamer kwam, die ondanks zijn naam rechthoekig was.

Opeens kwamen haar nekharen overeind. De ruimte had een tongewelf en op de twee lange wanden waren de resten van een muurschildering van een veldslag te zien. Volgens het bordje had Bernard Aton Trencavel, die had deelgenomen aan de Eerste Kruistocht en tegen de moren in Spanje had gevochten, aan het einde van de elfde eeuw opdracht gegeven tot deze schildering. Onder de fabelachtige wezens en vogels die het fries bevolkten waren een luipaard, een zeboe, een zwaan, een stier en iets dat aan een kameel deed denken.

Alice keek met bewondering naar de hemelsblauwe zoldering, verbleekt en gebarsten, maar nog altijd prachtig. Op het paneel links van haar waren twee *chevaliers* met elkaar in gevecht, de één in het zwart gekleed, met een rond schild in zijn hand, gedoemd om voor eeuwig te sneuvelen door de lans van de ander. Op de tegenoverliggende muur speelde zich een gevecht af tussen moorse en christelijke ridders. Dit fragment was beter en vollediger bewaard gebleven. Alice kwam een stap dichterbij om het goed te bekijken. In het midden confronteerden twee *chevaliers* elkaar, de één op een okerkleurig paard, de ander – een christelijke ridder – op een wit paard en met een amandelvormig schild op zijn arm. Zonder erbij na te denken stak ze een hand uit. De suppoost klakte met haar tong en schudde haar hoofd.

Het laatste wat ze bekeek voordat ze het kasteel verliet was een kleine tuin naast de binnenplaats, de Cour du Midi. Het was een bouwvallig geheel; alleen een klein deel van de hoge boogramen stond nog overeind. Groene klimop en andere planten slingerden zich rond de losse zuilen en door de spleten in de muren. Er hing een sfeer van vergane glorie.

Toen ze langzaam de tuin door slenterde, terug naar het zonlicht, werd Alice overmand door een nieuwe emotie – geen verdriet, deze keer, maar spijt.

Het was nog drukker in de straten van de Cité tegen de tijd dat Alice uit het Château Comtal naar buiten kwam.

Ze had nog wat tijd tot aan haar afspraak bij de notaris, dus liep ze de andere kant op dan de vorige avond, naar de Place St. Nazaire, die werd gedomineerd door de Basilica. Haar aandacht werd getrokken door de fin de siècle-gevel van het Hôtel de la Cité, bescheiden en luxueus tegelijk, met klimop tegen de muren, een smeedijzeren hek, gebrandschilderde boogramen en dieprode markiezen met de kleur van rijpe kersen. Het gebouw ademde geld.

Juist op dat moment gingen de deuren open en ving ze een blik op van de betimmerde en met kleden behangen wanden. Een vrouw kwam naar buiten. Ze was lang en had hoge jukbeenderen, onberispelijk gekapt zwart haar en een zonnebril met een gouden montuur. Haar lichtbruine mouwloze blouse en bijpassende broek leken te glinsteren en het licht te reflecteren. Met haar gouden armband en de band om haar hals leek ze op een Egyptische prinses.

Alice wist zeker dat ze haar al eens eerder had gezien. In een tijdschrift, een film, of misschien op de televisie?

De vrouw stapte in een auto. Alice keek haar na tot ze uit het zicht verdwenen was en liep toen naar de ingang van de Basilica. Buiten stond een bedelaarster, met uitgestrekte hand. Alice viste een muntje uit haar zak, drukte het de vrouw in haar hand en wilde naar binnen gaan.

Abrupt bleef ze staan, met haar hand tegen de deur. Ze had een gevoel alsof ze in een tunnel van ijskoude lucht gevangen was.

Doe niet zo achterlijk.

Ze probeerde zichzelf te dwingen om naar binnen te gaan, vastbesloten om niet toe te geven aan zulke irrationele emoties. Maar dezelfde doodsangst die haar in de Saint-Étienne in Toulouse had overvallen hield haar tegen.

Met een verontschuldiging tegen de mensen achter zich stapte Alice uit de rij en ging zitten op een schaduwrijke stenen richel naast de noordelijke deur.

Wat gebeurt er in godsnaam met me?

Haar ouders hadden haar geleerd te bidden. Toen ze oud genoeg was om na te denken over het kwaad in de wereld en tot de conclusie kwam dat de Kerk daar geen bevredigende antwoorden op had, was ze ermee gestopt. Maar ze herinnerde zich nog het gevoel van zingeving dat het geloof kan bieden: die zekerheid, die belofte van verlossing ergens achter de wolken was ze nooit helemaal kwijtgeraakt. Als ze de tijd had stapte ze altijd even naar binnen, net als Larkin. Ze voelde zich thuis in kerken. Ze gaven haar een historisch besef, een gevoel van een gedeeld verleden dat tot haar sprak via de architectuur, de ramen en koorbanken.

Maar niet hier.

In deze katholieke kathedralen van de Midi voelde ze geen vrede, maar gevaar. De stank van het kwaad leek als bloed uit de stenen te druipen. Ze keek op naar de afzichtelijke waterspuwers die boosaardig naar haar grijnsden met hun verwrongen monden.

Haastig stond Alice op en verliet het plein. Zo nu en dan keek ze over haar schouder. Ze wist dat ze het zich verbeeldde, maar toch had ze het gevoel dat ze werd geschaduwd.

Het kantoor van Daniel Delagarde stond in de Rue George Brassens. Het koperen bord op de muur glom in de zon. Alice was nog een beetje te vroeg, dus bleef ze staan om de namen te lezen voordat ze naar binnen ging. Karen Fleury stond ergens in het midden. Er waren maar twee vrouwen bij.

Alice beklom de grijze stenen treden, duwde de dubbele glazen deuren open en kwam in een betegelde receptie. Ze noemde haar naam tegenover de vrouw achter de glanzende mahoniehouten tafel en werd naar een wachtkamer gewezen. De stilte was drukkend. Een beetje boerse man van achter in de vijftig knikte tegen haar toen ze binnenkwam. *Paris Match*, *Immo Média* en oude nummers van de Franse *Vogue* lagen keurig opgestapeld op een grote koffietafel in het midden van de ruimte. Er stond een goudbronzen klok op de witmarmeren schoorsteenmantel en een hoge, rechthoekige glazen vaas met zonnebloemen in de haard.

Alice ging in een zwartleren fauteuil bij het raam zitten en deed alsof ze las.

'Mevrouw Tanner? Karen Fleury. Hoe maakt u het?'

Alice stond op. De andere vrouw beviel haar meteen. Karen Fleury was halverwege de dertig en maakte een efficiënte indruk in haar sombere zwarte pakje en witte blouse. Haar keurige blonde haar was kortgeknipt en ze droeg een goud kruisje om haar hals.

'Mijn begrafeniskleren,' zei ze, toen ze Alices blik zag. 'Veel te warm in dit weer.'

'Dat kan ik me voorstellen.'

Ze hield de deur voor Alice open. 'Zullen we?'

'Hoe lang werkt u hier al?' vroeg Alice toen ze haar volgde door een steeds armoediger labyrint van gangen.

'Wij zijn hier een paar jaar geleden naartoe verhuisd. Mijn man is Frans. Er komen hier steeds meer Engelsen wonen, en die hebben notarissen nodig, dus dat gaat prima.'

Karen stapte een klein kantoor aan de achterkant van het gebouw binnen.

'Ik ben blij dat u zelf kon komen,' zei ze, terwijl ze Alice een stoel wees. 'Ik had verwacht dat we het grotendeels over de telefoon zouden afhandelen.'

'Het kwam toevallig zo uit. Net toen ik uw brief had ontvangen kreeg ik een uitnodiging van een vriendin die vlak bij Foix werkt. Die kans wilde ik niet voorbij laten gaan.' Ze wachtte even. 'En gezien de omvang en de aard van de nalatenschap leek het me wel zo gepast om persoonlijk langs te komen.'

Karen glimlachte. 'Het maakt het voor mij veel makkelijker en het zal ook sneller gaan.' Ze trok een bruin dossier naar zich toe. 'Uit ons telefoongesprek kreeg ik de indruk dat u niet veel over uw tante wist.'

Alice maakte een grimas. 'Ik had nog nooit van haar gehoord! Ik wist niet dat mijn vader nog familie had die in leven was, laat staan een halfzus. Ik had altijd gedacht dat allebei mijn ouders enig kind waren. Er kwamen nooit ooms of tantes met de kerst of op verjaardagen.'

Karen raadpleegde haar aantekeningen. 'Ze zijn allebei al overleden?'

'Omgekomen bij een auto-ongeluk toen ik achttien was,' zei Alice. 'In mei 1993. Vlak voor mijn eindexamen.'

'Wat vreselijk.'

Alice knikte. Wat moest je daarop zeggen?

'U hebt geen broers of zussen?'

'Ik denk dat mijn ouders daar te lang mee hebben gewacht. Ze waren al vrij oud toen ik geboren werd. Boven de veertig.'

Karen knikte. 'Nou, tegen die achtergrond lijkt het me verstandig dat ik gewoon het hele dossier over de erfenis van uw tante en de voorwaarden van haar testament met u bespreek. Zodra we hier klaar zijn, kunt u zelf naar het huis gaan kijken als u wilt. Het staat in Sallèles d'Aude, een dorp op een uurtje rijden hier vandaan.'

'Dat lijkt me uitstekend.'

'Wat ik hier heb,' vervolgde Karen, en ze tikte op de map, 'zijn de belangrijkste gegevens – namen, data, enzovoort. Als u het huis gaat bekijken, zult u een veel beter beeld van haar krijgen aan de hand van haar persoonlijke papieren en effecten. Daarna kunt u ons vragen om het huis voor u uit te ruimen, of u kunt het zelf doen. Hoe lang blijft u nog hier?'

'De bedoeling was tot zondag, maar misschien blijf ik langer. Ik heb geen dringende reden om terug te gaan.'

Karen knikte en wierp een blik op haar notities.

'Laten we maar beginnen, dan zien we wel. Grace Alice Tanner was de halfzus van uw vader. Ze werd in 1912 geboren in Londen als het jongste kind van vijf. Ze was de enige die in leven bleef. Twee andere meisjes stierven al heel jong en de twee jongens sneuvelden in de Eerste Wereldoorlog. Haar moeder overleed in…' – ze gleed met haar vinger over de pagina totdat ze de datum had gevonden – 'in 1928, na een lang ziekbed. Daarna viel de familie uit elkaar. Grace was toen al het huis uit en haar vader trok weg en trouwde opnieuw. Uit dat huwelijk werd maar één kind geboren, uw vader, het jaar daarop. Uit de stukken leid ik af dat er daarna nog maar heel weinig contact is geweest tussen mevrouw Tanner en haar vader – uw grootvader.'

'Ik wist het zelf niet, maar denkt u dat mijn vader heeft geweten dat hij een halfzuster had?'

'Ik heb geen idee. Waarschijnlijk niet.'

'Maar Grace had dus wel van hém gehoord.'

'Ja, hoewel ik u niet kan zeggen hoe of wanneer. En wat nog belangrijker is: ze wist ook van úw bestaan. Na de dood van uw ouders, in 1993, heeft ze haar testament herzien en u tot enige erfgenaam benoemd. Toen woonde ze al een tijdje in Frankrijk.'

Alice fronste. 'Als ze van mij had gehoord en wist wat er was gebeurd, waarom nam ze dan geen contact op?'

Karen haalde haar schouders op. 'Omdat ze dacht dat u daar geen prijs op zou stellen, bijvoorbeeld? We weten niet wat de reden was voor de breuk in de familie. Misschien was ze bang dat uw vader ongunstige verhalen over haar had verteld. In zulke gevallen denken mensen vaak – en soms terecht – dat elke toenadering zal worden afgewezen. Als het contact eenmaal is verbroken valt het niet mee om de schade te herstellen.'

'U hebt niet zelf dat testament opgesteld, neem ik aan?'

Karen glimlachte. 'Nee, dat was ruim voor mijn tijd. Maar ik heb wel met de betreffende collega gesproken. Hij is nu met pensioen, maar hij kon zich uw tante goed herinneren. Ze was heel zakelijk, zeker niet sentimenteel. Ze wist precies wat ze wilde, namelijk dat alles aan u zou worden nagelaten.'

'Dus u weet ook niet waarom ze hier is gaan wonen?'

'Nee. Helaas.' Ze wachtte even. 'Vanuit onze positie is het betrekkelijk simpel. Zoals ik al zei, u moet zelf maar een kijkje nemen in het huis. Misschien komt u dan meer te weten. Als u hier nog een paar dagen blijft, kunnen we elkaar later in de week nog eens ontmoeten. Morgen en vrijdag ben ik bij de rechtbank, maar ik zou het leuk vinden om voor zaterdagochtend af te spreken, als u dat uitkomt.' Ze stond op en stak haar hand uit. 'Belt u mijn assistente maar als u een beslissing hebt genomen.'

'Ik zou ook graag haar graf bezoeken nu ik hier ben.'

'Natuurlijk. Ik zal de gegevens opvragen. Als ik me goed herinner, waren de omstandigheden nogal bijzonder.' Op weg naar buiten liep Karen langs het bureau van haar assistente. 'Dominique, *tu peux me trouver le numéro du lot de cimetière de Madame Tanner. La cimetière de la Cité. Merci.*'

'Bijzonder? Hoezo?' vroeg Alice.

'Madame Tanner is niet begraven in Sallèles d'Aude, maar hier in Carcassonne, op het kerkhof buiten de muren van de Cité, in het familiegraf van een vriendin.' Karen pakte de uitdraai van haar assistente aan en las de informatie haastig door. 'Ja, precies. Nu weet ik het weer. Jeanne Giraud, een dame hier uit de stad, hoewel er geen aanwijzingen waren dat de twee vrouwen elkaar kenden. Dit is Madame Girauds adres, met de gegevens van het graf.'

'Dank u. U hoort nog van me.'

'Dominique zal u uitlaten.' Ze glimlachte. 'Laat me weten hoe het is gegaan.'

40

Ariège

Paul Authié had verwacht dat Marie-Cécile de rit naar de Ariège zou aangrijpen om hun discussie van de vorige avond voort te zetten of hem te ondervragen over het rapport. Maar afgezien van wat losse opmerkingen zei ze niets.

In de beperkte ruimte van de auto was hij zich fysiek sterk van haar bewust. Haar parfum en de geur van haar huid bleven in zijn neus hangen. Vandaag droeg ze een lichtbruine mouwloze blouse en een bijpassende broek. Haar ogen gingen schuil achter een zonnebril en haar lippen en nagels hadden dezelfde warme rode tint.

Authié trok zijn manchetten onder zijn jasje vandaan en keek discreet op zijn horloge. Een paar uur op het terrein, dan de terugreis nog... ze zouden pas laat in de middag weer terug zijn in Carcassonne. Heel frustrerend.

'Is er nog nieuws van O'Donnell?' vroeg ze.

Authié schrok. Daar zat hij zelf net aan te denken. 'Nee, nog niet.'

'En de politieman?' Ze draaide haar hoofd naar hem toe.

'Dat is geen probleem meer.'

'Sinds wanneer?'

'Vanochtend vroeg.'

'Ben je nog iets meer van hem te weten gekomen?'

Authié schudde zijn hoofd.

'Zolang er maar geen enkel spoor naar jou toe leidt, Paul.'

'Uitgesloten.'

Ze zweeg een moment en vroeg toen: 'En die Engelse vrouw?'

'Ze is gisteravond in Carcassonne aangekomen. Ik laat haar schaduwen.'

'Je denkt niet dat ze naar Toulouse is gegaan om de ring of het boek daar te deponeren?'

'Nee. Tenzij ze het heeft afgegeven aan iemand in het hotel. Ze heeft geen bezoek gehad. En ze heeft met niemand gesproken. Niet op straat en niet in de bibliotheek.'

Kort na één uur bereikten ze de Pic de Soularac. Er was een houten hek om de parkeerplaats gezet, dat op slot zat. Zoals afgesproken stond er niemand op wacht die getuige kon zijn van hun komst.

Authié opende het hek en reed door. Het terrein was onnatuurlijk stil na alle drukte van de afgelopen maandag. Er hing een verlaten sfeer. De tenten zaten dicht en alle gereedschap, potten en pannen waren keurig van etiketten voorzien.

'Waar is de ingang?'

Authié wees omhoog, waar de politielinten nog wapperden in de bries.

Hij nam een zaklantaarn mee uit het handschoenenkastje voordat ze zwijgend de helling beklommen in de drukkende middaghitte. Authié wees naar het rotsblok, dat nog altijd op zijn zijkant lag, als de kop van een gevallen afgodsbeeld, en liep de laatste paar meter voor haar uit, naar de ingang van de grot zelf.

'Ik wil in mijn eentje naar binnen,' zei ze toen ze boven waren.

Hij kreeg de pest in, maar liet niets merken. Er was niets meer te ontdekken. Hij had zelf de grot uitvoerig doorzocht. Maar hij gaf haar de zaklantaarn.

'Zoals u wilt,' zei hij.

Authié keek haar na toen ze de tunnel in stapte. De lichtbundel werd steeds zwakker en verdween ten slotte helemaal.

Hij slenterde bij de ingang vandaan, totdat hij buiten gehoorsafstand was.

Alleen al de nabijheid van die spelonk maakte hem woedend. Zijn hand ging naar het crucifix om zijn hals, als een talisman die de kwade machten van de plek moest afweren.

'In de naam van de Vader, de Zoon en de Heilige Geest,' zei hij, terwijl hij een kruisje sloeg. Pas toen zijn ademhaling weer normaal was belde hij zijn kantoor.

'Wat heb je voor me?'

Er gleed een voldane uitdrukking over zijn gezicht terwijl hij luisterde. 'In het hotel? En hebben ze elkaar gesproken?' Hij wachtte op het antwoord. 'Goed. Blijf bij haar en kijk wat ze doet.'

Met een lachje verbrak hij de verbinding. Weer een punt op zijn vragenlijstje voor O'Donnell.

Zijn secretaresse had verrassend weinig kunnen ontdekken over Baillard. Hij had geen auto, geen paspoort, kwam niet voor in het kadaster en had geen telefoon. Opvallend afwezig in het systeem. Zelfs geen sofi-nummer. Officieel leek hij niet te bestaan. Een man zonder verleden.

Authié vroeg zich af of Baillard een ontevreden ex-lid van de *Noublesso Véritable* zou kunnen zijn. Zijn leeftijd, zijn achtergrond, zijn belangstelling voor de Kathaarse geschiedenis en zijn kennis van hiërogliefen leken allemaal naar de Labyrint Trilogie te wijzen.

Authié wist dat er een connectie moest zijn. De vraag was alleen welke. Hij zou de grot zonder aarzelen hebben vernietigd, maar hij had de boeken nog altijd niet gevonden. Hij was een instrument in Gods hand – een instrument dat die vierduizend jaar oude ketterij eindelijk van de aardbodem zou wegvagen. Pas als die profane perkamenten weer terug waren in de spelonk zou hij toeslaan met een verwoestend vuur.

De gedachte dat hij nog maar twee dagen had om het boek te vinden spoorde hem tot actie aan. Met een vastberaden blik in zijn grijze ogen belde Authié nog een nummer.

'Morgenochtend,' zei hij. 'Houd haar gereed.'

Audric Baillard hoorde Jeannes bruine schoenen over het grijze linoleum tikken toen ze zwijgend door de gang van het ziekenhuis in Foix liepen.

Verder was alles wit. Zijn eigen krijtwitte pak, de werkkleding van het personeel, hun schoenen met rubberzolen, de muren, de kaarten en de klemborden. Inspecteur Noubel, slordig en verfomfaaid, was de enige die opviel in deze steriele omgeving. Hij zag eruit alsof hij al dagen geen schone kleren had aangetrokken.

Iemand duwde een wagentje de gang door, hun kant op. De wielen piepten pijnlijk in de stilte. Ze stapten opzij om het te laten passeren. De verpleegster bedankte hen met een knikje.

Baillard merkte dat ze Jeanne heel voorzichtig behandelden. Maar naast hun medeleven, ongetwijfeld oprecht, waren ze ook bezorgd hoe ze de schok zou doorstaan. Baillard lachte grimmig. De jeugd vergat altijd dat Jeannes generatie meer had gezien en meegemaakt dan zij. De oorlog, de bezetting, het verzet. Ze hadden gevochten, mensen gedood, vrienden zien sterven. Ze konden tegen een stootje. Niets verbaasde hen meer, behalve misschien de koppige veerkracht van de menselijke geest.

Noubel bleef staan voor een grote witte deur. Hij duwde hem open en deed een stap opzij om hen door te laten. Koelte en de scherpe lucht van ontsmettingsmiddelen sloegen hen tegemoet. Baillard nam zijn hoed af en drukte die tegen zijn borst.

De apparaten zwegen nu. In het midden van de kamer stond het bed, onder het raam. De gestalte op het bed ging schuil onder een laken dat scheef over de rand hing.

'Ze hebben alles gedaan wat ze konden,' mompelde Noubel.

'Is mijn kleinzoon vermoord, inspecteur?' vroeg Jeanne. Het waren de eerste woorden die ze sprak sinds ze bij het ziekenhuis was aangekomen en te horen had gekregen dat ze te laat was.

Baillard zag dat de inspecteur nerveus zijn handen bewoog. 'Het is nog te vroeg om daar iets over te zeggen, Madame Giraud. Maar...'

'Behandelt u het als een verdacht sterfgeval, inspecteur? Ja of nee?'

'Ja.'

'Dank u,' zei ze op dezelfde toon. 'Dat is alles wat ik wilde weten.'

Noubel schuifelde in de richting van de deur. 'Als u verder geen vragen hebt, laat ik u alleen om afscheid te nemen. U kunt me vinden bij Madame Claudette, in de familiekamer.'

De deur viel met een scherpe klik achter hem dicht. Jeanne deed een stap naar het bed toe. Haar gezicht was grauw en ze kneep haar lippen strak op elkaar, maar haar rug en schouders waren kaarsrecht als altijd.

Ze sloeg het laken terug. De stilte van de dood zweefde door de kamer. Baillard zag hoe de jonge Yves erbij lag. Zijn huid was opvallend bleek en glad, zonder rimpels. Hij had een groot verband om zijn hoofd, waar hier en daar zijn zwarte haar onderuit stak. Zijn handen, met rode en geschaafde knokkels, lagen op zijn borst gevouwen als van een jonge farao.

Baillard zag hoe Jeanne zich naar voren boog en haar kleinzoon op zijn voorhoofd kuste. Toen, met vaste hand, bedekte ze zijn gezicht en draaide zich weer om.

'Zullen we?' Ze pakte Baillards arm.

Zo liepen ze terug door de verlaten gang. Baillard keek naar rechts en bracht Jeanne naar een rij zakelijke plastic stoeltjes die aan de muur waren bevestigd. De stilte was drukkend. Als vanzelf spraken ze fluisterend, hoewel er niemand was die kon meeluisteren.

'Ik maakte me al een hele tijd zorgen om hem, Audric,' zei ze. 'Ik zag een verandering bij hem. Hij was nerveus en trok zich steeds meer in zichzelf terug.'

'Heb je hem gevraagd wat hem scheelde?'

Ze knikte. 'Hij zei dat er niets aan de hand was. Gewoon stress. Overwerk.'

Audric legde een hand op haar arm. 'Hij hield van je, Jeanne. Misschien was er ook niets mis. Misschien wel.' Hij wachtte even. 'Maar áls Yves bij kwade zaken betrokken was, dan ging dat tegen zijn karakter in en had hij last van zijn geweten. Ten slotte, toen het er echt op aan kwam, heeft hij de juiste beslissing genomen. Hij heeft jou die ring gestuurd, ongeacht de gevolgen.'

'Inspecteur Noubel vroeg me nog naar de ring. Hij wilde weten of ik Yves afgelopen maandag had gesproken.'

'En wat zei je?'

'De waarheid: nee.'

Audric slaakte een zucht van opluchting.

'Maar jij denkt dat Yves geld kreeg om gegevens door te spelen, nietwaar?'

Haar stem klonk aarzelend maar ferm. 'Zeg het me, Audric. Ik wil liever de waarheid weten.'

Hij spreidde zijn handen. 'Hoe kan ik je de waarheid vertellen als ik die zelf niet weet?'

'Zeg me dan wat je dénkt. Niet weten...' Ze zweeg heel even. 'Iets ergers is er niet.'

Baillard stelde zich het moment voor waarop het rotsblok voor de ingang van de grot was gevallen, zodat ze gevangenzaten. Niet weten wat er met haar gebeurd was. De geur van het kistje, het gebulder van de vlammen, het geschreeuw van de vluchtende soldaten. Halfvergeten plaatsen en beelden. Niet weten of ze dood was of nog leefde.

'*Es vertat,*' zei hij zacht. 'Niet weten is ondraaglijk.' Hij zuchtte nog eens. 'Goed dan. Ik denk inderdaad dat Yves werd betaald voor informatie – vooral over de Trilogie, maar waarschijnlijk ook over andere zaken. In het begin zal het onschuldig hebben geleken, een telefoontje hier of daar, gegevens over iemands verblijfplaats of met wie bepaalde mensen spraken. Maar algauw zullen ze meer van hem hebben gevraagd dan waar hij toe bereid was.'

'Welke "ze"? Weet je wie ze zijn?'

'Ik kan ernaar gissen, meer niet,' zei hij snel. 'De mensheid verandert niet echt, Jeanne. Aan de oppervlakte lijken we anders. We ontwikkelen ons, we bedenken nieuwe regels, een nieuwe levensstandaard. Elke generatie omarmt nieuwe normen en schaft de oude af. We vinden onszelf heel verstandig en beschaafd. Ogenschijnlijk hebben we niets meer te maken met de mensen die vóór ons leefden.' Hij tikte zich op zijn borst. 'Maar achter deze jas van vlees klopt nog hetzelfde menselijke hart van vroeger. Hebzucht, machtswellust, angst voor de dood – die emoties veranderen niet.' Zijn toon werd wat milder. 'Maar ook liefde, moed, menselijkheid, je leven offeren voor waar je in gelooft...'

'Zal dat ooit anders worden?'

Baillard aarzelde. 'Ik hoop het vurig.'

Boven hun hoofd tikte de klok de minuten weg. Aan het einde van de gang klonken gedempte stemmen, voetstappen, het gepiep van rubberzolen op de tegelvloer. Toen was het weer stil.

'Ga je niet naar de politie?' vroeg Jeanne ten slotte.

'Dat lijkt me niet verstandig.'

'Vertrouw je inspecteur Noubel niet?'

'*Benlèu.*' Misschien. 'Heeft de politie je Yves' persoonlijke bezittingen al teruggegeven? De kleren die hij droeg toen hij werd binnengebracht? Wat hij in zijn zakken had?'

'Zijn kleren waren... niet meer te redden. En volgens inspecteur Noubel had hij niets anders in zijn zakken dan zijn portefeuille en zijn sleutels.'

'Helemaal niets? Geen identiteitskaart, geen papieren, geen telefoontje? Vond hij dat niet vreemd?'

'Hij zei er niets over,' antwoordde ze.

'En zijn appartement? Hebben ze daar niets gevonden? Geen papieren?'

Jeanne haalde haar schouders op. 'Ik weet het niet.' Ze dacht even na. 'Ik heb een van zijn vrienden gevraagd om een lijst op te stellen van wie er die middag op het terrein waren.' Ze gaf hem een velletje met namen. 'Het is niet volledig.'

Hij bekeek het. 'En dit?' vroeg hij, wijzend op de naam van een hotel.

Jeanne keek. 'Jij wilde toch weten waar die Engelse vrouw logeerde?' Ze wachtte even. 'Dit adres heeft ze aan de inspecteur opgegeven.'

'Dr. Alice Tanner,' mompelde hij. Na al die tijd was ze toch naar hem toe gekomen. 'Dan zal ik daar mijn brief heen sturen.'

'Ik kan hem wel afgeven als ik naar huis ga.'

'Nee,' zei hij scherp. Jeanne keek verbaasd op. 'Neem me niet kwalijk,' zei hij snel. 'Dat is heel vriendelijk van je, maar... het lijkt me niet verstandig dat je terug naar huis gaat. Voorlopig niet, tenminste.'

'Waarom niet, in vredesnaam?'

'Ze zullen wel snel ontdekken dat Yves jou die ring heeft gestuurd, áls ze dat nog niet weten. Ga maar bij vrienden logeren, bij Claudette, of wie dan ook. Thuis ben je niet veilig.'

Tot zijn verbazing sprak ze hem niet tegen. 'Je kijkt al steeds over je schouder sinds we hier zijn.'

Baillard glimlachte. Hij dacht dat hij zijn nervositeit goed verborgen had.

'En jij, Audric?'

'Voor mij ligt dat anders,' zei hij. 'Ik wacht al zo lang op dit moment, Jeanne, veel langer dan ik je kan zeggen. Het gaat zoals het gaat, hoe het ook afloopt.'

Jeanne zweeg een tijdje.

'Wie is ze, Audric?' vroeg ze zacht. 'Dat Engelse meisje? Waarom is ze zo belangrijk voor je?'

Hij glimlachte, maar kon haar geen antwoord geven.

'Waar ga jij nu naartoe?' vroeg ze ten slotte.

Baillard zuchtte diep. Het beeld van zijn eigen dorp doemde voor hem op, zoals het ooit was geweest.

'*Oustâou,*' antwoordde hij zacht. 'Ik ga naar huis. *A la perfin.*' Eindelijk.

41

Shelagh was gewend geraakt aan het donker.

Ze werd gevangen gehouden in een stal of een beestenverblijf of iets dergelijks. Het stonk er verschrikkelijk naar uitwerpselen, urine, stro en nog iets zoetigs – bedorven vlees? Er viel een smalle streep licht onder de deur door, maar ze wist niet of het laat in de middag of vroeg in de avond was. Ze had zelfs geen idee welke dag van de week het kon zijn.

Het touw om haar benen schuurde en irriteerde de rauwe, opengeschaafde huid van haar enkels. Haar polsen waren samengebonden en het touw was door een van de metalen ringen in de muur gehaald.

Shelagh verschoof wat, om een betere houding te vinden. Insecten kropen over haar handen en haar gezicht. Ze zat onder de steken en beten. Haar polsen deden pijn waar het touw eromheen zat gesnoerd en ze had kramp in haar schouders omdat haar armen al zo lang naar achteren werden getrokken. Muizen of ratten schuifelden door het stro in de hoeken van de stal, maar ze was eraan gewend geraakt, net als aan de pijn.

Had ze Alice maar gebeld! Weer zo'n fout. Shelagh vroeg zich af of Alice het was blijven proberen of niet. Als ze het huis van het team had gebeld en had gehoord dat ze vermist werd, zou ze toch wel begrijpen dat er iets aan de hand was? En Yves? Zou Brayling de politie hebben gebeld…?

Shelagh voelde tranen in haar ogen. Waarschijnlijk miste niemand haar. Een paar collega's hadden al gezegd dat ze een paar dagen vakantie zouden nemen totdat de zaak was opgelost. Iedereen zou denken dat zij hetzelfde had gedaan.

De honger knaagde allang niet meer, maar ze had wel dorst. Haar keel voelde alsof ze een stapel schuurpapier had ingeslikt. Het kleine beetje water dat ze haar hadden gegeven was al op en haar lippen waren gebarsten waar ze ze likte, steeds opnieuw. Ze probeerde zich te herinneren hoe lang een normaal, gezond mens zonder water kon overleven. Een dag, een week?

Shelagh hoorde het grind knerpen. Haar hart kromp ineen en de adrenaline stroomde door haar lijf, zoals elke keer als ze buiten een geluid hoorde. Maar tot nu toe was er niemand binnengekomen.

Ze hees zich in zithouding toen het hangslot werd losgemaakt. De ketting viel met een zware klap op de grond en rolde zich rinkelend op. De deur trilde aan zijn scharnieren toen hij werd opengegooid. Shelagh wendde haar gezicht af van het felle, agressieve zonlicht dat door de duistere stal sneed toen een donkere, gedrongen man bukte en de deur binnenkwam. Hij droeg een jasje, ondanks de hitte, en zijn ogen gingen schuil achter een zonnebril. Instinctief drukte Shelagh zich tegen de muur, beschaamd om de doodsangst die haar maag deed samenknijpen.

Met twee stappen was de man de schuur door. Hij greep het touw en sleurde haar overeind. Toen haalde hij een mes uit zijn zak.

Shelagh kromp ineen en probeerde weg te komen. '*Non,*' fluisterde ze. 'Alstublieft.' Ze haatte de smekende klank in haar stem, maar kon er niets aan doen. De angst was sterker dan haar trots.

Hij glimlachte toen hij het mes vlak bij haar keel hield. Ze zag zijn rotte tanden, geel van de nicotine. Toen stak hij een hand achter haar en sneed het touw door waarmee ze aan de muur was vastgebonden. Met een ruk trok hij haar naar voren. Slap en verward verloor Shelagh haar evenwicht en viel op haar knieën.

'Zo kan ik niet lopen. U moet me eerst losmaken.' Ze keek naar haar voeten. '*Mes pieds.*'

De man aarzelde een moment, maar zaagde toch de dikkere touwen om haar enkels door, alsof hij vlees sneed.

'*Lève-toi. Vite!*' Hij hief een arm op alsof hij haar wilde slaan, maar trok haar aan het touw naar zich toe. '*Vite!*' Haar benen waren nog stijf, maar ze was te bang om niet te gehoorzamen. De huid van haar enkels lag open en bij elke stap schoot er een felle pijn door haar kuiten.

De grond leek onder haar te golven toen ze naar buiten wankelde, naar het licht. De zon brandde meedogenloos op haar netvlies. De lucht was heet en vochtig, alsof de atmosfeer als een kwaadaardige Boeddha over het erf en de gebouwen hurkte.

Terwijl ze bij haar provisorische gevangenis vandaan strompelde – een van de ongebruikte stallen op het terrein, zag ze nu – dwong Shelagh zichzelf om goed om zich heen te kijken. Het was misschien haar enige kans om te zien waar ze haar naartoe hadden gebracht. En wie die *zij* waren, dacht ze. Ondanks alles was ze daar nog niet zeker van.

Het was allemaal begonnen in maart. Hij was heel charmant geweest, vleiend, bijna verontschuldigend dat hij haar lastigviel. Hij werkte voor iemand anders, had hij uitgelegd, iemand die anoniem wilde blijven. Ze hoefde alleen maar één telefoontje te plegen. Het ging om informatie, verder niets. Daarvoor was hij bereid veel geld te betalen. Wat later veranderde de afspraak: de helft voor de informatie, en meer bij aflevering. Achteraf wist Shelagh niet eens wanneer ze begon te twijfelen.

De cliënt paste niet in het beeld van de normale, naïeve verzamelaar die meer dan de waarde wilde betalen en geen vragen stelde. Om te beginnen klonk hij jong. Meestal leken ze op middeleeuwse relikwieënjagers: bijgelovig, ontvankelijk, dom en geobsedeerd. Deze man niet. Dat alleen al had voldoende moeten zijn om haar achterdocht te wekken.

Achteraf, opnieuw, was het wel érg dom van haar geweest dat ze niet had gevraagd waarom hij tot al die moeite bereid was als de ring en het boek enkel gevoelswaarde voor hem hadden.

Morele bezwaren over het stelen en verkopen van archeologische vondsten had Shelagh allang niet meer. Ze had te veel meegemaakt van ouderwetse musea en elitaire academische instellingen om nog te geloven dat de schatten uit de oudheid daar in betere handen waren dan bij particuliere verzamelaars. Zij pakte het geld aan, de klant kreeg wat hij wilde. Zo was iedereen gelukkig. Wat er daarna mee gebeurde was haar zaak niet.

Nu ze terugdacht, besefte ze dat ze al behoorlijk angstig was geworden vóór het tweede telefoontje, weken voordat ze Alice had uitgenodigd om naar de Pic de Soularac te komen. En toen Yves Biau haar had benaderd en ze hun verhalen hadden vergeleken... De kramp in haar borst werd nog heviger.

Als Alice iets zou overkomen was het háár schuld.

Ze kwamen bij het huis, een middelgrote boerderij, omringd door vervallen bijgebouwen, een garage en een wijnschuur. De verf van de luiken en de voordeur begon al af te bladderen en er hingen geen gordijnen voor de lege, zwarte ramen. Op het erf stonden twee auto's geparkeerd, maar verder was er geen mens te zien.

Naar alle kanten had ze een vrij uitzicht op bergen en valleien. In elk geval waren ze nog in de Pyreneeën. Om de een of andere reden putte ze daar hoop uit.

De deur stond open, alsof ze werden verwacht. Binnen was het koel, en op het eerste gezicht verlaten. Alles was bedekt met een laag stof. Het zag eruit alsof het ooit een pension of *auberge* was geweest. Er was een balie recht voor haar uit, met een rij haken erboven, allemaal leeg, waar misschien sleutels hadden gehangen.

De man trok haar mee aan het touw. Van dichtbij rook hij naar zweet, goedkope aftershave en muffe tabak. Shelagh hoorde het geluid van stemmen, uit een kamer links van haar. De deur stond op een kier. Ze draaide haar ogen opzij en ving een glimp op van een man die voor het raam stond, met zijn rug naar haar toe. Hij droeg leren schoenen en een lichte zomerbroek.

Ze werd de trap op geduwd naar de eerste verdieping, een gang door en nog een smalle, ingesloten trap op, naar een benauwde zolder die de hele bovenverdieping van het huis besloeg. Ze bleven staan voor een deur onder de hanenbalken.

Hij trok de grendel weg en gaf haar een zet, zodat ze naar voren tuimelde. Ze sloeg tegen de grond, landde op haar elleboog, en de deur viel achter haar dicht. Ondanks de pijn kwam Shelagh overeind, wierp zich schreeuwend tegen de deur en bonsde er met haar vuisten tegenaan, maar hij was met ijzer versterkt aan de randen.

Ten slotte gaf ze het maar op, draaide zich om en inspecteerde haar nieuwe omgeving. Tegen de achtermuur lag een matras met een keurig opgevouwen deken. Tegenover de deur zat een klein raampje, met tralies aan de binnenkant. Shelagh liep met stijve benen de kamer door en zag dat de kamer aan de achterkant van het huis lag. De massieve tralies gaven geen millimeter mee toen ze eraan rukte. Bovendien was het te hoog voor een sprong.

In de hoek ontdekte ze een fonteintje met een emmer. Ze gebruikte hem om te plassen en draaide met moeite de kraan open. De buizen sputterden en hoestten als iemand die twee pakjes per dag rookte, maar na een paar valse starts kwam er toch een dun straaltje water uit. Ze vouwde haar vuile handen tot een kom en dronk totdat haar maag er pijn van deed. Daarna waste ze zich, zo goed en zo kwaad als het ging, en depte haar opengeschaafde polsen en enkels, waar het bloed gestold was.

Wat later bracht de man haar iets te eten. Meer dan gebruikelijk.

'Waarom ben ik hier?'

Hij zette het blad in het midden van de kamer.

'Waarom hebben jullie me hier gebracht. *Pourqoi je suis là?*'

'*Il te le dira.*'

'Wie? Wie wil er met me praten?'

Hij wees naar het eten. '*Mange.*'

'Dan moet je me eerst losmaken.' En ze herhaalde: 'Wie? Zeg me dat.'

Hij schoof het blad met zijn voet naar haar toe. 'Eet.'

Zodra hij verdwenen was viel Shelagh op het eten aan. Ze at het bord schoon leeg, zelfs de pitjes en het klokhuis van de appel. Toen liep ze weer naar het raam. De eerste stralen van de zon kwamen over de top van de berg en veranderden de wereld van grijs in wit.

In de verte hoorde ze het geluid van een auto, die langzaam naar de boerderij toe kwam.

42

Karens aanwijzingen klopten precies. Een uur na haar vertrek uit Carcassonne bereikte Alice de buitenwijken van Narbonne. Ze volgde de bordjes naar Cuxac d'Aude en Capestang, over een mooie weg, omzoomd door hoge bamboe en wild gras, wuivend in de wind, als beschutting voor de vruchtbare groene akkers. Heel anders dan de bergen van de Ariège of de *garrigue* van de Corbières.

Het was bijna twee uur tegen de tijd dat ze Sallèles d'Aude binnenreed. Ze parkeerde onder de linden en parasolsparren langs het Canal du Midi, vlak bij de sluizen, en liep door de charmante, bochtige straatjes naar de Rue des Burgues.

Graces kleine, drie verdiepingen hoge huis stond op de hoek, direct aan de straat. De ouderwetse houten deur en de grote bruine luiken werden omlijst door een sprookjesachtige klimroos met zware rode bloemen. Het slot verzette zich en Alice moest een tijdje prutsen met de zware koperen sleutel totdat het meegaf. Ze zette haar schouder tegen het hout, gaf een stevige trap, en de deur ging krakend open, schrapend over de zwartwitte tegelvloer en de kranten die een blokkade vormden aan de binnenkant.

De deur kwam rechtstreeks uit in de enige kamer beneden, met links een open keuken en rechts een grotere zithoek. Het was er koud en vochtig, met de muffe geur van een huis dat al een tijdje leegstond. De kilte streek als een kat langs haar blote benen. Alice probeerde het lichtknopje, maar de stroom was afgesloten. Ze verzamelde alle folders en krantjes, legde ze op tafel en boog zich over het aanrecht om het raam open te maken. Het was nog een heel gevecht met de ijzeren krulhaak om de luiken vast te zetten.

Een ketel en een ouderwets fornuis met een grill op ooghoogte leken de enige concessies van haar tante aan het moderne comfort. Het aanrecht was leeg en de gootsteen schoon, hoewel er twee sponsjes, stijf als droge oude botten, achter de kranen zaten geklemd.

Alice liep de kamer door, opende ook het grote raam van de woonkamer en klapte de zware bruine luiken naar buiten. Meteen stroomde het zonlicht naar binnen en veranderde de hele sfeer. Ze boog zich naar buiten, snoof de geur van de rozen op en ontspande zich even in de warme zomerlucht, die haar ongemakkelijke gevoel verdreef. Ze voelde zich een indringster, die zonder toestemming in het leven van iemand anders rondneusde.

Twee houten fauteuils met hoge ruggen stonden in een schuine hoek voor de haard. Op de grijze stenen schoorsteenmantel was wat porselein neergezet, dat nu schuilging onder een laag stof. De zwartverkoolde resten van een lang gedoofd vuur lagen nog in de haard. Alice duwde er met haar grote teen tegenaan. De verbrande houtblokken zakten in en veroorzaakten een wolk van dunne, grijze as, die zich door de kamer verspreidde.

Aan de muur naast de haard hing een olieverfschilderij van een stenen huis met een schuin rood pannendak, in een veld van zonnebloemen en wijnranken. Alice tuurde naar de handtekening rechtsonder: *Baillard.*

Achter in de kamer stond een eettafel met vier stoelen en een buffetkast. Alice opende de deurtjes en vond een verzameling onderzetters en placemats met afbeeldingen van Franse kathedralen, een stapel linnen servetten en een cassette met zilveren bestek, dat luid rinkelde toen ze de la weer dichtschoof. In het kastje eronder was het beste servies – schalen, een sauskom, dessertschaaltjes en een juskom – opgeborgen.

In de uiterste hoek van de kamer zag ze twee deuren. De ene bleek een bergkast te zijn, met een strijkplank, een stoffer en blik, een bezem, een paar klerenhangers en een hele berg draagtassen van *Géant* in de hoek gepropt. Achter de andere deur was een trap.

Haar sandalen klepperden over de houten treden toen ze in het donker naar boven klom. Recht vooruit vond ze een functionele badkamer met roze tegeltjes, een uitgedroogd stuk zeep op de wastafel en een kurkdroge handdoek aan een haakje naast de eenvoudige spiegel.

Links was de slaapkamer van Grace. Het eenpersoonsbed was opgemaakt met lakens, dekens en een dik donzen dekbed. Op een mahoniehouten nachtkastje stond een oud flesje met een middeltje tegen maagzuur. De hals was aangekoekt met een witte korst. Ernaast lag een biografie van Eleanora van Aquitanië, door Alison Weir.

De aanblik van een ouderwetse bladwijzer bezorgde haar een steek in het hart. Opeens zag ze voor zich hoe Grace het licht had uitgedaan en de bladwijzer in het boek had gelegd voordat ze ging slapen. Maar de tijd was te kort geweest. Ze was gestorven voordat ze het boek uit had. Heel sentimenteel – niets voor haar – legde Alice het boek opzij. Ze zou het meenemen en het een thuis geven.

In het laatje van het nachtkastje lag een zakje lavendel, waarvan het roze lint was verbleekt van ouderdom, naast een recept en een doos nieuwe zakdoeken. Op het plankje eronder stonden nog meer boeken. Alice hurkte en hield haar hoofd schuin om de ruggen te kunnen lezen. Ze kon nooit de verleiding weerstaan om te kijken wat voor boeken andere mensen in de kast hadden. Het was ongeveer wat ze verwachtte. Een paar Mary Stewarts, twee Joanna Trollopes, een oude boekenclubeditie van *Peyton Place* en een dun boek over de Katharen. De naam van de schrijver was in hoofdletters gedrukt: A.S. BAILLARD. Alice trok haar wenkbrauwen op. De schilder van het doek beneden? De naam van de vertaler stond eronder: J. GIRAUD.

Alice draaide het boek om en las de achterflap. Een vertaling van het evangelie van Johannes in het Occitaans, een paar boeken over het oude Egypte en een bekroonde biografie van Jean-François Champollion, de negentiende-eeuwse geleerde die het geheim van de hiërogliefen had ontcijferd.

Er knaagde iets in Alices achterhoofd. De bibliotheek van Toulouse met al die kaarten en illustraties op haar computerscherm. *Opnieuw Egypte.*

Het omslag van Baillards boek was een foto van een kasteelruïne in een paarse nevel, griezelig balancerend op een steile rots. Alice herkende het van ansichtkaarten en uit gidsjes: Montségur.

Ze bladerde het boek door. Het viel vanzelf open op ongeveer tweederde, waar een kaartje tegen de rug was geschoven. Alice begon te lezen:

De versterkte citadel van Montségur ligt hoog op de bergtop, bijna een uur klimmen vanaf het dorp Montségur, en dikwijls aan het zicht onttrokken door de wolken. Drie zijden van het kasteel zijn uit de bergwand zelf uitgehakt. Het is een heel bijzondere natuurlijke vesting. De resten dateren niet uit de dertiende eeuw, maar uit recentere bezettingsoorlogen. Maar de sfeer van de plek herinnert de bezoeker altijd aan het tragische verleden.

De legenden die met Montségur – de veilige berg – worden geassocieerd zijn legio. Sommige mensen houden het voor een zonnetempel, anderen zien het als de inspiratie voor Wagners Munsalvaesche, zijn veilige Graalberg uit zijn grootste werk, Parsival. *Weer anderen menen dat het de laatste rustplaats van de Graal moet zijn geweest. Er wordt wel beweerd dat de Katharen de bewaarders waren van de Beker van Christus, samen met een groot aantal andere schatten uit de Tempel van Salomo in Jeruzalem, of mogelijk het goud van de Visigoten en andere rijkdommen van onbekende herkomst.*

Hoewel algemeen wordt aangenomen dat de legendarische schat van de Katharen in januari 1244, kort voor de definitieve nederlaag, uit de belegerde citadel vandaan is gesmokkeld, is hij nooit gevonden. Geruchten dat dit kostbaarste van alle voorwerpen verloren is gegaan zijn echter onjuist. *

Alice volgde de asterisk naar de voetnoot onder aan de bladzijde. Het was een citaat uit het evangelie van Johannes, hoofdstuk 8, vers 32: '*En gij zult de waarheid verstaan, en de waarheid zal u vrijmaken.*'

Ze trok haar wenkbrauwen op. Het leek haar weinig relevant voor de rest van de tekst.

Alice legde het boek van Baillard bij de andere, om mee te nemen, en liep toen naar de slaapkamer aan de achterkant.

Er stond een ouderwetse Singer-naaimachine, merkwaardig Engels in dat Franse huis met zijn dikke muren. Haar moeder had ooit precies dezelfde gehad en vaak uren zitten naaien. Ze herinnerde zich het geruststellende, zware geratel van het pedaal.

Alice streek met haar hand over de stoffige machine. Hij leek nog in goede conditie. Ze opende de laatjes: spoeltjes met katoen, naalden, spelden, lapjes kant en lint, een kaartje met ouderwetse zilveren kraaltjes en een doosje met allerlei knopen.

Ze draaide zich om naar het eikenhouten bureau bij het raam, dat uitkeek over een kleine, ommuurde binnenplaats achter het huis. De eerste twee laden waren bekleed met behang, maar verder leeg. De derde zat vreemd genoeg op slot, hoewel de sleutel nog in het slot stak.

Alice prutste wat met het zilveren sleuteltje totdat de la openging. Ze vond een schoenendoos, die ze uit de la tilde en op het bureau zette.

Alles in de doos was keurig gerangschikt. Ze zag een stapeltje foto's met een koordje erom. Een losse brief lag er bovenop, geadresseerd aan *Mme. Tanner*, in een zwart, priegelig handschrift. Het poststempel luidde *Carcassonne, 16 Mars 2005*, met daar overheen een rood stempel: *Prioritaire*. Het adres van de afzender was niet te vinden, alleen zijn naam, in hetzelfde schuinschrift: *Expéditeur Audric S. Baillard.*

Alice stak haar vingers erin en haalde een velletje dik, crèmekleurig papier tevoorschijn. Geen datum, adres of nadere verklaring, alleen een gedicht, in hetzelfde handschrift:

Bona nuèit, bona nuèit...
Braves amics, pica mièja-nuèit
Cal finir velhada
Ejos la flassada

Een vage herinnering kwam bij haar boven, als een lang vergeten lied. De woorden die boven aan de treden in de grot waren gekrast. Het was dezelfde taal, dat zou ze durven zweren. Haar onderbewuste legde een verband dat haar bewustzijn niet had gezien.

Alice leunde tegen het bed. De zestiende maart, een paar dagen voor het overlijden van haar tante. Had ze de brief nog zelf in die schoenendoos gelegd, of had iemand anders dat gedaan? Baillard, misschien?

Alice legde het gedicht opzij en maakte het koordje los.

Het waren tien foto's, allemaal zwartwit, in chronologische volgorde.

Maand, plaats en datum waren met potlood op de achterkant genoteerd, in hoofdletters. De eerste foto was een geposeerd portret van een ernstige kleine jongen in een schooluniform. Zijn haar was plat tegen zijn hoofd gekamd met een scherpe scheiding. Alice draaide de foto om. *FREDERICK WILLIAM TANNER, SEPTEMBER 1937* stond er in blauwe inkt. Een ander handschrift.

Haar hart maakte een salto. Dezelfde foto van haar vader had thuis op de schoorsteenmantel gestaan, naast de trouwfoto van haar ouders en een portret van Alice zelf op haar zesde, in een feestjurk met smokwerk en pofmouwen. Ze volgde de lijnen van zijn gezicht met haar vingers. Het bewees in elk geval dat Grace van het bestaan van haar kleine broertje had geweten, ook al hadden ze elkaar nooit ontmoet.

Alice legde hem opzij en werkte de hele stapel systematisch door. De oudste foto die ze van haar tante zelf ontdekte was genomen op een zomerfeest in juli 1958.

Ze zag een duidelijke familiegelijkenis. Net als Alice was Grace een kleine, tengere vrouw geweest, met fijne, bijna elfachtige gelaatstrekken, hoewel ze haar haar sluik en opvallend kort had gedragen. Grace keek recht in de camera, met haar handtas vastberaden voor zich uit, als een slagboom.

Ook de laatste foto was er een van Grace, in het gezelschap van een oudere man. Alice fronste haar voorhoofd. Hij deed haar aan iemand denken. Ze hield de foto wat schuiner, om de lichtinval te veranderen.

Ze stonden voor een oude stenen muur en hun pose had iets formeels, alsof ze elkaar niet goed kenden. Aan hun kleren te oordelen moest het laat in het voorjaar of vroeg in de zomer zijn geweest. Grace droeg een zomerjurk met korte mouwen en een strakke taille. De man was lang en heel mager. Hij droeg een lichtgekleurd zomerpak. Zijn gezicht lag half in de schaduw van een breedgerande hoed, maar zijn gevlekte, rimpelige handen verrieden zijn leeftijd.

Op de muur achter hen was een deel van een Frans straatnaambordje zichtbaar. Alice tuurde naar de lettertjes en wist de naam te ontcijferen: Rue des Trois Degrés. Achterop stond in Baillards priegelige handschrift: *AB e GT, junh 1993, Chartres.*

Weer Chartres. Grace en Audric Baillard, dat kon niet anders. En 1993, het jaar waarin haar ouders waren verongelukt.

Alice legde ook die foto opzij en haalde toen het laatste voorwerp uit de schoenendoos, een klein, ouderwets boekje. De band van zwart, gebarsten leer was afgesloten met een groen uitgeslagen koperen rits. In gouden reliëfletters op de voorkant stond *Holy Bible.*

Na een paar pogingen wist Alice het open te krijgen. Op het eerste gezicht leek het een gewone Engelse King James-bijbel. Pas toen ze hem doorbladerde vond ze op driekwart een holte in het papier, een uitgesneden bergplaats van ongeveer tien bij zeven centimeter.

In die holte zaten een paar strak opgevouwen velletjes papier, die Alice voorzichtig openvouwde. Er viel een bleek stenen schijfje uit, ter grootte van een euromuntje. Het kwam op haar schoot terecht. Het was plat en heel dun, maar van steen, niet van metaal. Verbaasd balanceerde ze het tussen haar vingers. Er stonden twee letters in gegraveerd: *NS*. Windstreken? Iemands initialen? Een soort valuta?

Alice draaide het schijfje om. Op de andere kant stond een reliëf van een labyrint, volkomen identiek aan de tekening op de onderkant van de ring en de wand van de grot.

Haar verstand zei haar dat er een heel logische verklaring moest zijn voor die toevalligheid, maar ze kon zo snel niets bedenken. Een beetje angstig keek ze naar de papiertjes waarin het schijfje verpakt had gezeten. Ze was bang voor wat ze zou ontdekken, maar haar nieuwsgierigheid was sterker.

Je kunt nu niet meer terug.

Alice vouwde de velletjes open en slaakte bijna een zucht van opluchting. Het was maar een familiestamboom. Het eerste vel had het opschrift ARBRE GÉNÉALOGIQUE. De inkt was verbleekt en hier en daar moeilijk leesbaar, maar bepaalde woorden vielen op. De meeste namen waren in het zwart, maar op de tweede regel was één naam in het rood geschreven: ALAÏS PELLETIER-DU MAS (1193-). De naam ernaast kon Alice niet ontcijferen, maar op de regel eronder, een beetje naar rechts, vond ze een naam in het groen: SAJHË DE SERVIAN.

Beide namen waren voorzien van een klein, fijngetekend motiefje in goud. Alice pakte de stenen penning en legde hem naast het symbool op de pagina, met het labyrint omhoog. Ze waren identiek.

Ze bladerde de pagina's door, tot ze bij de laatste bladzij kwam. Daar vond ze de naam van Grace, met haar sterfdatum in een andere kleur inkt toegevoegd. Daaronder, meer naar opzij, stonden de namen van Alices ouders.

De laatste naam was de hare: ALICE HELENA (1976-), in rode inkt. Met het labyrintsymbool.

Met haar knieën tegen haar kin getrokken en haar armen om haar benen geslagen bleef Alice in de stille, lege kamer zitten. Ze wist zelf niet hoe lang. Maar eindelijk begreep ze het. Het verleden was teruggekomen en eiste haar nu op – of ze het wilde of niet.

43

De rit terug uit Sallèles d'Aude naar Carcassonne ging in een waas voorbij. Toen Alice haar hotel binnenkwam stond de lobby vol met nieuwe gasten, dus pakte ze zelf haar sleutel van de haak en liep naar boven zonder dat iemand het merkte.

Toen ze de sleutel in het slot wilde steken zag ze dat de deur op een kier stond.

Alice aarzelde. Ze zette de schoenendoos op de grond, legde de boeken ernaast en duwde voorzichtig de deur verder open.

'*'Allo?* Hallo?'

Ze keek de kamer door. Alles leek nog net zo als ze het had achtergelaten. Nog steeds wantrouwend stapte Alice over de dingen heen die ze op de drempel had gelegd en waagde zich aarzelend naar binnen. Toen bleef ze staan. Ze rook de geur van vanille en muffe tabak.

Er bewoog iets achter de deur. Haar hart bonsde in haar keel. Ze draaide zich bliksemsnel om, nog net op tijd om een glimp op te vangen van een grijs jasje en zwart haar, weerspiegeld in het glas, voordat ze een harde zet tegen haar borst kreeg, waardoor ze achterover tuimelde. Haar hoofd sloeg tegen de spiegeldeur van de kleerkast. De draadhangers aan de rail rammelden als knikkers op een ijzeren dak.

De kamer golfde op en neer. Alles was onscherp. Alice knipperde met haar ogen. Ze hoorde de man de gang door rennen. *Opstaan. Snel.*

Alice krabbelde overeind en ging achter hem aan. Ze stormde de trappen af naar de lobby, waar een grote groep Italianen haar de weg versperde. Panisch keek ze om zich heen in alle drukte en zag nog net dat de man door de zijdeur verdween.

Ze wrong zich door een woud van mensen, klauterde over koffers en tassen en sprintte achter hem aan de tuin door. Hij was al boven aan de weg. Alice verzamelde haar laatste krachten, maar hij was te snel.

Tegen de tijd dat ze de hoofdweg had bereikt was hij nergens meer te zien. Hij was verdwenen in de menigte van toeristen die uit de Cité naar beneden kwamen.

Alice steunde haar handen op haar knieën en probeerde weer op adem te komen. Ten slotte richtte ze zich op en betastte haar achterhoofd met haar vingertoppen. Er kwam al een flinke buil opzetten.

Met een laatste blik naar de weg draaide Alice zich om en liep terug naar de receptie. Ze excuseerde zich bij de mensen die in de rij stonden en drong voor.

'*Pardon, mais vous l'avez vu?*'

Het meisje achter de balie keek wat geïrriteerd. 'Ik zal u helpen zodra ik klaar ben met deze meneer,' zei ze.

'Dit kan niet wachten, ben ik bang,' zei Alice. 'Er was iemand in mijn kamer. Hij rende net het hotel uit. Twee minuten geleden.'

'*Madame,* als u heel even kunt wachten...'

Alice verhief haar stem, zodat iedereen het kon horen. '*Il y avait quelqu'un dans ma chambre. Un voleur.*'

Meteen was het stil in de drukke receptie. Het meisje sperde haar ogen open. Ze liet zich van haar kruk glijden en verdween. Een paar seconden later verscheen de eigenaar van het hotel, die Alice meenam uit de drukte.

'Wat is het probleem, *Madame*?' vroeg hij zacht.

Alice legde het uit.

'De deur is niet geforceerd,' zei hij, toen hij met haar mee naar boven was gegaan en het slot had geïnspecteerd.

Terwijl de eigenaar vanuit de deuropening toekeek controleerde Alice of ze iets miste. Tot haar verbazing was er niets verdwenen. Haar paspoort lag nog onder in de kleerkast, hoewel het was verplaatst. Dat gold ook voor de inhoud van haar rugzak. Er ontbrak niets, maar de tas was duidelijk doorzocht. Geen hard bewijs, helaas.

Alice liep naar de badkamer. Eindelijk vond ze iets.

'*Monsieur, s'il vous plaît,*' riep ze, wijzend naar de wastafel. '*Regardez.*'

Er hing een sterke lucht van lavendel. De zeep was in stukjes gehakt. Ook haar tube tandpasta was opengesneden en de inhoud eruit geperst. '*Voilà. Comme je vous ai dit.*' Zoals ik u heb gezegd.

Hij keek bezorgd, maar ook weifelend. Wilde Madame dat hij de politie belde? Hij zou natuurlijk de andere gasten vragen of ze iets hadden gezien, maar omdat er niets gestolen leek... Hij maakte zijn zin niet af.

Opeens raakte de schok haar met volle kracht. Dit was niet zomaar een inbraak. De dief had iets speciaals gezocht, iets waarvan hij dacht dat zij het in haar bezit had.

Wie wist dat ze hier logeerde? Noubel, Paul Authié, Karen Fleury en haar collega's, Shelagh. Verder niemand, voorzover ze kon bedenken.

'Nee,' zei ze snel. 'Geen politie. Omdat er niets gestolen is. Maar ik wil wel een andere kamer.' Hij wilde protesteren dat het hotel vol zat, maar bedacht zich toen hij de uitdrukking op haar gezicht zag.

'Ik zal zien wat ik kan doen.'

Twintig minuten later was Alice geïnstalleerd in een ander deel van het hotel.

Ze was nerveus. Voor de tweede of derde keer controleerde ze of de deur op slot zat en de ramen waren vergrendeld. Toen ging ze op het bed zitten, omringd door haar spullen, en probeerde te bedenken wat ze nu moest doen. Ten slotte stond ze op, liep de kleine kamer rond, ging weer zitten en stond weer op. Ze wist nog steeds niet of ze niet beter naar een ander hotel kon verhuizen.

Stel dat hij vannacht terugkomt?

Een alarm ging af. Alice schoot bijna tegen het plafond, totdat ze besefte dat het haar eigen mobieltje was, in haar jaszak.

'*'Allo, oui?*'

Het was een opluchting om Stephens stem te horen. Hij was een van Shelaghs collega's van het team. 'Hallo, Steve. Nee, sorry, ik kom net binnen. Ik heb nog geen tijd gehad om mijn berichten te checken. Wat is er?'

Terwijl ze luisterde verdween alle kleur uit haar gezicht. Hij vertelde haar dat de opgravingen zouden worden gestaakt.

'Maar waarom? Wat voor reden heeft Brayling daarvoor gegeven?'

'Het was zijn beslissing niet, zei hij.'

'Alleen vanwege die skeletten?'

'Dat zei de politie niet.'

Ze voelde haar hart tekeergaan. 'Waren ze erbij toen Brayling het bekendmaakte?' vroeg ze.

'Ja. Maar ze kwamen ook vanwege Shelagh,' zei hij. Hij wachtte even. 'Ik vroeg me af of jij nog iets van haar had gehoord sinds je vertrek, Alice.'

'Nee, helemaal niets. Sinds maandag al niet meer. Ik heb het gisteren nog een paar keer geprobeerd, maar ze belt nooit terug. Hoezo?'

Alice merkte dat ze overeind was gekomen terwijl ze op Stephens antwoord wachtte.

'Ze lijkt verdwenen te zijn,' zei hij ten slotte. 'Brayling vertrouwt het niet erg. Hij vermoedt dat ze iets van het terrein gestolen heeft.'

'Dat zou Shelagh nooit doen!' riep Alice uit. 'Echt niet. Ze is niet iemand die...'

Maar terwijl ze het zei zag ze Shelaghs boze, wit weggetrokken gezicht weer voor zich. Ze vond het niet erg loyaal van zichzelf, maar opeens was ze minder zeker van haar zaak.

'Denkt de politie dat ook?' vroeg ze.

'Ik weet het niet. Het is nogal vreemd, allemaal,' zei hij vaag. 'Een van de politiemensen die maandag hier op het terrein was is in Foix geschept door een chauffeur die is doorgereden,' vervolgde hij. 'Hij is dood. Het stond in de krant. En blijkbaar kenden Shelagh en hij elkaar.'

Alice liet zich op het bed zakken. 'Sorry, Steve, maar ik kan het zo snel niet bevatten. Wordt er naar haar gezocht? Doet er iemand iets?'

'Nou, ik heb nog een idee,' zei hij voorzichtig. 'Ik zou het zelf wel doen, maar ik vertrek morgenochtend vroeg naar huis. Het heeft geen zin om hier nog langer rond te hangen.'

'Wat bedoel je?'

'Voor het begin van de opgravingen logeerde Shelagh bij vrienden in Chartres, dat weet ik. Misschien is ze daar naartoe gegaan en gewoon vergeten om het ons te zeggen.'

Het leek Alice niet zo waarschijnlijk, maar het was beter dan niets.

'Ik heb zelf al gebeld, maar er nam een jongen op die zei dat hij Shelagh niet kende. Toch was dat het nummer dat ze me gegeven had, ik weet het zeker. Ik had het opgeslagen in mijn mobieltje.'

Alice pakte potlood en papier. 'Laat maar horen, dan ga ik er wel achterheen,' zei ze, met het potlood gereed.

Hij gaf haar het nummer.

Alices hand verstijfde.

'Sorry, Steve.' Haar stem klonk hol, alsof hij van heel ver weg kwam. 'Zeg dat nog eens.'

'Het is 02 68 72 31 26,' herhaalde hij. 'Hoor ik het nog als je iets te weten komt?'

Het was het nummer dat ze van Biau had gekregen.

'Laat het maar aan mij over,' antwoordde ze, zich nauwelijks bewust van wat ze zei. 'Ik hou contact.'

Alice wist dat ze Noubel moest bellen om hem te vertellen over die vreemde inbraak en haar ontmoeting met Biau, maar ze aarzelde. Ze wist niet of ze Noubel kon vertrouwen. Hij had Authié geen strobreed in de weg gelegd.

Ze zocht in haar rugzak en haalde er een kaart van Frankrijk uit. *Dit is een krankzinnig idee. Het is minstens acht uur rijden.*

Er spookte iets door haar achterhoofd. Ze pakte de aantekeningen die ze in de bibliotheek had gemaakt.

In de stortvloed van informatie over de kathedraal van Chartres werd terloops ook iets gezegd over de Heilige Graal. En er was een labyrint. Alice vond de alinea die ze zocht. Ze las hem twee keer door, om zeker te weten dat ze zich niet vergiste. Toen rukte ze de stoel onder het bureautje vandaan, nam het boek van Audric Baillard erbij en sloeg het open op de gemarkeerde pagina.

> '*Weer anderen menen dat het de laatste rustplaats van de Graal moet zijn geweest. Er wordt wel beweerd dat de Katharen de bewaarders waren van de Beker van Christus...*'

De schat van de Katharen was uit Montségur vandaan gesmokkeld. Naar de Pic de Soularac? Alice boog zich over de kaart voor in het boek. De afstand van Montségur naar de Sabarthèsbergen was niet zo groot. Stel dat de schat daar verborgen was?

Wat verbindt Chartres en Carcassonne?

In de verte hoorde ze de eerste donderslagen. De kamer baadde nu in een vreemd oranje licht van de straatlantaarns buiten, dat tegen de onderkant van de avondwolken weerkaatste. De wind die was opgestoken deed de luiken rammelen en blies rommel over de parkeerplaatsen.

Toen Alice de gordijnen dichttrok vielen de eerste zware regendruppels en spatten als zwarte druppels inkt op de vensterbank uiteen. Ze wilde hier weg. Maar het was al laat en ze durfde niet door het onweer te rijden.

Ze sloot de deuren en ramen af, zette haar wekker en stapte volledig aangekleed in bed om op de ochtend te wachten.

Eerst was alles weer hetzelfde. Vertrouwd en rustig. Ze zweefde door de witte, gewichtloze wereld, transparant en stil. Toen, als door een luik dat openklapte onder een galg, stortte ze omlaag naar de beboste helling die bliksemsnel op haar toe kwam.

Ze wist waar ze was. Bij Montségur. Vroeg in de zomer.

Alice begon te rennen zodra haar voeten de grond raakten, struikelend over een steil en ruig bospad tussen twee rijen hoge bomen door, die hoog boven haar uit torenden, dicht opeen. Ze greep naar de takken om haar snelheid af te remmen. Blaadjes bleven tussen haar vingers steken, als haren in een borstel, en kleurden haar vingertoppen groen.

Het pad daalde steil af onder haar voeten. Ze voelde dat de zachte aarde, het mos en de takjes van hoger op de berg hadden plaatsgemaakt voor kiezels en stenen. Maar ze hoorde nog altijd niets. Geen vogels die zongen, geen roepende stemmen. Niets anders dan haar eigen moeizame ademhaling.

Het pad slingerde alle kanten op en Alice had moeite om op de been te blijven, totdat ze een bocht om kwam en de geluidloze wand van vuur zag die haar de doorgang versperde.

Alice bracht haar handen omhoog om haar gezicht te beschermen tegen de loeiende, briesende, rode, gele en oranje vlammen, die tegen de lucht golfden en striemden, als riet onder de oppervlakte van een rivier.

Maar opeens veranderde de droom. In plaats van al die gezichten die ze in de vlammen zag, was er nog maar één, van een jonge vrouw met een vriendelijke maar vastberaden uitdrukking, die een arm uitstak en het boek uit Alices hand nam.

Ze zong, met een stem van gesponnen zilver.

'*Bona nuèit, bona nuèit.*'

Deze keer waren er geen koude vingers die naar haar enkels grepen of haar aan de aarde ketenden. Het vuur dreigde haar niet langer te verzwelgen. Ze zweefde in een spiraal naar boven, licht als rook, terwijl de vrouw haar in haar magere, sterke armen nam en haar stevig vasthield. Ze was veilig.

'*Braves amics, pica mièja-nuèit.*'

Alice glimlachte toen ze samen steeds hoger stegen, naar het licht, en de wereld ver beneden zich lieten.

44

Carcassona

JULHET 1209

Alaïs werd al vroeg gewekt door de geluiden van het zagen en timmeren op de binnenplaats beneden. Ze keek uit het raam naar de houten schotten en looppaden die werden aangelegd over de muren van het Château Comtal.

Het indrukwekkende houten skelet kreeg al snel vorm. Als een overdekt wandelpad, hoog in de lucht, was het een ideale positie voor de boogschutters om een regen van pijlen op de vijand te laten neerdalen in het onwaarschijnlijke geval dat er een bres zou worden geslagen in de muren van de Cité zelf.

Alaïs kleedde zich haastig aan en rende de trappen af naar de binnenplaats. Het vuur loeide in de smidse. De hamers en aambeelden galmden bij het vormen en slijpen van de wapens. Sappeurs riepen korte, scherpe bevelen naar elkaar bij het monteren van de assen, touwen en contragewichten van de *pèireras* – de blijden.

Alaïs ontdekte Guilhem toen ze bij de stallen kwam. Haar hart maakte een sprongetje. *Kijk dan naar me.* Maar hij draaide zich niet om en hij keek niet. Alaïs stak een hand op en wilde roepen, maar opeens voelde ze zich laf en liet haar arm weer zakken. Ze wilde zichzelf niet vernederen door om zijn affectie te bedelen als hij die zelf niet wilde geven.

Dezelfde drukte en ijver als in het Château Comtal heersten ook in de Cité. Stenen uit de Corbières werden hoog opgestapeld op het centrale plein, klaar voor de blijden en de katapults. Er kwam een zure stank van urine uit de looierij, waar dierenhuiden werden geprepareerd om de houten weergangen te beschermen tegen vuur. Een gestage stoet van karren kwam de Porte Narbonnaise binnen met voedselvoorraden voor de Cité: gezouten vlees uit La Piège en de Lauragais, wijn uit de Carcassès, gerst en tarwe van de vlakten, bonen en linzen uit de moestuinen van Sant-Miquel en Sant-Vicens.

Uit al die bedrijvigheid spraken trots en vastberadenheid. Alleen de wolken van giftige zwarte rook boven de rivier en moerassen in het noorden – waar op bevel van burggraaf Trencavel de molens moesten worden verbrand en de oogsten vernietigd – herinnerden eraan hoe acuut en reëel de dreiging was.

Alaïs wachtte op Sajhë op de afgesproken plaats. Ze wilde zoveel weten van Esclarmonde. Vragen kwamen bij haar op en fladderden dan weer weg, als vogels bij een rivier. Tegen de tijd dat Sajhë kwam opdagen was ze bijna sprakeloos van spanning.

Ze volgde hem door een wirwar van anonieme straatjes naar de buitenwijk van Sant-Miquel, tot ze bij een lage deur vlak bij de buitenmuren kwamen. Het was een geweldige herrie – geluiden van mannen die bezig waren om greppels te graven om de vijand op afstand te houden zodat ze de muren niet konden ondermijnen. Sajhë moest schreeuwen om zich verstaanbaar te maken.

'*Menina* wacht binnen,' zei hij, opeens heel plechtig.

'Ga je niet mee?'

'Ze heeft me gevraagd om u te halen en dan terug te gaan naar het Château om intendant Pelletier te zoeken.'

'Je kunt hem vinden op de Cour d'Honneur,' zei ze.

'Goed,' zei hij, nu weer grijnzend. 'Tot straks dan.'

Alaïs duwde de deur open en riep. Ze verheugde zich erop om Esclarmonde weer te zien. Maar abrupt bleef ze staan. In het halfdonker ontdekte ze nog een gedaante, die op een stoel in de hoek van de kamer zat.

'Kom binnen, kom binnen,' zei Esclarmonde met een lachje in haar stem. 'Ik meen dat je Simeon al kent?'

Alaïs keek stomverbaasd. 'Simeon? Nu al?' riep ze blij. Ze rende naar hem toe en greep zijn handen. 'Wat heb je voor nieuws? Wanneer ben je in Carcassona aangekomen? Waar heb je onderdak gevonden?'

Simeon lachte vrolijk en diep. 'Zoveel vragen! Zoveel haast om alles te weten! Bertrand zei me dat je als kind nooit ophield met vragen stellen.'

Alaïs bevestigde dat met een glimlach. Ze schoof op de bank aan de tafel en kreeg een beker wijn van Esclarmonde. Terwijl ze dronk luisterde ze naar hun gesprek. Er scheen al een band tussen Esclarmonde en Simeon te zijn. Ze gingen heel gemakkelijk met elkaar om.

Hij was een goede verteller en doorspekte zijn verhalen over zijn leven in Chartres en Besièrs met herinneringen aan zijn belevenissen in het Heilige Land. De tijd ging snel toen hij de heuvels van Judea in de lente beschreef, en de vlakten van Sephal, met hun roze amandelbomen, lelies en gele en paarse irissen, die zich als een tapijt tot aan de horizon uitstrekten. Alaïs hing aan zijn lippen.

De schaduwen werden langer en daarmee veranderde de atmosfeer, zonder dat Alaïs het merkte. Ze was zich wel bewust van een zenuwachtige spanning in haar maag, een verwachting van wat komen ging. Zouden Guilhem en haar vader zich ook zo voelen aan de vooravond van een veldslag – dat besef van een beslissend moment?

Ze keek even naar Esclarmonde, die met haar handen in haar schoot gevouwen zat, rustig en beheerst, met een serene uitdrukking op haar gezicht.

'Ik weet zeker dat mijn vader snel zal komen,' zei Alaïs. Ze voelde zich verantwoordelijk omdat hij niet kwam opdagen. 'Hij heeft me zijn woord gegeven.'

'Dat weten we,' zei Simeon, en hij gaf haar een klopje op haar hand. Zijn huid was droog als perkament.

'We hebben niet veel tijd meer,' zei Esclarmonde, met een blik naar de deur, die nog altijd dicht zat. 'De eigenaren van dit huis kunnen elk moment terug zijn.'

Alaïs zag dat ze een blik wisselden. Niet in staat de spanning nog langer te verdragen boog ze zich naar voren.

'Gisteren heb je geen antwoord gegeven op mijn vraag, Esclarmonde.' Het verbaasde haar dat haar stem zo rustig klonk. 'Ben jij ook een bewaarder? Heb jij het boek dat mijn vader zoekt?'

Heel even leken haar woorden in de lucht te blijven hangen, tussen hen in. Toen, tot Alaïs' verbazing, begon Simeon te grinniken.

'Hoeveel heeft je vader je verteld over de *Noublesso*? vroeg hij met een glinstering in zijn zwarte ogen.

'Dat er altijd vijf bewaarders waren, die hadden gezworen om de boeken van de Labyrint Trilogie te beschermen.'

'En heeft hij je ook uitgelegd waarom het er vijf waren?'

Alaïs schudde haar hoofd.

'De leider, de *Navigatairé*, wordt bijgestaan door vier ingewijden. Samen vertegenwoordigen ze de vijf punten van het menselijk lichaam en de macht van het getal vijf. Iedere bewaarder wordt gekozen op grond van zijn kracht, vastberadenheid en loyaliteit. Christen, Saraceen of jood, het gaat om onze ziel en onze moed, niet om afkomst of ras. Dat weerspiegelt ook het karakter van het geheim dat wij moeten beschermen, een geheim dat tot alle geloven en tot geen enkel geloof behoort.' Hij glimlachte. 'De *Noublesso de los Seres* bestaat al meer dan tweeduizend jaar – hoewel niet altijd onder die naam – om het geheim te bewaren en te beschermen. Soms bleef onze aanwezigheid verborgen, soms traden we in de openbaarheid.'

Alaïs richtte zich tot Esclarmonde. 'Mijn vader wil jouw identiteit niet accepteren. Hij gelooft het eenvoudig niet.'

'Nee. Het klopt niet met zijn verwachtingen.'

'Dat was altijd al zo bij Bertrand,' grinnikte Simeon.

'Hij hield er geen rekening mee dat de vijfde bewaarder een vrouw zou kunnen zijn,' verdedigde Alaïs haar vader.

'Vroeger was dat niet zo bijzonder,' zei Simeon. 'Egypte, Assyrië, Rome, Babylon, al die oude culturen waarvan je weleens hebt gehoord hadden veel meer respect voor de vrouwelijke positie dan deze donkere tijden waarin wij leven.'

Alaïs dacht even na. 'Denk je dat Harif gelijk heeft – dat de boeken veiliger zullen zijn in de bergen?' vroeg ze.

Simeon spreidde zijn handen. 'Het is niet aan ons om de waarheid te zoeken of een oordeel te vellen over wat er kan gebeuren. Wij hoeven alleen de boeken veilig te bewaren, zodat ze beschikbaar zijn zodra het nodig is.'

'Daarom heeft Harif ook je vader gekozen, en niet een van ons tweeën, om de boeken te vervoeren,' vervolgde Esclarmonde. 'Zijn positie maakt hem tot de meest geschikte *envoi*. Hij kan beschikken over manschappen en paarden, en hij kan vrijer reizen dan wij.'

Alaïs aarzelde. Ze wilde haar vader niet afvallen. 'Maar hij zou burggraaf Trencavel niet graag verlaten. Hij wordt heen en weer geslingerd tussen zijn oude en nieuwe loyaliteit.'

'Zulke conflicten hebben we allemaal,' zei Simeon. 'Het valt niet mee om de juiste weg te kiezen. Bertrand mag zich gelukkig prijzen dat hij die keus zo lang heeft kunnen uitstellen.' Hij nam haar hand in de zijne. 'Bertrand mag niet te lang wachten, Alaïs. Dring er bij hem op aan dat hij zijn verantwoordelijkheid neemt. Carcassona is nog niet gevallen, maar dat is geen garantie voor de toekomst.'

Alaïs voelde hun blikken op zich gericht. Ze stond op en liep naar de haard. Haar hart bonsde in haar keel toen er een idee bij haar opkwam.

'Kan iemand anders zijn plaats innemen?' vroeg ze heel rustig.

Esclarmonde begreep het meteen. 'Dat zou je vader nooit goedvinden. Je bent veel te belangrijk voor hem.'

Alaïs draaide zich naar hen toe. 'Voordat hij naar Montpelhièr vertrok vond hij me wel geschikt. In principe heeft hij me dus toestemming gegeven.'

Simeon knikte. 'Dat is waar, maar de situatie verandert nog dagelijks. Nu de Fransen oprukken naar de grenzen van Trencavels gebied, wordt het steeds onveiliger op de wegen. Ik heb het zelf ondervonden. Het zal niet lang duren voordat het te gevaarlijk is om te reizen.'

Alaïs hield vol. 'Maar ik zou de andere kant op gaan,' zei ze, terwijl ze van de een naar de ander keek. 'En je hebt nog steeds geen antwoord gegeven op mijn vraag. Als de traditie van de *Noublesso* mij niet verbiedt om die last van mijn vaders schouders te nemen, dan bied ik mijn hulp aan in zijn plaats. Ik kan wel voor mijn eigen veiligheid zorgen. Ik ben een uitstekende ruiter en ik kan met een zwaard en een boog omgaan. Niemand zou mij ooit verdenken van...'

Simeon hief een hand op. 'Je legt onze aarzeling verkeerd uit, kind. Ik twijfel geen moment aan je moed of vastberadenheid.'

'Geef me dan je zegen.'

Simeon zuchtte en draaide zich naar Esclarmonde. 'Zuster, want vind jij? Aangenomen dat Bertrand akkoord zou gaan, uiteraard.'

'Ik smeek het je, Esclarmonde,' drong Alaïs aan. 'Doe een goed woordje voor me. Ik ken mijn vader.'

'Ik kan je niets beloven,' zei ze ten slotte, 'maar ik zal je ook niet tegenhouden.' Een glimlach brak door op Alaïs' gezicht. 'Maar je moet je wel bij zijn beslissing neerleggen,' vervolgde Esclarmonde. 'Als hij het niet goedvindt, gaat het niet door.'

Hij kan niet nee zeggen. Ik geef hem de kans niet.

'Natuurlijk zal ik hem gehoorzamen,' zei ze.

De deur ging open en Sajhë stormde naar binnen, gevolgd door Bertrand Pelletier.

Hij omhelsde Alaïs, begroette Simeon met grote opluchting en vriendschap, en was wat formeler tegen Esclarmonde. Alaïs en Sajhë haalden wijn en brood, terwijl Simeon uitlegde wat er was besproken.

Tot Alaïs' verbazing luisterde haar vader zwijgend en zonder commentaar. Sajhë volgde alles met grote ogen, totdat hij slaap kreeg en zich tegen zijn grootmoeder aan vlijde. Alaïs hield zich buiten het gesprek, omdat ze wist dat Simeon en Esclarmonde haar zaak beter konden bepleiten dan zijzelf. Maar zo nu en dan keek ze naar haar vader. Zijn gezicht was grauw en gegroefd, en hij leek doodmoe. Ze zag dat hij aarzelde over een besluit.

Ten slotte waren alle argumenten gewisseld en viel er een afwachtende stilte in de kamer. Ze wachtten allemaal, onzeker wat de uitkomst zou zijn.

Alaïs schraapte haar keel. 'En, *Paire*, wat is uw beslissing? Geeft u me toestemming om te gaan?'

Pelletier zuchtte. 'Ik wil je niet aan gevaren blootstellen.'

De moed zonk haar in de schoenen. 'Dat weet ik, en ik ben heel dankbaar voor uw liefde, maar ik wil ook helpen. En ik weet dat ik het kan.'

'Ik heb een voorstel dat misschien voor jullie allebei aanvaardbaar is,' zei Esclarmonde zacht. 'Laat Alaïs vooruit reizen met de Trilogie, maar slechts een deel van de route, bijvoorbeeld tot aan Limoux. Daar heb ik vrienden bij wie ze een veilig onderkomen kan krijgen. Als jouw werk hier is voltooid en burggraaf Trencavel je kan missen, kun jij haar achterna komen, zodat jullie samen de reis naar de bergen kunnen maken.'

Pelletier fronste. 'Wat schieten we daarmee op? De waanzin om in deze onzekere tijden aan zo'n reis te beginnen zal zeker de aandacht trekken, en dat willen we juist voorkomen. Bovendien weet ik niet hoe lang mijn verplichtingen me nog in Carcassona zullen houden.'

Alaïs' ogen glinsterden. 'Dat is geen probleem. Ik zou bekend kunnen maken dat ik een persoonlijke gelofte nakom die ik bij mijn huwelijk heb gedaan,' zei ze, terwijl ze snel nadacht. 'Ik kan zeggen dat ik een gift wilde doen aan de abt van Sant-Hilaire. Vandaar is het maar een klein eindje naar Limoux.'

'Zo'n plotselinge aanval van vroomheid zal niemand overtuigen,' zei Pelletier, onverwachts humoristisch. 'Zeker je echtgenoot niet.'

Simeon zwaaide met zijn vinger. 'Het is een heel goed idee, Bertrand. Niemand zou kritiek hebben op zo'n pelgrimstocht in deze tijden. Bovendien is Alaïs de dochter van de rentmeester van Carcassona. Geen mens zal durven twijfelen aan haar bedoelingen.'

Pelletier schoof heen en weer op zijn stoel. Zijn gezicht stond koppig en vastbesloten. 'Ik vind nog altijd dat de Trilogie hier het best beschermd is, in de *Ciutat*. Harif heeft niet zo'n goed beeld van de huidige situatie als wijzelf. Carcassona zal niet worden ingenomen.'

'Alle steden, hoe sterk en onneembaar ze ook lijken, kunnen vallen. Dat weet je zelf ook. De *Navigatairé* heeft instructies gegeven om de boeken naar hem toe te brengen in de bergen.' Hij keek Pelletier met zijn zwarte ogen strak aan. 'Ik begrijp dat je burggraaf Trencavel niet in de steek wilt laten op dit moment. Dat geeft je geweten je in, verstandig of niet.' Hij wachtte even. 'Maar als jij niet weg kunt, zal iemand anders moeten gaan, in jouw plaats.'

Alaïs zag hoe moeilijk haar vader het had met zijn tegenstrijdige emoties. Geroerd stak ze een arm uit en legde haar hand op de zijne. Hij zei niets, maar gaf haar een kneepje in haar vingers als dank voor het gebaar.

'*Aquò es vòstre,*' zei ze zacht. Laat mij dit voor u doen.

Pelletier slaakte een diepe zucht. 'Je brengt jezelf in groot gevaar, *filha*.' Alaïs knikte. 'Maar je wilt het toch doen?'

'Het zou een eer zijn om u op deze manier te mogen dienen.'

Simeon legde een hand op Pelletiers schouder. 'Ze is heel dapper, die dochter van je. Standvastig. Net als jij, oude vriend.'

Alaïs hield haar adem in.

'Het gaat tegen mijn gevoel in,' zei Pelletier eindelijk. 'Maar mijn verstand zegt anders, dus...' Hij zweeg, alsof hij bang was voor wat hij ging zeggen.

'Als je echtgenoot en Dame Agnès je kunnen missen, en als Esclarmonde als chaperonne meereist, ga ik akkoord.'

Alaïs boog zich over de tafel en kuste haar vader op de lippen.

'Een verstandig besluit,' zei Simeon stralend.

'Hoeveel manschappen hebt u voor ons, intendant Pelletier?' vroeg Esclarmonde.

'Vier soldaten, hooguit zes.'

'En hoe snel kunnen we alles regelen?'

'Binnen een week,' antwoordde Pelletier. 'Als we overhaast te werk gaan, zou dat te veel opvallen. Ik moet permissie vragen van Dame Agnès, en jij van je echtgenoot, Alaïs.' Ze wilde al zeggen dat Guilhem haar nauwelijks zou missen, maar ze bedacht zich. 'Als dit plan van jou wil slagen, *filha*, moeten we ons aan de etiquette houden.' Alle besluiteloosheid was van zijn gezicht verdwenen toen hij opstond. 'Alaïs, ga terug naar het Château Comtal om François te zoeken. Breng hem op de hoogte, zo globaal mogelijk, en zeg dat hij naar me toe komt.'

'Gaat u zelf niet terug?'

'Straks.'

'Goed. Moet ik Esclarmondes boek al meenemen?'

Pelletier glimlachte een beetje zuur. 'Esclarmonde zal je vergezellen, Alaïs, dus ik neem aan dat het boek nog wel even veilig is bij haar.'

'Ik wilde ook niet suggereren...'

Pelletier klopt op de tas onder zijn mantel. 'Maar Simeons boek...' Hij haalde de schapenleren hoes tevoorschijn die Alaïs heel even in Besièrs had gezien toen Simeon hem had overgedragen. 'Neem dit maar mee naar het kasteel en naai het in je reismantel. Later zal ik je het *Boek der Woorden* wel geven.'

Alaïs pakte het boek aan, deed het in haar tas en keek naar haar vader op. 'Dank u, *Paire*, voor uw vertrouwen.'

Pelletier bloosde. Sajhë krabbelde overeind. 'Ik zal ervoor zorgen dat Dame Alaïs veilig thuiskomt,' zei hij. Iedereen lachte.

'Daar reken ik op, *gintilòme*,' zei Pelletier, en hij sloeg hem op de schouder. 'Al onze hoop is op haar gevestigd.'

'Ik zie jouw kwaliteiten ook in haar,' zei Simeon toen ze naar de poort liepen die de verbinding vormde tussen Sant-Miquel en de joodse buitenwijk. 'Ze is dapper, koppig en loyaal. Ze geeft niet snel op. Lijkt je oudste dochter ook zoveel op je?'

'Oriane heeft meer van haar moeder,' zei hij kortaf. 'Ze lijkt op Marguerite, zowel uiterlijk als in karakter.'

'Zo gaat dat dikwijls. Soms lijkt het kind op de ene ouder, soms op de andere.' Hij zweeg. 'En zij is getrouwd met burggraaf Trencavels *escrivan*?'

Pelletier zuchtte. 'Het is geen gelukkig huwelijk. Congost is geen jongeman meer en hij houdt niet van haar manieren. Maar hij heeft wel invloed binnen het kasteel.'

Ze liepen zwijgend verder. 'Als ze op Marguerite lijkt, moet ze een schoonheid zijn.'

'Oriane heeft charme en gratie. Ze trekt de aandacht. Veel mannen zouden haar graag het hof maken. Sommigen laten dat ook duidelijk blijken.'

'Je dochters moeten een grote troost voor je zijn.'

Pelletier keek Simeon even aan. 'Alaïs zeker.' Hij aarzelde. 'Het zal wel aan mij liggen, maar ik vind Orianes gezelschap minder... Ik probeer onpartijdig te zijn, maar ik vrees dat ze elkaar niet echt mogen.'

'Jammer,' mompelde Simeon.

Ze kwamen bij de poort. Pelletier bleef staan.

'Ik zou je graag overreden om binnen de *Ciutat* te blijven, of in elk geval in Sant-Miquel. Als de vijand nadert, zal ik je niet kunnen beschermen buiten de muren...'

Simeon legde een hand op Pelletiers arm. 'Je maakt je te veel zorgen, mijn vriend. Mijn rol is uitgespeeld. Ik heb je het boek gegeven dat mij was toevertrouwd. De andere twee boeken zijn nu ook binnen deze muren. Je hebt Esclarmonde en Alaïs om je te helpen. Wie zou er nog in míj geïnteresseerd zijn?' Hij richtte zijn donkere, glinsterende ogen op zijn vriend. 'Mijn plaats is bij mijn eigen volk.'

Iets in Simeons toon verontrustte Pelletier.

'Vertel me niet dat dit een definitief afscheid is,' zei hij ferm. 'Voor het einde van de maand drinken we weer samen een beker wijn. Let op mijn woorden.'

'Het zijn niet jouw woorden die ik niet vertrouw, oude vriend, maar de wapens van de Fransen.'

'Komend voorjaar is alles weer voorbij, durf ik te wedden. Dan zijn de Fransen afgedropen met hun staart tussen de benen, dan wil de graaf van Toulouse het bondgenootschap hernieuwen en zitten jij en ik bij het vuur over onze verloren jeugd te mijmeren.'

'*Pas a pas, se va luènh,*' zei Simeon, terwijl hij hem omhelsde. 'En breng mijn welgemeende groeten over aan Harif. Zeg hem dat ik nog steeds wacht op dat spelletje schaak dat hij me dertig jaar geleden heeft beloofd!'

Pelletier stak nog als afscheid zijn hand op toen Simeon door de poort verdween. Maar hij keek niet om.

'Intendant Pelletier!'

Pelletier tuurde nog steeds door de mensenmenigte op weg naar de rivier, maar Simeon was niet meer te zien.

'Messire!' riep de boodschapper, die hijgend en met een rood gezicht op hem toe kwam.

'Wat is er?'

'U bent dringend nodig bij de Porte Narbonnaise, Messire. Er zijn problemen.'

45

Alaïs duwde de deur van haar kamer open en rende naar binnen.

'Guilhem?'

Hoewel ze behoefte had om alleen te zijn, was ze toch teleurgesteld dat hij er niet was, al had ze niets anders verwacht.

Alaïs deed de deur op slot, haalde haar beurs van haar ceintuur, legde hem op tafel en pakte het boek uit de beschermhoes. Het was zo groot als een damespsalter. De houten band was bekleed met leer, onversierd en een beetje versleten bij de hoeken.

Alaïs maakte de leren koorden los en liet het boek openvallen in haar handen, als een vlinder die zijn vleugels spreidde. De eerste pagina was leeg, afgezien van een kleine kelk van bladgoud in het midden, sprankelend als een juweel op het zware crèmekleurige perkament. Het was niet groter dan het motief op de ring van haar vader of de *merel* die ze zo kort in haar bezit had gehad.

Ze sloeg de bladzij om. Vier regels zwarte tekst staarden haar aan, in een sierlijk handschrift.

Langs de randen waren afbeeldingen en symbolen te zien, een repeterend patroon, als de borduursteek langs de zoom van een mantel. Vogels en andere dieren, gedaanten met lange armen en scherpe vingers. Alaïs' adem stokte.

Dit zijn de gezichten en figuren uit mijn dromen.

Eén voor één sloeg ze de pagina's om. Ze waren allemaal beschreven met een zwart handschrift. De achterkant was blanco. Ze herkende woorden uit Simeons taal, hoewel ze die niet sprak. Het grootste deel van het boek was in haar eigen taal. De eerste letter van elke nieuwe pagina was geïllumineerd in rood, blauw of geel, met gouden randen, maar verder waren er geen versieringen – geen illustraties in de marge, geen andere letters binnen de tekst die waren geaccentueerd. De woorden volgden elkaar op met weinig tussenruimte of interpunctie om aan te geven waar de ene gedachte eindigde en de volgende begon.

Alaïs kwam bij het perkament dat midden in het boek verborgen lag. Het was dikker en donkerder dan de pagina's eromheen; geitenleer in plaats van perkament. Ze vond hier geen symbolen of illustraties, alleen een paar woorden, vergezeld van rijen met maten en getallen. Het leek een soort kaart.

Ze herkende pijltjes die in verschillende richtingen wezen, sommige in goud, maar de meeste gewoon zwart.

Alaïs probeerde de pagina van bovenaf en van links naar rechts te lezen, maar daar werd ze niets wijzer van. Vervolgens probeerde ze het van beneden naar boven en van rechts naar links, zoals een gebrandschilderd raam in de kerk, maar ook dat maakte het niet duidelijker. Ten slotte las ze de regels om en om, of woorden van elke derde regel, maar tevergeefs.

Kijk voorbij de zichtbare beelden naar de geheimen die erachter liggen.

Ze dacht diep na. Iedere bewaarder was uitgekozen om zijn of haar aanleg en kennis. Esclarmonde was een genezeres, dus had Harif haar het *Boek der Geneeskruiden* gegeven. Simeon was expert in een oud joods getallenstelsel, daarom had hij het *Boek der Getallen* gekregen.

Waarom had Harif haar vader gekozen als de bewaarder van het *Boek der Woorden*?

Diep in gedachten stak Alaïs de lamp aan en liep naar haar nachtkastje, waaruit ze een vel perkament, inkt en een ganzenpen haalde. Pelletier had erop gestaan dat zijn dochters lezen en schrijven zouden leren. Daar had hij in het Heilige Land zelf de waarde van ingezien. Oriane was alleen geïnteresseerd in de huishoudelijke zaken van een kasteelvrouwe: dansen, zingen, valkenjacht en borduurkunst. Schrijven was voor oude mannen en priesters, zei ze altijd. Maar Alaïs had de kans met beide handen aangegrepen. Ze was een vlotte leerlinge en oefende regelmatig, hoewel ze weinig gelegenheid kreeg om haar kennis in praktijk te brengen.

Ze spreidde haar schrijfmateriaal op de tafel uit. Ze begreep niets van het perkament en had ook niet de illusie dat ze het prachtige vakmanschap, de kleuren en de stijl zou kunnen benaderen. Maar in elk geval zou ze een kopie kunnen maken.

Het duurde even, maar eindelijk was ze klaar en legde ze de kopie op haar tafel te drogen. Haar vader kon elk moment naar het Château Comtal terugkomen met zijn *Boek der Woorden*, dus verborg ze haastig het andere exemplaar, zoals hij haar had gezegd.

Haar favoriete rode mantel was niet geschikt. De stof was te teer en de zoom bolde uit. Daarom koos ze een zware bruine winterjas – bedoeld voor de jacht, maar daar was niets aan te doen. Met vaardige vingers tornde Alaïs de *passementerie* aan de voorkant los, tot de opening groot genoeg was om het boek erin te steken. Daarna nam ze het draad dat Sajhë voor haar had meegebracht van de markt en dat precies de goede kleur had, en naaide het boek op zijn plaats, veilig aan de achterkant.

Alaïs gooide de mantel over haar schouders. Hij hing nog wat scheef, maar zodra ze het boek van haar vader in de voering had genaaid zou hij weer recht hangen.

Nu had ze nog één ding te doen. Ze liet de mantel over de stoel hangen en liep terug naar de tafel om te zien of de inkt al droog was. Zich ervan bewust dat ze elk moment kon worden gestoord vouwde ze het perkament op en stak het in een lavendelzakje. Ze stikte de opening dicht, zodat niemand het bij toeval kon vinden en legde het weer onder haar kussen.

Alaïs keek om zich heen, tevreden over haar werk, en begon haar naaispullen op te bergen.

Er werd op de deur geklopt. Alaïs deed haastig open, in de verwachting dat het haar vader was. Maar op de drempel stond Guilhem, aarzelend of hij welkom was.

'Mag ik binnenkomen, Dame?' vroeg hij zacht, met zijn bekende halve lachje en zijn blik van een verdwaald klein jongetje.

Haar eerste opwelling was haar armen om hem heen te slaan, maar enige voorzichtigheid weerhield haar. Er was te veel gezegd, en nog te weinig vergeven.

'Mag ik?'

'Het is ook jouw kamer,' antwoordde ze luchtig. 'Ik kan je moeilijk tegenhouden.'

'Wat afstandelijk,' zei hij, terwijl hij de deur achter zich dichttrok. 'Ik had liever dat je dat zei uit hartelijkheid dan uit plichtsbesef.'

'Ik ben...' Ze aarzelde, uit haar evenwicht gebracht door het heftige verlangen dat door haar heen sloeg. 'Ik ben heel blij u te zien, Messire.'

Hij stak een hand uit en streelde haar gezicht. 'Je ziet er moe uit.'

Wat zou het gemakkelijk zijn om nu haar reserves te laten varen en zich helemaal aan hem te geven.

Alaïs sloot haar ogen toen ze zich voorstelde hoe zijn vingers over haar huid gleden. Een fluisterzachte streling, zo vanzelfsprekend als een ademtocht. In gedachten boog Alaïs zich naar hem toe en nestelde zich in zijn armen. Zijn nabijheid maakte haar duizelig en zwak.

Maar het kan niet. Het mag niet.

Met moeite opende ze haar ogen en deed een stap terug. 'Niet doen,' fluisterde ze. 'Alsjeblieft.'

Guilhem pakte haar hand en hield die in de zijne. Alaïs zag dat hij gespannen was.

'Weldra... als God niet tussenbeide komt, zullen we hen trotseren. Als het moment is aangebroken zullen Alzeu, Thierry en de anderen... wij allemaal... ten strijde trekken. En misschien niet terugkeren.'

'Ja,' zei Alaïs zacht. Ze hoopte weer wat levendigheid op zijn gezicht te zien.

'Sinds onze terugkeer uit Besièrs heb ik me slecht tegen je gedragen, Alaïs, zonder recht of reden. Dat spijt me en daarom kom ik vergiffenis vragen. Ik ben veel te vaak jaloers, en door die jaloezie zeg ik dingen… dingen waar ik later spijt van heb.'

Alaïs keek hem strak aan, maar ze voelde zich te onzeker om iets te zeggen.

Guilhem kwam naar haar toe. 'Toch vind je het niet vervelend om me te zien?'

Ze glimlachte. 'Je bent al zo lang bij me vandaan, Guilhem, dat ik nauwelijks nog weet wat ik voel.'

'Kan ik maar beter weggaan?'

Alaïs voelde tranen in haar ogen, wat haar de moed gaf om voet bij stuk te houden. Hij mocht haar niet zien huilen.

'Dat zou het beste zijn, denk ik.' Ze stak een hand in de hals van haar jurk en haalde een zakdoek tevoorschijn, die ze hem in zijn hand drukte. 'We krijgen nog wel de tijd om het weer goed te maken.'

'Tijd hebben we juist niet, kleine Alaïs,' zei hij teder. 'Maar tenzij God of de Fransen het verhinderen zal ik morgen weer bij je komen.'

Alaïs dacht aan de boeken en aan de verantwoordelijkheid die op haar schouders rustte. Ze zou nu spoedig vertrekken. *Misschien zie ik hem nooit weer.* Haar hart brak. Ze aarzelde, maar omhelsde hem toen heftig, alsof ze zijn afdruk op zichzelf wilde nalaten.

Toen, niet zo snel, liet ze hem weer los.

'We zijn allemaal in Gods hand,' zei ze. 'Ga nu, als je wilt, Guilhem.'

'Tot morgen?'

'We zullen zien.'

Alaïs stond als een standbeeld, met haar handen ineengestrengeld voor zich uit om ze niet te laten trillen, totdat de deur dichtviel en Guilhem verdwenen was. Toen, diep in gedachten, liep ze langzaam terug naar de tafel en vroeg zich af waarom hij gekomen was. Uit liefde? Berouw? Of iets anders?

46

Simeon keek omhoog naar de lucht. Grijze wolken pakten zich samen en verduisterden de zon. Hij was al een eind bij de Cité vandaan en hij wilde bij zijn kamer terug zijn voordat het noodweer losbrak.

Toen hij bij de bosrand kwam die de vlakten buiten Carcassonne van de rivier scheidde, vertraagde hij zijn pas. Hij was buiten adem, te oud om nog zo'n eind te lopen. Zwaar leunend op zijn stok maakte hij de kraag van zijn mantel wat losser. Het was nu niet ver meer. Esther zou een maaltijd voor hem klaar hebben staan, misschien een beker wijn. Die gedachte gaf hem nieuwe energie. Zou Bertrand toch gelijk hebben? Zou het in de lente allemaal voorbij zijn?

Simeon zag de twee mannen niet die achter hem opdoken op het pad. Hij was zich niet bewust van de opgeheven arm en de knuppel die neerdaalde op zijn hoofd, totdat hij de klap voelde en wegzakte in een diepe duisternis.

Tegen de tijd dat Pelletier bij de Porte Narbonnaise aankwam had zich daar al een menigte gevormd.

'Laat me erdoor,' riep hij, terwijl hij iedereen uit de weg duwde totdat hij vooraan stond. Een man zat op handen en knieën op de grond. Bloed stroomde uit een snee in zijn voorhoofd.

Twee soldaten torenden boven hem uit, met hun pieken op zijn nek gericht. De man was blijkbaar een muzikant. Er zat een gat in zijn tamboerijn en zijn fluit was doormidden gebroken en weggesmeten, als een afgekloven bot bij een maaltijd.

'Wat is er aan de hand, bij Sant-Foy?' vroeg Pelletier. 'Wat heeft deze man misdaan?'

'Hij bleef niet staan toen hij daartoe bevel kreeg,' antwoordde de oudste van de soldaten. Zijn gezicht was een lappendeken van littekens en oude wonden. 'Hij heeft geen rechten hier.'

Pelletier hurkte bij de man neer.

'Ik ben Bertrand Pelletier, rentmeester van de burggraaf. Wat heb je te zoeken in Carcassona?'

De man knipperde met zijn ogen. 'Intendant Pelletier?' mompelde hij, en hij greep hem bij de arm.

'Ja, die ben ik. Spreek, vriend.'

'*Besièrs es presa.*' Béziers is ingenomen.

Een vrouw dicht bij hen onderdrukte een kreet en sloeg een hand voor haar mond.

Diep geschokt kwam Pelletier weer overeind.

'Jij!' beviel hij. 'Haal versterkingen om jullie hier af te lossen en help deze man naar het Château. Als hij door jullie mishandeling zijn spraak niet meer terugkrijgt zul je het bezuren.' Pelletier draaide zich om naar de menigte. 'Let op mijn woorden!' riep hij. 'Geen enkele burger mag vertellen wat hij hier gezien heeft. We zullen gauw genoeg weten wat de waarheid is.'

Toen ze bij het Château Comtal kwamen gaf Pelletier opdracht de muzikant naar de keukens te brengen om zijn wonden te laten behandelen. Zelf liep hij onmiddellijk naar burggraaf Trencavel. Enige tijd later, gesterkt door zoete wijn met honing, werd de muzikant naar de donjon gebracht.

Hij was lijkbleek, maar had zichzelf weer in de hand. Bang dat de man door zijn benen zou zakken liet Pelletier een kruk komen, zodat hij zittend verslag kon doen.

'Zeg ons je naam, *amic,*' zei hij.

'Pierre du Murviel, Messire.'

Burggraaf Trencavel zat tussen een halve cirkel van zijn bondgenoten.

'*Benvenguda,* Pierre du Murviel,' zei hij. 'Je hebt nieuws voor ons.'

Met een rechte rug, zijn handen op zijn knieën en een gezicht zo wit als een doek, schraapte de man zijn keel en begon aan zijn verhaal. Hij was geboren in Béziers, hoewel hij de afgelopen jaren aan de hoven van Navarra en Aragon had doorgebracht. Hij was muzikant en had zijn vak geleerd van Raimon de Mirval, de beste troubadour van de Midi. Daarom had hij een uitnodiging gekregen van de suzerein van Béziers. Die kans om thuis te komen en zijn familie weer te zien had hij met beide handen aangegrepen.

Hij sprak zo zacht dat zijn gehoor de oren moest spitsen om hem te kunnen verstaan. 'Vertel ons over Besièrs,' zei Trencavel. 'Zonder iets weg te laten.'

'Het Franse leger arriveerde bij de muren op de dag voor de feestdag van Santa Maria Magdalena en sloeg zijn tenten op aan de linkeroever van de rivier de Orb. Het dichtst bij de rivier lagen de pelgrims en de huurlingen, de bedelaars en verschoppelingen, een bonte menigte, blootsvoets en slechts gekleed in een broek en een hemd. Verder weg wapperden de vaandels van de edelen en geestelijken boven hun tenten, een zee van groen, goud en rood. Ze richtten vlaggenmasten op en hakten bomen om voor hekken rond hun paardenweiden.'

'Wie stuurde de stad als onderhandelaar?'

'De bisschop van Besièrs, Renaud de Montpeyroux.'

Pelletier boog zich naar Trencavel toe. 'Er wordt beweerd dat hij een verrader is, Messire,' fluisterde hij. 'Dat hij al de kant van het kruisleger heeft gekozen.'

'Bisschop Montpeyroux kwam terug met een lijst van zogenaamde ketters, opgesteld door de pauselijke gezanten. Ik weet niet hoeveel er op dat perkament stonden, Messire, maar het waren er honderden. De namen van enkelen van de rijkste, meest vooraanstaande en invloedrijke burgers van Besièrs kwamen op die lijst voor, naast de aanhangers van de nieuwe kerk en de *Bons Chrétiens*. Als de consuls de ketters zouden uitleveren zou Besièrs worden gespaard. Zo niet...' Hij maakte zijn zin niet af.

'Wat was het antwoord van de consuls?' vroeg Pelletier. Dat was de eerste aanwijzing of het bondgenootschap tegen de Fransen stand zou houden.

'Dat ze zich liever verdronken in de zoute zee dan zich over te geven of hun medeburgers te verraden.'

Trencavel slaakte een onhoorbare zucht.

'De bisschop trok zich uit de stad terug met een klein aantal katholieke priesters. De commandant van ons garnizoen, Bernard de Servian, begon de verdediging te organiseren.'

Hij zweeg en slikte moeizaam. Zelfs Congost, over zijn perkament gebogen, stopte met schrijven en keek op.

'De ochtend van de 22ste juli begon rustig genoeg. Het was warm, zelfs al vroeg. Een handjevol kruisvaarders – meelopers, niet eens soldaten – trok naar de rivier, recht beneden de versterkingen ten zuiden van de stad. We zagen ze vanaf de muren. Er werden wat beledigingen over en weer geschreeuwd. Een van de *routiers* stak scheldend en uitdagend de brug over. Dat maakte onze jonge mannen op de muur zo kwaad dat ze zich bewapenden met speren en stokken, zelfs met een provisorische trom en een vaandel. Vastbesloten de Fransen een lesje te leren gooiden ze de poort open en stormden de helling af, voordat iemand wist wat er gebeurde. Ziedend van woede vielen ze de man aan. Het was binnen een paar seconden voorbij. Ze gooiden het dode lichaam van de *routier* vanaf de brug in de rivier.'

Pelletier keek even naar burggraaf Trencavel, die lijkbleek was.

'De burgers op de wallen schreeuwden naar de jongens dat ze moesten terugkomen, maar ze waren door het dolle heen. Veel te overmoedig. Het tumult van het opstootje trok de aandacht van de commandant van de huurlingen, de *Roi*, zoals zijn mannen hem noemen. Toen hij zag dat de poort openstond gaf hij meteen het sein tot de aanval. Eindelijk beseften de jongens het gevaar, maar toen was het al te laat. Ze werden afgeslacht door de *routiers*. Een paar van hen wisten nog te vluchten en probeerden de poort te sluiten, maar de *routiers* waren te snel, en te goed bewapend. Ze forceerden de doorgang en hielden de poort open.

Een paar minuten later bestormden de Fransen onze muren, gewapend met houwelen, pieken en ladders. Bernard de Servian deed zijn best om de weermuren te verdedigen en de burcht te behouden, maar alles ging zo snel. En de huurlingen hadden de poort nu stevig in handen.

Toen de kruisvaarders eenmaal binnen waren, begon het bloedbad. Overal lagen verminkte lijken. We waadden tot onze knieën door het bloed. Kinderen werden uit de armen van hun moeders gehakt en doorboord met pieken en zwaarden. Hoofden werden afgehouwen en aan stokken op de muren gezet als voedsel voor de kraaien, zodat het leek of een rij bloederige waterspuwers van vlees en bloed neerkeek op onze nederlaag. Iedereen die ze tegenkwamen werd afgeslacht: vrouwen, mannen, ouden van dagen en kinderen.'

Burggraaf Trencavel kon niet langer zwijgen. 'Maar waarom hebben de pauselijke gezanten of de Franse edelen geen eind gemaakt aan dat bloedbad? Wisten ze het niet?'

Du Murviel keek op. 'O, ze wisten het, Messire.'

'Maar een slachting van onschuldige mensen druist in tegen alle conventies van de oorlog, tegen elk eergevoel,' zei Pierre-Roger de Cabaret. 'Ik kan niet geloven dat de abt van Cîteaux, ondanks zijn fanatisme en zijn haat tegenover de ketters, een bloedbad onder christelijke vrouwen en kinderen zou tolereren, in een staat van zonde.'

'Er wordt beweerd dat de abt werd gevraagd hoe hij de vrome katholieken van de ketters kon onderscheiden. "*Tuez-les tous. Dieu reconnaîtra les siens,*"' zei Du Murviel met een holle stem. Dood ze allemaal. God zal de zijnen wel herkennen. 'Dat zou zijn antwoord zijn geweest.'

Trencavel en De Cabaret wisselden een blik.

'Ga door,' zei Pelletier grimmig. 'Maak je verhaal maar af.'

'De grote klokken van Besièrs luidden het alarm. Vrouwen en kinderen vluchtten naar de kerk van Sant-Jude en de kerk van Santa Maria Magdalena in de bovenstad. Duizenden mensen dromden daar samen, als beesten in een kooi. De katholieke priesters trokken hun misgewaad aan en zongen het requiem, maar de kruisvaarders trapten de deur in en slachtten iedereen af.'

Zijn stem brak. 'Binnen een paar uur was onze hele stad veranderd in een knekelhuis. Toen begonnen de plunderingen. Al onze mooie huizen werden leeggeroofd door hebzucht en barbarij. Nu pas probeerden de Franse edelen hun *routiers* tot de orde te roepen – vanwege hun eigen hebzucht, niet hun geweten. Ze wilden zich de buit niet laten ontgaan, en in hun woede staken ze de stad in brand, zodat niemand kon profiteren. De houten huizen van de sloppenwijken brandden als fakkels. Het hout van de kathedraal vatte vlam en het gebouw stortte in, waardoor alle vluchtelingen als ratten in de val zaten. De hitte was zo groot dat de kathedraal doormidden brak.'

'Zeg me, *amic*, hoeveel overlevenden er waren,' zei de burggraaf.

De muzikant boog zijn hoofd. 'Geen, Messire. Behalve die enkelingen die uit de stad wisten te vluchten. Alle anderen zijn dood.'

'Twintigduizend doden, in één enkele ochtend,' mompelde Raymond-Roger vol afgrijzen. 'Hoe is dat mogelijk?'

Niemand zei iets. Er waren geen woorden voor.

Trencavel keek op en richtte zijn ogen op de muzikant.

'Je hebt dingen gezien waarvan geen mens getuige zou moeten zijn, Pierre du Murviel. Je hebt grote moed getoond door ons het nieuws te brengen. Carcassona is je veel verschuldigd en ik zal erop toezien dat je goed wordt beloond.' Hij zweeg. 'Voordat je vertrekt heb ik nog één vraag. Heeft mijn oom Raymond, graaf van Toulouse, ook deelgenomen aan de plundering van de stad?'

'Dat geloof ik niet, Messire. Het gerucht ging dat hij in het Franse kamp was gebleven.'

Trencavel keek naar Pelletier. 'Dat is tenminste iets.'

'Ben je nog iemand tegengekomen op weg naar Carcassona?' vroeg Pelletier. 'Heeft het nieuws van het bloedbad zich al verbreid?'

'Dat weet ik niet, Messire. Ik heb de hoofdwegen gemeden en de oude passen genomen, door de valleien van Lagrasse. Maar ik heb geen soldaten gezien.'

Burggraaf Trencavel keek naar zijn consuls of zij nog vragen hadden, maar niemand zei iets.

'Goed,' zei hij, en hij draaide zich weer om naar de muzikant. 'Je kunt vertrekken. En nogmaals onze dank.'

Zodra Du Murviel was weggebracht wendde Trencavel zich tot Pelletier. 'Waarom hebben wij geen bericht gekregen? Het is onvoorstelbaar dat er zelfs geen geruchten zijn doorgedrongen! Dat bloedbad is al vier dagen geleden.'

'Als het verhaal van Du Murviel klopt, wie had dat nieuws dan moeten overbrengen?' zei De Cabaret grimmig.

'Maar dan nog,' zei Trencavel, en hij wuifde die opmerking weg. 'Stuur onmiddellijk verse ruiters, zoveel als we kunnen missen. We moeten weten of het kruisleger nog bij Besièrs ligt of al naar het oosten oprukt. Hun overwinning zal ze vleugels geven.'

Iedereen boog toen hij opstond.

'Laat de consuls dit slechte nieuws bekendmaken in de hele *Ciutat*. Ik ga naar de *capèla* Sant-Maria. Stuur mijn vrouw daar ook naartoe.'

Pelletier had het gevoel dat zijn benen in ijzer waren gegoten toen hij de trap beklom naar de woonvleugel. Het leek of er een band om zijn borst knelde die hem het ademen belemmerde.

Alaïs wachtte hem op bij de deur.

'Hebt u het boek?' vroeg ze gretig. Ze schrok toen ze zijn gezicht zag. 'Wat is er? Is er iets gebeurd?'

'In ben nog niet naar de Sant-Nasari geweest, *filha*. Er was nieuws.' Pelletier liet zich zwaar in een stoel vallen.

'Wat voor nieuws?' Hij hoorde de angst in haar stem.

'Besièrs is gevallen,' zei hij. 'Drie, vier dagen geleden. Geen overlevenden.'

Alaïs wankelde naar de bank. 'Allemaal dood?' vroeg ze vol afschuw. 'Ook de vrouwen en kinderen?'

'We staan aan de rand van het verderf,' zei hij. 'Als ze in staat zijn zulke wreedheden te begaan tegen onschuldige...'

Alaïs kwam naast hem zitten. 'Wat gaat er nu gebeuren?' vroeg ze.

Voor het eerst sinds hij zich kon herinneren hoorde Pelletier echte angst in zijn dochters stem. 'We moeten maar afwachten,' zei hij.

Hij voelde dat ze haar adem inhield.

'Maar dat maakt geen verschil voor onze afspraak,' zei ze voorzichtig. 'U geeft me nog steeds toestemming om de Trilogie in veiligheid te brengen.'

'De situatie is veranderd.'

Opeens stond haar gezicht grimmig en vastberaden. 'Met alle respect, *Paire*, maar nu is er nog meer reden om ons te laten gaan. Als we niet snel vertrekken, zullen de boeken gevangen zijn binnen de *Ciutat*. Dat wilt u toch zeker niet?' Ze wachtte even, maar hij antwoordde niet. 'Na alles wat u en Simeon en Esclarmonde hebben opgeofferd – al die jaren van geheimhouding om de boeken veilig te verbergen. Het mag toch niet op het laatste moment nog misgaan?'

'Wat er in Besièrs is gebeurd zal hier niet gebeuren,' verklaarde hij ferm. 'Carcassona kan het beleg doorstaan. Dat weet ik zeker. De boeken zijn veiliger hier.'

Alaïs boog zich naar hem toe en pakte zijn hand. 'U mag uw woord niet breken, ik smeek het u.'

'*Arèst,* Alaïs,' zei hij scherp. 'We weten niet waar het leger is. De tragedie van Besièrs is al oud nieuws. Het is al een paar dagen geleden, hoewel het voor ons nog nieuw is. Hun voorhoede zou al binnen gevechtsafstand van de *Ciutat* kunnen zijn. Als ik je laat gaan, zou ik je doodvonnis tekenen.'

'Maar...'

'Ik verbied het je. Het is te gevaarlijk.'

'Dat risico wil ik nemen.'

'Nee, Alaïs,' riep hij, opeens driftig uit angst. 'Ik wil jou niet offeren. Het is míjn opdracht, niet de jouwe.'

'Ga dan met me mee,' riep ze. 'Vanavond nog. Laten we de boeken nemen en vertrekken, nu het nog kan.'

'Het is te gevaarlijk,' herhaalde hij koppig.

'Dacht u dat ik dat niet wist? Goed, misschien zal onze reis eindigen bij de punt van een Frans zwaard. Maar is het niet beter om te sterven bij een dappere poging dan ons door angst alle moed te laten ontnemen?'

Tot haar verbazing en frustratie zag ze dat hij glimlachte. 'Je onverschrokkenheid siert je, *filha*,' zei hij, al klonk hij verslagen. 'Maar de boeken blijven in de *Ciutat*.'

Alaïs staarde hem verontwaardigd aan, draaide zich om en stormde de kamer uit.

47

Besièrs

Nog twee dagen na hun onverwachte overwinning bij Béziers bleef het kruisleger op de vruchtbare vlakte in de weelderige omgeving van de stad. Het was een wonder dat ze zo'n prijs hadden kunnen bemachtigen met maar zo weinig verliezen. God had geen duidelijker signaal kunnen geven over de rechtmatigheid van hun zaak.

Boven hen rookten de ruïnes van de ooit zo prachtige stad. Grijze as zweefde naar het onwaarschijnlijke blauw van de zomerhemel en verspreidde zich over het verslagen land. Zo nu en dan waren de onmiskenbare geluiden te horen van instortend metselwerk en brekende balken.

De volgende morgen brak het kruisleger zijn kamp op en trok naar het zuiden door het open land, in de richting van de Romeinse stad Narbonne. Voor aan de stoet reed de abt van Cîteaux, geflankeerd door de pauselijke gezanten. Zijn wereldlijk gezag was versterkt door de overwinning op de stad die het had gewaagd om ketters te herbergen. De witte of gouden kruisen op de rug van Gods strijders leken te glinsteren als de duurste stoffen. Elk crucifix ving de stralen van de warme zon.

Het zegevierende leger slingerde zich als een slang door het landschap van zoutpannen, stilstaande poelen en velden met geel struikgewas, verwaaid door de krachtige winden vanuit de Golfe du Lyon. Langs de wegen groeiden wilde druiven, olijven en amandelbomen.

De Franse soldaten, niet gewend aan het extreme klimaat van het zuiden, hadden nog nooit zo'n omgeving meegemaakt. Ze sloegen een kruisje en zagen het als een bewijs dat ze inderdaad een van God verlaten gebied hadden betreden.

Een deputatie onder leiding van de aartsbisschop van Narbonne en de burggraaf van de stad trof de kruisvaarders op de 25ste juli bij Capestang.

Narbonne was een rijke handelshaven aan de Middellandse Zee, hoewel het hart van de stad een eind landinwaarts lag. Met de geruchten over de wreedheden in Béziers nog vers in het geheugen – en met de hoop Narbonne te kunnen behoeden voor hetzelfde lot – waren de Kerk en de staat bereid hun onafhankelijkheid en hun eer te offeren. In het bijzijn van getuigen knielden de bisschop en de burggraaf van Narbonne voor de abt en onderwierpen zich volledig aan de Kerk. Ze beloofden alle bekende ketters aan de pauselijke gezanten uit te leveren, alle eigendommen van Katharen en joden in beslag te nemen en zelfs een belasting op hun bezittingen te betalen om de kruistocht te financieren.

Binnen enkele uren was het verdrag gesloten. Narbonne zou worden gespaard. Nooit was er met zo weinig moeite een oorlogskas binnengehaald.

Als de abt en de pauselijke gezanten verbaasd waren over de haast waarmee de inwoners van Narbonne hun geboorterecht opgaven, lieten ze dat niet merken. Als de mannen die onder het vermiljoenrode vaandel van de graaf van Toulouse marcheerden zich schaamden over het gebrek aan moed van hun streekgenoten, zeiden ze daar niets over.

Het bevel kwam om van koers te veranderen. Ze zouden die nacht buiten Narbonne blijven, om de volgende morgen naar Olonzac op te rukken. Daarna was het maar enkele dagmarsen naar Carcassonne zelf.

De volgende dag gaf de versterkte heuvelstad Azille zich over en opende haar poorten voor de aanvallers. Enkele families werden als ketters ter dood gebracht op een haastig opgerichte brandstapel op het marktplein. De zwarte rook kringelde door de smalle, steile straatjes en over de dikke muren van de stad naar de vlakte beneden.

Eén voor één gaven de kleine *châteaux* en dorpen zich zonder slag of stoot over. Het naburige stadje La Redorte volgde het voorbeeld van Azille, zoals de meeste gehuchten en nederzettingen ertussenin. Andere *places fortes* bleken verlaten.

Het kruisleger nam alles wat het maar wilde uit de uitpuilende graan- en fruitschuren voordat het weer verder trok. Waar het toch op enig verzet stuitte werd dat beantwoord met snelle en gewelddadige represailles. De reputatie van het leger verbreidde zich gestaag, als een kwaadaardige schaduw die zich inktzwart voor hen uitstrekte. De oude band tussen het volk van de oostelijke Languedoc en de Trencavel-dynastie brokkelde langzaam af.

Op de avond voor de feestdag van Sant-Nasari, een week na hun zege bij Béziers, arriveerde de voorhoede bij Trèbes, twee dagen voor de hoofdmacht.

In de loop van de middag werd de atmosfeer steeds vochtiger. Het nevelige middaglicht maakte plaats voor een dreigend grijs. Er klonken een paar donderslagen, gevolgd door een felle bliksemschicht. Toen de kruisvaarders de poort van het stadje binnenreden, die onbewaakt openstond, vielen de eerste regendruppels.

De straten waren onheilspellend verlaten. Iedereen was verdwenen, weggeslopen als spoken of geesten. De hemel was nu paars en inktzwart. Gekneusde wolken joegen langs de horizon. Het volgende moment brak het noodweer los, razend over de vlakte rond de stad, met donderslagen die klonken alsof de hemel zelf explodeerde.

De paarden gleden uit op de natte keitjes. De straten en steegjes veranderden in rivieren. De regen kletterde op de helmen en schilden. Ratten vluchtten de trappen op naar de kerk om een goed heenkomen te zoeken tegen het kolkende water. De toren werd door de bliksem getroffen maar vloog niet in brand.

De soldaten uit het noorden vielen op hun knieën, sloegen een kruis en baden om Gods hulp. In het vlakke land rond Chartres, de velden van Bourgondië of de bossen van Champagne was dit extreme natuurgeweld onbekend.

Net zo snel als het was opgekomen trok het noodweer weer verder, als een log dier. De atmosfeer klaarde op tot een prettige zomermiddag. De kruisvaarders hoorden de klokken van het naburige klooster, die luidden als dank voor het behoud. Ze vatten het op als een teken dat het ergste nu voorbij was, kwamen achter de bomen vandaan en gingen aan het werk. Schildknapen zochten een veilig terrein voor de paarden om te grazen. Bedienden pakten de bezittingen van hun heer uit en gingen op zoek naar droog aanmaakhout voor een vuur.

Het kamp begon vorm te krijgen.

De schemering viel. De hemel was een lappendeken van roze en paars. Toen de laatste witte wolkenflarden waren verdwenen vingen de noorderlingen hun eerste glimp op van de torens van Carcassonne, die opeens aan de horizon opdoemden.

De Cité leek zich te verheffen uit het land zelf: een stenen vesting hoog aan de hemel, die neerkeek op de wereld van de mens. Niets had de kruisvaarders kunnen voorbereiden op deze eerste aanblik van de stad die ze moesten veroveren. Woorden schoten tekort om de pracht ervan te beschrijven.

De Cité was indrukwekkend, magnifiek. Onneembaar.

48

Toen Simeon bijkwam lag hij niet langer in het bos, maar in een soort stal. Hij had een vage herinnering aan een lange reis. Zijn ribben deden nog pijn door het gehobbel van het paard.

De stank was niet te harden, een mengeling van zweet, geiten, vochtig stro en iets wat hij niet kon thuisbrengen: een weeë, zoete lucht, als van rottende bloemen. Er hingen paardentuigen aan de wand en in de hoek bij de deur – die niet hoger kwam dan zijn schouder – stond een hooivork. In de wand er tegenover zaten vijf of zes metalen ringen voor het aanlijnen van beesten.

Simeon keek omlaag. De kap die ze hem over zijn hoofd hadden getrokken lag naast hem op de grond. Zijn handen waren nog vastgebonden, evenals zijn voeten.

Hoestend probeerde hij wat ruwe draden van de stof uit te spuwen terwijl hij zich in zithouding overeind hees. Gekneusd en stijf schuifelde hij langzaam achteruit totdat hij bij de deur kwam. Het duurde even, maar het was een geweldige opluchting om iets stevigs tegen zijn schouders en zijn rug te voelen. Geduldig werkt hij zich omhoog tot hij op zijn benen stond. Zijn hoofd raakte bijna de zoldering. Hij bonsde op de deur. Het hout kreunde en kraakte, maar er zat een grendel aan de buitenkant en de deur ging niet open.

Simeon had geen idee waar hij was, nog ergens in de buurt van Carcassonne of veel verder weg. Flarden van herinneringen kwamen bij hem boven. Eerst was hij te paard door de bossen meegenomen, daarna over een vlakte. Uit zijn beperkte kennis van het terrein leidde hij af dat hij ergens in de buurt van Trèbes zou moeten zijn.

Hij zag een streep licht onder de deur – donkerblauw, nog niet het duister van de avond. Toen hij zijn oor tegen de grond legde hoorde hij het gemompel van zijn cipiers, vlakbij.

Ze wachtten op de komst van iemand anders. Die gedachte deed hem huiveren: het duidelijke bewijs, voorzover nog nodig, dat dit niet zomaar een hinderlaag was.

Simeon schuifelde weer terug naar de andere kant van de stal. Na een tijdje viel hij half in slaap, zakte opzij, schrok wakker en sliep weer door.

Buiten hoorde hij geschreeuw. Simeon opende zijn ogen. Meteen was hij klaarwakker en op zijn hoede. Er klonken geluiden van mannen die overeind krabbelden, gevolgd door een bons toen de zware houten balk voor de deur werd weggeschoven.

Drie schimmige figuren verschenen in de deuropening, afgetekend tegen het zonlicht van buiten. Simeon knipperde met zijn ogen. Hij zag niet veel.

'*Où-est il?*' Waar is hij?

Het was een beschaafde noordelijke stem, kil en autoritair. Het bleef even stil. De toorts werd wat hoger gehouden, totdat het licht over Simeon heen viel, die in de donkere hoek nog steeds met zijn ogen knipperde. 'Breng hem bij me.'

Simeon had nauwelijks de tijd om de man van de hinderlaag te herkennen toen hij bij zijn armen werd gegrepen en op zijn knieën voor de Fransman werd geduwd.

Langzaam keek Simeon op. De man had een mager, wreed gezicht en uitdrukkingsloze ogen met de kleur van vuursteen. Zijn tuniek en zijn broek waren van goede kwaliteit, in noordelijke stijl, hoewel ze geen aanwijzingen gaven over zijn status of positie.

'Waar is het?' vroeg hij.

Simeon tilde zijn hoofd op. 'Wat bedoelt u?' vroeg hij in het Jiddisch.

Hij zag de schop niet aankomen. Een van zijn ribben brak toen hij zijn evenwicht verloor en achterover tuimelde. Ruwe handen onder zijn oksels sleurden hem weer overeind.

'Ik weet wie je bent, jood,' zei de man. 'Speel geen spelletjes met me. Ik zal het je nog één keer vragen. Waar is het boek?'

Simeon tilde opnieuw zijn hoofd op, maar zei niets.

Deze keer kreeg hij de schoen in zijn gezicht. Een geweldige pijn explodeerde in zijn hoofd toen zijn lippen spleten en hij een paar tanden verloor. Hij proefde de scherpe smaak van bloed en slijm op zijn tong en in zijn keel.

'Ik heb jacht op je gemaakt als op een beest, jood,' zei de man. 'Helemaal vanuit Chartres naar Béziers, en toen hier naartoe. Als een beest. Dat heeft me veel tijd gekost en mijn geduld is op.' Hij kwam een stap dichterbij en Simeon zag de haat in zijn grijze, dode ogen. 'Nog één keer: Waar is het boek? Heb je het aan Pelletier gegeven? *C'est ça?*'

Er kwamen twee gedachten bij Simeon op. De eerste was dat hij zelf geen kans meer had. De tweede was dat hij zijn vrienden moest beschermen. Die macht had hij nog. Zijn ogen zaten dicht en bloed verzamelde zich in de gescheurde holten van zijn oogleden.

'Ik heb het recht de naam van mijn aanklager te weten,' zei hij, met lippen die moeite hadden de woorden te vormen. 'Dan kan ik voor u bidden.'

De man kneep zijn ogen tot spleetjes. 'Vergis je niet. Jij zult me vertellen waar je het boek verborgen hebt.'

Hij knikte naar de anderen.

Simeon werd overeind gesleurd. Ze rukten hem zijn kleren van het lijf en smeten hem voorover tegen een kar. Eén man hield zijn handen vast, de andere zijn benen. Simeon hoorde de scherpe knal van het leer voordat de zweep zijn blote rug raakte. Zijn lichaam schokte van pijn. 'Waar is het?' Simeon sloot zijn ogen toen de riem weer door de lucht suisde. 'Is het al in Carcassonne? Of heb je het nog bij je, jood?' schreeuwde de man in het ritme van de slagen. 'Je zult het me vertellen. Jij. Of zij.'

Bloed stroomde uit de striemen op zijn rug. Simeon begon te bidden in de traditie van zijn voorvaderen – oude, heilige woorden in het donker, om zijn aandacht af te leiden van de pijn.

'*Où – est – le – livre?*' herhaalde de man, met een zweepslag bij elk woord.

Het was het laatste wat Simeon hoorde voordat de duisternis hem meenam.

49

De voorhoede van het kruisleger naderde Carcassonne over de weg vanaf Trèbes en kwam op de feestdag van Sant-Nasari binnen het zicht van de stad. De wachtposten op de Tour Pinte staken de vuren aan en de noodklokken werden geluid.

Tegen de avond van de eerste augustus had het Franse kamp aan de overkant van de rivier zich uitgebreid totdat er een tweede stad was ontstaan van tenten, luifels, vaandels en gouden kruisen, glinsterend in de zon. Een stad van edelen uit het noorden. Gascoonse huurlingen, soldaten uit Chartres en Bourgondië en Parijs, sappeurs, boogschutters, priesters en meelopers.

Bij de vespers beklom burggraaf Trencavel de muren, in het gezelschap van Pierre-Roger de Cabaret, Bertrand Pelletier en enkele anderen. In de verte kringelde rook de lucht in. De rivier was een zilveren lint.

'Wat een menigte.'

'Niet meer dan we hadden verwacht, Messire,' antwoordde Pelletier.

'Hoe lang nog totdat de hoofdmacht arriveert, denk je?'

'Moeilijk te zeggen,' zei Pelletier. 'Zo'n groot leger reist maar langzaam. En de hitte zal hen nog vertragen.'

'Vertragen wel,' zei Trencavel. 'Maar tegenhouden niet.'

'We zijn er klaar voor, Messire. De *Ciutat* is goed bevoorraad. De *hourds* zijn gereed om de muren tegen de sappeurs te beschermen; alle zwakke plekken zijn hersteld en versterkt; alle torens zijn bemand.' Pelletier wuifde om zich heen. 'De kabels van de zoutpannen in de rivier zijn doorgehakt en de oogsten verbrand. De Fransen zullen hier weinig vinden om zich in leven te houden.'

Met fonkelende ogen draaide Trencavel zich abrupt om naar De Cabaret.

'Laten we onze paarden zadelen en een uitval doen. Voor de avond, nog voor zonsondergang, rijden we met vierhonderd van onze beste lansiers en zwaardvechters de poort uit om de Fransen van onze hellingen te verjagen. Dat zullen ze niet verwachten. Wat vind je?'

Pelletier kon zich die neiging om als eerste toe te slaan best voorstellen, maar hij wist ook dat het dwaasheid was.

'Er liggen al bataljons op de vlakte, Messire: *routiers*, kleine contingenten van de voorhoede.'

Pierre-Roger de Cabaret was het met hem eens. 'Je moet je mannen niet offeren, Raymond.'

'Maar als wij de eerste klap kunnen toebrengen...'

'We zijn voorbereid op een beleg, Messire, niet op een veldslag. Het garnizoen is sterk. We hebben hier de dapperste, meest ervaren *chevaliers*, die wachten op een kans om zich te bewijzen.'

'Maar...?' zuchtte Trencavel.

'We zouden grote verliezen lijden zonder dat we er iets mee opschieten,' verklaarde hij ferm.

'Uw mensen vertrouwen u en zijn op u gesteld,' zei Pelletier. 'Ze gaan voor u door het vuur, als het nodig is. Maar we kunnen beter afwachten. Laten zij maar in de aanval gaan.'

'Ik vrees dat het mijn trots is die me naar deze plek drijft,' zei Trencavel zacht. 'Om de een of andere reden had ik niet verwacht dat het zo snel zou gaan.' Hij glimlachte. 'Weet je nog, Bertrand, hoe mijn moeder altijd zang en dans organiseerde in het Château? De grootste troubadours en jongleurs kwamen voor haar optreden: Aiméric de Pegulham, Arnaut de Carcassès, zelfs Guilhem Fabre en Bernat Alanham uit Narbonne. Het was altijd feest.'

'Ja, het stond bekend als het mooiste hof van de Pays d'Oc.' Pelletier legde een hand op de schouder van zijn heer. 'En dat zal het ook weer worden.'

De klokken zwegen. Alle ogen waren gericht op burggraaf Trencavel.

Toen hij het woord nam, was Pelletier trots dat elke twijfel uit de stem van zijn heer verdwenen was. Hij was niet langer de jongen die zich zijn jeugd herinnerde, maar de leider aan de vooravond van de strijd.

'Laat de poorten sluiten en barricaderen, Bertrand. En stuur de commandant van het garnizoen naar de donjon. We zullen de Fransen een warm welkom bereiden als ze komen.'

'Moeten we geen versterkingen sturen naar Sant-Vicens, Messire?' opperde De Cabaret. 'Als het kruisleger aanvalt zullen ze daar beginnen. En we mogen onze toegang tot de rivier niet opgeven.'

Trencavel knikte.

Pelletier bleef nog even staan toen de anderen al vertrokken waren. Hij tuurde over het land alsof hij dat beeld in zijn geheugen wilde prenten.

In het noorden zag hij de lage muren van Sant-Vicens, met slechts hier en daar een verdedigingstoren. Als de aanvallers de buitenwijken binnendrongen, zouden ze binnen boogafstand van de Cité-muren kunnen komen, onder dekking van de huizen. De zuidelijke buitenwijk Sant-Miquel zou het langer volhouden.

Carcassonne was inderdaad klaar voor een belegering. Er was voldoende voedsel – brood, kaas, bonen – en ze hadden geiten voor de melk. Maar er leefden te veel mensen binnen de muren en Pelletier maakte zich zorgen over het drinkwater. Op zijn bevel werden alle putten bewaakt en was er een rantsoenering ingesteld.

Toen hij van de Tour Pinte naar de binnenplaats liep dacht Pelletier weer aan Simeon. Twee keer had hij François naar het joodse *quartier* gestuurd om nieuws, maar beide keren was zijn bediende onverrichter zake teruggekomen. Pelletiers ongerustheid groeide met de dag.

Hij wierp een snelle blik over de binnenplaats en besloot dat hij wel een paar uurtjes gemist kon worden.

Haastig liep hij naar de stallen.

Pelletier nam de kortste route, over de vlakte en door het bos, zich bewust van de nabijheid van het vijandelijke legerkamp.

Hoewel het druk was in de joodse wijk, met veel mensen op straat, hing er een onnatuurlijke stilte. Pelletier zag de angst op de gezichten, van jong en oud. De aanval kon elk moment beginnen, zoals iedereen wist. Vrouwen en kinderen keken zenuwachtig naar hem op toen Pelletier door de smalle straatjes reed, speurend naar een teken van hoop op zijn gezicht. Maar hij had hun niets te bieden.

Niemand wist iets over Simeon. Pelletier vond zijn kamer snel genoeg, maar de deur zat op slot. Hij steeg af en klopte aan bij het huis aan de overkant.

'Ik zoek een zekere Simeon,' zei hij tegen de vrouw die angstig opendeed. 'Weet u wie ik bedoel?'

Ze knikte. 'Hij is met de anderen uit Besièrs gekomen.'

'Weet u wanneer u hem voor het laatst gezien hebt?'

'Een paar dagen geleden, voordat we het nieuws uit Besièrs hoorden. Toen ging hij naar Carcassona. Iemand kwam hem ophalen.'

Pelletier fronste. 'Wat voor iemand?'

'Een adellijke bediende. Met oranje haar,' zei ze met opgetrokken neus. 'Simeon scheen hem te kennen.'

Pelletier begreep er niets van. Dat klonk als François, maar hoe kon dat? François had gezegd dat hij hem niet kon vinden.

'Daarna heb ik hem niet meer gezien.'

'Dus u bedoelt dat Simeon niet uit Carcassona is teruggekomen?'

'Als hij verstandig was, is hij daar gebleven. Hij is daar veiliger dan hier.'

'Kan Simeon zijn teruggekomen zonder dat u het hebt gezien?' vroeg hij wanhopig. 'Toen u sliep, misschien? Zodat het u is ontgaan?'

'Kijk dan, Messire,' antwoordde ze, wijzend naar het huis aan de overkant. 'U ziet het zelf. *Vuèg.*' Verlaten.

50

Oriane sloop op haar tenen de gang door naar de kamer van haar zus.

'Alaïs!' Guirande had haar gezegd dat Alaïs weer bij haar vader was, maar Oriane twijfelde. '*Sòrre?*'

Toen er geen antwoord kwam duwde Oriane de deur open en stapte naar binnen. Met de behendigheid van een dief begon ze snel Alaïs' spullen te doorzoeken: flesjes, potjes, kommetjes, haar kleerkast, haar laden met lapjes, parfums en zoetgeurende kruiden. Oriane klopte op Alaïs' kussen en ontdekte een lavendelzakje, dat haar niet interesseerde. Ze zocht uitvoerig onder het bed, maar vond niets anders dan dode insecten en stofnesten.

Toen ze zich weer omdraaide zag ze een zware bruine jachtmantel over de rugleuning van Alaïs' naaistoel hangen. Naald en draad lagen nog op het tafeltje. Opgewonden vroeg Oriane zich af wat haar zus in deze tijd van het jaar met een wintermantel moest. En waarom verstelde ze haar kleren zelf?

Ze pakte de mantel op en voelde meteen iets vreemds. Hij hing scheef. Oriane tilde een hoek op en zag dat er iets in de zoom was genaaid.

Haastig maakte ze het stiksel los, stak haar vingers naar binnen en haalde een klein, rechthoekig voorwerp tevoorschijn dat in linnen was verpakt.

Ze wilde het net bekijken toen ze een geluid hoorde op de gang. Bliksemsnel verborg Oriane het pakje onder haar jurk en hing de mantel weer over de rug van de stoel.

Op dat moment voelde ze een zware hand op haar schouder. Geschrokken keerde ze zich om.

'Wat stelt dit voor?' vroeg een stem.

'Guilhem!' hijgde ze, en ze sloeg een hand tegen haar borst. 'Je laat me schrikken.'

'Wat doe je in de kamer van mijn vrouw, Oriane?'

Oriane stak haar kin vooruit. 'Ik zou jou hetzelfde kunnen vragen.'

In het halfdonker zag ze zijn gezicht verharden en wist dat haar pijl doel getroffen had.

'Ik heb alle recht om hier te zijn, maar jij...' Zijn blik gleed naar de mantel en toen terug naar haar gezicht.

'Wat doe je hier?'

Ze keek hem strak aan. 'Dat zijn jouw zaken niet.'

Guilhem schopte de deur dicht met zijn hiel. 'U vergeet uw plaats, Dame,' zei hij, en hij greep haar pols.

'Wees niet zo dom, Guilhem,' antwoordde ze zacht. 'Doe die deur open. Het zou niet zo mooi zijn als iemand nu binnenkwam en ons hier samen aantrof.'

'Geen spelletjes, Oriane. Ik ben niet in de stemming. En ik laat je niet gaan voordat ik weet wat je hier uitspookt. Heeft hij je soms gestuurd?'

Oriane keek hem oprecht verbaasd aan. 'Ik weet niet wat je bedoelt, Guilhem, dat zweer ik je.'

Zijn vingers groeven zich diep in haar huid. 'Dacht je dat ik het niet had gemerkt, *è*? Ik heb jullie samen gezien, Oriane.'

Ze haalde opgelucht adem. Nu begreep ze de reden voor zijn woede. Als Guilhem haar metgezel niet had herkend, zou ze haar voordeel kunnen doen met het misverstand.

'Laat me los.' Ze probeerde haar pols uit zijn greep te worstelen. 'Als ik me goed herinner, Messire, was u het zelf die zei dat we elkaar niet meer mochten ontmoeten.' Ze gooide haar zwarte haar in haar nek en keek hem met bliksemende ogen aan. 'Dus wat kan het je schelen als ik ergens anders troost zoek? Ik ben niet je eigendom.'

'Wie is hij?'

Oriane dacht snel na. Ze moest een naam vinden die hij zou accepteren. 'Voordat ik je dat vertel, moet je me beloven dat je geen domme dingen zult doen,' zei ze, om tijd te winnen.

'Op dit moment, Dame, bent u niet in een positie om eisen te stellen.'

'Laten we dan in elk geval ergens anders naartoe gaan – naar mijn kamer, of de binnenplaats. Niet hier. Als Alaïs terugkomt...'

Aan zijn gezicht zag Oriane dat ze raak geschoten had. Zijn grootste angst was dat Alaïs zijn ontrouw zou ontdekken.

'Goed,' zei hij schor. Hij opende de deur met zijn vrije hand en nam haar mee de gang door, half duwend, half trekkend. Tegen de tijd dat ze bij haar kamer kwamen had Oriane haar gedachten weer op een rij.

'Laat horen, Dame.'

Starend naar de grond bekende Oriane dat ze zich de attenties van een nieuwe minnaar had laten welgevallen, de zoon van een bondgenoot van de burggraaf. Hij bewonderde haar al lang.

'Is dat de waarheid?' vroeg hij.

'Ik zweer het je, op mijn leven,' fluisterde ze, terwijl ze hem van onder haar betraande wimpers aankeek.

Guilhem vertrouwde het nog steeds niet, maar ze zag nu enige aarzeling in zijn ogen.

'Dat verklaart nog steeds niet wat je in de kamer van mijn vrouw te zoeken had.'

'Ik wilde je reputatie beschermen, dat is alles,' zei ze. 'Ik kwam een van je eigendommen terugbrengen.'

'Wat dan?'

'Mijn echtgenoot had een mannengesp in mijn kamer gevonden.' Ze gaf de vorm aan met haar handen. 'Ongeveer zo groot, en gemaakt van koper en zilver.'

'Zo'n gesp ben ik verloren, ja,' gaf hij toe.

'Jehan was vastbesloten de eigenaar te achterhalen en zijn naam bekend te maken. Ik wist dat hij van jou was, dus heb ik hem maar teruggebracht. Dat leek me de veiligste oplossing.'

Guilhem fronste. 'Waarom heb je die gesp niet gewoon aan mij gegeven?'

'Omdat u me steeds ontloopt, Messire,' zei ze zacht. 'Ik had geen idee wanneer en óf ik je nog zou treffen. En als mensen ons samen hadden gezien, zouden ze misschien hebben vermoed dat we ooit een relatie hadden. Je kunt het wel dom van me vinden, maar ik deed het met de beste bedoelingen.'

Oriane zag dat hij niet overtuigd was, maar niet durfde aan te dringen. Zijn hand ging naar de dolk aan zijn riem.

'Als je ook maar één woord hierover tegen Alaïs zegt,' zei hij, 'dan vermoord ik je, Oriane. God help me als het niet waar is.'

'Van mij zal ze niets horen,' zei Oriane. Toen glimlachte ze. 'Tenzij ik geen keus heb, natuurlijk. Ik moet ook mezelf beschermen. Bovendien…' Ze wachtte even. Guilhem haalde diep adem. 'Bovendien wilde ik je nog om een gunst vragen.'

Hij kneep zijn ogen tot spleetjes. 'En als ik daar geen zin in heb?'

'Ik wil alleen weten of onze vader Alaïs iets van waarde in bewaring heeft gegeven, dat is alles.'

'Dus je vraagt me om mijn eigen vrouw te bespioneren!' zei hij ongelovig. Zijn stem schoot uit. 'Daar komt niets van in, Oriane. En jij doet niets wat haar van streek kan maken, heb je me goed begrepen?'

'O, nou maak *ik* haar van streek? Het is je eigen angst voor ontdekking waardoor je opeens zo bezorgd om haar bent. Je hebt haar zelf bedrogen, al die nachten die je bij me lag, Guilhem. Ik vraag alleen wat informatie. Daar kom ik toch wel achter, met of zonder jouw hulp. Maar als je het me lastig maakt…' Ze liet het dreigement in de lucht hangen.

'Dat zou je niet durven.'

'Het is voor mij geen probleem om Alaïs alles te vertellen wat wij hebben gedaan, alles wat je me in mijn oor hebt gefluisterd, alle cadeautjes die je me hebt gegeven. Ze zou me meteen geloven, Guilhem. Het schuldgevoel staat op je gezicht te lezen.'

Woedend op zichzelf gooide Guilhem de deur open. 'Val dood, Oriane,' zei hij, en hij stormde de gang uit.

Oriane glimlachte. Ze had hem in de val gelokt.

Alaïs had de hele middag naar haar vader gezocht, maar niemand had hem gezien. Ze had zich in de Cité gewaagd, in de hoop om eindelijk met Esclarmonde te kunnen spreken. Maar zij en Sajhë waren uit Sant-Miquel vertrokken en nog niet terug.

Ten slotte, doodmoe en erg ongerust, verdween Alaïs in haar eentje naar haar kamer. Maar ze kon niet slapen. Nerveus en gespannen stak ze een lamp aan en ging aan haar tafel zitten.

Pas toen de klok één uur had geslagen werd ze gewekt door voetstappen buiten de deur. Ze tilde haar hoofd van haar armen op en tuurde met rode ogen in de richting van het geluid.

'Rixende?' fluisterde ze in het donker. 'Ben jij dat?'

'Nee, het is niet Rixende,' zei hij.

'Guilhem?'

Hij stapte de lichtcirkel in, met een aarzelende glimlach, alsof hij niet wist of hij welkom was. 'Vergeef me. Ik had beloofd dat ik weg zou gaan, dat weet ik, maar... mag ik?'

Alaïs ging overeind zitten.

'Ik ben naar de kapel geweest,' zei hij. 'Om te bidden. Maar ik geloof niet dat mijn woorden zijn doorgedrongen.'

Guilhem liet zich op het voeteneind van het bed zakken. Na een korte aarzeling kwam Alaïs naar hem toe. Er scheen hem iets dwars te zitten.

'Kom,' fluisterde ze. 'Laat me je helpen.'

Ze maakte zijn laarzen los en hielp hem met zijn schouderharnas en zijn riem. Het leer en de gesp vielen met een klap op de grond.

'Wat denkt burggraaf Trencavel dat er zal gebeuren?' vroeg ze.

Guilhem liet zich achterover op het bed vallen en sloot zijn ogen. 'Dat het kruisleger eerst Sant-Vicens zal aanvallen en daarna Sant-Miquel, om zo dicht mogelijk bij de muren van de *Ciutat* zelf te komen.'

Alaïs ging naast hem zitten en streek het haar uit zijn gezicht. De aanraking van zijn huid onder haar vingertoppen deed haar huiveren.

'U moet slapen, Messire. U hebt al uw krachten nodig voor de strijd.'

Hij sloeg loom zijn ogen op en glimlachte tegen haar. 'Je zou me kunnen helpen in slaap te komen.'

Alaïs lachte nu ook. Ze boog zich naar haar nachtkastje en pakte een rozemarijnmengsel dat ze daar bewaarde. Toen knielde ze naast hem neer en masseerde het koele smeerseltje in zijn slapen.

'Toen ik vanmiddag op zoek was naar mijn vader ben ik ook nog naar de kamer van mijn zus geweest. Volgens mij was er iemand bij haar.'

'Congost, neem ik aan,' zei hij scherp.

'Ik denk het niet. Hij slaapt nu met de andere schrijvers in de Tour Pinte, voor het geval de burggraaf ze nodig heeft.' Ze wachtte even. 'Ik hoorde gelach.'

Guilhem drukte een vinger tegen haar lippen om haar het zwijgen op te leggen. 'Genoeg over Oriane,' fluisterde hij, terwijl hij zijn handen om haar middel legde en haar naar zich toe trok. Ze proefde de wijn op zijn lippen. 'Je ruikt naar kamille en honing,' zei hij, en hij maakte haar haar los, zodat het als een waterval rond haar gezicht viel.

'*Mon còr.*'

Haar nekhaartjes kwamen overeind door zijn aanraking, zijn huid tegen de hare, zo verbijsterend en intiem. Langzaam, voorzichtig, terwijl hij haar met zijn bruine ogen strak aankeek, trok Guilhem de jurk van haar schouders, tot aan haar middel. Alaïs bewoog zich even en de jurk gleed van het bed op de vloer, als een winterhuid die ze niet langer nodig had.

Guilhem tilde de deken op, zodat ze eronder kon schuiven, en duwde haar naast zich neer, op kussens die nog de herinnering aan zijn aanwezigheid bewaarden. Even bleven ze zo liggen, arm tegen arm, heup tegen heup, haar koude voeten tegen zijn warme been. Toen boog hij zich over haar heen. Alaïs voelde zijn adem, fluisterend over haar huid als een zomerbries. Zijn lippen en zijn tong dansten en gleden over haar borsten. Alaïs hield haar adem in toen hij haar tepel in zijn mond nam, likkend en plagend.

Guilhem tilde zijn hoofd op en keek haar aan, met een half lachje.

Toen, terwijl hij haar nog altijd aankeek, liet hij zich tussen haar naakte benen zakken. Alaïs keek in zijn bruine ogen, strak en ernstig.

'*Mon còr,*' zei hij weer.

Voorzichtig gleed Guilhem in haar, heel langzaam, totdat ze hem helemaal kon voelen. Zo bleef hij even liggen, in haar gevangen, alsof hij rustte.

Alaïs voelde zich sterk en machtig op dat moment, alsof ze alles kon bereiken en alles kon zijn wat ze maar wilde. Een hypnotische, lome warmte verspreidde zich door haar armen en benen, vulde haar tot de rand en verslond haar zinnen. Haar hoofd gonsde, door het bonzen van haar bloed. Ze had geen besef meer van ruimte of tijd. Er bestond niets anders dan Guilhem en de flakkerende schaduwen van de lamp.

Langzaam begon hij te bewegen.

'Alaïs.' Haar naam ontsnapte aan zijn lippen.

Ze legde haar handen op zijn rug, met haar vingers gespreid als de punten van een ster. Ze voelde zijn kracht, de spieren van zijn gebruinde armen en zijn sterke dijen, het zachte haar op zijn borst dat langs haar heen streek. Zijn tong schoot heen en weer tussen haar lippen, heet, nat en hongerig.

Zijn ademhaling ging sneller, luider, opgejaagd door begeerte en verlangen. Alaïs klemde hem tegen zich aan toen hij haar naam uitschreeuwde. Hij schokte, en lag toen stil.

Geleidelijk vervaagde het gebulder in haar hoofd totdat er niets anders meer was dan de stilte van de kamer.

Pas later, toen ze hadden gepraat en beloften hadden gefluisterd in het donker, vielen ze in slaap. De olie brandde op. De vlam van de lamp sputterde en doofde. Alaïs en Guilhem merkten het niet, zoals ze ook niets merkten van de zilveren baan van de maan langs de hemel, of de purperen ochtendschemer die door het raam naar binnen kroop. Ze waren zich enkel bewust van elkaar, zoals ze daar sliepen in elkaars armen, man en vrouw, opnieuw geliefden.

Verzoend. Voldaan.

51

DONDERDAG 7 JULI 2005

Een paar seconden voordat de wekker ging werd Alice wakker en zag dat ze dwars over het bed lag, met papieren om zich heen verspreid.

De familiestamboom was erbij, met haar aantekeningen uit de bibliotheek in Toulouse. Ze grijnsde. Net als in haar studententijd, toen ze voortdurend achter haar bureau in slaap viel.

Maar ze vond het niet erg. Ondanks de inbraak van de vorige avond was ze deze ochtend in een goed humeur. Tevreden. Gelukkig, zelfs.

Alice strekte haar nek en haar armen en stond op om de luiken en het raam te openen. De hemel vertoonde bleke lichtstrepen tussen wat platte witte wolken. De hellingen van de Cité lagen in de schaduw en de grasvelden onder de muren glinsterden van de ochtenddauw. De hemel boven de torens was blauw als zijde. Winterkoninkjes en leeuweriken zongen elkaar toe over de daken. Overal waren de sporen van het noodweer nog te zien: vuilnis dat tegen de leuningen was gewaaid, kletsnatte dozen die op hun kop achter het hotel stonden, kranten die aan de voet van de straatlantaarns bijeen waren gedreven.

Alice vond het niet prettig om uit Carcassonne te vertrekken, alsof dat de zaak zou overhaasten. Maar ze moest iets doen en op dit moment was Chartres haar enige connectie met Shelagh.

Het was een mooie dag voor een autorit.

Terwijl ze haar papieren inpakte, moest ze toegeven dat het ook een praktische beslissing was. Ze had geen zin om hier als willoos slachtoffer te blijven wachten tot de inbreker van de vorige avond zou terugkomen.

Beneden gekomen zei ze tegen de receptioniste dat ze een dagje de stad uit ging maar haar kamer wilde aanhouden.

'Er zit een dame op u te wachten, Madame,' zei het meisje, wijzend naar de lounge. 'Ik wilde net uw kamer bellen.'

'O?' Alice draaide zich om en keek. 'Zei ze ook waar ze voor kwam?'

De receptioniste schudde haar hoofd.

'Oké, bedankt.'

'En dit is vanochtend voor u gekomen.' Het meisje gaf haar een brief. Alice wierp een blik op het poststempel. Hij was de vorige dag in Foix gepost. Het handschrift kende ze niet. Ze wilde hem net openmaken toen de vrouw uit de lounge naar haar toe kwam.

'Dr. Tanner?' vroeg ze, duidelijk nerveus.

Alice stak de brief in de zak van haar jasje om hem later te lezen. 'Ja?'

'Ik heb een boodschap voor u van Audric Baillard. Hij laat vragen of u hem op het kerkhof kunt ontmoeten.'

De vrouw kwam haar vaag bekend voor, maar Alice kon haar niet onmiddellijk plaatsen.

'Ken ik u ergens van?' vroeg ze.

De vrouw aarzelde. 'Van Daniel Delagarde,' zei ze haastig. 'Het notariskantoor.'

Alice keek nog eens. Ze kon zich haar niet herinneren, maar er hadden heel wat mensen in het centrale kantoor gezeten.

'Monsieur Baillard wacht op u bij de graftombe van Giraud-Biau.'

'O ja?' vroeg Alice. 'En waarom is hij zelf niet naar het hotel gekomen?'

'Ik moet weer weg.'

De vrouw draaide zich schielijk om en verdween. Alice staarde haar stomverbaasd na. Toen keek ze vragend naar de receptioniste, die haar schouders ophaalde.

Alice keek op haar horloge. Ze wilde eigenlijk weg. Het was nog een heel eind rijden. Aan de andere kant maakten die tien minuten ook niet veel uit.

'*A demain,*' zei ze tegen de receptioniste, maar die was alweer bezig met haar werk – wat het ook was.

Alice maakte een omweg om haar rugzak in de auto te leggen en haastte zich toen naar het kerkhof, een beetje geïrriteerd.

De sfeer veranderde meteen zodra Alice door het hoge ijzeren hek stapte. De ochtenddrukte van de ontwakende Cité maakte plaats voor een diepe stilte.

Rechts zag ze een laag, witgepleisterd gebouw. Aan de muur hing een rij zwartgroene plastic gieters aan haken. Alice tuurde door een raam naar binnen. Een oud jasje hing over de rug van een stoel en op de tafel lag een opengeslagen krant, alsof iemand net naar buiten was gegaan.

Langzaam liep ze het middenpad over, plotseling op haar hoede. De atmosfeer benauwde haar: grijze gebeeldhouwde grafstenen, witte porseleinen cameo's, inscripties in zwart graniet, geboorte- en sterfdata, rustplaatsen die door plaatselijke families waren gekocht om *à perpétuité* hun verscheiden te herdenken. Foto's van mensen die jong gestorven waren wedijverden met de verdiensten van de ouderen. Bij veel graven lagen bloemen, sommige echt en verlept, andere van zijde, plastic of porselein.

Met behulp van de aanwijzingen van Karen Fleury had Alice het graf van Giraud-Biau snel gevonden. Het was een grote, platte graftombe, aan het eind van het middenpad, bekroond door een stenen engel met gespreide armen en dichtgevouwen vleugels.

Ze keek om zich heen. Geen spoor van Baillard.

Alice streek met haar vingers over het graf. Hier lagen de meeste familieleden van Jeanne Giraud, een vrouw van wie ze niets anders wist dan dat ze de schakel vormde tussen Audric Baillard en Grace. Nu pas, toen ze naar de gebeitelde namen van die ene familie tuurde, besefte Alice hoe merkwaardig het was dat haar tante hier lag.

Voetstappen op een van de zijpaden trokken haar aandacht. Ze keek op, in de verwachting de oude man van de foto te zien.

'Dr. Tanner?'

Het waren twee mannen, allebei in een licht zomerpak, allebei met donker haar en een zonnebril.

'Ja?'

De kleinste van de twee liet haar vluchtig een penning zien.

'Politie. We hebben een paar vragen voor u.'

Alice voelde een steek in haar maag. 'Waarover?'

'Het duurt niet lang, *Madame*.'

'Mag ik uw legitimatie zien?'

Hij tastte in zijn borstzak en haalde een pasje tevoorschijn. Alice had geen idee of het echt was, maar het pistool in de schouderholster onder het jasje zag er echt genoeg uit. Ze voelde haar hart in haar keel bonzen.

Ze deed alsof ze het pasje bestudeerde, terwijl ze tegelijkertijd een blik over het kerkhof wierp. Er was niemand in de buurt. Alle paden waren verlaten.

'Waar gaat het over?' vroeg ze weer, zo rustig mogelijk.

'Wilt u even met ons meekomen?'

Ze kunnen toch niets beginnen op klaarlichte dag?

Te laat besefte Alice waarom ze de vrouw die haar het bericht was komen brengen vaag had herkend. Ze leek op de man van wie ze de vorige avond een glimp had opgevangen in haar kamer. *Deze man.*

Uit haar ooghoek zag Alice een betonnen trap die afdaalde naar het nieuwste gedeelte van de begraafplaats. Verderop was een hek.

Hij legde een hand op haar arm. '*Maintenant, dr. Tan...*'

Alice schoot weg, als een sprinter uit het startblok. De mannen waren totaal verrast en reageerden te traag. Ze schreeuwden iets, maar Alice was de trap al af en stormde het hek door naar de Chemin des Anglais.

Een auto die moeizaam de heuvel beklom remde met piepende banden. Alice hield niet in. Ze klom over een wankel boerenhek en rende door een kleine wijngaard, half struikelend over de omgeploegde aarde. Ze voelde dat de mannen haar begonnen in te halen. Het bloed gonsde in haar oren en haar beenspieren stonden strak als pianosnaren, maar ze gaf niet op.

Onder aan het veld was een ijzeren hek met smalle mazen, te hoog om overheen te springen. In paniek keek ze om zich heen en zag een opening in de hoek. Ze dook naar de grond en kroop op haar buik over de scherpe stenen, die in haar handen en knieën sneden. Haar jasje bleef achter de rand van het gat haken en hield haar vast als een vlieg in een spinnenweb. Met een bovenmenselijke inspanning rukte ze zich los en liet een strook blauwe spijkerstof aan het hek achter.

Ze kwam uit in een moestuin met lange rijen hoge bamboerekken met aubergines, courgettes en prinsessenbonen, die haar aan het zicht onttrokken. Gebukt en zigzaggend rende Alice de moestuin door, naar de beschutting van een paar schuurtjes. Een grote mastiff aan een zware ijzeren ketting sprong op haar af toen ze de hoek om kwam, woest blaffend en happend met zijn gemene kaken. Ze onderdrukte een kreet en deinsde terug.

De voorkant van de boerderij kwam rechtstreeks uit op de drukke hoofdweg aan de voet van de heuvel. Toen ze eenmaal de stoep had bereikt gunde ze zich een blik over haar schouder. Het erf achter haar was verlaten. Ze hadden de achtervolging opgegeven.

Alice steunde haar handen op haar knieën, hijgend van uitputting en opluchting, en wachtte tot de spierkrampen in haar armen en benen wat minder werden. Ondertussen dacht ze bliksemsnel na.

Wat moet je nu? De mannen zouden naar haar hotel gaan om haar daar op te wachten. Ze kon dus niet terug. Ze voelde in haar zak. Gelukkig was ze in haar paniek niet haar autosleuteltjes verloren. En haar rugzak lag onder de voorstoel.

Je moet Noubel bellen.

Alice wist dat ze een briefje met Noubels nummer in haar rugzak had. Ze klopte het stof van haar kleren. Haar jeans zaten onder het zand en een van de knieën was gescheurd. Haar enige kans was naar de auto teruggaan en hopen dat ze daar niet stonden te wachten.

Alice liep snel de Rue Barbarcane door en draaide haar hoofd af bij elke auto die passeerde. Ze kwam langs de kerk en stak een stuk af via een smalle straat, de Rue de la Gaffe.

Door wie waren ze gestuurd?

Haastig liep ze verder, in de schaduw. Het was moeilijk te zien waar het ene huis eindigde en het andere begon. Opeens kwamen haar nekharen overeind. Ze bleef staan en keek naar een leuk huis met gele muren rechts van haar, in de verwachting dat iemand haar vanuit de deuropening in de gaten hield. Maar de deur zat stevig dicht en de luiken waren gesloten. Na een korte aarzeling liep ze weer door.

Moest ze zich bedenken over haar rit naar Chartres?

De bevestiging dat ze in gevaar verkeerde en het zich niet had ingebeeld, sterkte haar in haar besluit. Hoe langer ze erover nadacht, des te meer ze ervan overtuigd raakte dat Authié erachter zat. Hij dacht dat zij de ring gestolen had en was blijkbaar tot alles bereid om hem in handen te krijgen.

Bel Noubel.

Weer negeerde ze haar eigen advies. Tot nu toe had de inspecteur helemaal niets voor haar gedaan. En inmiddels was er een politieman doodgereden en werd Shelagh vermist. Ze kon maar beter op zichzelf vertrouwen en op niemand anders.

Alice kwam bij de trap van de Rue Trivalle naar de achterkant van de parkeerplaats. Als ze haar opwachtten, redeneerde ze, zouden ze waarschijnlijk aan de voorkant staan.

De treden waren steil en aan deze kant was er een hoge muur, waardoor ze zelf niets kon zien maar wel zichtbaar was voor iedereen die van bovenaf omlaag keek. Als ze er stonden, zou ze hen pas zien als het te laat was.

Maar één manier om erachter te komen.

Alice haalde diep adem en rende de trap op met de kracht van de adrenaline die door haar aderen pompte. Boven gekomen bleef ze staan en keek om zich heen. Er waren een paar bussen en auto's, maar niet veel mensen.

Haar auto stond nog waar ze hem had achtergelaten. Zoveel mogelijk gebukt zigzagde ze tussen de geparkeerde auto's door. Haar handen trilden toen ze achter het stuur schoof. Elk moment verwachtte ze de mannen te zien opduiken. Ze hoorde hun roepende stemmen nog in haar hoofd. Zodra ze zat, sloot ze de portieren af en ramde het sleuteltje in het contact.

Haar ogen gingen schichtig alle kanten op en haar knokkels lagen wit weggetrokken om het stuur. Ze wachtte op een camper die vertrok. Zodra de bewaker de slagboom omhoog trok, gaf ze gas en schoot veel te snel over het asfalt, recht op de uitgang af. De bewaker schreeuwde iets en sprong achteruit, maar Alice lette er niet op.

Ze reed door.

52

Audric Baillard stond op het perron van Foix, samen met Jeanne, wachtend op de trein naar Andorra.

'Nog tien minuten,' zei Jeanne met een blik op haar horloge. 'Het is nog niet te laat om van gedachten te veranderen en met mij mee te komen.'

Hij glimlachte om haar vasthoudendheid. 'Je weet dat dat niet gaat.'

Ze maakte een ongeduldig gebaar. 'Je hebt er dertig jaar over gedaan om hun verhaal te vertellen, Audric. Alaïs, haar zuster, haar vader, haar man... je hebt je hele leven doorgebracht in hun gezelschap.' Er kwam een mildere klank in haar stem. 'Maar hoe zit het met de levenden?'

'Hun leven is mijn leven, Jeanne,' zei hij met rustige waardigheid. 'Woorden zijn onze enige wapens tegen de leugens van de geschiedenis. Wij moeten getuigen van de waarheid, anders zullen onze geliefden twee keer sterven.' Hij zweeg. 'Ik zal geen rust vinden totdat ik weet hoe het geëindigd is.'

'Na achthonderd jaar? De waarheid ligt misschien te diep begraven.' Jeanne aarzelde. 'En wellicht is dat het beste. Sommige geheimen kunnen beter verborgen blijven.'

Baillard tuurde naar de bergen. 'Het spijt me dat ik zoveel verdriet in je leven heb gebracht, dat weet je.'

'Dat is niet wat ik bedoelde, Audric.'

'Maar de waarheid ontdekken en vastleggen, Jeanne,' vervolgde hij, alsof hij haar niet gehoord had. 'Dat is waar ik voor leef.'

'De waarheid! Maar je vijanden, Audric? Wat zoeken zij? De waarheid? Dat betwijfel ik.'

'Nee,' gaf hij ten slotte toe. 'Ik denk niet dat het hen daarom te doen is.'

'Waarom dan wel?' zei ze ongeduldig. 'Ik zal vertrekken, zoals je me hebt gezegd. Wat kan het voor kwaad om het me nu te vertellen?'

Hij aarzelde nog steeds.

Jeanne drong aan. 'Zijn de *Noublesso Véritable* en de *Noublesso de los Seres* niet verschillende namen voor een en dezelfde organisatie?'

'Nee.' Het klonk heftiger dan hij het bedoelde. 'Nee.'

'Wat dan?'

Audric zuchtte. 'De *Noublesso de los Seres* waren de aangewezen bewaarders van de Graalgeschriften. Duizenden jaren hebben ze die rol vervuld, totdat de perkamenten van elkaar werden gescheiden.' Hij wachtte even en koos met zorg zijn woorden. 'De *Noublesso Véritable* is pas honderdvijftig jaar geleden ontstaan, toen de verloren taal van de perkamenten opnieuw begrepen werd. De naam *Véritable* – verwijzend naar de "echte" bewaarders – was een bewuste poging om de organisatie een legitieme basis te geven.'

'Dus de *Noublesso de los Seres* bestaat niet meer?'

Audric schudde zijn hoofd. 'Toen de Trilogie gescheiden was hadden de bewaarders geen reden van bestaan meer.'

Jeanne fronste. 'Maar hebben ze dan niet geprobeerd de verloren perkamenten terug te krijgen?'

'Aanvankelijk wel,' gaf hij toe, 'maar tevergeefs. En na verloop van tijd werd het een nutteloze strijd om dat ene overgebleven perkament te offeren om de andere twee terug te krijgen. Omdat niemand meer in staat was de teksten te lezen kon het geheim toch niet worden ontsluierd. Slechts één persoon...' Baillard zweeg. Hij voelde Jeannes ogen op zich gericht. 'De enige die de perkamenten kon lezen wilde die kennis niet doorgeven.'

'Maar toen veranderde er iets?'

'De eerste eeuwen niet. Maar in 1798 trok keizer Napoleon naar Egypte, met een leger waaraan ook wetenschappers waren verbonden. Zij ontdekten daar de restanten van de oude beschavingen die dat gebied duizenden jaren hadden geregeerd. Honderden voorwerpen, heilige tabletten en stenen werden naar Frankrijk meegenomen. Vanaf dat moment was het nog slechts een kwestie van tijd voordat de oude talen – demotisch, spijkerschrift, hiërogliefen – werden ontcijferd. Zoals je weet was Jean-François Champollion de eerste die besefte dat de hiërogliefen niet als symbolen of schrifttekens moesten worden gelezen, maar als een fonetisch schrift. In 1822 kraakte hij de code, populair gezegd. De oude Egyptenaren beschouwden het schrift als een geschenk van de goden. Het woord "hiëroglief" betekent ook "goddelijke spraak".'

'Maar als de Graalperkamenten zijn geschreven in de taal van het oude Egypte...' Jeanne dacht na. 'Als jij beweert wat ik dénk dat jij beweert, Audric...' Ze schudde haar hoofd. 'Dat zo'n genootschap als de *Noublesso* bestond, kan ik accepteren. Dat zij ervan uitgingen dat de Trilogie een oud geheim bevatte... goed. Maar de rest? Onvoorstelbaar.'

Audric glimlachte. 'Hoe kun je een geheim beter bewaren dan door het te verbergen onder een ander? Beschavingen overleven door zich de machtige symbolen en ideeën van anderen toe te eigenen en te absorberen.'

'Wat bedoel je?'

'Mensen graven naar de waarheid en denken dat ze die gevonden hebben. Dan stoppen ze ermee, omdat ze niet op de gedachte komen dat er daaronder nog iets veel verbazingwekkenders te vinden is. De geschiedenis wemelt van de religieuze, ritualistische en sociale elementen die van de ene maatschappij zijn gestolen om een andere te helpen opbouwen. De dag waarop de christenen de geboorte van Jezus de Nazarener vieren, 25 december, is in werkelijkheid het feest van Sol Invictus, maar ook de winterzonnewende. Net als de Graal is het christelijke kruis in feite een oud Egyptisch symbool, de *ankh*, dat door keizer Constantijn is overgenomen en aangepast. De woorden "*in hoc signo vinces*", "met dit symbool zult gij overwinnen", zou hij hebben gesproken toen hij een symbool in de vorm van een kruis aan de hemel zag. In het recente verleden hebben de volgelingen van het Derde Rijk het hakenkruis geadopteerd voor hun beweging. Oorspronkelijk is het een oud hindoesymbool van de wedergeboorte.'

'Het labyrint,' zei Jeanne begrijpend.

'*L'antica simbol del Mièjorn.*' Het oude symbool van de Midi.

Jeanne was op een bankje gaan zitten, met haar handen in haar schoot gevouwen en haar enkels gekruist, diep in gedachten. 'En nu?' vroeg ze ten slotte.

'Toen de grot werd geopend was het nog slechts een kwestie van tijd, Jeanne,' zei hij. 'En ik ben niet de enige die dat weet.'

'Maar de Duitsers hebben in de oorlog ook al gegraven in de Sabarthèsbergen,' zei ze. 'De Graaljagers van de nazi's kenden het gerucht dat de schat van de Katharen ergens in de bergen verborgen moest liggen. Ze zijn jaren bezig geweest en hebben alle mogelijke plekken van esoterisch belang onderzocht. Als deze grot zo belangrijk is, waarom hebben ze hem dan niet zestig jaar geleden al ontdekt?'

'Daar hebben wij wel voor gezorgd.'

'Was je er dan bij?' vroeg ze, met een scherpe klank van verrassing in haar stem.

Baillard glimlachte. 'Er zijn conflicten binnen de *Noublesso Véritable*,' ontweek hij haar vraag. 'Die organisatie staat onder leiding van een vrouw, Marie-Cécile de l'Oradore. Zij gelooft in de Graal en wil hem in handen krijgen. Zij is de zoektocht toegedaan.' Hij zweeg een moment. 'Maar er is nog een ander binnen die groep.' Er gleed een sombere uitdrukking over zijn gezicht. 'Iemand met heel andere motieven.'

'Je moet met inspecteur Noubel spreken,' zei ze heftig.

'Maar stel dat hij ook voor hen werkt, zoals ik al zei? Nee, dat risico is te groot.'

Een schril gefluit verscheurde de stilte van het station. Ze draaiden zich allebei om toen de trein binnenliep, met knarsende remmen. Het gesprek was voorbij.

'Ik wil je hier niet alleen achterlaten, Audric.'

'Ik weet het,' zei hij, terwijl hij haar hielp instappen. 'Maar zo moet het nu eenmaal eindigen.'

'Eindigen?'

Ze schoof het raampje omlaag en pakte zijn hand. 'Wees voorzichtig. Waag niet te veel van jezelf.'

Overal langs het perron werden de zware deuren dichtgeslagen, en de trein kwam weer in beweging, eerst nog langzaam, maar toen sneller, totdat hij in de plooien van de bergen verdween.

53

Shelagh voelde dat er iemand bij haar in de kamer was.

Ze probeerde haar hoofd op te tillen. Ze was misselijk. Ze had een droge mond en hoorde een dof gebons in haar hoofd, als het monotone zoemen van een airco. Ze kon zich niet bewegen. Het duurde een paar seconden voordat ze besefte dat ze nu op een stoel zat, met haar armen strak op haar rug getrokken en haar enkels aan de houten stoelpoten gebonden.

Iemand bewoog zich. De kale vloerplanken kraakten.

'Wie is daar?'

Haar handen waren vochtig van angst en een straaltje zweet liep over haar rug. Met moeite opende Shelagh haar ogen, maar nog steeds kon ze niets zien. In paniek schudde ze haar hoofd en knipperde met haar ogen om het licht terug te brengen. Opeens begreep ze het. De kap zat weer over haar hoofd. Hij rook naar aarde en schimmel.

Was ze nog in de boerderij? Ze herinnerde zich de naald en de verrassing van de scherpe injectie. Dezelfde man die haar eten had gebracht. Er zou toch wel iemand komen om haar te redden? Ja, toch?

'Wie is daar?' Er kwam geen antwoord, hoewel ze hun nabijheid voelde. Er hing een zware lucht van aftershave en sigaretten. 'Wat willen jullie?'

De deur ging open. Voetstappen. Shelagh voelde de verandering in atmosfeer. Haar instinct tot zelfbehoud nam het over en ze begon te worstelen om zich te bevrijden. Maar daardoor kwam het touw juist strakker te zitten en werd de druk op haar schouders nog groter en pijnlijker.

De deur viel dicht met een zware, onheilspellende klap.

Shelagh zat weer stil. Toen hoorde ze het geluid van iemand die naar haar toe kwam. Steeds dichterbij. Ze leunde naar achteren op haar stoel. De man bleef recht voor haar staan. Ze voelde hoe ze ineenkromp, alsof er duizenden kleine draadjes aan haar huid trokken. De man liep een paar keer om haar stoel, als een roofdier dat om zijn prooi cirkelde, en legde toen zijn handen op haar schouders.

'Wie bent u? Doe tenminste mijn blinddoek af. Alstublieft.'

'We moeten nog eens praten, dr. O'Donnell.'

De bekende stem, koud en exact, sneed als een mes door haar heen. Eigenlijk had ze hem wel verwacht. En gevreesd.

Opeens rukte hij de stoel naar achteren.

Shelagh gilde toen ze achterover viel, zonder dat ze er iets aan kon doen.

Maar ze raakte de grond niet. Op het laatste moment ving hij haar op. Ze lag bijna vlak, met haar hoofd naar achteren en haar voeten in de lucht.

'U bent niet in een positie om gunsten te vragen, dr. O'Donnell.'

Hij hield haar in die stand, voor haar gevoel wel uren. Toen, zonder enige waarschuwing, zette hij de stoel weer overeind. Shelaghs nek klapte naar voren door de kracht. Ze raakte gedesoriënteerd, als een kind dat blindemannetje speelde.

'Voor wie werkt u, dr. O'Donnell?'

'Ik krijg geen adem,' fluisterde ze.

Dat negeerde hij. Ze hoorde dat hij met zijn vingers knipte. Toen het geluid van een andere stoel, die tegenover haar werd gezet. Hij ging zitten en trok haar naar zich toe, zodat zijn knieën tegen haar dijen drukten.

'Laten we nog eens teruggaan naar maandagmiddag. Waarom liet u uw vriendin op dat deel van het terrein zoeken?'

'Alice heeft er niets mee te maken,' riep ze. 'Ik heb haar niet gezegd dat ze daar moest werken. Dat was haar eigen idee. Ik wist het niet eens. Het was gewoon een vergissing. Zij weet nergens van.'

'Vertel me dan wat *jíj* weet, Shelagh.' Haar naam op zijn lippen klonk als een dreigement.

'Ik weet helemaal niets!' riep ze. 'Ik heb u alles op maandag al verteld.'

De klap kwam uit het niets. Zijn hand raakte haar rechterwang. Haar hoofd knakte naar achteren. Shelagh proefde bloed in haar mond. Het spoelde over haar tong en druppelde in haar keel.

'Heeft je vriendin de ring meegenomen?' vroeg hij toonloos.

'Nee. Nee! Dat zweer ik.'

Hij kneep nog harder. 'Wie dan wel? Jijzelf? Je bent lang genoeg met de skeletten alleen geweest, zei dr. Tanner.'

'Waarom zou ik hem hebben meegenomen? Hij is voor mij niets waard.'

'Hoe weet je zo zeker dat dr. Tanner hem niet heeft gepikt?'

'Dat zou ze nooit hebben gedaan. Echt niet!' riep ze. 'Een heleboel andere mensen zitten er ook achteraan. Iedereen kan hem hebben gestolen. Dr. Brayling, de politie...' Shelagh zweeg abrupt.

'Zoals je zegt: de politie,' beaamde hij. Ze hield haar adem in. 'Iemand van hen had de ring ook kunnen meenemen. Yves Biau, bijvoorbeeld.'

Shelagh verstijfde. Ze hoorde zijn ademhaling, rustig en beheerst. Hij wist het.

'De ring was er niet.'

Hij zuchtte. 'Heeft Biau je de ring gegeven? Voor je vriendin?'

'Ik weet niet wat u bedoelt,' zei ze met moeite.

Hij sloeg haar weer, nu met zijn vuist, niet met de vlakke hand. Bloed spoot uit haar neus en stroomde over haar kin.

'Wat ik niet begrijp,' zei hij, alsof er niets gebeurd was, 'is waarom hij u ook het boek niet heeft gegeven, dr. O'Donnell.'

'Hij heeft me helemaal niets gegeven,' hijgde ze.

'Dr. Brayling zegt dat u op maandagavond uit het huis bent vertrokken met een tas.'

'Dat liegt hij.'

'Voor wie werkt u?' vroeg hij zacht en vriendelijk. 'Dan houdt dit eindelijk op. Als uw vriendin er niet bij betrokken is, hoeft haar niets te overkomen.'

'Dat is ze niet!' jammerde Shelagh. 'Alice weet niet…'

Shelagh deinsde terug toen hij zijn hand tegen haar keel legde en haar streelde, eerst als een spottende liefkozing, maar toen begon hij te knijpen, steeds harder, totdat ze het gevoel had dat er een ijzeren band om haar hals werd strakgetrokken. Ze schudde met haar hoofd om lucht te krijgen, maar hij was te sterk.

'Werkten u en Biau allebei voor haar?' vroeg hij.

Op het moment dat ze het bewustzijn dreigde te verliezen liet hij haar los. Ze voelde dat hij aan de knoopjes van haar blouse prutste en ze losmaakte, één voor één.

'Wat doet u?' fluisterde ze, en ze kromp ineen bij zijn kille, klinische aanraking van haar huid.

'Niemand zoekt u.' Er klonk een klik en Shelagh rook aanstekerbenzine.

'Er zal niemand komen.'

'Alstublieft, doe me niets…'

'Werkten u en Biau samen?'

Ze knikte.

'Voor Madame de l'Oradore?'

Ze knikte weer. 'Voor haar zoon,' zei ze met verstikte stem. 'François-Baptiste. Ik heb alleen hem maar gesproken…'

Ze voelde het vlammetje vlak bij haar huid.

'En het boek?'

'Dat kon ik niet vinden. Yves ook niet.'

Ze voelde dat hij reageerde. Toen trok hij zijn hand terug.

'Waarom is Biau dan naar Foix gegaan? U weet dat hij naar dr. Tanners hotel is geweest?'

Shelagh probeerde haar hoofd te schudden, maar dat veroorzaakte scheuten van pijn door haar hele lichaam.

'Hij heeft haar iets gegeven.'

'Niet het boek,' zei ze hees.

Voordat ze verder kon gaan ging de deur open en hoorde ze gedempte stemmen op de gang. Ze rook de combinatie van aftershave en zweet.

'Hoe had u het boek aan Madame de l'Oradore moeten geven?'

'Via François-Baptiste.' Spreken deed pijn. 'Ik zou hem ontmoeten op de Pic de... Ik moest een nummer bellen.' Ze schrok van zijn hand op haar borst.

'Nee, niet...'

'Ziet u hoeveel gemakkelijker het gaat als u meewerkt? Zo meteen gaat u dat nummer bellen.'

Shelagh probeerde in doodsangst haar hoofd te schudden. 'Als ze ontdekken dat ik het u heb verteld zullen ze me vermoorden.'

'En ik zal u en Mademoiselle Tanner vermoorden als u het *niet* doet,' zei hij rustig. 'Kiest u maar.'

Shelagh wist niet of hij Alice ook in handen had – of ze veilig was of ook hier ergens zat.

'Hij verwacht toch dat u zult bellen als u het boek hebt?'

Shelagh had niet langer de moed om te liegen. Ze knikte. 'Maar ze zijn meer geïnteresseerd in een klein schijfje, net zo groot als de ring, dan in de ring zelf.'

Tot haar ontsteltenis besefte Shelagh dat ze hem het enige had verteld wat hij nog niet wist.

'Waar is dat schijfje voor?' wilde hij weten.

'Geen idee.'

Shelagh hoorde zichzelf schreeuwen toen het vlammetje langs haar huid likte.

'Waar – is – het – voor?' herhaalde hij, zonder enige emotie in zijn stem. Opeens werd ze ijskoud. Ze rook de afschuwelijke, weezoete lucht van brandend vlees.

Ze kon niet langer het ene woord van het andere onderscheiden. De pijn nam haar mee. Ze begon te zweven, en toen te vallen. Haar nek werd slap.

'Ze valt flauw. Haal die kap van haar hoofd.'

De zak werd van haar hoofd getrokken en bleef haken achter de ruwe randen van haar gebarsten huid.

'Past in de ring...'

Haar stem klonk alsof ze onderwater sprak. 'Als een sleutel. Van het labyrint...'

'Wie weet hier verder nog van?' schreeuwde hij tegen haar, maar ze wist dat hij haar niet meer kon bereiken. Haar kin zakte op haar borst. Hij rukte haar hoofd naar achteren. Een van haar ogen zat dicht en was opgezwollen, maar het andere knipperde open. Het enige wat ze nog zag was een zee van vage gezichten, waarop ze maar moeilijk scherp kon stellen. 'Ze beseft het niet...'

'Wie?' vroeg hij. 'Madame de l'Oradore? Jeanne Giraud?'

'Alice,' fluisterde ze.

54

Alice kwam laat in de middag in Chartres aan. Ze vond een hotel, kocht een plattegrond en ging onmiddellijk naar het adres dat ze via Inlichtingen had gekregen. Verbaasd keek ze omhoog naar het mooie oude huis met zijn glanzende koperen klopper en brievenbus en de fraaie bloemen en planten in de plantenbakken voor de vensterbanken en aan weerskanten van de ingang. Alice kon zich niet voorstellen dat Shelagh hier logeerde.

Wat moet je in vredesnaam zeggen als er iemand opendoet?

Alice haalde diep adem, beklom de treden en belde aan. Geen reactie. Ze wachtte een tijdje, deed een stap terug en keek omhoog naar de ramen. Toen probeerde ze het nog eens. Ze belde het nummer op haar mobieltje. Even later hoorde ze een telefoon overgaan in het huis.

In elk geval klopte het adres.

Het was een anticlimax, maar ook een opluchting, als ze heel eerlijk was. De confrontatie, als het dat werd, kon wel even wachten.

Op het plein voor de kathedraal wemelde het van de toeristen, gewapend met camera's, en gidsen die vlaggetjes of kleurige paraplu's omhooghielden. Gedisciplineerde Duitsers, stijve Engelsen, flamboyante Italianen, rustige Japanners, geestdriftige Amerikanen. En alle kinderen keken verveeld.

Op een gegeven moment tijdens de lange rit naar het noorden had Alice de hoop opgegeven dat ze iets wijzer zou kunnen worden van het labyrint van Chartres. De connectie – de grot op de Pic de Soularac, Grace Tanner, zijzelf – leek zo voor de hand liggend dat het juist daardoor onwaarschijnlijk werd. Ze had half het gevoel dat iemand een dwaalspoor voor haar had uitgezet.

Toch kocht Alice een kaartje en sloot zich aan bij een Engelstalige rondleiding, die over vijf minuten zou beginnen. Hun gids was een efficiënte dame van middelbare leeftijd, met een superieure houding en een afgemeten toon.

'Voor de moderne mens lijken kathedralen grijze, hoge gebouwen van eredienst en geloof. Maar in de Middeleeuwen waren ze heel kleurig, vergelijkbaar met de hindoeheiligdommen in India of Thailand. De beelden en timpanen van de grote portalen, in Chartres maar ook elders, waren prachtig versierd en schitterend van kleur.' De gids wees met haar paraplu naar de buitenkant. 'Als u goed kijkt, kunt u nog steeds sporen zien van het roze, blauw en geel in de naden van de beelden.'

Om Alice heen werd gehoorzaam geknikt.

'In 1194,' vervolgde de vrouw, 'werden de kathedraal en een groot deel van de stad Chartres door brand verwoest. Aanvankelijk dacht men dat het heiligste relikwie van de kathedraal, de *sancta camisia* – de mantel die Maria bij de geboorte van Jezus zou hebben gedragen – ook verloren was gegaan. Maar na drie dagen werd het relikwie teruggevonden. Het was door de monniken in de crypte verborgen. Dit werd gezien als een wonder, een teken dat de kathedraal moest worden herbouwd. Het huidige gebouw werd in 1223 voltooid en in 1260 gewijd als kathedraalkerk van Maria-Hemelvaart, de eerste kathedraal in Frankrijk die aan de Heilige Maagd werd gewijd.'

Alice luisterde met een half oor, totdat ze bij de noordkant van de kathedraal waren aangekomen. De gids wees naar de onheilspellende stenen processie van oudtestamentische koningen en koninginnen boven het noordportaal.

Alice voelde iets van spanning in haar maag.

'Dit is de enige belangrijke voorstelling uit het Oude Testament die in de kathedraal te vinden is,' zei de gids. Ze wenkte hen om dichterbij te komen. 'Op deze zuil is een reliëf te zien dat volgens veel mensen een afbeelding moet zijn van de Ark des Verbonds, die uit Jeruzalem wordt meegenomen door Menelik, de zoon van Salomo en de koningin van Sheba, ook al beweren historici dat het verhaal over Menelik pas in de vijftiende eeuw in Europa bekend werd. En hier...' – ze liet haar arm wat zakken – 'is een ander mysterie. Wie scherpe ogen heeft, kan nog net de Latijnse tekst ontcijferen: HIC AMITITUR ARCHA CEDERIS.' Ze keek de groep rond en glimlachte zelfvoldaan. 'Wie Latijn kent, zal beseffen dat die tekst nergens op slaat. Sommige gidsen vertalen ARCHA CEDERIS als "Gij moet werkzaam zijn door de Ark", en de hele inscriptie als: "Hier nemen dingen hun loop; gij moet werkzaam zijn door de Ark". Maar als we CEDERIS opvatten als een verbastering van FOEDERIS, zoals sommige deskundigen doen, kunnen we de inscriptie vertalen als: "Hier is hij vandaan gegaan, de Ark des Verbonds".

Weer keek ze de groep rond. 'Deze deur, samen met andere elementen, is een van de redenen waarom er zoveel mythen en legenden rond de kathedraal zijn ontstaan. Ongebruikelijk genoeg zijn de namen van de bouwmeesters van de kathedraal van Chartres niet bekend. Waarschijnlijk zijn er om een of andere reden geen stukken bijgehouden, waardoor de namen gewoon vergeten zijn. Maar mensen met een... laten we zeggen... *zeer levendige* fantasie leggen dit gebrek aan informatie heel anders uit. Volgens de hardnekkigste geruchten zou de kathedraal zijn gebouwd door afstammelingen van de Armlastige Ridders van Salomo, de Tempeliers, als een codeboek in steen, een reusachtige puzzel die alleen door ingewijden kon worden ontcijferd. Veel mensen meenden dat de beenderen van Maria Magdalena – of misschien wel de Heilige Graal zelf – ooit onder het labyrint begraven lagen.'

'Heeft iemand weleens gezocht?' vroeg Alice, die meteen spijt had toen ze het zei. Afkeurende blikken werden als een schijnwerper op haar gericht.

De gids trok haar wenkbrauwen op. 'Absoluut. En meer dan eens. Maar het zal de meesten van u niet verbazen dat er nooit iets gevonden is. Weer zo'n mythe.' Ze wachtte even. 'Zullen we naar binnen gaan?'

Een beetje gegeneerd volgde Alice de groep naar de westelijke deur en sloot zich aan bij de rij voor de kathedraal. Binnengekomen begon iedereen te fluisteren. De karakteristieke lucht van oude steen en wierook had een magische uitwerking. In de zijkapellen en bij de hoofdingang flakkerden rijen votiefkaarsen in het halfdonker.

Alice zette zich schrap voor een reactie – visioenen uit het verleden – zoals ze ook had meegemaakt in Toulouse en Carcassonne. Maar ze voelde niets, en na een tijdje ontspande ze zich en kreeg ze er plezier in. Ze had gelezen dat de kathedraal van Chartres de mooiste gebrandschilderde ramen ter wereld had, maar toch werd ze nog verrast door de ongelooflijke schittering van de vensters. Een caleidoscoop van briljante kleuren viel door de kathedraal, met allerlei taferelen uit het alledaagse leven en de bijbel, zoals het Roosvenster, het Blauwe-Madonnavenster en het Noachvenster, met afbeeldingen van de zondvloed en de dieren die twee aan twee aan boord gingen van de Ark. Terwijl ze rondslenterde probeerde Alice zich voor te stellen hoe het was geweest toen de muren nog waren bedekt met fresco's, rijke wandtapijten van oosterse stoffen en zijden vaandels geborduurd met goud. In middeleeuwse ogen moest het contrast tussen de pracht en praal van Gods tempel en de wereld buiten de kloostergangen overweldigend zijn geweest – misschien wel het overtuigende bewijs van Gods glorie op aarde.

'En ten slotte,' zei de gids, 'komen we dan bij het beroemde labyrint met de elf cirkels, in de vloer. Het is voltooid in 1200, en het grootste van Europa. Het oorspronkelijke middelpunt is allang verdwenen, maar de rest is nog intact. Voor middeleeuwse christenen vormde het labyrint de gelegenheid om een spirituele pelgrimstocht te maken, in plaats van de feitelijke reis naar Jeruzalem. Daarom stonden deze vloerlabyrinten – anders dan de exemplaren die we op de muren van kerken en kathedralen aantreffen – ook bekend als *chemin de Jérusalem*, de weg naar Jeruzalem. Pelgrims volgden de hele route naar het middelpunt, soms vele malen achtereen, als symbool van een groeiend inzicht of een grotere nabijheid tot God. Boetelingen maakten de reis vaak op hun knieën en waren soms dagen bezig.'

Alice schoof naar voren. Haar hart bonsde in haar keel. Nu pas besefte ze dat ze dit onbewust had uitgesteld.

Dit is het moment.

Ze haalde diep adem. De symmetrie was verstoord door de rijen stoelen aan weerszijden van het schip tegenover het altaar, die klaarstonden voor de avondmis. Maar toch – en hoewel ze de maten van het labyrint al kende uit haar research – was Alice nog diep onder de indruk van de afmetingen. Het labyrint domineerde de hele kathedraal.

Langzaam, net als iedereen, begon Alice het labyrint te volgen, rond en rond, in steeds kleinere cirkels, totdat ze bij het midden kwam.

Ze voelde helemaal niets. Geen huivering over haar rug, geen moment van verlichting of transformatie. Helemaal niets. Ze hurkte en raakte de grond aan. De steen was glad en koel, maar sprak niet tegen haar.

Alice lachte een beetje zuur. *Wat had je dan gedacht?*

Ze hoefde niet eens de tekening van het labyrint in de grot uit haar tas te halen om te weten dat ze hier geen stap verder zou komen. Zo onopvallend mogelijk excuseerde ze zich en glipte uit de groep vandaan.

Na de verzengende hitte van de Midi was de milde noordelijke zon een verademing. Een uur lang dwaalde Alice door het pittoreske historische centrum van de stad. Ze zocht half en half naar de hoek waar Grace en Audric Baillard voor de camera hadden geposeerd.

Maar die plek leek niet te bestaan, of lag buiten het gebied van haar plattegrond. De meeste straten waren genoemd naar de ambachten die er vroeger werden uitgeoefend: klokkengieters, leerlooiers, stalhouderijen en papierhandels. In de twaalfde en dertiende eeuw was Chartres een belangrijk centrum van de papierproductie en boekbinderij geweest. Maar een Rue des Trois Degrés was niet te vinden.

Ten slotte was Alice weer terug waar ze begonnen was: voor de westelijke ingang van de kathedraal. Ze ging op de muur zitten en leunde tegen de reling. Bijna onmiddellijk viel haar blik op de hoek van de straat recht tegenover haar. Ze sprong op en rende erheen om het bordje aan de muur te lezen: RUE DE L'ÉTROIT DEGRÉ, DITE AUSSI RUE DES TROIS DEGRÉS (DES TROI MARCHES).

Dus de straat had een andere naam gekregen! Met een glimlach deed Alice een stap terug om beter te kunnen zien en botste tegen een man op die verdiept was in een krant.

'Pardon,' zei ze, en ze stapte opzij.

'Nee, het is mijn schuld,' zei hij met een prettig Amerikaans accent. 'Neem me niet kwalijk. Ik keek niet waar ik liep. Hebt u zich niet bezeerd?'

'Nee hoor.'

Tot haar verbazing keek hij haar onderzoekend aan.

'Is er...'

'Alice. Je bent het toch?'

'Ja?' zei ze voorzichtig.

'Natuurlijk! Alice, hallo,' zei hij, terwijl hij met zijn vingers door zijn dikke, warrige bruine haar streek. 'Niet te geloven.'

'Het spijt me, maar ik...'

'William Franklin,' zei hij, en hij stak zijn hand uit. 'Will. We hebben elkaar in Londen ontmoet, in '94 of '95. We waren met een hele groep. Jij ging toen met... hoe heet hij ook alweer?... Oliver. Ja, toch? Ik logeerde bij mijn neef.'

Alice herinnerde zich iets van een overvolle flat met Olivers vrienden van de universiteit. Er stond haar vaag een Amerikaanse jongen bij, vriendelijk en wel knap, hoewel ze op dat moment nog dolverliefd was geweest en voor niemand anders aandacht had gehad.

Deze jongen?

'Je hebt een ijzeren geheugen,' zei ze, terwijl ze hem een hand gaf. 'Het is al zo lang geleden.'

'Je bent niet veel veranderd,' zei hij met een glimlach. 'En hoe is het met Oliver?'

Alice trok een gezicht. 'We zijn niet meer bij elkaar.'

'Jammer,' zei hij. Een korte stilte. Toen: 'Wie staan er op die foto?'

Alice keek omlaag. Ze was vergeten dat ze hem nog in haar hand hield. 'Mijn tante. Ik heb dit fototje tussen haar spullen gevonden. En omdat ik hier toch was, wilde ik nagaan waar het was genomen.' Ze grijnsde. 'Dat was nog lastiger dan je zou denken.'

Will keek over haar schouder. 'En die man?'

'O, een vriend. Een schrijver.'

Weer een stilte, alsof ze allebei het gesprek wel gaande wilden houden, maar niet goed wisten wat ze moesten zeggen. Will keek weer naar de foto.

'Ze ziet er aardig uit.'

'Aardig? Nogal vastberaden, zou ik zeggen, hoewel ik dat niet zeker weet. Ik heb haar nooit ontmoet.'

'Nee? Waarom loop je dan met haar foto rond?'

Alice borg de foto weer in haar tas. 'Dat ligt nogal ingewikkeld.'

'Ik hou wel van ingewikkeld,' zei hij grijnzend. 'Zeg...' Hij aarzelde. 'Wil je koffie, of zo? Als je nergens anders naartoe moet?'

Alice was verbaasd, maar eigenlijk had ze hetzelfde gedacht.

'Is het je gewoonte om zomaar vrouwen op te pikken?'

'Nee, dat niet,' zei hij. 'Is het jouw gewoonte om ja te zeggen?'

Alice had het gevoel alsof ze van bovenaf op zichzelf neerkeek. Een man en een vrouw, die op haar leek, stapten een ouderwetse *pâtisserie* binnen, met lange glazen vitrines waarin cake en gebak lagen uitgestald.

Ik kan niet geloven dat ik zoiets doe.

De aanblik, de geuren, de geluiden. Obers die snel heen en weer liepen naar de tafeltjes, het bittere, gebrande aroma van de koffie, het sissen van de melk in het apparaat, het gerinkel van vorkjes op bordjes – opeens leek het allemaal veel levendiger. Vooral Will zelf, zoals hij lachte, hoe hij zijn hoofd hield, en hoe hij met het zilveren kettinkje om zijn hals speelde terwijl hij praatte.

Ze namen een tafeltje buiten. De torenspits van de kathedraal was nog net zichtbaar boven de daken uit. Even voelden ze zich nog verlegen toen ze gingen zitten. Ze begonnen allebei tegelijk te praten. Alice schoot in de lach en Will verontschuldigde zich.

Voorzichtig en aarzelend begonnen ze hun levensverhaal in te vullen sinds die ene keer dat ze elkaar hadden ontmoet in Londen.

'Je was helemaal in je artikel verdiept,' zei ze ten slotte, terwijl ze de krant omdraaide, zodat ze de kop kon lezen. 'Toen je die hoek omkwam zonder uit te kijken, bedoel ik.'

Will grinnikte. 'Ja, sorry hoor,' zei hij nog eens. 'De plaatselijke krant is meestal niet zo boeiend. Maar er was een dode man gevonden in de rivier, midden in de stad. Hij was in zijn rug gestoken en zijn handen en voeten zaten vastgebonden. De radio hier werd helemaal gek. Zij denken dat het een soort rituele moord is. Ze leggen verband met de verdwijning van een plaatselijke journaliste vorige week, die een artikel schreef over geheime godsdienstige genootschappen.'

De glimlach verdween van Alices gezicht. 'Laat eens zien,' zei ze, terwijl ze haar hand uitstak naar de krant.

'Ga je gang.'

Ze voelde zich nog onrustiger toen ze de lijst met namen las. De *Noublesso Véritable*. Dat klonk vaag bekend.

'Gaat het?' Ze keek op en zag dat Will haar aanstaarde.

'Neem me niet kwalijk,' zei ze. 'Ik was mijlenver weg. Ik heb kortgeleden net zoiets meegemaakt. Dat is wel héél toevallig. Daarom schrok ik een beetje.'

'Toevallig? Dat klinkt interessant.'

'Het is een lang verhaal.'

'Ik heb geen haast,' zei Will. Hij steunde zijn ellebogen op het tafeltje en lachte haar bemoedigend toe.

Na zo lang gevangen te hebben gezeten in haar eigen gedachten was het heel verleidelijk om eindelijk met iemand te kunnen praten. Bovendien kende ze hem, min of meer. *Maar vertel hem niet meer dan je wilt.*

'Nou, ik weet niet of je het allemaal kunt volgen,' begon Alice, 'maar een paar maanden geleden kreeg ik bericht dat een tante van wie ik nog nooit had gehoord was gestorven en alles aan mij had nagelaten, waaronder een huis in Frankrijk.'

'De dame op de foto.'

Alice knikte. 'Grace Tanner. Ik ging toch al naar Frankrijk, omdat een vriendin van me bezig was met archeologische opgravingen in de Pyreneeën, dus besloot ik die twee dingen te combineren.' Ze aarzelde. 'Bij die opgravingen gebeurde er iets... ik zal je niet vervelen met de details, behalve dat er... Nou ja, laat maar zitten.' Ze haalde even adem. 'Gisteren, na mijn gesprek met de notaris, ging ik naar het huis van mijn tante en vond bepaalde dingen... een soort motief, dat ik ook bij die opgravingen had gezien.' Ze begon te hakkelen. 'En ze had een boek van een schrijver, Audric Baillard – dezelfde man als op de foto, daar ben ik bijna zeker van.'

'Leeft hij nog?'

'Voorzover ik weet wel. Ik heb hem nog niet kunnen opsporen.'

'Wat voor relatie had hij met je tante?'

'Geen idee. Hopelijk kan hij me dat vertellen. Hij is mijn enige connectie met haar. En met andere dingen.'

Met het labyrint, met de stamboom, met mijn droom.

Toen ze opkeek, zag ze dat Will nogal verbaasd leek, maar wel geïnteresseerd. 'Ik kan niet zeggen dat het me nu duidelijk is,' zei hij grijnzend.

'Ik leg het ook niet goed uit,' gaf ze toe. 'Laten we het over iets eenvoudigers hebben. Je hebt me nog niet verteld wat jij in Chartres doet.'

'Ik probeer te schrijven, zoals iedere Amerikaan in Frankrijk.'

Alice glimlachte. 'Dan hoor je toch volgens de traditie in Parijs te zitten?'

'Daar ben ik ook begonnen, maar het was me te... onpersoonlijk, als je begrijpt wat ik bedoel. En mijn ouders kenden mensen hier. Ik vond het een leuke stad, dus ben ik gebleven.'

Alice knikte. Ze dacht dat hij verder zou gaan, maar hij kwam weer terug op iets wat zij eerder had gezegd. 'Dat motief waar je het over had,' zei hij nonchalant. 'Dat je bij die opgravingen had ontdekt en later terugzag in het huis van Grace. Wat was daar zo bijzonder aan?'

Ze aarzelde. 'Het is een labyrint.'

'Ben je daarom hier in Chartres? Om naar de kathedraal te gaan?'

'Het is niet precies hetzelfde...' Ze zweeg toen haar behoedzaamheid het won. 'Ja, ook. Maar meer omdat ik hoopte mijn vriendin hier te treffen. Shelagh. Er is een... kans dat ze in Chartres is.' Alice zocht in haar tas en schoof het papiertje met het adres over het tafeltje naar Will toe. 'Ik ben er al geweest vandaag, maar er was niemand thuis. Daarom ben ik maar eerst de stad in gegaan. Over een uurtje probeer ik het nog eens.'

Tot Alices schrik zag ze dat Will wit wegtrok. Hij staarde haar verbijsterd aan.

'Voel je je wel goed?' vroeg ze.

'Waarom denk je dat je vriendin hier zou zijn?' vroeg hij gespannen.

'Ik weet het niet zeker,' zei ze, nog steeds verbaasd over de totale ommekeer in zijn houding.

'Is dat ook de vriendin van die opgravingen waar je naartoe ging?'

Alice knikte.

'En zij heeft dat motief ook gezien, dat labyrint? Net als jij?'

'Ik denk het wel, hoewel ze er niets over heeft gezegd. Ze was meer geïnteresseerd in iets anders dat ik gevonden had, een...' Alice zweeg toen Will plotseling overeind sprong.

'Wat doe je?' vroeg ze, geschrokken van de uitdrukking op zijn gezicht toen hij haar hand pakte.

'Kom mee. Ik moet je wat laten zien.'

'Waar gaan we heen?' vroeg Alice nog eens. Ze had moeite om hem bij te houden.

Toen ze de hoek om kwamen zag Alice dat ze aan het andere eind van de Rue du Cheval Blanc waren. Will liep naar het huis toe en rende de treden op naar de voordeur.

'Ben je gek? Stel dat er iemand thuis is gekomen?'

'Er is niemand.'

'Hoe weet jij dat?'

Tot haar stomme verbazing zag ze dat Will een sleutel uit zijn zak haalde en de voordeur opende. 'Snel. Voordat iemand ons ziet.'

'Je hebt een sleutel!' zei Alice ongelovig. 'Kun je me eindelijk vertellen wat er aan de hand is?'

Will rende de treden weer af en greep haar hand.

'Er is hier ook een versie van jouw labyrint,' siste hij. 'Oké? Kóm je nou?'

Stel dat het weer een valstrik is?

Na alles wat er was gebeurd zou het wel heel dom van haar zijn om met hem mee te gaan. Veel te gevaarlijk. Niemand wist zelfs dat ze hier was. Maar haar nieuwsgierigheid won het van haar gezonde verstand. Alice keek op naar Wills gezicht, geestdriftig en ongerust tegelijk.

Ze besloot hem nog een kans te geven en hem te vertrouwen.

55

Alice stapte een indrukwekkende hal binnen, die meer aan een museum dan aan een woonhuis deed denken. Will liep meteen naar een wandkleed tegenover de voordeur en trok het opzij.

'Wat doe je?'

Ze rende achter hem aan en zag een kleine koperen handgreep in de houten betimmering. Will rukte en trok eraan, maar draaide zich gefrustreerd weer om.

'Verdomme. Hij zit van de andere kant op slot.'

'Is het een deur?'

'Ja.'

'En het labyrint dat jij gezien hebt, is dat beneden?'

Will knikte weer. 'Je daalt een trap af en loopt een gang door naar een heel vreemde kamer, met Egyptische symbolen op de muur en een graftombe met op het deksel een reliëf van het labyrint dat jij beschreef. Nou...' Hij zweeg een moment. 'Dat verhaal in de krant. En het feit dat jouw vriendin dit adres had...'

'Je trekt wel erg veel conclusies op basis van weinig bewijs,' vond ze.

Will liet de hoek van het wandkleed weer vallen en liep naar een kamer aan de andere kant. Na een korte aarzeling kwam Alice achter hem aan.

'Wat doe je?' fluisterde ze scherp, maar Will had de deur al geopend.

Ze had het gevoel dat ze terug in de tijd stapte toen ze de bibliotheek binnenkwam. Het was een plechtige ruimte, met de sfeer van een herenclub. De luiken waren halfgesloten en strepen geel licht vielen over het tapijt als gouden linten. Er hing een tijdloze atmosfeer, een geur van traditie en boenwas.

Drie van de wanden werden in beslag genomen door hoge boekenkasten, van de vloer tot aan het plafond, met schuifladders om bij de hoogste planken te kunnen komen. Will wist precies waar hij moest zijn. Er was een afdeling met boeken over Chartres, fotoboeken naast meer serieuze werken over architectuur en sociale geschiedenis.

Half naar de deur gekeerd, met bonzend hart, zag Alice dat Will een boek uit de kast trok met het reliëf van een familiewapen op de band. Hij liep ermee naar de tafel. Alice keek over zijn schouder mee toen hij het doorbladerde. Glimmende kleurenfoto's, oude kaarten van Chartres en lijn- en inkttekeningen flitsten voorbij totdat Will had gevonden wat hij zocht.

'Wat is dat?'

'Een boek over het huis De l'Oradore. *Dit* huis,' zei hij. 'De familie woont hier al honderden jaren, sinds het werd gebouwd. Er zijn bouwtekeningen van alle verdiepingen en tussenverdiepingen van het huis.'

Hij bladerde nog even verder naar de juiste pagina. 'Hier,' zei hij, terwijl hij het boek omdraaide, zodat Alice het beter kon zien. 'Is dat het?'

Haar adem stokte. 'O, god,' fluisterde ze.

Het was een perfecte tekening van haar labyrint.

Ze schrokken allebei van het geluid van de voordeur die werd dichtgeslagen.

'Will, de deur! Hij staat nog open!'

Ze hoorde gedempte stemmen in de hal. Een man en een vrouw.

'Ze komen hier naartoe,' siste ze.

Will drukte het boek in haar handen. 'Snel,' zei hij, wijzend naar een grote driezitssofa onder het raam. 'Laat mij maar.'

Alice griste haar tas mee, rende naar het raam en dook weg achter de sofa. Er hing een doordringende lucht van gebarsten leer en verschaalde sigarenrook. Stof prikte in haar neus. Ze hoorde dat Will de kast met een ratelend geluid weer afsloot en naar het midden van de kamer liep toen de deur van de bibliotheek krakend openging.

'*Qu'est-ce que vous foutez là?*'

Een jeugdige stem. Door haar hoofd wat schuiner te houden kon Alice hen allebei weerspiegeld zien in de glazen deuren van een van de kasten. De man was jong en lang, ongeveer van hetzelfde postuur als Will, maar hoekiger. Zwart krullend haar, een hoog voorhoofd en een aristocratische neus. Alice fronste. Hij deed haar aan iemand denken.

'François-Baptiste. Hallo,' zei Will. Zelfs in Alices oren klonk hij verdacht opgewekt.

'Wat doe jij hier, verdomme?' herhaalde de man in het Engels.

Will liet hem het tijdschrift zien dat hij van de tafel had gepakt. 'Ik zocht wat te lezen.'

François-Baptiste keek naar de titel en lachte kort. 'Lijkt me niets voor jou.'

'Dat zou je verbazen.'

De jongeman deed een stap naar Will toe. 'Je kunt beter je koffers pakken,' zei hij zacht en bitter. 'Het zal niet lang duren voordat ze genoeg van je krijgt en je de deur uit zet, net als al die anderen. Je wist niet eens dat ze de stad uit ging, zeker?'

'Wat er tussen haar en mij gebeurt zijn jouw zaken niet. Dus als je het goedvindt...'

François-Baptiste versperde hem de weg. 'Waarom zo'n haast?'

'Ga niet te ver, François-Baptiste. Ik waarschuw je.'

François-Baptiste legde zijn hand tegen Wills borst om hem tegen te houden.

Will duwde de arm van de jongen weg. 'Blijf van me af.'

'Wat wou je eraan doen?'

'*Ça suffit.*'

De twee mannen draaiden zich om. Alice probeerde meer te zien, maar de vrouw kwam niet ver genoeg de kamer binnen.

'Wat is hier aan de hand?' vroeg ze. 'Ruziemaken als kleine kinderen? François-Baptiste? William?'

'*Rien, maman. Je lui demandais...*'

Will keek haar verbijsterd aan. Nu pas drong het tot hem door wie er met François-Baptiste was binnengekomen. 'Marie-Cécile. Ik had geen idee...' hakkelde hij. 'Ik verwachtte je nog niet terug.'

De vrouw deed nog een paar stappen en Alice kon haar gezicht nu zien.

Dat kan niet.

Ze was vandaag wat officiëler gekleed dan de vorige keer dat Alice haar had gezien, in een okerkleurige knierok met een bijpassend jasje. Haar haar zat niet naar achteren gebonden in een sjaaltje, maar hing los om haar gezicht.

Toch twijfelde Alice geen moment. Het was dezelfde vrouw die ze buiten het Hôtel de la Cité in Carcassonne had gezien. Dit was Marie-Cécile de l'Oradore.

Ze keek van moeder naar zoon. De familiegelijkenis was duidelijk. Hetzelfde profiel, dezelfde hautaine houding. De reden voor François-Baptistes jaloezie en de agressie tussen hem en Will viel nu goed te verklaren.

'Maar mijn zoon heeft wel gelijk,' zei Marie-Cécile. 'Wat doe je hier?'

'Ik... ik zocht wat anders om te lezen. Het was nogal... eenzaam zonder jou.'

Alice kromp ineen. Hij klonk totaal niet overtuigend.

'Eenzaam?' herhaalde ze. 'Je gezicht vertelt een heel ander verhaal, Will.'

Marie-Cécile boog zich naar voren en kuste Will op zijn mond. Alice kon de pijnlijke sfeer bijna vóélen. Onaangenaam intiem. Ze zag dat Will zijn vuisten balde.

Hij wil niet dat ik dit zie.

Die gedachte, hoe verbazingwekkend ook, was in een oogwenk weer uit haar hoofd verdwenen.

Marie-Cécile liet hem los, met iets van voldoening op haar gezicht.

'We praten later nog wel, Will. Eerst hebben François-Baptiste en ik nog een paar dingen te regelen, ben ik bang. *Desolée*. Als je ons wilt excuseren?'

'Hier?'

Te snel. Te voor de hand liggend.

Marie-Cécile kneep haar ogen halfdicht. 'Waarom niet hier?'

'Nee, nergens om,' zei hij scherp.

'*Maman. Il est dix-huit heures déjà.*'

'*J'arrive,*' zei ze, nog steeds met een achterdochtige blik naar Will.

'*Mais je ne...*'

'*Va le chercher,*' snauwde ze. Ga maar halen.

Alice hoorde François-Baptiste de kamer uit stormen. Toen zag ze dat Marie-Cécile haar armen om Wills middel sloeg en hem naar zich toe trok. Haar nagels staken felrood af tegen het wit van zijn T-shirt. Alice wilde haar blik afwenden, maar ze kon het niet.

'*Tiens,*' zei Marie-Cécile. '*A bientôt.*'

'Kom je niet mee?' vroeg Will. Alice hoorde de paniek in zijn stem toen hij besefte dat hij haar hier moest achterlaten, als een rat in de val.

'*Toute à l'heure.*' Straks.

Alice kon niets doen. Ze hoorde Wills voetstappen verdwijnen.

De twee mannen passeerden elkaar bij de deur.

'Hier,' zei hij, terwijl hij zijn moeder een exemplaar van dezelfde krant gaf die Will had gelezen.

'Hoe hebben ze dat verhaal zo snel te pakken gekregen?'

'Geen idee,' zei hij nors. 'Authié, neem ik aan.'

Alice verstijfde. *Dezelfde Authié?*

'Weet je dat heel zeker, François-Baptiste?' vroeg Marie-Cécile.

'Nou íémand moet het ze hebben verteld. De politie heeft dinsdag duikers in de Eure laten zoeken, precies op de juiste plaats. Ze wisten waar ze naar zochten. Denk maar na. Wie beweerde als eerste dat er een lek in Chartres was? Authié. Heeft hij ooit bewijzen overlegd dat Tavernier met de journalisten had gesproken?'

'Tavernier?'

'De man in de rivier,' zei hij scherp.

'O, natuurlijk.' Marie-Cécile stak een sigaret op. 'Het rapport noemt de *Noublesso Véritable* bij naam.'

'Misschien heeft Authié het hun zelf verteld.'

'Zolang er geen enkele connectie is tussen Tavernier en dit huis hebben we geen probleem,' zei ze, een beetje verveeld. 'En die is er niet?'

'Ik heb alles gedaan wat je me had opgedragen.'

'En voorbereidingen getroffen voor zaterdag?'

'Ja,' antwoordde hij, 'hoewel ik niet weet waarom we die moeite doen als we toch de ring of het boek niet hebben.'

Er gleed een glimlach om Marie-Céciles rode lippen. 'Kijk, daarom hebben we Authié nog nodig, ook al vertrouw je hem niet,' zei ze luchtig. 'Hij zegt dat hij, *miracle*, de ring weer te pakken heeft.'

'Waarom heb je me dat niet eerder gezegd, verdomme?' vloog hij op.

'Ik zeg het je nu toch?' pareerde ze. 'Hij beweert dat zijn mannen hem gisteravond uit de hotelkamer van dat Engelse meisje in Carcassonne hebben meegenomen.'

Het koude zweet brak Alice uit. *Dat is onmogelijk.*

'Denk je dat hij liegt?'

'Doe niet zo achterlijk, François-Baptiste,' snauwde ze. 'Natúúrlijk liegt hij! Als dr. Tanner die ring had, zou het Authié heus geen vier dagen hebben gekost om hem in handen te krijgen. Bovendien heb ik zijn appartement en zijn kantoren laten doorzoeken.'

'Maar dan...'

Ze liet hem niet uitspreken. 'Als – *als* – Authié hem heeft, wat ik betwijfel, dan is hij afkomstig van Biaus grootmoeder. Of hij heeft hem de hele tijd al in zijn bezit gehad. Misschien heeft hij hem zelf uit de grot gestolen.'

'Maar waarom die moeite?'

De telefoon rinkelde doordringend. Alices hart stond zowat stil.

François-Baptiste keek naar zijn moeder.

'Neem maar op,' zei ze.

Hij gehoorzaamde. '*Oui.*'

Alice durfde nauwelijks adem te halen, uit angst zich te verraden.

'*Oui, je comprends. Attends.*' Hij legde zijn hand over de hoorn. 'Het is O'Donnell. Ze zegt dat ze het boek heeft.'

'Vraag haar waarom we al die tijd niets van haar hebben gehoord.'

Hij knikte. 'Waar heb je gezeten sinds maandag?' Hij luisterde. 'Weet iemand anders dat je het hebt?' Weer een stilte. '*Oké. A vingt-deux heures. Demain soir.*'

Hij hing weer op.

'Weet je zeker dat zij het was?'

'Het was haar stem. En ze kende de afspraken.'

'Hij heeft meegeluisterd.'

'Wat bedoel je?' vroeg hij onzeker. 'Wie?'

'Allemachtig. Wie dénk je?' snauwde ze. 'Authié, natuurlijk.'

'Ik...'

'Shelagh O'Donnell wordt al dagen vermist. En zodra ik veilig weg ben, terug naar Chartres, duikt O'Donnell plotseling weer op! Eerst de ring, en nu het boek.'

François-Baptiste verloor zijn geduld. 'Maar zonet verdedigde je hem nog!' brieste hij. 'En beschuldigde je mij ervan dat ik overhaaste conclusies trok. Als je weet dat hij tegen ons samenspant, waarom heb je me dat dan niet verteld? Dan had ik niet voor schut gestaan. En nog belangrijker: waarom houd je hem niet tegen? Heb je je weleens afgevraagd waarom hij zo fanatiek achter die boeken aan zit? Wat hij ermee wil? Ze verkopen aan de hoogste bieder?'

'Ik weet precies waarom hij die boeken wil,' zei ze op kille toon.

'Waarom doe je dat altijd – mij vernederen?'

'Dit gesprek is ten einde,' zei ze. 'Morgen vertrekken we. Dan zijn we nog ruim op tijd voor jouw afspraak met O'Donnell en kan ik me voorbereiden. De ceremonie gaat gewoon door, om middernacht, zoals afgesproken.'

'Je wilt dat ik haar ontmoet?' vroeg hij ongelovig.

'Ja, natuurlijk,' zei ze. Voor het eerst hoorde Alice enige emotie in haar stem. 'Ik wil dat boek, François-Baptiste.'

'En als hij het niet heeft?'

'Dan zou hij niet al die moeite doen.'

Alice hoorde dat François-Baptiste de kamer door liep en de deur opende.

'En hij?' vroeg hij, weer met iets van zijn oude heftigheid. 'Je kunt hem hier toch niet achterlaten om...'

'Laat Will maar aan mij over. Dat is ook jouw probleem niet.'

Will had zich verborgen in de kast in het keukengangetje.

Het was krap en het rook er naar leren jassen, oude schoenen en regenjacks, maar het was de enige plek waar hij een goed zicht had op de deuren van de bibliotheek en de studeerkamer. Hij zag François-Baptiste het eerst naar buiten komen, even later gevolgd door Marie-Cécile. Will wachtte tot de zware deur was dichtgevallen, kwam toen haastig de kast uit en rende de hal door naar de bibliotheek.

'Alice,' fluisterde hij. 'Snel. Je moet hier weg.' Hij hoorde wat geritsel en ze dook op. 'Het spijt me vreselijk,' zei hij. 'Dit is allemaal mijn schuld. Gaat het?'

Ze knikte, hoewel ze doodsbleek zag.

Will stak een hand uit, maar ze weigerde met hem mee te gaan.

'Hoe zit dit precies, Will? Jij woont hier. Jij kent deze mensen en toch riskeer je grote problemen met ze, alleen om een vreemde te helpen? Dat slaat nergens op.'

Hij wilde zeggen dat ze geen vreemde was, maar bedacht zich.

'Ik...' Hij wist niet wat hij moest antwoorden. De kamer vervaagde voor zijn ogen. Het enige dat hij nog zag was Alices hartvormige gezichtje en de strakke blik in haar heldere bruine ogen, waarmee ze diep in zijn hart leek te kijken.

'Waarom heb je me niet verteld dat je... dat jij en zij...? Dat je hier woonde?'

Hij ontweek haar blik. Alice keek hem nog even aan en liep toen snel de kamer uit naar de gang. Will kwam haastig achter haar aan.

'Wat ga je doen?' vroeg hij wanhopig.

'Ik weet nu wat Shelagh met dit adres te maken heeft,' zei ze. 'Ze werkt voor hen.'

'Voor hén?' vroeg hij verbaasd, terwijl hij de voordeur opende, zodat ze naar buiten konden glippen. 'Wat bedoel je?'

'Maar ze is er niet. Madame de l'Oradore en haar zoon zijn ook naar haar op zoek. Uit hun gesprek begrijp ik dat ze ergens in de buurt van Foix gevangen wordt gehouden.'

Onder aan de stoep draaide Alice zich plotseling om. 'Will,' zei ze in paniek, 'ik heb mijn tas in de bibliotheek laten liggen. Achter de bank. Met het boek.'

Het liefst zou Will haar hebben gekust. Hij had geen ongelukkiger tijdstip kunnen bedenken. Ze waren betrokken geraakt bij een situatie waar hij niets van begreep. Alice vertrouwde hem niet eens, maar toch had hij het gevoel dat alles klopte.

Als vanzelf stak hij een hand uit om haar wang te strelen. Hij wíst gewoon hoe glad en koel haar huid zou voelen, alsof het een gebaar was dat hij al duizend keer had gemaakt. Maar toen herinnerde hij zich hoe ze in het café voor hem was teruggedeinsd, dus bedacht hij zich, met zijn hand vlak bij haar gezicht.

'Sorry,' wilde hij zeggen, alsof Alice zijn gedachten kon lezen. Ze staarde hem aan, en opeens gleed er een lachje over haar angstige, gespannen gezicht.

'Het was niet mijn bedoeling,' hakkelde hij. 'Alleen...'

'Het maakt niet uit,' zei ze. Haar stem klonk zacht.

Will slaakte een zucht van opluchting. Hij wist dat ze zich vergiste. Het maakte wél uit. Het was belangrijker voor hem dan wat ook ter wereld. Maar gelukkig was ze niet kwaad op hem.

'Will,' zei ze, wat scherper nu. 'Mijn tas? Alles zit erin, al mijn aantekeningen.'

'O ja, natuurlijk,' zei hij meteen. 'Sorry. Ik haal hem wel. Dan breng ik hem naar je toe.' Hij probeerde zijn blik weer scherp te krijgen. 'Waar logeer je?'

'In het Hôtel Petit Monarque, op de Place des Epars.'

'Goed,' zei hij, terwijl de stoep weer op rende. 'Geef me een halfuur.'

Will keek haar na tot ze uit het zicht verdwenen was. Hij zag een streep licht onder de deur van de studeerkamer.

Opeens ging de deur open. Will dook weg tussen de deur en de muur. François-Baptiste kwam naar buiten en liep naar de keuken. Will hoorde de tussendeur open- en dichtgaan. Toen was het stil.

Hij drukte zijn gezicht tegen de kier van de studeerkamer, waar hij Marie-Cécile zag. Ze zat achter haar bureau en bestudeerde iets – iets dat glinsterde en het licht weerkaatste als ze zich bewoog.

Will vergat wat hij moest doen toen Marie-Cécile opstond en een van de schilderijen achter haar van de muur tilde. Het was haar favoriete doek. Toen ze nog maar pas samen waren had ze hem er alles over verteld. Het was een goudkleurig schilderij met felle kleuraccenten, een voorstelling van Franse soldaten die naar de ineengestorte zuilen en paleizen van het oude Egypte keken. *Een blik op het zand van de tijd – 1798*, herinnerde hij zich de naam.

Achter het schilderij bleek een zwart metalen deurtje te zitten, met een elektronisch paneel ernaast. Marie-Cécile toetste zes cijfers in. Een harde klik, en het deurtje ging open. Ze haalde twee zwarte pakjes uit de safe en legde die voorzichtig op haar bureau. Will verschoof wat, om beter te kunnen zien.

Hij was zo verdiept in wat hij zag dat hij de voetstappen achter zich niet hoorde.

'Beweeg je niet.'

'François-Baptiste, ik...'

Will voelde de kille loop van een pistool tegen zijn zij drukken.

'En houd je handen waar ik ze kan zien.'

Hij probeerde zich om te draaien, maar François-Baptiste greep hem bij zijn nek en ramde zijn gezicht tegen de muur.

'*Qu'est-ce qui se passe?*' riep Marie-Cécile.

François-Baptiste sloeg zijn hoofd nog eens tegen de muur.

'*Je mon occupe,*' zei hij. Alles onder controle.

Alice keek nog eens op haar horloge.

Hij komt niet meer.

Ze stond bij de receptie van het hotel en staarde naar de glazen deuren alsof ze Will zomaar uit de lucht zou kunnen toveren. Het was al bijna een uur geleden dat ze uit de Rue du Cheval Blanc was vertrokken en ze was de wanhoop nabij. Haar portemonnee, haar mobieltje en haar autosleuteltjes zaten in de zak van haar jasje, de rest zat in haar rugzak.

Het maakt niet uit. Zorg dat je hier wegkomt.

Hoe langer ze wachtte, des te meer ze aan Wills motieven begon te twijfelen. Het feit dat hij zo toevallig was opgedoken... Alice ging de gebeurtenissen nog eens na.

Was het echt toeval dat ze elkaar tegen het lijf waren gelopen? Ze had niemand verteld waar ze naartoe ging.

Hoe had hij haar dan kunnen vinden?

Om halfnegen besloot Alice om niet langer te wachten. Ze meldde bij de receptie dat ze de kamer niet meer nodig had, krabbelde een briefje aan Will voor het geval hij toch nog zou komen, gaf haar nummer en vertrok.

Ze gooide haar jasje op de voorstoel van de auto en zag de envelop uit de zak steken – de brief die ze in het hotel had gekregen en die ze helemaal vergeten was. Ze haalde hem tevoorschijn en legde hem op het dashboard om hem te lezen als ze even pauze hield.

De avond viel toen ze terug naar het zuiden reed. De koplampen van de tegenliggers schenen in haar ogen en verblindden haar. Bomen en struiken sprongen spookachtig uit het donker op haar af. Orléans, Poitiers, Bordeaux... de bordjes flitsten voorbij.

Gevangen in haar eigen wereld, urenlang, stelde Alice zich steeds maar weer dezelfde vragen. En elke keer luidde het antwoord anders.

Waarom? Om informatie. Nou, die hadden ze nu. Al haar notities, haar tekeningen, de foto van Grace en Baillard.

Hij zou je de kamer met het labyrint laten zien.

Maar ze had helemaal niets gezien. Alleen een boek. Alice schudde haar hoofd. Ze geloofde er niets van.

En waarom had hij haar geholpen? Omdat hij van haar had gekregen wat hij wilde. Of beter gezegd: wat Madame de l'Oradore wilde.

Zodat ze je kunnen volgen.

56

Carcassona

AGOST 1209

De Fransen vielen Sant-Vicens aan in de vroege ochtend van maandag 3 augustus.

Alaïs klauterde de ladders van de Tour du Major op om samen met haar vader toe te kijken vanaf de weermuren. Ze probeerde Guilhem te ontdekken in de drukte, maar zag hem niet.

Nu, boven het tumult van de zwaardgevechten en de strijdkreten van de soldaten uit die de lage wallen bestormden, hoorde ze de woorden van een gezang over de vlakte zweven, vanaf de heuvel van Gravèta.

'Veni creator spiritus
Mentes tuorum visita!'

'De priesters,' zei Alaïs vol afkeer. 'Ze zingen tot God terwijl ze ons komen afslachten.'

De buitenwijk begon te branden. Rookwolken stegen op van achter de lage wallen. Mensen en dieren vluchtten in paniek alle kanten op.

Belegeringshaken werden over de borstwering gegooid, sneller dan de verdedigers de touwen konden doorhakken. Tientallen belegeringsladders werden tegen de muren gezet. Het garnizoen schopte ze weg en stak ze in brand, maar sommige bleven staan. Franse voetsoldaten zwermden als mieren om het dorp. Hoe meer er werden gedood, des te meer er leken op te duiken.

Aan de voet van de versterkingen, aan beide kanten, lagen de doden en gewonden boven op elkaar, als stapels brandhout. Met elk uur dat verstreek werden de verliezen groter.

De kruisvaarders brachten een katapult in stelling en begonnen de versterkingen te beschieten. Het gedreun deed Sant-Vicens op zijn grondvesten schudden, onophoudelijk en onverzoenlijk, in een storm van pijlen en andere projectielen.

De muren dreigden te bezwijken.

'Ze zijn er doorheen,' riep Alaïs. 'Ze hebben een bres geslagen!'

Burggraaf Trencavel en zijn mannen waren er klaar voor. Gewapend met bijlen en zwaarden stormden ze in rijen van drie op de belegeraars af. De zware hoeven van hun paarden vertrapten iedereen die op hun pad kwam. De stalen hoefijzers verbrijzelden schedels alsof het dennenappels waren en verpletterden armen en benen tot een bloederige pulp van huid en botten. De straatgevechten verspreidden zich door de hele buitenwijk. Steeds dichter naderden de aanvallers de muren van de Cité zelf. Alaïs zag een massa doodsbange bewoners door de Porte de Rodez naar de Cité vluchten om aan het geweld van de slag te ontkomen – ouden van dagen, zieken, vrouwen en kinderen. Iedere gezonde man was gewapend en vocht zij aan zij met de soldaten van het garnizoen. De meesten werden ter plekke neergemaaid. Hun knuppels waren geen partij voor de zwaarden van de kruisvaarders.

De verdedigers weerden zich dapper, maar ze stonden tegenover een overmacht van tien tegen één. Als een aanstormende branding kwamen de aanvallers op de wallen af, sloegen een bres en sloopten hele delen van de muur.

Trencavel en zijn *chevaliers* probeerden wanhopig de verbinding met de rivier te behouden, maar tevergeefs. Ten slotte gaf de burggraaf het sein tot de terugtocht.

Met het triomfantelijke gejoel van de Fransen in hun oren openden ze de deuren van de Porte de Rodez om de overlevenden naar de Cité te laten terugkeren. Alaïs keek vol afschuw naar de bloederige taferelen toen Trencavel zijn verslagen troepen in een lange rij door de straten naar het Château Comtal terugleidde. Ze had de dood wel vaker gezien, maar nooit op deze schaal. Ze voelde zich besmeurd door de realiteit van de oorlog, de zinloze verspilling ervan.

En ze wist zich bedrogen. Nu pas drong het tot haar door hoe vals de *chansons à gestes* waren, die haar als klein meisje zo hadden ontroerd. Oorlog had niets nobels. Het was één gruwelijke ellende.

Alaïs daalde de weermuur af naar de binnenplaats en sloot zich aan bij de andere vrouwen die wachtten bij de poort, biddend dat Guilhem bij de overlevenden zou zijn.

Laat hij behouden blijven.

Eindelijk hoorde ze het geroffel van paardenhoeven op de brug. Alaïs zag hem meteen, en haar hart maakte een sprong. Zijn gezicht en zijn wapenrusting zaten vol met bloed en as, en zijn ogen weerspiegelden de gewelddadigheid van het gevecht, maar verder was hij ongedeerd.

'Je echtgenoot heeft moedig gestreden, Dame Alaïs,' zei burggraaf Trencavel, die haar zag staan. 'Hij heeft veel tegenstanders uitgeschakeld en veel van onze mensen het leven gered. We zijn hem dankbaar voor zijn krijgskunst en zijn moed.' Alaïs bloosde. 'Weet je waar je vader is?'

Ze wees naar de noordoostelijke hoek van de binnenplaats. 'We hebben de strijd gevolgd vanaf de *ambans*, Messire.'

Guilhem steeg af en gaf de teugels aan zijn *écuyer*.

Alaïs kwam schuchter op hem af, niet zeker van haar welkom. 'Messire.'

Hij greep haar bleke hand en bracht die naar zijn lippen. 'Thierry is gevallen,' zei hij met holle stem. 'Ze brengen hem nu terug. Hij is zwaargewond.'

'Dat is vreselijk om te horen, Messire.'

'We waren als broeders,' ging hij verder. 'En Alzeu ook. We scheelden nauwelijks een maand in leeftijd. We kwamen voor elkaar op en we werkten samen om onze maliënkolders en onze zwaarden te kunnen betalen. We zijn in dezelfde passieweek tot ridder geslagen.'

'Ik weet het,' zei ze zacht, terwijl ze zijn hoofd naar zich toe trok. 'Kom, laat me je helpen. Daarna zal ik voor Thierry doen wat ik kan.'

Tranen glinsterden in zijn ogen. Haastig draaide ze zich af. Ze wist dat hij niet wilde dat ze hem zag huilen.

'Kom, Guilhem,' zei ze zacht. 'Breng me naar hem toe.'

Thierry was naar de Grote Hal gebracht, met alle andere zwaargewonden. De stervenden en gewonden lagen drie rijen dik. Alaïs en de andere vrouwen deden wat ze konden. Met haar haar in een vlecht over haar schouder gebonden leek Alaïs nauwelijks ouder dan een kind.

Met het verstrijken van de uren werd de stank in de zaal steeds erger en nam het aantal vliegen toe. Alaïs en de anderen werkten grotendeels in stilte en met grote vastberadenheid. Ze wisten dat ze niet veel respijt hadden voordat de volgende aanval zou beginnen. Priesters liepen tussen de rijen stervende en gewonde soldaten door, namen de biecht af en bedienden de kanslozen. Onder dekking van hun donkere soutanes dienden twee *parfaits* het *consolament* aan de Kathaarse gelovigen toe.

Thierry's verwondingen waren ernstig. Hij was verscheidene keren zwaar geraakt. Zijn enkel was gebroken en een lans had zich in zijn dijbeen geboord en het bot verbrijzeld. Alaïs wist dat hij te veel bloed had verloren, maar uit Guilhems naam deed ze alles wat ze kon. Ze verwarmde een zalf van heelwortel in hete was en maakte er een kompres van zodra het was afgekoeld.

Alaïs liet Guilhem bij hem zitten en richtte haar aandacht op anderen, die meer kans hadden om te overleven. Ze loste engelkruidpoeder in distelwater op en riep de hulp van de koksmaats in om het middeltje in emmers rond te dragen, zodat ze het kon toedienen aan iedereen die nog in staat was om te slikken. Als ze hun infecties onder de duim kon houden en hun bloed kon zuiveren, zouden hun verwondingen misschien genezen.

Zo vaak als ze kon kwam Alaïs naar Thierry terug om zijn verbanden te verschonen, ook al was er geen hoop meer. Hij was niet langer bij bewustzijn en zijn huid had al de blauwwitte tint van de dood. Ze legde een hand op Guilhems schouder.

'Het spijt me,' fluisterde ze. 'Het zal niet lang meer duren.'

Guilhem knikte zwijgend.

Alaïs liep naar het einde van de zaal. Onderweg hoorde ze een kreet van een jonge *chevalier*, niet veel ouder dan zijzelf. Ze bleef staan en knielde bij hem neer. Zijn jongensgezicht was verkrampt van pijn en verwarring, zijn lippen waren gebarsten en zijn ogen – ooit bruin – waren verkleurd van angst.

'Stil maar,' zei ze zacht. 'Heb je niemand?'

Hij probeerde zijn hoofd te schudden. Alaïs legde haar hand op zijn voorhoofd en tilde de doek op die over zijn schildarm lag. Meteen liet ze hem weer vallen. De schouder was totaal verbrijzeld. Witte botsplinters staken door de gescheurde huid, als een scheepswrak bij laag tij. Hij had een gapend gat in zijn zij, waar nog altijd bloed uit stroomde, dat een poel had gevormd waar hij lag.

Zijn rechterhand was bevroren om het heft van zijn zwaard. Alaïs probeerde het uit zijn greep te wrikken, maar zijn verstijfde vingers wilden niet loslaten. Alaïs scheurde een reep stof van haar rok en propte die in de diepe wond. Uit haar beurs haalde ze een pipet met een tinctuur van valeriaan en liet twee druppels op zijn lippen vallen om de pijn van zijn sterven te verzachten. Het was het enige wat ze voor hem kon doen.

De dood was niet genadig en nam te veel tijd. Langzaam werd het gerochel in zijn borst luider en zijn adem moeizamer. Er kwam een donker waas over zijn ogen en hij schreeuwde van angst. Alaïs bleef bij hem, zong zachtjes een lied en streelde zijn voorhoofd totdat zijn ziel zijn lichaam had verlaten.

'God hebbe je ziel,' fluisterde ze toen ze zijn ogen dichtdrukte. Ze legde een doek over zijn gezicht en liep verder naar de volgende.

Alaïs bleef de hele dag in touw. Ze diende zalfjes toe en legde verbanden aan totdat haar ogen er pijn van deden en haar handen rood waren van het bloed. Aan het einde van de dag viel de zon in gebroken bundels door de hoge ramen van de Grote Hal. De doden waren weggehaald. De levenden waren zo goed verzorgd als hun verwondingen toelieten.

Ze was doodmoe, maar de gedachte aan de afgelopen nacht, toen ze weer in Guilhems armen had gelegen, hield haar op de been. Haar botten deden pijn en haar rug was stijf van het bukken en hurken, maar dat leek niet meer van belang.

Gebruikmakend van de koortsachtige activiteit in de rest van het Château Comtal glipte Oriane naar haar kamer om op haar informant te wachten.

'Dat zal tijd worden,' snauwde ze. 'Vertel me wat je hebt ontdekt.'

'De jood stierf voordat we veel wijzer waren, hoewel mijn heer meent dat hij het boek al aan uw vader in bewaring had gegeven.'

Er gleed een half lachje over Orianes gezicht, maar ze zei niets. Ze had nog niemand verteld wat ze in de zoom van Alaïs' mantel had ontdekt.

'En Esclarmonde de Servian?'

'Ze was dapper, maar ten slotte vertelde ze hem toch waar het boek te vinden was.'

Orianes groene ogen glinsterden. 'Heb je het nu?'

'Nog niet.'

'Maar het is wel in de *Ciutat*? Weet heer Evreux dat ook?'

'Hij vertrouwt op u, Dame, om hem die informatie te geven.'

Oriane dacht even na. 'Dus de oude vrouw is dood? En die jongen ook? Ze kan onze plannen niet meer doorkruisen, mijn vader niet meer waarschuwen?'

'De vrouw is dood,' bevestigde hij met een grimmig lachje. 'Dat joch is ons ontsnapt, maar ik denk niet dat hij veel schade kan doen. Als ik hem vind, zal ik hem doden.'

Oriane knikte. 'En je hebt heer Evreux over mijn... interesse verteld?'

'Jawel, Dame. Hij voelde zich vereerd dat u hem op deze manier van dienst wil zijn.'

'En mijn voorwaarden? Hij regelt een veilige aftocht uit de *Ciutat*?'

'Op voorwaarde dat u hem de boeken brengt, Dame.'

Ze stond op en begon te ijsberen. 'Goed, heel goed. En jij bekommert je om mijn echtgenoot?'

'Als u me zegt waar ik hem op een bepaalde tijd kan vinden, Dame. Geen probleem.' Hij wachtte even. 'Maar het zal duurder zijn dan de vorige keer. De risico's zijn veel groter, zelfs in deze onrustige tijden. En Trencavels *escrivan* is een man met status.'

'Dat besef ik ook wel,' snauwde ze kil. 'Hoeveel?'

'Drie keer het bedrag dat was afgesproken voor Raoul,' antwoordde hij.

'Onmogelijk!' zei ze meteen. 'Zoveel goud heb ik niet.'

'Toch is dat mijn prijs, Dame.'

'En het boek?'

Deze keer lachte hij echt. 'Daar moeten we afzonderlijk over onderhandelen, Dame,' zei hij.

57

De beschieting begon opnieuw en duurde tot in de avond – een onophoudelijk bombardement van projectielen en stenen, die grote stofwolken veroorzaakten waar ze neerkwamen.

Van achter haar raam kon Alaïs de rokende puinhopen van de huizen op de vlakte zien. Een giftige wolk hing boven de toppen van de bomen als een zwarte nevel, gevangen tussen de takken. Sommige bewoners hadden over het open terrein de ruïnes van Sant-Vicens weten te bereiken en vandaar een goed heenkomen gezocht in de Cité. Maar de meesten waren op de vlucht neergemaaid.

In de kapel brandden de kaarsen op het altaar.

Dinsdagochtend 4 augustus, in alle vroegte, beklommen burggraaf Trencavel en Bertrand Pelletier opnieuw het bolwerk.

Het Franse kamp ging schuil onder de ochtendnevel vanuit de rivier. Tenten, stallen, dieren – er leek een hele stad te zijn ontstaan. Pelletier keek op. Het zou weer een verzengend hete dag worden. Het verlies van de rivier, zo vroeg al tijdens de belegering, betekende een zware slag. Zonder water zouden ze het niet lang kunnen volhouden. Als de Fransen hen niet versloegen, zou de droogte het wel doen.

De vorige dag had Alaïs hem verteld dat er al geruchten gingen over het eerste geval van belegeringsziekte in het *quartier* rond de Porte de Rodez, waar de meeste vluchtelingen uit Sant-Vicens terecht waren gekomen. Hij was zelf gaan kijken en vreesde dat Alaïs gelijk had, hoewel de consul van de wijk het ontkende.

'Je bent diep in gedachten, mijn vriend.'

Bertrand keek de burggraaf aan. 'Neem me niet kwalijk, Messire.'

Trencavel wuifde zijn verontschuldiging weg. 'Moet je dat zien, Bertrand! De overmacht is veel te groot voor ons… en dan zonder water.'

'Pedro II van Aragon schijnt maar een dag rijden hier vandaan te zijn,' merkte Pelletier op. 'U bent zijn vazal, Messire. Hij moet u wel te hulp komen.'

Pelletier wist dat het een moeilijk verzoek zou zijn. Pedro was een verstokte katholiek en zwager van Raymond VI, graaf van Toulouse, ook al mochten de twee mannen elkaar niet. Maar er bestond een sterke historische band tussen het huis Trencavel en dat van Aragon.

'De diplomatieke ambities van de koning zijn nauw verbonden met het lot van Carcassona, Messire. Hij wil geen Franse bezetting van de Pays d'Oc.' Hij zweeg een moment. 'Pierre-Roger de Cabaret en uw bondgenoten zijn voorstanders van dit plan.'

Trencavel legde zijn handen op de muur voor hem. 'Ja, dat hebben ze me gezegd.'

'Stuurt u een boodschapper?'

Pedro reageerde op het verzoek en arriveerde laat in de middag van de 5de augustus.

'Open de poorten! Open de poorten voor *lo Rèi!*'

De poorten van het Château Comtal werden opengegooid. Alaïs werd naar haar raam gelokt door het rumoer en stormde de trappen af om te zien wat er aan de hand was. Eerst wilde ze alleen naar nieuws vragen. Maar toen ze opkeek naar de ramen van de Grote Hal hoog boven haar, werd de nieuwsgierigheid naar wat zich binnen afspeelde haar toch te groot. Te vaak al had ze het nieuws uit de derde of vierde hand gehoord.

Er was een kleine nis achter de gordijnen die de Grote Hal van de ingang van Trencavels privé-vertrekken scheidden. Het was al jaren geleden, toen ze nog een klein meisje was, dat Alaïs zich voor het laatst in die ruimte had verborgen om haar vader af te luisteren terwijl hij aan het werk was. Ze wist niet eens of ze nu nog wel in die nis zou passen.

Alaïs klom op de stenen bank en legde haar handen op de vensterbank van het onderste raam van de Tour Pinte, dat uitkeek over de Cour du Midi. Ze hees zich omhoog, kroop over de stenen richel heen en wrong zich door de smalle opening.

Ze had geluk. De kamer was leeg. Alaïs sprong op de grond, zo zachtjes mogelijk, maakte voorzichtig de deur open en glipte in de ruimte achter het gordijn. Ze schoof nog wat verder, zo ver als ze durfde, naar de kier toe. Ze stond zo dicht bij burggraaf Trencavel, die zijn handen op zijn rug had, dat ze hem had kunnen aanraken.

Ze was net op tijd. Aan het eind van de Grote Hal vlogen de deuren open. Ze zag haar vader naar binnen stappen, gevolgd door de koning van Aragon en enkelen van Carcassonnes bondgenoten, onder wie de *seigneurs* van Lavaur en Cabaret.

Burggraaf Trencavel viel op zijn knieën voor zijn heer.

'Dat is niet nodig,' zei Pedro en hij gebaarde hem om op te staan.

Uiterlijk waren de twee mannen totaal verschillend. De koning was jaren ouder dan Trencavel, van dezelfde leeftijd als Alaïs' vader. Hij was lang en breed, een bul van een vent, met een gezicht dat de sporen droeg van ontelbare militaire conflicten. Zijn grove, sombere gelaatstrekken werden nog geaccentueerd door zijn dikke, zwarte snor en zijn donkere huid. Zijn haar, weliswaar nog zwart, begon al te grijzen bij de slapen – net als bij haar vader, dacht Alaïs.

'Vraag je mannen om zich terug te trekken,' zei hij kortaf. 'Ik wil onder vier ogen met je spreken, Trencavel.'

'Ik zou het op prijs stellen als mijn rentmeester aanwezig kon blijven, sire. Ik hecht grote waarde aan zijn advies.'

De koning aarzelde even, maar knikte toen.

'Woorden schieten te kort voor onze dankbaarheid...'

'Ik ben niet gekomen om je te helpen,' viel Pedro hem in de rede, 'maar om je op je dwalingen te wijzen. Je hebt je deze situatie zelf op de hals gehaald door je koppige weigering om af te rekenen met de ketters in dit gebied. Je hebt vier jaar – vier jaar! – de tijd gehad om die ketterij aan te pakken, maar je hebt niets gedaan. Je staat Kathaarse bisschoppen toe om openlijk te preken in je dorpen en steden. Je vazallen geven publiekelijk steun aan de *Bons Homes...*'

'Geen enkele vazal...'

'Of wil je ontkennen dat de aanvallen op heilige mannen en priesters ongestraft zijn gebleven? De vernedering van geestelijken? In jouw gebieden mogen de ketters openlijk hun eredienst bedrijven. Je bondgenoten beschermen hen. Het is algemeen bekend dat de graaf van Foix niet voor de Heilige Relikwieën wenst te buigen en dat zijn zuster zo diep is gezonken dat ze zich tot *parfaite* heeft laten wijden – een ceremonie waarbij de graaf nota bene zelf aanwezig was!'

'Ik kan niet spreken voor de graaf van Foix.'

'Hij is je vazal en je bondgenoot,' antwoordde Pedro nijdig. 'Waarom laat je deze toestand voortbestaan?'

Alaïs voelde dat de burggraaf diep ademhaalde. 'Sire, u geeft zelf het antwoord al. Wij leven in goede harmonie met de ketters, zoals u ze noemt. We zijn samen opgegroeid, sommigen behoren tot onze naaste familie. De *parfaits* leiden een rechtschapen en eerlijk leven. Ze hebben de zorg voor een steeds groeiende kudde. Ik zou hen evenmin kunnen verjagen als ik de zonsopgang zou kunnen verbieden!'

Zijn woorden maakten geen indruk op Pedro. 'Je enige kans is een verzoening met de Heilige Moederkerk. Je bent zeker niet de mindere van de noordelijke edelen die de abt bij zich heeft, en ze zullen je met respect behandelen als je tot inkeer komt. Maar als je ook maar één moment de suggestie wekt dat je die ketterse denkbeelden aanhangt – al is het niet in je daden, dan toch in je hart – zal hij je verpletteren.' De koning zuchtte. 'Dacht je echt dat je dit kon winnen, Trencavel? Tegenover een overmacht van honderd tegen één?'

'We hebben eten genoeg.'

'Eten wel, maar geen water. Je hebt geen toegang meer tot de rivier.'

Alaïs zag dat haar vader een snelle blik wierp naar de burggraaf, duidelijk bevreesd dat hij zijn zelfbeheersing zou verliezen.

'Ik wil u niet tegenspreken of uw ongenoegen over me afroepen, maar ziet u niet dat dit leger alleen maar geïnteresseerd is in onze grond, niet in onze ziel? Deze oorlog gaat niet om de glorie van God maar om de hebzucht van de mens. Dit is een bezettingsleger, sire. *Als* ik tekort ben geschoten tegenover de Kerk, en u daarmee heb gekwetst, dan vraag ik uw vergiffenis. Maar ik ben de graaf van Nevers of de abt van Cîteaux niets verschuldigd. Zij hebben geen spirituele of wereldse aanspraken op mijn land. Ik zal mijn volk niet aan die Franse jakhalzen verraden om zo'n plat voorwendsel.'

Alaïs gloeide van trots – net als haar vader, aan zijn gezicht te zien. En voor het eerst leken Trencavels moed en onverzettelijkheid ook enig effect te hebben op de koning.

'Dat zijn nobele woorden, burggraaf, al zullen ze u niet helpen. Maar laat mij, uit naam van uw eigen volk, waarmee u zo begaan bent, de abt van Cîteaux in elk geval berichten dat u bereid bent zijn voorwaarden aan te horen.'

Trencavel liep naar het raam en mompelde: 'Dus we hebben niet genoeg water voor iedereen in de *Ciutat*?'

Haar vader schudde zijn hoofd. 'Nee.'

Alleen zijn handen, lijkbleek tegen de stenen vensterbank, verrieden hoeveel moeite de volgende woorden hem kostten.

'Goed dan, ik zal horen wat de abt te zeggen heeft.'

Trencavel zweeg nog een hele tijd nadat Pedro vertrokken was. Hij bleef bij het raam staan en keek naar de ondergaande zon. Ten slotte, toen de kaarsen waren aangestoken, ging hij zitten. Pelletier liet eten en drinken komen uit de keukens.

Alaïs durfde zich niet te verroeren, uit angst voor ontdekking. Ze had kramp in haar armen en haar benen. De muren leken op haar af te komen, maar ze had geen keus.

Onder de gordijnen door zag ze haar vaders voeten toen hij door de zaal ijsbeerde. Zo nu en dan hoorde ze zachte gesprekken.

Het was al laat toen Pedro II terugkwam. Alaïs zag aan zijn gezicht dat de missie was mislukt. Ze voelde de moed in haar schoenen zinken. Daar ging haar laatste kans om de Trilogie uit de Cité vandaan te smokkelen voordat het beleg pas goed begon.

'Hebt u nieuws?' vroeg Trencavel, die opstond om hem te begroeten.

'Ik hou het liever voor me, burggraaf,' antwoordde Pedro. 'Ik zou me schamen om zijn beledigende woorden over te brengen.' Hij nam een beker wijn aan en dronk hem in één teug leeg. 'De abt van Cîteaux geeft u en twaalf mannen van uw keuze de kans om vannacht ongehinderd het Château te verlaten met alles wat u dragen kunt.'

Alaïs zag dat Trencavel zijn vuisten balde. 'En Carcassona?'

'De *Ciutat*, met alles en iedereen binnen de muren, vervalt aan het kruisleger. Na Besièrs zoeken de ridders compensatie.'

Het bleef even stil toen hij uitgesproken was.

Eindelijk gaf Trencavel lucht aan zijn woede. Hij smeet zijn beker tegen de muur. 'Hoe dúrft hij zo'n beledigend voorstel te doen!' brulde hij. 'Hoe dúrft hij onze eer en trots te krenken! Ik zal niet één van mijn onderdanen aan die Franse jakhalzen uitleveren.'

'Messire,' mompelde Pelletier.

Trencavel zette zijn handen in zijn zij, zwaar ademend, tot hij wat kalmeerde.

Ten slotte richtte hij zich weer tot de koning. 'Sire, ik ben u dankbaar voor uw tussenkomst en de pogingen die u namens ons hebt ondernomen. Maar als niet aan onze kant wilt – of kunt – vechten, dan scheiden zich hier onze wegen. Ik vraag u om zich terug te trekken.'

Pedro knikte. Er viel niets meer te zeggen.

'God sta je bij, Trencavel,' zei hij treurig.

Trencavel keek hem aan. 'Daar ben ik van overtuigd,' zei hij uitdagend.

Toen Pelletier de koning naar buiten begeleidde zag Alaïs haar kans om weg te glippen.

Het feest van de Transfiguratie ging in stilte voorbij, zonder dat er veel vorderingen werden gemaakt aan een van beide kanten. Trencavel bleef het kruisleger bestoken met pijlen en projectielen, terwijl de katapult met een geestdodend gedreun de ene zware steen na de andere op de muren losliet. Mannen sneuvelden aan weerszijden, maar er werd niet veel terrein gewonnen of verloren.

De vlakte begon op een knekelhuis te lijken. Lichamen rotten weg waar ze lagen, opgezwollen door de hitte, een prooi van zwermen zwarte vliegen. Wouwen en haviken, cirkelend boven het slagveld, pikten de botten schoon.

Op vrijdag de 7de augustus deden de kruisvaarders een aanval op de zuidelijke buitenwijk Sant-Miquel. Een tijdlang wisten ze de greppel aan de voet van de muren bezet te houden, maar ten slotte werden ze verdreven door een hagel van pijlen en stenen. Na een patstelling van enkele uren trokken de Fransen zich weer terug voor de aanhoudende beschietingen, begeleid door het gejuich en gejoel van de Carcassonnais.

De volgende morgen in alle vroegte, terwijl de wereld nog zilverwit glansde in het ochtendlicht en een dunne nevel zachtjes over de hellingen dreef waar meer dan duizend kruisvaarders zich tegenover Sant-Miquel hadden opgesteld, begon de aanval opnieuw.

Helmen en schilden, zwaarden en pieken, duizend paar ogen, glinsterden in de bleke zon. Ieder van de mannen droeg een wit kruis op zijn borst gespeld, tegen de kleuren van Nevers, Chartres en Champagne.

Burggraaf Trencavel stond op de wallen van Sant-Miquel, schouder aan schouder met zijn mannen, klaar om de aanval af te slaan.

De boogschutters en *dardasiers* hielden zich gereed, met hun wapens in de aanslag. De voetsoldaten beneden waren gewapend met bijlen, zwaarden en pieken. Achter hen, veilig binnen de Cité totdat ze nodig waren, wachtten de *chevaliers.*

In de verte sloegen de vijandelijke trommels. De Fransen ramden met hun pieken op de grond – een zwaar en aanhoudend gedreun dat weergalmde over het afwachtende landschap.

Dus zo begint het.

Alaïs stond op de muur naast haar vader. Met een half oog zocht ze naar haar man, terwijl ze tegelijkertijd de kruisvaarders in de gaten hield die de heuvel af stroomden.

Toen het kruisleger binnen schootsafstand was hief burggraaf Trencavel zijn arm en gaf het bevel. Een hagel van pijlen verduisterde de hemel.

Aan beide kanten gingen mannen neer. De eerste belegeringsladder stond al tegen de muur. Een pijl uit een kruisboog floot door de lucht en raakte het ruwe, zware hout van de ladder, die naar achteren kantelde en terugviel – eerst nog langzaam, maar toen steeds sneller. De mannen die al omhoog waren geklommen stortten neer in een chaos van splinters, bloed en gebroken botten.

De kruisvaarders slaagden erin een *gata* of belegeringswerktuig tot aan de muren van de buitenwijk te brengen. Beschut onder het afdak en doorweekt met water begonnen de sappeurs de stenen uit de muur te wrikken en een gat te hakken om de wallen te verzwakken.

Trencavel schreeuwde een bevel naar zijn mannen om het gevaarte te vernietigen. Een volgende regen van projectielen en brandende pijlen daalde op de houten constructie neer. Brandende pek en zwarte rook stegen op totdat het ding eindelijk vlam vatte. Met smeulende kleren vluchtten de Fransen uit de brandende kooi, om op het open veld door de pijlen te worden neergemaaid.

Maar het was al te laat. De verdedigers moesten toezien hoe de mijn die de kruisvaarders al dagen hadden voorbereid ontplofte. Alaïs beschermde haar gezicht met haar handen toen de explosie een fontein van stenen, stof en vlammen veroorzaakte.

De aanvallers stormden door de bres heen. Het gebulder van het vuur overstemde zelfs het gegil van de vrouwen en kinderen die voor het inferno vluchtten.

De zware poort tussen de Cité en Sant-Miquel werd opengerukt en de *chevaliers* van Carcassonne gingen in de tegenaanval. '*Laat hem behouden blijven,*' hoorde Alaïs zichzelf mompelen, alsof woorden in staat waren om pijlen tegen te houden.

De kruisvaarders gebruikten nu de afgehakte schedels van de doden in hun katapult om over de muren te slingeren en zo nog meer paniek en angst te zaaien. Het gebrul en geschreeuw zwol nog aan toen burggraaf Trencavel zich met zijn mannen in het gewoel stortte. Hij was een van de eersten die succes had. Met één klap ramde hij zijn zwaard door de hals van een kruisridder. Hij trapte het lichaam met zijn laars van zijn wapen af.

Guilhem reed niet ver achter hem. Hij dreef zijn paard dwars door de meute aanvallers heen en vertrapte iedereen die op zijn weg kwam.

Alaïs ontdekte Alzeu de Preixan aan zijn zijde. Vol afgrijzen zag ze hoe zijn paard uitgleed en neerstortte. Onmiddellijk wendde Guilhem zijn paard en kwam terug om zijn vriend te helpen. Dolzinnig door de geur van bloed en het kletterende staal begon Guilhems machtige paard te steigeren en verpletterde een tegenstander onder zijn hoeven, wat Alzeu genoeg tijd gaf om weer overeind te krabbelen en zich in veiligheid te brengen.

Ze waren zwaar in de minderheid en werden voor de voeten gelopen door horden doodsbange en gewonde mannen, vrouwen en kinderen die naar de Cité vluchtten. Het kruisleger rukte meedogenloos op. De ene straat na de andere viel in Franse handen.

Eindelijk hoorde Alaïs het onvermijdelijke bevel:

'*Repli! Repli!*' Terugtrekken.

Die nacht, onder dekking van het duister, sloop een handvol verdedigers terug naar de verwoeste buitenwijk. Ze doodden de enkele kruisvaarders die op wacht stonden, staken de overgebleven huizen in brand en beroofden de Fransen zo van alle dekking bij een hernieuwde beschieting van de Cité.

Maar dat veranderde weinig aan de naakte waarheid.

Sant-Vicens en Sant-Miquel waren gevallen. Carcassonne stond er alleen voor.

58

Volgens de wens van burggraaf Trencavel waren er tafels neergezet in de Grote Hal. Trencavel en Dame Agnès liepen van de ene tafel naar de andere om de mannen te bedanken voor het werk dat ze hadden verzet en nog zouden moeten verzetten.

Pelletier begon zich met de minuut onprettiger te voelen. Er hing een zware lucht van brandend kaarsvet, zweet, koude schotels en warm bier. Hij vroeg zich af hoe lang hij dat nog kon verdragen. De krampen in zijn maag werden steeds heviger en volgden elkaar steeds sneller op.

Hij probeerde overeind te komen, maar zonder enige waarschuwing zakte hij door zijn knieën. Toen hij steun zocht bij de tafel sloeg hij voorover. Borden, kopjes en afgekloven botten vlogen alle kanten op. Het voelde alsof er een wild beest aan zijn maag knaagde.

Burggraaf Trencavel draaide zich bliksemsnel om. Iemand riep iets. Vaag drong het tot Pelletier door dat er bedienden op hem af renden om hem te helpen, terwijl iemand Alaïs' naam riep.

Handen hielden hem overeind en begeleidden hem naar de deur. François' gezicht zweefde voor zijn ogen en verdween weer. Hij meende de stem van Alaïs te horen, die orders gaf, maar van heel ver weg, en in een taal die hij niet verstond.

'Alaïs,' riep hij, zoekend naar haar hand in de duisternis.

'Ik ben bij u. We brengen u naar uw kamer.'

Hij voelde sterke armen die hem optilden, en de frisse nachtlucht van de Cour d'Honneur toen hij de trap op werd gehesen.

Het ging niet snel. De pijn in zijn maag werd steeds erger. Elke aanval was heftiger dan de vorige. Een kwaadaardige pest verspreidde zich door zijn lichaam en vergiftigde zijn bloed en zijn adem.

'Alaïs...' fluisterde hij, in doodsnood nu.

Zodra ze de kamer van haar vader hadden bereikt stuurde Alaïs Rixende erop uit om François te zoeken en de medicijnen uit haar kamer te halen die ze nodig had. Twee andere bedienden daalden af naar de keukens voor kostbaar water.

Ze gaf opdracht haar vader op zijn bed te leggen. Daar trok ze hem zijn bovenkleren uit en gooide ze op een stapel om te worden verbrand. De pest leek uit al zijn poriën te druipen. De aanvallen van diarree volgden elkaar snel op, met toenemende hevigheid, en bestonden nu grotendeels uit bloed en pus. Alaïs liet kruiden en bloemen branden om de stank wat te verdrijven, maar lavendel en rozemarijn waren niet in staat de harde realiteit van zijn toestand te camoufleren.

Rixende kwam haastig terug met de ingrediënten en hielp Alaïs de gedroogde rode bosbessen met water te mengen tot een dun papje. Nadat ze hem van zijn bevuilde kleren had verlost en een schoon, dun laken over hem heen had gelegd voerde Alaïs hem kleine hoeveelheden van het middel tussen zijn droge lippen.

Hij slikte wel, maar begon meteen te braken. Alaïs probeerde het nog eens. Deze keer wist hij het binnen te houden, maar het kostte veel moeite en leidde tot hevige krampen.

De tijd – snel of langzaam – had geen betekenis meer toen Alaïs probeerde de opmars van de ziekte te stuiten. Om middernacht kwam burggraaf Trencavel naar de kamer.

'Is er nog nieuws, Dame?'

'Hij is heel erg ziek, Messire.'

'Heb je iets nodig? Geneesheren, medicijnen?'

'Nog wat water, als u het kunt missen? Ik heb Rixende een tijdje geleden gestuurd om François te zoeken, maar ik heb hem nog niet gezien.'

'Ik ga er achteraan.'

Trencavel keek over zijn schouder naar het bed. 'Hoe kan de ziekte zo snel hebben toegeslagen?'

'Het is moeilijk te zeggen waarom zo'n aandoening bij de één zo hard aankomt en de ander ongemoeid laat, Messire. Mijn vader was ernstig verzwakt door zijn tijd in het Heilige Land. Hij is bijzonder gevoelig voor ziekten van de maag.' Ze aarzelde. 'Als God het wil, zal het zich niet verspreiden.'

'Er is geen twijfel dat het de belegeringsziekte is?' vroeg hij grimmig. Alaïs schudde haar hoofd. 'Het spijt me dat te horen. Laat het me weten zodra er een verandering optreedt.'

Terwijl de uren verstreken werd haar vaders greep op het leven zwakker en zwakker. Hij had heldere momenten, waarin hij leek te beseffen wat er met hem gebeurde. Op andere ogenblikken scheen hij niet meer te weten waar of wie hij was.

Kort voor het eerste ochtendlicht werd Pelletiers ademhaling oppervlakkiger. Alaïs, die half zat te suffen, hoorde de verandering en was meteen klaarwakker.

'*Filha...*'

Ze voelde zijn handen en zijn voorhoofd en wist dat het niet lang meer kon duren. De koorts had hem verlaten. Zijn huid was koud.

Zijn ziel vecht om zich te bevrijden.

'Help me...' zei hij moeizaam, '... om te gaan zitten.'

Met hulp van Rixende wist Alaïs hem overeind te krijgen. Door de ziekte leek hij in één nacht jaren ouder geworden.

'Niet praten,' fluisterde ze. 'Spaar uw krachten.'

'Alaïs,' vermaande hij haar zacht. 'Je weet dat mijn tijd gekomen is.' Zijn borst rochelde vochtig terwijl hij naar adem hapte. Zijn ogen stonden hol en hadden gele wallen. Op zijn handen en in zijn hals waren bleekbruine vlekken ontstaan. 'Wil je een *parfait* laten komen?' Hij dwong zich zijn diepliggende ogen te openen. 'Ik wil een goede dood.'

'U wilt de troost ontvangen, *Paire*?' vroeg ze voorzichtig.

Een dun lachje gleed om Pelletiers mond en heel even was er weer iets te zien van de man die hij zijn hele leven was geweest.

'Ik heb goed geluisterd naar de woorden van de *Bons Chrétiens*. Ik heb de teksten geleerd van de *melhorer* en het *consolament*...' Hij wachtte even. 'Ik ben geboren als christen, en zo zal ik ook sterven, maar niet in de corrupte omhelzing van degenen die nu oorlog tegen ons voeren uit naam van God. Als ik me goed gedragen heb in dit leven, zal ik me met Gods gratie mogen aansluiten bij de glorieuze gemeenschap van zielen in de hemel.'

Een hoestbui belette hem om verder te gaan. Alaïs keek wanhopig de kamer rond. Ze stuurde een bediende om burggraaf Trencavel te zeggen dat de toestand van haar vader was verslechterd. Zodra hij verdwenen was riep ze Rixende weer bij zich.

'Haal de *parfaits*. Ik heb ze eerder vandaag op de binnenplaats gezien. Zeg dat er iemand is die het *consolament* wil ontvangen.'

Rixende keek doodsbenauwd.

'Niemand kan je kwalijk nemen dat je een bericht overbrengt,' probeerde Alaïs het meisje gerust te stellen. 'Je hoeft niet met ze terug te komen.'

Een beweging van haar vader bepaalde haar aandacht weer bij het bed. 'Snel, Rixende. Maak voort.'

Alaïs boog zich over hem heen. 'Wat is er, *Paire*? Ik ben bij u.'

Hij wilde iets zeggen, maar de woorden leken in zijn keel te verschrompelen voordat hij ze kon uitspreken. Ze goot wat wijn in zijn mond en veegde met een vochtige doek over zijn droge lippen.

'De Graal is het woord van God, Alaïs. Dat probeerde Harif me te leren, hoewel ik het niet begreep,' stamelde hij. 'Maar zonder de *merel*... de waarheid van het labyrint, is het een valse weg.'

'En de *merel* dan?' vroeg ze dringend. Ze wist niet wat hij bedoelde.

'Je had gelijk, Alaïs. Ik ben te koppig geweest. Ik had je moeten laten gaan, toen het nog kon.'

Alaïs spande zich in om zijn vage woorden te volgen. 'Welke weg?'

'Ik heb het niet gezien,' mompelde hij. 'En ik zal die kans niet meer krijgen. De grot… maar weinig mensen zijn er geweest.'

Alaïs keek wanhopig naar de deur.

Waar blijft Rixende?

Op de gang hoorde ze het geluid van rennende voetstappen. Rixende verscheen, gevolgd door twee *parfaits*. Alaïs herkende de oudste, een man met donkere trekken, een volle baard en een vriendelijk gezicht. Ze had hem ooit ontmoet bij Esclarmonde thuis. Ze droegen allebei een donkerblauwe mantel met een riem van gevlochten touw en een metalen gesp in de vorm van een vis.

Hij boog zijn hoofd. 'Dame Alaïs.' Toen keek hij langs haar heen naar het bed. 'Is het uw vader, intendant Pelletier, die onze troost nodig heeft?'

Ze knikte.

'Heeft hij nog adem om te spreken?'

'Hij zal de kracht wel vinden.'

Weer klonk er enig rumoer in de gang, en burggraaf Trencavel dook in de deuropening op.

'Messire…' zei Alaïs geschrokken. 'Hij vroeg om de *parfaits*… mijn vader wil een goede dood sterven, Messire.'

Ze zag de verbazing in zijn ogen, maar hij gaf bevel de deur te sluiten.

'Het maakt niet uit,' zei hij. 'Ik blijf erbij.'

Alaïs keek hem even aan, maar draaide zich weer om naar haar vader toen de *parfait* haar wenkte.

'Intendant Pelletier lijdt hevige pijnen, maar zijn geest is nog sterk en hij is een moedig mens.' Alaïs knikte. 'Hij heeft nooit iets gedaan om onze Kerk te schaden, en hij is ons niets verschuldigd?'

'Hij is een beschermer van allen die God liefhebben.'

Alaïs en Raymond-Roger deden een stap terug toen de *parfait* naar het bed liep en zich over de stervende man boog. Bertrand knipperde met zijn ogen toen de prediker de *melhorer*, de zegen, uitsprak.

'Belooft ge de regels van rechtvaardigheid en waarheid te volgen en uzelf aan God en de Kerk van de *Bons Chrétiens* te geven?'

Het spreken kostte Pelletier moeite. 'Dat… beloof ik.'

De *parfait* legde een perkament met het Nieuwe Testament op zijn hoofd. 'Moge God u zegenen, een goed christen van u maken en u begeleiden naar een goed einde.' Hij sprak de *benedicté*, gevolgd door het *adoremus*, driemaal.

Alaïs was geroerd door de eenvoud van de dienst. Burggraaf Trencavel keek strak voor zich uit. Het scheen hem moeite te kosten zich te beheersen.

'Bertrand Pelletier, bent u gereed om het geschenk van het onzevader te ontvangen?'

Haar vader mompelde instemmend.

Met een heldere, duidelijke stem bad de *parfait* zeven keer het onzevader, terwijl hij Pelletier de gelegenheid gaf te antwoorden.

'Dit is het gebed dat Jezus Christus in de wereld heeft gebracht en de *Bons Homes* heeft onderwezen. Ge zult nooit meer iets eten of drinken zonder eerst dit gebed te zeggen. Als ge hierin verzaakt, zult ge boete moeten doen.'

Pelletier probeerde te knikken. Het holle gefluit in zijn borst klonk nog luider nu, als de wind in de najaarsbomen.

De *parfait* las uit het evangelie van Johannes.

'In den beginne was het Woord, en het Woord was bij God en het Woord was God. Dit was in den beginne bij God.' Pelletiers hand schokte boven de deken toen de *parfait* vervolgde: '... En gij zult de waarheid verstaan, en de waarheid zal u vrijmaken.'

Opeens sperde Pelletier zijn ogen open. '*Vertat,*' fluisterde hij. 'Ja, de waarheid.'

Alaïs pakte geschrokken zijn hand, maar ze voelde hem al wegglijden. Het licht verdween uit zijn ogen. Ze hoorde dat de *parfait* sneller sprak, alsof hij bang was dat hij niet de tijd zou krijgen om het ritueel te voltooien.

'Hij moet de laatste woorden spreken,' zei hij dringend tegen Alaïs. 'Help hem.'

'*Paire*, je moet...' Verdriet verstikte haar stem.

'Voor elke zonde... die ik heb begaan... in woord of daad,' zei Pelletier hees, 'Vraag... vraag ik de vergiffenis van God en de Kerk... en allen hier aanwezig.'

Met zichtbare opluchting legde de *parfait* zijn handen op Pelletiers hoofd en gaf hem de vredeskus. Alaïs' adem stokte. Een uitdrukking van verlossing had het gezicht van haar vader veranderd nu de genade van het *consolament* over hem neerdaalde. Het was een moment van transcendentie en inzicht. Zijn geest was gereed om zijn zieke lichaam en de beperkingen van de aarde te verlaten.

'Zijn ziel is bereid,' zei de *parfait*.

Alaïs knikte. Ze ging op het bed zitten en pakte haar vaders hand. Burggraaf Trencavel kwam aan de andere kant staan. Pelletier was nog nauwelijks bij bewustzijn, maar hij scheen hun nabijheid te voelen.

'Messire?'

'Ik ben bij je, Bertrand.'

'Carcassona mag niet vallen.'

'Ik geef je mijn woord, als eerbetoon aan alle liefde en plicht die ons al die jaren hebben verbonden. Ik zal doen wat ik kan.'

Pelletier probeerde zijn hand van de deken op te tillen. 'Het was een eer om u te mogen dienen.'

Alaïs zag dat de ogen van de burggraaf zich vulden met tranen. 'Ik ben het die jou moet bedanken, mijn oude vriend.'

Pelletier trachtte zijn hoofd op te tillen. 'Alaïs?'

'Ik ben hier, vader,' zei ze snel. Alle kleur was uit Pelletiers gezicht geweken. Zijn huid lag in grijze plooien onder zijn ogen. 'Niemand heeft ooit zo'n dochter gehad als jij.'

Hij scheen een zucht te slaken toen het leven hem verliet. Daarna was alles stil.

Alaïs kon zich niet meer bewegen, niet reageren, zelfs niet ademen. Toen sloeg er een golf van verdriet door haar heen, die haar overweldigde en in bezit nam totdat ze jammerend ineenstortte.

59

Een soldaat verscheen in de deuropening. 'Heer Trencavel?'

Hij draaide zijn hoofd om. 'Wat is er?'

'Een dief, Messire, die water heeft gestolen van de Place du Plô.'

Hij gaf een teken dat hij eraan zou komen. 'Dame, ik moet u alleen laten.'

Alaïs knikte. Ze had geen tranen meer.

'Ik zal erop toezien dat hij wordt begraven met alle eerbetoon en ceremonieel dat bij zijn status past. Hij was een dapper mens, een toegewijd raadsman en een trouwe vriend.'

'Zijn Kerk vraagt dat niet, Messire. Zijn vlees is van geen belang. Zijn ziel is al vertrokken. Hij zou willen dat u zich om de levenden bekommerde.'

'Zie het dan als een zelfzuchtig besluit van mijzelf, omdat ik hem de laatste eer wil bewijzen, uit liefde en hoogachting voor je vader. Ik zal zijn lichaam laten overbrengen naar de *capèla* Santa-Maria.'

'Hij zou zich vereerd hebben gevoeld door zo'n bewijs van uw affectie.'

'Kan ik iemand sturen om je gezelschap te houden? Je man kan ik niet missen, maar misschien je zuster? En vrouwen om je te helpen bij het afleggen?'

Abrupt keek ze op. Ze had geen moment aan Oriane gedacht! Ze was zelfs vergeten haar te waarschuwen dat hun vader ziek was.

Ze hield toch niet van hem.

Alaïs legde het stemmetje in haar hoofd het zwijgen op. Ze had haar plicht verzaakt, tegenover haar vader én haar zus. Ze kwam overeind.

'Ik ga zelf wel naar mijn zuster, Messire.'

Ze boog toen hij de kamer verliet en draaide zich weer om. In haar eentje begon ze aan de ceremonie van het afleggen. Ze gaf opdracht het bed af te halen en opnieuw op te maken met schone lakens. Het vuile beddengoed moest worden verbrand. Toen, met hulp van Rixende, maakte ze de windsels en de grafolie gereed. Ze waste zelf zijn lichaam en streek het haar van zijn voorhoofd, zodat hij er in de dood weer uitzag zoals de man die hij bij leven was geweest.

Ze wachtte nog even en keek naar zijn lege gezicht. *Je kunt het niet langer uitstellen.*

'Zeg tegen de burggraaf dat zijn lichaam naar de *capèla* kan worden gebracht, Rixende. Ik moet mijn zus waarschuwen.'

Guirande lag te slapen op de vloer, voor Orianes kamer.

Alaïs stapte over haar heen en probeerde de deur. Deze keer zat hij niet op slot. Oriane lag alleen in bed, met de gordijnen open. Haar warrige zwarte krullen lagen over het kussen gespreid en haar huid was melkwit in het vroege ochtendlicht. Alaïs begreep niet hoe ze kon slapen, in deze omstandigheden.

'Zus!'

Geschrokken opende Oriane haar groene kattenogen. Haar schrik maakte plaats voor verbazing en toen voor de gebruikelijke minachting op haar gezicht.

'Ik heb slecht nieuws,' zei Alaïs op kille, matte toon.

'Kan dat niet wachten? Het is nog niet eens tijd voor het ochtendgebed.'

'Nee. Onze vader...' Ze zweeg.

Hoe konden zulke woorden waar zijn?

Alaïs haalde diep adem en vermande zich. 'Vader is dood.'

Oriane staarde haar geschokt aan, voordat haar gezicht zijn normale uitdrukking terugkreeg. 'Wat zei je daar?' vroeg ze, terwijl ze haar ogen tot spleetjes kneep.

'Vader is vanochtend overleden. Kort voordat het licht werd.'

'Hoe? Hoe is hij gestorven?'

'Is dat alles wat je kunt zeggen?' riep Alaïs.

Oriane sprong uit bed. 'Waar is hij aan gestorven? Zeg het!'

'Een ziekte. Heel plotseling.'

'Was jij erbij toen hij stierf?'

Alaïs knikte.

'Maar je hebt niet de moeite genomen om mij te laten halen?' vroeg ze woedend.

'Het spijt me,' fluisterde Alaïs. 'Het ging allemaal zo snel. Ik weet dat ik...'

'Wie was er verder nog bij?'

'Heer Trencavel, en...'

Oriane hoorde haar aarzeling. 'Heeft vader zijn zonden gebiecht en is hij bediend?' vroeg ze. 'Is hij binnen de Kerk gestorven?'

'Hij is niet zonder geestelijke bijstand overleden,' antwoordde Alaïs zorgvuldig. 'Hij heeft zich verzoend met God.'

Ze weet het.

'Wat maakt het ook uit?' riep Alaïs, geschokt door Orianes kille reactie op het nieuws. 'Hij is dood, zus. Betekent dat niets voor je?'

'Jij hebt je plicht verzaakt, zus.' Oriane priemde met haar vinger naar Alaïs. 'Als oudste had ik meer recht om erbij te zijn dan jij. Dat was míjn plaats. En als ik dan ook nog zou ontdekken dat je die ketters toestemming hebt gegeven om hem te bezoedelen terwijl hij stervend was, zul je daar spijt van krijgen, dat beloof ik je!'

'Maar je hebt geen verdriet? Het doet je niets?'

Alaïs las het antwoord op Orianes gezicht. 'Zijn dood raakt me niet dieper dan het sterven van een hond op straat. Hij hield niet van me. Het is al heel lang geleden sinds ik daar voor het laatst verdriet van heb gehad. Waarom zou ik nu dan treurig zijn?' Ze kwam nog een stap dichterbij. 'Hij hield alleen van jou. In jou herkende hij zichzelf.' Ze lachte onaangenaam. 'Jou vertrouwde hij. Met jou deelde hij zijn diepste geheimen.'

Zelfs in haar verlamde toestand voelde Alaïs het bloed naar haar wangen stijgen. 'Wat bedoel je?' vroeg ze, hoewel ze het antwoord vreesde.

'Dat weet je heel goed,' siste Oriane. 'Dacht je echt dat ik niets wist van jullie nachtelijke gesprekken?' Ze kwam een stap dichterbij. 'Jouw leven zal heel anders worden, zusje, zonder je vader om je te beschermen. Je hebt veel te lang je zin gekregen.' Oriane stak een hand uit en greep Alaïs bij haar pols.

'Zeg het me. Waar is het derde boek?'

'Ik weet niet waar je het over hebt.'

Oriane sloeg haar met de vlakke hand.

'Waar is het?' siste ze. 'Ik weet dat je het hebt.'

'Laat me los.'

'Geen spelletjes, zusje. Hij moet het aan jou hebben gegeven. Wie zou hij anders hebben vertrouwd? Vertel me waar het is. Ik moet het hebben!'

Een huivering gleed over Alaïs' rug. 'Hou op. Straks komt er iemand.'

'Wie dan?' vroeg ze. 'Je vader is er niet meer om je te redden.'

'Guilhem.'

Oriane lachte. 'O ja, ik was vergeten dat je je met je man had verzoend. Weet je wat jouw echtgenoot werkelijk van je denkt?' ging ze verder. 'Weet je dat wel?'

De deur vloog open en sloeg tegen de muur.

'Zo is het genoeg!' brulde Guilhem. Oriane liet meteen Alaïs' pols los toen Guilhem door de kamer liep en zijn vrouw in zijn armen nam. '*Mon còr*, ik ben meteen gekomen toen ik hoorde van je vaders dood. Een verschrikkelijk bericht.'

'Ach, wat roerend!' Orianes schelle stem verscheurde de intimiteit tussen hen tweeën. 'Vraag hem eens waarom hij is teruggekomen naar je bed,' zei ze hatelijk, met haar ogen strak op Guilhem gericht. 'Of ben je bang voor zijn antwoord? Vraag het hem, Alaïs. Het was geen liefde of verlangen. Het boek, dat was de enige reden voor die verzoening. Anders niets.'

'Hou je mond, ik waarschuw je!'

'Waarom? Ben je bang voor wat ik zal zeggen?'

Alaïs voelde de spanning tussen hen beiden. De wetenschap. En meteen begreep ze het.

Nee. Dat niet.

'Hij is niet in jou geïnteresseerd, Alaïs. Hij wil het boek. Daarom is hij teruggekomen naar je kamer. Hoe kun je zo blind zijn?'

Alaïs deed een stap bij Guilhem vandaan. 'Is dat zo?'

Hij draaide zich naar haar toe, met wanhoop in zijn ogen. 'Ze liegt! Ik zweer het op mijn leven. Dat boek kan me niets schelen. Ik heb haar niets verteld. Hoe zou ik dat kunnen?'

'Hij heeft je kamer doorzocht terwijl je sliep. Ontken het maar niet.'

'Dat is niet waar!' schreeuwde hij.

Alaïs keek hem aan. 'Maar je wist wel dat er zo'n boek bestond?'

De schrik in zijn ogen was het antwoord dat ze vreesde.

'Ze probeerde me te chanteren om haar te helpen, maar ik heb geweigerd.' Zijn stem brak. 'Ik heb het niet gedaan, Alaïs.'

'Waarmee kon ze je dan chanteren?' vroeg ze zacht, bijna fluisterend.

Guilhem wilde haar hand pakken, maar ze deinsde terug.

Zelfs nu hoop ik nog dat hij het ontkent.

Hij liet zijn hand zakken. 'Eén keer, ja. Ik... Vergeef het me.'

'Je berouw komt wel wat laat.'

Alaïs negeerde Oriane. 'Hou je van haar?'

Guilhem schudde zijn hoofd. 'Zie je niet wat ze doet, Alaïs? Ze probeert jou tegen mij op te zetten.'

Alaïs kon het niet geloven. Dacht hij echt dat ze hem ooit nog zou vertrouwen?

Weer stak hij zijn hand uit. 'Alsjeblieft, Alaïs,' smeekte hij. 'Ik hou van je.'

'Genoeg,' zei Oriane, en ze kwam voor Alaïs staan. 'Waar is het boek?'

'Ik heb het niet.'

'Wie dan wel?' vroeg Oriane dreigend.

Alaïs liet zich niet overdonderen. 'Wat moet je ermee? Waarom is het zo belangrijk voor je?'

'Vertel het me nou maar,' snauwde Oriane, 'dan is het allemaal voorbij.'

'En anders?'

'Het is zo makkelijk om ziek te worden,' zei ze. 'Jij hebt vader verpleegd. Misschien draag je de ziekte al bij je.' Ze keek Guilhem aan. 'Begrijp je wat ik bedoel, Guilhem? Als je tegen me in gaat.'

'Waag het niet haar kwaad te doen!'

Oriane lachte. 'Je bent niet in een positie om mij te dreigen, Guilhem. Ik heb genoeg bewijzen van je verraad om je te laten hangen.'

'Bewijzen die je zelf hebt gefabriceerd,' riep hij. 'Heer Trencavel zal je nooit geloven.'

'Je onderschat me, Guilhem, als je denkt dat er enige twijfel mogelijk is. Durf je dat te wagen?' Ze draaide zich om naar Alaïs. 'Zeg me waar je het boek verborgen hebt, anders ga ik naar de burggraaf.'

Alaïs slikte. Wat had Guilhem gedaan? Ze wist niet wat ze ervan moest denken. Ondanks haar woede wilde ze hem niet voor de leeuwen gooien.

'François,' zei ze. 'Vader heeft het boek aan François gegeven.'

Even leek Oriane in verwarring, maar net zo snel herstelde ze zich weer.

'Goed. Maar ik waarschuw je, zuster, als je liegt zul je er spijt van krijgen.' Ze draaide zich om en liep naar de deur.

'Waar ga je heen?'

'Mijn vader de laatste eer bewijzen, wat dacht je dan? Maar eerst zal ik je veilig naar je kamer brengen.'

Alaïs tilde haar hoofd op en keek haar zus recht aan. 'Dat is helemaal niet nodig.'

'O, jawel. Als François me niet kan helpen, moet ik je weer spreken.'

Guilhem probeerde haar arm te grijpen. 'Ze liegt! Ik heb helemaal niets verkeerds gedaan.'

'Wat jij wel of niet hebt gedaan, Guilhem, zal me een zorg zijn,' zei ze. 'Je wist heel goed wat je deed toen je het bed met haar deelde. Laat me met rust.'

Met opgeheven hoofd liep Alaïs de gang door naar haar kamer, met Oriane en Guilhem op haar hielen.

'Ik kom weer terug. Zodra ik met François gesproken heb.'

'Zoals je wilt.'

Oriane deed de deur dicht. Even later, zoals Alaïs al had gevreesd, werd de sleutel omgedraaid. Ze hoorde Guilhem ruziemaken met Oriane.

Ze sloot haar oren voor hun stemmen en probeerde de giftige beelden van haar jaloezie te verdrijven. Steeds opnieuw zag ze Guilhem en Oriane in elkaars armen liggen. Alaïs had geen verweer tegen de gedachte dat Guilhem dezelfde lieve woordjes tegen Oriane had gefluisterd die zijzelf als parels had gekoesterd, dicht tegen haar hart.

Alaïs drukte haar trillende hand tegen haar borst. Ze voelde haar hart tegen haar ribben bonzen. Verbijsterd en verraden. Ze slikte een paar keer.

Niet aan jezelf denken.

Ze opende haar ogen en liet haar armen langs haar zij vallen, haar handen tot vuisten gebald. Hoe ellendig ze zich ook voelde, ze mocht niet zwak zijn. Anders zou Oriane haar alles ontnemen. Later was er wel tijd voor spijt en zelfverwijt. Haar gebroken hart was nu minder belangrijk dan haar belofte aan haar vader om het boek te beschermen. Hoe moeilijk het ook leek, ze moest Guilhem uit haar gedachten zetten. Ze had zich in haar kamer laten opsluiten vanwege iets dat Oriane had gezegd. *Het derde boek.* Oriane had haar gevraagd waar ze het derde boek verborgen had.

Alaïs rende naar haar mantel, griste hem van de rugleuning van de stoel en voelde langs de zoom waar het boek had gezeten.

Het was er niet meer.

Alaïs liet zich op de stoel vallen, overmand door wanhoop. Oriane had Simeons boek. En zo meteen zou ze terugkomen, zodra ze wist dat Alaïs gelogen had over François.

En Esclarmonde?

Alaïs besefte dat Guilhem niet langer stond te schreeuwen voor de deur.

Is hij met haar meegegaan?

Ze wist niet wat ze moest denken. Het deed er ook niet toe. Hij had haar al eens verraden en het zou de laatste keer niet zijn. Ze moest haar pijn maar in haar gewonde hart opsluiten en proberen hier weg te komen zolang het nog kon.

Alaïs rukte het lavendelzakje open, haalde het perkament van het *Boek der Getallen* eruit en wierp nog een laatste blik door de kamer die ze altijd als haar thuis had beschouwd.

Ze wist dat ze nooit meer terug zou komen.

Toen, met kloppend hart, liep ze naar het raam en keek uit over het dak. Het was haar enige kans om te vluchten voordat Oriane terugkwam.

Oriane voelde niets. In het flakkerende kaarslicht stond ze aan het voeteneind van de lijkbaar en keek neer op het lichaam van haar vader.

Ze stuurde de bedienden weg en bukte zich om haar vaders hoofd te kussen. Haar hand sloot zich om de zijne en ze trok de labyrintring van zijn duim. Ze kon niet geloven dat Alaïs zo onnozel was geweest om hem die te laten houden.

Oriane richtte zich op en liet de ring in haar zak glijden. Ze legde het laken recht, knielde voor het altaar, sloeg een kruisje en vertrok, op zoek naar François.

60

Alaïs zette haar voet op de vensterbank en klom naar buiten. Het duizelde haar bij de gedachte aan wat ze ging proberen.

Je zult vallen.

Als ze viel, was dat dan zo erg? Haar vader was dood, en ze had Guilhem verloren. Uiteindelijk had haar vader toch gelijk gehad met zijn oordeel over het karakter van haar echtgenoot.

Wat heb ik dan nog te verliezen?

Alaïs haalde diep adem en liet zich voorzichtig over de vensterbank zakken tot haar voet de dakpannen vond. Ze deed een schietgebedje, zette haar armen en benen schrap, en liet los. Met een zachte bons kwam ze neer. Meteen gleden haar voeten onder haar vandaan. Ze wierp zich naar voren terwijl ze over de dakpannen gleed en probeerde wanhopig ergens houvast te krijgen – een barst in de pannen, een spleet in de muur, alles wat haar val zou kunnen stuiten.

De tuimeling leek eindeloos te duren. Toen, met een heftige schok, kwam ze abrupt tot stilstand. De zoom van haar mantel was aan een spijker blijven haken en hield haar tegen. Ze bleef doodstil liggen en durfde zich niet te bewegen. Het materiaal spande zich, zo strak als het vel van een trommel. Het was van goede kwaliteit, maar zou toch elk moment kunnen scheuren.

Alaïs keek omhoog naar de spijker. Zelfs als ze erbij zou kunnen had ze twee handen nodig om zich los te maken. De zoom had zich een paar keer rond de ijzeren nagel gewikkeld. Ze kon niet het risico nemen dat ze losschoot. De enige mogelijkheid was de mantel achter te laten en te proberen omhoog te klimmen langs het dak, dat aansloot bij de buitenmuur van het Château Comtal aan de westkant. Daar moest ze zich door de houten latten van het steigerwerk kunnen wringen. De openingen in de betimmering waren niet groot, maar Alaïs was tenger. Het viel te proberen.

Voorzichtig om geen onverhoedse bewegingen te maken stak Alaïs een hand omhoog en rukte aan de stof totdat die begon te scheuren. Ze trok eerst de ene kant los, toen de andere. Er bleef een vierkantje stof aan de spijker achter en Alaïs was vrij.

Ze trok haar ene knie op en zette zich af. Daarna de andere. Zweetdruppeltjes parelden tegen haar slapen en tussen haar borsten, waar ze de perkamenten had verborgen. De ruwe dakpannen schaafden haar huid.

Stukje bij beetje hees ze zich omhoog, totdat ze bij de *ambans* was.

Alaïs stak haar handen uit en greep de houten stutten, die geruststellend stevig aanvoelden tussen haar vingers. Toen trok ze haar knieën op, zodat ze bijna gehurkt op het dak zat, in de hoek tussen de kantelen en de muur geklemd. De opening was toch kleiner dan ze had gehoopt, niet veel dieper dan een mannenhand en misschien drie keer zo breed. Alaïs strekte haar rechterbeen, draaide haar andere been onder zich als steun en wrong zich door de spleet. De tas met de labyrintperkamenten zat onhandig in de weg en bleef tussen haar benen haken, maar ze hield vol.

Zonder acht te slaan op de pijn in haar armen en benen kwam Alaïs haastig overeind en zocht haar weg over de borstwering. Hoewel ze wist dat de wachtposten haar niet zouden verraden aan Oriane wilde ze toch zo snel mogelijk uit het Château Comtal vandaan. Hoe eerder ze bij de Sant-Nasari was, des te beter.

Ze tuurde omlaag om er zeker van te zijn dat er beneden niemand was, voordat ze de ladders afdaalde. Ze ging door haar enkels toen ze een sprong nam vanaf de laatste sporten. Met een klap kwam ze op haar rug terecht, happend naar adem.

Schichtig keek ze naar de kapel, maar kon geen spoor van Oriane of François ontdekken. Zo dicht mogelijk langs de muren liep Alaïs de stallen door. Bij de box van Tatou bleef ze even staan. De merrie had het moeilijk. Alaïs zou haar graag te drinken hebben gegeven, maar het kleine rantsoen water ging alleen naar de militaire paarden.

In de straten wemelde het van de vluchtelingen. Alaïs hield haar mouw voor haar mond en neus, tegen de stank van ziekte en ellende die als een nevel over de stad hing. Gewonde mannen en vrouwen, daklozen met hun kinderen in hun armen, staarden haar wanhopig aan toen ze voorbijkwam.

Ook op het plein voor de Sant-Nasari was het druk. Alaïs wierp een blik over haar schouder om te zien of niemand haar volgde, opende toen de deur en glipte naar binnen. Mensen lagen te slapen in het schip. Ze hadden genoeg aan hun eigen zorgen en letten niet op haar.

Kaarsen brandden op het hoofdaltaar. Alaïs liep haastig door de noordelijke dwarsbeuk naar een weinig gebruikte zijkapel met een klein, eenvoudig altaar waar ze met haar vader was geweest. Muizen zochten een veilig heenkomen, ritselend met hun kleine pootjes over de plavuizen. Alaïs knielde en zocht met haar hand achter het altaar, zoals hij haar had gewezen. Haar vingers gleden over de muur. Een verstoorde spin rende over haar hand en verdween.

Er klonk een zachte klik. Langzaam en voorzichtig trok Alaïs de steen weg en stak haar hand in de stoffige holte erachter. Ze vond de lange, dunne sleutel, dof van ouderdom en onbruik, en stak hem in het slot van het houten lattendeurtje. De scharnieren kraakten en de onderkant schraapte over de stenen vloer.

Alaïs was zich nu sterk van haar vaders nabijheid bewust. Ze beet op haar lip om niet in huilen uit te barsten.

Dit is alles wat je nog voor hem kunt doen.

Ze stak een hand in de nis en haalde het kistje tevoorschijn, zoals hij ook had gedaan. Het was niet groter dan een sieradenkistje, heel simpel en zonder versieringen, met een eenvoudige sluiting. Ze maakte het deksel open en vond de hoes van schapenleer, die haar vader haar had laten zien. Alaïs slaakte een zucht van verlichting. Nu pas besefte ze haar angst dat Oriane haar op de een of andere manier was vóór geweest.

Veel tijd had ze niet. Haastig borg ze het boek onder haar jurk, sloot het deurtje en legde de sleutel weer in zijn bergplaats. Als Oriane of Guilhem deze plek kenden, zou Alaïs in elk geval tijd kunnen winnen door hun de illusie te geven dat het kistje er nog stond.

Ze rende terug door de kerk, met haar capuchon over haar hoofd, en verdween door de zware deur in de massa van wanhopige vluchtelingen, die doelloos over het plein zwierven. De ziekte die haar vader noodlottig was geworden greep snel om zich heen. De stegen lagen vol met rottende kadavers – gezwollen karkassen van schapen, geiten en zelfs runderen, die smerige gassen loslieten in de bedorven atmosfeer.

Als vanzelf ging Alaïs op weg naar Esclarmondes huis. Ze had niet langer de hoop haar daar te vinden – Esclarmonde was al dagen zoek – maar ze kon niets anders bedenken.

De meeste huizen in het zuidelijke *quartier* waren met luiken dichtgespijkerd, ook dat van Esclarmonde zelf. Toch bracht Alaïs een hand omhoog en klopte aan.

'Esclarmonde?'

Ze klopte nog eens, en probeerde de deurkruk, maar de deur zat op slot. 'Sajhë?'

Opeens hoorde ze iets – het geluid van rennende voetstappen en een grendel die werd weggeschoven.

'Dame Alaïs?'

'Sajhë. Goddank! Laat me binnen, snel.'

De deur ging open op een kier, net breed genoeg voor Alaïs om naar binnen te glippen.

'Waar heb je gezeten?' vroeg ze, terwijl ze hem omhelsde. 'Wat is er gebeurd? Waar is Esclarmonde?'

Sajhë stak zijn kleine hand in de hare. 'Kom.'

Hij nam haar mee door het gordijn naar de achterkamer van het huis. In de vloer zat een luik, dat openstond. 'Ben je hier al die tijd gebleven?' vroeg Alaïs. Ze tuurde in het donker omlaag en zag een brandende *calèlh* onder aan de ladder staan. 'In de kelders? Is mijn zuster terug...'

'Nee, zij was het niet,' zei hij met bevende stem. 'Snel, Dame.'

Alaïs daalde als eerste af. Sajhë trok de lat weg en het luik viel met een klap dicht. Hij kwam haastig achter haar aan en sprong het laatste eindje naar de aarden vloer.

'Deze kant op.'

Hij ging haar voor door een vochtige tunnel naar een klein, uitgegraven hol, waar hij de lamp omhooghield. Alaïs keek om zich heen en zag Esclarmonde bewegingloos op een stapel huiden en dekens liggen.

'Nee!' riep ze uit en ze rende naar haar toe.

Het hoofd van de oude vrouw zat helemaal in het verband. Alaïs tilde een hoekje op en sloeg haar hand voor haar mond. Esclarmondes linkeroog was bedekt met een laag bloed. Iemand had een schoon kompres over de wond gelegd, maar de huid lag los om de verbrijzelde oogkas.

'Kunt u haar helpen?' vroeg Sajhë.

Alaïs sloeg de deken terug en voelde een steek in haar maag. Esclarmondes borst was bezaaid met gemene brandwonden. De huid was geel en zwart verkleurd waar het vuur haar had geschroeid.

'Esclarmonde,' fluisterde ze, terwijl ze zich over haar heen boog. 'Kun je me horen? Ik ben het, Alaïs. Wie heeft dit gedaan?'

Ze meende een reactie te zien op Esclarmondes gezicht. Haar lippen bewogen. Alaïs draaide zich om naar Sajhë. 'Hoe heb je haar naar beneden gekregen?'

'Gaston en zijn broer hebben me geholpen.'

Alaïs boog zich weer over de verminkte gedaante op het bed. 'Wat is er met haar gebeurd, Sajhë?'

Hij schudde zijn hoofd.

'Heeft ze je niets verteld?'

'Ze...' Voor het eerst brak zijn stem. 'Ze kan niet spreken... haar tong...'

Alaïs trok wit weg. 'Nee!' fluisterde zo vol afschuw. Toen vermande ze zich. 'Vertel me wat je weet,' zei ze zacht.

Ze moesten allebei sterk blijven, juist ter wille van Esclarmonde.

'Toen we hoorden dat Besièrs was gevallen was *Menina* bang dat intendant Pelletier van gedachten zou veranderen en u geen toestemming meer zou geven om de Trilogie naar Harif te brengen.'

'Dat had ze goed gezien,' zei Alaïs grimmig.

'*Menina* wist dat u zou proberen hem te overreden, maar ze dacht dat intendant Pelletier alleen naar Simeon zou luisteren. Ik wilde niet dat ze zou gaan,' jammerde hij, 'maar ze ging toch, naar het joodse *quartier*. Ik ging achter haar aan, op veilige afstand, zodat ze me niet zag, maar in het bos raakte ik haar kwijt. Ik werd bang. Ik wachtte tot zonsondergang, maar ging toen terug naar huis. Als zij eerder was thuisgekomen en had ontdekt dat ik haar was gevolgd, dan zwaaide er wat. En toen...' Hij zweeg. Zijn amberkleurige ogen brandden in zijn bleke gezicht.

'Ik wist meteen dat zij het was. Ze lag buiten de poort, met bloedende voeten, alsof ze een heel eind gelopen had.' Sajhë keek haar aan. 'Ik wilde u gaan halen, Dame, maar dat durfde ik niet. Gaston heeft me geholpen haar hier te brengen. Ik probeerde me te herinneren wat ze zelf zou hebben gedaan, welke zalfjes ze zou hebben gebruikt.' Hij haalde zijn schouders op. 'Ik heb mijn best gedaan.'

'Dat was heel goed van je,' zei Alaïs nadrukkelijk. 'Esclarmonde zal heel trots op je zijn.'

Een beweging op het bed trok hun aandacht. Ze draaiden zich allebei meteen weer om.

'Esclarmonde,' zei Alaïs, 'kun je me horen? We zijn hier allebei. Je bent veilig.'

'Ze probeert iets te zeggen.'

Alaïs zag dat de oude vrouw krampachtig haar handen bewoog. 'Ze wil perkament en inkt, geloof ik.'

Met hulp van Sajhë wist Esclarmonde een paar letters te schrijven.

'Volgens mij staat er "François",' zei Alaïs fronsend.

'Wat bedoelt ze daarmee?'

'Geen idee. Misschien kan hij ons helpen,' zei Alaïs. 'Luister, Sajhë. Ik heb slecht nieuws. Simeon is dood, dat weet ik bijna zeker. En mijn vader... mijn vader is ook gestorven.'

Sajhë pakte haar hand. Het was zo'n zorgzaam gebaar dat de tranen in Alaïs' ogen sprongen. 'Wat erg.'

Alaïs beet op haar lip om niet te huilen. 'Voor hem... en voor Simeon en Esclarmonde... moet ik mijn belofte houden en op zoek gaan naar Harif. Ik heb...' Ze zweeg weer. 'Het spijt me dat ik alleen het *Boek der Woorden* heb. Simeons boek is verdwenen.'

'Maar u had het gekregen van intendant Pelletier.'

'Mijn zus heeft het gestolen. Mijn echtgenoot had haar in onze kamer binnengelaten,' zei ze. 'Hij... hij heeft zijn hart aan mijn zus geschonken. We kunnen hem niet meer vertrouwen, Sajhë. Daarom kan ik ook niet terug naar het kasteel. Nu mijn vader dood is, zal niemand hen meer tegenhouden.'

Sajhë keek naar zijn grootmoeder, en toen naar Alaïs. 'Komt ze er weer bovenop?' vroeg hij zacht.

'Ze is ernstig gewond, Sajhë. Ze is het licht in haar linkeroog kwijt, maar... er is geen infectie. En haar geest is sterk. Als ze het zelf wil, zal ze herstellen.'

Hij knikte, opeens veel ouder dan zijn elf jaar.

'Maar ik zal Esclarmondes boek meenemen, als jij dat goedvindt, Sajhë.'

Heel even leek het of hij toch in tranen zou uitbarsten. 'Dat boek zijn we ook kwijt,' zei hij ten slotte.

'Nee!' zei Alaïs. 'Hoe kan dat?'

'De mensen die... die haar dit hebben aangedaan, hebben ook het boek gestolen,' zei hij. '*Menina* had het bij zich toen ze naar de joodse wijk ging. Ik zag dat ze het uit zijn bergplaats haalde.'

'Nog maar één boek...' mompelde Alaïs, zelf ook bijna in tranen. 'Dan zijn we verloren. Het is allemaal voor niets geweest.'

Vijf dagen lang leidden ze een vreemd bestaan.

Om beurten waagden Alaïs en Sajhë zich naar buiten, onder dekking van de duisternis. Het was meteen duidelijk dat ze niet ongezien uit Carcassonne zouden kunnen wegkomen. De belegeraars lagen in een kordon om de stad. En de wachtposten van de verdedigers bewaakten alle poorten en torens – een ring van mannen en staal rondom de muren. Dag en nacht bombardeerden de aanvallers de stad, tot de bewoners van de Cité ten slotte niet meer wisten of ze de klappen werkelijk hoorden, of slechts een echo ervan in hun eigen hoofd.

Het was een opluchting om terug te keren naar de koele, vochtige tunnels waar de tijd stilstond en dag en nacht niet meer bestonden.

61

Guilhem stond in de schaduw van de grote iep midden op de Cour d'Honneur.

Uit naam van de abt van Cîteaux was de graaf van Auxerre naar de Porte Narbonnaise gekomen, waar hij een vrijgeleide had aangeboden voor onderhandelingen. Door dat verrassende initiatief had burggraaf Trencavel, van nature een optimist, weer hoop gekregen. Dat was goed te zien aan zijn gezicht en zijn houding toen hij zijn mensen toesprak. Zijn hoop en kracht straalden enigszins af op zijn gehoor.

De redenen voor de plotselinge ommekeer bij de abt waren nogal discutabel. Het kruisleger maakte weinig vorderingen, maar het beleg duurde ook pas ruim een week, wat niet veel voorstelde. Maar deden de motieven van de abt er iets toe? Trencavel vond van niet.

Guilhem luisterde nauwelijks. Hij zat gevangen in een val die hij voor zichzelf had gezet en zag geen enkele uitweg – niet met woorden, noch met het zwaard. Hij balanceerde op de rand van de afgrond. Alaïs werd al vijf dagen vermist. Guilhem had bevel gegeven tot een paar discrete zoekacties in het kasteel en de Cité, maar hij had geen idee waar Oriane haar gevangen hield. En zelf zat hij verstrengeld in het web van zijn eigen verraad. Te laat had hij ingezien hoe behendig Oriane haar plannen had voorbereid. Als hij nu niet deed wat ze wilde, zou hij als verrader aan de kaak worden gesteld en zou Alaïs de gevolgen moeten dragen.

'Goed, vrienden,' besloot Trencavel. 'Wie wil mij vergezellen op deze missie?'

Guilhem voelde Orianes scherpe vinger in zijn rug. Werktuiglijk deed hij een stap naar voren. Hij knielde, met zijn hand op het heft van zijn zwaard, en bood zich als vrijwilliger aan. Raymond-Roger klopte hem dankbaar op zijn schouder en Guilhem kleurde van schaamte.

'Onze welgemeende dank, Guilhem. Wie verder nog?'

Zes andere *chevaliers* sloten zich bij hen aan. Oriane glipte tussen hen door en maakte een buiging voor de burggraaf.

'Messire, met uw permissie?'

Congost had zijn vrouw niet eens ontdekt tussen de mannen. Hij liep rood aan en wapperde verlegen met zijn handen, alsof hij een troep kraaien van een akker wilde verjagen.

'Haast u weg, Dame!' hakkelde hij met schrille stem. 'Dit is geen plaats voor u.'

Oriane negeerde hem. Trencavel stak een hand op en wenkte haar. 'Wat hebt u te zeggen, Dame?'

'Vergeef me, Messire, hooggeëerde *chevaliers* en vrienden... echtgenoot. Met uw toestemming en Gods zegen wil ik me aanbieden als lid van deze expeditie. Ik heb mijn vader verloren – en ook mijn zuster, naar het zich laat aanzien. Dat verdriet is een zware last. Maar als mijn echtgenoot me wil laten gaan, zou ik graag mijn verlies willen verwerken en mijn liefde voor u willen tonen, Messire, door me aan te sluiten. Het zou de wens van mijn vader zijn geweest.'

Congost keek alsof hij het liefst door de grond zou gaan. Guilhem staarde naar zijn voeten. Burggraaf Trencavel keek verbaasd.

'Met alle respect, Dame Oriane, maar dit is geen vrouwenwerk.'

'Dan bied ik mezelf aan als gijzelaarster, Messire. Mijn aanwezigheid zal een bewijs zijn van uw oprechte bedoelingen en een duidelijk signaal dat Carcassona zich aan de voorwaarden van het akkoord zal houden.'

Trencavel dacht even na en richtte zich toen tot Congost: 'Ze is jouw vrouw. Kun je haar missen voor de goede zaak?'

Jehan stamelde wat en veegde zijn zwetende handen aan zijn tuniek af. Hij zou graag zijn toestemming hebben geweigerd, maar hij begreep dat Trencavel er wel iets in zag.

'Ik voeg me geheel in uw beslissing,' mompelde hij.

Trencavel gaf Oriane een teken om overeind te komen. 'Wijlen uw vader, mijn trouwe vriend, zou trots zijn geweest op uw houding vandaag.'

Oriane keek hem aan van onder haar donkere wimpers. 'En mag ik François meenemen? Ook hij treurt om mijn vader en zou graag een kans krijgen om zich nuttig te maken.'

Guilhem kreeg een smerige smaak in zijn mond. Niemand zou zich toch laten bedotten door Orianes vertoon van dochterliefde? Maar blijkbaar wel. Iedereen was vol bewondering, behalve haar echtgenoot. Guilhem maakte een grimas. Alleen hij en Congost kenden Orianes ware aard. De rest liet zich verleiden door haar schoonheid en haar mooie woorden. Net als hijzelf, ooit.

Met een loodzwaar hart wierp Guilhem een blik naar François, die onverstoorbaar afwachtte aan de rand van de groep. Zijn gezicht was een volmaakt masker.

'Als u dat verstandig vindt, Dame,' antwoordde burggraaf Trencavel, 'dan heb ik geen bezwaar.'

Oriane maakte nog een kniebuiging. 'Dank u, Messire.'

Hij klapte in zijn handen. 'Zadel de paarden.'

Oriane bleef dicht bij Guilhem in de buurt toen ze door het verwoeste land naar de tent van de graaf van Nevers reden, waar zou worden onderhandeld. In de Cité klom iedereen die nog wat kracht over had op de muren en keek hen in stilte na.

Zodra ze het kamp binnenkwamen glipte Oriane weg. Zonder zich iets aan te trekken van het gefluit en de dubbelzinnige opmerkingen van de soldaten volgde ze François door de zee van tenten en vaandels naar de groen-met-zilveren kleuren van Chartres.

'Deze kant op, Dame,' mompelde François, wijzend naar een aanvoerderstent op enige afstand van de andere. De soldaten sprongen in de houding toen ze naderbij kwamen en hielden hun pieken voor de opening gekruist. Een van hen knikte naar François, die hij herkende.

'Zeg tegen uw heer dat Dame Oriane, dochter van wijlen de rentmeester van Carcassona, is aangekomen voor een audiëntie bij heer Evreux.'

Oriane nam een groot risico door hier te verschijnen. François had haar verteld over zijn wreedheid en zijn opvliegende karakter. Oriane speelde hoog spel.

'Waar gaat het over?' vroeg de soldaat.

'Mijn vrouwe spreekt met niemand anders dan met heer Evreux zelf.'

De man aarzelde, maar dook toen toch de tent in. Even later kwam hij terug en gaf hun een teken hem te volgen.

Haar eerste kennismaking met Guy d'Evreux nam Orianes angst bepaald niet weg. Hij stond met zijn rug naar haar toe toen ze binnenkwam. Langzaam draaide hij zich om. Zijn felle ogen, met de kleur van grijze vuursteen, brandden in zijn bleke gezicht. Zijn zwarte haar was met olie achterovergekamd in de Franse stijl. Hij leek op een havik, klaar om toe te slaan.

'Vrouwe, ik heb veel over u gehoord.' Zijn stem was rustig en effen, maar met een ondertoon van staal. 'Ik had niet verwacht de eer te krijgen u persoonlijk te ontmoeten. Wat kan ik voor u doen?'

'Hopelijk is het een kwestie van wat ik voor ú kan doen, heer,' zei ze.

Voordat ze het wist had Evreux haar bij haar pols gegrepen.

'Geen woordspelletjes, vrouwe Oriane. Uw boerse, zuidelijke maniertjes zullen u weinig helpen.' Oriane voelde dat François, die achter haar stond, grote moeite had om kalm te blijven. 'Hebt u nieuws voor me, ja of nee?' zei hij. 'Zeg op.'

Oriane liet zich niet intimideren. 'Dit is geen prettige ontvangst voor iemand die u iets brengt waar u uw zinnen op hebt gezet,' zei ze, terwijl ze zijn blik trotseerde.

Evreux hief een arm op. 'Ik kan die informatie ook uit u ranselen, in plaats van hier te staan wachten. Dat zou ons allebei tijd besparen.'

Oriane knipperde niet eens met haar ogen. 'Dan zou u maar een klein deel te weten komen van wat ik u kan vertellen,' zei ze, zo onverschrokken mogelijk. 'U hebt veel geïnvesteerd in uw zoektocht naar de Labyrint Trilogie. Ik kan u geven wat u zoekt.'

Evreux keek haar nog even aan en liet zijn arm weer zakken.

'Het ontbreekt u niet aan moed, vrouwe Oriane, dat moet ik zeggen. Of u ook zo verstandig bent, staat te bezien.'

Hij knipte met zijn vingers en een bediende bracht een blad met wijn. Orianes handen trilden te hevig om een beker te kunnen pakken.

'Nee, dank u, heer.'

'Zoals u wilt,' zei hij, wijzend naar een zitplaats. 'Wat vraagt u van mij, vrouwe?'

'Als ik u kan geven wat u zoekt, neemt u mij mee naar het noorden zodra u weer naar huis vertrekt.' Aan zijn gezicht te zien was het Oriane nu toch gelukt hem te verrassen. 'Als uw echtgenote.'

'U hebt al een man,' zei Evreux, met een blik naar François ter bevestiging. 'Trencavels schrijver, naar ik heb gehoord. Of niet?'

Oriane keek terug. 'Mijn echtgenoot is helaas omgekomen. Dodelijk getroffen binnen de muren terwijl hij zijn plicht deed.'

'Mijn medeleven met uw verlies.' Evreux legde de toppen van zijn lange, dunne vingers tegen elkaar, als een kerkdak. 'Dit beleg kan nog jaren duren. Hoe weet u zo zeker dat ik naar het noorden zal terugkeren?'

Oriane koos met zorg haar woorden. 'Ik geloof, heer Evreux, dat u maar om één reden hier bent. Als u met mijn hulp uw zaken in het zuiden spoedig zou kunnen regelen, zie ik niet in waarom u langer zou blijven dan de afgesproken veertig dagen.'

Een strak lachje gleed over Evreux' gezicht. 'U hebt niet veel vertrouwen in het onderhandelingstalent van uw heer Trencavel?'

'Met alle respect voor degenen die onder uw banier marcheren, heer, maar ik geloof niet dat de abt van plan is dit conflict langs diplomatieke weg op te lossen.'

Evreux keek haar nog steeds strak aan. Oriane hield haar adem in.

'U speelt uw troeven goed uit, vrouwe Oriane,' zei hij ten slotte.

Ze boog haar hoofd, maar zei niets.

Evreux stond op en liep naar haar toe. 'Ik ga akkoord met uw voorstel,' zei hij, en hij gaf haar een beker.

Deze keer pakte ze hem aan.

'Nog één ding, mijn heer,' zei ze. 'In het gevolg van burggraaf Trencavel is een *chevalier*, Guilhem du Mas, de echtgenoot van mijn zuster. Het zou verstandig zijn, als dat in uw macht ligt, om zijn invloed drastisch te beperken.'

'Permanent?'

Oriane schudde haar hoofd. 'Misschien is hij nog nuttig voor onze plannen. Maar hij moet onder de duim worden gehouden. Hij is een favoriet van burggraaf Trencavel, en nu mijn vader er niet meer is...'

Evreux knikte en stuurde François weg. 'Goed, vrouwe Oriane,' zei hij zodra ze alleen waren. 'Terzake nu. Wat hebt u me te bieden?'

62

'Alaïs! Alaïs! Wakker worden!'

Iemand schudde haar heen en weer bij haar schouder. Dat klopte niet. Ze zat aan de oever van de rivier, in de rust en het gevlekte zonlicht van haar eigen plekje. Ze voelde het koele water tussen haar tenen stromen, koud en fris, en de zachte streling van de zon op haar wangen. Ze proefde de sterke Corbières-wijn op haar tong en ze snoof het bedwelmende aroma op van het nog warme witbrood toen ze een hap wilde nemen.

Naast haar lag Guilhem te slapen in het gras.

De wereld was zo groen, de hemel zo blauw.

Ze schrok wakker in het klamme halfduister van de tunnels. Sajhë stond over haar heen gebogen.

'U moet wakker worden, Dame.'

Alaïs hees zich in zithouding. 'Wat is er gebeurd? Is het Esclarmonde?'

'Burggraaf Trencavel is gevangengenomen.'

'Gevangengenomen?' herhaalde ze verbijsterd. 'Waar? En door wie?'

'Het schijnt verraad te zijn. De mensen zeggen dat de Fransen hem naar hun kamp hebben gelokt en hem daar hebben overvallen. Maar er gaan ook verhalen dat hij zich vrijwillig zou hebben overgegeven om de *Ciutat* te redden. En...'

Sajhë zweeg. Zelfs in het schemerlicht zag Alaïs dat hij kleurde.

'Wat?'

'Ze zeggen dat Dame Oriane en *chevalier* Du Mas onder het gevolg van de burggraaf waren.' Hij aarzelde. 'Zij zijn ook niet teruggekomen.'

Alaïs sprong overeind en wierp een blik op Esclarmonde, die rustig sliep. 'Ze slaapt. Ze redt het wel een tijdje zonder ons. Kom mee. We moeten weten wat er aan de hand is.'

Snel renden ze de tunnel door en beklommen de ladder. Alaïs gooide het luik open en sleurde Sajhë achter zich omhoog.

Op straat was het druk. Mensen renden heen en weer, in totale verwarring.

'Kun je me zeggen wat er is gebeurd?' riep ze naar een man die langs haar heen stormde. Hij schudde zijn hoofd en rende verder.

Sajhë pakte haar hand en trok haar mee naar een huisje aan de overkant van de straat. 'Gaston weet wel meer.'

Alaïs stapte achter hem aan. Gaston en zijn broer Pons stonden op toen ze binnenkwam.

'Dame.'

'Is het waar dat de burggraaf gevangen is genomen?' vroeg ze.

Gaston knikte. 'Gisterochtend kwam de graaf van Auxerre om onderhandelingen voor te stellen tussen burggraaf Trencavel en de graaf van Nevers, onder toezicht van de abt. Hij vertrok met een klein gevolg, onder wie ook uw zuster. Wat er daarna gebeurd is, Dame Alaïs, weet niemand. Heer Trencavel heeft zich vrijwillig overgegeven in ruil voor onze vrijheid, of ze hebben hem bedrogen.'

'Niemand is teruggekomen,' vulde Pons aan.

'In elk geval is het afgelopen met de gevechten,' zei Gaston zacht. 'Het garnizoen heeft zich overgegeven. De Fransen hebben de hoofdpoorten en de torens al in handen.'

'Wát!' riep Alaïs uit. Ze keek ongelovig van de een naar de ander. 'Op welke voorwaarden?'

'Dat alle burgers – Katharen, joden of katholieken – Carcassona mogen verlaten zonder voor hun leven te hoeven vrezen, maar met niets anders dan de kleren aan hun lijf.'

'Geen ondervragingen? Geen brandstapels?'

'Blijkbaar niet. De hele bevolking wordt verbannen, maar blijft ongedeerd.'

Alaïs liet zich op een stoel vallen voordat haar benen het zouden begeven. 'En Dame Agnès?'

'Zij en de jonge prins krijgen een vrijgeleide onder bescherming van de graaf van Foix, op voorwaarde dat ze alle aanspraken uit naam van haar zoon opgeeft.' Gaston schraapte zijn keel. 'Het spijt me van uw echtgenoot en uw zuster, Dame Alaïs.'

'Weet iemand hoe het onze mannen is vergaan?'

Pons schudde zijn hoofd.

'Zou het een list zijn?' vroeg ze kwaad.

'Geen idee, Dame. Pas als de uittocht begint zullen we zien of de Fransen woord houden.'

'Bij het luiden van de eerste avondklokken moet iedereen vertrekken via één poort, de Porte d'Aude, naar de westkant van de Cité.'

'Dus het is voorbij,' zei ze, bijna fluisterend. 'De *Ciutat* heeft zich overgegeven.'

In elk geval heeft mijn vader niet hoeven mee te maken dat de burggraaf in Franse handen viel.

'Esclarmonde gaat met de dag vooruit, maar ze is nog zwak. Mag ik jullie om een gunst vragen? Zouden jullie haar uit de *Ciutat* kunnen meenemen?' Ze wachtte even. 'Om redenen die ik beter niet kan uitleggen – voor jullie eigen veiligheid en die van Esclarmonde – zou het verstandiger zijn als we apart reizen.'

Gaston knikte. 'U bent bang dat de types die haar zo schandalig hebben toegetakeld nog steeds naar haar op zoek zijn?'

Alaïs keek hem verbaasd aan. 'Eh, ja,' gaf ze toe.

'Het zal ons een eer zijn u te helpen, Dame Alaïs.' Hij bloosde. 'Uw vader... was een eerlijk man.'

Ze knikte. 'Dat was hij.'

Toen de laatste stralen van de ondergaande zon de buitenmuren van het Château Comtal in een fel oranje schijnsel zetten, lagen de paden en de Grote Hal er verlaten bij. Het was doodstil. Geen mens meer te zien.

Een menigte angstige en verwarde mensen werd bijeengedreven bij de Porte d'Aude. Wanhopig probeerden ze hun dierbaren in het oog te houden, terwijl ze de minachtende blikken ontweken van de Franse soldaten, die toekeken alsof ze een minderwaardige soort waren. Hun handen rustten op het heft van hun zwaard, wachtend op een excuus.

Alaïs hoopte dat haar vermomming goed genoeg was. Ze schuifelde met de meute mee, onhandig op haar mannenschoenen, die haar een paar maten te groot waren. Ze probeerde zo dicht mogelijk bij de man voor haar te blijven. Een stevige band om haar ribben moest haar borsten pletten. Daaronder droeg ze de boeken en perkamenten. Met haar wijde broek, een kiel en een onopvallende strohoed leek ze een jongen als alle anderen. Kiezels in haar mond veranderden de vorm van haar gezicht. Ze had haar haar kortgeknipt en er modder doorheen gewreven om het donkerder te maken.

De rij schoof verder. Alaïs staarde naar de grond, uit angst dat ze iemand zou aankijken die haar kon herkennen. Vlak bij de poort ging de processie in ganzenmars, één voor één. Er stonden vier kruisvaarders op wacht, met een sombere, haatdragende uitdrukking op hun gezicht. Zo nu en dan hielden ze mensen aan en dwongen hen om hun kleren uit te trekken als bewijs dat ze er niets onder verborgen hadden.

Alaïs zag dat de draagbaar van Esclarmonde ook werd aangehouden. Gaston, die een doek tegen zijn mond hield, legde uit dat zijn moeder ernstig ziek was. De wachtpost trok de deken weg en deinsde meteen terug. Alaïs onderdrukte een glimlach. Ze had rottend vlees in een varkensblaas genaaid en bloederige verbanden rond haar voeten gewikkeld.

De wachtpost wuifde hen door.

Sajhë liep een paar families achter haar, met *Sénher* en *Na* Couza en hun zes kinderen, die dezelfde tint hadden als hij. Ook hem had ze modder in zijn haar gewreven om het donkerder te laten lijken. Het enige waar ze niets aan kon veranderen waren zijn ogen, dus had hij strikte instructies om niet op te kijken als het niet echt nodig was.

De rij schoof weer wat op. *Mijn beurt.* Ze hadden afgesproken dat ze zogenaamd de taal niet sprak.

'*Toi! Paysan. Qu'est-ce que tu portes là?*'

Alaïs hield haar hoofd gebogen en weerstond de verleiding om de band om haar borst aan te raken.

'*Eh, toi!*'

Een piek suisde door de lucht en Alaïs zette zich schrap voor een klap die nooit kwam. In plaats daarvan werd het meisje voor haar tegen de grond geslagen. Ze grabbelde in het zand naar haar muts en tilde haar angstige gezicht naar haar aanvaller op.

'*Canhòt.*'

'Wat zegt ze?' mompelde de wachtpost. 'Ik versta dat taaltje niet.'

'*Chien.* Ze heeft een jong hondje.'

Voordat iemand wist wat er gebeurde had de soldaat de puppy uit haar armen gerukt en aan zijn speer geregen. Bloed spatte over de jurk van het meisje.

'*Allez! Vite.*'

Het meisje was te geschokt om zich te bewegen. Alaïs hielp haar overeind en zorgde ervoor dat ze verder liep, de poort door. Ze moest zich beheersen om niet achterom te kijken naar Sajhe, maar even later stond ze buiten.

Daar heb je ze.

Op de heuvel met uitzicht op de poort stonden de Franse edelen. Niet de leiders, veronderstelde Alaïs – die zouden wel wachten tot de evacuatie achter de rug was voordat ze Carcassonne binnenreden – maar wel ridders met de kleuren van Bourgondië, Nevers en Chartres.

Aan het eind van de rij, het dichtst bij het pad, zat een lange, magere man op een sterke grijze hengst. Ondanks de lange zuidelijke zomer was zijn huid nog zo bleek als melk. Naast hem stond François. En naast François herkende Alaïs de bekende rode jurk van Oriane.

Maar geen Guilhem.

Doorlopen en naar de grond blijven kijken.

Ze was nu zo dichtbij dat ze het leer van de zadels en de hoofdstellen van de paarden kon ruiken. Orianes ogen leken dwars door haar heen te zien.

Een oude man met droevige ogen vol pijn tikte haar op haar arm. Hij had hulp nodig op de steile helling. Alaïs gaf hem haar schouder. Dat was het gelukje dat ze nodig had. Ze leken sprekend een kleinzoon en een grootvader die samen de heuvel beklommen. Oriane had niets in de gaten.

Er leek geen einde te komen aan het pad, maar ten slotte bereikten ze de schaduw onder aan de helling, de vlakte met de bossen en de moerassen. Alaïs droeg de oude man aan zijn zoon en schoondochter over, maakte zich uit de grote groep los en verdween tussen de bomen.

Zodra ze uit het zicht was spuwde ze de kiezels uit haar mond. De binnenkant van haar wangen was ruw en droog. Ze masseerde haar kaak om de pijn weg te wrijven. Toen zette ze haar hoed af en streek met haar vingers door haar stoppelige haar. Het voelde aan als vochtig stro, prikkerig en akelig in haar nek.

Een schreeuw bij de poort trok haar aandacht.

Nee, alsjeblieft! Hij niet!

Een soldaat hield Sajhë bij zijn nek vast. Ze zag hem schoppen om vrij te komen. Hij had iets in zijn hand, een kistje.

Alaïs hart bonsde in haar keel. Ze kon het niet riskeren om terug te gaan, dus stond ze machteloos. *Na* Couza maakte ruzie met de soldaat, die haar een klap tegen haar hoofd verkocht, waardoor ze in het zand tuimelde. Sajhë zag zijn kans, rukte zich los en rende de helling af. *Sénher* Couza hielp zijn vrouw overeind.

Alaïs hield haar adem in. Even leek het goed af te lopen. De soldaat had zijn belangstelling verloren. Maar toen hoorde Alaïs een vrouw iets roepen. Oriane wees naar Sajhë en gaf de wachtposten bevel hem te grijpen.

Ze heeft hem herkend.

Sajhë was Alaïs wel niet, maar toch een goede vangst.

Alles gebeurde nu tegelijk. Twee wachtposten renden de heuvel af, Sajhë achterna, maar hij kon heel hard lopen en was zeker van zijn zaak. Met het gewicht van hun wapens en maliënkolders waren ze geen partij voor een sprintend jochie van elf. In stilte moedigde Alaïs hem aan. Ze keek hoe hij behendig zigzagde en over kuilen en takken sprong totdat hij de veilige bosrand had bereikt.

Oriana, die zag dat hij dreigde te ontkomen, stuurde François achter hem aan. Zijn paard denderde het pad af, slippend en glijdend over de droge, steile helling, maar hij naderde snel. Sajhë dook het struikgewas in, met François op zijn hielen.

Alaïs besefte dat Sajhë op weg was naar het drassige terrein waar de Aude zich splitste in verschillende zijrivieren. Het was er groen, als een weiland in de lente, maar met een dodelijke ondergrond. Wie het gebied kende, bleef er weg.

Alaïs klom in een boom om beter te kunnen zien. François begreep blijkbaar niet waar Sajhë naartoe rende, of het kon hem niet schelen, want hij gaf zijn paard de sporen. *Hij haalt hem in.* Sajhë struikelde en viel bijna voorover, maar hij wist op de been te blijven en zigzagde weer verder door het kreupelhout, de bessenstruiken en de distels.

Opeens slaakte François een kreet van woede, die meteen omsloeg in schrik. Het drijfzand had zich vastgezogen om de achterbenen van zijn paard. Het doodsbange dier begon te hinniken en te steigeren. Met elke wanhopige beweging zonk het verder weg in de verraderlijk modder.

François sprong uit het zadel en probeerde naar de rand van het moeras te zwemmen, maar hij werd steeds verder omlaag getrokken in de prut, totdat alleen zijn vingertoppen nog te zien waren.

Ten slotte was het stil. Het scheen Alaïs toe dat zelfs de vogels waren gestopt met zingen. Doodsbang om Sajhë liet ze zich uit de boom zakken, net op het moment dat hij weer opdook – krijtwit, en met een trillende onderlip van vermoeidheid, maar met het houten kistje nog in zijn handen geklemd.

'Ik heb hem naar het moeras gelokt,' zei hij.

Alaïs legde een hand op zijn schouder. 'Ik weet het. Dat was heel slim van je.'

'Was hij ook een verrader?'

Ze knikte. 'Ik denk dat Esclarmonde ons dat wilde vertellen.' Alaïs kneep haar lippen samen, blij dat haar vader nooit had geweten dat het François was die hem verraden had. Ze verjoeg die gedachte. 'Maar wat deed je nou, Sajhë? Wat moest je met dat kistje? Het is bijna je dood geworden.'

'*Menina* zei dat ik het moest beschermen.'

Sajhë klemde zijn vingers om de bodem van het kistje, totdat hij gelijktijdig op beide zijkanten kon drukken. Er klonk een scherpe klik, hij draaide de bodem een halve slag en er kwam een plat, verborgen laatje tevoorschijn. Sajhë haalde er een lapje uit.

'Het is een kaart. *Menina* zei dat we die nodig zouden hebben.'

Alaïs begreep het meteen. 'Ze gaat niet met ons mee,' zei ze moedeloos, vechtend tegen haar tranen.

Sajhë schudde zijn hoofd.

'Maar waarom heeft ze me dat niet verteld?' zei Alaïs met trillende stem. 'Vertrouwde ze me niet?'

'U had haar niet laten gaan.'

Alaïs liet haar hoofd tegen de boom zakken, overmand door de zwaarte van haar opdracht. Zonder Esclarmonde wist ze niet waar ze de kracht moest vinden om deze tocht te volbrengen.

Alsof hij haar gedachten las zei Sajhë: 'Ik zal wel op u passen. En zo lang zijn we niet weg. Als we het *Boek der Woorden* aan Harif hebben gegeven, komen we terug en zullen we haar vinden. *Si es atal es atal.*' Het gaat zoals het gaat.

'Was iedereen maar zo wijs als jij.'

Sajhë bloosde. 'Hier moeten we naartoe,' zei hij, wijzend op de kaart. 'Het dorp komt op geen enkele andere kaart voor, maar *Menina* noemt het Los Seres.'

Natuurlijk. Niet alleen de naam van de bewaarders, maar ook van een plaats.

'Ziet u?' zei hij. 'In de Sabarthèsbergen.'

Alaïs knikte. 'Ja,' zei ze. 'Ja. Ik geloof het wel.'

De terugkeer naar de bergen

63

Sabarthèsbergen

VRIJDAG 8 JULI 2005

Audric Baillard zat aan een tafel van donker, glanzend gepolijst hout in zijn huis in de schaduw van de berg.

De woonkamer had een laag plafond, en op de vloer lagen grote vierkante tegels met de kleur van rode bergaarde. Hij had niet veel veranderd. Zo ver van de beschaving was er geen elektriciteit, geen stromend water, geen telefoon. Auto's kwamen hier niet. Het enige geluid was het tikken van de klok, dat het verstrijken van de tijd markeerde.

De olielamp op de tafel was gedoofd. Ernaast stond een groot glas, bijna tot de rand gevuld met *Guignolet*, dat een subtiele geur van alcohol en kersen verspreidde. Aan de andere kant van de tafel stond een koperen blad met twee glazen, een ongeopende fles rode wijn en een houten schaaltje met lekkere koekjes, onder een witlinnen servet.

Baillard had de luiken geopend om de zonsopkomst te kunnen zien. In het voorjaar waren de bomen aan de rand van het dorp getooid met kleine zilveren en witte knoppen, terwijl langs de heggen en wallen de eerste schuchtere gele en roze bloempjes tevoorschijn kwamen. Maar zo laat in het jaar was er niet veel kleur meer over, enkel het grijs en groen van de berg, die met zijn tijdloze aanwezigheid al zo lang een vaste metgezel was.

Een gordijn scheidde het slaapgedeelte van de woonkamer. De hele achterwand werd in beslag genomen door smalle planken, die nu bijna leeg waren. Een oude vijzel, een paar kommetjes en schalen, wat potten. En boeken, van zijn eigen hand, maar ook de grote stemmen van de Kathaarse geschiedenis: Delteil, Duvernoy, Nelli, Marti, Brenon, Rouquette. Werken over Arabische wijsbegeerte stonden zij aan zij met vertalingen van oude joodse teksten en monografieën van klassieke en moderne schrijvers. De rijen paperbacks, niet op hun plaats in deze omgeving, vulden de ruimte die ooit werd ingenomen door medicijnen, middeltjes en kruiden.

Hij was bereid om te wachten.

Baillard bracht het glas naar zijn lippen en nam een grote slok.

En als ze niet zou komen? Als hij nooit de waarheid zou ontdekken over die laatste uren?

Hij zuchtte. Als ze niet kwam, zou hij gedwongen zijn de laatste stappen van zijn lange reis alleen te maken. Zoals hij altijd had gevreesd.

64

Tegen het aanbreken van de ochtend was Alice nog een paar kilometer van Toulouse vandaan. Ze draaide het parkeerterrein van een wegrestaurant op en dronk twee koppen hete, zoete koffie om haar zenuwen in bedwang te krijgen.

Alice las de brief nog eens over. Hij was op woensdagochtend in Foix gepost. Een brief van Audric Baillard, met aanwijzingen hoe ze zijn huis kon vinden. Ze wist dat de brief van hem afkomstig was, want ze herkende het zwarte, priegelige handschrift.

Ze vond dat ze geen andere keus had dan naar hem toe te gaan.

Ze spreidde de kaart op de koffiebar uit en probeerde de juiste route te vinden. De *hameau* waar Baillard woonde stond niet op de kaart, maar hij noemde herkenningspunten en namen van naburige plaatsen om de richting te kunnen bepalen.

En hij wist zeker dat Alice de plek zou herkennen als ze er was, schreef hij.

Als voorzorgsmaatregel – iets wat ze al veel eerder had moeten doen – verruilde Alice haar huurauto op het vliegveld voor een van een ander merk en een andere kleur, voor het geval ze naar haar op zoek waren. Toen reed ze verder naar het zuiden.

Ze kwam langs Foix, op weg naar Andorra, en door Tarascon. Vandaar volgde ze Baillards aanwijzingen. Bij Luzenac sloeg ze van de hoofdweg af en even later reed ze door Lordat en Bestiac. Het landschap veranderde. Het deed Alice denken aan de hellingen van de Alpen: bergbloempjes, lang gras en huizen als Zwitserse chalets.

Ze passeerde een grote groeve, die als een wit litteken in de flank van de berg was gekerfd. Hoge elektriciteitsmasten en dikke zwarte kabels voor de wintersportplaatsen domineerden de horizon, zwart afgetekend tegen de blauwe zomerlucht.

Alice stak de rivier de Lauze over. Ze moest terugschakelen naar de tweede versnelling toen de weg steeds steiler werd, en de haarspeldbochten scherper. Ze werd er duizelig van, totdat ze opeens in een klein dorp uitkwam.

Er waren twee winkels en een café met wat tafeltjes en stoeltjes op de stoep. Het leek haar een goede gelegenheid om te controleren of ze op de goede weg was, dus stopte ze en stapte naar binnen. Het zag er blauw van de rook. Schonkige mannen met verweerde koppen en blauwe overalls zaten met gebogen ruggen aan de bar.

Alice bestelde koffie en legde demonstratief haar kaart op de bar. De afkeer van vreemdelingen, vooral vrouwen, weerhield de stamgasten van commentaar, maar ten slotte wist Alice toch een gesprek aan te knopen. Niemand had ooit van Los Seres gehoord, maar ze kenden het gebied en hielpen haar zo goed mogelijk.

Ze reed verder, steeds hoger, tot ze enig idee van de richting begon te krijgen. De weg werd een pad, totdat ook dat verdween. Alice parkeerde de auto en stapte uit. Nu pas, in dit vertrouwde landschap, met de berglucht in haar neus, begreep ze dat ze bijna een cirkel had beschreven en zich nu aan de andere kant van de Pic de Soularac bevond.

Ze klom naar het hoogste punt en hield haar hand boven haar ogen. Ze herkende de *étang* de Tort, een karakteristiek bergmeertje dat de mannen in het café haar hadden beschreven. Vlakbij was nog een water, dat plaatselijk bekend stond als het Duivelsmeer.

Ten slotte vond ze de Pic de Saint-Barthélémy, tussen de Pic de Soularac en Montségur zelf.

Recht vooruit slingerde een smal pad van bruine aarde zich door de groene struiken en de heldergele brem. De donkergroene blaadjes van de buxus roken geurig en scherp. Ze wreef de dauw eraf tussen haar vingers.

Alice klom nog tien minuten door. Toen kwam het pad uit op een open plek. Ze had haar doel bereikt.

Er stond een eenzaam huis van één verdieping, omgeven door ruïnes. De grijze steen viel bijna weg tegen de achtergrond van de berg. In de deuropening verscheen een man, heel mager en heel oud, met een flinke bos wit haar. Hij droeg het lichtgekleurde pak dat ze zich herinnerde van de foto.

Alice had het gevoel dat haar benen uit zichzelf bewogen. De grond werd weer vlak toen ze de laatste stappen deed. Baillard zei niets en keek haar roerloos aan. Hij glimlachte niet en stak zijn hand niet op als groet. Zelfs toen ze vlakbij was, sprak hij niet en bleef hij doodstil staan. Al die tijd staarde hij strak naar haar gezicht. Zijn ogen hadden een onthutsende kleur.

Amber, met het palet van herfstbladeren.

Alice bleef voor hem staan. Eindelijk glimlachte hij – een lach die als de zon door de wolken brak en de rimpels en groeven van zijn gezicht totaal veranderde.

'*Madomaisèla* Tanner,' zei hij. Zijn stem klonk diep en oud, als de woestijnwind. '*Benvenguda.* Ik wist dat u zou komen.' Hij stapte opzij om haar binnen te laten. 'Alstublieft.'

Zenuwachtig en verlegen dook Alice onder de latei door en stapte de kamer binnen. Ze was zich nog steeds bewust van zijn doordringende blik. Het leek of hij elk detail in zijn geheugen wilde prenten.

'Monsieur Baillard,' zei Alice, maar toen zweeg ze.

Ze wist eenvoudig niets te zeggen. Zijn blijdschap en verwondering dat ze gekomen was – maar ook zijn geloof in haar komst – maakten een normaal gesprek onmogelijk.

'U lijkt op haar,' zei hij langzaam. 'Ik zie veel van haar in uw gezicht.'

'Ik heb enkel wat foto's gezien, maar ik denk dat u gelijk hebt.'

Hij glimlachte. 'Nee, ik bedoel niet Grace,' zei hij zacht, maar toen draaide hij zich om, alsof hij al te veel gezegd had. 'Ga zitten.'

Alice wierp een heimelijke blik om zich heen en zag het gebrek aan moderne luxe. Geen lampen, geen verwarming, geen elektriciteit. Ze vroeg zich af of er wel een keuken was.

'Monsieur Baillard,' begon ze opnieuw, 'ik ben blij u te ontmoeten. Ik vroeg me af... hoe u me wist te vinden?'

Weer glimlachte hij. 'Doet het ertoe?'

Alice dacht daarover na. Nee, eigenlijk niet.

'*Madomaisèla* Tanner, ik weet wat er op de Pic de Soularac is gebeurd, maar ik heb één vraag voordat we verdergaan. Hebt u het boek gevonden?'

Alice had niets liever willen antwoorden dan ja. Ze schudde haar hoofd. 'Het spijt me,' zei ze. 'Dat vroeg hij ook al, maar ik heb het niet gezien.'

'Hij?'

'Een zekere Paul Authié.'

Baillard knikte. 'O ja,' zei hij, op een toon die Alice duidelijk maakte dat ze niets hoefde uit te leggen.

'Maar dit had u wel gevonden, meen ik?'

Hij stak zijn linkerhand uit en legde hem op tafel, als een jong meisje dat pronkt met een verlovingsring. Tot haar verbazing zag Alice dat hij de stenen ring droeg. Ze glimlachte. Het was zo'n vertrouwd voorwerp, hoewel ze het maar een paar seconden in haar hand had gehouden.

Ze slikte even. 'Mag ik?'

Baillard schoof hem van zijn duim. Alice pakte de ring aan en draaide hem rond tussen haar vingers. Weer voelde ze zich ongemakkelijk onder zijn strakke blik.

'Is hij van u?' hoorde ze zichzelf vragen, hoewel ze bang was dat hij ja zou zeggen. Ze dacht liever niet aan de consequenties van dat antwoord.

Hij zweeg een moment. 'Nee,' zei hij ten slotte, 'hoewel ik er ooit wel een heb gehad.'

'Van wie was deze dan?'

'Weet u dat niet?' vroeg hij.

In een flits dacht Alice het te weten. Maar toen doofde de vonk van het inzicht en werd het weer wazig.

Ze schudde haar hoofd. 'Ik geloof het niet,' zei ze aarzelend. 'Maar er hoort nog iets bij, denk ik.' Ze haalde de labyrintpenning uit haar zak. 'Die vond ik bij de familiestamboom in het huis van mijn tante.' Ze gaf hem het schijfje. 'Hebt u dat haar gestuurd?'

Baillard gaf geen antwoord. 'Grace was een charmante vrouw, erudiet en intelligent. Toen we elkaar voor het eerst spraken bleken we verschillende interessen maar ook ervaringen gemeen te hebben.'

'Waar dient het voor?' vroeg ze, niet van plan zich te laten afleiden.

'Het is een *merel*. Ooit waren daar een heleboel van. Nu is dit nog de enige die over is.'

Verbaasd zag ze hoe Baillard de penning in de gleuf van de ring stak. '*Aquì*. Zo.' Hij glimlachte en schoof de ring weer om zijn duim.

'Dient dat alleen als versiering, of heeft het nog een functie?'

Hij glimlachte weer, alsof ze een test goed had doorstaan. 'Het is de sleutel die nodig is,' zei hij zacht.

'Nodig voor wat?'

Opnieuw ontweek Baillard het antwoord. 'Alaïs komt soms bij je als je slaapt, nietwaar?'

Alice werd van haar stuk gebracht door die onverwachte wending. Ze wist niet hoe ze moest reageren.

'We dragen allemaal het verleden in onszelf, in onze botten en ons bloed,' zei hij. 'Alaïs is je hele leven al bij je geweest. Ze heeft over je gewaakt. Je deelt een heleboel eigenschappen met haar. Ze was heel moedig en vastberaden, net als jij. Loyaal en standvastig – dat ben jij ook, denk ik.' Hij zweeg en lachte weer tegen haar. 'Zij had ook dromen. Over de oude tijd, over het begin. Die dromen vertelden haar haar bestemming, hoewel ze zich ertegen verzette, zoals jouw dromen jou nu ook de weg wijzen.'

Alice had het gevoel dat de woorden van heel ver weg kwamen, alsof ze niets met haar, met Baillard of wie dan ook te maken hadden, maar altijd al hadden bestaan in tijd en ruimte.

'Ik droom altijd over haar,' zei ze, zonder te weten waar haar woorden haar zouden brengen. 'Over het vuur, de berg en het boek. *Deze* berg?' Hij knikte. 'Het voelt alsof ze me iets wil vertellen. Haar gezicht is duidelijker geworden, de afgelopen dagen, maar ik kan haar nog steeds niet verstaan.' Ze aarzelde. 'Ik begrijp niet wat ze van me wil.'

'Of jij van haar, misschien,' zei Baillard luchtig. Hij schonk de wijn in en gaf Alice een glas.

Ondanks het vroege uur nam ze toch een paar slokken. De alcohol verwarmde haar toen de wijn door haar keel gleed.

65

Will voelde dat hij over de smalle trap naar de kelder werd gesleurd, en toen de betonnen gang door, langs de twee deuren. Zijn hoofd bungelde voorover. De geur van wierook was minder sterk nu, maar hing er nog wel, als een herinnering in de donkere, onderaardse stilte.

Eerst dacht hij dat ze hem naar de kamer wilden brengen om hem te vermoorden. Het beeld van het stenen blok aan het voeteneinde van de graftombe kwam hem weer voor ogen, met het bloed op de vloer. Maar het volgende moment werd hij over een stoepje gesleept. Hij voelde de frisse ochtendlucht in zijn gezicht en besefte dat hij buiten was, in een steegje dat parallel liep aan de achterkant van de Rue du Cheval Blanc. De ochtendgeuren van gebrande koffiebonen en vuilnis drongen in zijn neus, en verderop klonken de geluiden van een vuilniswagen. Zo hadden ze Taverniers lichaam waarschijnlijk ook afgevoerd uit het huis, naar de rivier.

Een golf van angst sloeg door hem heen en hij probeerde zich te verzetten, maar nu pas merkte hij dat zijn armen en benen waren vastgebonden. Hij hoorde het geluid van de kofferbak van een auto die openging. Ze tilden hem op en smeten hem achterin. Het was geen gewone kofferbak, maar een soort grote kist, die naar plastic rook.

Hij draaide zich onhandig op zijn zij en raakte met zijn hoofd de achterwand van de kist. De huid rond de wond sprong open en bloed druppelde langs zijn slaap, pijnlijk en irritant. Hij kon niet eens zijn handen bewegen om het weg te vegen.

Will herinnerde zich weer dat hij buiten de deur van de studeerkamer had gestaan. Daarna de verblindende pijn toen François-Baptiste zijn pistool had laten neerkomen op de zijkant van zijn hoofd. Hij was tegen de grond gegaan. Marie-Cécile had op autoritaire toon gevraagd wat er aan de hand was.

Een eeltige hand greep zijn arm. Will voelde dat zijn mouw werd opgetrokken, en toen de scherpe prik van een naald in zijn huid. Net als de vorige keer. Toen de geluiden van sloten die werden dichtgeklapt en een groot stuk doek, een dekzeil misschien, dat over zijn gevangenis werd getrokken.

Het effect van de drug verspreidde zich door zijn aderen, koud maar wel prettig, een verdoving tegen de pijn. Alles werd vaag en wazig. Will raakte bewusteloos, maar kwam weer bij. Hij voelde dat de auto snelheid maakte en werd een beetje misselijk toen zijn hoofd heen en weer slingerde in de bochten. Hij dacht aan Alice. Dat was het belangrijkste – om haar terug te zien, haar te zeggen dat hij zijn best had gedaan en haar niet in de steek had gelaten.

Hij hallucineerde nu. In gedachten zag hij het troebele groene water van de rivier de Eure in zijn mond, zijn neus en zijn longen dringen. Will probeerde Alices gezicht voor ogen te houden, met haar ernstige bruine ogen en haar glimlach. Als hij zich aan dat beeld vastklampte zou het misschien allemaal nog goed komen.

Maar de angst om te verdrinken, om te sterven in deze vreemde stad die niets voor hem betekende, was te sterk. Will zakte weg in de duisternis.

In Carcassonne stond Paul Authié op zijn balkon en keek uit over de rivier de Aude, met een kop zwarte koffie in zijn hand. Hij had O'Donnell gebruikt om François-Baptiste de l'Oradore naar zich toe te lokken, maar instinctief verzette hij zich tegen het idee om haar een nepboek mee te geven voor de jongen. François-Baptiste zou het meteen herkennen als een vervalsing. En als hij zag hoe O'Donnell eraan toe was zou hij begrijpen dat het een valstrik was.

Authié zette zijn kopje op de tafel en trok de manchetten van zijn frisse witte overhemd onder de mouwen van zijn jasje uit. Zijn enige keus was om François-Baptiste zelf te ontmoeten en hem te zeggen dat hij O'Donnell en het boek naar Marie-Cécile op de Pic de Soularac zou brengen, op tijd voor de ceremonie.

Het was jammer dat hij de ring niet had gevonden, hoewel hij nog altijd geloofde dat Giraud hem aan Audric Baillard had gegeven en dat Baillard wel uit zichzelf naar de Pic de Soularac zou komen. Authié twijfelde er niet aan dat de oude man hen van een afstand in de gaten hield.

Alice Tanner was een groter probleem. Het schijfje waarover O'Donnell had gesproken hield hem bezig, vooral omdat hij de betekenis ervan niet begreep. Tanner bleek zo glad als een aal. Ze was zelfs ontsnapt aan Domingo en Braissart op het kerkhof. Gisteren waren ze de auto urenlang kwijt geweest, en toen ze die ochtend het signaal weer hadden opgepikt bleek hij op de parkeerplaats van Hertz bij het vliegveld van Toulouse te staan.

Authié klemde zijn magere vingers om zijn crucifix. Tegen middernacht moest het allemaal voorbij zijn. Dan zou hij de ketterse teksten en de ketters zelf hebben vernietigd.

In de verte luidden de klokken van de kathedraal om de gelovigen op te roepen voor de vrijdagmis. Authié keek op zijn horloge. Hij zou te biecht gaan. Als zijn zonden waren vergeven en hij in een staat van genade was, kon hij voor het altaar knielen om de heilige communie te ontvangen. Daarna was hij gereed, in lichaam en ziel, om Gods werk te voltooien.

Will voelde dat de auto afremde en afsloeg naar een karrenpad.

De bestuurder probeerde zoveel mogelijk de kuilen en hobbels te ontwijken. Even later klonk het geluid van dichtslaande portieren, als pistoolschoten, en de klik van de centrale vergrendeling. Wills handen waren op zijn rug gebonden, niet voor zijn buik, wat het nog lastiger maakte om zich te bevrijden. Toch wrikte hij met zijn polsen, maar tevergeefs. Zijn gevoel kwam weer terug, en daarmee ook de pijn in zijn schouder omdat hij zo lang in een ongemakkelijke houding had gelegen.

Opeens ging de kofferbak open. Will bleef doodstil liggen, met bonzend hart, toen de sluitingen van de plastic kist werden geopend. Een van de mannen greep hem onder zijn armen, de ander onder zijn knieën. Samen tilden ze hem uit de kofferbak en lieten hem op de grond vallen.

Zelfs in zijn gedrogeerde toestand besefte Will dat ze mijlenver van de beschaving waren. De zon scheen fel en de atmosfeer had een frisse scherpte die ruimte en de afwezigheid van menselijke bewoning suggereerde. Het was doodstil. Geen auto's, geen mensen. Will knipperde met zijn ogen. Hij probeerde zijn blik scherp te stellen, maar het licht was te fel, de lucht te zuiver. De zon brandde in zijn ogen en maakte alles wit.

Weer voelde hij de injectienaald in zijn arm en de vertrouwde omhelzing van de drug in zijn aderen. De mannen trokken hem ruw overeind en sleurden hem een heuvel op. Het was een steile klim en hij hoorde hun zware ademhaling. Algauw begonnen ze te zweten, zwoegend in de hitte.

Will hoorde het knerpen van kiezels en steentjes. Onder zijn voeten voelde hij de houten balkjes van een trap die in de helling was uitgehakt. Daarna een zacht grasveld.

Voordat hij wegzakte in een toestand van halve bewusteloosheid besefte hij nog dat het gefluit in zijn hoofd het spookachtige zingen van de wind moest zijn.

66

De commissaris van de Police Judiciaire van de Haute-Pyrenées stapte het kantoor van inspecteur Noubel in Foix binnen en sloeg de deur met een klap achter zich dicht.

'Ik hoop dat je een goede reden hebt, Noubel.'

'Bedankt dat u wilde komen, meneer. Ik zou u niet bij de lunch hebben gestoord als het niet dringend was.'

De commissaris gromde wat. 'Je hebt de moordenaars van Biau gevonden?'

'Cyrille Braissart en Javier Domingo,' bevestigde Noubel, zwaaiend met een fax die een paar minuten eerder was binnengekomen. 'Twee positieve identificaties, één kort voor het ongeluk in Foix op maandagavond, de tweede onmiddellijk daarna. De auto is gisteren verlaten teruggevonden aan de grens tussen Spanje en Andorra.' Noubel zweeg een moment om het zweet van zijn neus en zijn voorhoofd te vegen. 'Ze werken voor Paul Authié, meneer.'

De commissaris parkeerde zijn omvangrijke gestalte op de rand van het bureau. 'Ik luister.'

'U kent de beschuldigingen aan het adres van Authié? Dat hij lid zou zijn van de *Noublesso Véritable*?'

De commissaris knikte.

'Ik heb vanmiddag met de politie van Chartres gesproken, naar aanleiding van de verdwijning van Shelagh O'Donnell, en zij bevestigden dat ze onderzoek doen naar de connecties tussen die organisatie en een moord die daar eerder deze week is gepleegd.'

'Wat heeft dat met Authié te maken?'

'Het lichaam is snel gevonden dankzij een anonieme tip.'

'Enig bewijs dat die van Authié kwam?'

'Nee,' moest Noubel toegeven, 'maar we hebben wel bewijzen dat hij heeft gesproken met een journaliste die ook verdwenen is. De politie in Chartres denkt dat er een verband bestaat.'

Noubel zag de sceptische blik van zijn chef en ging haastig verder.

'De opgravingen op de Pic de Soularac zijn gefinancierd door een Madame de l'Oradore – via een ingewikkelde omweg, maar het staat vast dat het haar geld is. Brayling, de leider van de opgravingen, beweert dat O'Donnell er vandoor is gegaan met voorwerpen die ze van het terrein zou hebben gestolen. Maar dat is niet wat haar vrienden denken.' Hij wachtte even. 'Ik ben ervan overtuigd dat ze is ontvoerd door Authié, op bevel van Madame de l'Oradore of op eigen initiatief.'

De ventilator in zijn kantoor was kapot en Noubel zat hevig te transpireren. Hij voelde grote zweetplekken onder zijn armen.

'Je hebt geen been om op te staan, Noubel.'

'Madame de l'Oradore is van dinsdag tot donderdag in Carcassonne geweest. Ze heeft twee keer met Authié gesproken, en volgens mij is ze ook met hem naar de Pic de Soularac geweest.'

'Dat is niet verboden, Noubel.'

'Toen ik vanochtend op het bureau kwam vond ik dit bericht, meneer,' zei hij. 'Dat leek me reden genoeg voor deze bespreking.'

Noubel drukte op de toets van zijn voicemail. De stem van Jeanne Giraud vulde de kamer. De commissaris luisterde. Met elke seconde die verstreek kwam zijn gezicht grimmiger te staan.

'Wie is zij?' vroeg hij toen Noubel het bericht voor de tweede keer had afgespeeld.

'De grootmoeder van Yves Biau.'

'En Audric Baillard?'

'Een schrijver en vriend van haar. Hij is met haar meegegaan naar het ziekenhuis in Foix.'

De commissaris zette zijn handen in zijn zij en boog zijn hoofd. Noubel zag dat hij de mogelijke schade inschatte als ze een mislukte poging zouden doen om Authié aan te pakken.

'En jij bent er honderd procent zeker van dat je Domingo en Braissart kunt koppelen aan Biau én aan Authié?'

'De signalementen kloppen, meneer.'

'Die kloppen met de halve Ariège,' gromde hij.

'O'Donnell wordt al drie dagen vermist, meneer.'

De commissaris zuchtte en hees zich van het bureau. 'Wat ben je nu van plan, Noubel?'

'Ik wilde Braissart en Domingo aanhouden, meneer.'

De commissaris knikte.

'En ik heb een huiszoekingsbevel nodig. Authié heeft verschillende huizen, waaronder een vervallen boerderij in de Sabarthèsbergen, die nog op naam van zijn ex-vrouw staat. Als O'Donnell ergens in de buurt wordt vastgehouden is dat een goede gok.'

De commissaris schudde zijn hoofd.

'Als u persoonlijk met de prefect zou kunnen bellen...' Noubel wachtte.

'Goed, goed.' De commissaris priemde een met nicotine bevlekte vinger in zijn richting. 'Maar ik beloof je één ding, Claude. Als dit fout gaat, sta je er alleen voor. Authié is een man met invloed. En die Madame de l'Oradore...' Hij liet zijn armen zakken. 'Als je dit niet hard kunt maken laten ze geen spaan van je heel. En ik zal je niet kunnen helpen.'

Hij draaide zich om en liep naar de deur. Op het laatste moment bleef hij staan. 'Wie is die Baillard ook alweer? Ken ik hem? De naam komt me vaag bekend voor.'

'Hij schrijft over de Katharen. En hij weet alles van het oude Egypte.'

'Dat bedoel ik niet...'

Noubel wachtte. 'Nee, het ontschiet me weer,' zei de commissaris. 'Maar het is nog altijd mogelijk dat Madame Giraud voorbarige conclusies trekt.'

'Dat zou kunnen, meneer, maar ik zeg erbij dat ik Baillard ook niet heb kunnen vinden. Niemand heeft hem meer gezien sinds hij samen met Madame Giraud op woensdagavond uit het ziekenhuis vertrok.'

De commissaris knikte. 'Ik bel je wel als de papieren klaar zijn. Jij bent hier?'

'Nou,' zei Noubel voorzichtig, 'ik wilde nog eens achter die Engelse dame aan. Een vriendin van O'Donnell. Misschien dat zij iets weet.'

'Ik vind je wel.'

Zodra de commissaris was verdwenen pleegde Noubel een paar telefoontjes, greep toen zijn jasje en liep naar zijn auto. Volgens zijn berekeningen had hij nog genoeg tijd om heen en weer naar Carcassonne te rijden voordat de handtekening van de prefect op het huiszoekingsbevel was opgedroogd.

Om halfvijf zat Noubel tegenover zijn collega in Carcassonne. Arnaud Moureau was een oude vriend en Noubel wist dat hij vrijuit kon spreken. Hij schoof een papiertje over de tafel.

'Dr. Tanner zei dat ze hier zou logeren.'

Een paar minuten later hadden ze vastgesteld dat ze daar ingeschreven stond. 'Een leuk hotel, even buiten de muren van de Cité, nog geen vijf minuten van de Rue de la Gaffe. Zal ik rijden?'

De receptioniste reageerde nogal zenuwachtig toen ze door twee politiemensen werd ondervraagd. Ze was een waardeloze getuige, die bijna op het punt stond in tranen uit te barsten. Noubel dreigde zijn geduld te verliezen totdat Moureau tussenbeide kwam. Zijn vaderlijke aanpak had meer succes.

'Dus, Sylvie,' zei hij vriendelijk. 'Dr. Tanner is gisterochtend vroeg uit het hotel vertrokken. Ja?' Het meisje knikte. 'En ze zei dat ze vandaag weer terug zou komen? Zo is het toch?'

'*Oui.*'

'En je hebt nog geen tegenbericht gehad? Ze heeft niet gebeld?'

Sylvie schudde haar hoofd.

'Goed. Kun je ons nog meer vertellen? Bijvoorbeeld of ze bezoek heeft gehad sinds ze hier logeert?'

Het meisje aarzelde.

'Gisterochtend kwam er een vrouw met een boodschap.'

Noubel kon zich niet beheersen. 'Wanneer?'

Moureau gaf hem een teken om stil te zijn. 'Hoe vroeg was dat, Sylvie?'

'Mijn dienst begon om zes uur. Het was niet veel later.'

'En kende dr. Tanner haar? Was ze een vriendin?'

'Geen idee, maar ik geloof het niet. Ze leek nogal verbaasd.'

'Daar help je ons goed mee, Sylvie,' zei Moureau. 'Weet je nog waarom je dat dacht?'

'Ze vroeg dr. Tanner om iemand te ontmoeten op het kerkhof. Dat vond ik een rare plaats.'

'Wie moest ze daar ontmoeten?' vroeg Noubel. 'Heb je de naam gehoord?'

Sylvie keek nog angstiger en schudde haar hoofd. 'Ik weet niet eens of ze er wel naartoe is gegaan.'

'Dat geeft niet. Je helpt ons geweldig. Verder nog iets?'

'Er kwam een brief voor haar.'

'Met de post, of afgegeven?'

'En ze wilde een andere kamer!' riep iemand van achteren. Sylvie draaide zich om en keek nijdig naar een jongen die half verborgen stond achter een stapel dozen. 'Wat een gezeur...'

'Een andere kamer?' viel Noubel hem in de rede.

'Toen had ik geen dienst,' zei Sylvie koppig.

'Maar je weet er wel vanaf?'

'Dr. Tanner zei dat er een insluiper in haar kamer was. Op woensdagavond. Daarom wilde ze een andere kamer.'

Noubel verstijfde en liep meteen door naar achteren.

'Dat betekende natuurlijk extra werk voor iedereen,' zei Moureau begrippvol, om Sylvie bezig te houden.

Noubel volgde de etensgeuren en vond de jongen zonder probleem.

'Jij was hier wel op woensdagavond?'

Hij grijnsde uitdagend. 'Ik had dienst in de bar.'

'En heb je iets gezien?'

'Ik zag een vrouw de deur uit stormen. Ze achtervolgde een of andere vent. Later hoorde ik pas dat het dr. Tanner was.'

'Heb je die man goed kunnen zien?'

'Niet echt. Ik lette meer op haar.'

Noubel haalde de foto's uit de zak van zijn jasje en hield ze de jongen voor. 'Herken je een van deze twee?'

'Die ene heb ik eerder gezien. Mooi pak. Geen toerist. Hij viel op. Ik zag hem hier rondhangen op dinsdag, misschien ook woensdag, dat weet ik niet zeker.'

Tegen de tijd dat Noubel in de lobby terugkwam stond Sylvie zelfs te glimlachen tegen Moureau.

'Hij heeft Domingo herkend. Hij had hem in de buurt van het hotel gezien.'

'Dat maakt hem nog niet tot de insluiper,' mompelde Moureau.

Noubel schoof de foto's over de balie naar Sylvie toe. 'Komen deze mannen je bekend voor?'

'Nee.' Ze schudde haar hoofd. 'Hoewel...' Ze aarzelde even en wees toen naar de foto van Domingo. 'De vrouw die naar dr. Tanner vroeg leek wel op hem.'

Noubel wisselde een blik met Moureau. 'Een zuster?'

'Ik zal het natrekken.'

'Ik ben bang dat je ons de kamer van dr. Tanner moet laten zien,' zei Noubel.

'Dat mag ik niet doen!'

Moureau wuifde haar protesten weg. 'Vijf minuutjes maar. Dat is het makkelijkst, Sylvie. Als we op de manager moeten wachten voor toestemming komen we straks terug met een heel politieteam. Dan heeft iedereen er last van.'

Bleek en nerveus pakte Sylvie een sleutel van een haakje en bracht hen naar Alices kamer.

De gordijnen waren dicht en het was benauwd in de kamer. Het bed was netjes opgemaakt en een haastig onderzoek bracht aan het licht dat er schone handdoeken waren opgehangen en dat de waterglazen waren vervangen.

'Er is hier niemand meer geweest sinds gisterochtend, toen het kamermeisje de boel heeft opgeruimd,' mompelde Noubel.

In de badkamer was niets persoonlijks te vinden.

'Nee?' vroeg Moureau.

Noubel schudde zijn hoofd en liep naar de kleerkast. Daar vond hij Alices koffer, ingepakt.

'Ze heeft blijkbaar nog niets uitgepakt toen ze naar deze kamer verhuisde. Haar pas, haar telefoontje en andere belangrijke zaken zal ze wel bij zich hebben.' Noubel liet zijn hand onder de rand van het matras glijden. Met een zakdoek om zijn hand trok hij het laatje van het nachtkastje open. Er lag een zilveren strip hoofdpijntabletten in, naast het boek van Audric Baillard.

'Moureau,' zei hij scherp. Toen hij hem het boek gaf, viel er een papiertje uit.

‘Wat is dat?’

Noubel raapte het op, fronste even en liet het hem zien.

‘Probleem?’ vroeg Moureau.

‘Dit is het handschrift van Yves Biau,’ zei hij. ‘Een telefoonnummer in Chartres.’

Hij pakte zijn mobieltje om te bellen, maar op hetzelfde moment ging het al over. ‘Noubel,’ zei hij kortaf. Moureau staarde hem aan. ‘Dat is geweldig nieuws, meneer. Ja, meteen.’

Hij verbrak de verbinding.

‘We hebben een huiszoekingsbevel,’ zei Noubel, terwijl hij naar de deur liep. ‘Sneller dan ik had verwacht.’

‘Wat dacht je?’ zei Moureau. ‘Die man maakt zich zorgen.’

67

'Zullen we buiten gaan zitten?' stelde Audric voor. 'Totdat het te warm wordt.'

'Ja, heerlijk,' antwoordde Alice en ze stapte achter hem aan het kleine huisje uit. Het leek wel een droom, in slowmotion – de weidse omgeving van de bergen, de eindeloze luchten, de trage maar weloverwogen manier waarop Baillard zich bewoog.

Alice voelde de spanning en onzekerheid van de afgelopen dagen van haar schouders glijden.

'Dit is wel geschikt,' zei Baillard met zijn vriendelijke stem, aangekomen bij een kleine, met gras begroeide heuvel. Hij ging zitten en strekte zijn lange, magere benen voor zich uit, als een schooljongen.

Alice aarzelde, maar kwam toen aan zijn voeten zitten. Ze trok haar knieën tegen haar kin en sloeg haar armen om haar benen. Ze zag dat hij weer glimlachte.

'Wat is er?' vroeg ze, opeens verlegen.

Audric schudde zijn hoofd. '*Los reasons.*' De echo's. 'Neem me niet kwalijk, *Madomaisèla* Tanner. Vergeef een oude man zijn dwaasheid.'

Alice wist niet waarom hij moest lachen, maar het maakte haar blij. 'Wilt u Alice zeggen? *Madomaisèla* klinkt zo formeel.'

Hij boog zijn hoofd. 'Goed hoor.'

'U spreekt Frans en Occitaans?' vroeg ze.

'Ja, allebei.'

'En nog andere talen?'

Hij lachte bescheiden. 'Engels, Arabisch, Spaans, Hebreeuws. Verhalen veranderen van vorm en nemen andere kleuren aan, afhankelijk van de woorden die je gebruikt en de taal die je kiest om ze te vertellen. Soms worden ze daardoor veel ernstiger, soms juist speelser, of melodieuzer. Hier, in dit deel van wat ze nu Frankrijk noemen, was de *langue d'Oc* de taal van de oorspronkelijke bewoners. De *langue d'oïl*, de voorloper van het huidige Frans, was de taal van de bezetters. Zulke keuzes drijven een wig tussen volkeren.' Hij maakte een handgebaar. 'Maar daarvoor kwam je niet. Je wilt geen theorieën horen, maar een verhaal over mensen. Nietwaar?'

Nu was het Alices beurt om te glimlachen. 'Ik heb een van uw boeken gelezen, Monsieur Baillard. Ik kwam het tegen in het huis van mijn tante in Sallèles d'Aude.'

Hij knikte. 'Het is heel mooi daar. Het Canal de Jonction. Linden en *pin parasols* langs de oever.' Hij wachtte even. 'De aanvoerder van de kruistocht, Arnald-Amalric, heeft een huis in Sallèles gekregen, wist je dat? En ook een in Carcassona en Besièrs.'

Ze schudde haar hoofd. 'Nee, dat wist ik niet,' zei ze. 'Eerder, toen ik hier pas aankwam, zei u dat Alaïs niet voor haar tijd gestorven was. Heeft ze... heeft ze de val van Carcassonne wel overleefd?'

Tot haar verbazing merkte Alice dat haar hart begon te bonzen.

Baillard knikte. 'Alaïs is uit Carcassona vertrokken in het gezelschap van een jongen, Sajhë, de kleinzoon van een van de bewaarders van de Labyrint Trilogie.' Hij keek op om te zien of ze het volgde en ging verder toen ze instemmend knikte.

'Ze gingen op weg hier naartoe,' zei hij. 'Los Seres betekent in de oude taal zoveel als "de bergkammen", "de ruggen".'

'Waarom hier naartoe?'

'De *Navigatairé*, de leider van de *Noublesso de los Seres*, het genootschap waaraan Alaïs' vader en Sajhës grootmoeder trouw hadden gezworen, wachtte hier op hen. Omdat Alaïs bang was dat ze werd achtervolgd maakten ze een omweg, eerst naar Fanjeaux in het westen, toen in zuidelijke richting via Puivert en Lavelanet, en ten slotte naar de Sabarthèsbergen in het westen.

Na de val van Carcassona wemelde het overal van soldaten. Als ratten zwermden ze door ons land. En dan waren er nog de struikrovers, die geen medelijden hadden met de vluchtelingen. Alaïs en Sajhë reisden alleen 's ochtends vroeg en 's avonds laat. Overdag zochten ze beschutting tegen de brandende zon. Het was een bijzonder hete zomer, dus sliepen ze buiten als de nacht viel. Ze hielden zich in leven met noten, bessen, fruit, alles wat ze maar konden vinden. Alaïs meed de steden, behalve als ze zeker wist dat ze een schuiladres kon vinden.'

'Hoe wisten ze waar ze naartoe moesten?' vroeg Alice, die terugdacht aan haar eigen reis, een paar uur geleden.

'Sajhë had een kaart, gekregen van...'

Zijn stem brak van verdriet. Alice wist niet waarom, maar ze stak meteen een arm uit en pakte zijn hand. Het scheen hem te troosten.

'Ze schoten redelijk op,' ging hij verder. 'Kort voor de feestdag van Sant-Miquel, eind september, kwamen ze in Los Seres aan, toen het land zich goudgeel kleurde. Hier in de bergen hing al de geur van de herfst en de natte aarde. De rook zweefde boven de velden toen de stoppels werden verbrand. Het was een nieuwe wereld voor Alaïs en Sajhë, die waren opgegroeid in de halfdonkere stegen en drukke huizen van Carcassona. Al dat licht, en die hoge luchten, die naar de hemel zelf leken te reiken.' Hij zweeg toen hij naar het landschap voor hem keek. 'Begrijp je?'

Ze knikte, betoverd door zijn stem.

'Harif, de *Navigatairé*, wachtte op hen.' Baillard boog zijn hoofd. 'Toen hij hoorde wat er allemaal was gebeurd huilde hij om de ziel van Alaïs' vader en voor Simeon. Voor het verlies van de boeken en voor Esclarmondes grootmoedigheid om Alaïs en Sajhë in haar plaats te laten vertrekken om het *Boek der Woorden* in veiligheid te brengen.'

Baillard was weer een tijdje stil. Alice wilde hem niet storen, hem niet opjagen. Het verhaal zou zichzelf wel vertellen. Alice wachtte tot de oude man er weer aan toe was.

De uitdrukking op zijn gezicht werd milder. 'Het was een gezegende tijd, zowel in de bergen als op de vlakte. Tenminste, zo leek het. Ondanks de gruwelen van Besièrs dachten veel inwoners van Carcassona dat ze weldra naar huis zouden mogen terugkeren. Vaak hadden ze nog vertrouwen in de Kerk. Als de ketters waren verdreven, geloofden ze, zouden ze hun eigen leven weer kunnen opvatten.'

'Maar de kruisvaarders gingen niet weg,' zei ze.

Baillard schudde zijn hoofd. 'Het was een oorlog om land, niet om het geloof,' zei hij. 'Toen de *Ciutat* was verslagen in augustus 1209, werd Simon de Montfort tot burggraaf gekozen, hoewel Raymond-Roger de Trencavel nog in leven was. Voor ons moderne mensen is het moeilijk te bevatten wat een ongehoorde, zware belediging dat was. Het druiste tegen alle eer en traditie in. Oorlogen werden deels gefinancierd door het losgeld dat de ene adellijke familie aan de andere betaalde. Zolang hij niet voor een misdrijf was veroordeeld werd het grondgebied van een *seigneur* nooit in beslag genomen en aan een ander gegeven. Dit was wel het duidelijkste bewijs van de minachting die de noorderlingen voor de Pays d'Oc koesterden.'

'Wat gebeurde er met burggraaf Trencavel?' vroeg Alice. 'Ik zie dat hij overal in de Cité wordt herdacht.'

Baillard knikte. 'En terecht. Hij stierf... hij werd vermoord... in november 1209, nadat hij drie maanden gevangen had gezeten in de kerkers van het Château Comtal. De Montfort beweerde dat hij was overleden aan de belegeringsziekte, zoals het toen bekendstond. Dysenterie. Maar niemand geloofde dat. Er braken sporadische opstanden en onlusten uit, totdat De Montfort gedwongen was om Raymond-Rogers tweejarige zoontje en erfgenaam een jaarlijkse toelage van 3000 sol toe te kennen in ruil voor de wettelijke overdracht van zijn adellijke rechten.'

Opeens doemde er een gezicht in Alices gedachten op: een vrome, ernstige vrouw, toegewijd aan haar man en zoon.

'Dame Agnès,' mompelde ze.

Baillard keek haar even aan. 'Zij wordt ook herdacht binnen de muren van de *Ciutat*,' zei hij zacht. 'De Montfort was een vrome katholiek. Misschien wel als enige van alle kruisridders dacht hij echt dat hij Gods werk deed. Hij stelde een belasting op huis en haard in ten bate van de Kerk, en een tiende penning op de eerste oogst, net als in het noorden.

De *Ciutat* was dan wel verslagen, maar de vestingen van de Minervois, de Montagne Noire en de Pyreneeën weigerden zich over te geven. Pedro, de koning van Aragon, wilde hem niet als vazal accepteren. Raymond VI, de oom van burggraaf Trencavel, trok zich naar Toulouse terug. De graven van Nevers en Saint-Pol, en ook anderen, zoals Guy d'Evreux, vertrokken weer naar het noorden. Simon de Montfort had wel de macht in Carcassona, maar hij was erg geïsoleerd.

Kooplui, marskramers en wevers brachten goed en slecht nieuws over belegeringen en veldslagen. Montréal, Preixan, Saverdun en Pamiers vielen, maar Cabaret hield stand. Het volgende voorjaar, in april 1210, nam De Montfort het stadje Bram in, na een beleg van drie maanden. Hij gaf zijn soldaten bevel het verslagen garnizoen bijeen te drijven en liet hun de ogen uitsteken. Slechts één man werd gespaard en kreeg opdracht de verminkte stoet naar Cabaret te brengen, als een duidelijke waarschuwing dat wie zich verzette geen genade kon verwachten.

De wreedheden en represailles werden steeds erger. In juli 1210 belegerde De Montfort het heuvelfort van Minerve. Het dorp wordt aan twee kanten beschermd door diepe rotskloven, in de loop van duizenden jaren uitgesleten door de riviertjes. Hoog boven het stadje installeerde De Montfort een reusachtige *trébuchet*, bekend als *La Malvoisine*, de boze buurvrouw.' Hij zweeg en keek Alice aan. 'Tegenwoordig staat er een replica. Vreemd om te zien. Zes weken lang liet De Montfort het dorp beschieten. Toen Minerve eindelijk viel weigerden honderdveertig Kathaarse *parfaits* zich te bekeren. Ze vonden de dood op een gemeenschappelijke brandstapel.

In mei 1211 veroverden de noorderlingen ook Lavaur, na een beleg van een maand. De katholieken noemden het 'de zetel van Satan'. En in zekere zin hadden ze gelijk. Het was de zetel van de Kathaarse bisschop van Toulouse, en honderden *parfaits* en *parfaites* leefden daar openlijk en in alle vrijheid.'

Baillard bracht zijn glas naar zijn lippen en nam een slok.

'Bijna vierhonderd *credentes* en *parfaits* stierven op de brandstapel, onder wie Amaury de Montréal, die het verzet had aangevoerd, met tachtig van zijn ridders. Het schavot stortte in onder hun gewicht, zodat de Fransen gedwongen waren hun de keel af te snijden. Opgehitst door hun bloeddorstigheid stormden de bezetters het stadje door, op zoek naar de vrouwe van Lavaur, Guirande, die de *Bons Homes* altijd had beschermd. Ze grepen haar en misbruikten haar. Ze sleurden haar door de straten als een gewone misdadigster. Ten slotte smeten ze haar in de put en bekogelden haar met stenen tot ze dood was. Ze werd levend begraven – of misschien verdronk ze.'

'Wisten ze hoe slecht het ervoor stond?'

'Alaïs en Sajhë hoorden wel wat nieuws, maar vaak pas maanden later. De oorlog concentreerde zich nog altijd op de vlakten. En zij leefden hier in Los Seres, heel simpel maar gelukkig, met Harif. Ze sprokkelden hout, pekelden vlees voor de lange, donkere wintermaanden en leerden brood bakken en rietdekken om het dak te beschermen tegen de stormen.'

Baillards stem had een zachte klank.

'Harif leerde Sajhë lezen en schrijven, eerst de *langue d'Oc*, en toen de taal van de bezetters en zelfs wat Arabisch en Hebreeuws.' Hij glimlachte. 'Sajhë was een onwillige leerling, omdat hij liever actief bezig was, maar met hulp van Alaïs lukte het toch.'

'Waarschijnlijk wilde hij haar iets bewijzen.'

Baillard wierp haar een blik toe, maar gaf geen commentaar.

'Alles ging een tijdje zo door, tot aan de passieweek na Sajhës dertiende verjaardag, toen Harif hem vertelde dat hij als leerjongen naar het kasteel van Pierre-Roger de Mirepoix zou worden gestuurd om zijn opleiding tot *chevalier* te beginnen.'

'Wat vond Alaïs daarvan?'

'Zij was dolblij voor hem. Het was zijn grote droom. In Carcassona had hij altijd staan kijken hoe de *écuyers* de laarzen en helmen van hun ridders poetsten. Hij was in de *lices* gekropen om de toernooien te kunnen zien. Het leven van een *chevalier* was voor hem onbereikbaar, maar toch had hij ervan gedroomd om zijn eigen kleuren te mogen dragen. Nu leek hij dan toch de kans te krijgen om zich te bewijzen.'

'Dus hij ging?'

Baillard knikte. 'Pierre-Roger de Mirepoix was een veeleisend maar rechtvaardig heer, die de reputatie had dat hij zijn jongens een goede training gaf. Het was hard werken, maar Sajhë was slim, snel en ijverig. Hij oefende zijn lans in het steekspel. Hij leerde vechten met zwaard, wapenknots, goedendag en dolk. En hij moest met rechte rug op een hoog zadel kunnen rijden.'

Alice wachtte terwijl Baillard over de bergen tuurde, diep in gedachten. Het vermoeden kwam bij haar op, en niet voor het eerst, dat deze mensen uit het verre verleden, met wie Baillard zo'n groot deel van zijn leven had doorgebracht, zijn eigen vlees en bloed waren geworden.

'En wat deed Alaïs ondertussen?'

'Terwijl Sajhë in Mirepoix was, werd zij door Harif ingewijd in de riten en rituelen van de *Noublesso*. Haar talent als genezeres en wijze vrouw was al bekend. Er waren maar weinig aandoeningen van lichaam of geest die zij niet kon behandelen. Harif leerde haar veel over de sterren en de patronen van de wereld, puttend uit de kennis van de oude mystici van zijn land. Alaïs besefte dat Harif een diepere bedoeling had. Ze wist dat hij haar – en ook Sajhë, want daarom had hij hem weggestuurd – voorbereidde op hun taak.

Ondertussen dacht Sajhë nauwelijks meer aan het dorp. Zo nu en dan hoorde hij nieuws over Alaïs, van herders of *parfaits*, maar ze kwam hem niet opzoeken. Dankzij haar zuster Oriane was Alaïs nu een vluchtelinge met een prijs op haar hoofd. Harif stuurde Sajhë geld om een maliënkolder, een paard, een wapenrusting en een zwaard te kopen. Hij werd al tot ridder geslagen toen hij nog pas vijftien was.' Baillard aarzelde. 'Niet veel later ging hij de oorlog in. De edelen die zich bij de Fransen hadden aangesloten in de hoop op clementie, veranderden weer van partij. Een van hen was de graaf van Toulouse. Toen hij deze keer een beroep deed op zijn heer, Pedro II van Aragon, nam Pedro zijn verantwoordelijkheid en trok in januari 1213 naar het noorden op. Samen met de graaf van Foix bracht hij een troepenmacht op de been die voldoende omvangrijk was om De Montforts uitgeholde leger gevoelige klappen toe te brengen.

In september 1213 stonden de twee legers, noord en zuid, tegenover elkaar bij Muret. Pedro was een dappere leider en een slimme strateeg, maar de aanval werd slecht uitgevoerd en Pedro sneuvelde in de hitte van de strijd. Het zuiden was zijn aanvoerder kwijt.'

Baillard zweeg. 'Onder de onafhankelijkheidsstrijders was ook een *chevalier* uit Carcassona, Guilhem du Mas.' Weer een stilte. 'Hij weerde zich dapper en hij was populair. Mannen vochten graag aan zijn zij.'

Er kwam een vreemde klank in zijn stem, een mengeling van bewondering en iets wat Alice niet kon thuisbrengen. Maar ze kreeg de kans niet om erover na te denken, want Baillard ging verder. 'Op de 25ste juni 1218 werd de wolf gedood.'

'De wolf?'

Hij spreidde zijn handen. 'Neem me niet kwalijk. In de liederen uit die tijd, zoals de *Canso de lo Crosada*, stond De Montfort bekend als de wolf. Hij sneuvelde tijdens het beleg van Tolosa – tegen het hoofd geraakt door een steen uit een katapult, die door een vrouw zou zijn bediend.' Alice glimlachte onwillekeurig. 'Ze brachten zijn lichaam terug naar Carcassona, waar hij in noordelijke stijl werd begraven. Zijn hart, lever en maag gingen naar de Sant-Cerni, zijn beenderen naar de Sant-Nasari, waar ze werden begraven onder een steen die nu tegen de muur van de zuidbeuk van de Basilica hangt.' Hij zweeg. 'Misschien heb je die gezien bij je bezoek aan de *Ciutat*?'

Alice bloosde. 'Ik... ik kon de kathedraal niet binnengaan,' gaf ze toe. Baillard keek haar snel aan, maar zei toen niets meer over de steen.

'Simon de Montfort werd opgevolgd door zijn zoon Amaury, maar hij was een mindere commandant dan zijn vader en raakte al meteen gebieden kwijt die de oude De Montfort had veroverd. In 1224 trok Amaury zich terug. De familie De Montfort gaf haar aanspraken op de gebieden van Trencavel op. Sajhë kon weer naar huis. Pierre-Roger de Mirepoix liet hem niet graag gaan, maar Sajhë had...'

Baillard zweeg abrupt, kwam overeind en liep een eindje de heuvel af. Toen hij weer sprak, draaide hij zich niet om.

'Hij was zesentwintig,' ging hij verder. 'Alaïs was ouder, maar Sajhë had... hoop. Hij zag Alaïs nu met andere ogen, niet langer zoals een jonger broertje een oudere zus ziet. Hij wist dat ze niet konden trouwen, omdat Guilhem du Mas nog leefde, maar hij droomde dat er toch meer tussen hen zou kunnen zijn nu hij zichzelf bewezen had.'

Alice aarzelde maar kwam naast hem staan. Baillard schrok toen ze haar hand op zijn arm legde, alsof hij haar aanwezigheid was vergeten.

'Wat gebeurde er?' vroeg ze zacht, met een vreemde spanning in haar maag. Ze had het gevoel dat ze iemand afluisterde, dat dit intieme verhaal haar helemaal niet aanging.

'Hij verzamelde zijn moed om het tegen haar te zeggen.' Baillard aarzelde. 'Harif wist het. Als Sajhë zijn advies had gevraagd, zou hij dat hebben gegeven. Maar Sajhë kwam niet naar hem toe.'

'Misschien wilde hij Harifs raad niet horen.'

'*Benlèu,*' zei Baillard met een half lachje. Misschien. Alice wachtte.

'Dus...' drong ze aan, toen het duidelijk was dat er niets meer kwam. 'Heeft Sajhë haar ooit verteld wat hij voor haar voelde?'

'Ja.'

'En?' vroeg Alice snel. 'Wat was haar antwoord?'

Baillard draaide zich om en keek haar aan. 'Weet je dat niet?' zei hij, bijna fluisterend. 'Je mag God bidden dat je nooit zult weten hoe het is om zo lief te hebben, zonder enige hoop dat die liefde ooit zal worden beantwoord.'

Alice sprong voor Alaïs in de bres, hoe absurd dat ook leek.

'Maar ze hield wel van hem,' verklaarde ze ferm. 'Als van een broer. Was dat niet genoeg?'

Baillard keek haar weer aan en glimlachte. 'Hij moest er genoegen mee nemen,' antwoordde hij. 'Maar genoeg? Nee, het was niet genoeg.'

Hij draaide zich om en liep terug naar het huis. 'Zullen we?' vroeg hij, opeens weer formeel. 'Ik heb het nogal warm. En jij, *Madomaisèla* Tanner, moet doodmoe zijn van die reis.'

Alice zag hoe bleek en uitgeput hij plotseling leek. Ze voelde zich schuldig. Een blik op haar horloge vertelde haar dat ze veel langer hadden gesproken dan ze besefte. Het was al bijna middag.

'Natuurlijk,' zei ze haastig, en ze bood hem haar arm aan. Langzaam liepen ze samen naar het huis terug.

'Als je me nu wilt excuseren?' zei hij zacht, toen ze binnen waren. 'Ik moet even slapen. En jij misschien ook?'

'Ik ben wel moe,' beaamde ze.

'Als ik wakker word zal ik voor het eten zorgen en mijn verhaal afmaken. Voordat de avond valt en we ons om andere zaken moeten bekommeren.'

Ze wachtte totdat hij naar achteren was verdwenen en het gordijn had dichtgetrokken. Toen, met een vreemd gevoel van verlies, pakte Alice een deken als kussen en stapte weer naar buiten.

Ze installeerde zich onder de bomen. Nu pas besefte ze dat het verleden haar zo had beziggehouden dat ze niet één keer aan Shelagh of Will had gedacht.

68

'Wat doe je?' vroeg François-Baptiste toen hij de kamer binnenkwam van het kleine, anonieme chalet, niet ver van de Pic de Soularac.

Marie-Cécile zat aan de tafel met het *Boek der Getallen* opengeslagen op de kussentjes van de zwarte boekensteun voor haar. Ze keek niet op.

'Ik bestudeer de indeling van de kamer.'

François-Baptiste kwam naast haar zitten. 'Heb je daar een speciale reden voor?'

'Ik probeer de verschillen tussen deze tekening en de werkelijke labyrintgrot in mijn geheugen te prenten.'

Ze voelde dat hij over haar schouder meekeek.

'Veel verschillen?' vroeg hij.

'Een paar. Zoals dit.' Ze hield haar vinger boven het boek. Haar roodgelakte nagels schenen nog net door het katoen van de beschermende handschoentjes heen. 'Ons altaar is hier aangegeven, maar in de werkelijke grot staat het dichter bij de muur.'

'Wordt het labyrintreliëf daardoor niet aan het zicht onttrokken?'

Ze draaide zich naar hem om, verbaasd om die scherpzinnige opmerking.

'Maar als de oorspronkelijke bewaarders het *Boek der Getallen* voor hun ceremonies gebruikten, net als de *Noublesso Véritable*, horen ze dan niet identiek te zijn?'

'Dat zou je denken, ja,' zei ze. 'Er is geen graftombe, dat is het belangrijkste verschil, hoewel het graf waarin de skeletten lagen zich wel op precies die plaats bevond. Dat is interessant.'

'Heb je nog iets meer gehoord over die lichamen?' vroeg hij.

Ze schudde haar hoofd.

'Dus we weten nog steeds niet wie ze zijn?'

Marie-Cécile haalde haar schouders op. 'Maakt het wat uit?'

'Dat zal wel niet,' antwoordde hij, hoewel ze zag dat hij moeite had met haar gebrek aan belangstelling.

'Alles bijeen genomen,' ging ze verder, 'geloof ik niet dat die verschillen er iets toe doen. Het gaat om het *patroon*, het pad dat door de *Navigatairé* wordt afgelegd bij het uitspreken van de tekst.'

'Je weet zeker dat je het perkament in het *Boek der Woorden* zult kunnen lezen?'

'Aangenomen dat het uit dezelfde periode dateert als de andere perkamenten. De hiërogliefen zijn eenvoudig genoeg.'

Een gevoel van gespannen verwachting sloeg door haar heen, zo heftig dat ze haar vingers omhoogbracht alsof een hand zich om haar keel had gesloten. Vanavond zou ze de vergeten woorden uitspreken. Vanavond zou de macht van de Graal over haar neerdalen. Vanavond zou ze de tijd overwinnen.

'En als O'Donnell liegt?' zei François-Baptiste. 'Als ze het boek niet heeft? Of als Authié het ook niet heeft gevonden?'

Marie-Cécile sperde haar ogen open, in het heden teruggeworpen door de agressieve, uitdagende toon van haar zoon. Ze keek hem met weerzin aan. 'Het *Boek der Woorden* zal er zijn,' zei ze.

Kwaad omdat hij haar stemming had bedorven sloeg Marie-Cécile het *Boek der Getallen* dicht en pakte het weer in, voordat ze het *Boek der Geneeskruiden* op de leesstandaard legde.

Van buiten zagen de boeken er identiek uit: dezelfde houten banden, met leer bekleed en bijeengehouden met dunne leren koorden.

De eerste pagina was blanco, afgezien van een kleine gouden kelk in het midden. De bladzijde er tegenover was leeg. Op de derde pagina stonden dezelfde woorden en afbeeldingen die ook te vinden waren boven aan de muren in de kelderkamer aan de Rue du Cheval Blanc.

De eerste letters van alle volgende pagina's waren geïllumineerd in rood, blauw of geel, met een gouden bies, maar verder liep de tekst ononderbroken door, zonder spaties tussen de woorden, zodat niet te zien was waar de ene gedachte eindigde en de volgende begon.

Marie-Cécile bladerde naar het perkament in het midden van het boek.

Tussen de hiërogliefen waren kleine tekeningetjes opgenomen van planten en symbolen in het groen. Na jaren van onderzoek en studie, met wetenschappelijke fondsen uit het kapitaal van de familie De l'Oradore, was haar grootvader tot de conclusie gekomen dat geen van die illustraties enige betekenis had.

Alleen de hiërogliefen op de twee Graalperkamenten waren van belang. De rest – de woorden, afbeeldingen en kleuren – waren slechts bedoeld als versiering om de waarheid te verbergen.

'Het zal er zijn,' zei ze, met een felle blik naar François-Baptiste. Ze zag de twijfel op zijn gezicht, maar hij hield wijselijk zijn mond. 'Haal mijn spullen,' zei ze scherp. 'En controleer dan waar de auto is.'

Even later kwam hij terug met haar vierkante beautycase. 'Waar wil je hem hebben?'

'Daar,' zei ze, wijzend naar de toilettafel. Toen hij verdwenen was, liep ze naar de tas. De buitenkant was van zacht bruin leer, met haar initialen in goud. Het was een cadeau geweest van haar grootvader.

Marie-Cécile opende het deksel. De tas was voorzien van een grote spiegel en verscheidene vakken voor borstels en toiletartikelen, tissues en een gouden schaartje. De make-upspullen lagen op het bovenste blad, in keurig georganiseerde rijtjes: lippenstift, oogschaduw, mascara, kohlpotlood, poeder. Op het blad eronder lagen de drie roodleren sieradenkistjes.

'Waar zijn ze?' vroeg ze, zonder zich om te draaien.

'Niet ver weg meer.' François-Baptiste was weer binnengekomen. Ze hoorde de spanning in zijn stem.

'Is alles goed met hem?'

Hij kwam naar haar toe en legde zijn handen op haar schouders. 'Wat maakt het je uit, *Maman*?'

Marie-Cécile keek naar haar eigen spiegelbeeld en toen naar haar zoon, in het glas boven haar hoofd, als een geposeerd portret. Zijn stem klonk luchtig genoeg, maar zijn ogen verrieden hem.

'Niets,' antwoordde ze, en ze zag dat hij zich wat ontspande. 'Het is maar een vraag.'

Hij gaf haar een kneepje in haar schouders en liet zijn handen weer zakken. 'Hij leeft nog, als dat een antwoord is op je vraag. Hij verzette zich toen ze hem meenamen, dus moesten ze hem iets geven om hem rustig te houden.'

Marie-Cécile trok haar wenkbrauwen op. 'Niet te veel, hoop ik?' zei ze. 'Half bewusteloos is hij van weinig nut voor mij.'

'Voor jou?'

Marie-Cécile kon haar tong wel afbijten. Ze moest François-Baptiste in een volgzame stemming houden. 'Voor óns,' verbeterde ze zichzelf.

69

Alice lag half te slapen onder de bomen toen Audric twee uur later weer verscheen.

'Ik heb eten klaargemaakt,' zei hij.

Hij leek opgeknapt van die paar uurtjes slaap. Zijn huid was niet meer zo strak en wasbleek, en zijn ogen stonden helder.

Alice pakte haar spullen en liep met hem terug naar binnen. Op de tafel zag ze geitenkaas, olijven, tomaten, perziken en een kan wijn.

'Ga je gang. Neem maar wat je lekker vindt.'

Zodra ze zaten kwam Alice met de vragen die ze al had gerepeteerd. Het viel haar op dat hij weinig at, hoewel hij wel wat wijn dronk.

'Heeft Alaïs geprobeerd de twee boeken terug te krijgen die door haar zuster en haar man waren gestolen?'

'Zodra de eerste oorlogsdreiging een schaduw over de Pays d'Oc wierp was het Harifs missie om de Labyrint Trilogie weer bijeen te brengen,' zei hij. 'Dankzij haar zus Oriane had Alaïs nu een prijs op haar hoofd, waardoor reizen moeilijk was. De zeldzame keren dat ze uit het dorp naar beneden kwam ging ze in vermomming. Een reis naar het noorden zou waanzin zijn geweest. Sajhë maakte wel plannen om naar Chartres te gaan, maar daar kwam niets van terecht.'

'Voor Alaïs?'

'Gedeeltelijk, maar ook voor zijn grootmoeder, Esclarmonde. Hij voelde zich verantwoordelijk voor de *Noublesso de los Seres*, zoals Alaïs zich verplicht voelde tegenover haar vader.'

'Hoe ging het verder met Esclarmonde?'

'Veel *Bons Homes* trokken naar het noorden van Italië. Esclarmondes toestand liet zo'n lange reis niet toe. Gaston en zijn broer brachten haar naar een kleine gemeenschap in Navarra, waar ze bleef tot aan haar dood, een paar jaar later. Sajhë bezocht zijn grootmoeder zo vaak als hij kon.' Hij zweeg. 'Het deed Alaïs veel verdriet dat ze elkaar nooit meer zagen.'

'En Oriane?' vroeg Alice na een tijdje. 'Kreeg Alaïs nog nieuws van haar?'

'Heel weinig. Veel interessanter was het labyrint dat in de kerk van de Notre Dame in Chartres werd aangelegd. Niemand wist wie daar opdracht toe had gegeven of wat het betekende. Dat was een van de redenen waarom Evreux en Oriane zich daar vestigden, in plaats van terug te keren naar zijn landerijen, die nog noordelijker lagen.'

'En de boeken zelf waren in Chartres gemaakt.'

'In werkelijkheid werd dat labyrint aangelegd om de aandacht af te leiden van de labyrintgrot in het zuiden.'

'Ik heb het gisteren gezien,' zei Alice. *Was dat echt nog maar gisteren?* 'Maar ik voelde er niets bij. Ik bedoel, het was heel mooi en indrukwekkend, maar verder niets.'

Audric knikte. 'Oriane kreeg wat ze wilde. Guy d'Evreux nam haar mee naar het noorden als zijn vrouw. In ruil daarvoor gaf ze hem het *Boek der Geneeskruiden* en het *Boek der Getallen* – met de belofte dat ze naar het *Boek der Woorden* zou blijven zoeken.'

'Zijn vrouw?' Alice fronste. 'Maar...'

'Jehan Congost? Hij was een brave man. Pedant, jaloers en humorloos, misschien, maar een trouwe dienaar. Hij werd door François vermoord, op bevel van Oriane.' Baillard was even stil. 'François verdiende te sterven. Het was een akelige dood, maar hij verdiende niet beter.'

Alice schudde haar hoofd. 'Ik bedoelde Guilhem,' zei ze.

'Hij bleef in de Midi.'

'Maar verwachtte hij niets van Oriane?'

'Hij was onvermoeibaar in zijn pogingen om de kruisridders te verdrijven. In de loop van de jaren bouwde hij een grote aanhang op in de bergen. Eerst bood hij zijn diensten aan Pierre-Roger de Mirepoix aan. Later, toen de zoon van burggraaf Trencavel het gestolen gebied van zijn vader probeerde terug te krijgen, vocht Guilhem voor hem.'

'Dus hij liep over?' vroeg Alice verbaasd.

'Nee, hij...' Baillard zuchtte. 'Nee. Guilhem du Mas had burggraaf Trencavel nooit verraden. Hij was een dwaas, dat zeker, maar uiteindelijk geen verrader. Oriane had hem gebruikt. Hij werd gevangengenomen toen Carcassona viel, samen met Raymond-Roger Trencavel. Maar Guilhem wist te ontsnappen.' Audric haalde diep adem, alsof die conclusie hem moeite kostte. 'Hij was geen verrader.'

'Maar Alaïs dacht van wel,' zei Alice zacht.

'Hij had zijn eigen ongeluk over zich afgeroepen.'

'Ja, dat weet ik, maar toch... om met dat berouw te moeten leven, terwijl hij wist dat Alaïs hem net zo verachtte als...'

'Guilhem verdient geen sympathie,' zei Baillard scherp. 'Hij heeft Alaïs verraden, zijn huwelijksgelofte geschonden en haar vernederd. Maar toch kon zij...' Hij zweeg. 'Neem me niet kwalijk. Het is soms moeilijk om objectief te zijn.'

Waarom emotioneert het hem zo?

'Heeft hij nooit meer geprobeerd om Alaïs terug te zien?'

'Hij hield van haar,' zei Audric eenvoudig. 'Hij zou niet het risico hebben genomen om de Fransen naar haar toe te leiden.'

'En zij deed ook geen pogingen tot contact?'

Audric schudde langzaam zijn hoofd. 'Zou jij dat hebben gedaan, in haar positie?' vroeg hij zacht.

Alice dacht even na. 'Ik weet het niet. Als ze van hem hield, ondanks alles wat hij had gedaan...'

'Soms drong er nieuws over Guilhems veldtochten tot het dorp door. Alaïs had geen commentaar, maar ze was trots op de man die hij geworden was.'

Alice schoof heen en weer op haar stoel. Audric scheen iets van haar ongeduld te merken, want hij praatte nu sneller.

'Toen Sajhë naar het dorp was teruggekeerd,' vervolgde hij, 'bleef het vijf jaar lang redelijk rustig. Hij, Alaïs en Harif leidden een goed leven. Nog meer mensen uit Carcassona waren de bergen in getrokken, zoals Alaïs' vroegere dienstmeisje Rixende, die ook in het dorp kwam wonen. Het was een eenvoudig bestaan, maar een goed bestaan.' Baillard wachtte weer.

'In 1229 veranderde alles. Een nieuwe koning besteeg de Franse troon. Sant-Louis was een fanatieke figuur met uitgesproken religieuze denkbeelden. Hij kon het niet verkroppen dat de ketterij nog steeds bestond. Ondanks de jaren van onderdrukking en vervolging in de Midi was de Katharse Kerk nog altijd net zo machtig en invloedrijk als de Kerk van Rome. De vijf Katharse bisdommen – Tolosa, Albi, Carcassona, Agen en Razès – stonden op veel plaatsen beter aangeschreven en hadden ook meer invloed dan de katholieken.

Aanvankelijk hadden Alaïs en Sajhë daar weinig mee te maken. Zij gingen gewoon verder met hun leven. Die winter reisde Sajhë naar Spanje om geld en wapens bijeen te brengen voor het verzet. Alaïs bleef achter. Ze was een goede ruiter, bedreven met pijl en boog en met het zwaard, en het ontbrak haar niet aan moed. Ze bracht berichten over aan de leiders van het verzet in de Ariège en de Sabarthèsbergen. Ze bood onderdak aan *parfaits* en *parfaites*, organiseerde voedsel, schuilplaatsen en informatie over de plaats en tijd van de diensten. De *parfaits* waren voornamelijk rondtrekkende predikers, die met handarbeid de kost verdienden: kaarden, brood bakken, wol spinnen. Ze reisden in tweetallen, een ervaren leraar met een jongere ingewijde – meestal twee mannen, maar soms ook vrouwen.' Audric glimlachte. 'Zoals Esclarmonde, haar vriendin en mentor, ooit in Carcassona had gedaan.

De excommunicaties, de aflaten voor de kruisridders, de nieuwe campagne tegen de ketterij, zoals zij het noemden... het had allemaal gewoon door kunnen gaan, ware het niet dat er een nieuwe paus kwam, Grègoire IX. Hij wilde niet langer wachten. In 1233 plaatste hij de Heilige Inquisitie onder zijn persoonlijk gezag, met het mandaat om alle ketters op te sporen en uit te roeien, waar ze zich ook bevonden en met welke middelen dan ook. En hij koos de dominicanen of predikheren als zijn agenten.'

'Ik dacht dat de inquisitie in Spanje was ontstaan. Dat hoor je altijd.'

'Een bekende vergissing,' zei hij. 'Nee. De inquisitie is in het leven geroepen om de Katharen te vernietigen. Toen begon het terreurbewind. Inquisiteurs reisden stad en land af om mensen aan te klagen en te veroordelen. Overal slopen spionnen rond. Lijken die in heilige grond waren begraven werden weer boven de grond gehaald en als ketters verbrand. Door bekentenissen en halve bekentenissen met elkaar te vergelijken konden de inquisiteurs een Kathaarse route uitzetten van dorp tot dorp en van stad tot stad. De Pays d'Oc werd overspoeld door een gewelddadige vloedgolf van justitiële moorden. Brave, eerlijke mensen werden veroordeeld. Buren werden tegen elkaar opgezet. Elke grote stad had een Hof van Inquisitie, van Tolosa tot Carcassona. Zodra ze waren veroordeeld droegen de inquisiteurs hun slachtoffers over aan het wereldlijk gezag om hen gevangen te laten zetten, af te ranselen, te verminken of te verbranden. Zelf hielden ze schone handen. Maar heel weinig mensen werden vrijgelaten, en zelfs dan moesten ze een geel kruis op hun kleren dragen dat hen brandmerkte als ketters.'

Er kwam een flard van een herinnering bij Alice boven. Ze rende door de bossen om aan haar achtervolgers te ontkomen. Ze struikelde en viel. Een lapje stof met de kleur van een herfstblad, dat bij haar vandaan fladderde...

Heb ik dat gedroomd?

Alice keek Audric aan en zag een verdriet op zijn gezicht dat als een mes door haar ziel sneed.

'In mei 1234 kwamen de inquisiteurs in het stadje Limoux. Door een ongelukkig toeval was Alaïs daar ook naartoe gereisd, samen met Rixende. In de chaos van het moment – misschien werden ze voor *parfaites* aangezien, als twee vrouwen die samen reisden – werden ze gearresteerd en naar Tolosa gebracht.'

Dat was mijn grote angst.

'Ze gaven niet hun echte namen, dus duurde het een paar dagen voordat Sajhë hoorde wat er was gebeurd. Hij ging er meteen naartoe, zonder aan zijn eigen veiligheid te denken. Maar hij had het geluk niet aan zijn kant. De verhoren van de inquisitie vonden voornamelijk plaats in de kathedraal van Sant-Sernin, dus ging hij daarheen om haar te zoeken. Maar Alaïs en Rixende waren naar het klooster van Sant-Etienne gebracht.'

Alices adem stokte. Ze dacht terug aan de spookverschijning, de vrouw die werd meegenomen door de monniken met de zwarte pijen.

'Ik ben er geweest,' was alles wat ze wist te zeggen.
'De omstandigheden waren afschuwelijk: smerig, wreed, vernederend. De gevangenen hadden geen licht en geen verwarming. Alleen door het gekerm van de andere gevangenen konden ze de dag van de nacht onderscheiden. Een groot aantal stierf al binnen de muren, in afwachting van hun proces.'
Alice wilde iets zeggen, maar haar mond was te droog.
'Heeft ze...' Ze zweeg, niet in staat om door te gaan.
'De menselijke geest kan veel verdragen, maar eenmaal gebroken valt ze als stof uiteen. Dat is wat de inquisiteurs deden. Ze braken onze geest, net zo zeker als de folteraars huid en botten braken, totdat we niet eens meer wisten wie we waren.'
'Vertel het me,' zei ze snel.
'Sajhë was te laat,' zei hij toonloos. 'Maar Guilhem niet. Hij had gehoord dat een genezeres, een vrouw uit de bergen, naar de stad was gebracht voor ondervraging. En op de een of andere manier raadde hij dat het Alaïs moest zijn, hoewel haar naam niet voorkwam in het register. Hij kocht de bewakers om... of bedreigde ze, dat weet ik niet... om hem door te laten. Zo vond hij Alaïs. Zij en Rixende werden apart gehouden van de anderen, wat Guilhem de kans gaf om haar uit Sant-Etienne en Tolosa vandaan te smokkelen voordat de inquisiteurs merkten dat ze was ontsnapt.'
'Maar...'
'Alaïs heeft altijd gedacht dat het Oriane was die haar gevangen had laten nemen. In elk geval hadden ze haar niet ondervraagd.'
Alice voelde tranen in haar ogen. 'Heeft Guilhem haar naar het dorp teruggebracht?' vroeg ze, terwijl ze haastig haar tranen wegveegde met de rug van haar hand. 'Kwam ze weer thuis?'
Baillard knikte. 'Uiteindelijk wel. Ze kwam terug in *agost*, kort voor de feestdag van Maria Hemelvaart, samen met Rixende.' Hij struikelde bijna over zijn woorden.
'Guilhem kwam zelf niet mee?'
'Nee,' zei hij. 'En ze ontmoetten elkaar ook niet meer tot...' Hij zweeg. Zijn adem stokte – Alice voelde het meer dan dat ze het hoorde. 'Zes maanden later werd haar dochter geboren. Alaïs noemde haar Bertrande, ter nagedachtenis van haar vader, Bertrand Pelletier.'

Audrics woorden leken tussen hen in te hangen.
Nog een stukje van de puzzel.
'Guilhem en Alaïs,' fluisterde ze bij zichzelf. In gedachten zag ze de familiestamboom uitgespreid op de vloer van Graces slaapkamer in Sallèles d'Aude. De naam ALAÏS PELLETIER-DU MAS (1193-) in rode inkt. Op dat moment

had ze de naam ernaast niet kunnen lezen, alleen die van Sajhë, in groene inkt op de lijn eronder en opzij.

'Alaïs en Guilhem,' zei ze weer.

Een rechtstreekse lijn, van hen naar mij.

Alice was vreselijk benieuwd naar de drie maanden die Guilhem en Alaïs samen waren geweest. Waarom waren ze weer uit elkaar gegaan? En waarom stond er een labyrintsymbooltje achter de namen van Alaïs en Sajhë?

En achter de mijne?

Alice kon de spanning niet langer verdragen. Ze keek op en wilde een hele serie vragen op Audric afvuren, totdat ze de uitdrukking op zijn gezicht zag. Instinctief wist ze dat hij voorlopig genoeg had gezegd over Guilhem.

'Wat gebeurde er daarna?' vroeg ze zacht. 'Bleven Alaïs en haar dochter in Los Seres, met Sajhë en Harif?'

Aan Audrics vluchtige lachje zag ze dat hij haar dankbaar was dat ze van onderwerp veranderde.

'Ze was een prachtig kind,' zei hij. 'Lief en vrolijk, altijd lachend en zingend. Iedereen was dol op haar, vooral Harif. Bertrande kon uren luisteren naar zijn verhalen over het Heilige Land en over haar grootvader, Bertrand Pelletier. Toen ze ouder werd deed ze boodschappen voor hem. Op haar zesde gaf hij haar al schaakles.'

Audric zweeg, en zijn gezicht werd weer somber. 'Maar al die tijd greep de zwarte hand van de inquisitie steeds verder om zich heen. Nadat ze de vlakte definitief hadden onderworpen richtten de kruisvaarders hun aandacht op de onconventionele bolwerken van de Pyreneeën en Sabarthès. Raymond, Trencavels zoon, keerde in 1240 uit ballingschap terug met een contingent *chevaliers*. Een groot deel van de adel van de Corbières sloot zich bij hem aan. Vrij gemakkelijk heroverde hij de meeste steden tussen Limoux en de Montagne Noire. Het hele land werd gemobiliseerd: Saissac, Azille, Laure, de kastelen van Quéribus, Peyrepertuse, Aguilar. Maar na bijna een maand van gevechten had hij Carcassona nog steeds niet in handen. In oktober viel hij terug tot Montréal. Niemand kwam hem te hulp en ten slotte was hij gedwongen om zich helemaal terug te trekken naar Aragon.'

Audric zweeg. 'Meteen begon het terreurbewind opnieuw. Montréal werd met de grond gelijk gemaakt, net als Montolieu. Limoux en Alet gaven zich over. Alaïs en wij allemaal begrepen dat de bevolking de prijs zou betalen voor de mislukte opstand.'

Baillard zweeg opeens en keek haar aan. 'Ben je ooit in Montségur geweest, *Madomaisèla* Alice?' Ze schudde haar hoofd. 'Het is een buitengewone plek. Een heilige plek, misschien. Zelfs nu dwalen er nog geesten rond. Het is aan drie kanten uit de rots gehouwen. Gods tempel in de lucht.'

'De veilige berg,' zei ze werktuiglijk, en bloosde toen ze beseft dat ze Baillards eigen woorden tegen hem citeerde.

'Jaren eerder, nog voor het begin van de kruistocht, hadden de leiders van de Kathaarse Kerk de *seigneur* van Montségur, Raymond de Péreille, gevraagd het afbrokkelende *castellum* te herbouwen en de verdediging te versterken. In 1243 had Pierre-Roger de Mirepoix, bij wie Sajhë zijn opleiding had gekregen, het bevel over het garnizoen. Uit angst voor Bertrande en Harif vond Alaïs dat ze niet langer in Los Seres konden blijven, dus bood Sajhë zijn diensten aan en voegden ze zich bij de uittocht naar Montségur.'

Audric knikte. 'Maar ze vielen te veel op, onderweg. Misschien hadden ze beter afzonderlijk kunnen reizen. Alaïs' naam stond nu op de lijst van de inquisitie.'

'Was Alaïs een Kathaarse?' vroeg Alice opeens. Eigenlijk wist ze dat niet.

Baillard dacht na. 'De Katharen geloofden dat de wereld die wij kunnen zien, horen, ruiken, proeven en voelen door de duivel is geschapen. Zij geloofden dat de duivel zuivere geesten had verleid om Gods koninkrijk te ontvluchten en ze in een jas van vlees hier op aarde gevangen had gezet. Als ze een deugdzaam leven leidden en het 'tot een goed einde brachten', zouden hun zielen uit die gevangenschap ontsnappen en terugkeren naar God in de glorie van de hemel. Zo niet, dan zouden ze binnen vier dagen op aarde reïncarneren en begon de cyclus opnieuw.'

Alice herinnerde zich de woorden in Graces bijbel.

'Wat uit het vlees geboren is, is vlees; en wat uit de geest geboren is, is geest.'

Audric knikte. 'Wat je goed moet begrijpen is dat de *Bons Homes* geliefd waren bij de mensen die ze dienden. Ze vroegen geen geld voor hun rol bij huwelijk, doop of begrafenis. Ze legden geen belastingen op, geen tiende penning. Er bestaat een verhaal over een *parfait* die een boer in een hoek van zijn veld zag knielen. "Wat doe je?" vroeg hij de man. "Ik dank God omdat hij me deze mooie oogst heeft geschonken," antwoordde de boer. De *parfait* glimlachte en hielp hem overeind. "Dit is niet Gods werk, maar je eigen verdienste. Want het was jouw hand die de akker ploegde in het voorjaar, en het gewas verzorgde."' Hij keek op naar Alice. 'Begrijp je?'

'Ik denk het wel,' zei ze voorzichtig. 'Ze geloofden dat mensen controle hadden over hun eigen leven.'

'Ja. Binnen de beperkingen en belemmeringen van de plaats en tijd van onze geboorte.'

'Maar dacht Alaïs ook zo?' drong ze aan.

'Alaïs was net als zij. Ze hielp mensen en vond de behoeften van anderen belangrijker dan haar eigen dingen. Ze deed wat ze vond dat goed was, los van tradities of gebruiken.’ Hij glimlachte. ‘En net als de Katharen dacht ze niet dat er een Dag des Oordeels zou komen. Ze geloofde niet dat het kwaad dat ze om zich heen zag van God afkomstig kon zijn, maar uiteindelijk... was ze geen Kathaarse. Alaïs was een vrouw die geloofde in de wereld die ze kon zien en aanraken.’

‘En Sajhë?’

Audric gaf niet meteen antwoord. ‘Tegenwoordig gebruiken we algemeen de term Katharen, maar in Alaïs tijd noemden ze zich *Bons Homes*. En in de Latijnse teksten van de inquisitie worden ze aangeduid als *albigenses* of *heretici*, ketters.’

‘Waar komt de naam Katharen dan vandaan?’

‘Ach, we kunnen de overwinnaars niet onze verhalen laten schrijven,’ zei hij. ‘Het is een term die ik en anderen...’ Hij zweeg en glimlachte, alsof hij een binnenpretje had. ‘Er bestaan allerlei verklaringen. Misschien dat het woord *catar* in het Occitaans, of *cathare* in het Frans, afkomstig is van het Griekse *katharos*, dat “zuiver” betekent. Wie kan zeggen wat ze ermee bedoelden?’

Alice fronste. Er ontging haar iets, maar ze wist niet wat.

‘En de godsdienst zelf dan? Waar kwam die vandaan? Toch niet uit Frankrijk, oorspronkelijk?’

‘De oorsprong van het Europese Katharisme ligt in het Bogomilisme, een dualistisch geloof dat tot bloei kwam in Bulgarije, Macedonië en Dalmatië, vanaf de tiende eeuw. Het was verbonden met oudere religies, zoals de leer van Zarathoestra in Perzië, of het Manicheïsme. Ze geloofden in reïncarnatie.’

Er kwam een idee bij Alice op – het verband tussen alles wat Audric haar nu vertelde en wat zij zelf al wist.

Wacht en het zal jou wel vinden. Wees geduldig.

‘In het Palais des Arts in Lyon,’ ging hij verder, ‘hebben ze een handschrift van een Kathaarse versie van het evangelie van Johannes, een van de schaarse documenten die aan de vernietiging door de inquisitie zijn ontsnapt. Het is geschreven in de *langue d’Oc* en in die tijd werd het bezit ervan als ketterij en dus als een strafbaar feit beschouwd. Van alle heilige teksten van de *Bons Homes* was het evangelie van Johannes de belangrijkste. Daarin wordt de meeste nadruk gelegd op persoonlijke, individuele verlichting door kennis of *gnosis*. De *Bons Homes* vereerden geen idolen, kruisen of altaren – gesneden uit de steen en de bomen van deze verwerpelijke schepping van de duivel – maar hadden het diepste ontzag voor het woord van God.’

In den beginne was het Woord, en het Woord was bij God en het Woord was God.

'Reïncarnatie,' zei ze langzaam. Ze dacht nu hardop. 'Hoe kun je dat rijmen met de orthodoxe christelijke theologie?'

'Het centrale thema van het christelijk verbond is het geschenk van het eeuwige leven voor iedereen die gelooft in Christus en is verlost door zijn offer aan het kruis. Reïncarnatie is ook een vorm van eeuwig leven.'

Het labyrint. De weg tot het eeuwige leven.

Audric stond op en liep naar het open raam. Toen Alice naar zijn magere, rechte rug keek was ze zich bewust van een vastberadenheid in hem die ze nog niet eerder had gevoeld.

'Vertel me eens, *Madomaisèla* Tanner,' zei hij, terwijl hij zich weer omkeerde naar haar, 'geloof je in het lot? Of zijn wij wie we zijn door de weg waarvoor we zelf hebben gekozen?'

'Ik...' begon Alice, maar toen zweeg ze. Ze wist niet meer zo zeker wat ze dacht. Hier, in deze tijdloze bergen, hoog in de wolken, leken de alledaagse wereld en de alledaagse normen van weinig belang meer. 'Ik geloof in mijn dromen,' zei ze ten slotte.

'Geloof je ook dat je je eigen lot kunt veranderen?' Hij wilde echt antwoord.

Alice merkte dat ze knikte. 'Wat heeft het anders voor zin? Als we gewoon een weg volgen die van tevoren vastligt, zouden al onze ervaringen, die ons maken tot wat we zijn – liefde, verdriet, vreugde, kennis, verandering – helemaal niets betekenen.'

'En je zou een ander mens nooit beletten zijn of haar eigen keuzes te maken?'

'Dat hangt van de omstandigheden af,' zei ze langzaam en een beetje zenuwachtig nu. 'Hoezo?'

'Ik vraag je alleen dat te onthouden,' zei hij zacht. 'Dat is alles. Als de tijd komt, zal ik je vragen om daaraan terug te denken. *Si es atal es atal.*'

Zijn woorden brachten iets in haar boven. Alice wist zeker dat ze die al eerder had gehoord. Ze schudde haar hoofd. Het wilde haar niet te binnen schieten.

'De dingen gaan zoals ze gaan,' zei hij zacht.

70

'Monsieur Baillard, ik...'

Audric hief zijn hand op. '*Benlèu,*' zei hij, terwijl hij terugliep naar de tafel en de draad van het verhaal weer oppakte alsof er niets gebeurd was. 'Ik zal je alles vertellen wat je moet weten, dat beloof ik je.'

Ze opende haar mond, maar bedacht zich.

'De citadel puilde uit,' zei hij, 'maar toch was het een gelukkige tijd. Voor het eerst in heel veel jaren voelde Alaïs zich veilig. Bertrande, bijna tien nu, was populair bij de kinderen die in en om de vesting woonden. Harif, weliswaar oud en zwak, was toch in een goede stemming. Hij had gezelschap genoeg: Bertrande, die hem betoverde, en *parfaits* met wie hij over de ware aard van God en over de wereld kon discussiëren. Sajhë week nauwelijks van Alaïs' zijde. Ze was gelukkig.'

Alice sloot haar ogen en liet het verleden bij zich toe.

'Het was een goed leven, en het had zo kunnen blijven, afgezien van één roekeloze daad van vergelding. Op de 28ste mei 1242 kreeg Pierre-Roger de Mirepoix bericht dat er vier inquisiteurs waren aangekomen in het stadje Avignonet. Dat betekende dat er nog meer *parfaits* en *credentes* gevangen zouden worden gezet of op de brandstapel gebracht. Hij besloot in actie te komen. Ondanks de protesten van zijn luitenants, onder wie ook Sajhë, bracht hij een groep van vijfentachtig ridders uit het garnizoen van Montségur bijeen en vertrok. Onderweg sloten zich nog anderen bij hen aan.

Ze maakten de tocht van tachtig kilometer naar Avignonet en kwamen daar de volgende dag aan. Kort nadat inquisiteur Guillaume Arnaud en zijn drie collega's naar bed waren gegaan opende iemand van binnenuit de gesloten deur en liet hen binnen. De deuren van de slaapkamers werden ingetrapt en de vier inquisiteurs en hun gevolg vermoord. Zeven verschillende *chevaliers* beweerden de eerste klappen te hebben toegebracht. Het schijnt dat Guillaume Arnaud is gestorven met het *Te Deum* op zijn lippen. Vast staat wel dat zijn inquisitielijsten werden meegenomen en vernietigd.'

'Dat was gunstig.'

'Maar het was ook de ultieme provocatie. Het bloedbad leidde tot een snelle reactie. De koning besliste dat Montségur vernietigd moest worden, eens en voorgoed. Een leger van noordelijke edelen, katholieke inquisiteurs, huurlingen en collaborateurs sloeg onder aan de berg zijn kamp op. Het beleg begon, maar de mannen en vrouwen van de citadel konden nog steeds komen en gaan zoals ze wilden. Na vijf maanden had het garnizoen nog maar drie man verloren. Het beleg leek te mislukken.

Maar toen lijfde het kruisleger een peloton Baskische huurlingen in, die naar boven klommen en hun eigen kamp opsloegen op een steenworp afstand van de kasteelmuren. Dat was aan het begin van de bitterkoude bergwinter. Er dreigde geen onmiddellijk gevaar, maar Pierre-Roger besloot zijn mannen van de buitenvesting aan de kwetsbare oostzijde terug te trekken. Dat was een fatale vergissing. Gewapend met informatie van plaatselijke collaborateurs wisten de huurlingen de duizelingwekkend steile helling aan de zuidoostkant te beklimmen. Ze staken de wachtposten neer en bezetten de Roc de la Tour, een stenen spits op het oostelijkste puntje van de bergrug van Montségur. De verdedigers moesten machteloos toezien hoe katapulten en ballista's de Roc op werden getakeld. Tegelijkertijd begon een krachtige *trébuchet* op de oostelijke helling dat deel van de buitenwal te bestoken.

Kerstmis 1243 veroverden de Fransen de buitenwal van Montségur. Ze waren nu nog maar enkele tientallen meters van de vesting zelf vandaan. Daar installeerden ze een nieuw belegeringswerktuig, dat een vrij schootsveld had op de zuid- en oostmuur van de citadel.'

Terwijl hij vertelde draaide Baillard voortdurend de ring om zijn duim rond. Alice keek ernaar, en als vanzelf kwam er een herinnering bij haar boven aan een andere man die zo'n ring om zijn duim had rondgedraaid als hij haar verhalen vertelde.

'Voor het eerst,' vervolgde Audric, 'moesten ze de mogelijkheid onder ogen zien dat Montségur zou vallen.

In het dal beneden wapperden nog altijd de vaandels van de katholieke Kerk en de *fleur-de-lys* van de Franse koning, ook al waren de vlaggen gerafeld en verbleekt na tien maanden van hitte, regen en ten slotte sneeuw. Het kruisleger, onder bevel van de seneschalk van Carcassona, Hugues des Arcis, telde tussen de zes- en tienduizend man. Het garnizoen van de vesting was niet groter dan een man of honderd.

Alaïs wilde...' Hij zweeg. 'Er werd een vergadering belegd met de leiders van de Katharse Kerk, bisschop Bertrand Marty en Raymond Aiguilher.'

'De Katharse schat. Is dat waar? Bestond die echt?'

Baillard knikte. 'Twee *credentes*, Matheus en Peter Bonnet, werden aangewezen voor die taak. Dik ingepakt tegen de vrieskou van het nieuwe jaar bonden ze de schat op hun rug en slopen onder dekking van de duisternis het kasteel uit. Ze ontweken de wachtposten op de begaanbare paden langs de berg omlaag door het dorp, en gingen op weg naar de Sabarthèsbergen in het zuiden.'

Alice sperde haar ogen open. 'Naar de Pic de Soularac.'

Weer knikte hij. 'Daar werd de schat door anderen overgenomen. De passen naar Aragon en Navarra waren dichtgesneeuwd. Daarom kozen ze voor een haven en voeren naar Lombardije in het noorden van Italië, waar ook een bloeiende gemeenschap van *Bons Homes* bestond, die minder aan vervolgingen was blootgesteld.'

'En de broers Bonnet?' vroeg Alice.

'Matheus keerde eind *janvièr* in zijn eentje terug. De toegangswegen werden nu bewaakt door plaatselijke mensen uit Camon sur l'Hers, vlak bij Mirepoix, die hem lieten passeren. Matheus bracht nieuws over versterkingen. Het gerucht ging dat de nieuwe koning van Aragon hen in het voorjaar te hulp zou komen. Maar dat waren loze woorden. Het vijandelijke kordon rond de vesting kon niet meer door hulptroepen worden doorbroken.'

Baillard keek Alice met zijn amberkleurige ogen aan. 'We hoorden ook het gerucht dat Oriane op weg was naar het zuiden, in het gezelschap van haar zoon en echtgenoot, om de belegeraars te versterken. Dat kon maar één ding betekenen. Na al die jaren had ze eindelijk ontdekt dat Alaïs nog leefde. Oriane wilde het *Boek der Woorden*.'

'Maar dat had Alaïs toch niet bij zich?'

Audric gaf geen antwoord. 'Half februari deden de belegeraars een nieuwe aanval. En op 1 maart 1244, na een laatste poging om de Basken van de Roc de la Tour te verdrijven, klonk er een eenzame bazuin vanaf de muren van de zwaargehavende vesting.' Hij slikte even. 'Raymond de Péreille, de *seigneur* van Montségur, en Pierre-Roger de Mirepoix, commandant van het garnizoen, kwamen door de Grote Poort naar buiten en gaven zich over aan Hugues des Arcis. De strijd was voorbij. Montségur, het laatste bolwerk, was gevallen.'

Alice leunde naar achteren in haar stoel. Ze wenste dat het anders was gelopen.

'Het was een zware, koude winter geweest op de rotsachtige hellingen en in het dal beneden. Beide partijen waren uitgeput. De onderhandelingen duurden niet lang. De volgende dag werd de akte van overgave getekend door Peter Amiel, de aartsbisschop van Narbonne.

De voorwaarden waren heel coulant. Uniek, zouden sommigen zeggen. De vesting zou vervallen aan de katholieke Kerk en de Franse kroon, maar alle bewoners kregen gratie voor hun vergrijpen. Zelfs de moordenaars van de inquisiteurs in Avignonet gingen vrijuit. De soldaten hoefden slechts een lichte straf te verwachten zodra ze hun misdrijven hadden bekend aan de inquisitie. Wie zijn ketterse geloof afzwoer mocht vertrekken en was alleen verplicht een kruis op zijn kleren te dragen.'

'En degenen die zich niet bekeerden?' vroeg Alice.

'Die zouden als ketters op de brandstapel worden gebracht.'

Baillard nam nog een slok wijn.

'Het was gebruikelijk om na het einde van een beleg het akkoord te bezegelen door het uitwisselen van gijzelaars. Tot die gijzelaars behoorden de broer van bisschop Bertrand, Raymond, de oude *chevalier*, Arnald-Roger de Mirepoix, en de jonge zoon van Raymond de Péreille.' Baillard zweeg. 'Minder gebruikelijk,' zei hij behoedzaam, 'was dat er twee weken uitstel werd verleend. De Kathaarse leiding vroeg of ze nog twee weken binnen Montségur mochten blijven voordat ze van de berg kwamen. Dat verzoek werd ingewilligd.'

Alices hart klopte in haar keel. 'Waarom?'

Audric glimlachte. 'Historici en theologen discussiëren al jaren over de vraag waarom de Katharen uitstel van executie vroegen. Wat moest er nog gebeuren dat ze nog niet hadden gedaan? De schat was veilig. Wat was er dan zo belangrijk voor de Katharen om nog langer in die koude, kapotgeschoten bergvesting te blijven, na alles wat ze al hadden doorstaan?'

'En wat was de reden?'

'Alaïs,' zei hij. 'Zij had meer tijd nodig. Oriane en haar mannen wachtten aan de voet van de berg. Harif, Sajhë en Bertrande waren nog in de citadel. Het risico was te groot. Als zij gevangen werden genomen zouden alle offers van Simeon, Alaïs' vader en Esclarmonde om het geheim te beschermen tevergeefs zijn geweest.'

Eindelijk vielen alle stukjes van de puzzel op hun plaats. Alice zag nu het hele beeld, helder en levendig, ook al kon ze het nauwelijks geloven.

Ze keek uit het raam naar het onveranderlijke, eeuwige landschap, dat er nog grotendeels zo uitzag als in de tijd van Alaïs – met dezelfde zon, dezelfde regen, dezelfde hemel.

'Vertel me de waarheid van de Graal,' zei ze toen zacht.

71
Montségur

MARÇ 1244

Alaïs stond op de muren van de citadel van Montségur: een kleine, eenzame gestalte in een dikke wintermantel. Haar schoonheid was gekomen met de jaren. Ze was tenger, maar met mooie lijnen in haar gezicht, haar hals en haar houding. Ze keek naar haar handen. In het vroege ochtendlicht leken ze blauw, bijna transparant.

De handen van een oude vrouw.

Alaïs glimlachte. Nee, niet oud. Nog jonger dan haar vader toen hij stierf.

Het licht was zacht toen de opkomende zon zijn best deed om de wereld haar vorm terug te geven en de silhouetten van de nacht te verdrijven. Alaïs keek naar de grillige, besneeuwde toppen van de Pyreneeën, die rezen en dalen tegen de bleke horizon, en de purperen dennenbossen tegen de oostelijke flank van de berg. Vroege wolken dreven over de ruige hellingen van de Pic de Sant-Barthélémy. Daarachter kon ze bijna de Pic de Soularac onderscheiden.

Ze dacht aan haar huis, eenvoudig maar gezellig, weggestopt tussen de plooien van de heuvels. Ze herinnerde zich de rook die uit de schoorsteen had gekringeld op koude dagen zoals deze. De lente kwam pas laat in de bergen, en het was een strenge winter geweest. Maar het kon niet lang meer duren. Ze zag de belofte van het voorjaar in de roze blos van de hemel bij de schemering. In Los Seres zouden de bomen nu snel in knop staan. Begin april zouden de bergweiden weer een zee zijn van prachtige blauwe, witte en gele bloemen.

Beneden zich zag Alaïs de gebouwen van het dorpje Montségur – die paar hutten en huisjes die nog overeind stonden na tien maanden van beschietingen. De rommelige nederzetting werd omringd door de vaandels en tenten van het Franse leger, kleine kleuraccenten, rafelig aan de randen. De vijand had net zo van de winter te lijden gehad als de bewoners van de citadel.

Tegen de westelijke hellingen, aan de voet van de berg, stond een houten palissade. De belegeraars hadden er dagen aan gewerkt. De vorige dag hadden ze een rij palen in het midden gezet, een beetje scheef, elke paal verankerd in een stapel hout en bossen stro. Toen de schemering viel had Alaïs gezien dat ze ladders tegen de randen plaatsten.

Brandstapels voor de ketters.

Alaïs huiverde. Over een paar uur zou het allemaal voorbij zijn. Ze was niet bang om te sterven als haar tijd gekomen was. Maar ze had te veel mensen zien branden om nog de illusie te koesteren dat hun geloof hen de pijn zou besparen. Voor wie dat wilde had Alaïs medicijnen klaargemaakt om het lijden wat te verzachten. De meesten hadden ervoor gekozen om zonder hulp van deze wereld naar de volgende te gaan.

De paarse stenen onder haar voeten waren glibberig door het ijs. Met de neus van haar schoen tekende Alaïs het patroon van het labyrint op de witte, bevroren grond. Ze was nerveus. Als haar list werkte, zou er een einde komen aan de zoektocht naar het *Boek der Woorden*. Zo niet, dan had ze de levens op het spel gezet van de mensen die haar al die jaren verborgen hadden gehouden – de vrienden van haar vader en Esclarmonde – ter wille van de Graal.

De gevolgen waren te verschrikkelijk om bij stil te staan.

Alaïs sloot haar ogen en ging in gedachten jaren terug, naar de grot van het labyrint. Harif, Sajhë en zijzelf. Ze herinnerde zich de warme lucht op haar blote armen, het flakkeren van de kaarsen, de welluidende stemmen die opstegen in het donker. De herinnering aan de woorden zoals ze die had gesproken, zo levendig dat ze ze nog bijna op haar tong kon proeven.

Huiverend dacht Alaïs aan het moment dat het inzicht was gekomen en de formule als vanzelf van haar lippen was gerold. Dat ene moment van extase en verlichting, alsof het verleden en de toekomst uniek met elkaar werden verbonden toen de Graal over haar nederdaalde.

En via haar stem en haar handen ook over hem.

Haar adem stokte. Zulke ervaringen te hebben meegemaakt in een mensenleven...

Ze schrok van een geluid. Alaïs opende haar ogen en het verleden vervaagde. Ze draaide zich om en zag Bertrande over de smalle vestingmuur naar haar toe komen. Alaïs glimlachte en stak een hand op als begroeting.

Haar dochter was minder serieus dan Alaïs was geweest op die leeftijd. Maar uiterlijk was Bertrande haar evenbeeld: hetzelfde hartvormige gezichtje, dezelfde open blik en hetzelfde lange, bruine haar. Afgezien van Alaïs' grijze haren en de rimpels om haar ogen hadden ze wel zusters kunnen zijn.

De spanning van het wachten tekende zich af op Bertrandes gezicht.

'Sajhë zegt dat de soldaten er aankomen,' zei ze onzeker.

Alaïs schudde haar hoofd. 'Die komen morgen pas,' verklaarde ze ferm. 'En er valt nog veel te doen voordat het zo ver is.' Ze nam de koude handen van haar dochter in de hare. 'Ik reken op jou om Sajhë te helpen en voor Rixende te zorgen. Vooral vannacht. Ze hebben je nodig.'

'Ik wil je niet kwijt, *Mamà,*' zei ze met een trillende lip.

'Dat zal ook niet gebeuren,' glimlachte Alaïs, biddend dat ze de waarheid sprak. 'We zullen weldra weer allemaal samen zijn. Heb maar geduld.' Bertrande lachte bleek. 'Zo is het beter. Kom, *filha*, laten we naar beneden gaan.'

72

Woensdagochtend 16 maart, in alle vroegte, verzamelden ze zich achter de Grote Poort van Montségur.

Vanaf de muren zag het garnizoen hoe de Fransen die de *Bons Homes* kwamen arresteren het laatste stuk van het rotspad beklommen, dat op dit vroege uur nog glad was van het ijs.

Bertrande stond met Sajhë en Rixende voor aan de menigte. Het was erg stil. Na de maanden van onophoudelijke beschietingen was ze nog steeds niet gewend aan de stilte, nu de katapulten en ballista's zwegen.

De afgelopen twee weken waren een rustige tijd geweest – voor veel mensen hun allerlaatste dagen. Ze hadden het paasfeest gevierd. De *parfaits* en enkele *parfaites* hadden gevast. Ondanks de belofte van een vrijgeleide voor wie zijn geloof afzwoer had bijna de halve bevolking van de citadel, onder wie Rixende, ervoor gekozen om het *consolament* te ontvangen. Ze stierven liever als *Bons Chrétiens* dan een leven van onderdrukking te moeten leiden onder de Franse kroon. Bezittingen waren nagelaten door hen die gingen sterven voor hun geloof aan hen die ertoe veroordeeld waren om verder te leven zonder hun dierbaren. Bertrande had geholpen om de geschenken van was, peper, zout, stoffen, schoenen, een beurs, een broek en zelfs een vilthoed te verdelen.

Pierre-Roger de Mirepoix had een sloop vol met munten gekregen. Anderen hadden graan en wambuizen gegeven voor zijn mannen. Marquesia de Lanatar had al haar bezittingen nagelaten aan haar kleindochter Philippa, de vrouw van Pierre-Roger.

Bertrande keek naar al die zwijgende gezichten en zei een stil gebed voor haar moeder. Alaïs had Rixendes kleren met zorg gekozen: een donkergroene jurk en een rode mantel met een prachtig geborduurde zoom van gele bloemen en blauwe en groene vierkantjes en ruitjes. Haar moeder vertelde haar dat het een kopie was van de mantel die ze op haar trouwdag had gedragen in de *capèla* Santa-Maria van het Château Comtal. Alaïs wist zeker dat haar zuster Oriane zich die nog zou herinneren, ook al was het lang geleden.

Als voorzorgsmaatregel had Alaïs ook een kleine schapenleren tas gemaakt die bij de rode mantel paste, een kopie van de hoezen waarin de boeken van de Labyrint Trilogie werden bewaard. Bertrande had haar geholpen om de tas te vullen met stof en vellen perkament, zodat het er van een afstand heel overtuigend uitzag. Ze begreep de bedoeling niet precies, maar wel dat het belangrijk was. En ze vond het prachtig dat ze had mogen helpen.

Bertrande stak een arm uit en pakte Sajhës hand.

De leiders van de Kathaarse Kerk, bisschop Bertrand Marty en Raymond Aiguilher – oude mannen, nu – stonden rustig te wachten in hun donkerblauwe mantel. Jarenlang hadden ze hun Kerk gediend vanuit de citadel van Montségur. Ze waren naar de meest afgelegen dorpen in de bergen en het laagland getrokken om het woord te prediken en troost te bieden aan de *credentes*. Nu stonden ze klaar om de gelovigen naar de brandstapel te begeleiden.

'*Mamà* redt zich wel,' fluisterde Bertrande, niet alleen om Sajhë maar ook zichzelf gerust te stellen. Ze voelde Rixendes arm om haar schouder.

'Ik zou willen dat je niet...'

'Ik heb mijn keus gemaakt,' zei Rixende snel. 'Ik wil sterven in mijn geloof.'

'En als *Mamà* wordt opgepakt?' fluisterde Bertrande.

Rixende streelde haar haar. 'We kunnen niets anders doen dan bidden.'

Bertrande voelde tranen in haar ogen prikken toen de soldaten hen hadden bereikt. Rixende stak haar polsen uit om zich te laten vastbinden. De jongen schudde zijn hoofd. De Fransen hadden niet verwacht dat zoveel Katharen voor de dood zouden kiezen en hadden daarom niet genoeg ketenen meegenomen voor iedereen.

Bertrande en Sajhë keken zwijgend toe hoe Rixende en de anderen door de Grote Poort verdwenen voor hun laatste afdaling over het steile, bochtige bergpad. Het rood van Rixendes mantel viel duidelijk op tussen de gedekte bruine en groene tinten, bijna glinsterend tegen de grijze lucht.

Onder aanvoering van bisschop Marty hieven de gevangenen een lied aan. Montségur was gevallen, maar ze voelden zich niet verslagen. Bertrande veegde met de rug van haar hand de tranen uit haar ogen. Ze had haar moeder beloofd dat ze sterk zou zijn. Ze zou proberen om woord te houden.

Beneden, op de weiden van de lagere hellingen, waren tribunes opgebouwd voor de toeschouwers. Er was geen plaatsje meer vrij. De nieuwe adel van de Midi, Franse edelen, collaborateurs, katholieke gezanten en inquisiteurs – iedereen was gekomen, op uitnodiging van Hugues des Arcis, de seneschalk van Carcassonne. Om te zien hoe er 'recht' werd gesproken na meer dan dertig jaar burgeroorlog.

Guilhem trok zijn mantel strak om zich heen om niet op te vallen. Zijn gezicht was bekend, na een heel leven van strijd tegen de Fransen. Hij mocht zich niet gevangen laten nemen. Voorzichtig keek hij om zich heen.

Als zijn informatie klopte moest Oriane zich ergens in deze menigte bevinden. Hij was vastbesloten om haar bij Alaïs vandaan te houden. Zelfs na al die tijd kookte zijn bloed als hij aan Oriane dacht. Hij balde zijn vuisten en zou het liefst meteen in actie zijn gekomen. Wachten en huichelen was niets voor hem. Een mes in haar hart! Dat had hij dertig jaar geleden al moeten doen. Maar Guilhem wist dat hij geduld moest oefenen. Als hij nu iets deed, zouden ze hem neerslaan voordat hij de kans had gekregen zijn zwaard te trekken.

Zijn blik gleed langs de rijen met toeschouwers totdat hij het gezicht ontdekte dat hij zocht. Oriane zat op de voorste rij, in het midden. Ze had niets meer van een zuidelijke edelvrouwe. Haar dure kleren ademden de formele, gekunstelde stijl van het noorden. Haar blauwe fluwelen mantel was afgezet met goudstiksel en voorzien van een kraag, een capuchon en winterhandschoenen van dik hermelijn. Ze was nog steeds een opvallende, knappe vrouw, maar haar gezicht was magerder geworden en werd ontsierd door harde, verbitterde trekken.

Ze had een jongeman bij zich. De gelijkenis was sterk genoeg om te concluderen dat het een van haar zoons moest zijn. Louis, de oudste, zou zich volgens Guilhems informatie bij de kruistocht hebben aangesloten. Hij had de tint en de zwarte krullen van Oriane, met het adelaarsprofiel van zijn vader.

Iemand schreeuwde. Guilhem keek om en zag dat de rij gevangenen de voet van de berg had bereikt en nu naar de brandstapel werd gedreven. De Katharen bleven rustig en waardig. Ze zongen. Als een engelenkoor, dacht Guilhem, en hij zag de ongemakkelijke reactie van de toeschouwers op dat prachtige gezang.

De seneschalk van Carcassonne stond schouder aan schouder met de aartsbisschop van Narbonne. Op zijn teken werd een gouden kruis hoog in de lucht gestoken en namen de dominicanen en de rest van de geestelijkheid hun plaatsen in voor de palissade.

Achter hen zag Guilhem een rij soldaten met brandende fakkels. Ze probeerden te voorkomen dat de rook de tribunes op waaide toen de vlammen knetterend oplaaiden in de bitterkoude, vlagerige noordenwind.

Eén voor één werden de namen van de ketters opgelezen. Ze stapten naar voren en beklommen de ladders naar de brandstapel. Guilhem staarde half verdoofd naar het gruwelijke tafereel. Hij vond het vreselijk dat hij machteloos stond om iets tegen de executies te ondernemen. Zelfs als hij genoeg mannen bij zich had gehad, zouden de Katharen zelf zijn ingrijpen hebben geweigerd. Door omstandigheden, meer dan uit geloof, had Guilhem veel tijd doorgebracht in het gezelschap van de *Bons Homes*. Hij had bewondering en respect voor hen, hoewel hij niet kon zeggen dat hij hen begreep.

De stapels aanmaakhout en stro waren in pek gedrenkt. Bij de brandstapels stonden soldaten, die de *parfaits* en *parfaites* aan de staken bonden.

Bisschop Marty begon te bidden. '*Payre sant, Dieu dreiturier dels bons esperits.*'

Langzaam sloten andere stemmen zich bij hem aan. Het gefluister werd luider en luider; het zwol aan tot een gebulder. De toeschouwers op de tribunes wisselden gegeneerde blikken en werden steeds onrustiger. Hier waren ze niet voor gekomen.

De aartsbisschop gaf haastig een teken. Met wapperende zwarte soutanes hieven de geestelijken de psalm aan die het lijflied van de kruistocht was geworden: *Veni Spirite Sancti.* Ze zongen nu luidkeels, om de gebeden van de Katharen te overstemmen.

De bisschop stapte naar voren en wierp de eerste fakkel op de brandstapel. De soldaten volgden zijn voorbeeld. Eén voor één werden de brandende toortsen in het hout gegooid. Het duurde even, maar toen stegen de eerste vonken op. Algauw veranderde het geknetter in een loeiend vuur. De vlammen kronkelden zich als slangen door het stro, alle kanten op, rokend en walmend, dansend als het riet in de rivier.

Door de rook heen zag Guilhem iets dat zijn bloed in ijs veranderde: een rode mantel, geborduurd met bloemen, en een diepgroene jurk met de kleur van mos. Hij wrong zich naar voren.

Hij kon – wilde – zijn ogen niet geloven.

De jaren vielen weg en hij zag zichzelf weer als jonge *chevalier*, arrogant, trots, zelfverzekerd, zoals hij knielde in de *capèla* Santa-Maria, met Alaïs aan zijn zij. Een bruiloft met Sint-Michiel – dat beloofde een gelukkig huwelijk, zeiden de mensen. Bloeiende haagdoorn op het altaar, rode kaarsen die flakkerden toen ze elkaar het jawoord gaven.

Guilhem rende achter de tribunes langs in een wanhopige poging om dichterbij te komen en met eigen ogen te zien dat *zij* het niet was. Het vuur breidde zich hongerig uit. De weeë stank van brandend mensenvlees, verrassend zoet, walmde over de toeschouwers. De soldaten deinsden terug. Zelfs de geestelijken moesten zich terugtrekken voor de verzengende hitte.

Bloed siste toen voetzolen openbarstten en botten in het vuur gleden, als van dieren die aan het spit geroosterd werden. De gebeden veranderden in gekerm.

Guilhem stikte bijna, maar hij hield vol. Met zijn mantel voor zijn mond en neus tegen de smerige, scherpe stank probeerde hij bij de palissade te komen, maar de wervelende rookwolken benamen hem het zicht.

Opeens klonk er een stem, helder en duidelijk, vanuit het vuur.

'Oriane!'

De stem van Alaïs? Guilhem wist het niet zeker. Hij beschutte zijn gezicht met zijn handen en wankelde in de richting van het geluid.

'Oriane!'

Deze keer ontstond er tumult op de tribunes. Guilhem draaide zich om. Door een opening in de rook zag hij Orianes gezicht, verwrongen van woede. Ze was overeind gesprongen en maakte wilde gebaren naar de wachtposten.

Guilhem had het gevoel dat hij zelf Alaïs' naam riep, maar hij wist dat hij niet de aandacht mocht trekken. Hij was gekomen om haar te redden – haar te helpen aan Oriane te ontsnappen, zoals hij haar ooit eerder had geholpen.

De drie maanden die hij met Alaïs had doorgebracht nadat ze aan de inquisitie in Toulouse was ontkomen waren eenvoudig de gelukkigste van zijn leven geweest. Maar Alaïs had niet langer willen blijven en hij had haar niet tot andere gedachten kunnen brengen. Ze had hem zelfs niet verteld waaróm ze ging. Maar ze had hem wel gezegd – en Guilhem had haar onvoorwaardelijk geloofd – dat ze ooit, als deze ellendige tijd voorbij was, weer samen zouden zijn.

'*Mon còr,*' fluisterde hij, bijna een snik.

Die belofte en de herinnering aan hun tijd samen hadden hem tien lange, lege jaren op de been gehouden. Het was zijn licht in de duisternis.

Guilhem voelde zijn hart breken. 'Alaïs!'

Tegen de rode mantel brandde een wit tasje van schapenleer, zo groot als een boek. De handen die het hadden vastgehouden waren er niet meer, verkoold tot botten, sputterend vet en zwartgeblakerd vlees.

Het was voorbij, wist hij.

Er daalde een diepe stilte over Guilhem neer. Geen geluid, geen pijn, niets anders dan een heldere, witte ruimte. De berg was verdwenen, net als de hemel, de rook en het gekrijs. Net als de hoop.

Zijn benen wilden hem niet meer dragen. Guilhem zakte op zijn knieën toen de wanhoop hem overmeesterde.

73

De Sabarthèsbergen

VRIJDAG 8 JULI 2005

De stank bracht hem weer bij bewustzijn: een mengeling van ammoniak, geitenkeutels, vuil beddengoed en koud braadvlees. De lucht kleefde in zijn keel en prikkelde zijn neus, als vlugzout dat te dichtbij werd gehouden.

Will lag op een ruwhouten bed, niet veel meer dan een werkbank, tegen de wand van de hut. Hij hees zich in zithouding en leunde met zijn rug tegen de stenen muur. De scherpe randen sneden in zijn armen, die nog op zijn rug waren gebonden.

Het leek wel alsof hij vier ronden had gebokst. Hij zat onder de blauwe plekken, overal waar hij tijdens de autorit tegen de zijkant van de kofferbak was gesmeten. Zijn slaap bonsde waar François-Baptiste hem met het pistool geslagen had. Hij voelde de kneuzing onder de huid, hard en agressief, en het bloed rond de wond.

Hij had geen idee van de tijd of de dag. Nog altijd vrijdag?

Het was vroeg in de ochtend geweest toen ze uit Chartres vertrokken, niet veel later dan vijf uur. Toen ze hem uit de auto tilden was het ergens in de middag en stond de zon hoog aan de hemel. Een warme dag. Hij verdraaide zijn nek om zijn horloge te kunnen zien, maar die beweging maakte hem misselijk.

Will wachtte tot de duizeligheid verdween. Toen opende hij zijn ogen en probeerde zich te oriënteren. Hij scheen in een soort herdershut te liggen. Er zaten tralies voor een klein raampje, niet groter dan een boek. In de hoek zat een ingebouwde kast, die ook als tafel kon dienen, met een kruk. In de haard ernaast lagen de resten van een lang gedoofd vuur: grijze as en verkoolde snippers hout of papier. Een zware ijzeren kookpot hing aan een stang erboven. Langs de randen zat koud, gestold vet.

Will liet zich terugvallen op het harde matras. De deken schuurde over zijn pijnlijke huid. Hij vroeg zich af waar Alice was.

Buiten klonk het geluid van voetstappen, gevolgd door een sleutel in het slot en het gerinkel van een ketting die op de grond viel. De deur ging open met een reumatisch gekraak. Toen een stem die hij half herkende.

'*C'est l'heure.*' Tijd om te gaan.

Shelagh voelde de frisse lucht op haar blote armen en benen en wist dat ze werd vervoerd.

Ergens in het geroezemoes om zich heen herkende ze de stem van Paul Authié toen ze uit de boerderij vertrokken. Nog wat later was ze zich bewust van een ondergrondse atmosfeer, koud en enigszins vochtig. De grond leek af te dalen. De twee mannen die haar gevangen hadden gehouden waren bij haar. Ze was gewend geraakt aan hun lucht: aftershave, goedkope sigaretten en een bedreigende mannelijkheid waartegen ze zich instinctief verzette.

Ze hadden haar benen weer bij elkaar gebonden en haar armen op haar rug, waardoor haar schouders pijnlijk omlaag werden getrokken. Een van haar ogen was dicht en opgezwollen. De honger, het gebrek aan licht en de drugs die ze haar gaven om haar rustig te houden maakten haar duizelig, maar toch wist ze waar ze was.

Authié had haar teruggebracht naar de grot. Ze voelde de verandering in atmosfeer toen ze van de tunnel in de kamer kwamen. De benen van haar cipier spanden zich toen hij haar de treden af droeg naar het verzonken gedeelte waar ze Alice bewusteloos op de grond had gevonden.

Shelagh zag vaag dat er ergens licht moest branden, misschien op het altaar. De man die haar droeg bleef staan. Ze waren helemaal doorgelopen tot aan de achterkant van de ruimte, waar ze zelf nog niet was geweest. Hij liet haar als een zak aardappels van zijn schouders glijden en ze kwam met een klap op de grond terecht. Ze was zich bewust van de pijn in haar heup toen ze viel, maar het drong niet echt tot haar door.

Ze begreep niet waarom ze haar nog niet hadden vermoord.

Hij stak nu zijn handen onder haar armen en sleepte haar over de vloer. Gruis, steentjes en scherpe rotssplinters sneden in haar voetzolen en haar onbeschermde enkels. Haar gebonden handen werden ergens aan vastgemaakt – een koude ijzeren ring of beugel in de grond.

De mannen dachten dat ze nog steeds bewusteloos was en overlegden zachtjes met elkaar.

'Hoeveel springladingen heb je aangebracht?'

'Vier.'

'En wanneer gaan ze af?'

'Kort na tien uur. Hij zal ze zelf ontsteken.' Shelagh hoorde het lachje in de stem van de man. 'Dan mag hij zelf ook eens vuile handen maken. Eén druk op de knop en *boem!* Daar gaat het hele zaakje.'

'Ik begrijp nog steeds niet waarom we haar helemaal hier naartoe moesten slepen,' klaagde hij. 'We hadden dat wijf net zo goed in de boerderij kunnen achterlaten.'

'Hij wil niet dat ze haar identificeren. Over een paar uur komt deze halve berg naar beneden. Dan ligt ze begraven onder een halve ton puin en rotsen.'

Haar angst gaf Shelagh eindelijk de kracht om te vechten. Ze rukte aan haar touwen en probeerde overeind te komen, maar ze was te zwak om op haar benen te staan. Ze dacht dat ze iemand hoorde lachen toen ze weer in elkaar zakte, maar ze wist het niet zeker. Ze kon geen onderscheid meer maken tussen de werkelijkheid en wat zich in haar hoofd afspeelde.

'Moeten we niet bij haar blijven?'

De andere man lachte. 'Wat kan ze doen? Opstaan en weglopen? Ik bedoel, moet je haar zien!'

Het licht werd zwakker.

Shelagh hoorde de voetstappen van de mannen verdwijnen totdat er niets anders meer was dan stilte en duisternis.

74

'Ik wil de waarheid weten,' herhaalde Alice. 'Het verband tussen het labyrint en de Graal – áls er een verband is.'

'De waarheid van de Graal,' zei Audric. Hij keek haar aan. 'Vertel me eens, *Madomaisèla*, wat je weet over de Graal.'

'De gewone dingen, denk ik,' zei ze, in de veronderstelling dat hij geen serieus antwoord verwachtte.

'Ik meen het. Ik wil graag horen wat je is bijgebleven.'

Alice schoof wat ongemakkelijk heen en weer. 'Nou, het bekende verhaal. Het is een soort kelk die een elixer bevatte met het geschenk van het eeuwige leven.'

Ze zweeg en keek Baillard verlegen aan.

'Een geschenk?' vroeg hij hoofdschuddend. 'Nee, geen geschenk.' Hij zuchtte. 'En waar denk je dat die verhalen vandaan komen?'

'Uit de bijbel? Of misschien uit de Dode-Zeerollen of een andere oude christelijke tekst. Ik weet het niet. Ik heb er nooit zo over nagedacht.'

Audric knikte. 'Dat is een bekend misverstand. De eerste versies van het verhaal dat jij bedoelt dateren uit de twaalfde eeuw, hoewel er duidelijk overeenkomsten zijn met thema's uit de klassieke en Keltische literatuur. Het onderwerp speelde vooral in het middeleeuwse Frankrijk.'

Opeens herinnerde ze zich de kaart die ze in de bibliotheek van Toulouse had gevonden.

'Net als het thema van het labyrint.'

Hij glimlachte, maar ging er niet op in. 'In het laatste kwart van de twaalfde eeuw leefde er een dichter die Chrétien de Troyes heette. Zijn eerste beschermvrouwe was Marie, een van de dochters van Eleonora van Aquitanië, die getrouwd was met de graaf van Champagne. Na haar dood in 1181 werd haar patronaat overgenomen door een van haar neven, Filips van den Elzas, graaf van Vlaanderen.

Chrétien was ongelooflijk populair in zijn tijd. Hij had zijn naam gevestigd met het vertalen van klassieke verhalen uit het Latijn en Grieks, voordat hij zelf een hele reeks avontuurlijke verhalen schreef over ridders die jij kent als Lancelot, Gawain en Perceval. Die allegorische geschriften waren het begin van een vloedgolf van verhalen over koning Arthur en zijn ridders van de Ronde Tafel.' Hij zweeg. 'Het gedicht over Perceval, *Li contes del graal*, is de oudst bestaande versie van de Heilige Graal.'

'Maar...' wilde Alice protesteren. Toen fronste ze. 'Hij zal het toch niet hebben verzonnen? Iets dat zo'n invloed had? Dat kwam toch niet uit de lucht vallen?'

Weer dat halve lachje op Audrics gezicht.

'Toen hij naar zijn bron werd gevraagd beweerde Chrétien dat hij het thema van de Graal had ontleend aan een boek dat hij van zijn beschermheer Filips had gekregen. Het verhaal over de Graal is ook aan Filips opgedragen. Helaas sneuvelde Filips bij het beleg van Akko in 1191, tijdens de derde kruistocht. Daarom is het gedicht nooit afgemaakt.'

'Wat gebeurde er met Chrétien?'

'Na Filips' dood is er over hem niets meer bekend. Hij verdween gewoon.'

'Is dat niet vreemd, als hij zo beroemd was?'

'Misschien is zijn dood niet opgetekend,' zei Baillard langzaam.

Alice keek hem scherp aan. 'Maar dat denkt u niet echt?'

Audric gaf geen antwoord. 'Ondanks Chrétiens beslissing om zijn gedicht niet af te maken ging het verhaal van de Graal een eigen leven leiden. Er kwamen rechtstreekse bewerkingen van het oud-Frans in het middel-Nederlands en het oud-Welsh. Een paar jaar later, omstreeks 1200, schreef een andere dichter, Wolfram von Eschenbach, een enigszins koddige versie: *Parzival.* Hij beweerde dat hij zich niet baseerde op Chrétien maar op een ander verhaal, van een onbekende auteur.'

Alice dacht diep na. 'Hoe wordt de Graal precies beschreven door Chrétien?'

'Nogal vaag. Hij stelt het voor als een soort schotel, meer een schaal dan een kelk, zoals het middeleeuwse Latijnse *gradalis*, dat in het oud-Frans *gradal* of *graal* werd. Eschenbach is explicieter. Zijn Graal of *grâl* is een steen.'

'Waar komt dan het idee vandaan dat de Heilige Graal de beker zou zijn die Christus bij het Laatste Avondmaal heeft gebruikt?'

Audric legde zijn vingertoppen tegen elkaar. 'Dat is afkomstig van weer een andere schrijver, Robert de Boron. Hij schreef een verhalend gedicht, *Joseph d'Arimathie*, ergens tussen Chrétiens *Perceval* en het jaar 1199. De Boron beschrijft de Graal niet alleen als een beker – de kelk van het Laatste Avondmaal, door hem de *san greal* genoemd – maar vult hem ook met het bloed dat van het kruis druppelde. In het moderne Frans werd dat *sang réal*, het "ware" of "koninklijke" bloed.'

Hij zweeg en keek Alice aan.

'Voor de bewaarders van de Labyrint Trilogie vormde deze taalkundige verwarring tussen *san greal* en *sang réal* een handig rookgordijn.'

'Maar de Heilige Graal is een mythe,' zei ze koppig. 'Dat kan niet waar zijn.'

'De *Heilige* Graal is een mythe, ja,' zei hij, terwijl hij haar nog steeds strak aankeek. 'Een aantrekkelijke fabel. Als je goed kijkt, zul je zien dat al die verhalen variaties zijn op hetzelfde thema: het middeleeuwse christelijke concept van het offer en de zoektocht, die uiteindelijk tot verzoening en verlossing leidt. De *Heilige* Graal, in christelijke termen, was een spirituele, symbolische voorstelling van het eeuwige leven. Je moest het niet letterlijk nemen. Het ging erom dat de mensheid door het offer van Christus en de genade Gods eeuwig zou leven.' Hij glimlachte. 'Maar dat zoiets als de Graal wel degelijk bestaat, leidt geen twijfel. Die waarheid is te vinden in de Labyrint Trilogie. Dat is het geheim dat de bewaarders van de Graal, de *Noublesso de los Seres*, met hun leven beschermden.'

Alice schudde ongelovig haar hoofd. 'U zegt dus dat de Graal helemaal geen christelijk concept is. Dat al die mythen en legenden zijn gebaseerd op een… een misverstand.'

'Meer een voorwendsel dan een misverstand.'

'Maar er woedt nu al tweeduizend jaar een discussie over het bestaan van de *Heilige* Graal. Als nu blijkt dat niet alleen de Graallegenden op waarheid berusten, maar…' Alice zweeg. Ze kon zelf niet geloven wat ze zei. 'Als het geen christelijke relikwie is, heb ik eigenlijk geen idee wat…'

'De Graal is een elixer dat niet alleen een grote geneeskrachtige werking bezit, maar ook het leven aanzienlijk kan verlengen. Met een bedoeling. Het is zo'n vierduizend jaar geleden in het oude Egypte ontdekt. En degenen die het ontwikkelden en zich bewust werden van de kracht ervan, beseften dat het geheim moest worden beschermd tegen mensen die het voor hun eigen voordeel wilden aanwenden en niet voor het heil van anderen. De heilige kennis werd vastgelegd in hiërogliefen op drie verschillende papyrusvellen. Het eerste gaf de exacte indeling van de Graalkamer, het labyrint zelf; het tweede noemde de ingrediënten die nodig waren voor de bereiding van het elixer; en het derde vermeldde de formule die moest worden uitgesproken om het elixer te transformeren tot de Graal. Die papyrusvellen begroeven ze in de grotten bij de oude stad Avaris.'

'In Egypte,' zei ze snel. 'Toen ik wat onderzoek deed om te begrijpen wat ik daar had gezien viel het me op hoe vaak er naar Egypte werd verwezen.'

Audric knikte. 'De papyri zijn geschreven in klassieke hiërogliefen – een term die zoveel betekent als "Gods woorden" of "goddelijke spraak". Toen de grote Egyptische beschaving in verval raakte, ging ook het vermogen om de hiërogliefen te lezen verloren. Maar de kennis die in de papyri besloten lag bleef bewaard en werd doorgegeven van de ene bewaarder op de andere, generaties lang. Maar niemand was nog in staat de formule uit te spreken of de Graal op te roepen.

Dat was niet zo bedoeld, maar uiteindelijk bleek het een extra element van geheimhouding,' vervolgde hij. 'In de negende eeuw van onze jaartelling ontcijferde een Arabische alchemist, Abu Bakr Ahmad Ibn Wahshiya, het geheim van de hiërogliefen. Gelukkig was Harif, de *Navigatairé*, zich bewust van het gevaar en wist hij zijn pogingen te verijdelen om die kennis te verspreiden. In die tijd waren er nog niet veel wetenschappelijke centra en was de communicatie tussen volkeren traag en onbetrouwbaar. Daarna werden de papyri naar Jeruzalem gesmokkeld en daar verborgen in ondergrondse kamers van de vlakten van Sepal.

Vanaf de negende tot de negentiende eeuw maakte niemand enige vordering bij de ontcijfering van de hiërogliefen. Niemand. Hun betekenis werd pas duidelijk toen Napoleons militaire en wetenschappelijke expeditie naar Noord-Afrika in 1799 een gedetailleerde beschrijving ontdekte in zowel de heilige taal van de hiërogliefen als het alledaags demotisch Egyptisch en het oud-Grieks. Je hebt weleens gehoord van de Steen van Rosetta?'

Alice knikte.

'Vanaf dat moment, vreesden wij, was het nog maar een kwestie van tijd. Een Fransman, Jean-François Champollion, raakte geobsedeerd door het probleem van de code. In 1822 wist hij die te ontcijferen. Opeens was alles te lezen – de wonderen van de oude beschavingen, hun magie, hun bezweringen, de grafriten en het *Dodenboek*.' Hij wachtte even. 'Het feit dat twee boeken van de Labyrint Trilogie zich in handen van dubieuze figuren bevonden begon nu reden te worden voor ernstige ongerustheid.'

Zijn woorden klonken als een waarschuwing. Alice huiverde. Opeens zag ze dat het al laat was. De stralen van de ondergaande zon kleurden de bergen rood, goud en oranje.

'Als die kennis zo rampzalig was als iemand ze ten kwade gebruikte in plaats van ten goede, waarom hebben Alaïs of de andere bewaarders de boeken dan niet vernietigd toen ze de kans hadden?' vroeg ze.

Ze zag dat Audric verstijfde. Blijkbaar had ze de kern geraakt van zijn ervaring, van het verhaal dat hij vertelde, al wist ze niet hoe.

'Ja. Als ze niet nodig waren geweest. Dan had dat een oplossing kunnen zijn.'

'Nodig? Waarvoor?'

'De bewaarders hebben altijd geweten dat de Graal het leven schenkt. Jij noemde het een geschenk, en...' – hij haalde diep adem – 'sommige mensen zullen dat zo zien. Anderen kijken er heel anders tegenaan.' Audric zweeg. Hij pakte zijn glas en nam een paar slokken voordat hij het met een zware hand weer op tafel zette. 'Maar dat leven wordt gegeven met een doel.'

'Wat voor doel?' vroeg ze snel, bang dat hij zou stoppen.

'Regelmatig in de afgelopen vierduizend jaar, als de noodzaak om getuigenis af te leggen te sterk werd, is de macht van de Graal aangeroepen. We kennen allemaal de grote, stokoude aartsvaders uit de christelijke bijbel, de talmoed en de koran: Adam, Jakob, Mozes, Mohammed, Methusalem. Profeten met een opdracht die niet kon worden vervuld in de gebruikelijke tijd die de mens op aarde was gegeven. Daarom werden ze honderden jaren oud.'

'Maar dat zijn parabels,' protesteerde Alice. 'Allegorieën.'

Audric schudde zijn hoofd. 'Ze hebben wel degelijk eeuwen geleefd, om te kunnen vertellen wat ze hadden gezien, om de waarheid uit hun tijd te kunnen doorgeven. Harif, die Abu Bakr overreedde om zijn werk over de taal van het oude Egypte te verbergen, is zelf nog getuige geweest van de val van Montségur.'

'Maar dat is vijfhonderd jaar!'

'Zo oud werden ze,' herhaalde Audric eenvoudig. 'Denk eens aan het leven van een vlinder, Alice. Een heel bestaan, en zo schitterend, in maar één mensendag. Een heel leven. Tijd heeft veel betekenissen.'

Alice schoof haar stoel naar achteren en stond op van de tafel. Ze wist niet meer wat ze voelde, wat ze kon geloven.

Ze draaide zich om. 'Het labyrintsymbool dat ik op de wand van de grot heb gezien, en op de ring die u draagt... is dat het symbool van de ware Graal?'

Hij knikte.

'En Alaïs wist dat?'

'Eerst had ze twijfels, net als jij. Ze geloofde niet in de waarheid die stond opgetekend op de pagina's van de Trilogie, maar toch deed ze alles om ze te beschermen, uit liefde voor haar vader.'

'Geloofde ze ook dat Harif meer dan vijfhonderd jaar oud was?' drong Alice aan, duidelijk sceptisch nu.

'Aanvankelijk niet,' gaf hij toe, 'maar in de loop van de tijd drong de waarheid tot haar door. En toen haar moment was aangebroken, kon ze de woorden spreken en begrijpen.'

Alice kwam naar de tafel terug en ging zitten. 'Maar waarom in Frankrijk? Waarom zijn de papyri hier naartoe gebracht, in plaats van ze te laten liggen waar ze lagen?'

Audric glimlachte. 'Harif had de papyri in de tiende eeuw van onze jaartelling naar de Heilige Stad gebracht en ze laten verbergen bij de vlakten van Sepal. Bijna honderd jaar lagen ze daar veilig, totdat de legers van Saladin naar Jeruzalem optrokken. Hij koos een van de bewaarders, een jonge christelijke *chevalier*, Bertrand Pelletier, om de papyri naar Frankrijk te brengen.'

Alaïs' vader.

Alice merkte dat ze glimlachte, alsof ze nieuws had gekregen over een oude vriend.

'Harif besefte twee dingen,' ging Audric verder. 'Om te beginnen dat de papyri veiliger konden worden bewaard en minder kwetsbaar waren binnen de pagina's van een boek. In de tweede plaats dat de waarheid het best kon worden verborgen onder een laag van mythen en fabels – de geruchten over de Graal, die inmiddels de ronde deden aan de Europese hoven.'

'De verhalen over de Katharen die de Kelk van Christus zouden bezitten,' zei Alice. Opeens werd het haar duidelijk.

Baillard knikte. 'De volgelingen van Jezus de Nazarener verwachtten niet dat hij aan het kruis zou sterven, maar toch gebeurde dat. Zijn dood en wederopstanding leidden tot de verhalen over een heilige beker of kelk, een graal die het eeuwige leven schonk. Hoe dat in die tijd werd geïnterpreteerd kan ik niet zeggen, maar het staat wel vast dat de kruisiging van de Nazarener aanleiding was tot een vloedgolf van vervolgingen. Veel mensen ontvluchtten het Heilige Land, onder wie Jozef van Arimathea en Maria Magdalena, die naar Frankrijk voeren. Zij zouden de kennis over een oud geheim hebben meegenomen.'

'De papyri van de Graal?'

'Of over een schat – de juwelen die uit de tempel van Salomo waren verdwenen. Of de beker waaruit Jezus de Nazarener had gedronken bij het Laatste Avondmaal, en waarin zijn bloed was opgevangen toen hij aan het kruis hing. Of perkamenten, geschriften, bewijzen dat Christus niet aan het kruis was gestorven maar verder had geleefd in de bergen van de woestijn, honderd jaar of langer, met een kleine uitverkoren groep gelovigen.'

Alice staarde Audric verbijsterd aan, maar zijn gezicht was een gesloten boek dat haar niets wijzer maakte.

'Dat Christus niet aan het kruis gestorven was,' herhaalde ze, zonder geloof te hechten aan haar eigen woorden.

'Of andere verhalen,' zei hij langzaam. 'Sommige mensen beweren dat Maria Magdalena en Jozef van Arimathea niet in Marseille maar in Narbonne aan land zijn gekomen. Eeuwenlang was iedereen ervan overtuigd dat er in de Pyreneeën iets van grote waarde verborgen was.'

'Dus het waren niet de Katharen die het geheim van de Graal bezaten,' zei Alice, die in gedachten de puzzelstukjes aan elkaar paste, 'maar Alaïs. En zij hebben haar onderdak gegeven.'

Een geheim achter een geheim. Alice leunde naar achteren in haar stoel en ging de loop der gebeurtenissen na.

'En nu is de grot van het labyrint geopend.'

'Voor het eerst in bijna achthonderd jaar kunnen de boeken weer bij elkaar worden gebracht,' zei hij. 'En hoewel jij, Alice, niet weet of je me kunt vertrouwen of dat ik een oude man ben die wartaal uitslaat, zijn er anderen die niet aan me twijfelen.'

Alaïs geloofde in de waarheid van de Graal.

Diep vanbinnen, voorbij de beperkingen van haar bewustzijn, wist Alice dat hij de waarheid sprak. Alleen haar rationele verstand vond dat moeilijk te accepteren.

'Marie-Cécile,' zei ze zuchtend.

'Vanavond gaat Madame de l'Oradore naar de labyrintgrot om te proberen de Graal op te roepen.'

Een huivering ging door Alice heen.

'Maar dat kan niet,' zei ze snel. 'Zij heeft het *Boek der Woorden* niet. Of de ring.'

'Ik ben bang dat ze beseft dat het *Boek der Woorden* nog in de kamer zelf moet zijn.'

'Is dat zo?'

'Ik weet het niet zeker.'

'En de ring? Die heeft ze ook niet.' Alices blik gleed naar zijn magere handen, die plat op de tafel lagen.

'Ze weet dat ik zal komen.'

'Maar dat is krankzinnig!' vloog Alice op. 'U moet heel ver bij haar uit de buurt blijven.'

'Vanavond zal ze proberen de Graal op te roepen,' herhaalde hij met zijn zachte, rustige stem. 'En daarom weet ze dat ik er ook zal zijn. Dat kan ik niet laten gebeuren.'

Alice sloeg met haar handen op tafel. 'Maar Will dan? En Shelagh? Trekt u zich niets van hen aan? Zij schieten er weinig mee op als u ook gevangen wordt genomen.'

'Juist omdat ik hen... en jou, Alice... wil helpen, moet ik daar naartoe. Ik geloof dat Marie-Cécile hen zal dwingen om aan de ceremonie deel te nemen. Er moeten vijf deelnemers zijn: de *Navigatairé* en vier anderen.'

'Marie-Cécile, haar zoon, Will, Shelagh en Authié?'

'Nee, niet Authié. Iemand anders.'

'Wie dan?'

Hij ontweek die vraag. 'Ik weet niet waar Shelagh en Will nu zijn,' dacht hij hardop, 'maar ik ga ervan uit dat ze tegen de avond naar de grot worden gebracht.'

'Wie, Audric?' herhaalde Alice, met meer nadruk nu.

Maar weer gaf Baillard geen antwoord. Hij kwam overeind, liep naar het raam en sloot de luiken voordat hij zich naar haar omdraaide. 'We moeten gaan.'

Alice was gefrustreerd, zenuwachtig en verward, maar vooral bang. En toch wist ze dat ze geen keus had.

Ze dacht aan Alaïs' naam op de familiestamboom, door achthonderd jaar gescheiden van de hare. Ze zag weer het symbool van het labyrint, dat hen verbond door ruimte en tijd.

Twee verhalen tot één verweven.

Alice pakte haar spullen en volgde Audric naar buiten, waar de dag al afscheid nam.

75

Montségur

MARÇ 1244

In hun schuilplaats onder de citadel probeerden Alaïs en haar drie metgezellen hun oren te sluiten voor de gruwelijke geluiden van de foltering. Maar de kreten van pijn en afschuw drongen zelfs door de dikke rots van de berg heen. Het gekerm van de stervenden en de jammerklachten van de overlevenden slopen als monsters haar schuilplaats binnen.

Alaïs bad voor Rixendes ziel en zijn terugkeer naar God. Ze bad voor al haar vrienden, goede mannen en vrouwen. Ze bad om mededogen. Het enige wat ze kon hopen was dat haar plan gewerkt had.

De tijd zou leren of Oriane inderdaad dacht dat Alaïs en het *Boek der Woorden* door de vlammen waren verzwolgen.

Een geweldig risico.

Alaïs, Harif en hun gidsen zouden tot de avond in hun stenen graftombe blijven, als de evacuatie van de citadel achter de rug was. Dan, onder dekking van de duisternis, zouden de vier vluchtelingen het steile bergpad afdalen en teruggaan naar Los Seres. Als ze geluk hadden, zouden ze de volgende dag tegen het invallen van de schemering weer thuis kunnen zijn.

Ze overtraden de voorwaarden van het akkoord en de overgave. Als ze werden gepakt, hoefden ze niet op genade te rekenen, daar had Alaïs geen illusies over. De grot was nauwelijks meer dan een plooi in de rots, heel ondiep en vlak bij de oppervlakte. Soldaten die de citadel grondig doorzochten zouden hen zeker ontdekken.

Alaïs beet op haar lip toen ze aan haar dochter dacht. In het donker voelde ze Harifs hand, die de hare zocht. Zijn huid was droog en stoffig, als het woestijnzand.

'Bertrande is sterk,' zei hij, alsof hij wist wat haar bezighield. 'Ze is net als jij, *è*? Een moedig meisje. Jullie zullen gauw weer samen zijn. Het duurt niet lang meer.'

'Maar ze is nog zo jong, Harif, veel te jong om zulke dingen te hoeven zien. Wat zal ze angstig zijn...'

'Ze is dapper, Alaïs. Net als Sajhë. Ze zullen ons niet teleurstellen.'

Als ik maar wist dat je gelijk had...

In het donker, met angst en twijfel in haar hart over de toekomst, wachtte Alaïs met droge ogen op het einde van de dag. De spanning, niet weten wat er daarboven gebeurde, was bijna ondraaglijk. De gedachte aan Bertrandes bleke gezichtje liet haar niet los.

Uren nadat de kreten van de laatste slachtoffers eindelijk waren verstomd hoorde ze nog het gekerm van de *Bons Homes* toen ze door het vuur werden verslonden.

Een grote wolk van scherpe rook zweefde als onweer boven de vallei en verduisterde de zon.

Sajhë hield Bertrandes hand stevig vast toen ze door de Grote Poort naar buiten stapten, uit de vesting die bijna twee jaar lang hun thuis was geweest. Hij had zijn pijn diep in zijn hart opgesloten, op een plek waar de inquisiteurs er niet bij konden. Hij zou niet rouwen om Rixende. Niet nu. Hij zou niet bang zijn om Alaïs. Het enige wat hij moest doen was Bertrande beschermen en ervoor zorgen dat ze allebei veilig naar Los Seres terugkeerden.

De tafels van de inquisitie stonden al klaar aan de voet van de helling. Het proces zou onmiddellijk beginnen, in de schaduw van de brandstapels. Sajhë herkende inquisiteur Ferrier, een man die in het hele gebied werd veracht om zijn strikte naleving van de geest en letter van de kerkelijke wetten. Sajhës blik gleed naar rechts, waar Ferriers partner stond. Inquisiteur Duranti was niet minder gevreesd.

Hij klemde Bertrandes hand nog vaster in de zijne.

Toen ze beneden kwamen zag Sajhë dat de gevangenen gescheiden werden. Oude mannen, leden van het garnizoen en jongens werden de ene kant op gestuurd, vrouwen en kleine kinderen de andere. Hij voelde een steek van angst. Bertrande zou de inquisitie moeten trotseren zonder hem.

Ze was zich bewust van zijn reactie en keek angstig naar hem op. 'Wat gebeurt er? Wat gaan ze met ons doen?'

'*Brava*, ze zullen de mannen en de vrouwen afzonderlijk ondervragen,' zei hij. 'Wees maar niet bang. Geef antwoord op hun vragen. Houd je flink en blijf waar je bent totdat ik je kom halen. Ga nergens naartoe, met niemand mee. Begrepen? Met niemand.'

'Wat zullen ze me vragen?' vroeg ze met een klein stemmetje.

'Je naam en je leeftijd,' antwoordde Sajhë, en hij repeteerde alles nog eens met haar. 'Ik ben bekend als lid van het garnizoen, maar er is geen reden voor hen om ons met elkaar te associëren. Als ze ernaar vragen, zeg je maar dat je je vader niet kent. Noem Rixende als je moeder en zeg dat je je hele leven hier in Montségur hebt gewoond. Wat er ook gebeurt, geen woord over Los Seres! Kun je dat allemaal onthouden?'

Bertrande knikte.

'Brave meid.' Om haar gerust te stellen voegde hij er nog aan toe: 'Toen ik net zo oud was als jij moest ik altijd boodschappen doen voor mijn grootmoeder. Ze liet me de berichten een paar keer herhalen, totdat ze zeker wist dat ik ze uit mijn hoofd kende.'

Bertrande glimlachte bleek. 'Volgens *Mamà* heb je een vreselijk slecht geheugen. Als een zeef, zegt ze.'

'Dat is waar,' beaamde hij. Toen werd hij weer ernstig. 'Ze kunnen je ook vragen stellen over de *Bons Homes* en wat zij geloven. Geef zo eerlijk mogelijk antwoord, dan loop je de minste kans om jezelf tegen te spreken. Je kunt ze niets vertellen wat ze al niet van iemand anders hebben gehoord.' Hij aarzelde en zei nog eens: 'Zeg niets over Alaïs of Harif. Onthoud je dat?'

Bertrandes ogen vulden zich met tranen. 'Stel dat de soldaten de citadel doorzoeken en haar vinden?' zei ze in paniek. 'Wat zullen ze doen als ze hen vinden?'

'Dat gebeurt niet,' antwoordde hij snel. 'En denk eraan, Bertrande. Als de inquisiteurs met je klaar zijn, blijf dan waar je bent. Ik kom je zo snel mogelijk halen.'

Sajhë had nauwelijks de tijd om zijn zin af te maken toen een wachtpost hem in zijn rug porde en hem de heuvel af duwde naar het dorp. Bertrande werd de andere kant uit gestuurd.

Sajhë werd naar een weiland met houten hekken gebracht, waar hij Pierre-Roger de Mirepoix, de commandant van het garnizoen, trof. Mirepoix was al ondervraagd. Dat was een goed teken, dacht Sajhë, een bewijs van beleefdheid. Blijkbaar waren ze van plan zich aan de voorwaarden van de overgave te houden en het garnizoen als krijgsgevangenen te behandelen, niet als criminelen.

Terwijl hij zich aansloot bij de rij soldaten die wachtte op de ondervraging, schoof Sajhë de stenen ring van zijn duim en verborg die onder zijn kleren. Opeens voelde hij zich merkwaardig naakt. Hij had de ring bijna steeds gedragen sinds hij hem van Harif had gekregen, twintig jaar geleden.

Het verhoor vond plaats in twee verschillende tenten. De broeders stonden klaar met gele kruisen om op de rug te spelden van iedereen die contacten met de ketters had onderhouden. Daarna werden de gevangenen naar een volgend weiland gebracht, als runderen op een veemarkt.

Het was duidelijk dat niemand zou worden vrijgelaten totdat iedereen, jong en oud, was ondervraagd. Dat kon nog dagen duren.

Toen Sajhë aan de beurt was, mocht hij in zijn eentje de tent binnengaan. Hij bleef voor inquisiteur Ferrier staan en wachtte.

Ferriers wasbleke gezicht verried niets. Hij vroeg Sajhë naar zijn naam, zijn leeftijd, zijn rang en zijn geboorteplaats. De ganzenpen kraste over het perkament.

'Geloof je in hemel en hel?' vroeg hij abrupt.

'Ja.'

'En in het vagevuur?'

'Ja.'

'Geloof je dat de Zoon Gods de volmaakte mens was?'

'Ik ben soldaat, geen monnik,' antwoordde hij, met zijn blik op de grond gericht.

'Geloof je dat de menselijke ziel maar één lichaam heeft waarin en waarmee ze zal herrijzen?'

'Dat leren ons de priesters.'

'Heb je ooit iemand horen zeggen dat het zondig is om een eed te zweren? En zo ja, wie?'

Sajhë keek op. 'Dat heb ik nooit gehoord,' zei hij uitdagend.

'Toe nou, wachtmeester. U zit al meer dan een jaar bij dit garnizoen en u weet nog steeds niet dat de *heretici* weigeren om een eed te zweren?'

'Ik ben in dienst van Pierre-Roger de Mirepoix, inquisiteur. Naar anderen luister ik niet.'

Zo ging de ondervraging nog even door, maar Sajhë volhardde in zijn rol van simpele soldaat. Bijbelse en religieuze zaken gingen hem niet aan. Hij beschuldigde niemand en hij wist nergens iets van.

Ten slotte had inquisiteur Ferrier geen andere keus dan hem te laten gaan.

Het was nog pas middag, maar de zon ging al onder. Schemer kroop de vallei weer binnen, stal de contouren van de dingen en dekte ze toe met zwarte schaduwen.

Sajhë moest zich aansluiten bij een groep andere soldaten die al waren verhoord. Ze hadden allemaal een deken gekregen, met een homp oudbakken brood en een beker wijn. De burgergevangenen was die luxe niet gegund, zag hij.

In de loop van de dag zakte Sajhës stemming nog verder.

De onzekerheid of Bertrandes beproeving al voorbij was knaagde aan hem. Hij wist zelfs niet waar ze werd vastgehouden in het uitgestrekte kamp.

En de gedachte aan Alaïs, die zat te wachten terwijl de duisternis viel, steeds nerveuzer nu het tijdstip van vertrek begon te naderen, maakte hem onrustig, vooral omdat hij zelf niets kon doen.

Rusteloos stond Sajhë op om zijn benen te strekken. Hij voelde de kou en het vocht in zijn botten sijpelen. Zijn benen waren stijf van het lange zitten.

Een wachtpost tikte hem met zijn piek op de schouder. '*Assis,*' gromde de man. Sajhë wilde net gehoorzamen toen hij een beweging zag, wat hoger tegen de berg. Een groepje verkenners was op weg naar de rotspunt waar Alaïs, Harif en hun gidsen zich hadden verborgen. De vlammetjes van hun fakkels flakkerden en wierpen schaduwen tegen de struiken die huiverden in de wind.

Een ijzige hand sloot zich om Sajhës hart.

Eerder op de dag hadden ze al het kasteel doorzocht en niets gevonden. Hij dacht dat het voorbij was. Maar blijkbaar gingen ze ook nog kijken tussen het struikgewas en langs het labyrint van paden rond de voet van de citadel. Als ze nog verder liepen, zouden ze precies op het punt uitkomen waar Alaïs moest vertrekken. En het was al bijna donker.

Sajhë rende naar het hek.

'Hé!' riep de wachtpost. 'Heb je me niet gehoord? *Arrête!*'

Sajhë negeerde hem. Zonder aan de gevolgen te denken sprong hij over het houten hek en stormde de berg op naar de verkenners. Achter zich hoorde hij de wachtpost hulp inroepen. Hij had maar één doel: de aandacht van Alaïs afleiden.

De verkenners bleven staan en keken wat er aan de hand was.

Sajhë schreeuwde. Hij moest hen erbij betrekken. Eén voor één draaiden ze zich om. De verbazing op hun gezichten maakte plaats voor woede. Ze hadden het koud, ze verveelden zich en ze wilden vechten.

Sajhë had nog net de tijd om te bedenken dat zijn plannetje had gewerkt toen hij een vuist in zijn maag kreeg. Hij klapte dubbel en hapte naar adem. Twee van de soldaten draaiden zijn armen op zijn rug terwijl er een regen van slagen op hem neerdaalde. Ze gebruikten hun wapens, hun laarzen, hun vuisten... het kwam van alle kanten. Sajhë voelde de huid onder zijn ogen scheuren. Hij proefde bloed op zijn tong en in zijn keel toen ze hem in elkaar sloegen.

Nu pas drong het tot hem door dat hij de situatie totaal verkeerd had ingeschat. In zijn paniek had hij alleen de aandacht van Alaïs willen afleiden. Heel even zag hij nog het beeld van Bertrandes bleke gezichtje, terwijl ze op hem wachtte, voordat hij een vuistslag tegen zijn kaak kreeg en alles zwart werd voor zijn ogen.

76

Oriane had haar hele leven gewijd aan haar zoektocht naar het *Boek der Woorden.*

Kort nadat ze in Chartres was teruggekeerd na de val van Carcassonne, verloor haar echtgenoot zijn geduld. Oriane had hem het boek beloofd, maar ze kwam haar belofte niet na. Het was een huwelijk zonder liefde, en toen zijn begeerte naar haar begon te luwen maakten hun gesprekken plaats voor zijn vuist en zijn riem.

Oriane doorstond de afranselingen en smeedde ondertussen haar plannen om wraak te nemen. Zijn grondgebied en rijkdom namen gestaag toe, evenals zijn invloed bij de Franse koning, en langzamerhand verlegde zijn belangstelling zich naar andere gebieden. Ten slotte liet hij haar met rust. Vrij om haar zoektocht voort te zetten betaalde Oriane een heel netwerk van spionnen in de Midi om informatie voor haar te verzamelen.

Eén keer was het haar bijna gelukt om Alaïs te pakken te krijgen. In mei 1234 was Oriane uit Chartres vertrokken naar het zuiden. Maar toen ze in Toulouse bij de kathedraal van Saint-Étienne aankwam ontdekte ze dat de bewaarders waren omgekocht en dat haar zus weer was verdwenen, alsof ze er nooit geweest was.

Oriane was vastbesloten die fout niet nog een keer te maken. Nu er opnieuw een gerucht opdook over een vrouw van de juiste leeftijd en het juiste signalement, was Oriane met een van haar zoons naar het zuiden gekomen onder dekking van de kruistocht.

Deze ochtend had ze het boek zien verbranden in het purperen licht van de vroege morgen. Daar was ze van overtuigd. Het besef dat ze op het laatste moment, toen ze er zo vlak bij was, toch nog had gefaald leidde tot een geweldige woede-uitbarsting. Noch haar zoon Louis, noch haar bedienden hadden haar tot bedaren kunnen brengen. Maar in de loop van de middag had Oriane haar visie op de gebeurtenissen van die ochtend herzien. Als het werkelijk Alaïs was geweest op die brandstapel – en ze begon nu toch te twijfelen – zou ze het *Boek der Woorden* dan hebben meegenomen om het te laten vernietigen op de brandstapels van de inquisitie?

Nee, besloot Oriane. Ze stuurde haar bedienden naar het kamp en ontdekte dat Alaïs een dochtertje had van negen of tien. De vader was een soldaat in dienst van Pierre-Roger de Mirepoix. Oriane ging er niet vanuit dat haar zus zo'n kostbaar voorwerp zou hebben toevertrouwd aan een lid van het garnizoen. Alle soldaten werden immers gefouilleerd. Maar een kind?

Ze wachtte tot het donker was voordat ze naar het veld vertrok waar de vrouwen en kinderen gevangen werden gehouden. Ze kocht de bewakers om. Niemand vroeg haar iets. Ze voelde de afkeurende blikken van de dominicanen toen ze hen passeerde, maar hun vernietigende oordeel deerde haar niet.

Haar zoon Louis dook voor haar op. Zijn arrogante gezicht was rood aangelopen. Hij wilde te graag in de smaak vallen, was te wanhopig om haar te behagen.

'*Oui?*' snauwde ze. '*Qu'est-ce que tu veux?*'

'*Il y a une fille que vous devez voir, Maman.*'

Oriane volgde hem naar de andere kant van het terrein, waar een meisje lag te slapen op enige afstand van de anderen.

De uiterlijke gelijkenis met Alaïs was verbijsterend. Afgezien van het leeftijdsverschil had Oriane het gevoel dat ze een tweelingzus van haar zuster zag: diezelfde vastberaden uitdrukking op haar gezicht, hetzelfde haar, dezelfde tint als Alaïs op die leeftijd.

'Laat me alleen,' zei ze. 'Ze zal me nooit vertrouwen met jou erbij.'

Louis' gezicht betrok, wat haar nog meer irriteerde. 'Wegwezen!' herhaalde ze, terwijl ze hem haar rug toe keerde. 'Zadel de paarden. Ik heb je niet meer nodig.'

Toen hij verdwenen was hurkte Oriane bij het meisje neer en tikte haar op de arm.

Ze werd meteen wakker en schoot overeind, met grote ogen van angst.

'Wie bent u?'

'*Una amiga,*' zei Oriane in de taal die ze dertig jaar geleden had afgezworen. 'Een vriendin.'

Bertrande bewoog zich niet. 'U bent Frans,' zei ze koppig, met een blik op Orianes kleren en haar haar. 'U was niet in de citadel.'

'Nee,' zei Oriane, zo geduldig mogelijk, 'maar ik ben wel geboren in Carcassona, net als je moeder. Wij waren kinderen samen, in het Château Comtal. Ik heb zelfs je opa gekend, intendant Pelletier. Alaïs spreekt nog vaak over hem, dat weet ik zeker.'

'Ik ben naar hem genoemd,' zei ze meteen.

Oriane onderdrukte een glimlach. 'Bertrande, ik ben gekomen om je hier weg te halen.'

Het meisje fronste. 'Maar Sajhë heeft me gezegd dat ik hier moest blijven totdat hij kwam,' zei ze, wat minder voorzichtig nu. 'Ik mag met niemand anders mee.'

'Heeft Sajhë dat gezegd?' Oriane glimlachte. 'Hij zei tegen mij dat je heel goed voor jezelf kon zorgen en dat ik je iets moest geven zodat je me zou vertrouwen.'

Oriane hield de ring omhoog die ze van haar vaders koude hand had gestolen. Natuurlijk herkende Bertrande die meteen. Ze stak haar hand uit.

'Heeft Sajhë u die gegeven?'

'Pak hem maar, en kijk zelf.'

Bertrande draaide de ring rond en inspecteerde hem zorgvuldig. Toen stond ze op. 'Waar is hij?'

'Dat weet ik niet.' Oriane fronste. 'Tenzij...'

'Ja?' Bertrande keek haar aan.

'Zou hij misschien bedoelen dat je toch naar huis moest gaan?'

Bertrande dacht even na. 'Dat kan,' zei ze weifelend.

'Is het ver?' vroeg Oriane nonchalant.

'Een dag rijden te paard – misschien meer, in deze tijd van het jaar.'

'En heeft dat dorp ook een naam?' vroeg Oriane luchtig.

'Los Seres,' antwoordde Bertrande, 'maar dat mocht ik niet aan de inquisiteurs vertellen van Sajhë.'

De *Noublesso de los Seres*. Niet alleen de naam van de bewaarders van de Graal, maar ook de plek waar de Graal zelf te vinden was. Oriane moest op haar tong bijten om niet te lachen.

'Eerst moeten we dit kwijt,' zei ze, terwijl ze zich naar voren boog om het gele kruis van Bertrandes rug te halen. 'Niemand mag vermoeden dat we vluchtelingen zijn. Moet je nog iets anders meenemen?'

Als het meisje het boek had, hoefde Oriane niet verder te zoeken. Dan was dit het einde van haar tocht.

Bertrande schudde haar hoofd. 'Nee, niets.'

'Goed. Stil zijn, hoor. Niemand mag ons horen.'

Het meisje bleef op haar hoede, maar terwijl ze door het slapende kamp slopen vertelde Oriane haar over Alaïs en het Château Comtal. Ze was charmant, overtuigend en aandachtig. Langzamerhand wist ze het meisje voor zich te winnen.

Oriane stak de wachtpost bij het hek nog een muntstuk toe en nam Bertrande mee naar de rand van het kamp, waar haar zoon stond te wachten met zes soldaten te paard en een overdekte kar.

'Gaan zij ook mee?' vroeg Bertrande, plotseling achterdochtig.

Oriane glimlachte en tilde het meisje in de *calèche*. 'We moeten ons toch beschermen tegen bandieten onderweg? Sajhë zou het me nooit vergeven als jou iets overkwam.'

Zodra Bertrande zich had geïnstalleerd draaide ze zich om naar haar zoon.

'En ik?' vroeg hij. 'Ik wil met je mee.'

'Ik heb je hier nog nodig,' zei Oriane, die popelde om te vertrekken. 'Voor het geval je dat vergeten was: je zit nog steeds bij het leger. Je kunt niet zomaar verdwijnen. Het is veel gemakkelijker en sneller voor iedereen als ik in mijn eentje ga.'

'Maar...'

'Doe wat ik zeg,' zei ze, zo zacht dat Bertrande het niet kon horen. 'Let op onze belangen hier. En reken af met de vader van het meisje, zoals we hebben besproken. Laat de rest maar aan mij over.'

Het enige waaraan Guilhem kon denken was hoe hij Alaïs moest vinden. Hij was naar Montségur gekomen om Alaïs te helpen en haar tegen Oriane te beschermen. Al bijna dertig jaar paste hij op haar, van een afstand.

Nu Alaïs dood was, had hij niets meer te verliezen. Zijn wraakgevoelens waren in de loop van de jaren nog toegenomen. Hij had Oriane om zeep moeten helpen toen hij de kans nog had. Deze keer zou hij niet aarzelen.

Met de kap van zijn mantel over zijn gezicht getrokken sloop Guilhem het kamp van het kruisleger door totdat hij het groen en zilver van Orianes tent ontdekte.

Binnen klonken stemmen. Franse stemmen. Een jongeman die orders gaf. Guilhem herinnerde zich de jongen die naast Oriane op de tribune had gezeten, haar zoon. Hij drukte zich tegen het klapperende tentdoek en luisterde.

'Hij is een militair van het garnizoen,' zei Louis d'Evreux op zijn arrogante toon. 'Een zekere Sajhë de Servian. Dezelfde die een uurtje geleden zo'n tumult veroorzaakte. Stelletje boeren, hier in het zuiden,' voegde hij er verachtelijk aan toe. 'Zelfs als je ze goed behandelt gedragen ze zich nog als beesten.' Hij lachte scherp. 'Ze hebben hem naar het veld bij de tent van Hugues des Arcis gebracht, uit de buurt van de andere gevangenen, voor het geval hij weer problemen zou veroorzaken.'

Louis liet zijn stem dalen, zodat Guilhem moeite had hem te volgen. 'Dit is voor jou,' zei hij. Guilhem hoorde het gerinkel van muntgeld. 'De helft vooruit. Als die boer nog in leven is, maak er dan een eind aan. De andere helft krijg je als de klus geklaard is.'

Guilhem wachtte tot de soldaat naar buiten kwam en glipte toen door de onbewaakte opening de tent binnen.

'Ik zei toch dat ik niet gestoord wilde worden?' zei Louis korzelig, zonder zich om te draaien. De punt van Guilhems mes drukte al tegen zijn keel voordat hij om hulp had kunnen roepen.

'Eén geluid en je bent er geweest,' zei Guilhem.

'Neem wat je wilt. Als je mij maar met rust laat.'

Guilhems blik ging door de luxueuze tent met de dure kleden en de warme dekens. Oriane had de rijkdom en status bereikt die ze altijd had gewild. Hopelijk was ze er niet gelukkig door geworden.

'Wat is je naam?' vroeg hij zacht maar dreigend.

'Louis d'Evreux. Ik weet niet wie je bent, maar mijn moeder zal...'

Guilhem rukte Louis' hoofd naar achteren. 'Geen dreigementen. Je hebt je wachtposten weggestuurd, weet je nog? Er is niemand die je kan horen.' Hij drukte het mes nog harder tegen de bleke noordelijke keel van de jongen. Evreux verstijfde. 'Dat is beter. Goed dan. Waar is Oriane? Als je geen antwoord geeft, snij ik je keel door.'

Guilhem voelde hem reageren toen hij Orianes naam hoorde, maar de angst maakte zijn tong los. 'Ze is naar het vrouwenkamp,' stotterde hij.

'Waarom?'

'Op zoek naar... een meisje.'

'Je verspilt mijn tijd, *nenon*,' zei hij, en hij rukte Louis' hoofd weer naar achteren. 'Wat voor een meisje? En wat wil ze van haar?'

'Het kind van een ketter. Mijn moeders... zuster,' zei hij, op een toon alsof het een vies woord was. 'Mijn tante. Mijn moeder wilde het meisje zelf spreken.'

'Alaïs,' fluisterde Guilhem ongelovig. 'En hoe oud is dat kind?'

Hij rook het angstzweet uit Evreux' poriën. 'Hoe moet ik dat weten? Negen of tien.'

'En de vader? Is hij dood?'

Evreux probeerde zich te bewegen. Guilhem vergrootte de druk op zijn nek en draaide het mes, zodat de punt nu vlak onder Evreux' linkeroor drukte, klaar om toe te steken.

'Hij is een soldaat, in dienst van Pierre-Roger de Mirepoix.'

Guilhem begreep het meteen. 'En jij hebt een van je mannen gestuurd om ervoor te zorgen dat hij de ochtend niet haalt,' zei hij.

Het lemmet van Guilhems dolk glinsterde in het licht van de kaars.

'Wie ben je?'

Guilhem negeerde die vraag. 'Waar is heer Evreux? Waarom is hij niet hier?'

'Mijn vader is dood,' zei Louis, zonder enig verdriet in zijn stem, maar met een soort trots die Guilhem niet begreep. 'Ik ben nu heer en meester van alle bezittingen van Evreux,' snoefde de jongen.

Guilhem lachte. 'Je moeder, zul je bedoelen.'

De jongen kromp ineen alsof hij een klap kreeg.

'Vertel me eens, *heer* Evreux,' zei Guilhem minachtend, met nadruk op de titel, 'wat wil je moeder van dat meisje?'

'Wat maakt het uit? Ze is een kind van die ketters. Ze hadden ze allemaal moeten verbranden.'

Guilhem voelde dat Evreux meteen spijt had van die domme uitval, maar het was al te laat. Guilhem haalde zijn arm langs de hals van de jongeman en sneed hem zijn keel af, van oor tot oor.

'*Per lo Miègjorn,*' zei hij. Voor de Midi.

Het bloed gutste in stromen over de mooie kleden. Guilhem liet hem los en Evreux stortte voorover.

'Als die bediende snel terugkomt, overleef je het misschien. Zo niet, dan zou ik maar tot jouw God bidden dat hij je je zonden vergeeft.'

Guilhem trok zijn kap weer over zijn hoofd en rende naar buiten. Hij moest Sajhë de Servian vinden voordat Evreux' beulsknecht hem te pakken kreeg.

Het kleine groepje hobbelde ongemakkelijk door de koude nacht.

Oriane had al spijt dat ze de *calèche* had meegenomen. Te paard zouden ze sneller zijn geweest. De houten wielen kraakten en schraapten over de stenen en de harde, bevroren grond.

Ze meden de hoofdroutes van en naar het dal, waar nog wegversperringen waren opgericht. De eerste paar uur reden ze naar het zuiden. Tegen de tijd dat de winterschemer plaatsmaakte voor de donkere nacht bogen ze af naar het zuidoosten.

Bertrande lag te slapen, met haar mantel tot over haar hoofd getrokken als beschutting tegen de bijtende wind die onder de gordijnen van de kar door waaide. Oriane had zwaar genoeg van het gebabbel van het meisje. Ze had haar honderduit gevraagd over haar leven in Carcassonne in de oude tijd, voor de oorlog.

Oriane gaf haar koekjes, suikerbrood en kruidenwijn, met een slaapmiddel dat krachtig genoeg was om een soldaat een paar dagen buiten westen te houden. Eindelijk hield het kind haar mond en viel in een diepe slaap.

'Wakker worden!'

Sajhë hoorde iemand praten. Een man. Heel dichtbij.

Hij probeerde zich te bewegen. Zijn hele lichaam deed pijn en hij zag blauwe flitsen achter zijn ogen.

'Wakker worden!' Dringender nu.

Sajhë kromp ineen toen er iets kouds tegen zijn gekneusde gezicht werd gedrukt, hoewel het prettig aanvoelde op zijn huid. Langzaam kwam de herinnering weer boven aan het pak slaag dat hij had gekregen.

Was hij dood?

Toen wist hij het weer. Iemand had vanaf de voet van de helling naar de soldaten geschreeuwd dat ze moesten ophouden. Zijn aanvallers, die zich betrapt voelden, hadden hem losgelaten. Een commandant had bevelen geroepen in het Frans. Daarna was hij de heuvel af gesleurd.

Nee, misschien niet dood.

Sajhë deed een nieuwe poging zich te bewegen. Hij voelde iets hards tegen zijn rug. Nu pas merkte hij dat zijn schouders strak naar achteren waren getrokken. Hij probeerde zijn ogen te openen. Een ervan zat dicht. Zijn andere zintuigen waren extra gevoelig. Hij was zich bewust van de bewegingen van de paarden, die met hun hoeven op de grond stampten. De wind huilde, en in de verte riepen de nachtzwaluwen en een eenzame uil. Dat waren geluiden die hij begreep.

'Kun je je benen bewegen?' vroeg de man.

Dat lukte, tot Sajhës verbazing, hoewel het verdomd veel pijn deed. Een van de soldaten had hem op zijn enkel getrapt toen hij op de grond lag.

'Kun je paardrijden?'

Sajhë zag dat de schim om hem heen liep om zijn handen los te snijden, die aan het hek waren vastgebonden. De man had iets bekends in zijn stem en de manier waarop hij zijn hoofd hield.

Sajhë kwam moeizaam overeind.

'Waar heb ik die hulp aan te danken?' vroeg hij, terwijl hij zijn polsen masseerde. En opeens wist hij het. Sajhë zag zichzelf weer als jochie van elf, toen hij de muren van het Château Comtal beklom en over de borstwering rende, op zoek naar Alaïs – luisterend aan het raam naar het gelach dat naar buiten zweefde op de bries. Een mannenstem, pratend en plagend.

'Guilhem du Mas,' zei hij langzaam.

Guilhem bleef staan en keek Sajhë verbaasd aan. 'Hebben wij elkaar al eens ontmoet, vriend?'

'Dat herinner jij je niet meer,' zei Sajhë, nauwelijks in staat om hem aan te kijken. 'Zeg eens, *amic*,' – hij beklemtoonde het woord – 'wat wil je van me?'

'Ik ben gekomen om...' Guilhem begreep niets van die vijandigheid. 'Jij bent Sajhë de Servian?'

'Ja, en?'

'Uit naam van Alaïs, die we allebei...' Guilhem zweeg en beheerste zich. 'Haar zuster Oriane is hier, met een van haar zoons. Ze horen bij het kruisleger, maar Oriane is gekomen voor het Boek.'

Sajhë staarde hem aan. 'Welk boek?' vroeg hij agressief.

Guilhem ging stug door. 'Oriane heeft ontdekt dat jullie een dochtertje hebben. Ze heeft haar ontvoerd. Ik weet niet waar ze naartoe zijn, maar ze zijn kort na de schemer uit het kamp vertrokken. Ik kwam het je vertellen en mijn hulp aanbieden.' Hij stond op. 'Maar als je niet geïnteresseerd bent...'

Sajhë voelde alle kleur uit zijn gezicht wijken. 'Wacht!' riep hij.

'Als je je dochter levend terug wilt zien,' vervolgde Guilhem kalm, 'kun je die vijandigheid tegen mij beter laten varen – wat de reden ook mag zijn.'

Guilhem stak een hand uit om Sajhë op de been te helpen.

'Enig idee waar Oriane haar naartoe kan hebben gebracht?'

Sajhë staarde naar de man die hij zijn hele leven had gehaat. Maar ter wille van Alaïs en zijn dochter greep hij de uitgestoken hand.

'Ze heeft een naam,' zei hij. 'Ze heet Bertrande.'

77

Pic de Soularac

VRIJDAG 8 JULI 2005

Audric en Alice klommen in stilte de berg op.

Er was al zoveel gezegd dat er geen woorden meer nodig waren. Audric ademde zwaar, maar hield zijn ogen strak op de grond gericht en struikelde niet één keer.

'Het kan niet ver meer zijn,' zei ze, niet alleen om hem maar ook zichzelf moed in te spreken.

'Nee.'

Vijf minuten later zag Alice dat ze het terrein hadden bereikt via de andere kant van de parkeerplaats. Er stonden geen tenten meer, maar er waren nog wel sporen van recente bewoning – bruine, dorre plekken op de grond en hier en daar wat afval. Ze vond een troffel en een tentharing, die ze in haar zak stak.

Ze klommen verder, naar links, tot ze bij het rotsblok kwamen dat Alice opzij had gerold. Het lag op zijn zijkant onder de ingang van de kamer, precies zoals ze het had achtergelaten. In het spookachtige witte licht van de maan leek het op de kop van een omgevallen afgodsbeeld.

Was dat echt nog pas maandag?

Baillard bleef staan en leunde tegen het rotsblok om op adem te komen.

'We zijn er bijna,' zei ze om hem gerust te stellen. 'Het spijt me. Ik had je moeten waarschuwen dat het zo steil was.'

Audric glimlachte. 'Dat wist ik nog wel,' zei hij. Hij pakte haar hand. Zijn huid voelde dun als papier. 'Als we bij de grot zijn moet je daar wachten totdat ik zeg dat het veilig is om me achterna te komen. Beloof me dat je je verborgen zult houden.'

'Ik vind het nog steeds geen goed idee dat je in je eentje naar binnen gaat,' zei Alice koppig. 'Zelfs als je gelijk hebt en ze pas na het donker komen, zou je in de val kunnen zitten. Laat mij je nou helpen, Audric. Als ik met je meega kan ik ook naar het boek zoeken. Met z'n tweeën gaat het veel sneller en gemakkelijker. Dan staan we in een paar minuten weer buiten en kunnen we ons hier verbergen om te zien wat er gaat gebeuren.'

'Het spijt me, maar ik vind het beter om uit elkaar te gaan.'

'Ik begrijp echt niet waarom, Audric. Niemand weet dat we hier zijn. We zijn hier veilig,' zei ze, hoewel ze zich allesbehalve veilig voelde.

'Je bent heel dapper, *Madomaisèla,*' zei hij zacht. 'Net als zij. Alaïs vond de bescherming van anderen altijd veel belangrijker dan haar eigen veiligheid. Ze bracht grote offers voor de mensen van wie ze hield.'

'Niemand hoeft offers te brengen,' zei Alice scherp. De angst maakte haar nerveus. 'En ik begrijp ook niet waarom we niet eerder konden gaan. Dan hadden we de kamer kunnen onderzoeken toen het nog licht was, zonder het risico dat iemand ons zou betrappen.'

Baillard deed alsof hij haar niet gehoord had.

'Heb je inspecteur Noubel gebeld?' vroeg hij.

Tegenspreken heeft geen zin. Nu niet.

'Ja,' zei ze met een diepe zucht. 'En ik heb gezegd wat ik van jou moest zeggen.'

'*Ben,*' zei hij zacht. 'Jij vindt me heel onverstandig, dat begrijp ik wel. Maar wacht nu maar af, *Madomaisèla*. Het moet allemaal op het juiste moment gebeuren, en in de juiste volgorde. Anders komt de waarheid nooit aan het licht.'

'De waarheid?' herhaalde ze. 'Je hebt me alles verteld wat er te weten valt, Audric. Alles. Mijn enige zorg is nu nog om Shelagh – en Will – hier heelhuids vandaan te krijgen.'

'Alles?' vroeg hij zacht. 'Is dat mogelijk?'

Audric draaide zich om en keek op naar de ingang, een kleine zwarte opening in de uitgestrekte rotswand. 'De ene waarheid kan in tegenspraak zijn met de andere,' mompelde hij. 'Nu is niet toen.' Hij pakte haar arm. 'Zullen we dan maar beginnen aan het laatste eindje van onze reis?'

Alice keek hem onderzoekend aan, verwonderd over zijn stemming. Hij was zo kalm en bedachtzaam. Er was een soort passieve gelatenheid over hem neergedaald, terwijl zij juist zenuwachtig was, bang voor alles wat er verkeerd kon gaan, bang dat Noubel te laat zou komen, bang dat Audric zich zou hebben vergist.

Stel dat ze al dood zijn?

Alice zette die gedachte uit haar hoofd. Pessimisme kon ze zich niet veroorloven. Ze moest blijven geloven in de goede afloop.

Bij de ingang draaide Audric zich om en glimlachte tegen haar. Zijn gevlekte amberkleurige ogen glinsterden vol verwachting.

'Wat is er, Audric?' zei ze snel. 'Er is iets...' Ze zweeg, omdat ze het goede woord niet kon vinden. 'Iets...'

'Ik heb hier zo lang op gewacht,' zei hij zacht.

'Gewacht? Op het Boek?'

Hij schudde zijn hoofd. 'Nee, op verlossing,' zei hij.

'Verlossing? Maar waarvan dan?' Alice merkte tot haar stomme verbazing dat ze tranen in haar ogen had. Ze beet op haar lip om niet in huilen uit te barsten. 'Ik begrijp het niet, Audric,' zei ze. Haar stem brak.

'*Pas a pas se va luènh,*' zei hij. 'Die woorden heb je toch gezien als inscriptie boven aan de treden?'

Alice keek hem verbaasd aan. 'Ja, maar hoe...'

Hij stak zijn hand uit naar de zaklantaarn. 'Ik moet naar binnen.'

Zwijgend gaf Alice hem de lamp, vechtend met haar tegenstrijdige emoties. Ze keek hem na toen hij door de tunnel verdween, wachtend tot ze het laatste lichtpuntje zag verdwijnen. Toen pas draaide ze zich om.

Ze schrok van de roep van een uil, vlakbij. Het kleinste geluid leek hier honderd keer te worden versterkt. De duisternis had iets boosaardigs. De hoge bomen om haar heen, de ontzagwekkende schaduw van de berg zelf, de manier waarop de rotsen allerlei vreemde, dreigende vormen leken aan te nemen... In de verte meende ze het geluid van een auto te horen, ergens beneden in het dal.

Toen spoelde de stilte weer over haar heen.

Alice keek op haar horloge. Het was tien over halftien.

Om kwart voor tien zwenkten er twee krachtige koplampen de parkeerplaats aan de voet van de Pic de Soularac op.

Paul Authié zette de motor af en stapte uit. Tot zijn verbazing kon hij François-Baptiste nergens ontdekken. Authié keek omhoog in de richting van de grot, opeens bang dat ze al in de kamer zouden zijn.

Hij vermande zich. Het zouden de zenuwen wel zijn. Braissart en Domingo waren daar tot een uur geleden nog geweest. Als Marie-Cécile of haar zoon hier was opgedoken moest hij dat hebben gehoord.

Zijn hand ging naar het zendertje in zijn zak, dat al was ingesteld op de explosie en de minuten aftikte. Hij had niets meer te doen, behalve wachten. En kijken.

Authié tastte naar het kruisje om zijn hals en begon te bidden.

Een geluid in het bos langs de parkeerplaats trok zijn aandacht. Authié opende zijn ogen. Hij zag niets. Ten slotte liep hij naar de auto en zette de koplampen aan. Groot licht. De bomen sprongen uit het donker op hem toe, ontdaan van alle kleur.

Hij beschutte zijn ogen en keek nog eens. Nu zag hij iets bewegen in het dichte struikgewas.

'François-Baptiste?'

Geen reactie. Authié voelde zijn nekharen overeind komen. 'Hier hebben we geen tijd voor!' riep hij in het donker. Hij probeerde voldoende irritatie in zijn stem te leggen. 'Als je het Boek en de ring wilt, kom dan hier, waar ik je kan zien.'

Authié begon zich af te vragen of hij de situatie verkeerd had beoordeeld.

'Ik wacht,' riep hij nog.

Nu hoorde hij iets. Hij onderdrukte een glimlach toen hij een gedaante zag opdoemen tussen de bomen.

'Waar is O'Donnell?'

Authié schoot bijna in de lach toen hij François-Baptiste naar zich toe zag komen in een jack dat hem een paar maten te groot was. Een zielige figuur.

'Ben je alleen?' vroeg hij.

'Dat gaat je geen flikker aan,' zei François-Baptiste. Hij bleef aan de bosrand staan. 'Waar is Shelagh O'Donnell?'

Authié knikte in de richting van de grot. 'Ze is al naar boven. Ze wacht op je, François-Baptiste. Ik wilde je de moeite besparen.' Hij lachte kort. 'Ik denk niet dat ze moeilijkheden maakt.'

'En het Boek?'

'Dat is er ook.' Hij trok zijn manchetten onder zijn jasje uit. 'En de ring. Alles zoals afgesproken. En op tijd.'

François-Baptiste lachte scherp. 'In cadeaupapier, zeker?' zei hij sarcastisch. 'Je denkt toch niet dat ik geloof dat je ze zomaar achtergelaten hebt?'

Authié keek hem minachtend aan. 'Ik zou het Boek en de ring terughalen, dat was mijn opdracht, en dat heb ik gedaan. Ik heb ook je... hoe zullen we haar noemen, je *spionne*... in haar nek gepakt. Uit menslievendheid, zullen we maar zeggen.' Hij kneep zijn ogen tot spleetjes. 'Wat Madame de l'Oradore met haar wil doen moet ze zelf maar weten.'

De jongen leek te aarzelen. 'Allemaal uit de goedheid van je hart?'

'Voor de *Noublesso Véritable*,' zei Authié vriendelijk. 'Of ben jij nog niet als lid uitgenodigd? Dat je haar zoon bent maakt zeker geen verschil? Ga maar kijken. Of is je moeder al boven om alles voor te bereiden?'

François-Baptiste keek hem schichtig aan.

'Dacht je dat ze mij dat niet had verteld?' Authié deed een stap naar hem toe. 'Dacht je dat ik niet wist waar ze mee bezig is?' Hij voelde zich kwaad worden. 'Heb je haar gezien, François-Baptiste? Heb je de extase op haar gezicht gezien als ze die obscene woorden uitspreekt, die godslasterlijke woorden? Het is een zonde tegen God zelf!'

'Hoe dúrf je zo over haar te praten!' zei hij. Zijn hand ging naar zijn zak.

Authié lachte. 'Ga je gang. Bel haar maar. Zij vertelt je wel wat je moet doen. En moet denken. Vooral niets doen zonder dat je het haar eerst hebt gevraagd.'

Hij draaide zich om en liep naar zijn auto terug. Het duurde twee seconden voordat hij het geluid herkende als de klik van een veiligheidspal. Ongelovig keerde hij zich om. Maar niet snel genoeg. Hij hoorde twee knallen, vlak na elkaar.

Het eerste schot miste, het tweede trof hem in zijn dij. De kogel ging er dwars doorheen, verbrijzelde het bot en trad aan de andere kant weer uit. Authié ging neer en begon te schreeuwen toen de schok en de pijn tot hem doordrongen.

François-Baptiste kwam naar hem toe, met het pistool in twee handen geklemd, voor zich uit. Authié probeerde weg te kruipen en liet een spoor van bloed na op het grind, maar de jongen was al vlakbij.

Heel even keken ze elkaar aan. Toen vuurde François-Baptiste opnieuw.

Alice schrok.

Het geluid van de schoten galmde door de stille berglucht, kaatste tegen de rotsen en trilde om haar heen.

Haar hart begon te bonzen. Ze kon niet bepalen waar de knallen vandaan kwamen. Thuis zou ze hebben geweten dat het alleen maar een boer was die op konijnen of kraaien schoot.

Het klonk niet als een buks.

Ze sprong op de grond, zo geruisloos mogelijk, en tuurde door het donker in de richting waar ze het parkeerterrein vermoedde. Een autoportier werd dichtgeslagen. Ze hoorde het geluid van stemmen, meegevoerd op de wind.

Wat doet Audric daarbinnen?

Ze waren nog een eind bij haar vandaan, maar Alice voelde hun aanwezigheid op de berg. Zo nu en dan hoorde ze steentjes wegrollen op het pad, of een takje dat brak.

Alice sloop wat dichter naar de ingang toe en keek wanhopig naar de grot, alsof ze Audric met zuivere wilskracht uit de duisternis naar buiten kon dwingen.

Waar blijft hij nou?

'Audric?' fluisterde ze scherp. 'Er komt iemand aan. Audric?'

Niets. Doodse stilte. Alice tuurde de duistere tunnel in en voelde de moed in haar schoenen zakken.

Maar je moet hem waarschuwen.

Biddend dat het nog niet te laat was draaide Alice zich om en rende omlaag naar de labyrintkamer.

78

Los Seres

MARÇ 1244

Ondanks Sajhës verwondingen hielden ze een redelijk tempo aan. Ze volgden de loop van de rivier, vanuit Montségur naar het zuiden. Ze hadden weinig ballast bij zich en ze reden hard, met slechts zo nu en dan een rustpauze om de paarden te laten drinken. Met hun zwaarden sloegen ze wakken in het ijs. Guilhem zag al snel dat Sajhë een betere ridder was dan hij.

Hij wist wel iets van Sajhës verleden – dat hij berichten van de *parfaits* had overgebracht naar de afgelegen dorpen in de Pyreneeën en de verzetsstrijders van informatie had voorzien. Het was duidelijk dat de jongere man alle dalen en heuvels kende, alle verborgen bospaden, alle vlakten en ravijnen.

Ook was Guilhem zich bewust van Sajhës vijandigheid tegenover hem, als de hete stralen van de brandende zon in zijn nek. Hij kende Sajhës reputatie als een loyale, dappere en fatsoenlijke vent, die bereid was te vechten en te sterven voor waar hij in geloofde. Ondanks die animositeit zag hij heel goed waarom Alaïs van deze man hield en een kind van hem gekregen had, ook al sneed die gedachte hem als een mes door het hart.

Ze hadden geluk. Die nacht sneeuwde het niet. De volgende dag, de 19de maart, was helder en zonnig, met weinig wolken en wind.

Tegen de schemering kwamen Sajhë en Guilhem in Los Seres aan. Het dorp lag in een kleine, afgelegen vallei, waar ondanks de kou al de zachte geur van de lente hing. De bomen aan de rand van het dorp hadden kleine groene en witte accenten. De eerste voorjaarsbloemen kwamen schuchter tevoorschijn uit de heggen en wallen toen ze het pad op reden naar de kleine groep huizen. Het dorp leek verlaten.

De twee mannen stegen af, namen hun paarden bij de teugels en liepen het laatste eind naar het centrum van het dorp. Het geluid van de hoefijzers over de stenen en de harde aarde weergalmde door de stilte. Boven één of twee huizen kringelde wat rook omhoog. Ogen tuurden achterdochtig door de spleten en kieren van de luiken, om meteen weer te verdwijnen. Franse deserteurs kwamen meestal niet zo hoog in de bergen, maar onmogelijk was het niet. En in het algemeen zorgden ze voor problemen.

Sajhë bond zijn paard naast de put vast. Guilhem deed hetzelfde en volgde hem door het centrum naar een klein huis. Er ontbraken pannen op het dak en de luiken leken aan vervanging toe, maar de muren waren sterk. Het zou niet veel werk kosten om dit huis weer tot leven te wekken, dacht Guilhem.

Hij wachtte terwijl Sajhë de deur openduwde. De houten plank, uitgezet door het vocht en stug door onbruik, kraakte aan zijn hengsels, maar ging ver genoeg open om Sajhë door te laten.

Guilhem kwam achter hem aan. Hij voelde een klamme lucht in zijn gezicht slaan, als van een graftombe. De kou verdoofde zijn vingers. Een berg bladeren en humus lag tegen de muur tegenover de deur, op een hoop geblazen door de winterwind. Er hingen ijspegels aan de binnenkant van de luiken en onder de vensterbank, als een grillig gordijn.

Op de tafel stonden nog de restanten van een maaltijd – een oude kan, borden, kopjes en een mes. Op de wijn dreef een laag schimmel, als groene algen op een vijver. De banken stonden netjes tegen de muur.

'Is dit jouw huis?' vroeg Guilhem zacht.

Sajhë knikte.

'Wanneer ben je weggegaan?'

'Een jaar geleden.'

In het midden van de kamer hing een roestige kookpot boven een berg as en verkoold hout, allang gedoofd. Guilhem keek met medelijden hoe Sajhë zich er overheen boog en het deksel recht legde.

Achter in het huisje hing een rafelig gordijn. Hij schoof het weg. Erachter stond nog een tafel, met twee stoelen, aan weerskanten. Tegen de muur waren smalle planken opgehangen, bijna leeg. Een oude vijzel, wat kommetjes en schalen, een paar potten, onder het stof – dat was alles. Boven de planken waren kleine haken in het lage plafond gedraaid, waaraan wat stoffige bosjes kruiden hingen; een versteend takje vlooienkruid en wat bramenblaadjes.

'Voor haar medicijnen,' zei hij onverwachts. Guilhem bleef staan en vouwde zijn handen voor zijn lichaam. Hij wilde Sajhë niet storen bij zijn herinneringen.

'Iedereen kwam altijd naar haar toe, vrouwen en mannen, om aandoeningen van lichaam of geest te laten behandelen, of om hun kinderen gezond de winter door te helpen. Bertrande… Alaïs liet haar helpen met de recepten en de bezorging van de pakjes.'

Sajhë hakkelde en zweeg. Guilhem was zich bewust van het brok in zijn eigen keel. Ook hij herinnerde zich de flesjes en potjes waarmee Alaïs hun kamer had gevuld in het Château Comtal, en de stille concentratie waarmee ze had zitten werken.

Sajhë liet het gordijn uit zijn hand glijden. Hij testte de sporten van de ladder en klom toen voorzichtig naar de verhoging. Daar lag een stapel oude dekens en rottend stro, beschimmeld en vervuild door dieren – de restanten van het bed waar de familie had geslapen. Een enkele kaars met nog wat kaarsvet stond naast het beddengoed. De rooksporen verspreidden zich als een vlek over de muur erachter.

Guilhem kon Sajhës verdriet niet meer aanzien en verdween naar buiten om daar te wachten. Hij had niet het recht zich op te dringen.

Een tijdje later verscheen Sajhë. Zijn ogen waren rood, maar zijn handen beefden niet toen hij vastberaden naar Guilhem toe kwam, die op het hoogste punt van het dorp naar het westen stond te turen.

'Hoe laat wordt het 's ochtends licht?' vroeg hij toen Sajhë hem had bereikt.

De twee mannen waren van gelijke lengte, maar de lijnen op Guilhems gezicht en de grijze strepen in zijn haren verrieden dat hij vijftien jaar dichter bij de dood was.

'In deze tijd van het jaar komt de zon pas laat op in de bergen.'

Guilhem zweeg een moment. 'Wat wil je nu doen?' vroeg hij, uit respect voor Sajhës recht om te bepalen wat er moest gebeuren.

'We zullen de paarden op stal zetten en een slaapplaats zoeken voor onszelf. Ik denk niet dat ze hier voor de ochtend zullen zijn.'

'Je wilt niet...' begon Guilhem, met een blik naar het huis.

'Nee,' zei hij. 'Niet daar. Er is een vrouw die ons wel eten en onderdak wil geven voor de nacht. Morgen zullen we hoger de berg op gaan en ergens bij de grot ons kamp opslaan om daar op hen te wachten.'

'Denk je dat Oriane het dorp zal mijden?'

'Ze zal wel raden waar Alaïs het *Boek der Woorden* heeft verborgen. Ze heeft de afgelopen dertig jaar tijd genoeg gehad om de andere twee boeken te bestuderen.'

Guilhem keek hem van opzij aan. 'Heeft ze gelijk? Ligt het nog altijd in de grot?'

Sajhë gaf geen antwoord. 'Ik begrijp nog steeds niet hoe Oriane Bertrande heeft overgehaald om mee te gaan,' zei hij. 'Ik had haar uitdrukkelijk verboden om zonder mij te vertrekken. Ze had op me moeten wachten.'

Guilhem zweeg. Hij wist niets te bedenken om Sajhës ongerustheid weg te nemen. De boosheid van de jongere man verdween al snel.

'Denk je dat Oriane de andere twee boeken bij zich heeft?' vroeg hij opeens.

Guilhem schudde zijn hoofd. 'Ik denk dat ze veilig in haar gewelven liggen, ergens in Evreux of Chartres. Waarom zou ze het riskeren om ze mee te nemen?'

'Hield je van haar?'

Die vraag overviel Guilhem. 'Ik verlangde naar haar,' zei hij langzaam. 'Ik was behekst door haar, gestreeld in mijn eigendunk. Ik...'

'Niet Oriane,' zei Sajhë abrupt, 'maar Alaïs.'

Guilhem had het gevoel dat een ijzeren band zich om zijn keel sloot.

'Alaïs,' fluisterde hij. Heel even verloor hij zich in zijn herinneringen, totdat Sajhës doordringende blik hem terugbracht in de kille werkelijkheid.

'Na...' Hij slikte. 'Na de val van Carcassona heb ik haar nog maar één keer gezien. Drie maanden is ze toen bij me gebleven. Ze was opgepakt door de inquisiteurs, en...'

'Dat weet ik!' riep Sajhë. Zijn stem leek te breken. 'Dat heb ik gehoord.'

Verbaasd door Sajhës reactie keek Guilhem strak voor zich uit. Tot zijn eigen verrassing voelde hij een glimlach om zijn lippen spelen.

'Ja.' Het woord ontglipte hem. 'Ik hield meer van haar dan van wie of wat ook ter wereld. Maar ik begreep niet hoe kostbaar liefde is, en hoe breekbaar, totdat ik ons geluk met mijn eigen handen had verbrijzeld.'

'Daarom heb je haar met rust gelaten, na Tolosa, en is ze hier weer teruggekomen.'

Guilhem knikte. 'God weet dat het na onze weken samen moeilijk genoeg was om hier weg te blijven. Ik had haar zo graag nog eens willen zien... één keer maar. Als dit alles achter de rug was, hoopte ik dat we... Maar toen heeft ze jou gevonden. En nu...'

Guilhems stem brak. Hij kreeg tranen in zijn ogen, die prikten in de kou. Hij voelde dat Sajhë nerveus met zijn voeten schuifelde. Eén moment veranderde de sfeer tussen hen beiden.

'Neem me niet kwalijk dat ik me zo laat gaan in jouw gezelschap.' Hij haalde diep adem. 'Oriane had een flinke prijs op Alaïs' hoofd gezet, zo hoog dat het zelfs verleidelijk werd voor mensen die geen reden hadden haar kwaad te doen. Ik betaalde Orianes spionnen om haar valse informatie door te geven. Bijna dertig jaar lang heb ik geholpen haar zo te beschermen.'

Guilhem zweeg weer. Het beeld van het brandende boek tegen de zwartgeblakerde rode mantel drong zich op als een onwelkome gast.

'Ik wist niet dat haar geloof zo sterk was,' zei hij. 'Of dat haar vastberadenheid om het *Boek der Woorden* uit Orianes handen te houden haar tot zulke stappen zou kunnen drijven.'

Hij keek Sajhë aan en probeerde de waarheid te lezen in zijn ogen.

'Ik wilde dat ze niet voor de dood gekozen had,' zei hij eenvoudig. 'Voor jou, als de man voor wie ze koos, en voor mijzelf, als de dwaas die ooit haar liefde had maar die verspeelde.' Hij haperde. 'Maar het meest voor jullie dochter. Te weten dat Alaïs...'

'Waarom help je ons?' viel Sajhë hem in de rede. 'Waarom ben je gekomen?'

'Naar Montségur?'

Sajhë schudde ongeduldig zijn hoofd. 'Nee, niet naar Montségur, maar hier. Nu.'

'Uit wraak,' zei Guilhem.

79

Alaïs werd met een schok wakker, stijf en koud. Het tere purperen licht van de vroege ochtend viel over het grijsgroene landschap. Een dunne, witte nevel sloop door de plooien en spleten van de berghelling, stil en geruisloos.

Ze keek naar Harif. Hij lag rustig te slapen, met zijn met bont gevoerde mantel tot aan zijn oren opgetrokken. De zware tocht van de afgelopen dag en nacht was hem niet meegevallen.

De stilte hing zwaar over de berg. Ondanks het ongemak en de kou in haar botten genoot Alaïs van de eenzaamheid na al die maanden van drukte en beperkte bewegingsvrijheid binnen de muren van Montségur. Ze stond op en rekte zich uit, heel voorzichtig, om Harif niet te storen, en zocht in een van de zadeltassen naar een homp brood, waar ze een stuk vanaf brak. Het was zo hard als hout. Toen schonk ze zichzelf een beker dikke rode bergwijn in, die bijna te koud was om te drinken. Ze doopte het brood erin om het zachter te maken en werkte het snel naar binnen voordat ze het eten voor de anderen klaarmaakte.

Ze durfde nauwelijks aan Bertrande en Sajhë te denken, en waar zij nu zouden zijn. Nog altijd in het kamp? Samen of apart?

De roep van een kerkuil die terugkeerde van zijn nachtelijke jacht verscheurde de stilte. Alaïs glimlachte, gerustgesteld door de vertrouwde geluiden. Dieren ritselden in het kreupelhout, met schrapende klauwen en knarsende tanden. In de dalen en bossen beneden hen jankten wolven om hun aanwezigheid kenbaar te maken. Voor Alaïs was het een teken dat de wereld gewoon doordraaide, in de eeuwige cyclus van seizoenen, ook zonder haar.

Ze maakte de twee gidsen wakker om te zeggen dat het eten klaar was. Daarna bracht ze de paarden naar de beek en brak het ijs met het heft van haar zwaard om ze te laten drinken.

Ten slotte, toen het wat lichter werd, wekte ze Harif. Ze fluisterde tegen hem in zijn eigen taal en legde haar hand zachtjes op zijn arm. Hij werd de laatste tijd vaak zo onrustig wakker.

Harif opende zijn geloken bruine ogen, verbleekt door de ouderdom.

'Bertrande?'

'Ik ben het, Alaïs,' zei ze zacht.

Harif knipperde met zijn ogen en vroeg zich blijkbaar af wat hij op deze grijze berghelling deed. Alaïs vermoedde dat hij weer van Jeruzalem had gedroomd, van de ronde, vloeiende lijnen van de moskeeën, de oproep tot het gebed aan de Saraceense gelovigen, en zijn reizen over de eindeloze zee van de woestijn.

In de loop van de jaren had Harif haar verteld over de aromatische kruiden, de levendige kleuren en de pittige smaak van het eten, en de verzengende schittering van de bloedrode zon. Hij had haar beschreven hoe hij de lange jaren van zijn leven had gevuld. Hij sprak over de profeet en de oude stad Avaris, waar hij vandaan kwam. Hij vertelde verhalen over haar vader als jongeman, en over de *Noublesso*.

Haar hart deed pijn toen ze naar hem keek, met zijn olijfkleurige huid, nu grijs van ouderdom, en zijn witte haar dat ooit gitzwart was geweest. Hij was te oud voor dit gevecht. Hij had te veel gezien, te veel meegemaakt, om het zo wreed te laten eindigen.

Harif had te lang gewacht met zijn laatste reis. En Alaïs wist – hoewel hij het niet zei – dat alleen de gedachte aan Los Seres en Bertrande hem de kracht gaf om door te gaan.

'Alaïs,' zei hij zacht, toen hij zijn omgeving weer herkende. 'Ja.'

'Het duurt nu niet lang meer,' zei ze, terwijl ze hem overeind hielp. 'We zijn bijna thuis.'

Guilhem en Sajhë zeiden niet veel toen ze in de schaduw van de berg zaten, beschut tegen de ijzige klauwen van de wind.

Guilhem probeerde een paar keer een gesprek aan te knopen, maar Sajhë ging er niet op in. Ten slotte gaf hij het maar op en trok zich terug in zijn eigen wereld, zoals Sajhës bedoeling was geweest.

Zijn geweten speelde hem parten. Hij was zijn hele leven jaloers geweest op Guilhem, had hem gehaat en hem ten slotte uit zijn hoofd gezet. Hij had Guilhems plaats ingenomen aan Alaïs' zij, maar niet in haar hart. Ze was haar eerste liefde trouw gebleven, ondanks de afwezigheid en het stilzwijgen.

Sajhë kende de verhalen over Guilhems moed, zijn lange, onversaagde strijd om de kruisvaarders uit de Pays d'Oc te verdrijven, maar hij weigerde om Guilhem te accepteren, te bewonderen of medelijden met hem te hebben. Hij zag hoe de man verdriet had om Alaïs. Op zijn gezicht stond een groot verlies te lezen, en een diep berouw. Sajhë kon zich er niet toe brengen om te spreken, maar haatte zichzelf daarom.

Ze wachtten de hele dag en sliepen om beurten. Kort voor het vallen van de schemering vloog een groep kraaien op, wat lager langs de helling, als de opdwarrelende as van een dovend vuur. Ze krijsten en cirkelden, klapwiekend in de koude lucht.

'Er komt iemand aan,' zei Sajhë, onmiddellijk op zijn hoede.

Hij tuurde langs het rotsblok, dat op de smalle richel boven de ingang van de grot lag, alsof het daar door een reuzenhand was neergelegd.

Hij zag niets, geen bewegingen beneden. Voorzichtig kwam Sajhë uit zijn schuilplaats tevoorschijn. Hij was stijf en had overal pijn – de combinatie van het pak slaag en al die uren nietsdoen. Zijn handen voelden verdoofd, zijn knokkels waren rood en gebarsten. Zijn gezicht was een lappendeken van kneuzingen en geschaafde huid.

Sajhë liet zich over de rotsrichel zakken en sprong op de grond. Hij kwam ongelukkig neer en er schoot een felle pijn door zijn geblesseerde enkel.

'Geef me mijn zwaard,' zei hij, terwijl hij een arm omhooghield.

Guilhem gaf hem het wapen en sprong ook naar beneden. Samen tuurden ze over het dal.

In de verte klonken stemmen. Heel vaag, in het afnemende licht, zag Sajhë een kringeltje rook opstijgen boven de dunne haag van de bomen.

Aan de horizon ontmoetten de donkere hemel en het purperen land elkaar.

'Ze hebben het zuidoostelijke pad genomen,' zei hij. 'Dat betekent dat Oriane om het dorp heen is getrokken. Vanuit die richting kunnen ze niet veel verder komen met de paarden. Het terrein is te ruig. Er zijn alleen wat smalle paadjes met steile afgronden aan beide kanten. Ze zullen lopend verder moeten.'

De gedachte aan Bertrande, zo dichtbij, werd hem opeens onverdraaglijk.

'Ik ga naar beneden.'

'Nee!' zei Guilhem snel, en toen wat zachter: 'Nee. Dat is te riskant. Als ze je zien zou je Bertrandes leven in gevaar brengen. We weten al dat Oriane naar de grot zal komen. We hoeven haar alleen maar op te wachten.' Hij zweeg. 'Je moet jezelf niets verwijten, vriend. Jij had dit niet kunnen voorkomen. En je helpt je dochter het best door je aan ons plan te houden.'

Sajhë schudde Guilhems hand van zijn arm.

'Je hebt geen idee hoe ik me voel!' zei hij. Zijn stem beefde van woede. 'Hoe dúrf je je een oordeel aan te matigen over mij!'

Guilhem hief half spottend zijn handen, alsof hij zich overgaf. 'Het spijt me.'

'Ze is nog maar een kind.'

'Hoe oud is ze precies?'

'Negen,' antwoordde hij kortaf.

Guilhem fronste. 'Dus oud genoeg om het te begrijpen,' dacht hij hardop. 'Zelfs als Oriane haar niet heeft gedwongen maar *overgehaald* om met haar mee te gaan, zal ze nu toch wel beseffen dat er iets niet klopt. Wist ze dat Oriane in het kamp was? Wist ze zelfs dat ze een tante had?'

Sajhë knikte. 'En ze weet ook dat Oriane geen vriendin is van Alaïs. Ze zou nooit vrijwillig met haar mee zijn gegaan.'
'Niet als ze wist wie ze was,' beaamde Guilhem. 'Maar anders?'
Sajhë dacht even na en schudde zijn hoofd. 'Zelfs dan kan ik me niet voorstellen dat ze met een vreemde zou zijn meegegaan. We hadden duidelijk afgesproken dat ze op ons moest wachten...'
Hij zweeg, in het besef dat hij zich had verraden, maar Guilhem was in gedachten verdiept en hoorde het niet. Sajhë slaakte een zucht van verlichting.
'Ik denk dat we die soldaten wel aankunnen als we Bertrande eenmaal hebben gered,' zei Guilhem. 'Hoe langer ik erover nadenk, des te groter lijkt me de kans dat Oriane haar mannen in het kamp zal achterlaten om samen met je dochter verder te gaan.'
Sajhë luisterde nu toch. 'Ga door.'
'Oriane heeft hier meer dan dertig jaar op gewacht. Geheimzinnigheid is haar tweede natuur. Ze zal niet riskeren dat iemand anders de exacte ligging van de grot te weten komt. Ze wil het geheim niet delen en omdat ze ervan uitgaat dat niemand – behalve haar zoon – weet dat ze hier is, zal ze ook geen tegenstand verwachten.'
Guilhem wachtte even. 'Oriane is...' Hij zweeg. 'Om de Labyrint Trilogie in handen te krijgen heeft ze gelogen, moorden gepleegd en haar vader en haar zus verraden. Ze heeft zichzelf verdoemd ter wille van de Boeken.'
'Moorden gepleegd?'
'Niet eigenhandig, maar ze heeft haar eerste man, Jehan Congost, uit de weg laten ruimen. Hij is doodgestoken.'
'François,' mompelde Sajhë, zo zacht dat Guilhem het niet kon horen. Een flard van een herinnering – gekerm en het wanhopige getrappel van paardenhoeven toen mens en dier in het drijfzand verdwenen.
'En ik ben ervan overtuigd dat ze ook schuldig is aan de dood van een vrouw die Alaïs heel dierbaar was,' vervolgde Guilhem. 'Ik weet haar naam niet meer, na al die tijd, maar ze was een wijze vrouw die in de *Ciutat* woonde. Ze heeft Alaïs alles geleerd over medicijnen en geneeskunst; hoe je de gaven van de natuur heilzaam kunt gebruiken.' Hij zweeg. 'Alaïs hield van haar.'
Uit koppigheid had Sajhë zijn ware identiteit verborgen gehouden. Koppigheid en jaloezie hadden hem ervan weerhouden om iets over zijn leven met Alaïs te vertellen.
'Esclarmonde is niet gedood,' zei hij nu, niet langer in staat om het bedrog vol te houden.
Guilhem stond opeens doodstil. 'Wát?' zei hij. 'En wist Alaïs dat?'
Sajhë knikte. 'Toen ze uit het Château Comtal vluchtte ging ze naar Esclarmonde – en haar kleinzoon – om hulp. Ze heeft...'

Het geluid van Orianes scherpe stem, autoritair en koud, onderbrak het gesprek. De twee mannen, allebei getrainde militairen, doken naar de grond, trokken geruisloos hun zwaard en namen hun posities in bij de ingang van de grot. Sajhë verborg zich achter een uitstekende rotspunt onder de opening, Guilhem achter een haagdoornstruik met scherpe takken, die in de schemering nog onaangenamer leken.

De stemmen kwamen dichterbij. Ze hoorden de laarzen van de soldaten en het gerinkel van hun wapenrusting en gespen toen ze over de stenen en kiezels van het rotspad naar boven kwamen.

Sajhë had het gevoel dat hij elke stap samen met Bertrande deed. Iedere seconde leek een eeuwigheid te duren – het geluid van de voetstappen, echo's van de stemmen, eindeloos herhaald, zonder dat ze dichterbij leken te komen.

Eindelijk doken er twee gedaanten tussen de bomen op: Oriane en Bertrande. Ze waren alleen, zoals Guilhem al had gedacht. Sajhë zag Guilhems waarschuwende blik, een teken om nog niet in actie te komen. Pas als Oriane dichterbij was, zouden ze kunnen toeslaan om Bertrande te bevrijden.

Oriane naderde langzaam. Sajhë balde zijn vuisten en kneep zijn lippen op elkaar om geen brul van woede te slaken. Bertrande had een snee in haar wang, die rood afstak tegen haar bleke, koude gezichtje. Oriane had haar een touw om haar nek gebonden, dat over haar schouder naar haar handen liep, die op haar rug waren geboeid. Het andere uiteinde zat om Orianes linkervuist gewikkeld. In haar rechterhand had ze een dolk, waarmee ze Bertrande in haar rug priemde om haar voort te drijven.

Het meisje had moeite met lopen en struikelde voortdurend. Sajhë kneep zijn ogen halfdicht en zag dat ook haar enkels bij elkaar waren gebonden onder haar rokken. De lus van het touw gaf haar niet meer bewegingsruimte dan één enkele stap.

Sajhë dwong zichzelf om rustig af te wachten. Hij volgde het tweetal tot ze bij de open plek kwamen, recht onder de grot.

'Je zei dat het voorbij die bomen was.'

Bertrande mompelde iets, te zacht voor Sajhë om het te kunnen verstaan.

'Ik hoop voor jou dat je de waarheid spreekt,' zei Oriane.

'Het is daar echt,' zei Bertrande. Haar stem beefde niet, maar Sajhë hoorde de angst erachter en zijn hart kneep samen.

Ze hadden afgesproken om Oriane te overvallen bij de ingang van de grot. Sajhë zou Bertrande bij Oriane vandaan halen, terwijl Guilhem de vrouw ontwapende voordat ze de kans kreeg haar mes te gebruiken.

Sajhë keek naar Guilhem, die knikte. Hij stond klaar.

'Maar je mag daar niet naar binnen,' hoorden ze Bertrande zeggen. 'Het is een heilige plaats. Alleen de bewaarders mogen er maar komen.'

'Is dat zo?' zei Oriane spottend. 'En wie zal me dan tegenhouden? Jij?' Er kwam een verbitterde uitdrukking op haar gezicht. 'Je lijkt zo op haar dat ik er misselijk van word.' Ze gaf een ruk aan het touw om Bertrandes nek, zodat het meisje een kreet van pijn slaakte. 'Alaïs vertelde iedereen ook altijd wat wel of niet mocht. Ze vond zichzelf zoveel beter dan de rest.'

'Dat is niet waar!' riep Bertrande heel dapper, ondanks haar hopeloze situatie. In gedachten riep Sajhë haar toe om haar mond te houden. Tegelijkertijd wist hij dat Alaïs trots zou zijn op haar moed. Híj ook. Ze was echt een kind van haar ouders.

Bertrande begon te huilen. 'Dit is niet goed. Je mag niet naar binnen. De grot zal je tegenhouden. Het labyrint zal zijn geheim bewaren, tegenover jou of iedereen die het wil misbruiken.'

Oriane lachte kort. 'Dat zijn maar verhaaltjes om onnozele kinderen zoals jij angst aan te jagen.'

Bertrande hield koppig vol. 'Ik breng je niet verder.'

Oriane hief een hand op en sloeg haar zo hard dat ze tegen het rotsblok tuimelde. Sajhë kreeg een rood waas voor zijn ogen. Met drie of vier stappen had hij Oriane bereikt. Brullend van woede wilde hij zich op haar storten.

Maar Oriane was hem te snel af. Ze sleurde Bertrande overeind en zette haar het mes op de keel.

'Wat jammer nou. Ik had gedacht dat mijn zoon zo'n simpel klusje wel kon klaren. Je zat toch al gevangen? Dat had ik tenminste gehoord. Nou ja, het doet er niet toe.'

Sajhë glimlachte tegen Bertrande om haar gerust te stellen, ook al stond het er niet goed voor.

'Laat je zwaard vallen,' zei Oriane kalm, 'anders vermoord ik haar.'

'Het spijt me dat ik niet gedaan heb wat je zei, Sajhë,' riep Bertrande, 'maar ze had jouw ring. Ze zei dat jij me had gestuurd om me te halen.'

'Niet míjn ring, *brava*,' zei Sajhë. Hij gooide zijn zwaard neer. Het kletterde luid tegen de harde grond.

'Zo is het beter. En kom nu hier, waar ik je kan zien. Niet verder.' Ze glimlachte. 'Ben je helemaal alleen gekomen?'

Sajhë zei niets. Oriane legde het mes plat tegen Bertrandes keel en gaf een prikje in de huid onder haar oor. Bertrande gilde toen er een straaltje bloed langs haar hals liep, als een rood lint tegen haar bleke huid.

'*Laat haar gaan, Oriane! Je moet haar niet hebben, maar mij.*'

Bij het geluid van Alaïs' stem leek zelfs de berg zijn adem in te houden.

Een geest? Guilhem wist het niet.

Hij had het gevoel dat zijn adem uit zijn lichaam werd gezogen, zodat hij hol en gewichtloos achterbleef. Hij durfde niet uit zijn schuilplaats te komen uit angst de geestverschijning te verjagen. Zijn blik gleed van Bertrande, die zo op haar moeder leek, naar Alaïs – áls ze het was – die wat lager op de helling stond.

Haar gezicht werd omlijst door een met bont gevoerde capuchon en ze droeg een reismantel die vuil was van de rit. De zoom hing bijna op de witberijpte grond. Haar handen, voor haar lichaam gevouwen, staken in warme leren handschoenen.

'Laat haar gaan, Oriane.'

Haar woorden verbraken de betovering.

'*Mamà!*' riep Bertrande en ze stak wanhopig haar armen uit.

'Dat kan niet...' zei Oriane, met haar ogen half toegeknepen. 'Jij bent dood! Ik heb je zien sterven.'

Sajhë sprong op Oriane af en probeerde Bertrande te grijpen, maar hij was weer niet snel genoeg.

'Blijf daar!' riep Oriane, die zich herstelde. Ze sleurde Bertrande mee naar de ingang van de grot. 'Anders vermoord ik haar, dat zweer ik je!'

'*Mamà!*'

Alaïs deed nog een stap naar voren. 'Laat haar gaan, Oriane. Je hebt een conflict met mij, niet met haar.'

'Er is geen conflict, zus. Jij hebt het *Boek der Woorden*. Dat wil ik hebben. *C'est pas difficile.*'

'En als je het hebt?'

Guilhem stond als versteend. Nog steeds kon hij zijn ogen niet geloven. Was dit echt Alaïs, zoals hij zo vaak van haar had gedroomd, wakend en in zijn slaap?

Uit zijn ooghoek zag hij een beweging, de glinstering van helmen en staal. Guilhem keek. Twee soldaten beslopen Alaïs van achteren, door het dichte struikgewas. Guilhem keek naar links en hoorde het schrapen van een schoen over een steen.

'Grijp ze!'

De soldaat die het dichtst bij Sajhë stond greep zijn armen en hield hem in bedwang, terwijl de anderen naar voren stormden. Bliksemsnel trok Alaïs haar zwaard en draaide zich om. Haar wapen boorde zich in de lendenen van de aanstormende soldaat. Hij ging neer. De andere man dook op haar af. Vonken spatten in het rond toen ze de wapens kruisten.

Alaïs had het voordeel van haar hogere positie, maar ze was kleiner en niet zo sterk.

Guilhem sprong uit zijn schuilplaats naar voren en rende op haar af, net op het moment dat ze struikelde en haar evenwicht verloor. De soldaat stak toe en raakte de binnenkant van haar arm. Alaïs gilde en liet haar zwaard vallen. Ze klemde haar gehandschoende hand om de wond om de bloeding te stelpen.

'*Mamà!*'

Guilhem deed een paar laatste passen en ramde zijn zwaard in de buik van de soldaat. Bloed gutste uit de mond van de man. Zijn ogen puilden uit en hij zakte in elkaar.

Guilhem had nauwelijks de tijd om adem te halen.

'Guilhem!' riep Alaïs. 'Achter je!'

Hij draaide zich om en zag nog twee soldaten de helling op komen. Brullend trok hij zijn zwaard los en ging in de aanval. Het wapen zwiepte door de lucht toen hij hen terugdreef. Meedogenloos maaide hij zijn ene tegenstander neer, toen de andere.

Hij was een betere zwaardvechter, maar hij stond tegenover een overmacht.

Sajhë was nu vastgebonden en lag op zijn knieën. Een van de soldaten bewaakte hem met de punt van zijn zwaard in Sajhës nek, terwijl de andere zich samen met zijn makkers tegen Guilhem keerde. Hij kwam binnen zwaardafstand van Alaïs. Hoewel ze veel bloed verloor wist ze toch een mes van achter haar riem te trekken. Met haar laatste krachten stak ze het tussen de benen van haar aanvaller. Hij kermde toen de punt zich in zijn dijbeen boorde.

Blind van pijn haalde hij uit. Guilhem zag Alaïs naar achteren tuimelen. Met haar hoofd raakte ze de steen. Ze probeerde weer overeind te komen, maar ze was half versuft en stond te tollen op haar benen. Het volgende moment zakte ze in elkaar. De snee in haar hoofd bloedde hevig.

Met de dolk nog in zijn been wankelde de soldaat op Guilhem af, als een beer in een berengevecht. Guilhem stapte uit de weg, maar gleed uit over de glibberige grond. Steentjes rolden de helling af. Dat gaf de twee anderen de kans om hem te bespringen. Ze drukten hem voorover tegen de grond.

Hij voelde zijn ribben kraken toen hij een trap in zijn zij kreeg. Ze raakten hem opnieuw. Hij schokte van pijn en proefde bloed in zijn mond.

Alaïs lag doodstil, zonder zich te bewegen of geluid te maken.

Toen hoorde hij Sajhë schreeuwen. Guilhem tilde zijn hoofd op, net op het moment dat de soldaat Sajhë met de zijkant van zijn zwaard bewusteloos sloeg.

Oriane was in de grot verdwenen, met Bertrande.

Met een woeste kreet verzamelde Guilhem zijn laatste krachten en sprong overeind. Een van de soldaten stortte ruggelings de heuvel af. Guilhem greep zijn zwaard en boorde het in de keel van de enige man die nog rechtop stond. Op dat moment hees Alaïs zich op haar knieën en stak de andere man met zijn eigen mes achter in zijn been. Zijn gejammer bestierf hem op de lippen.

Guilhem besefte dat alles nu stil was.

Eén moment staarde hij Alaïs aan. Zelfs nu nog durfde hij zijn eigen ogen niet te geloven, uit angst dat ze hem weer zou worden afgenomen. Hij stak een hand uit.

Haar vingers strengelden zich om de zijne. Guilhem voelde haar huid, gescheurd en gekneusd. Koud – net als hij. Levend. Echt.

'Ik dacht...'

'Ik weet het,' zei ze snel.

Guilhem wilde haar niet laten gaan, maar de gedachte aan Bertrande was sterker.

'Sajhë is gewond,' zei hij, terwijl hij naar de ingang liep. 'Zorg voor hem. Ik ga achter Oriane aan.'

Alaïs boog zich over Sajhë heen, maar sprong toen op en rende hem achterna.

'Hij is alleen maar bewusteloos,' zei ze. 'Blijf jij maar hier. Vertel hem wat er is gebeurd. Ik moet Bertrande vinden.'

'Nee, dat is precies wat Oriane wil. Ze zal je dwingen om te vertellen waar je het Boek verborgen hebt, en daarna zal ze jullie allebei vermoorden. Ik heb meer kans om je dochter levend naar buiten te krijgen zonder jou. Begrijp je dat niet?'

'*Onze* dochter,' zei ze.

Guilhem hoorde de woorden, maar begreep ze niet. Zijn hart ging tekeer.

'Alaïs, wat...?' begon hij, maar ze was al onder zijn arm door gedoken, de donkere tunnel in.

80
Ariège

VRIJDAG 8 JULI 2005

'Ze zijn naar de grot gegaan!' Noubel gooide de telefoon neer. 'Van alle stompzinnige, achterlijke...'

'Wie?'

'Audric Baillard en Alice Tanner. Ze denken dat Shelagh O'Donnell wordt vastgehouden op de Pic de Soularac en ze zijn nu op weg daarheen. Ze zei dat er nog iemand was. Een Amerikaan, William Franklin.'

'Wie is dat?'

'Geen idee,' zei Noubel. Hij greep zijn jasje van de haak aan de achterkant van de deur en rende de gang in.

Moureau kwam achter hem aan. 'Wie belde er dan?'

'De centrale. Blijkbaar hebben ze om negen uur bericht gekregen van dr Tanner, maar "ze dachten dat ik niet midden in een verhoor gestoord wilde worden"! *N'importe quoi!*' Noubel bauwde de nasale stem van de dienstdoende brigadier na.

De twee mannen keken als vanzelf op de klok aan de muur. Het was nu kwart over tien.

'En Braissart en Domingo?' vroeg Moureau, met een blik door de gang naar de verhoorkamertjes. Noubels intuïtie bleek te kloppen. De twee mannen waren niet ver van de boerderij van Authiés ex-vrouw aangehouden. Ze waren op weg geweest naar het zuiden, in de richting van Andorra.

'Die kunnen wel wachten.'

Noubel gooide de deur naar het parkeerterrein open, zo hard dat hij tegen de brandtrap knalde. Haastig daalden ze de ijzeren trap af naar het asfalt.

'Hebben ze je nog iets verteld?'

'Niets,' zei Noubel. Hij rukte het portier van de auto open en smeet zijn jasje op de achterbank. Toen wrong hij zich achter het stuur. 'Zo stil als het graf, de beide heren.'

'Angstiger voor hun baas dan jij,' zei Moureau, terwijl hij zijn portier dichtsloeg. 'Is er al nieuws over Authié?'

'Nee, niets. Hij is eerder vandaag naar de mis geweest in Carcassonne. Daarna is hij niet meer gezien.'

'De boerderij?' opperde Moureau, toen de auto naar voren sprong en de hoofdweg opdraaide. 'Heeft het onderzoeksteam zich al gemeld?'

'Nee.'

Noubels telefoontje ging. Met zijn rechterhand op het stuur tastte hij naar de achterbank. Een zweetlucht ontsnapte onder zijn oksel. Hij gooide zijn jasje op Maureaus schoot en maakte koortsachtige gebaren terwijl Moureau zijn zakken doorzocht.

'Noubel. *Oui?*'

Hij remde zo hard dat Moureau naar voren schoot op zijn stoel. '*Putain!* Waarom hoor ik dat nu pas, godverdomme? Is er iemand binnen?' Hij luisterde. 'Wanneer is dat begonnen?' De verbinding was slecht en Moureau hoorde het signaal wegvallen. 'Nee, nee. Blijf daar. En hou me op de hoogte.'

Noubel gooide het mobieltje op het dashboard, zette de sirene aan en maakte snelheid naar de autoweg.

'De boerderij staat in brand,' zei hij, terwijl hij plankgas gaf.

'Aangestoken?'

'De buurman woont een halve kilometer verderop. Hij zegt dat hij een paar luide explosies heeft gehoord en toen de vlammen zag. Hij heeft meteen de brandweer gebeld. Tegen de tijd dat die arriveerde stond de zaak al in lichterlaaie.'

'Was er iemand binnen?' vroeg Moureau bezorgd.

'Dat weten ze niet,' zei hij grimmig.

Shelagh zweefde in een toestand van halve bewusteloosheid.

Ze had geen idee hoe lang het geleden was dat de mannen waren vertrokken. Eén voor één vielen haar zintuigen uit. Ze was zich niet langer bewust van haar fysieke omgeving. Haar armen en benen, haar lichaam en haar hoofd… het leek alsof ze gewichtloos was. Ze voelde geen warmte of kou meer. De stenen en de harde vloer onder haar rug deerden haar niet. Ze zweefde in haar eigen kleine wereldje. Veilig en vrij.

Maar ze was niet alleen. Gezichten uit het verleden en het heden doemden voor haar op in een stoet van zwijgende beelden.

Het licht leek weer sterker te worden. Ergens, vlak buiten haar gezichtsveld, was er een trillende witte lichtbundel, die dansende schaduwen over de muren en de stenen zoldering van de grot wierp. De kleuren wisselden en veranderden van vorm voor haar ogen, als een caleidoscoop.

Ze dacht dat ze een man kon zien. Een stokoude man. Ze voelde zijn koude, droge handen op haar voorhoofd, met een huid zo droog als vloeipapier. Hij zei haar dat het allemaal goed zou komen. Dat ze veilig was.

Shelagh hoorde nu ook andere stemmen, fluisterend in haar hoofd, zachtjes mompelend, bijna strelend.

Ze voelde zwarte vleugels langs haar schouders strijken, die haar teder opnamen, als een kind. Ze riepen haar naar huis.

Toen een andere stem, die alles bedierf.

'Draai je om.'

Will besefte dat het gebulder in zijn eigen hoofd zat. Het was het geluid van zijn bloed dat in zijn oren gonsde, dik en zwaar. De knallen van de pistoolschoten weergalmden nog steeds in zijn herinnering.

Hij slikte moeizaam en probeerde adem te halen. De doordringende lucht van het leer in zijn neus en zijn mond was te sterk. Hij werd er misselijk van.

Hoeveel schoten had hij gehoord? Twee? Drie?

Zijn twee cipiers stapten uit. Will hoorde hen met elkaar praten, ruziënd met François-Baptiste misschien. Langzaam en voorzichtig, om geen aandacht te trekken, hees hij zich wat overeind op de achterbank van de auto. In het licht van de koplampen zag hij François-Baptiste over Authiés dode lichaam gebogen staan, met zijn arm langs zijn zij en het pistool nog in zijn hand. Het leek of iemand een blik rode verf over het portier en de motorkap van Authiés auto had uitgestort. Bloed, weefsel en botsplinters, de restanten van Authiés schedel.

Will voelde zijn maag in opstand komen. Hij slikte nog eens, maar dwong zichzelf om te blijven kijken. François-Baptiste wilde zich bukken, aarzelde en draaide zich toen om.

Hoewel de herhaalde doses drugs zijn armen en benen hadden verdoofd voelde Will zich toch verstijven. Hij liet zich terugzakken op de achterbank, dankbaar dat ze hem in elk geval niet in die benauwde kist in de kofferbak hadden opgesloten.

Het portier bij zijn hoofd werd opengegooid en Will voelde de bekende eeltige handen op zijn armen en zijn nek. Ze sleepten hem van de bank en lieten hem op de grond vallen.

De avondlucht was koel op zijn gezicht en zijn blote benen. De jas die ze hem hadden aangetrokken was lang en wijd, met een ceintuur om de taille. Will voelde zich onbehaaglijk, kwetsbaar. En doodsbang.

Hij zag Authiés lichaam onbeweeglijk op het grind liggen. Daarnaast, vlak achter het voorwiel van de auto, knipperde een klein rood lampje aan en uit.

'*Portez-le jusqu'a la grotte.*' De stem van François-Baptiste bracht Will weer terug in de werkelijkheid. '*Vous nous attendez dehors. En face de l'ouverture.*' Hij zweeg. '*Il es dix-heures moins cinq maintenant. Nous allons rentrer dans quarante, peut-être cinquante minutes.*'

Bijna tien uur. Will liet zijn hoofd hangen toen de man hem onder zijn armen optilde. Even later sleepten ze hem de helling op, naar de grot. Will vroeg zich af of hij om elf uur nog in leven zou zijn.

'Draai je om,' herhaalde Marie-Cécile.

Een scherpe, arrogante stem, dacht Audric. Hij streelde Shelaghs voorhoofd nog eens en verhief zich toen langzaam tot zijn volle lengte. Zijn opluchting dat Shelagh nog leefde was van korte duur. Ze was er slecht aan toe. Zonder medische hulp zou ze het niet redden, vreesde Audric.

'Laat die zaklantaarn maar liggen,' beval Marie-Cécile, 'en kom hier, waar ik je kan zien.'

Langzaam draaide Audric zich om en stapte achter het altaar vandaan.

Ze had een olielamp in haar ene hand, een pistool in de andere. Zijn eerste gedachte was hoe sterk ze op elkaar leken. Dezelfde groene ogen, en die zwarte krullen rond dat mooie, strenge gezicht. Met de gouden hoofdtooi, de band om haar hals, de amuletten om haar bovenarmen en de witte mantel om haar slanke, lange lichaam leek ze sprekend een Egyptische prinses.

'Bent u alleen gekomen, Dame?'

'Het lijkt me niet nodig dat ik overal iemand meeneem, Monsieur. En bovendien...'

Zijn blik gleed naar het wapen. 'U dacht toch niet dat u van mij iets te duchten had?' Hij knikte. 'Ik ben maar een oude man, *è*?' En hij voegde eraan toe: 'Maar u wilt niet dat anderen dit horen, is het wel?'

Een zweem van een glimlach speelde om haar lippen. 'Kracht ligt in geheimhouding.'

'De man die u dat geleerd heeft, Dame, is dood.'

Hij zag de pijn in haar ogen. 'Heb je mijn grootvader gekend?'

'Ik heb van hem gehoord,' antwoordde hij.

'Hij heeft me goed geïnstrueerd. Je kunt geen mens vertrouwen. Niemand.'

'Een eenzaam leven, Dame.'

'Dat zie ik anders.'

Ze draaide om hem heen als een roofdier om zijn prooi, totdat ze met haar rug naar het altaar stond en hij in het midden van de ruimte, vlak bij een holte in de grond.

Het graf, dacht hij. Het graf waar de lichamen waren gevonden.

'Waar is ze?' vroeg Marie-Cécile.

Hij gaf geen antwoord. 'U lijkt erg op uw grootvader. Uiterlijk, maar ook in karakter en vasthoudendheid. En u bent volledig de weg kwijt, net als hij.'

Even lag er woede op haar gezicht. 'Mijn grootvader was een groot man.

Hij eerde de Graal. Hij heeft zijn leven in dienst gesteld van de zoektocht naar het *Boek der Woorden*, om het beter te begrijpen.'

'Begrijpen, Dame? Of misbruiken?'

'U weet helemaal niets van hem.'

'O jawel,' zei hij zacht. 'Mensen veranderen niet zo erg.' Hij aarzelde. 'En hij was er zo dichtbij, nietwaar?' vervolgde hij, nog zachter. 'Een paar kilometer naar het westen en híj zou de grot hebben gevonden, niet u.'

'Dat maakt nu niets meer uit,' zei ze fel. 'Hij is van ons.'

'De Graal is van niemand. Het is niet iets dat je kunt bezitten of manipuleren, iets waarmee je kunt onderhandelen.'

Audric zweeg. In het licht van de olielamp op het altaar keek hij haar recht in haar ogen.

'Het zou hem niet hebben gered,' zei hij.

Vanaf de andere kant van de ruimte hoorde hij haar adem stokken.

'Het elixer geneest en verlengt het leven. Het zou hem op de been hebben gehouden.'

'Het had niets kunnen uitrichten tegen de ziekte die het vlees van zijn botten deed vallen, Dame – netzomin als het u zal geven wat u ervan verlangt.' Hij zweeg. 'De Graal zal niet aan u verschijnen.'

Ze deed een stap naar hem toe. 'Dat hóóp je, Baillard, maar je weet het niet zeker. Ondanks al je onderzoek en kennis weet je niet wat er gaat gebeuren.'

'U vergist zich.'

'Dit is je kans, Baillard. Na al die jaren van schrijven, studeren en vragen stellen. Net als ik heb je je leven eraan gewijd. Je wilt het net zo graag zien gebeuren als ik.'

'En als ik niet meewerk?'

Ze lachte schel. 'Toe nou. Dat hoef je toch niet te vragen? Mijn zoon zal haar doden, dat weet je ook wel. Hoe hij dat doet, en hoe lang het zal duren, hangt van jou af.'

Ondanks de voorzorgsmaatregelen die hij had genomen voelde Audric een rilling over zijn rug lopen. Zolang Alice maar bleef waar ze was, zoals ze had beloofd, kon er niets fout gaan. Zij was veilig. Het zou al voorbij zijn voordat ze in de gaten had wat er gebeurde.

Herinneringen aan Alaïs en Bertrande kwamen onverwachts bij hem boven. Dat impulsieve karakter, die neiging om nooit te gehoorzamen, die koppige moed.

Was Alice uit hetzelfde hout gesneden?

'Alles is gereed,' zei ze. 'Het *Boek der Geneeskruiden* en het *Boek der Getallen* zijn hier al. Als je me nu de ring geeft en me vertelt waar het *Boek der Woorden* is verborgen...'

Audric probeerde zich op Marie-Cécile te concentreren, in plaats van op Alice.

'Hoe weet u zo zeker dat het nog in de kamer is?'

Ze glimlachte. 'Omdat jíj hier bent, Baillard. Waarom zou je anders zijn gekomen? Je wilt de ceremonie meemaken, al is het maar één keer, voordat je sterft. Je zult die mantel aantrekken!' schreeuwde ze, plotseling ongeduldig. Met de loop van het pistool wees ze naar het witte kledingstuk boven aan de treden. Audric schudde zijn hoofd en een fractie van een seconde zag hij de twijfel op haar gezicht. 'En daarna geef je me het Boek.'

Hij zag dat er drie kleine, ijzeren ringen in de vloer van het laagste gedeelte van de kamer waren aangebracht. En hij herinnerde zich dat het Alice was die de skeletten in het ondiepe graf had ontdekt.

Hij glimlachte. Weldra zou hij de antwoorden hebben die hij zocht.

'Audric,' fluisterde Alice, terwijl ze op de tast haar weg zocht door de tunnel.

Waarom geeft hij geen antwoord?

Ze voelde de grond afdalen onder haar voeten, net als die eerste keer. Maar de tunnel leek nu langer.

Voor zich uit, in de kamer, zag ze een vaag geel schijnsel.

'Audric,' riep ze weer. Haar angst groeide.

Ze liep nog sneller en rende de laatste paar meter naar de kamer. Daar bleef ze stokstijf staan.

Dit kan niet waar zijn.

Audric stond onder aan de treden in een lange, witte mantel.

Ik herinner me dit.

Alice schudde haar hoofd om de herinnering te verdrijven. Audrics handen waren voor zijn lichaam gebonden en hij was aan een ring in de grond vastgemaakt, als een dier. Aan de andere kant van de kamer, verlicht door een flakkerende olielamp op het altaar, stond Marie-Cécile de l'Oradore.

'Zo is het wel ver genoeg, denk ik,' zei ze.

Audric draaide zich om, met verdriet en berouw in zijn ogen.

'Het spijt me zo,' fluisterde Alice, toen ze besefte dat ze al zijn plannen had doorkruist. 'Maar ik moest je waarschuwen.'

Voordat ze besefte wat er gebeurde had iemand haar van achteren vastgegrepen. Ze schreeuwde en schopte, maar ze waren met z'n tweeën.

Zo is het al eerder gegaan.

Toen riep iemand haar naam. Niet Audric.

Een golf van misselijkheid sloeg door haar heen en ze dreigde te vallen.

'Vang haar op, idioten!' riep Marie-Cécile.

81

Pic de Soularac

MARÇ 1244

Guilhem kon Alaïs niet meer inhalen. Ze was al te ver vooruit.

Hij wankelde de donkere tunnel door, met een felle pijn in zijn zij waar zijn ribben waren gebroken, zodat hij moeite had met ademen. Alaïs woorden galmden nog door zijn hoofd en de angst in zijn borst dreef hem voort.

De lucht leek kouder te worden, alsof alle leven uit de grot werd gezogen. Hij begreep er niets van. Als dit een heilige plaats was, deze labyrintgrot, waarom hing er dan zo'n kwaadaardige sfeer?

Opeens stond hij op een natuurlijk stenen platform. Een paar brede, ondiepe treden recht voor hem uit daalden af naar een gladde vloer. Op een stenen altaar brandde een *calèlh*, die maar weinig licht gaf.

De twee zusters stonden tegenover elkaar, Oriane nog steeds met het mes tegen Bertrandes keel gedrukt. Alaïs verroerde zich niet.

Guilhem dook weg, biddend dat Oriane hem niet gezien had. Zo geruisloos mogelijk sloop hij langs de wand, verscholen in het donker, totdat hij voldoende dichtbij was om te kunnen horen en zien wat er gebeurde.

Oriane gooide iets voor Alaïs' voeten op de grond.

'Pak hem maar!' riep ze. 'Open het labyrint. Ik weet dat het *Boek der Woorden* hier is verborgen.'

Guilhem zag dat Alaïs verbaasd haar ogen opensperde.

'Heb je het *Boek der Getallen* nooit gelezen? Je verbaast me, zus. Daarin vind je de uitleg van de sleutel.'

Alaïs aarzelde.

'De ring, met de *merel* er in bevestigd, ontsluit de kamer in het hart van het labyrint.'

Oriane rukte Bertrandes hoofd naar achteren, zodat de huid van haar hals zich spande. Het mes glinsterde in het licht.

'Doe het nu, zuster!'

Bertrande slaakte een kreet. Het geluid sneed als een mes door Guilhems hart. Hij keek naar Alaïs, die fronste. Haar gewonde arm hing nutteloos langs haar zij.

'Laat haar eerst gaan,' zei Alaïs.

Oriane schudde haar hoofd. Haar haar was losgeraakt en haar ogen stonden wild en fanatiek. Terwijl ze Alaïs strak aankeek maakte ze langzaam maar nadrukkelijk een klein sneetje in Bertrandes hals.

Bertrande gilde weer toen het bloed over haar keel begon te druppelen.

'De volgende snee zal dieper zijn,' zei Oriane. Haar stem trilde van haat. 'Geef me het Boek.'

Alaïs bukte zich, raapte de ring op en liep naar het labyrint. Oriane volgde en trok Bertrande met zich mee. Alaïs hoorde dat haar dochter steeds sneller ademde. Ze dreigde flauw te vallen. Haar voeten waren nog steeds aan elkaar geboden en ze struikelde half.

Heel even bleef ze staan, terugdenkend aan het moment waarop ze Harif voor het eerst dezelfde handelingen had zien uitvoeren.

Alaïs drukte haar linkerhand tegen de ruwe steen van het labyrint. Pijn schoot door haar gewonde arm. Ze had geen kaars nodig om de omtrekken van het Egyptische symbool van het leven te kunnen zien – de ankh, zoals Harif haar had geleerd. Toen, met haar rug naar Oriane toe om te verbergen wat ze deed, stak ze de ring in een kleine opening onder aan de centrale cirkel van het labyrint, vlak voor haar gezicht. Ter wille van Bertrande hoopte ze vurig dat het zou werken. Er was geen woord gezegd; er was niets voorbereid, zoals het hoorde. De omstandigheden waren totaal verschillend van die enige andere keer dat ze als smekelinge voor het stenen labyrint had gestaan.

'*Di ankh djet,*' mompelde ze. De oude woorden voelden als as op haar tong. Er klonk een scherpe klik, als van een sleutel in een slot. Heel even gebeurde er niets, maar toen, heel diep in de wand, begon er iets te bewegen. Steen tegen steen. Alaïs draaide zich half om en in het schemerlicht zag Guilhem dat er zich een holte had geopend in het hart van het labyrint. Daarin lag een boek.

'Geef het aan mij,' beval Oriane. 'Leg het daar, op het altaar.'

Alaïs deed wat haar gezegd werd, zonder haar zuster één moment uit het oog te verliezen. 'Laat haar nu gaan. Je hebt haar niet meer nodig.'

'Maak het open!' riep Oriane. 'Ik wil zeker weten dat je me niet bedriegt.'

Guilhem kwam wat dichterbij. Op de eerste pagina glinsterde een gouden symbool dat hij nooit eerder had gezien: een ovaal, eigenlijk druppelvormig, boven op een soort kruis, als een herdersstaf.

'Ga door,' zei Oriane. 'Ik wil alles zien.'

Alaïs' handen trilden toen ze de pagina's omsloeg. Guilhem zag combinaties vreemde tekeningen en lijnen, rij na rij van strak getekende symbolen, die alle bladzijden bedekten.

'Neem het maar, Oriane,' zei Alaïs. Ze probeerde haar stem te beheersen. 'Neem het boek en geef me mijn dochter terug.'

Guilhem zag het mes flitsen. Hij besefte wat er ging gebeuren. In haar jaloezie en verbittering wilde Oriane alles vernietigen wat Alaïs liefhad of koesterde.

Hij wierp zich op Oriane en sloeg haar opzij. Zijn gebroken ribben klapten naar binnen en hij raakte bijna bewusteloos van de pijn, maar in elk geval was de klap voldoende om Bertrande uit haar greep te verlossen.

Het mes viel uit haar hand en gleed uit het zicht tussen de schaduwen achter het altaar. Bertrande werd naar voren gesmeten. Ze gilde en sloeg met haar hoofd tegen de hoek van het altaar. Toen lag ze stil.

'Guilhem, neem Bertrande!' schreeuwde Alaïs tegen hem. 'Ze is gewond. Sajhë ook. Neem ze mee. In het dorp wacht een man die Harif heet. Hij zal je helpen.'

Guilhem aarzelde.

'Alsjeblieft, Guilhem! Je moet haar redden!'

Haar laatste woorden gingen verloren toen Oriane overeind krabbelde met het mes weer in haar hand, en zich op Alaïs stortte. Het lemmet boorde zich in haar gewonde arm.

Guilhem had het gevoel dat zijn hart in tweeën werd gescheurd. Hij wilde Alaïs niet alleen laten met Oriane, maar tegelijkertijd zag hij Bertrande bleek en roerloos op de grond liggen.

'Alsjeblieft, Guilhem. Ga nu!'

Met een laatste blik naar Alaïs tilde hij hun dochter in zijn gewonde armen en rende, terwijl hij zijn ogen probeerde te sluiten voor het bloed dat uit de snee droop. Dit was wat Alaïs van hem vroeg.

Toen hij door de kamer wankelde hoorde Guilhem een rommelend geluid, als van een onweer dat in de heuvels gevangenzat. Hij struikelde half en dacht dat zijn benen hem niet meer hielden. In een paar stappen klom hij de treden op, terug naar de tunnel. Hij gleed uit over de losse steentjes. Een brandende pijn dreigde zijn armen en benen te verlammen. Toen pas drong het tot hem door dat de grond beefde en bewoog. De aarde onder zijn voeten begon te schudden.

Hij was bijna aan het einde van zijn krachten. Bertrande lang doodstil in zijn armen en scheen met elke stap zwaarder te worden. Het gerommel zwol aan terwijl hij verder zwoegde. Stukken rots en stofwolken kwamen naar beneden uit de zoldering. Stenen kletterden naast hem neer.

Eindelijk voelde hij de kille buitenlucht. Nog een paar stappen en hij stond weer in de grijze schemer.

Guilhem rende naar Sajhë toe, die bewusteloos was maar regelmatig ademde.

Bertrande was lijkwit, maar ze maakte nu wat geluid en bewoog zich in zijn armen. Hij legde haar naast Sajhë op de grond, rende langs de dode soldaten en rukte hun mantels weg om er dekens van te maken. Toen trok hij zijn eigen mantel uit, met zo'n kracht dat zijn gesp van zilver en koper in het zand terechtkwam. Hij vouwde zijn jas als een kussen onder Bertrandes hoofd.

Guilhem bukte zich en kuste zijn dochter op haar voorhoofd.

'*Filha,*' mompelde hij. Het was de eerste en laatste kus die hij haar ooit zou geven.

Er klonk een geweldige klap vanuit de grot, als van een blikseminslag. Guilhem rende terug, de tunnel in. Het lawaai was oorverdovend in die kleine ruimte.

Opeens zag hij iets uit het donker op zich afkomen.

'Een geest... een gezicht!' brabbelde Oriane, met grote ogen van angst. 'Een gezicht in het midden van het labyrint.'

'Waar is ze?' schreeuwde hij, terwijl hij haar arm greep. 'Wat heb je met Alaïs gedaan?'

Oriane zat onder het bloed. Haar handen en kleren waren ermee besmeurd.

'Gezichten in... het labyrint.'

Oriane begon weer te gillen. Guilhem draaide zich bliksemsnel om, maar zag niets. Op dat moment stak Oriane hem het mes in zijn borst.

Hij wist meteen dat het fataal was. Een dodelijke zwaarte maakte zich meester van zijn armen en benen. Hij zag haar wegrennen als door een nevel. Het beeld werd donker. Zelfs zijn wraakgevoelens losten zich op. Het deed er niet meer toe.

Oriane rende de tunnel uit, de grijze avondschemer in, terwijl Guilhem blind terugwankelde naar de kamer, in een wanhopige poging om Alaïs nog te vinden in die chaos van rots, stenen en stof.

Ze lag in een kleine holte in de grond, met haar vingers om de tas van het *Boek der Woorden* geklemd, en de ring in haar hand.

'*Mon còr,*' fluisterde hij.

Alaïs knipperde met haar ogen bij het horen van zijn stem. Ze glimlachte en Guilhem voelde zijn hart stilstaan.

'Bertrande?'

'Ze is veilig.'

'En Sajhë?'

'Hij zal het ook overleven.'

Ze haalde diep adem. 'Oriane...'

'Ik heb haar laten gaan. Ze is zwaargewond. Ze zal niet ver komen.'

Het vlammetje van de lamp die nog op het altaar brandde sputterde en doofde. Alaïs en Guilhem merkten het niet toen ze in elkaars armen lagen. Ze waren zich niet meer bewust van de duisternis of de vrede die over de kamer neerdaalde. Ze wisten niets anders meer dan elkaar.

82

Pic de Soularac

VRIJDAG 8 JULI 2005

De dunne mantel gaf weinig beschutting tegen de klamme kilte van de kamer. Alice huiverde toen ze langzaam haar hoofd omdraaide.

Rechts van haar was het altaar. Het enige licht kwam van een ouderwetse olielamp in het midden, die dansende schaduwen over de schuine wanden wierp. Het was voldoende om het symbool van het labyrint te kunnen zien op de rots erachter, groot en imponerend in de kleine ruimte.

Alice voelde dat er andere mensen vlakbij waren. Ze keek nog eens naar rechts en slaakte bijna een kreet toen ze Shelagh ontdekte, die ineengedoken op de stenen vloer lag als een beest – mager, bont en blauw, levenloos en verslagen. Alice kon niet zien of ze nog ademde.

Alstublieft, God, laat ze nog leven.

Langzaam raakten haar ogen gewend aan het flakkerende licht. Ze draaide haar hoofd wat verder en zag Audric, nog steeds op dezelfde plaats, met een touw aan een ring in de vloer gebonden. Zijn witte haar vormde een soort krans om zijn hoofd. Hij stond zo stil als een beeld op een graftombe.

Alsof hij haar blik op zich gericht voelde keek hij haar aan en glimlachte.

Alice vergat maar even dat hij kwaad op haar moest zijn omdat ze naar binnen was gestormd terwijl ze buiten had moeten blijven. Ze glimlachte witjes terug.

Precies zoals Shelagh altijd zei.

Toen besefte ze dat er iets anders aan hem was. Haar ogen gingen naar zijn handen, die gespreid tegen zijn witte mantel lagen.

De ring is weg.

'Shelagh is hier,' fluisterde ze. 'Je had gelijk.'

Hij knikte.

'We moeten iets doen!' siste ze.

Hij schudde heel licht zijn hoofd en keek snel naar de andere kant van de ruimte. Alice volgde zijn blik.

'Will!' fluisterde ze ongelovig. Een golf van opluchting sloeg door haar heen, en nog iets anders, meteen gevolgd door bezorgdheid over zijn toestand. Er zat geronnen bloed in zijn haar, een van zijn ogen was opgezwollen en hij had snijwonden in zijn gezicht en op zijn handen.

Maar hij is hier. Bij mij.

Bij het geluid van haar stem sloeg Will zijn ogen op. Hij tuurde door het donker. Toen hij haar zag en herkende gleed er een half lachje om zijn gespleten lippen.

Heel even keken ze elkaar in de ogen.

Mon còr. Mijn lief. Dat besef gaf haar moed.

Het klaaglijke geloei van de wind in de tunnel zwol aan, begeleid door het gemompel van een toonloze menselijke stem, die iets opdreunde. Het leek op zingen, maar dat was het niet. Alice kon niet bepalen waar het vandaan kwam. Flarden van merkwaardig vertrouwde woorden en zinnen weerklonken door de ruimte, totdat de hele grot zich ermee vulde: *montanhas*, bergen; *noblesa*, adel; *libres*, boeken; *Graal.* Alice voelde zich duizelig worden, bedwelmd door de woorden, die in haar hoofd galmden als het klokgelui van een kathedraal.

Net toen ze dacht dat ze het niet meer uithield, stopte het gezang. De melodie vervaagde snel, totdat er niets meer over was dan een herinnering.

Eén enkele stem zweefde nu door de gespannen stilte. Een vrouwenstem, helder en afgemeten.

In de oudste tijden
In het land van Egypte
Onthulde de meester der geheimen
De woorden en het schrift.

Met moeite maakte Alice haar blik los van Wills gezicht en draaide zich om naar het geluid. Marie-Cécile dook als een geestverschijning uit de duisternis achter het altaar op en bleef voor het labyrint staan. Haar groene ogen, met zwart en goud beschilderd, glinsterden als smaragden in het flikkerende licht. Haar haar, naar achteren gekamd onder een gouden haarband met een diamanten motief op het voorhoofd, glansde als git. Haar sierlijke armen waren naakt, afgezien van een set amuletten van gevlochten metaal.

Ze droeg de drie boeken in haar handen, boven op elkaar, en legde ze in een rij op het altaar, naast een eenvoudige kom van aardewerk. Toen ze haar hand uitstak om de olielamp op het altaar te verplaatsen besefte Alice een beetje verstrooid dat Marie-Cécile nu Audrics ring om haar linkerduim had.

Hij past niet bij haar hand.

Alice werd overspoeld door een verleden dat ze zich niet bewust herinnerde. Het perkament moest droog en broos aanvoelen, als stervende herfstblaadjes aan een boom. En ze kon de leren koorden bijna tussen haar vingers voelen, zacht en soepel, ook al zouden ze stijf en hard moeten zijn na zoveel jaren niet te zijn gebruikt. Toch lag die herinnering besloten in haar botten en haar bloed. Ze wist hoe de banden glinsterden en van kleur veranderden in het licht.

Ze zag een afbeelding van een kleine gouden kelk, niet groter dan een muntje, glanzend als een prachtig sieraad tegen het zware crèmekleurige perkament. De volgende bladzijden bevatten rijen van sierlijk schrift. Alice hoorde Marie-Cécile spreken in het halfduister, maar tegelijkertijd zag ze de rode, blauwe, gele en gouden letters tegen de achterkant van haar oogleden. Het *Boek der Geneeskruiden*.

Beelden van tweedimensionale figuren, vogels en andere dieren, kwamen bij haar op. Ze zag een vel perkament, dikker dan de andere pagina's, en heel anders – geel en doorschijnend. Het was een papyrus, waarin het patroon van het riet nog zichtbaar was, beschreven met dezelfde symbolen als aan het begin van het boek, maar nu afgewisseld met kleine tekeningen van planten, getallen en maateenheden.

Ze dacht nu aan het tweede boek, het *Boek der Getallen*. Op de eerste bladzij stond geen kelk, maar een afbeelding van het labyrint zelf. Bijna onbewust keek Alice nog eens de kamer door, met andere ogen nu, om de vormen en verhoudingen te verifiëren.

Toen keek ze weer naar het altaar. Haar herinnering aan het derde boek was het sterkst. Goudglinsterend op de eerste bladzij stond de ankh, het oude Egyptische symbool van het leven, dat nu overal ter wereld bekend was. Tussen de met leer beklede houten banden van het *Boek der Woorden* bevonden zich blanco pagina's, als een wit leger dat de papyrus moest beschermen die in het midden van het boek verborgen lag. De hiërogliefen waren dicht en ontoegankelijk. Rij na rij van strak getekende symbolen bedekten het hele vel, zonder kleuraccenten of spaties om aan te geven waar het ene woord eindigde en het volgende begon.

En daarin verscholen lag de bezwering.

Alice opende haar ogen en voelde dat Audric naar haar keek.

Ze wisselden een blik van verstandhouding. De woorden kwamen weer bij haar boven, ergens uit de stoffige hoekjes van haar geest. Heel even trad ze buiten zichzelf, een fractie van een seconde maar, en kon ze het hele tafereel van bovenaf bekijken.

Achthonderd jaar geleden had Alaïs dezelfde woorden gesproken. En Audric had ze gehoord.

De waarheid zal ons vrijmaken.

Er was niets veranderd, maar toch was ze opeens niet bang meer.

Ze schrok op van een geluid bij het altaar. De stilte was voorbij en de wereld van het heden drong zich met geweld weer aan haar op. Ook de angst was terug.

Marie-Cécile pakte de kleine stenen kom, die ze gemakkelijk tussen haar handen kon vatten. Ernaast lag een mesje met een stomp, versleten lemmet. Ze nam het in haar hand en hief toen haar lange, witte armen boven haar hoofd.

'*Dintrar,*' riep ze. Binnen.

François-Baptiste stapte uit de donkere tunnel de kamer in. Zijn blik gleed als een zoeklicht over de aanwezigen – Audric, Alice – en bleef toen rusten op Will. Alice zag de triomf van de jongen en wist dat François-Baptiste hem die verwondingen had toegebracht.

Ik zal je niet de kans geven om hem nog meer pijn te doen.

Zijn ogen gleden verder. Hij staarde een moment naar de drie boeken die op een rij op het altaar lagen – verbaasd of opgelucht, dat kon Alice niet bepalen – en keek toen zijn moeder aan.

Ondanks de afstand voelde Alice de spanning tussen hen beiden.

Een zweem van een glimlach speelde om Marie-Céciles lippen toen ze bij het altaar vandaan stapte met het mes en de kom in haar handen. Haar mantel glinsterde als gesponnen maneschijn in het flakkerende kaarslicht toen ze door de kamer liep. Alice rook haar subtiele parfum, heel licht, onder het zware aroma van de brandende olie in de lamp.

Ook François-Baptiste kwam in beweging. Hij daalde de treden af totdat hij achter Will stond.

Marie-Cécile bleef voor hem staan en fluisterde iets tegen Will, zo zacht dat Alice het niet kon verstaan. Hoewel François-Baptiste nog steeds glimlachte, zag ze de woede op zijn gezicht toen hij zich naar voren boog, Wills gebonden handen optilde en Marie-Cécile zijn arm gaf.

Alice kromp ineen toen Marie-Cécile een snelle snee maakte tussen Wills pols en zijn elleboog. Hij deinsde terug en ze zag de schrik in zijn ogen, maar hij gaf geen kik.

Marie-Cécile hield het kommetje onder Wills arm en ving vijf druppels bloed op.

Ze deed hetzelfde bij Audric en kwam toen naar Alice toe. Alice zag de opwinding op haar gezicht toen Marie-Cécile de punt van het mes tegen de blanke onderkant van haar arm zette, op de lijn van de oude wond. Toen, zo efficiënt als een chirurg met een scalpel, drukte ze het mes in de huid en sneed het litteken weer open.

De pijn overviel haar; échte pijn, veel meer dan een scherpe prik. Eerst voelde ze zich warm worden, toen koud en gevoelloos. Als betoverd staarde ze naar de bloeddruppels die één voor één in het merkwaardig bleke mengsel in het kommetje vielen.

Toen was het voorbij. François-Baptiste liet haar weer los en volgde zijn moeder naar het altaar. Marie-Cécile herhaalde de procedure bij haar zoon en stelde zich toen tussen het labyrint en het altaar op.

Ze zette de kom in het midden, haalde het mes over haar eigen huid en keek hoe haar bloed uit haar arm druppelde.

Het mengen van het bloed.

In een flits drong het tot Alice door. De Graal behoorde tot alle geloven en tot geen enkel. Christen, jood, moslim. Vijf bewaarders, geselecteerd op hun karakter en hun daden, niet op hun afkomst. Ze waren allemaal gelijk.

Alice zag dat Marie-Cécile zich naar voren boog en iets tussen de pagina's van elk boek weghaalde. Het derde was een vel papier. Nee, geen papier, maar papyrus.Toen Marie-Cécile het tegen het licht hield, was het patroon van het riet duidelijk te zien. Met het symbool.

De ankh, het symbool van het leven.

Marie-Cécile bracht de kom naar haar lippen en dronk. Toen hij leeg was zette ze hem met twee handen weer neer, liet haar blik door de ruimte glijden en keek Audric strak aan. Alice had de indruk dat ze hem uitdaagde om haar tegen te houden.

Ze schoof de ring van haar duim en draaide zich om naar het stenen labyrint. De kamer leek te zuchten. Het licht van de lamp flakkerde achter haar en wierp dansende schaduwen over de wanden. In die schaduwen van de bewerkte rots zag Alice opeens twee vormen die haar nog niet eerder waren opgevallen.

Verscholen binnen de omtrekken van het labyrint waren het silhouet van de ankh en de omtrek van een beker duidelijk te onderscheiden.

Alice hoorde een scherpe klik, als van een sleutel in een slot. Heel even leek er niets te gebeuren. Toen, diep in de wand, kwam er iets in beweging. Het schrapen van steen over steen.

Marie-Cécile deed een stap terug. Alice zag een kleine opening in het midden van het labyrint, iets groter dan de boeken. Een compartiment.

Woorden en zinnen spookten door haar hoofd: Audrics verklaring en haar eigen onderzoek, alles dooreen.

In het middelpunt van het labyrint is de verlichting – het inzicht. Alice dacht aan de christelijke pelgrims die de *Chemin de Jérusalem* aflegden in het schip van de kathedraal van Chartres. Door de spiralen van het labyrint te volgen, in steeds kleinere cirkels, zochten ze naar verlichting.

Hier, in het Graallabyrint, vormde het licht letterlijk het hart van alle dingen.

Alice zag dat Marie-Cécile de lantaarn van het altaar pakte en in de nis hing. Hij paste precies. Het licht werd feller en stroomde door de hele kamer.

Marie-Cécile pakte een papyrus uit een van de boeken op het altaar en schoof die in een gleuf aan de voorkant van de nis. Het papier dempte het licht en de grot werd wat donkerder.

Ze draaide zich op haar hakken om en keek Audric aan. Haar woorden verbraken de betovering.

'Je zei dat ik iets zou zien!' riep ze.

Hij richtte zijn amberkleurige ogen op de hare. Alice hoopte vurig dat hij zijn mond zou houden, maar natuurlijk deed hij dat niet. Om een reden die haar ontging leek Audric vastbesloten de hele ceremonie te voltooien.

'De ware bezwering wordt alleen zichtbaar als de drie papyri over elkaar heen worden gelegd. Pas dan, door het spel van licht en schaduw, openbaren zich de woorden die moeten klinken – niet de woorden die moeten zwijgen.'

Alice huiverde. Ze begreep dat de kou vanuit haarzelf kwam, alsof haar lichaamswarmte wegsijpelde, maar ze had er geen controle over. Marie-Cécile draaide de drie perkamenten in haar handen rond.

'Welke kant boven?'

'Maak me maar los,' zei Audric rustig en kalm. 'Maak me los en neem je positie in het midden van de kamer in. Dan zal ik het je laten zien.'

Ze aarzelde, maar knikte toen naar François-Baptiste.

'*Maman, je ne pense…*'

'Doe wat ik zeg,' snauwde ze.

Zwijgend sneed François-Baptiste het touw door waarmee Audric aan de vloer gebonden was, en deed een stap terug.

Marie-Cécile kwam achter Alice staan en pakte haar mes.

'Eén verkeerde beweging,' zei ze, wijzend naar Alice toen Audric langzaam de kamer door liep, 'en zij gaat eraan. Begrepen?' Ze wees naar François-Baptiste, die nu achter Will stond. 'Of hij.'

'Ik begrijp het.'

Hij wierp een blik naar Shelagh, die roerloos op de grond lag, en fluisterde toen tegen Alice: 'Heb ik gelijk? Zal de Graal zich niet aan haar openbaren?'

Hoewel hij haar aankeek had Alice het gevoel dat die vraag voor iemand anders was bedoeld, iemand met wie hij dit al eens eerder had beleefd.

Toch merkte Alice dat ze het antwoord wist. Ze was er zeker van. Met een glimlach gaf ze hem de geruststelling waar hij om vroeg.

'Het zal niet gebeuren,' zei ze zacht.

'Waar wacht je op?' riep Marie-Cécile.

Audric stapte naar voren.

'Neem elk van de drie papyri,' zei hij, 'en plaats ze voor de vlam.'

'Doe jij dat maar.'

Alice zag hoe hij de drie doorschijnende vellen schikte en ze voorzichtig in de gleuf stak. Het vlammetje in de nis sputterde even en leek te doven. Het werd donker in de grot, alsof het licht was gedempt.

Toen haar ogen weer aan het halfduister gewend waren zag Alice dat er nog maar een handvol hiërogliefen over was, gerangschikt in een bepaald patroon van licht en duister dat de lijnen van het labyrint volgde. Alle overbodige woorden waren versluierd. '*Di ankh djet...*' De woorden klonken helder in haar hoofd. '*Di ankh djet,*' zei ze hardop, en daarna de rest van de zin, terwijl ze in gedachten de oude woorden vertaalde die ze sprak.

'In de oudste tijden, in het land van Egypte, onthulde de meester der geheimen de woorden en het schrift. En hij gaf het leven.'

Marie-Cécile draaide zich om naar Alice.

'Je hebt de woorden opgelezen.' Ze kwam naar haar toe en greep haar arm. 'Hoe weet je wat ze betekenen?'

'Geen idee. Dat weet ik niet.'

Alice probeerde zich los te rukken, maar Marie-Cécile sleurde haar naar voren en hield de punt van het mes vlak bij haar gezicht. Alice zag de bruine vlekken op het versleten lemmet. Ze sloot haar ogen en herhaalde de zin.

'*Di ankh djet...*'

Alles leek nu tegelijk te gebeuren.

Audric wierp zich op Marie-Cécile.

'*Maman!*'

François-Baptiste lette even niet op, en daar maakte Will gebruik van. Hij trok zijn been terug en schopte hem tegen zijn onderrug. De jongen schrok en vuurde zijn pistool af naar de zoldering van de grot toen hij viel. De knal was oorverdovend luid in de kleine ruimte. Alice hoorde de kogel tegen de massieve rots ketsen en door de kamer fluiten.

Marie-Cécile greep naar haar slaap. Alice zag het bloed tussen haar vingers door sijpelen. Ze wankelde even en zakte toen in elkaar.

'*Maman!*' François-Baptiste was weer overeind gekrabbeld en rende op haar toe. Het pistool gleed over de grond naar het altaar toe.

Audric raapte Marie-Céciles mes op, sneed met verrassende kracht Wills touwen door en gaf hem het mes.

'Maak Alice los.'

Will luisterde niet eens. Hij sprintte al de kamer door naar François-Baptiste, die op zijn knieën zat, met Marie-Cécile in zijn armen.

'*Non, maman. Ne t'en va pas. Ecoute-moi, maman, réveille-toi.*'

Will greep de jongen bij de schouders van zijn oversized jack en ramde hem met zijn hoofd tegen de ruwe stenen vloer. Toen rende hij naar Alice toe en begon het touw door te snijden waarmee ze was vastgebonden.

'Is ze dood?'

'Geen idee.'

'En...'

Hij kuste haar snel, op haar lippen, en wikkelde het touw toen van haar handen.

'François-Baptiste blijft nog wel even buiten westen. We moeten hier weg!' zei hij.

'Neem jij Shelagh, Will,' wees ze dringend. 'Dan help ik Audric.'

Will nam Shelaghs slappe gestalte in zijn armen en ging op weg naar de tunnel. Alice rende naar Audric toe.

'De Boeken,' zei hij gehaast. 'We moeten ze meenemen voordat zij weer bijkomen.'

Hij keek naar de roerloze lichamen van Marie-Cécile en haar zoon.

'Audric, snel!' herhaalde Alice. 'We moeten hier vandaan.'

'Ik had je hier nooit bij mogen betrekken,' zei hij zacht. 'Mijn behoefte om het te wéten, om een belofte te vervullen die ik ooit had gedaan maar niet had gehouden, heeft me verblind voor andere overwegingen. Egoïstisch. Ik heb te veel aan mezelf gedacht.'

Audric legde zijn hand op een van de Boeken.

'Je vroeg waarom Alaïs het niet had vernietigd,' zei hij opeens. 'Het antwoord is: omdat ik dat niet toestond. Dus bedachten we een plan om Oriane te bedriegen. Daarom zijn we teruggekomen naar de kamer. De cyclus van het sterven, van het offer, ging gewoon door. Als dat niet zo was geweest, dan...'

Hij liep naar Alice toe, die probeerde de papyri voor de lamp weg te halen. 'Zij zou dit nooit hebben gewild. De prijs van al die mensenlevens.'

'Audric,' zei ze wanhopig, 'daar hebben we het later nog wel over. Nu moeten we ze hier weghalen. Je hebt hier je hele leven op gewacht – de kans om de Trilogie te herenigen, Audric. We kunnen de Boeken nu niet achterlaten voor haar.'

'Ik weet het nog steeds niet,' zei hij, fluisterend. 'Wat er aan het eind gebeurd is.'

De olie in de lamp was bijna opgebrand, maar het werd weer lichter in de grot toen Alice eerst de ene, toen de tweede en ten slotte de laatste papyrus weghaalde.

'Ik heb ze.' Ze draaide zich om, griste de boeken van het altaar en drukte ze Audric in zijn armen.

'Neem jij ze mee. Kom!'

Ze moest Audric bijna met zich mee slepen toen ze door de halfduistere kamer naar de tunnel renden. Ze struikelden net over de holte in de bodem waar de skeletten waren gevonden toen ze in de duisternis achter hen een luide knal hoorden, daarna het geluid van schuivend gesteente, gevolgd door nog twee gedempte knallen, vlak na elkaar.

Alice wierp zich op de grond. Het waren geen pistoolschoten, maar een heel ander soort geluid. Een gerommel, diep in de aarde.

Adrenaline pompte door haar aderen. Wanhopig kroop ze verder, met de papyri tussen haar tanden, biddend dat Audric achter haar aan kwam. De mantel bleef tussen haar benen haken en hield haar tegen. Haar arm bloedde hevig en ze kon er niet op steunen. Maar eindelijk kwam ze bij de treden.

Het gerommel werd luider, maar ze nam even de tijd om zich om te draaien. Haar vingers hadden net de letters gevonden die boven aan de treden waren gegraveerd, toen ze een stem hoorde.

'Blijf daar. Anders schiet ik hem neer.'

Alice verstijfde.

Dat kan niet. Ze was neergeschoten. Ik zag haar vallen.

'Draai je om. Langzaam.'

Voorzichtig kwam Alice overeind. Marie-Cécile stond voor het altaar, nog onvast op haar benen. Haar mantel zat onder het bloed en ze was haar haarband kwijt, zodat haar krullen wild om haar gezicht dansten. In haar hand had ze het pistool van François-Baptiste. De loop wees recht naar Audric.

'Kom langzaam naar me toe, dr. Tanner.'

Alice voelde dat de vloer bewoog. De trillingen sloegen door haar voeten en haar benen – een gerommel diep in de grond, dat met de seconde sterker en onheilspellender werd.

Marie-Cécile leek het nu ook te horen. Heel even keek ze verward. Een volgende beving deed de kamer schudden. Deze keer was er geen twijfel mogelijk: het moest een explosie zijn. Een koude luchtstroom sloeg door de grot. Achter Marie-Cécile begon de lantaarn te wankelen toen het stenen labyrint openbarstte en begon te verbrokkelen.

Alice rende terug naar Audric. Ook de grond spleet nu open en zakte onder haar voeten weg toen de massieve steen en de eeuwenoude aarde openbarstten. Stenen regenden op haar neer uit alle hoeken terwijl ze probeerde de gaten te ontwijken die overal ontstonden.

'Geef hier!' gilde Marie-Cécile. Ze richtte haar wapen nu op Alice. 'Dacht je echt dat ik haar de kans zou geven om ze mee te nemen?'

Haar woorden werden overstemd door het gekletter van vallend gesteente toen de kamer begon in te storten.

Audric kwam overeind en sprak voor het eerst.

'Haar?' zei hij. 'Nee, niet Alice.'

Marie-Cécile draaide zich bliksemsnel om en volgde Audrics blik.

Ze gilde.

In het donker kon Alice iets onderscheiden. Een schijnsel, een witte vlek, bijna als een gezicht. In doodsangst richtte Marie-Cécile het pistool weer op Alice. Ze spande haar vinger om de trekker over te halen, maar ze aarzelde één moment – lang genoeg voor Audric om tussen hen in te springen.

Alles leek zich in slowmotion af te spelen.

Alice gilde. Audric zakte op zijn knieën. De terugslag van het schot smeet Marie-Cécile naar achteren en ze verloor haar evenwicht. Haar vingers klauwden door de lucht en grepen wanhopig in het niets toen ze weggleed in de brede kloof die zich in de bodem had gevormd.

Audric lag op de grond. Bloed verspreidde zich uit de kogelwond midden in zijn borst. Zijn gezicht was lijkbleek en Alice zag de blauwe aderen onder het dunne vernis van zijn huid.

'We moeten hier weg!' riep ze. 'Straks komt er nog een explosie. De hele grot kan ieder moment instorten.'

Hij glimlachte. 'Het is voorbij, Alice,' zei hij zacht. '*A la perfin.* De Graal heeft zijn geheimen bewaard, net als toen. Ze kreeg de kans niet om te nemen wat ze wilde.'

Alice schudde haar hoofd. 'Nee, ze hebben springladingen in de grot aangebracht, Audric,' zei ze. 'En misschien ligt er nog zo'n bom. We moeten vluchten.'

'Nee, hier blijft het bij,' zei hij, zeker van zijn zaak. 'Het was de echo van het verleden.'

Alice zag dat spreken hem pijn deed. Ze boog haar hoofd naar het zijne. Hij rochelde en zijn ademhaling was zwak en oppervlakkig. Ze probeerde de bloeding te stelpen, maar het was hopeloos.

'Ik wilde weten hoe ze haar laatste ogenblikken had doorgebracht. Begrijp je? Ik kon haar niet redden. Ze zat hier gevangen en ik kon haar niet bereiken.' Hij hijgde van pijn en hapte naar adem.

'Maar deze keer...'

Eindelijk accepteerde Alice wat ze instinctief al had geweten vanaf het moment dat ze in Los Seres was aangekomen en hem in de deuropening had zien staan van dat kleine stenen huis in de plooien van de berg.

Dit is zijn verhaal. Dit zijn zijn herinneringen.

Ze dacht aan de familiestamboom, die met zoveel liefde en zorg was opgesteld.

'Sajhë,' zei ze. 'Jij bent Sajhë.'

Heel even flikkerde er nog een sprankje leven in zijn amberkleurige ogen. Een uitdrukking van intense vreugde gleed over zijn stervende gezicht.

'Toen ik bijkwam, lag Bertrande naast me. Iemand had mantels over ons heen gelegd tegen de kou...'

'Guilhem,' zei Alice. Dat wist ze zeker.

'Er klonk een zwaar gerommel. Ik zag de stenen richel boven de ingang instorten. Het rotsblok sloeg tegen de grond in een fontein van steensplinters en zand. Ze zat opgesloten. Ik kon niet meer bij haar komen,' zei hij met bevende stem. 'Bij hen.'

Het dreunen stopte. Opeens was alles weer doodstil.

'Ik wist het niet,' zei hij gepijnigd. 'Ik had Alaïs mijn woord gegeven. Als haar iets overkwam zou ik het *Boek der Woorden* in veiligheid brengen, maar ik wist het niet – of Oriane het Boek had, of waar ze gebleven was.' Zijn stem daalde tot een gefluister. 'Niets.'

'Dus de lichamen die ik had gevonden waren Guilhem en Alaïs,' zei ze. Het was een conclusie, geen vraag.

Sajhë knikte. 'We vonden Orianes lichaam wat lager op de heuvel. Maar het Boek had ze niet. Toen begreep ik het pas.'

'Ze zijn samen gestorven om het Boek te beschermen. Alaïs wilde dat jij verder zou leven, Sajhë. Om voor Bertrande te zorgen – je eigen dochter in alle opzichten, behalve één.'

Hij glimlachte. 'Ik wist dat je het zou begrijpen,' zei hij. De woorden rolden als een zucht van zijn lippen. 'Ik heb al veel te lang geleefd zonder haar. Elke dag heb ik haar gemist. Elke dag wenste ik dat ik niet was gedoemd te leven terwijl iedereen van wie ik hield oud werd en stierf. Alaïs, Bertrande...'

Hij zweeg. Haar hart ging naar hem uit.

'Je moet je niet langer schuldig voelen, Sajhë. Nu je weet wat er is gebeurd, kun je jezelf vergeven.'

Alice voelde dat ze hem kwijtraakte.

Laat hem praten. Zorg dat hij niet in slaap valt.

'Er bestond een voorspelling,' zei hij, 'dat hier, in het land van de Pays d'Oc, in onze tijd, iemand zou worden geboren die getuigenis zou afleggen van de tragedie die hier plaatsvond. Ik koos daar niet voor, evenmin als mijn voorgangers – mensen als Abraham, Methusalem en Harif – maar ik accepteerde het.'

Sajhë ademde moeizaam. Alice trok hem naar zich toe en nam zijn hoofd in haar armen. 'Wanneer?' zei ze met verstikte stem. 'Vertel het me.'

'Alaïs heeft de Graal opgeroepen. Hier, in deze kamer. Ik was toen vijfentwintig. Ik was teruggekeerd naar Los Seres in de hoop op een heel nieuw leven. Ik dacht dat ik Alaïs het hof zou kunnen maken en haar liefde zou kunnen winnen.'

'Ze hield van je!' zei Alice heftig.

'Harif had haar de oude taal van de Egyptenaren geleerd,' vervolgde hij met een glimlach. 'Het schijnt dat jij nog sporen van die kennis bezit. Met die wetenschap en haar kennis van de perkamenten kwamen we hier. Alaïs wist wat ze moest zeggen als het moment gekomen was, net als jij. De Graal werkte door haar.'

'Hoe...' hakkelde Alice. 'Wat gebeurde er?'

'Ik herinner me nog de streling van de lucht langs mijn huid, het flakkeren van de kaarsen en de prachtige stemmen in het donker. De woorden leken van haar lippen te vloeien, nauwelijks uitgesproken. Alaïs stond voor het altaar, samen met Harif.'

'Er moeten ook anderen zijn geweest.'

'Ja, maar... je zult het vreemd vinden, maar ik kan me hen niet goed herinneren. De enige die ik zag was Alaïs. Haar gezicht, haar concentratie en vervoering, die lichte rimpel tussen haar ogen als ze fronste. Haar haar golfde over haar rug als een waterval. Ik zag enkel Alaïs, was me van geen ander bewust. Ze hield de beker in haar handen en sprak de woorden. Toen sperde ze haar ogen open, in één enkel moment van verlichting. Ze gaf mij de beker en ik dronk.'

Hij knipperde met zijn ogen, als de vleugelslag van een vlinder, maar ze vielen meteen weer dicht.

'Als jouw leven zo'n last voor je was, waarom ben je dan doorgegaan zonder haar?'

'*Perqué?*' zei hij verbaasd. 'Waarom? Omdat Alaïs dat wilde. Ik moest voortleven om de mensen van dit land te vertellen wat er gebeurd was, hier in deze bergen en op deze vlakten. Om erop toe te zien dat hun verhaal niet verloren zou gaan. Dat is het doel van de Graal – mensen helpen die getuigenis af te leggen. De geschiedenis wordt geschreven door de overwinnaars, de leugenaars, de sterksten, de machtigsten. De waarheid is dikwijls te vinden op stille plekken, daar waar rust heerst.'

Alice knikte. 'En jij hebt dat gedaan, Sajhë. Jij hebt het verschil gemaakt.'

'Guilhem de Tudèla schreef een vals verslag van de kruistocht tegen ons voor de Fransen. *La Chanson de la Croisade*, noemde hij het. Toen hij stierf werd het voltooid door een anonieme dichter, met liefde voor de Pays d'Oc. *La Canso.* Ons verhaal.'

Ondanks alles moest Alice toch glimlachen.

'*Les mots, vivents,*' fluisterde hij. Levende woorden. 'Dat was het begin. Ik had Alaïs gezworen dat ik de waarheid zou vertellen, de waarheid zou schrijven, zodat toekomstige generaties zouden weten welke wreedheden hier ooit uit hun naam waren begaan. Dat verhaal mocht niet verloren gaan.'

Alice knikte.

'Harif begreep dat. Hij was die eenzame weg al eerder gegaan, vóór mij. Hij was over de hele wereld geweest en had gezien hoe woorden werden verdraaid en gemanipuleerd tot leugens. Hij was een getuige, net als ik.' Sajhë haalde adem. 'Hij heeft nog even geleefd, na Alaïs' dood, hoewel hij meer dan achthonderd jaar oud was toen hij stierf. Hier, in Los Seres, met Bertrande en mij aan zijn zijde.'

'Maar waar heb je geleefd, al die jaren? En *hoe*?'

'Ik zag het groen van de lente veranderen in het goud van de zomer, en het koper van de herfst plaatsmaken voor het wit van de winter, terwijl ik wachtte op het doven van het licht. Steeds opnieuw. Ik heb mezelf gevraagd waarom. Als ik had geweten hoe het zou zijn om te moeten leven met zo'n eenzaamheid, als enige getuige van die eindeloze cyclus van geboorte, leven en dood, wat zou ik dan hebben gedaan? Ik heb dit lange leven volbracht met een leegte in mijn hart, een leegte die in de loop der jaren steeds dieper is geworden, groter dan mijn hart zelf.'

'Ze hield van je, Sajhë,' zei Alice zacht. 'Misschien anders dan jij van haar hield, maar diep en oprecht.'

Een uitdrukking van vrede gleed over zijn gezicht. '*Es vertat.* Dat weet ik, nu.'

'Als...'

Een nieuwe hoestbui overviel hem. Er glinsterden druppeltjes bloed in zijn mondhoek. Alice veegde ze weg met de zoom van haar mantel.

Moeizaam hees hij zich in zithouding. 'Ik heb het allemaal voor je opgeschreven, Alice. Mijn testament. Het ligt op je te wachten in Los Seres. In het huis van Alaïs, waar wij woonden, en dat ik nu doorgeef aan jou.'

In de verte meende Alice het geluid van sirenes te horen, dat door de stille bergnacht sneed.

'Ze komen eraan,' zei ze, vechtend tegen haar verdriet. 'Ik zei toch dat ze zouden komen? Blijf bij me. Geef het niet op, alsjeblieft.'

Sajhë schudde zijn hoofd. 'Het is volbracht. Mijn reis is ten einde. De jouwe moet nog beginnen.'

Alice streek zijn witte haar uit zijn gezicht.

'Ik ben niet haar,' fluisterde ze. 'Ik ben niet Alaïs.'

Hij zuchtte, lang en zacht. 'Dat weet ik. Maar zij leeft verder in jou... en jij in haar.' Hij zweeg. Alice zag hoeveel pijn het spreken hem kostte. 'Ik had graag meer tijd met je gehad, Alice. Maar dat ik je heb ontmoet en dat ik deze uren met je heb kunnen delen is al meer dan ik ooit had durven hopen.'

Sajhë zweeg. De laatste kleur week uit zijn gezicht en zijn handen, tot er niets meer over was.

Een gebed, langgeleden uitgesproken, kwam bij haar op.

'*Payre sant, Dieu dreyturier de bons speritz.*' De ooit zo vertrouwde woorden kwamen gemakkelijk over haar lippen. 'Heilige Vader, ware God van de goede geesten, laat ons weten wat Gij weet, en liefhebben wat Gij liefhebt.'

Alice verbeet haar tranen en hield hem in haar armen toen zijn ademhaling steeds lichter werd, steeds zachter, en ten slotte stopte.

Epiloog

Los Seres

ZONDAG 8 JULI 2007

Het is acht uur 's avonds, het einde van weer zo'n prachtige zomerdag.

Alice loopt naar het brede raam en opent de luiken om het schuin invallende oranje licht binnen te laten. Een lichte bries strijkt langs haar blote armen. Haar huid heeft de kleur van hazelnoten en haar haar is in een enkele vlecht op haar rug gebonden.

De zon staat laag, een volmaakte rode cirkel in een roze en witte hemel, en werpt grote zwarte schaduwen over de naburige toppen van de Sabarthèsbergen, als gigantische lappen stof die te drogen zijn gelegd. Vanuit het raam kan ze de Col des Sept Frères zien, met daarachter de Pic de St. Barthélémy.

Het is nu twee jaar geleden dat Sajhë is gestorven.

Aanvankelijk vond Alice het heel zwaar om met de herinneringen te moeten leven. Het geluid van de pistoolschoten in die benauwde spelonk; het beven van de aarde; het witte gezicht in de duisternis; de uitdrukking op Wills gezicht toen hij de ruimte binnenstormde met inspecteur Noubel op zijn hielen.

Maar de herinnering die haar het meest achtervolgde was het dovende licht in de ogen van Audric – nee, Sajhë, zoals ze nu aan hem denkt. Het was vrede die ze uiteindelijk in die ogen las, geen verdriet, maar dat maakte haar pijn niet minder.

Maar hoe meer Alice te weten kwam, des te meer de verschrikkingen van die laatste momenten begonnen te verbleken. Het verleden verloor zijn macht om haar nog langer te kwellen.

Ze weet dat Marie-Cécile en haar zoon zijn gedood door het vallende gesteente. Hun lichamen zijn na de aardbeving nooit teruggevonden in de berg. Paul Authié wel, op de plaats waar François-Baptiste hem had doodgeschoten. De tijdontsteker van de vier springladingen tikte meedogenloos de seconden af naast zijn dode lichaam, op weg naar nul. Hij had zijn eigen Armageddon geënsceneerd.

Toen de zomer overging in de herfst en de herfst in de winter, begon Alice langzaam te herstellen, met hulp van Will. De tijd deed zijn werk. De tijd en de belofte van een nieuw leven. Langzamerhand verdwenen de pijnlijke herinneringen. Als oude foto's, vaag en half herinnerd, liggen ze te verstoffen in haar hoofd.

Alice heeft haar flat in Engeland verkocht. Met de opbrengst van de verkoop van haar tantes huis in Sallèles d'Aude zijn zij en Will naar Los Seres gekomen.

Het huis waar Alaïs ooit woonde met Sajhë, Bertrande en Harif is nu hun thuis. Ze hebben het uitgebouwd en aan het moderne leven aangepast, maar de sfeer is niet veranderd.

Het geheim van de Graal is veilig, zoals Alaïs dat wilde, verborgen in de tijdloze bergen om hen heen. De drie papyri, uit hun middeleeuwse boeken gescheurd, liggen begraven onder rots en steen.

Alice begrijpt dat ze was voorbestemd om te volbrengen wat achthonderd jaar geleden onvoltooid gebleven was. Ze begrijpt ook, net als Alaïs, dat de werkelijke Graal te vinden is in de liefde die van generatie op generatie wordt doorgegeven, de woorden van vader tot zoon, moeder tot dochter. De waarheid ligt overal om ons heen, in de stenen en de rotsen, in het veranderende patroon van de bergseizoenen.

Dankzij de gedeelde verhalen uit het verleden zullen wij niet sterven.

Alice betwijfelt of ze dat onder woorden zou kunnen brengen. Anders dan Sajhë is ze geen verhalenverteller, geen schrijver. En misschien kán het niet eens worden benoemd. Noem het God, noem het geloof. Wellicht is de Graal een te grote waarheid om te worden beschreven of vastgelegd in tijd, ruimte en context door zoiets glibberigs als taal.

Alice legt haar handen op de vensterbank en ademt de subtiele geuren van de avond in. Wilde tijm, brem, de flakkerende restanten van de hitte in de steen, de bergpeterselie, munt en salie, het aroma van haar kruidentuin.

Haar reputatie stijgt. Wat is begonnen als een hobby – kruiden leveren aan restaurants en buren in de omliggende dorpen – is uitgegroeid tot een winstgevende onderneming. De meeste hotels en winkels in de buurt, helemaal tot aan Foix en Mirepoix, voeren haar producten met het karakteristieke *Epice Pelletier et Fille* etiket – de naam van haar voorouders, die ze nu zelf heeft aangenomen.

De *hameau*, Los Seres, staat nog altijd niet op de kaart. Veel te klein. Maar dat zal spoedig veranderen. *Benlèu*.

In de studeerkamer beneden zwijgt het keyboard. Alice hoort Will in de keuken rommelen om de borden uit de kast te halen en het brood uit de provisiekast. Ze moest maar eens naar beneden gaan. Hij zal een fles wijn opentrekken, dan kunnen ze een glas drinken terwijl hij kookt.

Morgen komt Jeanne Giraud, een statige, charmante dame die een deel van hun leven is geworden. 's Middags gaan ze naar het volgende dorp om bloemen te leggen bij een monument op het plein, ter nagedachtenis van de vermaarde Kathaarse historicus en verzetsstrijder Audric S. Baillard. Op de plaquette staat een Occitaans spreekwoord, gekozen door Alice:

'*Pas a pas se va luènh.*'

Later wil Alice in haar eentje een bergwandeling maken naar een andere plaquette, op de plek waar hij onder de heuvels begraven ligt, zoals hij altijd heeft gewild. Op die steen staat alleen SAJHË.

Het is voldoende dat hij wordt herinnerd.

De familiestamboom, Sahjë's eerste geschenk aan Alice, hangt aan de muur van de studeerkamer. Alice heeft zelf nog drie veranderingen aangebracht. Ze heeft de sterfdata van Alaïs en Sajhë toegevoegd, met achthonderd jaar ertussen.

En ze heeft Wills naam bij de hare gezet, met hun trouwdatum.

Helemaal aan het eind, waar het verhaal nog doorgaat, staat een nieuwe regel:

SAJHËSSE GRACE FARMER PELLETIER, 28 FEBRUARI 2007-

Alice glimlacht en loopt naar de wieg, waar haar dochtertje zich beweegt. Haar bleke, slaperige teentjes wriemelen als ze wakker wordt. Alice houdt haar adem in als haar dochter haar ogen opent.

Fluisterend drukt Alice een kus op haar hoofdje en zingt een wiegenliedje in de oude taal, doorgegeven van generatie op generatie:

Bona nuèit, bona nuèit...
Braves amics, pica mièja-nuèit
Cal finir velhada
E jos la flassada.

Op een dag, denkt Alice, zal Sajhësse dat misschien zingen voor haar eigen kind.

Met haar dochter in haar armen loopt ze terug naar het raam en denkt aan alle dingen die ze haar wil leren; de verhalen die ze haar wil vertellen over het verleden, en hoe alles zo is gekomen.

Alaïs komt niet meer bij haar in haar dromen. Maar als Alice daar in het schemerlicht staat, turend over de dalen naar de oude bergtoppen en -kammen, die zich verder uitstrekken dan het oog kan zien, voelt ze de aanwezigheid van het verleden, overal om zich heen, als een omhelzing. Geesten en vrienden, die hun handen naar haar uitsteken, fluisterend vertellen over hun leven en hun geheimen met haar delen. Zij verbinden haar met al die anderen die hier eerder hebben gestaan en die nog zullen komen, dromend van wat het leven brengen zal.

In de verte komt een bleke maan op aan de gevlekte hemel, met de belofte van weer een prachtige morgen.

Dankbetuiging

Veel vrienden en collega's hebben me geholpen en geadviseerd bij het schrijven van *Het verborgen Labyrint.* Het spreekt vanzelf dat alle eventuele fouten – in feiten of interpretatie – voor mijn eigen rekening komen.

Mijn agent, Mark Lucas, was echt geweldig. Hij leverde niet alleen fantastisch redactioneel commentaar, maar plakte ook overal geeltjes! Ik dank iedereen bij LAW voor hun inspanningen, en ook de mensen van ILA, vooral Nicki Kennedy, het geduld in eigen persoon. Zij maakte het hele proces zo leuk!

Bij Orion mocht ik me gelukkig prijzen om samen te werken met Kate Mills, die met haar lichte redactionele toets en haar efficiënte en overwogen aanpak het werk aan dit boek zo prettig maakte. Dat geldt ook voor Genevieve Pegg. Verder dank ik Malcolm Edwards en Susan Lamb, die de stoot gaven tot het hele project, om nog maar te zwijgen van de ijver, het enthousiasme en de energie van de marketing, de publiciteit en de verkoop, met name Victoria Singer, Emma Noble en Jo Carpenter.

Bob Elliott en Bob Clack van de Chichester Rifle Club gaven me fascinerende adviezen en tips over vuurwapens, zoals professor Anthony Moss me bijpraatte over middeleeuwse oorlogvoering.

Van dr. Michelle Brown, curator geïllumineerde handschriften bij de British Library in Londen, kreeg ik waardevolle informatie over middeleeuwse manuscripten, perkamenten en boekvervaardiging in de dertiende eeuw. Dr. Jonathan Phillips, hoofddocent middeleeuwse geschiedenis aan Royal Holloway van de universiteit van Londen, was zo vriendelijk mijn typoscript door te lezen en van nuttig commentaar te voorzien. Ook dank ik iedereen die me van dienst was bij de Bibliothèque de Toulouse en het Centre National d'Etudes Cathares in Carcassonne.

Mijn dank gaat naar iedereen die heeft meegewerkt aan de creatieve lees- en schrijf-website, *www.mosselabyrinth.co.uk*, gebaseerd op het historisch onderzoek en de totstandkoming van *Het verloren Labyrint* in de afgelopen jaren, in het bijzonder Nat Price en Jōn Hörôdal.

Ik ben mijn vrienden heel dankbaar dat ze zo lang mijn obsessie voor de Katharen en de Graallegenden hebben verdragen. In Carcassonne dank ik vooral Yves en Lydia Guyou voor hun kennis van de Occitaanse muziek en poëzie, waardoor ze me in contact brachten met talloze schrijvers en componisten die mij met hun werk zo hebben geïnspireerd. Ik dank Pierre en

Chantal Sanchez voor hun steun en vriendschap door de jaren heen. In Engeland noem ik Jane Gregory, die met haar enthousiasme, zo lang geleden al, heel belangrijk voor me was. Verder Maria Rejt, omdat ze zo'n geweldige lerares was; en Jon Evans, Lucinda Montefiore, Robert Dye, Sarah Mansell, Tim Bouquet, Ali Perrotto, Malcolm Wills, Kate en Bob Hingston en Robert en Maria Pulley.

Mijn grootste dank gaat naar mijn familie. Mijn schoonmoeder, Rosie Turner, bracht ons niet alleen in aanraking met Carcassonne, maar hielp me ook met alledaagse problemen en hield me gezelschap terwijl ik met dit boek bezig was – meer dan iemand van haar had mogen verwachten. Mijn liefde en dank geldt ook mijn ouders, Richard en Barbara Mosse, omdat ze altijd zo trots op me zijn, en mijn zussen, Caroline Matthews en Beth Huxley en haar man Mark, voor al hun hulp.

Maar in de allereerste plaats dank ik mijn schatten van kinderen, Martha en Felix, voor hun steun en hun onwankelbare geloof in mij. Martha bleef altijd vrolijk en positief, zonder er ooit aan te twijfelen dat ik het project tot een goed eind zou brengen! Felix deelde niet alleen mijn passie voor middeleeuwse geschiedenis, maar onderwees me ook de details van middeleeuwse wapens en belegeringsoorlogen en kwam met heel slimme suggesties! Ik kan hen niet genoeg bedanken.

Ten slotte dank ik Greg. Zijn liefde en steun – om nog maar te zwijgen over zijn intellectuele, praktische en redactionele hulp – maakten alle verschil. Zoals altijd, vroeger en nu.

Beknopte woordenlijst van Occitaanse termen

agost augustus
ambans houten verdedigingssteigers rond het bolwerk
ben goed
benvenguda welkom
bonjorn goedendag
cadefalcs houten borstwering
calèche een open rijtuig
calèlh olielamp
coratge moed
défora buiten
deman morgen
dintrar binnen
doçament zachtjes
faitilhièr heks
faratjals weiden
filha dochter
gata katapult (belegeringswerktuig)
graal Graal
janvièr januari
julhet juli
libres boeken
Lo Ciutat de Cité
Lo Mièjorn de Midi
març maart
menina grootmoeder
meravelhós wonderbaarlijk
mercé dank u
molin blatier korenmolen
montanhas bergen
Na mevrouw
nenon baby
noblessa adel
oc ja
oustâou huis
paire vader

pan de blat tarwebrood
panièr mand
Payre Sant Heilige Vader
payrola ketel
pec idioot
perfin eindelijk
perilhòs gevaar
res niets
Sénher meneer
sirjan d'arms wachtmeester
sòrre zuster
trouvère troubadour
vuèg leeg

Andere termen

Guignolet een alcoholisch aperitief uit de Languedoc
Mangomel, cat, trébuchet, catapult allerlei typen middeleeuwse belegeringswerktuigen
Rocade de ringweg rond Toulouse

Beknopte bibliografie

A History of the Crusades – S. Runciman, Cambridge University Press, 3 dln., 1951-1954.
Bélibaste – Henri Gougaud, Éditions du Seuil, 1982.
Carcassonne in my Heart – Claude Marti, Loubatières, 1999.
Cathars – Yves Rouquette, Loubatières, 1998.
Chòlera – Joseph Delteil, Grasset, 1923.
Crusader: by Horse to Jerusalem – Tim Severin, Hutchinson, 1989.
Eleanor of Aquitaine – Alison Weir, Jonathan Cape, 1999.
La Canso: 1209-1219, Les Croisades Contre le Sud – red. Claude Marti, Loubatières, 1994.
La Religion Cathare – Michel Roquebert, Loubatières, 1986.
La Religion des Cathares – Jean Duvernoy, Mouton, 1976.
La Vie Quotidienne des Cathares au XIIIe Siècle – René Nelli, Hachette, 1989.
La Vrai Visage du Catharisme – Anne Brenon, Loubatières, 1997.
Pays Cathares – George Serrus, Loubatières, 1996.
Les Cathares – René Nelli, Ouest-France, 1993.
Les Femmes Cathares – Anne Brenon, Perrin, 1992.
Massacre at Montségur – Zoë Oldenburg. Weidenfeld & Nicolson, 1997.
Montaillou: Een kettersdorp in de Pyreneeën (1294-1324) – Emmanuel Le Roy Ladurie, Bakker, 1984.
Parzival – Wolfram von Eschenbach, vert. Leonard Beuger, Vrij Geestesleven, 1986.
The Albigensian Crusade – Jonathan Sumption, Faber and Faber, 1999.
The Crusades 1095-1197 J.P. Phillips, Longman, 2002.
The Fourth Crusade – J.P. Phillips, Cape, 2004.
The Gospel of John – Claus Westermann, vert. Siegfried S. Schatzmann, Hendrickson, 1998.
Egypte ontraadseld – Lesley & Roy Adkins, Kosmos Z&K, 2000.
Parsival: De geschiedenis van de graal – Chrétien de Troyes, De Haan, 1960.
De laatste Katharen: geloof, sex en heldenmoed... – René Weis, Het Spectrum, 2001.

Voor een uitvoerige lijst van titels en bronnenmateriaal (of om uw eigen aanbevolen titels te vermelden), kijk op *www.hetverlorenlabyrint.nl*